_____ 님께.

_____ 드림.

할아버지는 군인이었다

펴 낸 날 2022년 3월 11일

지 은 이 문영일
펴 낸 이 이기성
편집팀장 이윤숙
기획편집 이지희, 윤가영, 서해주
표지디자인 이지희
책임마케팅 강보현, 김성욱
펴 낸 곳 도서출판 생각나눔
출판등록 제 2018-000288호
주   소 서울 마포구 잔다리로7안길 22, 태성빌딩 3층
전   화 02-325-5100
팩   스 02-325-5101
홈페이지 www.생각나눔.kr
이 메 일 bookmain@think-book.com

· 책값은 표지 뒷면에 표기되어 있습니다.
  ISBN 979-11-7048-368-7 (03810)

할아버지는 군인이었다
(Grandpa was a Soldier)

저자 **문영일**

학력 및 경력

1935년　　부산 동래 출생
　　　　　부산사범학교(병설중학), 동래고등학교
1958년　　육군사관학교 졸업(14기), 이학사, 육군보병소위
　　　　　육군수도사단 제1연대 소대장, 작전과장, 중대장
1962년　　미 특수전학교 유학
　　　　　한국육군보병학교 유격(올빼미)학부 교관
1964년　　연세대학교 R.O.T.C 교관
1966년　　주월 맹호부대 전사(戰史) 장교
1970년　　독일군 참모대학 유학
1971년　　육군대학 교관
1972년　　수도기계화사단 창설요원
　　　　　제102 기계화대대 창설
1976년　　공수특전사령부 정보참모
　　　　　모로코 파견 군사지원사절단장
1979년　　국방대학원 군인교수
1980년　　육군대학 교수부장
1981년　　제7공수여단장
1983년　　육군 제8사단장
1985년　　육군본부 작전참모장
1987년　　육군 제1군단장
1988년　　제1야전군 부사령관
1993년　　국가안보회의 국가비상기획위원회 부위원장(차관급)
1995년　　미국 Ball 대학(인디아나 주립) 군사학부(ROTC) 방문교수
1999년　　국방대학원 초빙교수
2006년~현재　'한국국가안보전략문제연구소' 자문위원

주요 저서 및 논문

저서

- 『군비관리·군비축소·안전보장』, 1990년
- 『미국의 국가안보전략사상사』, 을지서적, 1999년
- 『한국국가안보전략사상사(상) – 중·고대편』, 21세기군사연구소, 2007년
- 『한국국가안보전략사상사(중) – 근·현대편』, 좋은옥토, 2018년
- 『문영일 장군 구술 녹취문』, 한국학 중앙연구원 현대 한국 구술자료관, 2017년
- 『할아버지는 군인이었다』

논문 및 논평

- 중국사는 한국사의 일부이다
- 주한미군 재배치논의와 우리의 선택
- 국가안보회의의 '안보정책구상'에 대하여
- 문민우위 아닌 민군조화 전략사상으로
- 북핵해결과 포괄적 평화협상 외 다수
- 누가 '6·25남침'을 통일전쟁이라 하는가
- 두 분의 국부 이승만 박사와 김구 선생
- 김정은의 비핵화 大모략·사기극, 대남적화전략 10개년 계획

할아버지는 군인이었다

      1950년대, 육사 생도 때와 청년 장교 시절, 많은 기성 장군들이 전역 후 일반 기업에 사장이나 고문으로 취업한다거나, 심지어 대장(大將)에서 전역하고도 국회의원이 되는 현상을 보고 실망하면서, 나는 끝내 군인의 길을 지켜 전역 후 회고록이나 자서전을 쓰면서 여생을 보내리라 다짐하였다. 그러나 그 이후 군대생활을 오랫동안 하다 보니 그때 그분들의 그런 사정을 여러 면에서 이해하게 되었다.

  이순신 장군과 같이 전쟁영웅이거나 한 나라의 대통령과 같이 역사기록에 남겨두어야 할 업적을 이룩한 분들의 경우는 의당히 회고록 등으로 글을 남겨야하나, 특히 전쟁이 없었던 시절의 장군, 더구나 스스로 평범한 군인의 길을 걸었다고 생각하는 장군으로서 본인은 자서전을 쓰기가 두려웠다.

  그런데 나이 80이 다된 2015년의 어느 날 서울대학교 '규장각'에서 '김 교수'가 찾아와, 서울대학 규장각에서 '한국학중앙연구원 현대한국구술사 자료판' 발간 계획 중에서 '한국군 현대군사사(軍事史)판'을 맡았는데, "어떤 분이 장군님을 추천해 주셨습니다."라고 말하면서, 우선 '생도 시절에서 파월맹호부대까지의 개인 체험 군사사(軍事史)'를 얘기해 달라고 했다. "나는 평범한 군대생활을 했는데."라고 했더니, 그가 말하기를, '면접 구술을 하게 된 분들 개개인의 구술자료, 즉 모자이크 조각들을 모아 종합하여 한편의 『구술 한국군 현대군사사판』을 완성한다.'라고 했다. 그 후 예정했던 그 범위의 구술이 끝날 즈음에 '김 교수'는 또 청하였다. "구술을 녹화하는 동안 장군님의 말씀들이 재밌었습니다. 이 기회에 장군님의 전 생애와 군대생활 전 과정 구술을 부탁드립니다."라고.

그래서 하루 3~4시간, 20여 회 이상 녹화 구술해서 『문영일 장군 구술 녹취문』의 원본과 수정본이 완성되었고, 그 원본과 수정본 그리고 구술녹화 DVD 등 각 10권을 판권과 함께 증정받았는데, 그것들을 건네면서 김 교수가 말하기를, "이 자료들에 근거해 자서전을 쓰신다면 후진들에게 참 좋은 읽을거리가 되겠습니다."라고 권하기도 했다. 그 이후 서가에 꽂혀 있는 이 '구술녹화판'을 볼 때마다 그리고 그 옆에 그 근거 기록 '카드 철'을 볼 때마다 '자서전'을 쓰고 싶은 생각이 났다. 그래서 쓰기로 작심하였다.

이 자서전을 쓰게 되는 주목적은, 미국에 정착하게 된 바로 내 유일한 손자와 그 후손들에게 그들의 뿌리를, 그들이 찾기 이전에 미리 알게 하여, 한국과 군대에 위국헌신하고 파사현정하려 노력한 이 할아버지와 조상의 나라 한국을 이해하고, 한국과 그들의 조국 미국과 연관하여 무엇이든 언제든 노력하라고 당부해 놓으려는 데 있다.

또한, 근래에 와서 국민들이 지나치리만큼 이 국민의 군대, 자기의 군대를 이해하지 못하거나, 일부는 심지어 의도적으로 매도하려고도 하고 있다. 이에 비록 평범하지만, 이 군인 한 사람의 군대(한국군)생활을 통해서, 군인의 일생과 그리고 특히 한국군의 반세기(1950~90년대) 군대역사를 읽고 좀 더 우리 한국 군대에 대해서 이해할 수 있기를 간절히 바라는 마음에서도 써 보기로 하였다.

이 글들은 내 시대 한국군 역사기록 모자이크의 한 조각으로, 한국 군사(史)에 관심을 가진 사람들에게 읽힐 수 있도록 노력하였고, 또한 앞에 말한 '구술녹화판'과 함께 영원한 기록으로도 남을 수 있기를 바라며 노력하였다. 특히 군인이 되고 싶은 청소년과 사관생도(특히 태릉 육사 생도), 그리고 장기 복무 중인 각 병과 각 계급의 현역 장교들에게, 이 평범하였으나 위국헌신하고 파사현정의 길을 걸었던 군인의 일생을 통해 교훈 또는 반면교사의 지혜를 얻을 수 있기를 바라는 마음으로도 이 글을 쓰게 되었다.

내용과 순서는, 부산사범학교(병설 1회)와 동래고등학교를 졸업하고, 서울 유학을 위해 그래서 미국 유학을 꿈꾸며 육사에 들어가, 4년간 '지·인·용'을 터득하고 청년 장교가 되었다. 최전선에 서서 소대장 중대장 작전장교 과업을 마치고, 소망했던 미국 유학을 거쳐 '광주 동복 올빼미 교육대'를 창설하였다. 이후 연세대학교 ROTC 교관으로 홍익대학 ROTC도 창설한 후 전방에 가서 '대간첩 작전장교'로 근무하다가 파월되어 맹호부대 '戰史장교'로 활동하였다.

귀국하여 육군본부 특전감실에 잠깐 근무하다가 서독 '지휘참모대학'에 유학하여, 오스트리아 '잘츠부르크'와 국경을 바로 마주하고 있는 서독군 알프스 '산악여단' 참모직을 견학하고, 함부르크에 가서 아주 흥미 있고 진지하게 '지휘참모대학' 연합군 과정을 이수하였다. 돌아와 육군대학 교관을 거쳐 수도사단 제1연대 제1대대를 '기계화 보병대대'로 창설(개편)하면서 동시에 수도기계화보병사단 창설을 함께하였다. 대령으로 진급, 오랜만에 후방으로 특전사 정보참모로 재직하기도 하고, '모로코 군사지원조사단장'으로 아프리카에 다녀오기도 하였다. 이후 특히 전두환 장군과 정호용 장군과의 인연으로 새로운 군대생활을 하게 되었다.

그리고 한때는 국방대학원 학생으로 미국 시찰도 다녀왔지만, 특히 제2차 유류파동 때는 전두환 국보위장 특명으로 '사우디 유류안정공급조사단장'으로 파견되기도 하였다. 그리고 '12·12 사태' 후유증 안정을 위해 육군대학 참모장으로 갔다가, '5·18 폭동(민주화)사태' 진압 후 복귀한 제7특전여단장으로 부임하여 부대와 주변 환경 안정작전과 동시에 본연의 작전훈련 임무에 충실하였다.

사단장이 되어서는 엄격한 훈련과 육군교육훈련 시범은 물론 특히 '84′ 팀 스피리트 연습'에 참가하여 미군과 함께 야외 연합 및 합동 기동작전훈련을 실시하였다. 그리하여 장군이라면 누구나 바라보는 육군작전참모부장에 발탁되어 육군본부로 와서 육군교육훈련 발전에 일익을 담당하였다. 이어서 막강한 책임을 가지는 육군 제1군단장이 되어, 서부전선 행주산성에서부터 한강선 방어와 임진강을 따라 북동진하면서 판문점을 지나 북괴군의 남침 주공접근로인 '고랑포'에 이르기까지 지역 일대에서 방어 임무를 담당하면서 '86아시안게임'과 '88서울올림픽'을 전 장병이 동원되어 지원하였다. 특히 기억되는 것은, '87′ 팀 스피리트'에 군단장으로 참가하여 인접 미1군단― 후에 이라크전쟁의 영웅이 되는 '스워즈코프' 장군 지휘 ―과 연합작전훈련도 하였다.

그러나 차기 대통령 선거에 임하여 대통령의 암시나 기대 대신 군대 중립과 4

대 투표권에 대한 '소대장 때부터의 소신'을 지킴으로서, 대통령에 의해 그 직에서 해임되어 원주로 유배되었고, 더 이상 전쟁영웅의 꿈을 이룰 수 없어 용퇴하게 되었다.

끝으로, 한 군인의 일생을 담은 자서전을 세상에 내보이면서, 가장 고맙게 생각되는 것은 역시나 내 가족 내 아내이다. 특히 한 흙수저 청년으로 이제 막 육사를 나와 중위밖에 안 된 내게 시집와서, 군인 가족으로서 그 온갖 고난을 다 이겨내고, 이제는 우리 함께 어언 60주년 '회혼'을 맞이하게 된 내 사랑에게, 이 기회에 어찌할 말이 없으랴. "나는 다시 태어나도 당신과 함께 살리라."라고.

저자 한국 경기도 일산 할아버지

문영일

목차

○ **머리말** 할아버지는 군인이었다 | 6

△ 제一부 위인의 꿈

제1장 내 어린 시절(단기 4268~4287, 서기 1935~1954) ··· 22

1. 할아버지의 고향, 바로 너희들의 본고향 ··· 22

살기 좋고 전통 깊은 부산-동래 / 개척정신과 신학문탐구에 사셨던 할아버지의 아버지 / 평생 가족 헌신으로 사셨던 이 할아버지의 어머니

2. 일제 강점기의 고난, 광복의 감격과 혼란(1935~1948) ··· 26

어머니의 길몽으로 태어난 나, 그리고 어릴 적 / 초등학교 시험 치고 입학, 생활 / 일본 교장 선생의 육군사관학교와 사범학교 자랑 / 전쟁 말기 학교생활: B-29·고무공·맨발 / 평생습관 길들기: 밥 잘 씹기, 11자 걸음 바로 걷기, 국민보건체조 하기 / 8.15 광복절, 부엌에서 부지깽이로 어머니에게 배운 한글 / 광복 직후 부산, 동래 삶의 모습 / 급장이 되어 같은 반 '어깨'와 한판 격투

3. 부산사범학교와 대한민국건국 (1948~1950)과 나의 '위인의 꿈' ··· 35

부산사범학교 입학 / 국군 제5연대와 제3여단의 위용 / 5.10 선거로 대한민국 정부수립 / 해방 공간, 부산 우마차 시대 / 미국공보원에서 읽은 미국과 위인들 / 위인의 꿈을 품다 / 선생님의 수양아들 될 뻔

4. '6.25 남침 적란(赤亂)' 시대 부산교두보, 육사가 나를 불렀다(1950~1954) ··· 40

6.25 남침 적란 발발과 천막가교 시작 / 부산본역에서 본 처절한 전사상자 후송 / 임시휴교, 수영 비행장 긴급건설현장에서 본 미군능력 / 미군부대 아르바이트 현장에서 본 제트 전투기의 처절한 산화 / 해운대역 탄약운반작업 / 가형의 전선참전 / 전시 보충병의 씨받이 / 동고 교정에서 거행된 제1회 현충추모식 / 고무신공장에 아르바이트 / 부산사범에서 동고로 진학, 書讀夜耕 / 국제시장과 월남 피난민의 생존현장 / 거제리 포로수용소와 태업(怠業) 같은 포로생활 / 임시수복 서울여행 / 한국 장교단의 벙어리 코스 미국 유학과 선진 미국 문명의 본격 유입 / 국군 장교와 육군사관학교에 관심을 갖다 / 육군사관학교지원, 합격 / 서울로 육사로 공부하러 간다 / 그때까지 위인의 꿈을 향한 마음가짐

제2장 花郞臺 육군사관학교 생도 시절(단기 4287~4291, 서기 1954~1958) … 62

1. 입교, 기초군사훈련(1954. 6. 30. ~ 8. 31.) … 62

대한민국육군사관학교 '지(智)·인(仁)·용(勇)' / '정규 육사 4기' 입교와 입교식(1954. 7. 1.) / 절벽에서 떨어뜨려 진 새끼 사자의 생존 단련 / 영원한 그 이름 '태릉탕' / 3보 이상 구보의 하루하루 / C-Ration으로 영양보충 / 땡볕 속 연병장 훈련 / 졸음 속 실내교육 / 고난·행복 공존의 행군훈련 / 남한산성 병자호란 전사탐방 종합 행군훈련 / 먹골배, 태릉에서 맛보기

2. 1학년 일반생도의 일반학기 내무·학과생활(1954. 9. ~ 1955. 6.) … 76

'3禁地帶' 생활, 군사학과 文 理학 병행학습 / 학교대표 '럭비'선수 생활과 일반학 중첩생활 / 직각식사와 테이블 말석의 식사당번 / 특성훈련과 기압 / 겨울 '냉방완비', 1학년 생도의 엄혹한 겨울나기 / 시관 생도 일과시간 / 장군 교반, 'Daily System'과 'Honer System' / 학교대표 럭비 선수훈련 생활 / 3군사관학교대항 체육대회(럭비·축구·응원) / PX에도 뛰어가 '츄라이' 했다 / 1학년 첫 휴가(1954. 12. 23. ~ 1955. 1. 2.) / 외출외박에 얽힌 이런저런 얘기 / 잊을 수 없는 '1955년 남산 부활절 예배'

3. 상급생도 생활(1955 ~ 1957) … 97

이승만 대통령, 정규 육사 재건하고 사랑하다 / 대통령 생신축하 서울시가행진, 3월 26일의 기억 / 상무대(전남 광주) 전투병과학교 교육훈련 / "어, 내 시계? 저기 간다!" / 생도생활에도 권태기가 있다 / 생도 시절, 동기 절친 3인방 / 김창룡 사건으로 전군 금족령 3개월 / 생도들의 프롤레타리아트 지식성향 / 대통령 양아들 이강석과 몇 생도 얘기 / 부정부패의 덫, '나누어 먹자' / 1956년 대선, 생도들은 야당 후보에 투표하다 / 전 생도, '청실홍실' 라디오 드라마에 빠지다 / 겨울 눈밭에 '팬티 완전무장 포복' 특성훈련에 씨받이 걱정 / 6기생 기초군사훈련 중 불행한 사고 / 정규 육사 기별 호칭 및 교가 고수투쟁

4. 이학사로 졸업과 동시 육군 소위로 임관 … 112

대한민국 육군소위 임관의 영광을 부모님께 드린다 / 육사 잔디연병장, 무에서 유의 창조 / 전방부대 소대장실습에서 본 가난한 우리 군대 / 육사 반지, 조국과 영원한 결혼반지 / 재학 중 아주 친하게 된 동기생과 후배들 / 육사에서 배우고 익힌 것과 나의 특성: 전사(戰史)연구, 원리원칙 공평무사·신상필벌, Civilian Control의 진정한 의미, 겸손과 상호존중, 그리고 존댓말, 자주·자립·독립정신, 의리와 일편단심, 술·노래 못해 사교불비(社交不備), 무에서 유를 창조하는 개척자 정신에 충일 / '맥아더 장군의 기도'를 마음에 새기다.

chapter. 1   중고등, 사관생도 시절 … 125

△ 제二부 장수(將帥), 영웅(英雄)의 꿈 Ⅰ

제3장 임관 초기, 중·서부 최전선 소대·중대장 근무
(단기 4291~4294, 서기 1958~1961) … 134

1. 상무대 보병학교 초등군사반(OBC) … 134

장교 초등군사반 교육/상무대와 그 앞 동네 신촌(新村)

2. 명예에 찬 首都사단 제1연대 소대장 되다((1958. 10.) … 135

'1' 자가 선명한 전통과 명예의 제1연대 보병 배지 / 중부전선에 선 Mighty 소대장 / 국망봉 밑기 성세대 휼병 사업 흔적들 / 우리 소대(장) 환경과 일상생활 / 부하와 동고동락 / 국망봉 밑 소부대의 겨우살이 / 설 명절날 사단장 순시, 주번사관 솔직 보고, 후유증 / 사단조달물자 검수관과 보급실정

3. 제1연대 전투단(RCT), 문산 임진강 전선으로 가다 … 143

문 소위 임진강 최전선에 서다 / 6.25 말기 구축된 원목 전투진지 / 피난복귀 중인 최전선 마을 성동리 / 임진강 하류 지역 강변 방어진지 보강 구상 / 부조리 타파를 위한 보급투쟁 / 광주 송정리역 군기 교육 사건과 '한신' 사단장의 각하(却下) / '춥고 배고프다.'를 실감하는 비상훈련(Defcon-2) / 동계 야외 현지기동훈련(FTX-ICE CAP) / 보병대대 실전(실탄) 훈련 시험(ATT) / 국군 최초 시멘트 벽돌 막사 신축 / 3.15 부정선거 거부, 평생 '군 중립' 각오 / 대대대항 연대 전술전기대회 우승 / 최전방 초급 간부들의 가정생활, 선배 결혼식 참석

4. 전투전초(COP) 중대장, 60년도 육군 권총 사격 최우수선수 … 160

중부전선으로 복귀, 4.19 혁명 지나다 / 사단대항 육군사격대회, 최우수 권총 선수 되다 / 철원 전방 백마고지 인접(남방한계선) 전투 전초 중대장 / 적지침투 첩보요원(HID) 협조와 DMZ 내 GP 협조 / 한미8군 합동사격대회- 속사 1등 / 아주 마음에 든 아가씨를 좋아하다 / FEBA 개념 거점대대의 작전장교 근무, 사랑의 데이트 / 중대장 등 간부들의 전방 가정(결혼)생활 / 고대했던 '5.16 군사 혁명'과 '콜론 보고서' / 한 동기생의 부정부패 척결운동과 수난 / 61년도 '사단대항 육군사격대회'와 '한미합동 사격대회' 출전 / 초급간부생활 이모저모

제4장 미국 유학, 결혼, '동복 올빼미' 교관, 연세대 ROTC 교관
(단기 4294~4299, 서기 1961~1966) … 181

1. 미국 유학, 'J.F Kennedy Center,' Ft. Bragg N.C로 가다 … 181
미국 유학길이 열리다 / 출발 전에 약혼(언약)하다 / 미국 가며 전후 일본 동경에서 본 것들 / 하와이를 지나 샌프란시스코에 오다 / 미대륙(북부) 횡단 기차 관광 여행의 행운 / '시카고'를 지나 수도 '워싱턴'에 오다 / 드디어 'J.F, Kennedy Center'에 오다 / Kennedy Center의 철학과 특수전(Special Warfare)의 개념 / 미 특수전 학교의 수업 및 생활 이모저모 / 미 남부의 철저한 흑인 차별 / 뉴욕과 웨스트포인트 견학 여행 / 첫 미국 유학의 마무리, 남부 미대륙(과 멕시코) 횡단 자동차 여행 / '애리조나 카우보이' 노래하며 미 해병 기지 '샌디에고'로 / 미국 유학 소망 결실, 평생 길잡이 된 그때 그 견문과 각오

2. 결혼과 광주 신혼생활, '동복 올빼미 유격 교육대' 창설 … 220
광주 보병학교 유격학부 교관/결혼하고 광주에서 신혼생활 시작 / '동복 올빼미 유격 교육대' 창설, 교관 생활 / 공수(낙하산)교육 자청, 이수(#15기) / 첫아들 '정언'이 출생, 훈련 감독 중인 산속에서 기별 받다 / 신혼생활 이모저모와 잘 만난 인연 등 / 절친 박정기 동기생의 추천, '하나회'에 가입하다

3. ROTC 제2기 장교 교육중대장, 육군병원 신세, 연세 107 학군단 교관 … 243
학군단 제2기생 초군반(OBC) 교육중대장 / 큰 시련의 고비를 넘고 넘다 / 수도육군병원 중환자실에서 걸어 나오다 / 또 한 사람의 의인을 만나다 / 연세대학교 제107 학군단 교관생활 / 둘째 '성언'이가 태어나다 / 고등군사반 교육 파견, 광주인심 다시 보다

4. 다시 전방사단 대간첩작전장교로, 중대원 전원 파월지원 … 263
제5사단 대간첩작전과장 / 군단 예비사단의 대간첩작전현장 / 전방사단사령부생활의 이모저모 / 중대장과 함께라면, 전 중대원 파월 지원

제5장 파월맹호(派越猛虎) 부대 전사(戰史)장교로 월남전 참전
(단기 4299~4302, 서기 1966~1969) ··· 270

1. 파월맹호부대, 월남 '퀴논'에 진을 치다 ··· 270
'월남전쟁'의 역사적 배경 / 한국, 월남에 파병, 군사지원 / 맹호부대, 월남 중부 '퀴논'에 진을 치다

2. 파월 한국군 전사기록, 역대 모범 전사 기록으로 남기다 ··· 273
홍성태 육사 교수, 한국군 최초 '전사과(戰史課)' 편성 / 홍 대위, 전투현장 전투 상보 위업 / '맹호는
간다', 가족을 두고 월남 전장터로 / 나의 사단 단위 전사기록관(觀)과 실제 / 전장감찰로 전훈전파

3. 작전 현장 체험, '맹호 8호 · 홍길동 · 오작교작전' ··· 278
맹호8호 작전 / 작전이 시작되다 / 오작교 작전 / 홍길동 작전(1967. 7. ~ 1967. 8.), 사단 TCP 피
습 / 베트콩지역 수색작전참가

4. 1960년대 월남전쟁의 실상: 한국군과 미군의 이모저모 ··· 284
케네디의 개입과 맥나마라의 후회 / 부자나라 미국의 월남 물량전 / 미군은 전술적 승리 단, 전략적
패배 / 한국군의 월남전 전략과 작전, 전장에서 1승 1패는 병가지상사 / 전장 심리: '뽕짝'과 아리랑
잡지와 담배만이 낙일 수도 / 월남과 미국은 왜 패망하였는가, 'Saigon Dep Lam' / 파월 한국군 전
장 여담 / 월남 전장이여 안녕, 귀국(1967. 10.)

5. 한국군의 '양민학살' 운운과 못난 대통령들의 '사죄' 운운 ··· 296

6. 육군본부 특전감실 근무, 기획장교(비정규전 장교) ··· 299
특전감실, 예하 심리전단 / 1.21 사태, 북괴 대남적화전략공작 / 북괴 재남침 시 후방잔류 게릴라전
계획 / 김재규의 '화랑재단'과 재운불통

제6장 서독 지휘참모대학(Fűrungs Academy der Bundeswehr) 유학,
그리고 육군대학 교관(단기 4302~4305, 서기 1969~1972) … 303

1. 서독 '지휘참모대학'으로 유학 가다 … 303

서독군사학교 유학목적과 준비 / 일본과 북극으로 돌아 유럽, 서독 가는 여정 / 서독 '오이스키르헨'의 서독군 어학 학교 생활 / 화란(Halland, Netherlands) 탐구여행 / 영국·벨기에 탐구여행 / 우리 사관생도들과 '라인강' 유람 / '동백림사건'과 반한데모 그리고 교포의 고뇌

2. 여단참모참관, 제1산악사단 예하 제23산악여단(Gebirgs Brigade) … 320

알프스 주둔 제23산악여단 / 재건 10주년 당시 서독군대 일반실정 / 산악여단 참모참관을 통해 본 서독군 이모저모 / 산악보병대대 기계화중대 야외훈련 동행참관 / 부대 주변 알프스 절경, '잘츠부르크', 오스트리아 '비엔나' 탐방 / 남유럽 탐방 여행

3. 서독지휘참모대학과 함부르크 생활 … 338

학교 소개 / 독일군 '핵심참모제도'(General Stab) / 서독 '지참대' '연합군반' 학습생활 / 커리큘럼과 Core Course 수업 / 참모 여행 겸 현지현장 실습, 서독지방 견문록 / 서독군의 작전교리와 전술 핵 운용 현황

4. 사단참모 현지참관- 서독군 제5기갑사단(Frankfurt am Main) … 348

5. 독일 유학 여담: 1970년대 초 서독, 유럽, 일본 견문록 … 349

서유럽(스위스 샤모니 몽블랑, 스페인, 아프리카 세우타) / 불란서 파리 / 서베르린시 초청 탐방 여행 / 북유럽 3국(덴마크, 스웨덴, 노르웨이) 여행 / 서독 생활 체험 / 향수(병)이란 것? 작란감과 가정용 잔디 깎기 송부 / 서독 '지참대'가 있던 함부르크 / 1970 '오사카박람회' (Expo70)와 일본, 귀국

6. 육군대학 교관, 게릴라전 연구와 관사생활 … 379

육대 역사, 학제, 과정 / 교관 자격과 생활 / 가족과 함께 관사생활, 진해생활

제7장 제102 기계화 보병대대(72. 10. 24.) 창설과
수도기계화사단(73. 3. 22.) 창설(단기 4305~4308, 서기 1972~1975) … 388

1. 제32사단 98연대 제1대대장 … 388

부대환경과 부대 실정 / 대대 Test와 특공소대 / 국망봉 진지 공사

2. 육군 제2기계화보병대대(육군 제1660부대) 창설(1972. 10. 24.) … 392

장갑차(M113) 인수와 '무지개부대' 창설 준비 / 보병대대에서 장갑보병대대로 전투력증강, 재편성
/ 제102기계화보병대대(육군 제1660부대), '무지개부대' 창설 및 발전

3. 수도기계화 보병사단(首機師) 창설(1973. 3. 22.) … 395

제32보병사단에서 수도기계화보병사단으로 / 영광의 수도사단 제1연대 제1대대의 전통을 이어받다

4. 대대 임무와 교육훈련, 그리고 발전 … 396

왕거미작전(훈련) / 73년 전국산림녹화사업과 전방지역 사방공사 / 춘·추계 진지 보수공사 / 전투
지휘 검열 결과 '일희 일비'

5. 유신헌법 국민투표 불간섭, 제1차 '하나회' 숙청 바람 … 399

유신헌법 국민투표 불간섭 / 제1차 '하나회' 숙청 바람

6. 사단군수참모 근무, 제1차 유류파동과 영향 … 401

수기사 군수참모와 군수지원단장 업무관계 / 세계 제1차 유류파동과 부대 운용 / 근무 중 A형간염
통과 / Def-3 발령, 전군 전투준비태세 완비 점검 / 부대 근무 중 이런 일 저런 일

제8장 대령 시절에, 후방부대장과 참모, 교수·대외시찰,
군사협력조사단장(단기 4308~4314, 서기 1975~1981) … 411

1. 오랜만의 후방근무, 특전사 정보처장 … 411

특전사령부정보처장 / 연례 '아세아 특전부대장회의' 참모 수행

2. 중립국 외교, 모로코 군사지원 조사단장 … 417

중립국 외교와 모로코의 군사지원 요청 / 조사단의 임무와 구성 / 모로코 현지 조사경과 / 귀국보고 및 결과

3. 국방대학원 수학: 한국군 핵무장 여론조사, 미국시찰, 졸업논문 … 424

국방대학원 수학과정 / 졸업 여행, 미국(인권문제 토의 등)과 캐나다 / 졸업논문 「환태평양 집단안
보, 한미일 삼각 안보 구상」 / 77년 박정희 대통령의 핵무장 결의와 국대원 학생 여론 / 수학 여담

4. 논산훈련소 연대장 … 428

군계일학(群鷄一鶴)의 각오 / 신병훈련과 부대생활 이모저모 / 가장 어려웠던 일 / 다시 경력과 진
출에 대한 혼미

5. 국방대학원 관리교수부장, 사우디 군사협력 조사단장 … 435

국대원 제2처장(경제/관리), 석사과정 창립 / 10.26 사태와 직결된 '12.12 사태' / 유류파동 대책
으로 사우디 군사협력 조사단장 / 최창윤 교수와 유럽 시찰 조 인솔, 남주홍 유학생 발견

6. 육대 참모장과 교수부장, 장군이 되다(1981. 1. 1.) … 446

진해 육군대학 참모장 / 장군이 되다 / 육대 교수부장, 교육제도 쇄신의 기회

chapter. 2   청년장교시절 / 영관시절전후방근무 … 451

△ 제三부 장수(將帥), 영웅(英雄)의 꿈 Ⅱ

제9장 육군 상급부대 지휘관. 육군본부 작전참모부장
(단기 4314~4321, 서기 1981~1988) … 472

1. 제7공수여단장(1981. 11. ~ 1983. 1.) … 472
부대 임무와 구성, 능력 / 국정 현실과 여단 실정, 추가된 임무 / 부대 교육훈련 및 작전 / 대민 지원
과 후방생활 여담 / 임무형 부대발전 창조적 노력

2. 육군 보병 제8사단장(1983. 1. ~ 1984. 7.) … 483
8사단의 임무와 사단장의 권위 / 부대 야외기동훈련 및 시범: 84 T/S연합사 야외기동연습 참가 / 이
를 위한 83 TCP 야외 전개훈련 실시(참가) / 지휘통솔 여담 / 사건 사고와 신상필벌에 대한 유감

3. 육군본부 작전참모부장(1984. 7. ~ 1986. 7.) … 495
작전참모부장의 임무와 책임 및 권한 / 육군 전략·작전 대비 / 육군 교육훈련 및 편제발전 / 육군 무
기 장비 발전 / 잊지 못할 여담들

4. 육군 제1군단장(1986. 7. ~ 1988. 1.) … 513
제1군단의 역사와 군단장의 당면 임무 / 나의 군단 지휘통솔방침과 실행 / '86아시안게임'과 '88서
울올림픽' 준비 및 지원 / 군단 전술토의와 '초전 3일 돌격 결전(섬멸전)' 지침 / 전선 순시와 대적 즉
각 대응사격 / 김일성의 사망 오보 사건 / '87 T/S 연합사 야외기동연습'에 미제 1군단과 어깨를 나
란히 참가 / '6.29 선언'의 군사적 배경 / 그 시절 지휘통솔 여담 / 군사가 정치에 통상적(일상적) 종
속은 안 된다.
　　　　　　　　　　　　chapter. 3   여단장사단장 / 작전참모군단장 … 534

△ 제四부 노병은 끝까지 국가에 봉사한다

제10장 '전장의 장수·영웅의 꿈'을 접고 노병으로 용퇴하다
(단기 4321년 10월, 서기 1988년 10월) … 562

1. 제13대 대통령선거, 군의 중립과 자유투표권 고수 … 562
3.15 부정선거 회고 / 전두환 대통령의 호출. 청와대 독대 / 군의 중립(군의 중립과 4개 투표권리)
과 개인의 자유투표권을 보장하는 것이 참군인의 도리요 의무라 다짐

2. '장수·영웅의 뜻'을 접고, 노병으로 용퇴하다 … 565

선거 논공행상에서 군단장 해임, 강원도 원주로 유배? / "나는 나의 임무를 다하였다." / 동작동 현충원에서 순직전우의 명복을 빌고, 문을 나와 국군이여 안녕!

제11장 노병, 국가 안보에 전념하며 봉사하다
(단기 4321~4331, 서기 1988~1998) … 568

1. 국가안보회의 겸 비상기획위원회 부위원장(1988. 10. ~ 1993. 3.) … 568

나라에서 이 노병을 다시 부르다 / 위원회의 역사, 임무, 편성 / 국가안전보장회의를 주관 / '忠武計劃'의 유지, 집행, 발전 / '비상계획관'의 인사, 관리, 운용 / 박정희 대통령의 '서울 고수작전 계획' 유지 / 차관회의 (와 국무회의) 참석 / 한국의 군축·군비통제 제의(논문 및 토의) / 근무 여담: 비핵화 선언, 국군의 날 공휴일에서 삭제 반대 / 부정부패척결 논의, 벙커 상황실 자동화 착안과 국가예산투쟁, 자유로 건설 찬동, 공무원 복지부동 이유 / 자식들의 출세와 현상

2. 미국 'BALL 주립대학교' 군사학부(ROTC) 방문 교수 … 580

'천재와 바보는 종이 한 장 차이' / 미국 인디아나 주립 'BALL 대학교' 방문 교수로 가다 / 학교내외 초청강의(강연), 초대방문활동, 단 체면 조심 생활/대학 한국학연구 장려금 획득에 일조 / 조카 둘의 미국초등학교 생활 스폰서 / 미국서 새삼 많은 장점 체험하다

3. 한국 국대원 초빙교수, '한국 국가안보 전략 사상사(학)연구회' 설립 … 593

'전문경력인사'로 국대원 초빙교수(제1기) / 『미국의 국가안보 전략 사상사』 발간 / '한국 국가안보 전략 사상사(학)연구회(Cyber)' 설립

마무리 말 '우리 손자 준호와 그 후손들에게'

◇ 우리 사랑하는 손자 '준호'가 태어나다 … 597

◇ 한국의 5,000년 역사와 전통 그리고 미국과의 관계 … 598

◇ 사랑하는 우리 손자 '준호'와 그 후손들에게 당부한다 … 600

chapter. 4 우리 가족 … 602

△

제 一 부

위인의 꿈

제1장 내 어린 시절(단기 4268~4287, 서기 1935~1954)

제2장 花郞臺 육군사관학교 생도 시절(단기 4287~4291, 서기 1954~1958)

제1장 내 어린 시절

(단기 4268~4287, 서기 1935~1954)

1. 할아버지의 고향, 바로 너희들의 본고향

∴ 살기 좋고 전통 깊은 내 고향, '대한민국의 부산-동래'

나는 1935년 5월 9일, 대한민국 '부산시 동래군 동래읍 복천동'에서 신문명 개척민이었던 '문만준(文晚俊)-박갑아(朴甲阿)'의 6남매 중 둘째 아들로 태어났다. 그 동네 지금 이름은 '부산광역시 동래구 복천동'으로 개명되었다.

내 고향이기에 내 자손들의 원(옛) 고향이 되는 이곳 동래(東萊)는, 한반도 동남방 끝자락에 위치하여 한국 역사상 전통적인 경상남도 지역 중심도시가 되어 왔다. 그러기에 부산(釜山/釜山鎭)보다 역사적으로 조기에 동래성- 東萊城, 직경 2~4킬로미터, 주로 남의 해적과 북쪽 오랑캐를 상대로 축성 -이 축성되고 동래부(東萊府, 오늘날의 광역시 개념)로 발전해 왔다.

특히 동래(주민)와 동래성이 그 역사 가운데 자랑스러운 것은, 1592년 임진왜란 때 현대식 조총으로 무장하여 기습전을 감행해, 부산에 상륙, 북으로 서울을 향해 처 올라가던 왜군을 지역 사령관이던 송상현 부사(宋府使)의 지휘하에 부민(府民)와 함께 군·관이 일치단결하여, 활과 창만으로 대적, 2일간 결사항전으로 지켜 냄으로써 왜군의 북진을 그나마 평양에서 저지시킬 수 있었던 역사적 초기 방어전으로 기록되고 있다.

결과적으로 송 부사는 지휘소 현장에서 참모 제장들과 함께 전사함으로써 그가 남긴 "싸워 죽기는 쉬워도 길을 비켜주기는 어렵다."라는 충언을 지켜 자랑스러운 역사적 교훈이 되어 오늘까지도 '송공당 宋公堂'으로 동래 한가운데에 남아 있다.

동래는 지리적으로, 백두대간의 끝자락인 천성산(922)에서 발원하여 서로 금정산(802)과 동으로 철마산(602, 경상남도 중북부)과 장산(634, 부산 해운대) 사이로 흘러 내려와 수영만에 이르는 '수영강(水營江)'- 비록 낙동강의 1/10 정도 규모이지만 -의 중하류 지역에 위치하고 있다. 그래서 한때 동래는 물론 오랫동안(낙동강 개발 이전) 부산시의 상수도원(上水道源)이었을 정도로 아름답고 풍족한 친자연 도시였다. 북으로는 '가지산' 도립공원이 있고, 서로는 유명한 '금정산(산성)'을 끼고 있다. 그래서 동래온천과 해운대온천, 해운대 해수욕장이 있고, 한때는 명사십리로 일컬어진 '수영 해수욕장'도 있었다. 지금은 복천동 확수대에 자리 잡은, 한반도의 신석기시대, 즉 삼한(三韓)시대부터 삼국시대에 이르는 유물 박물관이 대표하는 바와 같이, 역사와 전통 깊은 도시임을 알 수 있다.

날씨는 참으로 살기 좋은 편으로 해양성 기후가 되어, 서울 한강이 어는 동안 부산은 영하의 날씨가 며칠 되지 않아 개울은 얼어도 하천이나 미나리꽝 등은 얼지 않는 등 한겨울에도 맨발이 가능하다. 여름에도 서울이나 내륙이 섭씨 30도가 넘어가도 이곳은 에어컨 장수가 재미를 보지 못하는 날씨로, 낮에 해수욕을 할 수 있지만, 밤에는 집 안에서나 집 밖 마루나 침상서 그대로 기분 좋게 잠잘 수 있는 정도이다.

∴ 개척정신과 신학문 탐구에 사셨던 할아버지의 아버지

할아버지의 아버지는 그곳 '동래읍'으로부터 북동쪽으로 약 2킬로미터 떨어진 '명장동'의 정수장(淨水場) 동네에서, 대대로 농사를 지어오던 농민의 셋째 아들로 1900년에 태어나셨다. 그는 천성적으로 창조적이고 도전적(개척적)이어서 어릴 때부터 농사일보다는, 당시 외세와 함께 밀려들어 오고 있던 신학문에 심취하여, 그동안 읍내(邑內)- 지방관청이 있는 곳이기도 하지만, 통상은 성내(城內)를 의미하기도 하였다 -에 있는 '명륜동' 서원(書院)에 다니시다가, 거기에 신학문의 전초였던 '명륜학당'이 들어오자 바로 입학하여 수학하셨다.

그러다가 유산을 상속받을 시점이 되었을 때, 그는 두 분 형에게 농토를 양보하고, 지분으로 현금을 받아 읍내로 진출하려 하였다. 그래서 드디어는 결혼하자마자 신부(와 장모, 즉 할아버지의 어머니와 외할머니)와 함께 농촌과 농사일을 떠나 아예 동내 읍내로, 지금 표현으로는 무작정(?) 진출, 명륜동 바로 옆 복천동 한 모퉁이에 보금자리를 잡으셨다.

그곳은 현재 동래여자중학교와 동래구청 중간쯤으로, 그 선을 따라 실개천이 흐르고 있었는데, 그 실개천 서북지역, 즉 명륜동 방면 남향 언덕 지대에는 명륜서당을 끼고 당시 동내 부호들과 양반들의 소위 '아흔아홉 칸' 기와집 저택이 즐비하였다. 그러나 바로 폭 10미터 내외의 실개천과 3미터 내외의 개천길 남동편에 연하여는 농민과 그리고 우리네와 같은 개척민들이 삼 칸보다 더 작은 미니 '초가삼간(三間草家)' 동네를 형성하고 있었다.

우리 집은 당신이 손수 지으신 흙벽돌로 지탱하는 초가집으로, 2평 남짓한 외할머니 방과 여닫이문을 사이로 4평 남짓한 우리 방(할아버지와 할아버지의 아버지와 어머니 그리고 우리 4남매)− 당시까지는 할아버지 외 형과 누님 그리고 손아래 여동생이 있었다 −, 그리고 적은 가마솥 2개와 부뚜막에 놓인 밥그릇 그리고 흙바닥에 놓인 나무 부지깽이와 옆으로는 솔잎 불쏘시개와 마른 나뭇가지들이 쌓인, 3평 남짓한 부엌으로 되어 있었다. 그리고 그 밖에는 두어 평 남짓한 장독대가 있었는데 어느 달밤에는 어머니가 큰 장독에 정화수를 올려놓고 손을 비비며 뭔가를 소원하기도 하셨다.

할아버지의 아버지는 그런 가운데 당시로 보아서는 신학문학원(서당 아닌 신식학교, 즉 '明倫學堂')에 다니시며 초등교육을 이수하신 뒤에 상급 신학문 탐구를 위해서, 가정을 할아버지의 어머니와 외할머니에게 맡기고, 무일푼 단신으로, 이 또한 개척자적 도전정신으로 일본으로 건너가셨다.

낯선 그곳에서 생활 방편인 동시에 과학적 호기심으로 배운 전차(電車) 운전− 당시는 지금의 드론 조종수(기사)만큼이나 신기한(?) 직업 −을 하시다가 끝내는 그것이 평생직업이 되었다. 당신은 8·15 광복 전에 귀국하여 부산 동대신동과 동래온천장 사이 '전차' 노선에서 근무를 시작하여 광복 후 수년간 '감독' 직책에까지 이르러 은퇴하셨다. 은퇴하신 후에는 초망(투망)을, 대나무로 된 망침을 이용하여 손수 짜시고(뜨시고), 납으로 된 봇돌(어망추)도 납을 녹여 직접 만드셨다.

그래서 당신은 종종 수영강이나 온천천에 나가서 고기를 잡으며 소일하셨다. 하루는 나도 물통(Bucket)에 고기를 담으며, 투망하시는 당신을 따라 온천천을 내려가면서 수영만에 이르기까지 종일 고기잡이를 함께 즐긴 때도 있었다.

∴ 어머니의 평생 가족 헌신(獻身)

할아버지의 어머니의 시집오시기 전 본가는, 아버지가 태어나신 곳의 바로 뒷산, 즉 해발 250미터 정도 높이의 옥봉산(玉峯山−지금은 명장공원)을 넘어 약 1킬로미터 정도 동북쪽으로 떨어진, 500여 미터 강폭에 멀리까지 농토가 전개된 풍경 좋은 수영강(水營江) 변의 근사한 몇십 칸 기와집을 가진 양반댁이었다. 당신은 그곳에서 4자매 중 둘째로 1902년에 태어나셨으며, 10여 명의 몸종으로부터 마음씨 부드러운 아씨로 귀함을 받아 가며 자라셨다. 그러나 당신이 시집올 즈음에는 이미 나라와 사회가 개화하여 종과 노비제도가 거의 폐지되어 가세가 기울고 있었다.

그리하여 당신께서는 신문명을 향한 개척자의 동반자가 되어 읍내로 이주해 와서는 이전까지 겪어 보지 못했던 고생부터 시작하시게 되었다. 더구나 할아버지의 아버지가 신식학문 공부를 위해서 그리고 이어 일본 유학을 떠나신 뒤 우선 당장 식구생존을 위해서 외할머니가 시장에서 옷배장수를 시작하였고, 연로하시게 되자 이를 이어받아 당신이 또한 동래시장 난장에 나가 생업을 계속하셨다.

그런데 그 생업이 알고 보면 참으로 고생스러운 것이었다. 이 할아버지가 옛 기억을 되살릴 수 있는 시점, 즉 대략 5살쯤인 1940년경에는 일주일 중 3일 정도는 동래시장(지붕 덮고 세금 내는 고정된 자리, 약 2평)에서, 나머지 4일은 주변 지역 오일장, 해운대장·구포장·범일동(부산)장을 찾아 비단 봇짐, 길이 약 90센티, 폭 약 20센티, 두께 약 2센티 되는 나무판 6~7개 정도에 각각 비단 10마(碼, Yard) 정도를 말아서 꾸린 그 무거운 옷배 보따리를 머리에 이고, 홀로 또는 보부상들과 함께 기차와 전차 그리고, 특히 '구포장'으로는, 그 험한 산길을 걸어서 만덕고개를 넘어 다니셨다.

동래에서 구포장을 오가기 위해서는 반드시 해발 500여 미터의 만덕고개를 넘어야 하는데, 그곳은 금정산맥의 중간 안부 지대로 꼬부랑 산길을 이용해도 가파른 곳은 경사도 30도에 이르고, 때로는 깊은 계곡 물길도 건너야 했다. 그런데 직선거리 약 6킬로미터에 도보 실거리 약 8킬로미터에 봇짐을 무겁게 인 중년 여자의 걸음으로 시간 거리는 왕복 최소 5시간 이상 소요되는 험한 오솔길이고 우거진 삼림 속인 데다, 호랑이는 안 보였지만 살쾡이는 흔히 볼 수 있는 당시로는 심산유곡의 길이었다.

나는 어릴 때 손위 누님과 같이 당신을 마중하러 만덕고개 오르막길로 가다가 종종 내려오시는 당신을 만나는데, 그 앞으로 살쾡이가 따르고 있는 것을 보기도 하였다.

동래 장을 보는 동안 옛날 종- 집안에서 함께 살며 주인 아씨를 돌보는 도우미 -들이 때때로 찾아와, 함께 앉은 자리에서 얘기하며 즐거운 시간을 보내기도 하고, 어려운 이에게는 도움을 주기도 하셨다. 한편 나이 다 든 작은이모님이 있었는데, 아주 약간 인지증을 가지고 있었으나 솜씨가 있어서 한복 주문을 맡아 주는 등 우리 어머니가 돌보다시피 하셨다. 옛날에는 인정과 사정 등 신용 일변도라 할만큼 외상거래가 흔하였다. 외상장부는 그저 밀양댁, 산성집, 울산댁 등으로 기재되어 돌아가신 뒤에는 효력을 모두 잊어버리기도 하였다.

이러한 고생을 감당하셨던 나의 외할머니와 부모님들은 절약하고 또 절약해서 드디어 1943년에 꿈꾸어 오시던 대망의 집, 30평도 넘는 앞마당과 10평 정도의 대청마루(거실)가 있고, 수돗물이 나오는 데다- 당시 근방에는 우물이 있는 집도 드물었고, 수도 있는 집은 더욱 드물었다. -시멘트로 된 장독대에다 잘 자란 단감나무가 뜰 한가운데에 한 그루 있는 상당히 근사한 집을 사서 '수안동'으로 이사를 하였다. 그리고 그곳에서 해방둥이 남동생(화웅, 和雄)과 이어서 여동생(말남, 末南)을 보게 되어, 온 가족 9명이 되었다.

그리하여 부모님들은 얼마나 큰 보람을 느끼셨고 행복하셨을까, 그런데 이사하던 날 당신들께서는 다음 목표는 기와집을 갖는 것이라고 하신 말씀을 지금도 기억하고 있다. 그 후 두 분의 그 소망은 형님의 조기 기술노동과 시집간 누님 노력으로 1960년, 이웃에 있던 아주 좋은 기와집- 신작로 가에 우물과 수돗물이 나오는 -으로 이사함으로 이루셨다.

2. 일제 강점기의 고난, 광복의 감격과 혼란(1935~1948)
- 솔깃했던 '사관학교와 사범학교'라는 말 -

∴ 어머니의 길몽(吉夢)으로 태어난 나, 그리고 어릴 적

어머니께서 나를 낳으시던 그 날밤은 바로 뜻깊은, 음력으로 석가탄신일(4월 초파일)을 몇 시간 앞둔 '4월 초 7일'의 상서로운 밤이었는데, 아주 벼슬이 크고

잘생긴 장닭이 우리 집 지붕 위에 올라 머리를 치켜들고 높이 보며, 크게 우는 꿈을 꾸셨다고 한다. 그리하여 태어난 내게, 자고로 애를 낳으실 때마다 현재의 고생을 벗고 그 아기의 장래에 기대를 거시는 것이 옛 어른들의 간절한 소망이었던 때라 그래서 영특하고 크게 되라는 뜻으로 내 이름을 영일(英一)로 지으셨다고 한다. 가형의 이름은, 장남이라 부모와 집안일을 받들라는 의미로 봉일(奉一)이었다.

내가 기억할 수 있는 어린 시절은 대략 나이 5살 정도 때부터가 아닌가 한다. 그때는 그저 종일 집 밖으로 나가서 동네 친구들과 어울려 나가 노는 것이 일과였다. 집 앞 사잇길과 개울을 합해 10여 미터 거리를 두고 북서편으로 명륜동(明倫洞)을 중심으로 아흔아홉 칸 고랫등 같은 기와집들이 즐비하였는데 당시는 이미 거의 양반집 행세가 끝날 때라 폐업이 된 빈집들이 더러 있었다. 그곳에서 숨바꼭질하며 놀기를 즐겼다.

여름에는 동래에서 부산으로 나가는 길목에, 동래 온천장(금정산)에서 내려오는 제법 큰(폭 100미터도 넘는) '온천천(溫泉川)'에 걸쳐 있는 전차(電車)용 철교가 있었다. 그런데 때때로 그 철교 위에서 놀다가 전차가 오면 7~8미터 가량 높이의 강물로 뛰어들기도 하고, 또 때로는 교각 속으로 몸을 숨기고 위로 지나가는 전차 밑을 보며 그 소음을 듣기도 하는 등 개구쟁이 아슬아슬 장난들을 많이 즐기기도 하였다. 여하간에 여름에는 그 온천천이 동래 개구쟁이들의 하루 쉼터요 놀이터인 동시에 자연 학습장이 되었다.

그리고 때때로 읍내에서 실거리 10킬로미터 되는 '수영해수욕장'- 지금의 광안리해수욕장과 해운대해수욕장 사이, 한때는 간이 비행장이었고 6·25 때는 낙동강 교두보의 유일한 전투기 비행장이기도 하였다. 지금은 대형아파트 지대가 되었다. -를 걸어서 다니기도 하였다. 한번은 당신들이 애써 벌어 오신 돈, 얼마(당시 돈 5원짜리 동전 한 닢)를 슬쩍하여(평생 딱 한 번) 친구들과 함께 기차로 해운대해수욕장에 가서 잘 놀고 와서는 밤에 당신들께 혼나기도 하였다.

그리하여 한때는 동래 개구쟁이들을 거느리고 잘도 돌아다니는 것을 친척들이 와서 보고는 칭찬하여(?) 가로되, 마치 '조센 힛토라(한국 히틀러, 즉 골목대장)' 같다고 비행기를 태워 주시기도 했다. 물론 학교에 입학한 뒤에도 다녀오자마자 마루에 책가방을 던져 놓고 그대로 친구들과 함께 잘도 돌아다니며 저녁

늦게까지 놀고 다녔다. 그래도 우등상은 받았다.

∴ 국민(초등)학교 시험 치고 입학

1942년도에 나는, 대한민국 부산시 동래구에, 현재도 그대로 있는 '동내 내성초등학교(왜정시대 이름은 '동래 제1공립 국민학교')'에 입학하였다. 그때는 입학시험도 치렀는데, 그래서 비록 소수이긴 하지만 초등학교도 못 다니는 애들도 있었는데, 바로 함께 동네를 휘젓고 다니던 친구 몇 명은 경제사정도 겸해서 그러하였다.

면접시험날 어머니께서는 "엄마 직업을 물으면 집에서 바느질한다고 하여라." 라고 하셨던 말씀이 지금도 기억난다. 아마도 시장 장사란 것이 당시까지만 해도 농·공·상에 대한 일반적인 관점에서 선생들에게는 좀 어색했던 시절의 반영이기도 하였다. 그런데 우리 집 개울 건너 사랑채에 초등학교 교장 선생님이 사셨는데 그 자제분– '김성곤' 형, 나보다 2년 위 –이 오랫동안 이 할아버지를 좋아했던지라, 시장에 계신 어머니에게 와서 아무개가 합격하였다고 축하하면서 소식을 전해주기도 하였다. 이분은 그 후 동래고등학교 재학 시, 학도병으로 6·25 참전을 거쳐 세브란스의대를 졸업하고, 한양대학에서 이비인후과 전문의를 하였는데, 지금까지도 생각나는 분 중의 한 분이다.

입학 이후 1945년 광복의 해를 맞이할 때까지 4년 동안은 학교의 모든 생활과 과목을 왜국어(倭國語)를 사용하며, 일제 통제하에 다니게 되었다. 그런데 그때(1940)는 우리 한국이 일제에 의해 강점된 지도 어언 30여 년이 지났고, 일제(日帝)가 제국주의 열강의 번견(番犬) 역할도 모자라 드디어는 세계 3대 군사팟쇼 구축국가(독일, 이태리, 일제)가 되었다. 그래서 미국을 비롯한 연합국을 상대로 태평양전쟁을 도발(1942. 12. 8.)하고, 바야흐로 태평양과 동남아시아, 그리고 남태평양에 이르기까지 광범위하게 일제히 침략전쟁을 감행하고 있었다.

드디어는 1941년부터 패전망국을 앞둔 일제의 최후발악으로, 국내 독립운동가들을 다시 일제히 감옥에 수감(소위 사상범 예방구금령)하고 초등학교 한국어 학습을 완전히 폐지하여 왜(倭)말 교육을 강요하여, 학교에서 우리말을 하면 왜선생이 즉시 엄벌을 주었다. 또한, 왜인(倭人) 선생을 대거 한국학교에 취업시키고 교장은 긴 칼을 찬 현역대위가 자리하였다. 그리하여 매일 아침 운동장에 모여 조회(朝會)를 하였는데, 왜국(倭國) 도쿄에 있는 왕궁을 향해 90도로 절하고 '황국신민의 선서'를 제창한 뒤 교장훈시가 있었다.

∴ 일본 교장 선생의 '육군사관학교와 사범학교' 자랑

그런데 하루는 이 군인 교장 선생이 말하기를 "일본에서는 육군사관학교(시캉각고)와 사범학교(시앙각고)가 제일."이라 하였다. '제일 좋은 학교'라는 말에 솔깃하여 그리고 발음도 비슷하여 그때부터 '사관학교'와 '사범학교'를 막연하게나마 마음속으로 항상 동경하게 되었다. 물론 그때는 그런 학교가 무슨 학교인지 잘 몰랐지만, 자라면서 마음속에 두었던 이 두 학교와 직접적인 인연을 맺게 되었으니, 지금 생각하면 그가 누구이든 어릴 때 듣는 선생님의 말씀 한마디가 참으로 귀중하게 느껴지고, 마침내는 일생 중 언젠가 영향을 미친다는 것을 알게 되었다.

∴ 전쟁 말기 학생 생활: 방공호에서 본 B29, 고무공, 맨발

태평양전쟁 말기가 되자 점차 연합군의 공세가 체감되었다. 특히 학교 뒤 언덕은 물론 집집이 마당에 방공호(防空壕)를 파서 폭격 시 피난처로 가상해 두었다. 공습경보(사이렌이나 난타 종소리 아니면 육성 전달)가 울리면 학교에서는, 평소에 의자 위에 깔고 앉았던 푹신한 깔개를 접어 머리에 덮어쓰고, 나누어 준 건빵을 가지고 방공호에 들어갔다. 그리고 저 멀리 공중에 제비 새끼만 한 반짝거리며 유유히 지나가는 미군 B-29 장거리 폭격기 편대를 신기하게, 그러나 초조하게 바라보곤 하였다.

그런데 결혼 후 아내에게 들은 얘기로는, 고향인 전라도 전주교외 삼례에서 전주 읍내에 있는 학교로 걸어서 통학하였는데, 하루는 하교 후 집으로 돌아가면서 만경강 근처에 다다랐을 때, 갑자기 B-29 미군 장거리 폭격기 1대가 100미터쯤 눈앞에 놓인 철교를 폭격했다고 한다. 그때 실제로 배운 대로 현장에서 양손을 눈과 귀에 대고 가리면서 땅에 바짝 엎드려 피해를 면했는데 평생 '트라우마'

로 남아 있다고 했다.

전시였던 당시에는 물자가 귀했던 건 두말할 여지 없어서, 학생들이 골목에서 가지고 노는 공, 지금의 연식 정구공— 전쟁 필수물자 고무는 이미 싹 쓸어 갔다. —조차 없었다. 그러다가 일제가 1942년에 '싱가포르(2018년에 개최된 미·북 정상회담도시인 동시 국가명)'을 침략하여 함락한 기념으로 두 사람 앞 1개씩, 그것도 딱 한 번 배급해 주기도 하였다. 사정이 그러하니 당시 남도지방의 보통 학생들은 심지어 미나리밭에 살얼음이 얼었을 때도 맨발 등교가 여사였다. 그래서 아예 학교 교실 낭하 입구에는 '발 씻는 곳(아시아라이바, 洗足場)'이 설치되어 있었다.

∴ 평생습관 길들기: 밥 잘 씹기, 11자 걸음 바로 걷기, 국민보건체조 하기

그래도 당시 국민(초등)학교는 국민 기본교육을 한 곳임에는 틀림이 없었다. 입학과 동시에 매일 아침조회 때마다 실시한 '국민보건체조'는 그때부터 지금까지 근 80년 동안 하루도 빠짐없이 조조에 실시하는 신체 윤활 운동인 동시에 상태 점검수단이 되어 왔다. 지금 이 정도로 건강을 유지하는 비법(?) 중 하나도 이 평생 생활습관이 된 국민보건체조임에 틀림없다.

또 한 2학년이 되었을 때부터 거의 주먹밥에 단무지 수준이긴 하였으나, 그래도 점심을 주었다. 학생 당번제로 배식하고 한 반 교실에서 담임 (3학년) 일본 여 선생과 함께 식사하였는데, 밥 먹기 전에 항상 선생님은 "밥은 잘 씹어 먹어야 한다. 한 숟가락 입에 넣으면 왼쪽으로 19번, 오른쪽 19번씩 씹은 후 넘겨야 한다."라고 강조하였다.

변명일 수도 있지만, 그 후 나는 그것이 습관이 되어 평생을 통해 남보다 밥을 늦게 먹게 되었고, 60대에 위암 수술을 받은 이후는 더 늦게 먹게 되었다. 그런 데 부대(군대)생활 중에 외출 나갔을 때 어느 친절하신 친척분은, "문 중위 부대 원은 좋겠다. 지휘관이 밥을 저렇게 느긋하게 먹으니 부하들이 서둘러 먹지 않아도 되겠다."라고 하였다. 그분은 6·25 전시에 서울에서 피난 내려오면서 종종 행군(도중 휴식) 중인 군부대와 마주쳤는데, 흔히 그 군인들이 '출발'이라는 명령하에 밥도 다 먹지 못한 채 서둘러 일어나 행군해 가는 것을 보고, 지휘관이 밥을 너무 빨리 먹는 사람이라 그럴 것이라고 생각했던 것이다. 사실은 지휘관 식성에 따라 부대 행동이 좌우되는 것은 물론 아니지만, 때로는 그 친척분의 말씀이 사실일 수도 있기에 웃으며 회고할 뿐이다.

4학년이 되어 광복된 어느 날, 우리 한국 담임선생님이 체육시간에, 우리 반 교실 책상을 옆으로 치우고, 바닥에 나 있는 나무 두 결씩에 따라 양발을 11자로 해서 왕복으로 걷기를 반복하였다. 아마도 그래서 87세가 다 된 나는 지금도 8자 아닌 11자 걸음으로 길을 가고 있다. 아마도 이 모든 초등학교 교육은 내 몸에 배어 평생습관이 되었다. 어디 이런 습관뿐이겠는가? 윤리, 도덕과 애국심 그리고 미래 꿈 그런 것들도 초등학교에서 터득하여 평생습관이 되는 것이라 국민(초등)학교는 문자 그대로 국민 기본교육 도장이라 하지 않을 수 없다.

또한, 일제는 한국 사람 모두에게 소위 '내선일체(內鮮一體)', '황국신민화(皇國臣民化)' 정책을 강요하기 위해, 특히 학생들에게는 강제로, 매일 아침 조회시간에 동쪽을 향해(소위 皇宮을 향해) 90도 각도로 인사하고 이어서 소위 '황국신민의 선서'를 외고, 거의 매주 한 번씩 (온천장) 금정산에 있던 소위 '신사(神社, 왜식 절간)'를 참배하였다.

어느 날에는 친구 하나가 교실에서 우리말 하였다고 담임 여선생이 그의 머리를 흑판에 대고 인정사정없이 부딪히는 심한 벌주기를 보고 여선생과 왜놈(당시는 그렇게 불렀다.)들에 대한 민족의식과 함께 적개심이 솟구치기도 하였다. 광복(당시는 해방이라 불렀다.)할 때까지 할아버지의 학교생활은 모범생은 아니었지만, 항상 창의적이고 능동적이고 활발하였기에 1, 2학년 때는 2등상– 한 학급에 1, 2등상을 각각 1명씩, 1등상은 공부 잘하고 모범생에게, 2등상은 공부는 잘하나 개구쟁이(?), 3등상은 개근상이었다. –을 받았고, 3학년 때는 3등상을 받고 찢으려다가 왜 담임에게 들켜 과외 남김 벌을 받기도 하였다.

∴ 8·15 광복 날, 부엌에서 부지깽이로 어머니께 배운 한글

4학년이 된 그해 8월에 광복되자 일본 담임선생은 귀국하고, 새로 한국 선생님(成 선생)이 오셨는데, 담임을 맡으시고는 곧 할아버지를 급장(級長, 班長과 같다.)으로 세웠다. 아마도 왜색을 단번에 일소하기 위해서였을 것이다. 할아버지의 아버지, 당신께서는 아들이 반장 된 것을 기뻐하시고 당시 내게는 공책(노트)이 따로 없어서, 조선 창호지로 공들여 공책을 만들어 주시기도 하였다.

한편 동시에 광복된 바로 그날 저녁(1945. 8. 15.)에 나는, 부엌에서 저녁을 지으시는 어머니 곁에 쪼그리고 앉아, 유식하시던 어머니가 불을 때며 쓰시는 그 부지깽이 끝 검은 숯으로 흙바닥에 쓰시는 한글, '가나나라마바사아자차카타파하' 와 'ㅏㅑㅓㅕㅗㅛㅜㅠㅡㅣ·(아)'— 그 당시는 아래아가 있었다. —를 따라 읽어 배웠고, 그걸로 다음 날부터 학교에서 배워나간 "낫 놓고 기역 자도 모른다."로 시작한 한글 공부에서 한글 최우등생이 되었다.

그래서 광복 다음 해 졸업식 때는 재학생을 대표한 '송사(送辭)'를, 그다음 해 할아버지 졸업식 때는 졸업생을 대표하여 답사(答辭)를 읽었다. 그 모두가 그때 부엌에서 당신에게서 배운 한글 첫걸음 덕이었다. 나의 어머니 당신께서는 그때, 비록 시장 포목상(때로는 보부상)이었지만, 역시나 어릴 적 '아씨'였고, 그때도 물론 유식하고 단아한 귀부인이었다. 그러기에 내 평생을 좌우한 나의 지식과 겸손은 이 모두가 우리 어머니의 가르침 덕이었다.

∴ 광복 직후 동래, 부산 모습

광복 공간 왜인들의 악행과 우리의 흥분

광복 며칠 후 부산은 어떤 모습으로 변하고 있을까도 궁금하여 도보로 도상 직선거리 12킬로미터, 실거리 아마도 15킬로미터는 족히 될 신작로를 따라 도보로 하루 종일 걸려서 어두울 때쯤에 초량 전차정거장에 도착하였다. 동래에서 출발할 때는 무더운 낮때라 부산을 향해 가는 온천천(溫泉川) 상의 유일한 다리 세병교(洗兵橋) 아래에서 옷을 입은 체 통째로 물속에 들어갔고, 강을 건너 나와서 옷이 완전히 젖은 시원한(?) 모습 그대로 부산을 향했다.

서면을 거쳐 부산진 더 밑으로 초량까지, 그때 점심을 굶으며 8월 땡볕 아래 6시간 정도를 걸어갈 수 있었던 그 고집과 건강이 8년 뒤 육군사관학교를 갈 수 있게 한 원동력이었을 것으로 생각된다. 밤이 어두워지자 돌아가야겠다는 생각이 들어, 전차를 타고 동래로 돌아가기 위해 초량역(전차정거장 옆) 대합실에 서 있을 때, 갑자기 몇 분 간격으로 두세 번 천지가 울리는 듯한 굉음과 함께 세상(땅과 건물)이 흔들리면서 유리 창문들이 박살 나 내렸다. 동시에 바다 쪽 멀리 지금의 제3 부두 방향에 큰불이 솟구쳐 오르는 모양이 보였다. 왜놈들(당시의 호칭)이 철퇴하면서 적기(赤畿, 지역 이름)에 설치해서 비장해 두었던 유류를 한국 사람이 못 쓰게 하려고 상당 규모 크기의 탱크 수기를 일제히 폭파시켰던 것이다.

한편, 광복(당시는 해방이라 하였다.) 다음 날 바로 동래시장 남쪽 입구 광장에는 누구의 짓(쫓겨 가는 일본 관리?)인지는 알 수 없으나, 바로 옆 곡식 배급 창고에서 가져다 쌓아 놓은 쌀 산더미에 불까지 질러서 그 아까운 곡식을 불태웠다. 한국 사람들이 했다면 그건 한풀이와 해방감을 맛보려는 순간의 착각감정에서 온 것이리라. 그러나 그 직후 쌀 배급이 끊기자, 없는 사람들은 와서 그 불탄 쌀을 가져가 씻고 또 씻어도 화근내(불탄 냄새)가 나는 대도 참고 밥을 해 먹었다.

∴ 광복 공간, 암살정치·공산반란과 각자도생의 도탄 시대

당시 정국은 극도로 무질서하고 혼란하여 김구 선생의 암살사건과 같이 대소 암살사건이 전국적으로 빈번하였다. 동래에서도 구청 앞 골목길 소위 부자 동네에서 발생한 한 건의 암살사건 현장을 직후에 목격하였는데, 당시는 누가 왜 무엇 때문에 죽이고 죽었는지 알 수는 없으나, 정치적인 이유임이 분명했다.

그런가 하면 어느 날인가는 학교 뒷산(지금의 복천동 유물전시관)에서 죽창을 든 청년 일당(좌익 세력)이 내려와 동래경찰서를 습격하기도 하였다. 당시는 일본 경찰은 다 가고 한국인 순경들만 남았는데도, 지금 생각하면 아마도 소위 치안 공백을 틈탄 전국적으로 조직된 남로당의 폭동과 반란의 한 부분이었을 것으로 추정된다.

그런 광복상황에서 많은 세대가 절량 가정이 되었다. 그래서 이제 막 중학생 나이인 가형은 쌀(곡물)을 구하기 위해 농촌을 따라 멀리 경상북도 청도 근방까지 올라가기도 하였다. 가다가 도중에 허기가 차 근처 사과밭에 들어가, 지금 돈 천 원 정도로 '마음대로 먹으라'는 통에, 많이 먹어 배를 채울 생각으로 따 먹었는데, 시어서─당시 한국 사과 맛은 그랬다. ─ 한 개도 제대로 다 먹지 못하고 돈만 아까웠다고 했다. 그와 같이 당시는 전국적으로 살기가 어려웠고, 국민 '각자도생(圖生) 시대'였다. 그 때문에 한 집의 맏형들은 일찍부터 집안 살림에 뛰어들게 되어 있었기에 내 가형도 어릴 적부터 고생이 많으셨다.

∴ 급장이 되어 같은 반 어깨(깡패)와 한판 격투

학교에는 동급생으로 '어깨(깡패)'가 2명이 있었는데 한 명은 덩치가 고릴라같이 크고(우리의 2배 정도, 광복과 동시 편입생이 많았다.) 우악스러웠으며, 다른 한 명도 덩치는 그만하지 못했으나, 우람하고 뼈대가 굵은 친구였다. 전자는 종종 동급생을 괴롭히기도 했으나, 형제나 단짝끼리 뭉쳐서 달려들면 그래도 물러서기도 하였다. 후자는 직접 괴롭히지는 않았으나, 위력 시위로 동급생을 제압하였다. 그런데 얼마 후에 전자는 전학을 가고 후자가 남았는데, 동급생들의 공감된 '의로운 저항심(?)'이 한 에피소드를 낳게 되었다.

나는 광복 당시 4학년이었고, 1학년과 2학년 때 받아 왔던 2등상(우등상)을, 3학년 때는 일본 여선생이 담임이 되어 3등상(개근상)으로 받았고, 이때는 무난하게 4학년 우등상을 받았다. 그런데 해방, 즉 광복과 동시에 일본 선생들은 가고 한국 남자 선생님(成 선생님)이 부임하셨는데, 이 할아버지를 급장으로 뽑아 주셨다.

그런 가운데 하루는 급우들이, 우리 학급에 그대로 남아서 여전히 위협적(?)인, 그러나 나와는 친척이기도 해서 친했던 그 '어깨'와 싸움 즉 결투를 벌이도록 선동하였다. 비록 상대가 되지 않아도 좋으니 내가 모두를 대표해서 그에게 달려들고, 그리고 한두 방이라도 날려 주기를 바라는 것이었다.

그래서 그도 나도 어리석게도 함께 학교 뒷산– 지금의 '복천동 고분군', '복천박물관'이 있는 그 언덕, '학수대' –에 올라가 50여 급우들이 둘러싼 공간에서 둘이 정식 격투를 벌였다. 사실 그 어깨 친구는 힘이 장사여서 내가 이길 수 있는 상대가 아니었기에, 함께 두어 번 치고받고 하다가 그 친구에게 붙들려서 넘어졌다. 처음부터 나를 일방적으로 응원하던 친구들 분위기에 흥분한 그는 내 목을 졸랐다. 금방 숨이 막히고 하늘이 노랗게 되어 가는데도 항복하지 않고 버티었다. 그러나 사태가 위험함을 느낀 급우들 모두가 달려들어 그를 밀어제치고 하마터면 갈 뻔(?)했던 나를 구해내 주었다. 급장을 하자면 그런 일도 있는 것이거니와 나는 평생에 때때로 그렇게도 정의심에 용감(우직?)하기도 하였다.

3. 부산사범학교창립과 대한민국 건국(1948~50), 나의 '위인의 꿈'

∴ 부산사범학교 입학

초등학교 4학년 때 광복(해방)되었고, 급장이 되었으며, 5학년 말에 담임 '윤의태 선생님'의 권유로 동래중학교로 월반 시험을 치렀으나, 준비 부족으로 낙방하였다. '윤의태 선생님'이, 6학년 말이 되자 이번에는 '부산사범학교'로 추천해주셨다. 부산사범학교는 광복 후 처음으로 부산 동대신동에서 창립(1946. 7.)되었는데, 창립과 동시 기존의 국내 유수한 사범학교들(예. 진주·전주·공주·대구·청주사범 등)과 어깨를 나란히 하였다. 양친께서는 아들이 상당한 경쟁을 이기고 유명해지고 있는 부산사범학교에 입학한 것을 자랑하며 기뻐하셨고, 학비도 덜 든다는 사실도 내심 좋아하셨다. 나는 나대로 왜정시대에 들어 귀에 익은 그 '사범학교'에 가게 되어 긍지를 갖게 되었다.

당시 부산사범학교를 창립하고 정진하였던 선생님들은 주로 미국서 교육을 받아 왔던 분들로, 학문 실력은 물론이거니와 생각과 생활 그리고 교육관에서 민주주의(Democracy), 선진, 현대화된 분들이었다. 교장 선생님은 후에 연세대학 총장이 되신 윤인구 박사, 교감 선생님은 광복과 동시 김 씨 성을 순 한글 성인 금 씨로 바꾼 순수 애국자인 동시에 유명한 음악가인 금수현 선생님, 그 아들도 잘 알려진 '금난새' 음악예술인, 음악선생은 후에 '한국환상곡'으로 유명해진(후에 잘못되어 종북 음악인이 되긴 했지만) 윤이상 선생(부인은 국어담임 이순자 선생), 그리고 우리 담임선생은 윤인구 교장 선생님의 부인으로 함께 미국유학하셨던 방덕수 영어 선생님이었다.

방덕수 우리 선생님은 어느 날, 그의 지도로 전국 '학생영어웅변대회'에서 2등 입상하였던 박세직 선배, 당시 부산 사범 초급과 2회 생, 즉 초급과 3학년생─ 후에육군 중장, 서울시장, 88서울올림픽 조직위원장 ─에게 나를 소개해 주셨는데 그인연으로, 그와는 그 후에 군대 시작에서부터 은퇴할 때까지(사관학교 2기, 하나회 선배로) 그리고 그 후에도 각별한 관계를 유지해 나가기도 하였다.

∴ 국군 제5연대와 제3여단의 위용

 나는 1948년 대한민국이 수립되는 그해 봄에 입학하여, 부산 동래에서 부산으로 기차 통학생이 되었다. 그런데 통근차는 아침저녁으로만 운행되었기에 방과(오후 2시~3시) 후 남은 시간은 주로 부산 시내에서 방황(?)하며 보내기가 다반사였다. 그래서 등하교 동선인 '49계단'– 전쟁과 피난 시대 유명해진 –에서 대청동 큰길과 골목길 그리고 대신동길과 그 주변이 주 활동(?) 거리였고, 흔하게 광복동 거리와 지금의 중앙동 거리 그리고 영도다리와 (구)시청 앞 거리와 그 주변, 그리고 제1 부두 등도 활동(킬링타임?) 무대였다.

 그런데 이 지역 일대는 '6·25 적란(赤亂)' 직후인 1954년도에 '부산 큰불'로 잿더미가 되었다가 재건된 지역이기도 하다. 그 통에 내 주요한 추억 중 하나인 '부산 본역'– 아침에는 숨 가쁘게 내렸고, 저녁에는 초조하게 기다리며 타던 곳이었다. 전시에는 막 전장에서 부상자와 전사자들이 후송되어 오던 전장, 바로 그 광경을 목격하던 곳이었다. 사관학교 입교를 위해 부산을 떠나던 날에는 계란과 삶은 감자 한 보자기 들고 배웅나오신 어머니와 헤어지던 추억의 장소였는데. –이 사라지고 말아, 이후 부산 갈 때마다 뒤돌아보며 섭섭함을 달래었다.

 1948년 8월 15일, 그 신성한 '대한민국 정부수립(건국)' 기념일에, 구덕운동장에서 부산 시내 남녀 학생들의 중앙에 정렬하여– 부산 사범의 위상에다가 당시는 유일한 남녀공학 학교라 –행사에 참여하였다. 행사 직후 바로 이어서 '대한민국 건국' 축하 군사 퍼레이드가 전개되었는데, 소총으로 무장한 국군 제5연대(1946년, 한국군 최초연대의 하나로 부산 감천에서 창설) 장병들의 씩씩하고 용감한 시가행진이 당시 내 가슴을 뭉클하게 하였는데, 80 넘은 오늘까지도 그때 그 국군의 위용을 잊지 못한다.

 1947년 12월(1948년 1월)에는, 부산에서 부산과 경상도 자원으로 국군 최초 여단 중 하나인 육군 제3여단이 창설되었다. 당시 미군정청은 시급한 국내 안보소요에 따라 한국군을 창설하려고 미 본국에 그 계획을 보고하고 승인을 기다리면서 임시로 세운 'Bumboo 계획'에 따라, 1946년부터 남한 각도 지역에 '국방경비대'라는 이름으로 연대 단위 부대를 창설하였다. 이어서 기계획에 따라 1948년부터는 증설된 3개 연대를 기간으로 여단 단위 부대들을 창설하였으며, 이 여단들은 곧이어 같은 명칭의 사단으로 발전하였다.

부산에서 창설된 3여단은 예하에 제5, 6, 9연대를 두었고, 그 사령부는 현재 부산 시내 중앙동에 있는 부산경남본부세관(붉은 벽돌 건물?)에 위치하였고, 그 근처 일대는 연병장으로 사용되었는데 그 중앙에 국기 계양대가 높이 설치되어 있었다. 그런데 매일 오후 5시만 되면 어김없이 국기 하강식을 거행하였다.

그때마다 10분 전에는 영도방면에서 오는 길, 대청동 거리에서 나오는 길, 49계단에서 나오는 길, 제1부두에서 나오는 길, 초량방명에서 내려오는 길들을 무장한 보초가 질서 있는 행보로 나와 막아서서 그 당시 시간당 몇 대 오가지도 않았지만 그래도- 주로 우마차, 진짜 서부영화에 나오는 마차 운행 -교통을 일단 차단하여 사방이 조용해졌다. 그런 엄숙한 분위기에서 정시에 대포 일발을 발사하고, 군악대의 전주곡에 맞추어 애국가를 제창하면서 담당 군인의 그 엄수 있고 단호한 동작으로 국기 하강을 시행하였다. 그 엄숙하고 장엄한 행사는 국군뿐만 아니라 그 장면을 보고 있는 나(학생)를 비롯하여 국민 모두에게 애국심을 불러일으키기에 충분하였다. 그러하기에 물론 대한민국 국군의 애국심은 이 태극기(하기식 행사)에서 시작되었다 해도 과언이 아니다.

∴ '5·10 선거'로 '대한민국 정부수립(건국)'

'5·10 선거'에 대한 표어는 부산 미국공보원(USIS)- 최초 공보원은 지금의 부산 롯데 백화점 옆자리 -벽보에서 발견하였는데, '대한민국 건국'을 위한 국민총선거(국회의원 선출)였다. 이 투표는 한국 5,000년 역사상 최초의 남녀 유권자 전부에 의한 국민투표였다.

당시 우리 담임선생님은 역사담임이었는데, 왜 '대한민국 건국'이 아니고 '대한민국 정부수립'이냐고 질문하는 우리에게, "정부의 의미는 3권분립 상의 행정부이기도 하지만 국가라는 의미도 된다. 대통령은 행정부 수반이기도 하지만 국가를 대표한다. 그렇기에 대한민국 정부수립은 곧 대한민국 국가 건국을 의미한다고 해석해 주신 것을 지금도 기억한다. 2018년에는 대한민국 건국 70년을 맞이하였는데, 지금 이상한 정권이 들어서서 대한민국을 손상시키려는 의도(?)로 '대한민국 건국 70주년'을 무시하고, '임정 100주년' 운운하며 시비를 걸고 있다. 후일의 나라 사랑 우리 후손들을 위해서라도 부디 그 언행 오래가지 않기를 바란다.

∴ 해방공간, 부산 우마차(牛馬車) 시대

왜정시대 말기, 일반민의 교통수단은 기차, 전차, 보기 드물었지만 택시, 인력거 그리고 화물자동차— 나무로 불붙여서 운행 —등이었는데, 동래는 주로 우마차였다. 광복이 되자 기차와 전차는 만원이 되어 운행시간은 따로 없이 출발하는 시간이 그 시간이었다. 미군이 버린 손가락으로 헤아릴 수 있는 수의 자동차— '스리쿼터(3/4, 반트럭)'와 '지엠시(GMC)' 화물차, '박스차(Shop, 병기 수리차)'를 개조한 버스 등 —가 있었으나, 물론 대중화되지 못했다. 그런데 미국 서부영화의 마차가 등장하여 대중교통화하였고, 동래는 여전히 소달구지가 시골과 읍내 간의 화물 및 사람의 운반수단이 되어 있었다.

내가 부산에서 학교수업을 마치고 저녁 통근기차 말고 좀 일찍 집에 오고 싶으면 전차를 타야 하는데, 이건 만원과 만원에다 툭하면 '깽판'— 운행 포기 —이라 아예 포기하고, 다른 수단, 즉 지나가는 트럭 뒤꽁무니에 올라타거나 지나가는 마차 뒤 브레이크 막대 위에 올라타는 등, 그러나 그 덕도 몇 번을 바꾸어 타는 등 해야 집에 도착하는데 어떤 때는 통근차를 기다렸다 타고 오는 것보다 늦을 때도 있었다. 그래서 몇 번 시도한 뒤는 포기하고 부산 시내를 헤매는 것이 더 낫기도 하였다.

∴ 미국공보원에서 읽은 미국과 위인들

금수현 교감 선생님은— 당시 한국교육·음악계에서 아주 유명한 분이라 소개를 생략하고 — 종종 "미국은 사람의 윤리 도덕교육 이미 끝내고 지금은 고양이를 교육 중이다."라고 말씀하면서 우리들의 윤리도덕심과 학구심을 고취하였는데 그때마다 나는 미국이라는 나라를 동경하였다. 때마침, 부산 본역에서 학교까지 약 30분간 걸어 다녔던 동선상의 대청동 길에, 위엄 있고 근사한 건물에 'U.S.I.S'라는 미국공보원이 있었다.

귀가용 통근기차를 기다리는 시간이 여유가 있었기에 하교 시에는 통상 길가에 있는 책방에 들러 무료 독서(?)도 하고, 그리고 냉난방 좋게 되어 있는 이곳에서 공보원과 도서관 내부를 두리번거리며, 그 질 좋은 미국 학생 교과서를 펴보거나, 각종 잡지— 당시 한글로 미국을 소개하는 『희망』이란 잡지도 있었다. —

를 보거나, 또는 종종 재밌는 미국 소개 영화를 관람하면서 미국의 역사 특히 서부 개척 역사와 3권분립 정치 제도, 그리고 풍요한 시민 생활 등을 알게 되었다. 이때부터 풍부한 선진 미국에 관심을 가지면서 장차 미국 유학의 꿈을 키우기도 하였다.

∴ 위인의 꿈을 품다

물론 평소에도 나는, 우리 위인전은 후에 경제가 좀 발전했을 때 그리고 인문학이 발전된 후이고, 당시는 미국 서적과 일본 서적을 위주로 미국 위인들 특히 미국이 자랑하는 조지 워싱턴, 에이브러햄 링컨, 성공의 화신 록펠러와 카네기 등의 인물됨과 성공담을 중심으로 탐독하였다. 그리고 틈틈이 '시저'와 '플루타르크' 영웅전 등도 읽고 감동하였다. 그리고 역사 공부를 좋아하다 보니, 터키 부흥의 영웅 '아타투르크 케말 파샤 장군', 이집트 민족주의자로 식민지를 벗어나 동서냉전에서 위력을 발휘하는 '낫셀 장군' 그리고 당시는 우리보다 훨씬 선진국으로 보였던 필리핀의 국가재건 영웅 '막사이사이' 대통령 등의 혁명 정신과 성공담에 마음이 달아오르기도 하였다.

또한, 한국의 소년 잡지『소년』과 일본의 소년 잡지『少年』에서 "소년이여, 대망을 품어라(Boys be Ambitious, Boy Ambition!)!"라는 표어와 격려라던가, "사람은 上을 배워 中에 이르고 中을 배워 下에 이르나니 뜻 있는 자 天下逸品을 지향하라!"라는 금언들을 항시 마음에 새기고 '위인의 꿈'을 꾸어 왔다.

워싱턴 장군(대통령)의 소년 시절의 정직함이라든가, 특히 '링컨 대통령'의 정직과 성실— 빌려 온 책 비 맞아 돌려줄 때 빚 갚기 노동을 자처하고, 가난을 오히려 정직으로 극복한다든가 —, 록펠러의 '인생교훈', 그리고 윌슨 대통령의 대학 시절 '10분 늦게 불 끄기'의 가르침 등등으로 나는 일찍부터 국가부흥의 '혁명가', 그리고 사회와 인류의 지도자인 '위인'이 되기를 마음에 품었다.

∴ 선생님의 수양아들 될 뻔

육사 입교 전까지 가난하여 돼지고기, 소고기는 한 번도 먹어 본 기억이 없고,

중국집은 물론 짜장면이란 것이 세상에 있는 줄도 몰랐다. 그러나 비록 처마 끝에 매달아 둔 대나무 소쿠리에 담긴 꽁보리밥을 먹긴 했어도 하루도 세끼 밥을 걸러 본 날은 없었다. 다만 부산으로 사범학교 다닐 때 김치 반찬 국물이 흘러 책에 베여 냄새나고 해서, 도시락을 가지고 다니지 않아 점심때 운동장에 나가 놀고 있었기는 하였다.

우리 '방덕수' 할머니(인자하시고 섬세하신 바를 나타낸 애칭) 담임 선생님과 '윤인구' 교장 선생님과의 슬하에 자식이 없었다. 아마도 우리 집이 몹시 가난해서 점심도 못 먹는 줄 아시고, 한번은 어머니를 학교로 초대해 나를 양자로 입양할 뜻을 논의하였으나, 어머니의 겸양된 거절로 무산된 적이 있었다고, 한참 후에 어머니로부터 들은 적이 있다.

해방 후 설날이 되면, 부모님들이 고향 농촌 이웃들과 일찍 '고기 게(契)'를 들었다가, 그 전날에 소머리 고기를 얼마간 배당받아 와서, 그걸 큰 솥에 끓여 묵을 만들어서 근 한 달간 소고기로 알고 먹었고, 당신은 내장 몇 줄 받아 오셔서 설쇠 위에 신문지 깔고 화롯불에 구워서 소주 몇 잔 하고 잡수셨다. 그러나 식구 누구도 불평 몰랐고, 나는 오히려 미국의 위인 '링컨 대통령'의 어릴 때 보다 덜 가난한 줄 알았고, 그의 가난한 생활에도 정직을 앞세운 생활관을 본받으려 하였을 뿐이었다.

4. '6.25 남침적란(赤亂)' 시대의 부산교두보, 육사가 나를 불렀다(1950~1954)

∴ '6.25 남침적란' 발발과 피난민, 천막 가교사(假校舍) 시작

1950년 6월 25일, 그날은 공휴일이었다. 할아버지 옆집에는 학식이 높은 어른들이 살면서 당시 희귀했던 고급 라디오(5球)를 애용해 단파(AM)방송을 자주 들어왔는데, 그날 아침부터 그분들은 아주 긴장한 가운데 무엇인가 되풀이되는 방송을 더 열심히 듣고 있었다. 할아버지도 가까이서 들어보니, 북한 괴뢰집단(당시는 그렇게 불렀다.)의 선전(Propaganda)방송인데, "남한 괴뢰군이 북으로 2km 북침해 왔기에 이를 우리 용감한 인민군이 반격하여 현재 남진 중이다."라고 허위 선전하고 있었다. 바로 그날 새벽에 문자 그대로 '북한 괴뢰집단'은 소련 '스탈린'의 사주로 국제 공산주의 혁명운동의 선봉이 되어, 한반도적화통일을 위해 괴뢰군으로 하여금 38선 전 전선에 걸쳐서 전면 남침을 개시하였던 것이다.

할아버지가 6·25 바로 다음 날 수업(부산사범학교)을 마치고 나오면서 보니, 그 사이에 서울서 내려온 피난민이 벌써 길가에 보이기 시작하였고, 그다음 날부터는 대청동, 토성동, 대신동 등 주택가의 온 길가를 메우고 있었다. 우리 학교 또한, 큰길가에 있었고 반듯하였기에 그 열흘쯤 지나자(7월 초순) 미군이 주둔하게 되었고, 우리는 의자와 책상을 들고 이웃 '토성초등학교'로 일단 피난(?)해 갔다. 그리고 그 이후에는 미국군으로부터 대신 받은 24인용 군용 텐트로 '아미동' 산 언덕에 '천막가교(사)'를 개설하였다. 이후 휴전이 될 때까지 부산은 서울에서 피난 온 각급 학교들은 물론 부산 토박이학교 대부분도 학교시설을 군부대에 내어주고 '천막가교(天幕假校) 시대'를 지나게 되었다.

6·25 적란 당시 참전국은 1951년 초까지 총 16개국이었다. 군대 파병은 미국, 캐나다 콜롬비아 호주, 뉴질랜드, 필리핀, 태국, 남아공화국, 에티오피아, 영국, 벨기에, 프랑스, 그리스, 룩셈부르크, 네덜란드였다. 이 참전국들은 유엔이 요구하는 최소 규모인 1개 대대 병력(약 1,200명) 이상을 파견하였다. 1953년까지 한국전에 참여한 연합군은 미국을 포함 총 34만 1천여 명에 이른다.

또한, 유엔 결의에 따라 회원국 및 국제기구들이 각종 지원을 하기 시작했는바, 5개국(스웨덴, 인도, 덴마크, 노르웨이, 이탈리아)이 병원 혹은 병원선 등 의료지원을, 그리고 40개 회원국과 1개 비회원국(이탈리아)과 9개 유엔전문기구가 식량 제공 및 민간구호 활동에 참여하였다.

∴ 부산 본역에서 본 처절한 전사상자 후송

7월 말경부터 부산교두보가 형성되면서 낙동강 전선에서 치열한 전투가 전개되고 있었다. 하루는 할아버지가 학교를 마치고 저녁 통근열차를 기다리면서 부산 본역 언덕에 앉아 본역 내 군용열차들의 왕래를 보고 있는데, 그때 막 객차 6량가량의 전사상자 후송열차가 홈에 들어왔다. 열차가 정차하기도 전에 일제히, 모든 승강장과 깨어진 창문을 통해서 피투성이의 군인과 전상자들이 담긴 들것들이, 최대로 서두르는 속도로 밀려 나왔다. 그들은 곧 인근에 있는 '영도다리' 근방의 후송병원과 바다에 정박해 있는 유엔군 병원선으로 이송되어 갔다.

이들은 이곳 본역에서 1시간 거리도 안 되는 '마산'과 낙동강 전장의 치열한 전투에서 지금 막 부상 당하고 전사하여, 지급으로 후송되어 오고 있는 미군 전사상자들의 일부였다. 그런데 전장 그대로의 처참한 피투성이 후송광경이 전개되고 있는 홈에는 물론 환영객이 있을 리 없었지만, 당시 소문에 들렸던 대로 '대구 금달래'라는 중년의 미친 여인(?)이 흰 치마저고리(소복)를 입고, 내복 벗은 아랫도리를 드러내며 덩실덩실 춤을 추며 돌아다녔다. 그녀가 전사자들의 넋을 달래주려는 무당굿을 연출하는 것인지 그것은 알 수 없었으나, 여하간에 처절한 전쟁의 또 한 광경을 그때 목격하게 되었다. 이같이 비참한 전쟁과 전장에서 미국 군인은 한국을 위해 전사하고 전상을 당하기도 하였으니 어찌 한국사람들이 미국의 은혜를 잊을 수 있으랴?

∴ 임시휴교, 수영비행장 긴급건설현장에서 본 미군 능력

7월 중순이 되자 여름방학 겸 학교가 일단 휴교되었는데, 집안이 어려웠던 건 누구나 마찬가지여서 우리들 학생 대부분은 아르바이트에 나섰다. 당시 동래 '수영' 바닷가에 있는 간이 비행장 겸 수영장을, 대지급으로 대형 수송기와 제트기까지 이착륙이 가능한 비상 비행장으로 급조하기 시작하였는데, 이 작업장에 할아버지도, 비록 중학 2학년이었지만, 막일꾼으로 참여(돈벌이로)하였다. 근 열흘 이상을 밤샘 일과 낮 걸이로, 처음엔 주로 흙과 모래 자갈을 어깨짐으로 나르고 이어서 활주용 철판을 목도(Pole for Shouldering)로, 원하는 지점으로 운반해 가는 일이었는데, 특히 밤 2시경에는 졸려서 혼나기도 하였다. 그리하여 불과 10여 일 만에 거든히 전투비행장이 완성되는 것이었다. 과연 미국의 능력이었다. 그런데 이후 육사 전사학 시간에 배워 알았지만, 이 능력이 태평양 전쟁에서 일본의 능력– 간이 비행장 하나에 1~3개월 –을 압도하여 승리할 수 있었다는 것이다.

그런데 알고 보면 어른들도 중노동에 속하는 일임에도 불구하고, 그러나 그때의 나는 특별히 힘들다는 생각도 없이, 낮일을 마치고 잠깐 저녁 식사 겸 휴식하고 바로 저녁 일로 들어갔다. 그러나 그때마다 하루살이 노동자로 뽑히기 위해, 힘세고 건강한 어른 모습을 보이기 위해, 얼굴은 밀짚모자로 가리고서도 성년으로 보이게 인상을 만들어 보이면서 어깨를 최대로 펴고 당당해 보이려고 하면서도, 그때마다 일에서 제외되면 어쩌나 하는 초조했던 심정 참 힘들었다. 웃을 얘기로, 그때의 그 고심 때문에 아마도 내 이마에 석줄 주름살이 일찍부터 생겼을지도 모른다.

수영비행장 활주로 공사가 끝나자 공중과 수상— 수영 비행장 백사장은 당시 전국 최고 해수욕장이다. 멀리 해상의 대형수송선으로부터 육지로 수륙양용 수송선 이용 —으로 인원과 탄약수송이 시작되고 이 탄약을 바로 거기에 있는 수영 기차역에서 화차로 이송하여 전방으로 보내고, 계속 들어오는 예비탄약들은 바로 인접 해운대 기차역으로 가서 다시 하차시켜 바로 위 지근거리의 낙동강 전선으로 직송하거나 내륙 임시 탄약창으로 이송하는 작업이 시작되었고, 그를 위한 노동시장이 또 형성되었다.

∴ 미군 부대 아르바이트장에서 본 해군 제트기의 처절한 희생

수영비행장 건설공사장에서 해운대역 탄약 적하장으로 아르바이트를 옮겨가는 도중에 건설이 완료되고 전투비행장으로 운용되기 시작한 그 지음(1950년 9월 전후)에 나는 잠시, 비행장을 적의 공중공격으로부터 엄호하는 미군 대공화기부대('애끼애끼부대': AA, Ack–Ack, Antiaircraft gun)의 한 반(班)에 심부름꾼(하우스보이)으로 일하기도 했다. 영어 배우기가 주목적이었다. 이 분대의 대공화기는 수영비행장 활주로 맨 북단의 서편 끝에 쌍으로 배치되어 있었는데 활주로 끝으로부터 불과 50미터 거리에 있었다. 그리하여 매일 매시간 활주하여 비상하는 프로펠러 '호주 전투기'와 새로 발명되어 전투에 참가한 항공모함용 해군 '제트 전투기'를 지상에서 엄호하고 동시에 적기 내습 시 격추하는 주 임무를 맡고 있었다.

그런데 새로 나타난 짙은 쥐색 제트 전투기는 항상 2기 편대로 출동하는데, 아마도 활주로가 짧은 듯 항상 맨 끝 지점(2~3백 미터)에 와서야 아슬아슬하게 급상승하여 하늘로 치솟아 올라갔다. 그런데 하루는 2대 중 한 대가 치솟지 못하고 약 5미터 높이의 북쪽 제방 끝에 몸체를 슬라이딩하면서 박히고, 순식간에 불이 붙으면서 탑재된 탄약(기총소사용)과 함께 폭발하였다. 소방차가 달려 왔으나 조종사를 구조할 시간이 없었고, 총탄이 사방으로 나르고 기체가 폭발하기에 근접할 수가 없었다. 그런가 하면 불과 10여 분 눈 깜짝할 사이에 전투기는 잿더미가 되고 조종사는 형적조차 없었다. 함께 출동했던 다른 한 대는 상공을 한 5분 선회비행하다가 전장을 향해 날아갔다. 그때 그 전우 조종사의 심정 어떠했을까? 이곳저곳이 바로 전장이요 전쟁이었는데 내가 그때 불과 50미터 채 안 되는 거리에서 실탄과 폭발을 피해 엎드린 체 그 현장을 목격하였던 것이다. 전쟁과 전장은 이렇게 처참한 것임을 체험하였다.

∴ 해운대역 탄약 운반작업

나는 학교 친구들과 함께 다시 해운대 기차역으로, 동래 시내에서 수영을 거쳐 해운대까지 걸어서 출퇴근하는 아르바이트를 하게 되었다. 주로 화차에서, 각종 구경의 소총 탄약 상자들과 특히 상자에 포장된 105밀리 포탄 또는 포장 없는 155포탄(별명, 한 되 병)을 받아 어깨에 메고 100여 미터 거리에 있는 트럭에 가서 올려 싣는 작업이었다. 포탄의 무게는 155밀리가 47여kg 내외, 105밀리는 20kg(한 상자 당 2발) 내외였기에 모두 힘에 겨웠지만, 특히 155밀리 포탄을 받아 메는 순간은 그 자리에 폭삭 주저앉는 기분이 들 정도로 무거움- 당시 우리 학생 몸무게 정도? -을 느꼈다. 아마도 당시 할아버지 몸무게는 중학생 평균으로 53kg 정도였기에 그랬을 것이다.

그리하여 그렇게도 어려웠던 유엔군의 부산교두보 군수 보급기지 형성이 완성됨으로써 유엔군의 9월 대반격작전(인천상륙작전 등)이 성공할 수 있었던 것이다. 그런데 당시 가정형편은 후방국민 모두 함께 겪는 가난한 전시 후방생활이기는 했으나, 그래도 우리 집은 할아버지가 직접 생계를 도와야 할 정도는 아니었기에, 여름방학에 휴교가 겹친 짬을 이용해서 아르바이트에 나섰던 것이다. 그런데 마치 그 속을 알기나 하는 듯(?), 소위 한국 측 고용주(錢主)는 작업 후 종이로 된 소위 전표(錢票)를 그날 품삯으로 주었다. 그런데 그 전표는 그날부터 최소한 일주일 이상 지나야 전주가 있는 지급 현장에 가서 현금화하는데, 그것조차 30~40% 이상 할인하여 교환해 주었다.

그래서 한 20일분을 모았다가 교환해서, 모처럼 배밭에 가서 5개 정도 사고 책방에 가서 영어 콘사이스(당시는 일어로 된 사전) 한 권 사고 나니 집에 가져갈 현금이 없을 정도였다. 그런 행위, 즉 공산주의자들이 말하는 소위 '자본가의 노동착취' 행위가, 지금으로는 상상하기 매우 어려운 일이나 전시 한국노동판에는 다반사였다.

∴ 전쟁 중 가형(家兄)의 참전(參戰)

1950년 9월 초기까지 아군은 후퇴를 거듭하여 최후 방어선, 즉 부산교두보(Pusan Bridgehead)- 부산과 해운대 그리고 동래를 거점으로 하여 서로는 약 30~40킬로미터 밖에 안 떨어진 진해와 마산 지역으로부터 낙동강을 따라 북으로 올라가 대구에서 20여 킬로미터도 안 떨어진 다부동을 거쳐 오른쪽으로 꺾어 부산에서 불과 80여 킬로미터에 위치한 한반도 마지막 방어 지대 -를 형성하고 사력을 다하여 방어전투를 실시하였다.

이 당시 부산교두보의 한 군사 핵심지역이 된 동래는 동래고등학교가 육군종합학교(전시 단기장교 양성학교)를 비롯하여 동래 내성국민학교 등 초등학교들은 징모 장정(壯丁)들의 임시 수용소로 징발되었다. 전선이 아주 다급하였을 때는 이들 장병들이 신병훈련소를 거치지도 못하고 곧바로 기차로 전선으로 직송되면서 기차간에서 M1 소총 사격요령만 교육해서 전선에 보충되기도 하였다. (당시 고등학교 상급생들은 주로 헌병 병과로 (학도병) 지원해 가기도 하였는데 바로 노태우 전 대통령을 비롯해서 전국적으로 그 학년대였다.)

당시 가형은 우리 남매를 대신하여 '봉일(奉一)'이라는 이름 그대로 초등학교 졸업과 동시 직업전선에 나서게 되어 운전기사로 '부산영도소방서'에 근무 중이었다. 전쟁발발과 동시 징집되어, 육군 수송 병과에 소속되었으며, 북진 당시에는 원산 방향으로 진격해 올라가기도 하였다. 전역 후에는 후방에서 한때 미군부대 수송부에서 임시로 근무도 하였으나, 원래의 학구열과 실력 있는 문장력을 발휘하여 지방신문기자로 상당 기간 근무하였다. 그 이후 경찰에 투신하여 소도시 파출 소장도 역임하였다. 그 아들, 즉 집안 장손인 내 장조카(문시언)는 성장하여 현재(2022)는 화장품 계통 중견 기업 대표로, 우리 가문을 대표하여 사회에 크게 기여하고 있다.

∴ 전시 보충병의 씨받이

우리 집 바로 근처에 있었던 동래 내성국민학교에 수용된 장정들도 한때는 불과 며칠 사이에 전방으로 이동해 갔는데 그동안에 시골서 함께 따라온 식구, 주로 어머니와 아내(며느리)들은 길가에 가로수를 지붕으로 그 밑에 자리 깔고 그들이 떠날 때까지 며칠을 노상에서 지새웠다. 그들 가족은 잠깐 외출 나온 장정을 만나 그 길가 맨땅 위에서 마지막이 될지도 모르는 씨받이로(도) 이별의 심정 위로를 대신하기도 하였다.

∴ 대한민국 '제1회 현충 추모식'

'적란(赤亂)' 발발 1주년이 되던 1951년 6월 25일에는 동래고등학교 교정에서, 이승만 대통령 임석하에 '제1회 현충 추모식'이 거행되었다. 지난 1년 동안 전선에서 용전 분투하다 전사한 한국군과 유엔군 장병들의 넋을 위로하고 그 가족을 대통령이 직접 위무하였다. 그런데 그때 유가족 일부는 "내 아들 내놓아라!"라고 오열을 참지 못하는 경우가 있었는데, 나는 그때 (어린 중학생으로) 느끼기를, '전쟁이란 비참한 것이고, 그리고 내 핏줄의 죽음이란, 때로는 애국심도 넘는 것'으로 느껴지기도 하였으나, 한편으로는 국가와 민족을 위한 거룩한 희생에 대해서는 선진국의 부모들처럼 좀 더 성숙한 마음가짐이 있어야겠다고도 생각이 들었다.

∴ 고무신 공장에서 아르바이트

1950년 북괴 남침 적란 이후 그 여름과 부산교두보가 형성된 그 가을까지 나는, 이미 말한 바 있듯이 중학 2~3학년의 학업을 중단하고 수영비행장과 해운대 기차역에서 전쟁 후방 지원과업(보수를 받고)에 종사하였고, 그리고 이어서 겨울에는 동네 근처 온천장에 있는 개인이 운영하는 10인 이하 소기업 공장, '고무신 재생공장'에서 일했다. 말이 공장이지 실은 가내수공업이었다. 한두 사람이 바닥에 앉아서, 수집해 온 헌 고무신과 운동화에서 고무를 뜯어내어 생고무와 재생고무를 구분해 놓으면, 다음 사람(공정)이 그것을 손으로 만든 바인더에 대고 갈아서 고무가루를 만드는 것이다. 이 공장에서는 그 고무 가루를 부산에 있는 고무신 제조공장에 보내고, 거기서는 검은 재생고무신이 되어 나오는 것이다. 이 과정이 바로 한국과 국제적으로도 유명했던 부산 동래 신발 공업의 시작이 되었던 것이다.

그런데 요즈음 말로 '미세먼지' 속에서 작업을 했어도 고단하다거나 고생스럽다는 생각은 전혀 없었으나, 지나가는 내 또래 교복 입은 학생들을 보면, 한시바삐 복교를 해야겠다는 마음이 간절하였다.

그리하여 드디어 1951년 봄에 공장 일거리가 일시 중단되자 나는 부산사범학교로 달려가 복교하였다. 당시 풍전등화의 전시상황에서도 이승만 대통령은 학교 교육을 (심지어는 대학생은 병력까지 면제해 주어 가며 교육을) 국가 운영상 최우선하였다. 그러하였기에, 우리 학교도 토성동 뒷산 언덕 '아미천사당(일제가 사용하다 비어 있었던)'을 교무실로 그 뜰과 근처 밭을 정리하여 천막 교실─ 미군은 부자였고, 마음씨도 후했다. 부산 전 지역 (지역 학교와 각급 피란학교)의 각급 모든 학교와 우후죽순으로 생겨나는 기독교 교회당까지 수만 개의 군용천막(주로 24인용) ─을 지어서 단절 없이 수업 중이었다.

∴ 부산 사범에서 동고로 복교 후 주독야경

그리하여 복교 후 고등학교로 진학하기까지 불과 몇 개월이었지 만 방덕수 선생님을 다시 만나 그의 지도하에 즐겁게 부산사범학교 초급과 3학년 말 학기를 보낼 수 있었다. 그런데 전쟁 중 학제 변경으로 졸업 당시 중학과정은 '사범병설중학'으로 개칭되었는데, 사실상 3학년 거의 전 학기를 결석하고도 졸업(사범병설중학 제1회생)할 수 있었다.

그리하여 새 제도에 의한 고등학교 진학시험(부산사범학교와 동래고등학교)을 치렀는데, 별 어려움 없이 두 학교에 모두 합격하였다. 그러나 집안 사정─ 가형의 입대와 기울어진 가세 등 ─과 교통사정 등으로 더는 부산으로 정시통학이 어려워, 집에서 300미터 정도로 가까이 있는 동래고등학교를 선택하였다. 그러나 아르바이트는 계속할 수밖에 없는 형편이라, 부산 국제시장 한 부분에 2층 목조 임시 건물(도합 200여 평)에 설치된 '국제아동구호소(주로 유럽 의료진이 운영)'─ 그때까지도 환도해간 '이화여대 부속병원'의 간판이 여전히 붙어 있었다. ─에 야간 숙직원(겸 경비원)으로 취직하였다. 그리하여 매일 하교(오후 3시경) 후에는 그 길로 바로 부산으로 내려가서(약 1시간 반 이상 소요), 2층 모퉁이방(1.5평 정도) 숙직실에 책가방을 놓고, 내려가서 병원열세를 인수받았다. 그때부터는 아무도 없는 병원 집을 청소(사실은 아주 깨끗하게 사용했던 것으로 기억된다.)하고, 내일 사용할 수돗물을 물탱크에 올린 뒤, 건물 내외를 한 번 순시하고, 그때부터는 건물을 지키면서 내 시간을 가졌다. 그때도 여전히 전기사정이 좋지 않아 밤새 정전이 보통이었다.

∴ 부산국제시장과 월남/피난민의 생존 현장

부산의 '국제시장'은, 특히 최근(2016) 영화를 통해서도 잘 알려져 있지만, '6·25 적란' 당시에는 한국국민 경제생활의 중심— 좀 과한 표현이기는 하나 —이었고, 동시에 특히 이북에서 온 피난민(특히 흥남 철수민)들의 생존터전이요, 생존 전장이었다. 물론 거래상품은 주로 '미제물건(美製物件)'이었고, 일제(日製) 것이 그다음이었으며, 한국 물건은 주로 먹거리뿐이었다.

그런데 미제물품은 오늘날과 같이 당당히 미국과의 무역을 통해 수입해 온 것이 아니고, 부끄럽지만(전시라 불문하고), 주로 미군 부대 PX에서 새어 나온 것, 훔쳐 나온 것, 품삯으로 비공식적으로 받아 나온 것 등등으로, 미군이 공식적으로 인정할 수 없는 물건들이 이동식 좌판이나 아예 사람과 사람을 통해— 샘플을 주로 여자 몸에 숨겨서 – 암암리에 왕성하게 거래되었다. 그래서 국제시장을 한때 '암시장(暗市場)'이라고도 했다.

부산 거리에는 외출 나온 미군을 단속하기 위해 그리고 국제시장에는 미군 물자 불법거래를 단속하기 위해 미군 헌병 'M.P(Military Police)'가 순찰하였고 어떤 때는 조직적인 단속반이 하루에도 몇 번씩 닥침으로, 시장에는 수시로 쫓고 쫓기는 그리고 또 되돌아오는, 끈질긴 생존전쟁이 매일 여러 번씩 연출되었다. 참으로 처참했던 '6·25 적란' 중 '부산교두보'의 생존 현장 모습이었다. 그래서 나 같은 사람들은 지금 세계 곳곳에서 생겨나는 전쟁난민들을 보면서, 그때를 생각하고 오늘의 이 대한민국의 행복을 지켜나가려고 태극기와 성조기를 흔들고 있는 것이다.

잊을 수 없는 또 하나의 체험을 당시 일기장에서 요약해서 옮겨 본다. 새벽 5

시에 병원을 나와 동래로 가는 미군 부대 출근용 통근 트럭을 타기 위해 바로 옆 문화극장- 불타 버렸으나 그 옆 건물과 공지에 미군 모터풀이 있었다. -으로 갔다. 도중에 벌써부터 많은 상인이 자유시장(국제시장)으로 가고 있었고, 불과 5분 정도의 시간과 거리에 열 명 넘는 '소년 우유 장사' 아이들이 지나갔다.

극장 옆 담벼락에 이르러 또 지나가는 '우유 팔이'가 있어 세우고, 30환을 주고 한 병 사서 마시며 물어보았다. "언제 일어나서 언제까지 팔며 얼마나 파느냐?" 하니. 3시에 일어나 팔면 한 10병쯤 파는데, '서울사람' 있을 때- 서울로 환도전를 의미 -는 잘 먹혔으나, 지금은 그렇지 못하다는 것이었다.

그러는 사이 문화극장 추녀 밑에 뒹굴며 자던 아이 3~4명- 한 6~8세, 계집 애도 하나 있었다. -이 일어나, 얻어먹는 깡통을 들고 당당하게 "오이, 이리와! 따끈한 우유!" 하더니 10환을 내밀고 30환짜리 우유를 달라는 것이었다. 그 장사 애는 기가 막힌 듯한, 지보다 더 불쌍하고 어쩔 수도 없다는 듯한 표정으로 나를 연신 보면서, 내민 깡통에 우유를 다 부어 주었다. 그 애들은 서로 다투어 가며 마신 뒤에는 생기가 나는지 노래하며 떠들어 대었다. 그러자 문화극장 안에서 창 너머로 머리를 내민 어른이 "저리 가라, 시끄럽다!"라고 고함쳤다. 그러자 언제나 당한다는 듯이 아무런 의의 없이(?) 그저 명랑 표정으로 저쪽 어둠이 밝아가는 자유 시장 쪽으로, 그 이른 새벽공기를 마시며 오늘도 방황의 첫걸음을 내딛는 모습이었다.

나는 다시 그 우유 팔이 소년에게, 손해 본 것이 안타깝기도 하고 그 마음씨가 착하기도 하여 가진 돈 10환을 그에게 내어 주었더니, 그 소년은 한사코 받지 않았다. 그래서 "그럼 어서 가서 많이 팔아라." 하니 "고맙습니다." 하고 헤어지면서, 그 뒤 모습을 보며 이 애에게 행운이 있기를 빌었다. 당시는 그 애뿐 아니라 많은 애들이 그렇게나마 부지런하게 움직여 거지 신세를 면하고, 자신과 가족을 지키면서 그 시대를 극복하고 있었다.

당시의 사회상과 국제시장의 모습을 회고할 수 있는 당시의 유행가가 지금도 유행되고 있다.

눈보라가 휘날리는 바람 찬 흥남부두에 목을 놓아 불러봤다 찾아를 봤다

금순아 어디로 가고 길을 잃고 헤매었더냐
피눈물을 흘리면서 '1.4' 이후 나 홀로 왔다
일가친척 없는 몸이 지금은 무엇을 하나
이 내 몸은 국제시장 장사치기다
금순아 보고 싶구나, 고향 꿈도 그리워질 때
영도다리 난간 위에 초승달만 외로이 떴다
철의 장막 모진 설움 받고서 살아를 간들
천지간에 너와 난데 변함 있으랴
금순아 굳세어 다오 남북통일 그 날이 오면
손을 잡고 웃어나 보자 얼싸안고 춤도 춰보자

  그리고 당시, 졸지에 모든 것을 북한의 적란으로 빼앗긴 부산 피난민 중에서
도 군역을 면한 남성들은 부산부두에서 주로 미국 원조물자(주로 한국 국민 생
존원조물자인 밀가루)를 운반하는 부두노동으로 생계를 담당하였고, 여자들은
근처 (요즈음 북한의 장마당 같은) 시장에서 무엇이던 장사(즉석 전을 구워 팔기
도 하는 등)를 하였고, 밤에는 용두산을 비롯한 산언덕(부산 시내는 험한 산은
없어서 근처 산과 언덕 모든 지면에)에 마련한 임시거처 '골판지 상자집'에서 밤
을 보냈다.
  말이 거처이지 실은, 미군 부대에서 나온 각종 레이션(Ration, 주로 야전) 상자
로 강아지 집— 지금과 같은 야영 장비는 그 모두가 5·16 혁명 이후 얘기고 당시
는 아무 소재도 없었다. 일본말 '하꼬방(상자집)'으로 오랫동안 불려졌다. — 모양
으로 만들고 그 위에 비 새는 것을 피하기 위해 미군 레이션 깡통을 펴서 비늘 지
붕을 만들어 얹었다. 그나마 비 오는 날이면 일거리도 없거니와 고무 신발로 미끄
러져 걷기도 어려워, 당시 유행가에도 있듯이 '비 오는 날은 공치는 날'이었다.
  미국은 당시 부산에 있던 유일한 화력발전소 1기로는 군수 문제조차 해결하기
어려워, 60,000kW 발전선을 부산부두에 정박시켜 전쟁 중 최소 전기수요를 커
버하였다. 그런데 미군은 물론이고 그 외도 수없는 국가들의 수 없는 선박들이
부산항구에 드나들었는데, 그들을 포함하여, 특히 밤에 들어온 선박의 선원들
눈에 펼쳐진 야경, 부산은 거리는 좁고 바로 야산이 벽면처럼 기리로 전개되어

있는데, 그 전면에 입추의 여지 없이 들어선 피난민의 상자집들에서 새 나온 불빛은 마치 거대도시의 거대빌딩으로 보였기에, '와, 대단한 한국'으로 보였다. 그러나 다음 날 아침에 일어나 다시 보니 그 위대한 장관은 온데간데없고 그 자리에는 알 수 없는 돼지우리들(?)만 가득 보이더라는 것이었다. 그 후 오랫동안 특히 '5·16 혁명'으로 민족 중흥 이후 우리 사람들은 그 얘기로 그 시절 회고를 겸하여 성공 실감으로 회자하였다.

∴ 거제리 포로수용소와 태업(怠業) 같은 편한 포로생활

'6·25 적란' 당시를 생각하며 또 하나 빠뜨릴 수 없는 얘기는 '거제리 포로수용소'이다. 내가 살던 동래에서 남으로 불과 3킬로미터 거리에 '거제리'가 있었다. 그곳에는 약간의 평탄한 공간이 있어서 일제 강점기부터 철도 요원들의 관사지대가 형성되어 있었는데, '6·25 적란' 때는, 거제도 포로수용소가 넘쳐나서 부산 가야산 근처에 포로수용소와 이곳 거제리에도 포로수용소를 임시로 운용하였다.

수용소 근처까지는 가보지 못했으나, 미군의 포로수용소 운용은 참으로 관대(?)하다는 생각이 들었다. 물론 「전시국제법」 속에는 전쟁포로를 인도적으로 취급하라고 명시되어 있다. 그러나 듣기에는 공산주의 국가의 전시 포로 취급은 대단히 가혹하기로 이름나 있는데 미국과 미군은 전시국제법을 모범적으로 준수해 나가고 있는 것으로 보였다.

동래에서 거제리 길을 가다 보면 종종 이들 포로 무리들의 일과 단면을 보게 된다. 그 무리들은 항상 길 가운데 꿈쩍도 하지 않은 채 주저앉아 있는 듯한, 마치 동물들이 길 가다 멈추어 앉아 있는 것처럼, 좀 두려운 인간 모습들을 볼 수 있었다. 그들은 겨울에는 미군용 오버를, 부산 동래는 추위도 매섭지 않고 해서 습관적으로 오버를 입지 않는데 이들은 사치스럽게도 따뜻하게 입고- 비록 등에는 큼직하게 'P.W(Prisoner of War, 포로)'라는 글자를 박아 넣긴 하였으나 -길에서 잔돌 집어내기 작업을 한답시고, 물론 포로들 운동을 겸해서 안 해도 되는 작업을 만들어서, 쪼그려 앉아 아마도 10분도 더 걸려 한 손을 내밀어 자갈돌 하나 집어 들고 또 10분도 더 천천히 한 발짝 움직이는 광경을 지나가면서 흔하게 목격하였다. 그 정도면 미국은 전시 포로 취급규정을 충분히 지키고 있는 것으로 보이기도 하였지만, 한편으로는 인간이 얼마나 어떻게 게을러질 수 있는지도 볼 수 있었다.

∴ 전쟁 중 수복된 서울 관찰여행

전선이 현 휴전선 전후에서 소강상태를 유지하자, 그동안 부산에 있던 우리 피난정부가 휴전 성립 이전부터 이승만 대통령의 특단으로 임시수도 부산에서 서울로 환도, 즉 수복해 갔는데, 이 할아버지도 그동안 가 보고 싶었던 서울의 모습도 궁금하여 서울여행을 감행하였다. 서울에서는 당시 피난지 부산에서 피난생활을 마치고 막 서울로 복귀해 간 치과의사 8촌 형님의 '문치과(원효로 2가)'에 며칠간 신세를 지면서, 시간을 아껴가며 서울 시내인 태평로(지금 세종로), 종로, 을지로와 용산 등지로 전차를 타고 다니며 구경하였다.

당시 내가 본 서울은 두말할 것 없이 거의 완전히 파괴된 황폐한 모습 그대로였다. 더욱이 수복 직후라 막연한 데다 언제 또다시 적의 수중에 떨어질지 모른다는 심리적 압박도 있고 해서인지, 사람들은 우선 살아남은 사람들의 기거 정리로 무너진 벽과 천장 보수, 그리고 생필품 상점의 임시 수리 등이 한창이었다. 다만 그 가운데서도 하학하여 거리를 지나가는 여학생들의 조잘거림과 웃음만이 그 수복 후 처참한 서울광경에서 희망을 바라볼 수 있게 하였다.

나는 지금의 세종대로(광화문 거리, 세종로, 옛 태평로) 거리 한가운데– 아마도 지금 세종대왕 동상 자리쯤 –에 서서, 앞뒤 사방 허허 폐허를 둘러보며, 북악산과 중앙청(지금은 광화문)을 배경으로 남쪽으로 향해 서서 남대문 너머로 멀리 보이는 한강 방향을 바라보며, 마음속으로 '장차 이 나라의 중흥을 위해 일하는 위인'이 되기로 다짐하였다. 그로서 나는 일찍부터 가져왔던 '서울 꿈'을 일차 이루기도 하였다.

(그런데 오늘날 서울 곳곳에는 초현대식 빌딩이 들어서서 겉보기에는 세계 어느 현대도시 못지않게 아름답고 부유하게 보이나, 을지로 3~4가, 종로 거리, 서울역에서 남대문 거리에는 2021년인 지금도 전쟁 복구 중이던 당시 거리풍경 거의 그대로 남아 있는 동네들이 있기도 하다.)

∴ 한국 장교단의 '벙어리 코스' 미국 유학과 선진 미국 문명의 본격 유입

6·25 남침 적란 시대 말기에 휴전 회담을 벌이며 전선이 소강상태가 되어갈 즈음 미국은 '한국전쟁의 한국화'를 위해 그리고 한국군 전투력증강의 필요성에 따라 미군 지도부의 요청과 이승만 대통령의 동의에 따라, 대부분의 한국군 장교를 단기(6개월 이내) 과정으로 병과별로 미국 군사학교에 유학을 보내게 되었다. 한국군 간부들- 장관과 영관급 장교단의 거의 전원 -을 미국군사학교 (OAC, 참모대학 등)에 파견하여 (비록 단기간의 주입식 강의 방법이기는 하였으나) 군사 교육 겸 미국 소개를 통해서 한국군을 통째로(?) 미국화(동시 민주화)하여 군사 지휘력을 개선·강화하고 장차의 한·미 연합작전에 기여할 수 있도록 조치하였다.

당시 한국군 간부들을 위한 이 유학은 이후 한국군을 현대화, 강군화하고 한국 전장을 한국화하는데 기여하였고, 동시에 한·미 군사동맹의 기본조건이 되기도 하였다. 그러나 무엇보다 중요하고도 역사적인 기여는 바로 '5·16 군사혁명'의 동기를 낳게 되는 데 있었다.

그런데 상당수(200~300명)의 장교를 동기간에 교육시키려고 영어통역관을 대동하게 되었고, 훈련 방법은 주입식이 될 수밖에 없어서 이를 두고 '벙어리 코스'라 이름하게 되었다. 그때 있었던 한 에피소드는, '미투(me too)'였다. 지금 유행하는 '성추행 고발'을 의미하는 '미투'가 아니고, 그야말로 미국문화와 영어를 모르던 당시 한국 장교들의 초기 미국생활의 한 단면이었다.

미국 장교식당(Officer's Mess Hall)에서는, 아침 식단에 예나 지금이나, 계란 2개씩을 주는데, 취식 방법은 자유이다. 예를 들어 삶은 계란, 프라이, 스크램블 등인데 담당 취사병이 즉석 주문요리를 해 준다. 그런데 한국 장교 200~300명이 같은 시간에 입장하여 줄을 죽 서고, 맨 앞에 통역장교가 앞서서, 요리병에게 "후라이!"라고 하면 뒤따르던 모두가 "Me Too!" 했다. 미안하지만 당시만 해도 한국 장교들도 가난해서 계란 구경도 드물게 했을 뿐만 아니라 다양한 요리방법에 대해서는 더더욱 몰라- 오로지 날계란 아니면 삶은 계란만 알았을 뿐 -생소한 그 발음조차도 두려웠기에 그렇게 했다. 그렇게 되니 그 요리병은, '아 한국 장교는 계란 프라이를 좋아하는구나'고 판단하고, 시간 절약상 다음 날 아침 계란은 '프라이'로 미리 준비해 두었다.

그런데 막상 그다음 날 맨 앞에 선 통역장교는 자기 의향대로 '스크램블'을 시켰다. 그러자 뒤따르던 모두가 또 '미 투'였다. 그래서 식당에서는 준비한 것 모두 폐기하고, 다음 날은 '스크램블'을 미리 준비했더니, 그다음 날은 '삶은 계란'으로, 역시나 200~300명 모두가 '미 투'였다. 그래서 식당주임과 식당 병사는 한동안 혼이 났다는 유명 아닌 우스개 에피소드가 지금도 전해 내려오고 있다.

∴ 국군 장교와 육군사관학교에 관심을 갖다

그 당시(1952년) 동래고등학교 한 반에서 친하게 지내던 '이인길'이라는 친구가 있었는데, - 그 후 우리 동급생 7명과 함께 서울법대를 졸업하고, 당시 국민 브랜드 1호 '럭키 치약' 무역회사 뉴욕지사로 진출해 가서 뉴욕에 영주했다. - 이 친구는 이북 평양 출신으로 6·25 적란 이전에 미리 남하했던 그의 형(이순길, 육사 10기, 1974년 특전사령부 부사령관, 나는 막 대령으로 진급하여 특전사 정보참모로 보직되어 그를 직접 모시고 근무)을 찾아, 온 가족이 전쟁 중에 남으로 피난 내려와 합류하여 우리 동래에 자리 잡고 있었다.

이 친구가 하루는 보여 줄 것이 있다고 해서 그 집에 갔다. 당시 그 형은 육군 소령으로 미국 유학 후 진해에 있던 육군대학 교관으로 근무하고 있었다. 그런데 그가 보여 준 것은, 그 형이 미국 보병학교 유학 갔다 오면서 가져온 기념품으로, '도넛판 디스코(Disco)' 판도 있었는데, 그 속에는 일본 '미조라 히바리'라는 한국의 이미자와 같은 당시의 인기 여자가수가 노래하여 대유행이던 "난데모 간데모 아게마쓰요 캄온노 마이하우스 마이하우스 카몬~. 무엇이던 아무거든 드릴게요. 오세요, 오세요, 우리 집으로."라는 유행가도 포함되어 있었다. 이는 전후 당시 거족적으로 미군에 의탁하여야 했던 일본의 사회상을 나타낸 대표적 유행가로 인기 절정에 있었다.

그리고 '엠파이어스테이트 빌딩' 모형 기념품도 보여 주고 내게 선물로 주었는데, 그 형으로부터 이 '엠파이어스테이트 빌딩(당시 103층, 세계 최고)에 올라가 마천루 세계인 뉴욕을 내려다보면서 '인생관이 변하려 하였다.'라는 얘기를 들었노라고 했다.

그도 그럴 것이, 당시 서울에는 지금 롯데백화점 본점 자리에 6층 건물 하나 있어서 그나마 외국인들이 전용하다시피 하였다. 그조차 전쟁 중에 반파되었다가 우리 공병에 의해 55년경에 재건되었다. 종로와 을지로 기와집들은 거의 파손되어 남은 건 5천 년 역사 그대로 남아 있는 초가집들 천지였으니, '뉴욕' 거리와 '엠파이어스테이트 빌딩'에 올라서 보면, 완전히 놀라운 신천지가 전개되고 있었을 테니, 더구나 열혈 우국 청년 장교로, 그 어찌 인생관이 변하려 하지 않을 수가 있었으랴? 그것은 1962년에 미국에 유학 가서 가보았던 그때 이 할아버지도 꼭 같은 심정이었다.

그러한 증거들과 얘기들을 눈으로 직접 다 듣고 본 나는, 선친의 개척정신과 신학문탐구 정신을 이어받아서인지는 알 수 없으나, 또다시 서울 가서 공부해야 겠다는 생각과 그래서 미국도 가고 싶다는 생각으로 가슴 벅차게 되었다. 때마침 우리 학교에는, 진해에서 새로 개교한 육군사관학교 현역교관으로 근무 중이면서 동래에서 출퇴근 중인 당시 유명했던 역사 선생님(중앙대 교수)과 경제 선생님이 계셨는데, 이분들로부터도 육사에 대한 소개를 받기도 하였다.

∴ 대한민국 육군사관학교에 지원, 합격

그리하여 육사에 대한 관심이 있어 가던 중 1953년 초에, '육사 제3기 추가시험'이 공고되었다. 그 내용 속에 이 할아버지를 끌어당긴 대목은, 육사가 서울로 옮겨간다는 것과 졸업 후 미국 유학의 기회가 있다는 것이었다. 그래서 나는 졸업 학년이 아닌 고교 2학년으로서 시험 삼아 응시해 보았다. 부산에서 학과시험에 합격한 뒤, 대구에 있는 당시 제5보충대(장교부충대)로 소집되어 가서 최종적인 신체검사와 면접시험이 있었는데, (짐작하건대) 면접평가에서, 육사 총장이 '육사 지망 이유'를 물어, "군의 간부가 되어 군 부패를 개혁하겠습니다."라고 했으니, 지금 나로서도 불합격 판정 내릴 수밖에 없었을 것이다.

그래서 그때는 낙방하고, 가을(10월)이 되어 정상적인 '육사 제4기 모집'이 같은 내용으로 공고되었는데, 이번에는 고등학교 3학년의 정식 자격으로 응시하였다.

부산지역은 부산 '남성고녀' 강당에서 학과 시험이 실시되었는데, 고르지 못한 마룻바닥에 받침도 없이 (불허) 시험지를 내려놓고 엎드려 열심히 써낸 결과 이번에도 학과시험에 합격하고, 최종면접을 위해 이번에는 진해에 있는 육군사관학교─ 54년에 육사가 서울로 이전 후 육군대학이 위치 ─로 갔다. 이번에는 면접시험에 실수(?)를 범하지 않았다.

불과 2년 전 괴뢰군과 치열했던 '마산전장'의 정리가 아직도 진행 중이라 부산서 3시간여 장시간이 걸려 지나가는 동안 감개가 무량하였다. 진해 육사에서는, 학교본부와 교실 외는 모든 건물 특히 생도대는 콘셋(Quonset Hut)- 80년대 중후반까지 대부분의 한국군 후방부대의 막사 그대로 -였다. 생도들이 식사한 뒤 이어서 우리 합격생들이 식당을 이용하였는데, 간부사관생도(연대 군수참모생도)가 식사 전에 간단한 소개를 겸하여 말하기를, "여러분이 먹게 될 이 식사는 우리 농민이 힘들여 지은 곡식으로 된 것이기에 농민들에게 감사하며 식사해야 한다."라고 하기에 감명받았다. 식사의 질은 '현재 한국 중간계층의 평균 식사'로 소개되었으나 별로 좋은 형편은 아니었다. 물론 나는 그 정도도 먹지 못하고 있었던 형편이라 별생각 없었으나, 후에 선배들(1, 2, 3기)로부터 들으니 당시는 배가 고파 혼났다고 했다.

면접이 끝나고 다음 날 합격발표가 있었고, 그다음 날은 즉시 개인 각자에 맞추어 복장(예복, 정복 등) 재단이 있었다. '하! 생전 처음 내 입을 내 옷을 맞추어 보다니!' 기분이 아주 묘하게 훤해졌다.

그래서 아주 기쁘고 행복한 마음으로 집에 돌아왔다. 그러나 서울대학 시험을 포기할 수는 없었다. 나중에 가고 안 가고는 그때 가서 볼 일이고, 여하간에 서울대학에 직접 가서 보는 동급 반, 아주 친한 친구 이용우에게 부탁하여 서울대 입학원서를 받았다. 그는 일본에서 일찍이 1942년경 한국으로 피난(소개) 나와서 우리 동네에 정착하였는데, 가정은 부유하였고, 그 형은 이미 서울대 의대 재학생이었다. 그는 서울대 법대를 졸업, 당시 법대 동기생 대부분이 그러하듯 군 복무와 유관하여 고등고시를 치르지 못하고, 부친의 사업을 이어받아 향리에 주저앉았으나 그 아들들은 2021년 현재 사법부 고위 판사들로 재직 중이다.

이 나는 배짱 좋게(?) 제1지망과 2지망을 '문리대 정치학과' 그리고 3지망을 '문리대 역사학과'로 기재해서 제출했더니 응시번호가 '69번', 이건 부산사범학교 2차 시험번호와 같은 것이어서 행운이라고 믿기도 하였다. 그 학과에 지망한 이유로, 첫째로 당시 세계에서 구국의 영웅들은 대체로 정치 외교가들로 보였기 때문이고, 둘째는 동기생 중에 월반으로 그 과에 갔다는 친구- 후에 창원과 진해 출신 국회의원으로 국회부의장까지 진출했던 김종하 -에 대한 소문과 동시에 그 학과가 법대보다 더 인기 있고 전망 있다는 소문에 따른 것으로, 한번 도전의 가치 있다고 생각했다.

그리하여 비슷한 환경에서 친해졌고 초등학교 때 한 반에서 함께 우등생이었던 '박근석'– 서울대 문리대 사회학과 입학 –친구와 함께 그 형댁에 가서 입시를 위한 단독 밤샘 자습을 시작하였다. 나는 6·25 적란(赤亂) 이후 제대로 된 학습 시간과 학업 기회를 갖지 못해, 특히 수학과 기하학에 고충이 많았기에, 이 과목들은 시험 직전까지도 자신이 없을 정도였으나, 일단은 응시준비는 끝내고 있었다.

그러나 동기들 모두가 서울로 시험 치러 갈 때 나는 가지 못했다. 할아버지의 어머니는 아마도 합격하면 당시 형편에 학비와 서울생활비 감당이 어려울 것이 뻔하기에 말리셨다. 사실은 내가 먼저 그 생각을 해야 했는데. 당신께서는, 어쩌면 사관학교가 적성에 맞을 것 같은 데다, 당시는 군사 지도자가 사회적으로 상당히 우월한 지위에 있었기에 군인에 대해서도 관심을 가지고 계셨을 수도 있었다고 짐작되었다. 물론 나는 도전을 못 해 본 것에 대해서만은 좀 아쉬웠으나, 모든 사정을 이해할 수 있었다. 그리하여 내게는 육사가 운명일 수도 있을 거라고 생각하고 서울대 입시를 위한 서울행, 즉 일반대학 진학을 포기하였다. 사실 당시 육사 지원자들은 대부분 경제사정이 그러하였다.

동래고등학교 동기(30회)들은 그해 전무후무하게도 50여 명이 서울로 올라와 그중 35명은 서울대– 서울의대 10명, 법대 8명 등과 공대, 상대, 물리대(사회학과, 역사학과 등), 사범대 등 –그리고 나머지 10여 명은 연대와 외국어대학 성균관대학 등에 입학하였는데, 대부분은 85세가 넘었어도 서울에 남아 매월 친선모임을 갖는데, 지금도, '우한 코로나 바이러스'가 아니면 한 번에 10명 정도는 계속 나오고 있다.

∴ 서울로, 육사로 공부하러 간다

그러다가 드디어 그렇게도 열망했던 서울로 공부하러– 군대 입대하러 간다는 생각보다 –가게 되었다. 어머니께서 일주일 앞서, 서울대학교에 못 보낸 대신 서울 구경이나 하고 들어가라면서 여비를 좀 주시기에, 입교 일주일 정도를 앞두고 상경열차(上京列車)에 올랐다. 당시 부산 본역에서 서울 가는 열차는 하루 몇 번 있지도 않았거니와 시간은 연착까지 포함하여 종일 걸리는 것이 보통이었다.

서울 올라가는 그 날, 어머니와 누님 그리고 여동생[후에 약사(藥師)]이 배웅 나왔는데, 어머니로부터 삶은 계란 몇 개와 감자가 든 봉지를 건네받아 맨 끝 기차칸(전망 열차)의 전망대 섰다. 그래서 기차가 출발하자 손 흔들며 기차가 플랫폼을 빠져나와 어머니와 누님 동생들이 보이지 않을 때까지, 그 자리에 서서, '男兒立志出鄕關 若学不成死不還'을 다짐하였다. 동시에 '나는 돈으로 효도는 못 하겠지만, 대신에 위인이 되어 그 명예를 부모님께 바치리라.'라고 굳게 마음먹었다. 부산 본역을 떠나오며 본 어머니와 가족, 그때 그 장면과 느꼈던 어머니의 심정과 사랑을 나는 평생 잊을 수 없었으며, 무슨 일이 있을 때마다 나를 앞으로 나가게 해 준 원동력이 되었다.

그리하여 손에 쥐여주신, 당시엔 귀한 계란(집에서는 처음)과 감자를 점심과 간식으로 때우면서, 완전히 붉은 산에 헐벗고 피폐해진 도시와 촌락들 그리고 5천 년 그대로의 초가집과 가난에 찌든 산하— 허기야 그래도 낭만파 시인들은 문전옥답과 때가 되면 피어오르는 초가집 굴뚝의 연기 등을 읊기도 하나 —를 보아가며 종일 달려, 저녁 무렵에야 서울역에 도착하였다. 내리자마자 폭격을 면한 서울 본역 광장에는 수많은 장사와 호객꾼들(나그네를 상대로 여관방, 밥집, 직업소개, 노는 곳 알선 등)로 발 디딜 틈도 없어서 이 촌 총각이 정신을 못 차릴 정도였다.

그런 가운데 그래도 남 속이지 않게 보이는 한 호객꾼을 따라 나는 역전 바로 건너편에 있는 여인숙(旅人宿)— 지금의 거대한 대우빌딩 남쪽 끝, 후암동길 입구쯤에 자리잡은 —에 들고, 여장이라야 손에 든 손가방 하나였으나, 그래도 일단 내려놓고 평생 처음 서울 객지 여인숙 완전히 파괴된 집들을 우선 추스려 비바람만 막아 놓은 듯한 집에서 내일을 생각하며 잠들려 하였다.

그러나 아마도 그날 초저녁(기록을 보니 6월 23일)이었을 것이다. 바로 여관방 뒤편에서, 당시 서울복구작업이 한창이던 서울 사람들의 시장, 남대문시장이 일시에 잿더미가 되어 버린 대화재가 발생하였다. 그날 그 시간에 밖으로 나와 서울역 광장에서 남대문시장 쪽을 바라보며 한동안 할아버지 평생 처음 보는 큰 불을 구경하면서, 저 큰불이 서울에 온 이 시골 총각을 대환영한다는 의미로 나름대로 좋게 해석해 두었다. 서울의 첫날 밤, 내일부터 서울대 법대에 다니는 친구 이용우와 이인길을 만나 대학 구경도 하고 초토화된 서울을 다시 살펴본다는 생각을 하면서, 태연하게도 등 너머로 큰불을 업은 채로 곧 잠이 들었다.

　다음 날은 전쟁으로 폐허가 된 서울 중심부(종로 을지로)에서 무너진 벽돌들을 골라내고 그래도 파묻혔던 가재도구를 파내는 등 작업 중인 시민들의 활동을 통해 재건 중인 서울 시내를 유심히 두리번거리며, 서울역~남대문~태평로~종로5가~동숭동~명륜동을 지나 이용우가 있는 명륜동 하숙집을 찾았다. 당시 서울대 문리대는 현재(2021) '마로니에 공원'에 붉은 벽돌건물로 있었고, 건물 주변으로 불란서 가로수 '마로니에 나무'가 무성하였던 생각이 난다.

　이용우 하숙집은, 이 문리대 맞은편 대학본부(당시) 북편에 자리한 전형적인 명륜동 하숙촌의 한집으로 단칸 3평가량 공간에 2명, 한 사람은 역시 동고 동급생인 김규식─ 역시 법대생, 후에 '롯데삼강하드' 사장, 본부장 ─이 생활하고 있었다. 이후 2~3일간, 함께 하숙집 점심 얻어(물론 하숙집 인심은 공짜가 없어, 찾아온 친구에게 제공된 한두 그릇도 월말에 이용우가 값을 치르게 되어 있었다.) 먹어가며 바로 대학로를 건너 문리대 법대 강의실(1층으로 생각난다.)로 들어가, 무단청강도 해 보았다. 그런데 강의내용은 지금 기억이 없으나, 강의실과 강의 모습, 학습 모습은 고등학교의 그것들과 별 차이를 느끼지 못했다.

　남은 날들은 종로와 을지로(전차가 다니는 길) 그리고 남산에 올라 완전히 파괴되어 잿더미가 된 서울을 돌아보았는데, 그 속에서 무너지고 타버린 자기 집 벽과 담을 세워 단층집이라도 일단 복구 중에 있는 서울사람들 표정에는 굳게 다문 가운데 희망을 가지고 열심히, 벽돌 한 장이라도 찾고 골라 집을 일으켜 세우는 굳건한 모습이 역력하였다. 나머지 날들은 일 년 전에 잠시 올라와 보았던 원효로 2가 문치과(8촌 형님)에서도 재개업을 위해 식구 모두가 집안 곳곳 부서져 내린 잔해를 치우고 벽과 천정에 신문지와 교과서 종이로 도배를 하고 있었다.

　6월 30일이 되어 친구 이용우와 이인길과 작별하고, 원효로 문치과에도 작별인사를 하고 드디어 대망의 '나의 군인의 길'의 제1관문인 '태능 육사', 즉 '花郞臺 화랑대', 즉 '대한민국 육군사관학교'로, 서울에서 전차 버스 기차를 바꾸어 타가며 벅찬 마음을 억제해가며 태릉으로 향했다.

∴ 그때까지, 위인의 꿈을 향한 마음가짐

* 한때는 잡지가 좋아 '잡지 왕'이 되려 했다.
* '男兒立志出鄕關 若學不成死不還'을 마음속으로 외우며 고향을 떠나 서울로 향했다.
* 남이장군의 시조 白頭山石磨刀之石 豆滿江水飮馬無 男兒二十未平國 後世誰稱大丈夫를 항시 마음에 두었다.
* '사람은, 상을 향하면 중에 이르고 중을 향하면 하에 이르나니 뜻 있는 자, 천하일품(天下逸品)을 지향할지니라.'를 항상 외우며, '소년이여 대망을 품어라(Boys be Ambitious).'를 항상 마음속에서 외쳤다.
* 선과 정의 그리고 동정(同情)을 위한 '희생정신'을 미덕으로 삼았다. 그리하여 겸손과 친절로 살아가려고 노력하였다.
* '사람 위에 사람 없고 사람 밑에 사람 없다.'를 인생관으로 하여 직계가족, 아주 친한 친구, 군대 부하─ 하사관에게는 별도 ─외는 존댓말을 사용하였으며, 손아래 처남, 동서들에게도 존댓말을 사용했다. 물론 장단점은 있었다.
* '男兒一言重千金'을 천금으로 여기고, '말로서 말 많으니 말 많을까 하노라.'를 속으로 다짐하면서 가능한 한 말을 참으려 하였다.
* 미국 대통령 '에이브러햄 링컨'의 '가난과 정직과 성실과 신용'을 귀감 삼아 살아왔다.
* 미국 초대 대통령 '조지 워싱턴'의 '정의와 정직 그리고 공평무사'를 일생 교훈 삼아 살아왔다. 특히 친구에게도 공사를 지킨 사실을 평생 길잡이로 하였다.
* 어머니의 거룩한 '내 생일담'과 연세대 양주동 박사의 "어머니의 용꿈으로 난 나는 남에게 함부로 고개를 숙이지 않는다."를 마음에 새겨놓고, 하나님과 부모 말고는, 대통령에게라도 실천하려 하고 있다.
* 고등학교 2학년 한때 '고등고시'도 생각이 나서 상당 시간 '유진오의『헌법해석』과『법제대의』그리고 '행정법'에 관한 책(이름 잊음)과『考試』라는 월간지를 구입해 보는 등 한때 공부하기도 하였다.
* 로마역사 중『플루타르크 영웅전』과『시저』등 탐독

* 터키의 국가 영웅 '아타투르크 케말파샤' 전기 탐독하며 혁명과 개혁의 의미 터득
* 제법 많고 다양한 독서를 했는데, 마음에 담은 책은, 앙드레 지드의『좁은 문』, 앙드레 모로아의『영국사』와『불란서 패망하였다』, 모파상의『진주 목거리』, 저자 미상의『보봐리 부인』
* 누구나 다 읽으려고 펴본 괴테의『파우스트』와 단테의『신곡』 등을 열어 몇 페이지 보다가 놓았다.
* 잡지는 아주 좋아했다, 그래서 한때는 장차 잡지 왕이 되려 했다. 일본의『文藝春秋』,『中央公論』,『世界』,『少年』 그리고 한국의『소년』,『희망』,『아리랑』,『경향』,『리더스 다이제스트』, 그리고 미국의『희망(미 공보원)』,『Reader's Digest』는, 초기에는 일본『리더스 다이제스트』와 한글판이 나왔을 때부터는 대조해가며 몇 가지 테마를 읽었다.『TIME』,『NEWSWEEK』은 독해 강의를 받은 이후 앞 몇 면 시사뉴스만 반쯤 이해하며 읽었고,『LIFE』,『Geography』는 속 사진에 매료되어 계속 독자가 되었고, 육사 입교 후는 내 여동생이 수집해 주었다.
* 장교 신체검사 불합격일 수 있는 좌심장 판막증 보유자
* 백낙준 박사의 "가장 실망적인 현재 한국환경이 곧 한국 청년의 희망과 기회이기도 하다."라는 말씀도 마음에 두다.
* 스스로의 긍지와 고집 그리고 '개척자 정신'에 충일하다.
* 학문 실력은 6·25 충격과 조기 근로로 반감(?)됨. 특히 수학을 비롯한 이과
* 겸손과 겸양은, '산에 가면 호랑이가 제일이고, 학교 가면 선생님이 제일이고…. 그런데 아직 과공은 금물임을 미처 깨닫지 못하고 있었다.
* 선심과 동정 그리고 적선을 알고 베풀어야 했으나 가진 것이 별로 없어서, 필요한 남을 위해 그저 친절과 희생, 봉사 정신으로 처신하다.

제2장 태릉 花郎臺 육군사관학교 생도 시절

(단기 4287~4291, 서기 1954~1958)

1. 입교, 기초군사훈련(1954. 6. 30. ~ 8. 31.)

∴ 대한민국 육군사관학교와 교훈인 '지(智) 인(仁) 용(勇)'

1951년, 전쟁 중이었음에도 불구하고 전체 한국군 간부들에 대한 교육의 강화와 정예장교 육성의 필요성에 따라, 이승만 대통령과 당시 유엔군 사령관이던 미군 '벤프리트 대장(Gen. J.A Van Fleet)'의 '위대한 용단'으로, 10월에 4년제 정규 육군사관학교가 진해에서 개교되었다.

초기에 설정된 대한민국 육군사관학교의 사명은 다음과 같다.

사관생도를 교육 훈련하여 초급 장교로서의 지휘 능력 및 국가에 대한 충성심, 숭고한 국군 임무에 대한 책임감이 왕성한 정규장교를 육성함에 있다.

1. 민주주의 대한민국의 국가와 민족을 위한 육군 정규장교로서의 계속적인 발전과 향상에 소요되는 자질을 생도에게 부여한다.
2. 의무 및 책임감, 지휘 및 통솔, 명예심 단결심 및 고결한 품격을 도야한다.
3. 광범한 기초군사훈련의 습득과 현대전술 및 해공군운용내용의 개요를 생도에게 인식시킨다.
4. 전술과 과학 부면에 균형을 유지한 교육을 실시하여 일반대학 졸업생과 동등한 지식을 습득시킨다.
5. 군 복무에 있어서 정규장교로서 필요한 강건한 체력을 양성한다.

학교 교훈은 '지(智) 인(仁) 용(勇)'

"智(지)는 사리를 판단하고 분별하는 능력으로 군인의 사명을 인식하고 무력의 관리라는 부여된 기능을 올바르게 이해하는 덕목이고, 仁(인)은 어진 감성과 신의를 바탕으로 서로 사랑하고 이해함으로써 부대의 단결력과 전투력을 고양시키는 덕목이며, 勇(용)은 굳센 행동으로 어떠한 위험에서도 옳은 일을 실천함 으로써 책임을 다하는 덕목이다."라고 정의되어 있다.

커리큘럼은 미국 육사(West Point Academy)를 모델로 민주주의 신념 아래 이과(理科) 위주 교육과정에 미 육사식 교육성과제도(Thayer System)를 도입 하여 일일시험(Daily System), 장말시험, 기말시험을 실시하는 등, 전쟁 중인 현실에서 당시 국내에서는 가장 엄격한 학사제도가 이행되었다.

1952년 1월에 정규 육사 1기생도 입교, 국가교육 학제 변동에 따라 동년 8월에 2기생 입교, 휴전 직전인 1953년 7월에 제3기생이 입교하였다. 1954년 드디어 수도 서울의 환도와 함께 육사는 진해에서 올라와 '태릉', 현재의 '화랑대'에 다시 자리잡았다. 그리하여 <u>1954년 7월 1일에 정규 육사 4기생, 즉 우리 기수가 입교 선서를 함으로써 4년제 육사가, 생도대 자체도 4개 학년으로 완편되고</u> 학제 또 한 국가인정으로 이학사 학위로 졸업함과 동시 육군소위로 임관되게 되었다. 정 규 육사 1기생의 졸업 및 임관식은 1955년 10월 4일이었다. 이후 대한민국 육군 사관학교는 대한민국군대의 역사는 물론 대한민국 국군의 역사와 함께 도도히 흘러 내려오고 있다. – * 'Long Long Gray Line!' –

∴ '정규 육사 4기', 입교와 입교식(1954년 7월 1일)

단기 4287년(1954) 6월 30일 오전, 당시는 오늘과 같은 근사한 육사 정문은 물론 없었으므로, 학교 북서쪽 모서리에 자리잡은 '육사 제2연병장'의 야외 등록소에서 입학 등록을 하였다. 그때 써낸 '입교 서약서' 본문을 보면 다음과 같다.

1. 대한민국에 충성을 다할 것
2. 상관 명령에 대하여 절대복종하여 교칙을 엄수할 것
3. 가사에 대하여 우려됨이 없을 것
4. 상기 사항 위반 시는 여하한 처분이라도 이의 없이 받을 것

등록을 마치고 '제2연병장(B 연병장)' 바로 위 언덕에 있는 A 교사로 가서, 사 관생도로 탈바꿈하고 생활하기 위한, 이름도 생소한 관물(官物)들을 가득하게

지급받았다. 그때는 일상에서 생소했던 품목들은 예를 들면, '화이바 속 머리 지지대, 화이바 턱 끈, 탄띠, 수통, 수통 카바, 타올, 단화, 워커 군화, 구두약, 치분, 칫솔 등'이었다. 받을 때는 무조건(?) 고함으로 복창하였는데, 물건 하나는 물론 군대답게(?) 던져주고 떨어뜨리지 않고 받기를 하면서 신기하고 당황스러웠다. 물론 이 모든 관물은, 심지어 팬티, 런닝, 양말까지 그 모두가 미제(made in U.S.A)였다.

내 것이 된 그 신기(?)한 군용 '더플백(Duffelbag, 야전낭, 野戰囊)'에 가득 찬 보급품을 짊어지고 교실 언덕 반대편 평지에 자리 잡은 생도대 내무반(內務班, 주거생활지역) 지역으로 안내되어 내려갔다. 생도 내무반 지역은 길이 약 40미터, 폭이 약 30미터인 '콘세트' 막사(반달형 양철지붕 막사, Quonset House, 미군 이동용 간이막사)로 형성되어 있었는데, 횡으로 5개(1개 중대), 그것이 종으로 8구간(8개 중대)으로 구성되어 자리하고 있었다. 신입생 부대는 2개 중대, 8개 구대로 편성되었고, 1개 콘세트에 2개 분대(1개 분대 9명 내외)가 수용되었다.

배정된 콘세트 안으로 들어가 보니 물론 냉난방시설은 없고, 한가운데 통로를 따라 좌우에 철 침대가 죽 놓여 있고 가운데쯤에 관물함(옷장 겸용)으로 양 분대를 분리해 놓은 것을 볼 수 있었다. 그런데, 내 자리는 하고 두리번거리자 내 눈에 내 이름과 교번이 적힌 명찰들이 들어 왔다. 나는 평생 처음으로 내 이름이 또렷하게 적혀 있는 침대와 그 옆에 놓인 관물장, 즉 옷장을 찾아가 보고 또 보며, 순간 '문영일'이라는 내 존재를 육사가 국가가 그리고 생도대가 알고 있고, 또 나타내 주었다는 데 대해 감개무량했고, 이러한 대우에 만족하며 내 존재에 긍지를 느끼며 마음속으로 이들에게 대단히 감사했다.

내 교번은 '704번'으로 1기생 1번으로 시작하여 704명째 입교자인 동시에, 4기 동기에서는 651번으로 시작하여 성적순으로 259명 중 54번째로 입교했다는 것이다. 이 교번은 생도생활 4년 동안 나를 대표하였고, 동시에 정규 육사 4년제 생도 순번에서 육사가 소멸되지 않는 한, 정해진 영원한 순서 교번이었다. 그래서 생도 때는 언제나 "예! 704번 문영일!"이었다.

더구나 내 이름이 똑똑하게 적혀 있는 관물함(官物函)을 열어보니, 진해에 갔을 때 재었던 여름 생도 정장과 예복 세트가 걸려 있고, 그 오른쪽 칸에는 정모와 여름 간편복과 체육복, 그리고 미제 국방색 '롱 타올' 등이 두부모처럼 기계로 만들어 낸 듯이 각지게 잘 정리되어 있었다. 실은 오늘 저녁부터 당장 그렇게 정리 정돈하기를 강요받을 줄은 아직 미처 모르고 그저 또 한 번 감동하였다.

식사 후부터는 기초군사훈련 중 우리 9명의 내무일과를 책임진 조교 분대장 생도(2기)가 소개되었다. 이후 그로부터, 관물 정돈 요령부터 시작해서 복명복창 요령, 옷 입는 요령, 허리띠 매는 요령, 경례 자세, 그리고 침구(메트리스+흰 시트 2매+담요 2장)을 펴고 개고의 연습 등을 반복 또 반복 연습하다가, 생전 처음 당해보는 침대 앞 일석점호(日夕點呼)까지 문자 그대로 눈코 뜰 사이 없이 교육받고 또 받았다. 밤 10시가 되자 '소등!'이라는 조교 분대장 생도의 외침과 동시에 전원이 침대 속으로 들어가고, 불은 꺼지고 실내는 순간에 정적의 분위기로 변하면서 취침이 시작되었다. 육사 생도로서 첫날밤, 그리고 군인으로서 첫날밤이 규정과 피곤에 젖어 그저 잠들고 말았다.

다음 날 정확하게 6시 정각, "기상!"이라는 조교 분대장 생도의 고함 소리에 일제히 일어나 높은 철 침대에서 내려와 매트리스를 접고 담요와 시트를 개어서 그 위에 얹고, 불이 나게 콘세트 앞마당으로 뛰어나가 줄 서서 일조점호(日朝點呼)를 받았다.

오늘, 4287년(1954년) 7월 1일, 오전 10시에 제2연병장에서 하계 육사 생도 정복을 입고 259명이, 우리 동기로서는 물론 정규 육사 창설 이래 태릉 육사 연병장에서 '군인선서식'을 겸하여 '역사적인 입교식'을 거행하였다. 물론 그 당시는 학교가 '진해'에서 막 서울로 이동 중에 있었기 때문에 외부 축하객은 아무도 없었고, 다만 단상에 학교장과 일부 참모들 그리고 학교 미군 고문관들 몇 명이 전부였다. 그래도 대한민국 육군사관학교가 이제 본격적으로 태릉 화랑대 육사로 시작하는 역사적인 순간임을 아는 요원들은 참으로 감개무량하였을 것이다.

∴ 절벽에서 떨어트려 진 새끼 사자의 생존단련

이제 '태릉 육사'에서 처음으로 4년제 정규 육군사관생도 생활을 시작한 우리 4기 생도들은, 우선 2개월간의 하계(夏季) '기초군사훈련'을 받기 시작하였다. 육군사관학교 교육훈련이란, 크게 일반학기 학술교육과 하계 2개월간 군사훈련으로 대별한다. 거기에 신입생에게는 입학식에 이어 바로 1학년 하계군사훈련을 받

는데, 이를 '기초군사훈련'이라 한다. 군대 기초군사교육훈련인 신입생 하계 기초
군사훈련은 주로 군인 기초 심신단련과 기초 전술교육훈련이기에, 실제로 간단
명료한 원리를 반복 실습하여서 완전히 몸과 마음과 정신에 주입(?)하여, 습관
화되도록 하는 것이다. 2개월간에 2개 과정으로 나누어, 첫 1개월은 주로 교내
(내무반, 교실, 연병장)에서, 다음 1개월은 교외훈련, 즉 태릉 숲 속에서부터 남
한산성에 이르기까지 서울과 경기동남부지역 일대에서 실시되었다.

첫 단계 교내훈련은, 전적으로 조교 생도 지도하에 모든 훈련이 실시되고, 후기는
자치생활이라 하여, 조교 생도의 지명에 의해 임명된 신입생 자치 분대장 생도가 남
은 1개월 동안 분대를 대표하고 자치 내무생활을 해 나간다. 물론 여전히 조교 생도
는 있었으나, 다만 4학년 생도로 된 구대장(區隊長)이 자치 분대장 생도들을 감독
지휘하였다.

할아버지도 그 후기 자치 분대장 생도로 선발되어 1개월간 일반훈련에다 추가
하여 거의 봉사하는 근무 기간을 보내 보았다. 그 기간은 어려웠으나 그래도 선
발된 긍지와 동시에, 특히 같이 선발 자치 분대장 생도로 근무하게 된 이웃 분대
동기 '박정기 생도'- 그때부터 평생 친구가 되었다. -를 알게 된 것이 가장 큰 보
람이었다. 또한, 우리 구대장 생도 '김복동 선배(1기생)'- 후에 하나회 선배로 육
사교장, 주류정당의 유명정치인, 노태우 대통령과 동기이자 동서지간 -과도 비
록 평범했지만 그래도 평생 인연이 되기도 하였다.

신입생의 기초군사훈련을 책임진 상급생 조교 생도는 훈련을 시작하기 전에
이렇게 선언한다. "사자는 새끼를 낳아 천길 낭떠러지에 떨어뜨려 살아남는 놈
만을 자기 새끼로 키운다. 제군들에게 가해지는 이 기초군사훈련은 절벽에서 떨
어진 새끼 사자와도 같이 쓰라린 시련을 겪게 하는 것이니, 여기에서 낙오한 자
는 우리의 이 보람찬 대열에서 서지 못할 것이며, 역경을 극복한 자에게는 영광
의 문이 열리는 것이다."라고 하면서 우리를 선무하고 동시에 우리의 의기(意氣
Spirit)를 한껏 북돋우었다.

특히 군인으로서 국가에 충성하는 결의를 나타내는 경례법, 완벽한 전투준비
생활화를 상징하는 똑바른 군복착용법, 허위와 위선을 배격하고 파사현정의 길
을 걷는 직각 보행, 평상시는 물론 위기에서도 장교와 장차 장수로서의 의연함
을 보여주는 식사행위와 세계적 신사화 수양을 위한 직각 식사법이 있다.

그리고 항재전장(恒在戰場) 의식과 함께 치밀하고도 완벽한 전투 준비태세를 습관화하는 관물 정리정돈법, 그러기에 이는 내무점수 삭감의 주범이 되고 학교성적 기록에 영향을 미치는 것이기에, 모두가 심지어는 침을 발라가며 두부모 각을 내어야 했고, 그래도 일석점호 시에는 지적감이요, 흔히 고의적 위압감이 되기도 했다. 기타 관물 및 군장품 관리법 특히 구두와 예복용 장식인 버클 등은 '슈샤인보이' 못지않게 지급된 미제구두약과 '브랏소'를 이용하여 광을 내었다. 이 모두는 개인(사고와 행동)을 통제하여, 구성(군대, 내무생활 단위 공동체)원, 즉 단체 상호협력과 전우애를 확립하고 밖으로는 명실공히 '국제 젠틀맨 스탠다드'를 지향하였다.

개인위생(개인 청결)은 어디까지나 '개인 책임'임을 강조하면서 특히 주말 점호 때 심지어 팬티까지 벗고 검사하기도 하였다. 그리고 단체 위생과 관련하여 내무반청소는 반드시 매일과 주말 점검을 실시하였다. 생도 회장실은, 당시는 변소(便所)라 불렸는데, 생도대 변소는 재래식으로 내무반 지역 남편 언덕에 있었고, 비바람을 막을 수 있을 정도의 목재건물 속에 있었으며, 매일 나무 바닥과 주변 청소를 했다.

∴ 영원한 그 이름 '태릉탕'

생도대 세면장은 (앞으로 편성될) 생도대 8개 중대 막사(내무반 지역) 아래쪽 (서쪽 방향)에 있었는데, 문자 그대로 세면장인바, 물론 야외 노천으로 약 30명이 한꺼번에 들어갈 수 있는 40평방미터, 깊이는 허벅지 정도 깊이의 네모꼴 우물터로 나란히 2개, 그리고 그 주변 빨래터로 구성되었다. 그런데 그 물은 음료수로도 사용되리만큼 아주 맑고 깨끗해서 일일 생도생활에 고달픈(?) 우리, 특히 기초군사훈련생도들의 마음을 위로해 주기도 하였다.

그러한 이 세면장은 이후 우리 정규 4기생이 입학해 사용하기 시작하여 졸업하기 1주일 전 신 생도대내무반으로 이동해 가기 전까지 애증하고도 애환의 우물터로, 이름하여 '영원한 그 이름 태릉탕'이 되었다. '그 태릉탕 얘기'는 또 신학기에 가서 하기로 하고 여기서는 기초군사훈련 기간 중의 얘기를 하련다.

특히 그 바쁜 아침, 반드시 6시 기상 신호에 동시에 일제히 기상하여 일제히 변소 가고, 청소하고, 세면장에 가기 때문에, 이곳도 260여 명이 함께 모여 항상 바쁘게 북적거린다. 그래도 그 속에서 끼리끼리 마치 옛날 동네 여인네들이 빨래터에 모여 '살롱' 같은 행복 시간을 가졌듯이 여기에서도 한순간이나마 빠른 세수 동작과 함께 압박과 설움(?)에서 벗어나 조교와 훈련에 대한 왈가왈부와 그동안 참았던 장난 그리고 웃음 찬 개그 등으로 왁자지껄하였다.

당시는 특히 6·25 남침 적란(赤亂) 직후라 우리 사회는 가난하기 짝이 없었다. 물론 세계적인 과학 수준도 오늘에 비하면 어린이 수준이라 웬만한 화장품은, 물론 향수는 빼고, 불란서 꼬띠분(粉)이 최고로 아직도 분가루 시대였다. 한국 치약 또한 '치분(齒粉)'이라 하여 납작하고 동그란 깡통에 들은 분가루였다. 사실은 그것도 이제 막 발견한 것이고, 아직도 일반가정에서는 소금을 손가락에 찍어 이빨과 잇몸을 문지르고 있었다. 그런데 미국은 역시나 선진국이라 치약(Tube)이 있었는데, 그 대표적인 것이 '콜게이트(Colgate)'였다. 그래서 한국에서 미제치약은 아예 '콜게이트'로 불렸다. 그로부터 약 2년 뒤 1956년경에 우리 토종 제조업회사 '금성(Gold Star, 지금의 LG 그룹)'이 '럭키 치약'을 제조하여 시중의 콜게이트와 경쟁해 이김으로써 덩달아 국민신뢰를 받아, 이후 승승장구 국민 최고 제조업 회사로 군림하였다.

그런데 길어졌으나 본 얘기는, 그 붐비는 아침 태릉탕에서 매일 아침 칫솔을 들고 '콜게이트'를 외치며 찾아 돌아다니는 동기가 있었다. 그는 아마도 집에서 사용하여 그 맛을 알기에 자기 것(집에서 가져온)이 동나자 아직도 사용 중인 동기를 찾아 기어이 한 커트 얻어쓰는 것이었다. 그래서 그는 생도 시절 내내 '콜게이트'로 별칭되었고, 지금 이 나이까지도 동기간에는 회자되고 있다.

∴ 3보 이상 구보의 하루하루

기초군사훈련 중 내무생활에는 쉰다는 개념은 없다. 내무반 내외에서 한 동작 끝나면 다음 과정을 대기하거나 다음 동작으로 이전하는 것이지 휴식시간이란 따로 없다. 물론 내무반 안에서도 책보고 앉아 있는 한가한 시간은 없고, 문밖에 한 발이라도 나오면, 식당에서 숟가락 '직각 식사'에 버금가는 '직각 보행'에다 '3보 이상 구보'를 해야 한다. 그러니 조금 먼 곳에 있는 변소나 저 밑에 있는 세면장에 드나들 때는 더 말할 것도 없이 직진 속보 아니면 구보다. 그러나 10시 소등 이후에는 금방 쥐죽은 듯 고요해지며 즉시 누운 자리에서 자유의 천국행이다. 그리고 주말 토요일 오후부터 일요일 일석점호 때까지는 숨돌려가며 쉬어가며 편지 써가며 빨래해가며 시간 가는 줄 모르다가, 특히나 휴일 일석점호를 조교 생도가 선심으로 '취침 점호'라 하면 그 순간에는 지극히 행복해지기도 한다. 그러나 그것조차 초기엔 몇 차례, 조교 생도에 따라 다르지만 빼앗아(?) 가기도 했다.

∴ 'C 레이션(C-type Combat Ration)'으로 영양보충

한편 재밌기도 하고 반갑기도 하고 때로는 기쁘기도 한 것은 '보급품 수령'인데, 특히 건빵과 미군 시레이션이 보급될 때는 더욱 그랬다. '시레이션(C-Ration)을 받으면 일단 배도 부르고 기분이 만족해져 다들 웃음을 머금는다. 미군 야전 식량, 즉 전투식량에는 A, B, C로 세 종류가 있는데, A는 일정 지역에 주둔 중인 대부대요원들을 위한 것으로, 요리해서 먹을 수 있는 주로 냉동, 냉장 식품들 예를 들면, 냉동 스테이크 뭉치, 냉장 생고기 등이다. B형은 깡통에 들었으나 대형으로, 별도의 요리를 하거나 아니면 나누어 먹을 수 있도록, 단 보급수송과 분배에 편리하고 식당운영 가능한 보병대대급 식량이다.

그런데 'C-레이션'은 전선에 배치된 전투 요원 개인의 한 끼니 식량으로, 통상 20입방센티미터 크기의 종이박스에, 소년 주먹 크기의 깡통 2개(즉석 소고기 또는 소시지 요리)와 빵, 크래커, 잼, 초콜릿, 껌 한 통, 휴지, 인스턴트 커피, 10가치의 담배, 야전 성냥 등등이 들어 있다. 물론 이것도 전투 요원의 식성과 건강, 칼로리 등을 고려해서 주로 깡통 내용물이 여러 가지로 되어 있다. 그래서 어떤 날 아직 우리 입맛에 익숙하지 않은 '소시지' 깡통보다 소고기 깡통이 든 내용물을 받으면 다들 더 좋아했으며, 내용물 중 담배는 반납하였는데 4학년 생도들에게 배급되기도 하였다. (4학년 생도는 한동안 흡연이 허락되었다. 물론 그 이후엔 전적인 금연이 실시되었다.)

그런데, 물론 그걸 받은 그 시간이나 식후에 뜯어 먹는데, 어떤 생도는 그중 몇 개를 아껴 놓았다가 야간 취침시간에 혼자 아주 조용한 기술(?)로 뜯어 먹기도 한다. 기초군사훈련 내내 우리 분대원으로 내 옆으로 하나 건너뜀 침대(불과 5미터 내외) 동기가 종종, 취침 소등시간 이후에 아주 들릴락 말락의 '딸그락~ 딸그락~'

소리를 내며 취식(取食)하였는데 적발되지 않는 요령을 발휘(?)한 덕분이었다. 어떤 동기는 자주 남몰래 눈치 보며 급히 먹은 탓으로 급성 위장병(설사병)을 얻어 기초 군사훈련 종료와 동시 퇴교되기도 하였다. 1954년도의 정규 육사 4기생인 우리 때는 배고파 못 견딜 지경은 아니었으나, 간식으로 보급되었던 미군 '씨-레이션'은 생도들의 아주 큰 영양 보충감이었고, 동시에 사기앙양에 크게 기여하였다.

∴ 땡볕 속 연병장 훈련

연병장은 태릉 숲 속이 아닌, 그 옆의 풀 한 포기 볼 수 없는 맨땅바닥, 문자 그대로 '연병장(練兵場)'에서 7, 8월의 땅바닥 온도 평균 35도 섭씨 이상에서 펄펄 끓고 있는 그런 곳이었다.

사실, 기초군사훈련 동안에는 학교가 태릉 근처 어디쯤 있는지조차도 모를 만큼, 학교 교훈인 '지, 인, 용'의 깊은 뜻을 삭일 지능의 작동(?)도 멈추어 둔 채, 그저 매일 매시간 분초를 헤아리며 '차렷', '경례', '직각보행', '직각식사', '제식훈련', '16개 동작 우로 어깨 총', '36개 방향 앞으로 가', 교가 또는 군가를 부르며 분열행진을 하는 등, 칼날 같은 시간 50분 교육훈련, 10분 휴식, 그리고 땀과 땀 속에 물(얼음 넣은 워터백 물꼭지로) 마시고 소금 먹고, 또 물 마시고, 당시는 연병장 주위에 그늘나무를 찾을 수 없어 울타리를 겸한, 무릎 높이도 안 되는, 20센티도 되지 않을 폭의 관목, 그것도 그늘이라고 마치 타조가 급하면 얼굴만 땅속에 묻는다는 식으로 우리도 다투어 얼굴만 그 속으로 밀어 넣어 휴식시간 10분을 그래도 쉬는 체 해 보았다.

그리고 특히나 총검술 훈련시간은 완전히 기압(氣壓) 받는 시간(?)이었다. 총검술(銃劍術)이란 주로 전투 마지막 순간 피아간에 적과 1대1로 마주쳤을 때, 문자 그대로 내가 가진 총과 칼을 사용하여 적을 일격에 공격, 적을 물리치고 나는 살아나는 기술(전술)이다. 이 때문에 내 총과 칼을 평소에 막대기 다루듯 능수능란할 수 있도록 숙달시키는 것이 이 훈련의 요체이다.

그러기에 무게 5kg에 달하는 M1 소총에 총칼(단검)까지 꽂으면 7kg인데, 이를 양손으로 움켜쥔 채 쭉 뻗어서 몸 아래위 옆으로 돌리다가 몸도 함께 앞뒤 옆으로 따라 돌리면서, 적이 내게로 뻗어오는 총칼을 즉시 피하면서 그 주인을 향해 내 총칼을 찔러 넣어야 하는 하나의 무술인 것이다.

그 때문에 그 기본동작에 속도까지 더하여 휘두르고 무찌르기를 몇 번 반복하다 보면 이 훈련이야말로 교관과 생도 사이에 갈등(?)이 섞이지 않은 대기압(?)이 되는 것이다. 그만큼 힘이 들었는데, 알고 보면 이 총검술 훈련이야말로 군인정신 배양에 큰 한 몫을 차지하는 훈련 종목이었다. 그러기에 한편 얄궂게도 상급생도가 후배 생도 기압 줄 때 가장 흔히 사용하는 수단이 되기도 하였다.

기초군사훈련 제2단계로 구분되는 8월이 되면, 물론 본격적인 군사학교육이나 연구단계는 아니고, 약간의 실내교육과 함께 태릉에 임시로 조성한 사격장에서 사격훈련, 각종 구기훈련과 규칙공부, 그리고 마무리 체력단련으로 야외 단계별 구보훈련, 태릉 숲 속에서 이전에 실습했던 각개전투훈련을 종합하여 마무리하는 분대 각개전투 전투훈련이 실시된다. 그리고는 이어서 단계별 행군훈련을 시작한다.

∴ 졸음 속 실내 교육훈련

'아 살았다!' 하며 반기는 실내교육은 주로 현역 소령급 전술장교에 의해서 지도되는데, 예를 들면 M1 소총 분해 결합훈련, 화생방훈련, 군인예절, 참모학 교육 등 주로 이론과 간단한 실습들이다. 그런데 기분상 분위기상(?) 이 시간들이 되면 아주 약간이나마 마음의 여유가 생긴다. 그래도 상급생도 조교보다는 기성 전술장교가 여유가 있기 때문이리라. 마찬가지로 군대는 여하간에 50분 교육에 10분간 휴식시간은 보장된다.

우스개 얘기를 하나 하면, M1 교육시간 말미에(아마도 40분경) 생도 하나가 참고 참던 볼일을 위해 벌떡 일어서서 용감하게도 "교관님! 시간 되었습니다!", 갑자기 항의(?)를 받은 교관은 자기 시계를 보면서 "아직 5분 남았다."라고 하자, 그 생도 급한 김에 "그 시계 안 맞습니다." 했다, 교관 왈 "임마, 이래 보여도 내 시계는 메이드 인 스위스제야." 하고는, (아주 되게 혼날 줄 알았는데) 그래도 초조해 하는 생도 모양을 보고 다녀오라고 허락했다. 그 얘기와 그 교관, 그 생도는 우리 동기에게 '내 시계는 메이드 인 스위스'로 영구히 남았다.

그런가 하면 실내 교육 시는 그 학과 내용이 무엇이든 가리지 않고 반드시라 할 정도로 졸리게 마련이다. 두말할 여지 없이 당시에는 에어컨은 물론 선풍기조차도 제대로 없던 때라 사방 문을 다 열어놔도 열풍이 실내에 가득한 데다, 250여 명이 이제 막 밖에서 훈련하고 땀도 제대로 닦지 못한 상태에서 실내에 앉기가 일상이었다.

그런데 동기생 중에 상당히 온순하면서도 머리 좋은 한 동기생은 실내학과가 시작됨과 동시에 으레 조는 것이었다. 그런데 전술장교 교관이 교육 중에 가끔 졸고 있는 그를 일으켜 세워 "교관이 지금 말한 것을 반복해 보라."라고 하자, 아 그런데 신통하게도 그대로 답함으로써 위기(?)를 모면하는 것이었다. 그는 머리도 좋고 주의력도 좋아서 후에, 육사 교수를 거쳐 일반대학 교수가 되고 그 대학 학장까지도 지냈다. 지금도 '도시 미학' 전공에 한문, 일본어, 미술, 시조 등에 종합적으로 실력을 발휘하고 있으며, '희수 기념' 미술개인전도 인사동에서 열었다. 지금도 우리 동네에서 함께 즐겁게 노년을 잘 지내고 있다.

∴ 고난과 행복 맛보기, 행군훈련

8월에 들어서자 본격적인 행군훈련이 시작되었다. 수통과 단검, 그리고 판초 우의를 매달은 탄띠를 허리에 차고 M1 소총을 메고 철모를 쓴 모양을 단독군장이라 한다. 즉 배낭을 제외한 전투 복장이다. 우선 단독군장 행군으로 학교 후문으로 나가서 동구릉까지 왕복으로 12킬로미터 야지 행군을 2회 실시하였다. 이때는 동구릉 견학도 겸하였다. 도중에 수통을 비우고도 목이 말라 길옆 논의 그 뜨거운 물도 떠서 정수 타블렛을 넣기 전에 우선 마시기도 하였는데, 아니나 다르랴 금방 복통에 설사를 면하지 못하였다.

그리고 이어서 완전군장으로, 학교 정문으로 나가 현재 태릉입구역에서 남쪽으로 내려가 '한독(韓獨)제약사(화이자)' 앞을 지나 춘천가도로 나와 망우리 기차역을 좌로 끼고 돌아서 도자기 가마촌을 지나 퇴계원 고갯길로 오르다가 학교 뒷문으로 돌아 들어오는 약 15킬로미터 행군을 2회 실시하였다. 물론 일반행군은 시간당(휴식시간 포함) 4킬로미터인데 강행군(주로 쉬지 않고 계속 행군 강행) 일 경우는 예외이다. 거기에는 급속행군(최대 보행속도)과 완전군장 구보가 있다.

그런데 마지막 퇴계원 20도 오르막 고갯길에서 휴식시간 10분 정도를 남기고 완전무장 구보를 실시하였는데, 끝에 가서 가슴이 조여와 도저히 열중에서는 뛰지 못해 밖으로 나와 겨우 대열 뒤따라 뛰어갔다. 비록 앰뷸런스를 타지 않았지만, 낙오로 간주되었다. 그래서 귀대하여 생도대 내무반 구역 5바퀴를 덤으로 뛰기도 하였다. 이것이 내 평생 신체적 약점이 되는 바로 그 '좌심방 판막증' 때문이었으나 구보를 하지 않으면 (더구나 일상생활에는) 전혀 문제가 없었다. 그러기에 그걸 알게 된 것은 대령에서 장군 진급심사를 위한 정밀 신체검사 때 발견되고 병명을 알게 된 것이다. 그때까지는 '내 의지가 이러지 않을 텐데.' 하면서 이 신체적 불리를 의아하면서도 그저 참고 또 참았던 것이다.

다음 2번째 완전군장 행군은, 육사 정문을 출발하여 춘천가도에 설치된 '도농 검문소'를 반환점으로 하여 퇴계원길로 하여 육사 후문으로 돌아오는 약 44킬로미터 코스였다. 그래서 육사 정문으로 나와 우로는 중랑천, 좌로는 논밭인 그 사이로 난, 지금 기준으로 2차선이라고도 말하기 어려운 비포장도로를 따라 남으로 내려가 '한독 화이자 제약회사' 앞을 지나 경춘가도(역시나 비포장)를 만나 춘천 방향으로 가면서 '망우리 기차역'도 지나갔다.

도중에 50분 행군에 10분을 휴식하였는데 당시는 춘천가도에도 그늘질만한 가로수조차 제대로 없어서 그저 길 양옆 땡볕에 앉아 배낭을 세워놓고 훈련복 상의를 벗어 땀을 짜내고 다시 입고는 땀으로 체열을 식히며 배낭에 기대어 발을 뻗고 쉬는 것(물론 누울 수 없다.)이 유일한 체조(Physical Conditioning)였다. 그리하여 공동묘지 지역인 망우리고개를 넘어가서 '왕숙천'에 이르러 20분간 휴식을 하게 되었다.

물론 개울 모래밭에 배낭을 내려놓고, 불이 나게 개울물에 뛰어들어 불과 무릎까지도 차지 않는 그 물속으로 몸을 뻗치고 또 뻗쳐도 다 적셔지지도 않았거니와 물 온도 또한 체온보다 더웠다, 하지만 그래도 그 개천바닥에 드러누워, 내놓은 눈으로 그 뜨거우나 맑은 하늘을 쳐다보면서 만세 만세를 불렀다. 아 이상 더 좋은 낙원이 어디 있을고! 불과 5~6분의 뜨거운 한여름 개울 물속 강수욕(?)이었지만, 정말 그때까지 맛보지 못한 또 다른 행복을 느낄 수 있었다.

행군훈련 중 어려웠던 것 중 또 하나는 바로 '국산 워커 신발'이었다. 미제 워커 신발 모양을 본떠 처음으로 생산된 이 국산 군화는, 교내 교육훈련 때는 별문제 없으나 행군이 시작되자 불과 몇 10킬로미터 행군에 뒤축이 닳고 박아놓은 못이 올라와 발바닥을 찌르는 고통, 그걸 길가 돌로 쳐서 막으며 절뚝거리며 행군하기 여사였다. 그 이후 외출 때 일반시장에서 미제 워커 군화(목이 긴 군화)를 제일 먼저 구입해 사용했고, 그중에서도 각반이 달리고 및 창에는 놋쇠 징이 박힌 것을 선호하였는데, 너도나도 사용했기에 내무벌점은 없었다. 당시 우리나라 경제사정 이나 발전수준이 그 정도였다.

∴ 종합행군훈련 겸 남한산성 병자호란 전사탐방

기초군사훈련의 대미를 장식하는 마지막 종합훈련은 바로 '남한산성(南漢山城)' 1박 2일, 실거리 약 60km, 역사탐방을 겸한 완전무장 행군이었다. 학교 정문을 나와 남방을 향해 역시나 '한독약품(화이자)' 앞을 지나— 당시 시야에 들어온 사방은 행군 때면 항상 지나가는 한독약품, 좀 멀리 동으로 망우 기차역, 서로는 좀 멀리 청량리 위생병원, 남북으로 따라 흐르는 중랑천, 그리고는 훤하게 논과 밭이 모두였다. —남으로 죽 내려가다가, 아차산을 끼고 동남으로 방향을 바꾸어, 당시 한강에 놓인 2번째 인도교(1936년 현대식 건설, 첫 인도교는 1917년 한강대교)인 광진교를 이용하여 한강을 건넜다.

그리하여 잠실과 송파를 지나 남한산성으로 등산하여 '남문'을 통해서 입성하였다. 남한산성(南漢山城)은 조선조 수도 서울인 한양방어를 위해 조성된 주변 전략적 요충거점 3곳 중 하나였다. 전통적인 핵심거점은 해협을 방패 삼은 강화도였고, 그 둘은 지대 내 생존여건과 성곽 방어능력이 유력하다고 판단되는 남한산성이고 그다음이 깊은 골짜기를 다수 확보하고 공자에게 불리한 지형지물을 제공해 주는 북한산성이 있었다. 남한산성의 북동편은 상당한 개활지로, 농작이 가능하여 산성 농성에 유리한 조건을 제공하였다. 그래서 그때 나는 남한산성을 둘러보고 특히나 북쪽에 한강을 바라보면서 이 지역이야말로 역사적으로나 지형적으로나 대한민국 육사 교육의 요람지가 되기를, 즉 현 태릉에서 이곳으로 육사를 이전하는 것이 좋겠다는 생각을 해 보았다.

'병자호란(丙子胡亂, 1636)' 때는 청나라 태종이, 명나라를 정벌하기 이전에 후방 안전을 확보하기 위해, 12만 명의 정예군을 지휘하여 조선으로 공격해 들어왔다. 그리하여 왕자와 왕실 주력 일부가 피난 중인 강화도를 비롯하여 조선조 전 지역을 석권하였다. 그리하여 마지막으로 그 주력이 현재 송파거리, 즉 남한산성 턱밑인 탄천을 연하여 주둔하면서 남한산성 전체를 포위하고 인조의 항복을 겁박하고 있었다. 청군은 조선조 외부 지원군의 접근과 성 내외 연결작전을 차단 하면서, 주력군은 연일 산 위를 향해 공성의 기세를 놓지 않는 가운데 장기전(絕糧作戰)을 시도하였다. 수차례에 걸쳐 전국에서 산성 사방으로 구원군이 성 내외 연결작전 또는 성내군 증원 작전을 시도하였으나, 모두 무력하고 비 작전 계획적 이어서 청군에게 차단 또는 격퇴당하고 말았다.

그리하여 완전히 고립된 성내 1만 3,000여 명의 조선군은 격렬한 방어전을 전 개하며 43일간을 버티다가, 강화도에 간 왕자가 항복하여 인질이 되고, 조선군에 의한 구원은 희망이 없고, 저장된 군량미는 거의 소진되었기에 부득이 국치와 개 인적 능욕을 무릅쓰고 항복할 수밖에 없었다. 그리하여 남한산성 밑 삼전도(三田 渡)- 1954년 당시는 현 가락시장 근처로 추정 -에 내려가 청 태종 앞에 엎드려 소 위 '삼궤구고두(三詭九顧頭)', 즉 세 번 큰절하면서 9번 이마 조아리기로 항복의 예 를 행하였다. 우리는 남한산성에서 이 같은 역사를 연구하고 현장을 답사한 뒤에 그 길을 따라 하산한 뒤 삼전도 비석 앞에 가서 국치역사의 현장을 확인하고 새삼 조국을 그 어느 나라도 침노하지 못하는 국방에 충성을 다할 것을 다짐하였다.

그리고 돌아서서 바로 그 근방에 위치한, 남한산성이 동쪽으로 바라보이는 송 파 언덕- 예전 특전사령부와 현 거여동 언덕, 물론 당시는 근방에서 한강까지 집도 절도 없었다. -에 야영을 준비하였다. 당시 지상 50여 미터의 그 언덕에는 대략 5미터 크기의 버드나무가 드문드문 자라고 있었는데, 우리가 지급받은 개 인 3각 텐트에는 지줏대가 포함되어 있지 않아 (아마도 재고가 없어서?) 그 버 드나무 가지를 꺾어 3명당 1기의 텐트를 설치하고 점호를 마친 뒤 3명이 한 번에 들어가서 배낭을 베개로 눕자마자 곯아떨어졌다.

그런데 때는 9월이 다 된 8월 하순이라 그날 밤에 큰 비바람을 만났다. 그런데 그 큰비와 바람이 몰아치는데도 불구하고 우리는 비몽사몽 간에 슬어진 텐트를 각자 움켜쥔 체 잠들고 또 비바람 소리에 깨다가 다시 잠드는 것을 되풀이하였 다. 기상 시간에 눈을 떠 보니 목 아래 몸통은 완전히 시뻘건 흙탕물 속에 잠긴 채였고, 쓰러진 텐트는 내려앉아 온몸을 감싸고 있었다.

그리하여 계획되었던 마지막 귀교 완전군장 '성취의 행군'은 취소되고, 긴급히 조치된 트럭으로 온몸이 시뻘건 체 우리는 학교로 향하였다. 비록 온몸이 황토

흙투성이여도 지금의 군인정신과 신체상태로 행군 못 할 것 없겠기에, 2달간의 값비싼 대가를 치르며 단련된 우리의 몸과 정신으로 당차고도 멋진 행군졸업을 하지 못해 못내 아쉬웠다.

그래도 학교 정문에 도착하자, 군악대의 "만세 만만세, 우리 장사들 돌아오누나…." 힘찬 군악대 소리와 함께 학교 전 간부들의 박수를 받으면서 통과하였다. 특히 그 군악대의 「승리의 노래」는 지금도 귀에 쟁쟁하다. 이로써 고난도의 훈련 고비마다 그 순간마다 '이것이 국가에 대한 충성이다.'라고 속으로 외치면서 극복해 내었던 지난 2개월이 주마등같이 회상되었다. 이렇게 대미를 장식함으로써 평생 잊지 못하는 육사 생도 기초군사훈련과정을 마치게 되었다. 이리하여 2달 전까지의 청년 시민 모습은 이제 간데없고 씩씩한 육사 생도로 완전히 탈바꿈하게 되었다.

∴ 먹골배, 태릉에서 맛보기

아직도 상급생들이 하계군사훈련에서 돌아오지 않은 8월 29일경 하루는 화랑대역 건너편에 있는 '먹골배'– 육사 현주소인 묵동(墨洞)의 옛 이름, '먹골'에서 따 온 이름 –밭에 가서, 아직은 덜 익은 그러나 맛볼 필요도 없이(?) 먹고 또 먹으면서 지난 두 달 동안의 성공적인 기초군사훈련을 자축하고, 그리고 9월 1일부터 시작될 상급생들과의 본격적인 사관생도생활에 대한 미지의 내일에 대한 기대로 마음을 한껏 부풀었다.

2. 1학년 일반생도의 일반학기 내무·학과생활
(1954. 9. ~ 1955. 6.)

∴ '3禁地帶' 생활, 군사학과 文·理학 병행수업

드디어 8월 말이 되자 2, 3, 4학년 상급생들이 모두 일제히 도착하였다, 그들은 지금까지의 진해 생활을 뒤로하고 대망의 서울 태릉 '화랑대'로 올라온 것이다. 아마도 신입생인 우리보다 그들이 더 기대가 컸을 것으로 생각된다. 이제는 4개 학년이 완전하게 구성된 본격적인 대한민국 육군사관학교가 되었다는 사실에 흥분도 되었을 것이었다. 더구나 그 참담(?)했다던 진해, 춥고 배고팠던 생활을 뒤로하고 새로운 기대도 컸을 것이다.

　육군사관학교는 역시나 학문의 전당이기 이전에 군대이기에 모든 편성은 군대 그대로이다. 육사는 크게 학교본부, 교수부, 생도대 그리고 이를 지원하는 근무지원대로 편성되었다. 생도생활의 본거인 생도대(生徒隊)는 훈육부서로 생도대장(육군 준장), 副대장(중령), 생도 8개 중대 훈육관(소령 각 1명), 체육과(과장 소령, 특기 담당 교관 약간명)로 편성되었다. 이들은 사관생도 자치조직인 생도연대를 훈육하고 지원한다.

　생도연대는 2개 대대 8개 중대로 구성된 생도 자치연대로서, 이를 지휘(만)하기 위한 생도 연대본부에 연대장 생도와 부관 생도, 그리고 4개 참모 생도가 있고, 그 아래에 2개 대대장 생도와 그 아래에 8개 중대장 생도가 임명되어 1년간 근무한다. 1개 중대는 2개 구대로, 1개 구대는 2개 내무반 4개 분대로 편성되었다. 1개 분대는 대략 8~9명으로, 분대장 3학년 생도 1~2명, 아래 2학년 생도 3명, 1학년 생도 3~4명으로 되었다. 4학년 생도들은 독립된 별도 자치내무반을 구성하였다.

　모든 일과와 생활은 각 생도 독립생활이나 2개 분대가 상하 계급을 가지고 한 지붕 아래 생활하기 위해서는 단체생활의 임무와 의무가 있게 마련이다. 실내청소는 물론 1학년, 야간 실외 보초 물론 1학년, 기타 공용용무(보급품 수령분배 등)도 주로 1학년 임무요 의무다.

　육사 생도대 생활에는 '명예제도(Honer System)'와 지도자(지휘관) 수양을 위해 생활통제의 한 규칙인 소위 '육사 3금 제도' 등은 아주 철저하고도 엄격하였다. 잘 알려진 바와 같이 명예제도(名譽制度)란, 곧 거짓 행위(예, 컨닝 등)와 거짓말을 하지 않는 것으로, 이를 보고도 묵인하는 것까지 처벌(퇴교) 대상이다. 그리고 '3금(禁) 제도'란, '금여(혼), 금주, 금연'으로 여자와의 부적절한 관계나 결혼을 금지하고, 물론 교내외에서 금주와 동시에 어느 곳에서도 금연하는 제도이다. 이를 어기면 '명예위원회(생도들로 구성된 자치체)'에 회부되고, 인정되면 가차 없이 퇴교 처분된다.

　이 제도야말로 육사 생도 수양을 위해서 뿐만 아니라 앞으로 국가와 사회에서 모범생활을 할 청년들에게는 필수적인 규정이고 덕목인 것이다. 실제로 육사 생도 생활 중에 이 규정으로 조치된 자에 대한 소문을 별로 들어 본 적이 없거니와, 특히 우리 동기생은 전혀 없었다고 기억된다. 다시 말하면 수양의 도장인 육사에는 이런 규정이 반드시 지켜져야 하고, 그것은 실제로 가능하여 졸업 후 각계각층의 지휘관의 덕목으로 작용하였다.

∴ 학교 대표 '럭비부' 선수 생활과 일반학 중첩생활

그날은, 어찌 된 영문인지는 모르나 내무반 지역에서, 한눈에 보아도 당당한 스포츠맨으로 보이는 한 3학년 상급생이 다가오더니 나를 불러 세우고는 무턱대고 물었다. "어이 귀관, 탁구 잘하지?", "아, 아닙니다, 못합니다."– 실제로 그때까지 그런 것 만져보지를 못했다. –그랬더니 "아, 그럼 그렇지, 내일 럭비부로 와!" 나는 고향에서 그동안 조금은 어머니를 도와 시장 옷가게 봇짐을 아침저녁으로 어깨에 메고 집과 시장터를 왕복함으로써 아마도 체격이 운동선수 모양이긴 하였다. 사실은 그보다 '박정기' 생도가 '럭비'부에 가입하면서 나를 부른 것 같았다.

그래서 생도대 내무반 길거리에서 불과 3분 정도의 면접으로 본의 아니게도 육사 럭비 대표 선수로 선발이 되었다. (이후에도 육사 대표 운동선수들은 입교 후 신입생 중에 무작위 현장 면접(?)으로 선발되어 혹독하리만큼 훈련을 거쳐 연중 1~3번 정도 있는 외부시합에 출전한다.)

그리하여 나도 신편된 생도(연)대 제6중대 4내무반, 즉 '학교 대표 럭비선수 내무반'에 편성되었다. 문자 그대로 졸지에 1954년도 육사 대표 럭비선수가 되어 학과생활과 동시에 내무생활– 우리 선수들은 3학년 이하 모두 한 내무반에 기거 – 그리고 병행해서 학교 대표 선수생활, 당시는 대한민국에 성인팀은 거의 없었기에 오로지 앞으로 개최될 3군 사관학교 대항 시합준비만을 위한 훈련을 시작하게 되었다.

그런데 1학년 일반학기의 내무생활 얘기 또한 일상의 생도생활 얘기이기에 아주 단순하게 보이기도 하나, 사실은 '깊고도 많은 애환과 애증의 얘기'를 포함하고 있다. 특히 1954~1955년도의 1학년 생활이 그러하였다. 그러기에 실감이 나기 위해서는 오히려 몇 가지 일화를 소개하는 것이 좋을 것 같다.

1학년 생도는 내무반 편성에서 보는 바와 같이 한 내무반 한 분대 내에서 층층 시하에 놓이게 되어 거동이 지극히 조심스럽고 할 일은 어렵고도 많다. 내무반 안팎으로 매사에 'Old boy first'이고 다만, 궂은일은 'Junior first'로 도맡아 한다. 그러나 반면에 바로 옆 침대에서 함께 생활하니 상급생의 간섭을 받게 되는 건 물론이지만, 동시에 형제지간의 지도와 편달도 받고 정도 들고 인연도 되어 군대생활 내내 유익한 점이 더 많기도 하다. 사실상 어려운 일이란 것도 실내외 청소이고 보급품 수령 및 분배 그리고는 상급자에 대한 예의 정도이다.

∴ 직각식사와 테이블 말석의 식사당번

당시 생도대 식당은 A, B 2곳으로 나누어져 각 1개 대대씩(1개 대대는 4개 중대), 하루 3식을 정시에 모든 생도 동시에 식사하였다. 좌석 배정은, 미국 West Point 육사를 닮아— 단 하나, 식사 전 기도는 닮지 못했다. —내무반 편성 그대로 1개 분대가 한 테이블을 차지하고 통로 쪽으로 1학년 생도가 자리한다. 그래서 음식, 즉 1개 분대분의 국통, 밥통과 반찬— 다행히(?) 1~2가지뿐 —이 오면 1학년 당번 생도가 밥과 국을 차례로 떠서 안쪽으로 밀어 분배한다. 다 되면 분대장이 나름대로 "식사 개시!" 하며 식사하나, 보통은 분대장부터 분배 즉시 식사가 자동적으로 개시된다.

다만 식사가 끝날 즈음에 연대장 생도가 단상에서 "식사 끝 퇴장!" 하게 되면 일제히 일어나 퇴장한다. 그러나 맨 끝자리에 앉아 매끼 맨 끝 순서로 받아 식사하게 되는 1학년 생도들과 특히 '식사당번 생도'는 부득이 식사가 늦어 다 먹지 못하고 일어설 때가 있으나, 때로는 2~3분 남아서(상급생 묵인하에) 마저 먹고 일어서기도 한다. 식당에 올 때는 중대별로 군가를 부르며 행진해 오나, 내무반으로 돌아갈 때는 2~3명 단위로 돌아간다.

그런데 식당에서 분대 테이블까지 분배는 병사나 하사관에 의해서 되는데, 항상 식사 담당 병사들이 1학년 생도의 고충을 잘 알기에, 생도 식사를 주시하고 있다가 뭔가 불편한 일이 있으면 얼른 와서 식사를 도와주기도 하고, 또는 밥이나 반찬을 더 가져다주기도 한다. 특히 이 병사들은 '모든 어려움을 참고 참으며 단련'하는 '육사 1학년 생도들의 고난(?) 생활'을 경외(?)하였다.

그런데 이 당시 생도 식사는, 소위 당시의 중류 수준이라 알려졌으나 과장이었고, 다만 매일같이 소위 특식으로 계란보다 적은 듯한 사과 1개와 며칠만에 계란 한 개가 나왔던 것으로 기억되기도 한다. 그러나 선배(1~3기)들 얘기로는 진해 시절(1952~1953년)에는 정말 배가 고팠다고 한다. 대한민국 제6공화국 노태우 대통령의 『노태우 회고록』에도 나와 있는 바와 같이, 1기 생도들의 1학년 시절 배고픔을 참지 못해 생긴 얘기는 평생을 잊을 수 없다고 했다.

즉 전쟁 중이었던 1952년 설날, 학교식당 근처 울타리 밖에서 들리는 떡 치는 소리와 그 냄새로 고향 생각과 함께 배고픔을 도저히 참을 수 없어 상당수 생도가 밖으로 민가를 찾아 나가서, 설 음식과 떡을 얻어먹었는데, 어떤 친구는 모르고 생도 대장- 당시 육군대령, 청렴한 부부가 휴일에는 뒷산에 가서 나무해 밥했다고 한다. -집에 가서 얻어먹었는데, 이 때문에(?) 이 사실이 알려져, 모두 퇴교 심사위원회까지 갔으나, 사정이 사정이었던 지라 1개월 특성훈련으로 마무리되었다고 한다.

그런가 하면 특히 3기생 가운데 거구 몇 사람들은 외출보다 남아서 식당에 남겨진 외출 생도의 밥 먹는 것이 더 만족스러운 하루를 보내기도 했다는데, 불행히도 어느 한 생도는 과식(아마도 5인분 이상)으로 입원하고 결국 퇴교 되었다고도 하였다. 태릉으로 옮겨 온 이후는 그런 정도까지의 배고픔은 없었다. 그래도 외출 나가서 '먹는 것'을 낙으로 삼아 가며, 배를 채워 귀대하는 것이 큰 행복 중의 하나였다. 박정기 생도와 나는 거의 매주 함께 외출하고 함께 소일하였는데, 들어 올 때는 을지로 3가에 있는 갈비집에서, 주인도 놀라리 만큼(?), 둘이서 8인분도 먹을 때가 있었다.

∴ 생도 특성훈련과 기압

육사에서 '2학년 생도의 모범과 1학년 생도의 복종'이라는 규정관계는 2학년 상급 생도들에 의한 1학년 생도들의 '고난의 단련'을 의미한다. 이미 말한 바와 같이 생도 내무반 지역에서 1학년 생도는 3보 이상 구보에 직각보행, 상급생에 대한 철저한 예의(경례와 양보) 준수와 복명복창 이행이 강조되는데, 조금이라도 소홀하면 곧 2학년 상급생에 의한 '특성훈련(特性訓練)'- 당시 군에서는 흔히 기압(氣壓)이라 하였고, 70년대에 '얼차려'로 바뀌었다. —이 그 자리에서 이거나 아니면 일과 후 생도 내무반 지역 적당한 공간에서, 그도 아니면 아예 일과 후 취침 전 연병장으로 불려 나가, 주로 무거운 M1 소총을 앞으로 펴서 받쳐 들고 정해주는 대로 버티기, 또는 단독군장이나 완전군장으로 연병장(최소 500미터 거리)을 몇 바퀴 구보하는 것이다.

그러다 보면 보초를 서고 있는 학교초소 경계 헌병들이 그 실상을 보고 '우린 육사 생도 아니기에 다행'이라고 자위했다고도 한다. 물론 연병장 기압은 생도대 내무규정에 따라 내무벌점 수 초과 시, 또는 특정규정 경미 위반 시에 육체적인 벌로, 외출금지에 완전/단독군장으로 연병장 몇 바퀴 보행 또는 구보를 자진해서 하게 되어 있기도 하였는데, 상급생이 이를 하급생에게 준용하는 것이었다.

물론 주로 2학년 상급생이, 그러나 가끔 2~3명의 3학년 열혈 상급생도에 의해 소위 '괴롭힘' 수준의 기압도 가끔 있었으나, 그러나 그런 경우는 문제 될 만큼 심하거나 지속적이지 않았다. 그래도, 은퇴 후 가까운 동기생끼리 모여 옛날을 회고하며 담소하면서, 그 사람들은 '사이코'였고, 역시나 임관 후 잘된 사람 못 보았다고 했다. 그런데 어느 나라 어느 사관학교에도 그런 일은 다 있게 마련이다. 한때 인기가 있었던 미국 「남북전쟁」 영화 주인공 2명이 서로 그런 관계였는데, 전장에서 남북 장군으로 만나 전투에서 선악의 결과를 낳은 결전을 했다는 얘기였고, 특히 우리 한국의 은인으로 유명한 미국의 '맥아더' 장군의 생도 시절 그런 얘기가 있다.

미국 장군(육군 중장)의 아들이었던 '맥아더'가 육사(West Point)에 입교하여 전무후무한 학교성적을 기록하며 생도생활을 할 때 그 상급생 중 한 사람이 그를 괴롭혔다. 심지어 폭력행사도 있었다. 그러나 맥아더는 참고 전혀 말없이 생활하였으나, 함께 생활하던 동기생이 참지 못하고 국회에 알렸다. 그리하여 국회 조사위원회가 나서서 조사하였으나, 진작 맥아더 생도 자신은 여전히 일언반구 끝까지 내색하지 않았다. (이를 두고 책 『Nineteen Stars』는 맥아더 장군의 고유한 성공 지향적 리더십으로 평가하였다.)

지금도 정규 육사 4기 생도에게는 '태릉탕'이란 참으로 잊지 못하는 고유가치적(?) 추억이 있다. 이어서 겨울나기와 난로 얘기도 하겠지만, 1954년 겨울의 태릉은 우리 육사 1학년 신입 생도들에게는 생애 최고 추위를 맛보는 것 같았다.

한겨울 밖에 온도는 (아마도) 영하 21도를 넘었고, 실내 온도는 그보다 더 차게 (?) 느껴졌다. 물론 사방이 막힘이 없는, 시베리아 벌판(?) 같은 야외세면장의 추위는 더 말할 나위 없었다.

그런데 한 번은 영하의 날씨에, 짓궂은(?) 2학년 상급생은 우리 1학년 생도들을 중대별로 불러내어 팬티만 입고 '태릉탕' 세면장 물속으로 집어넣었다. 그리고 그 속에서 목만 내놓고 교가와 응원가를 연속 부르게 하였다. 그러고는 한 10분 지나 나오게 하였는데, 이상하게도 물속에 그대로 있는 것이 더 따뜻하게 느껴져 물 밖으로 나오기가 싫어지기도 하였다. 실제로 물속은 지하수였기에 영상 온도였고 밖은 몸이 바로 얼어버릴 온도였다. 물 밖으로 나오자 입술을 소리 날 정도로 떨었다. 그러나 미리 준비한 타올─ 미군용 타올로 몸을 감싸기에 충분한 크기였다. ─로 몸을 닦고 내무반 앞에서 한 번 더 추위에 버티기 운동을 한 뒤 내무반 안으로 해방되어 들어갈 수 있었다. 물론 지금은 '즐거운 추억(?)' 중의 하나이지만, 우리는 이 세면장을 두고 '태릉탕'이라 하고, 겨울 냉탕 극한의 경험을 일생 동안 음미하며 이렇게 기록에 남기고 있다.

∴ 겨울 '냉방완비', 1학년 생도들의 엄혹한 겨울나기

그런데 우리가 겪었던 1954년의 육사 생도 내무반과 교사(校舍) 등 전체 난방 상태, 아니 냉방 완비상태(?)는, 지금 생각하면 '고생스러웠다'를 넘어 '처절(?)'하였다고까지 표현함이 적절할 정도였다. 학교 전체 건물과 시설들은 전쟁 중에 파괴된 것을 그해에 막 보수/재건 중이었고, 생도대 내무반은 야전형이라 중류 난로에 의지하게 되었다. 그리하여 A·B 교사와 학교본부에 들어가는 보일러 시설은 추위가 이미 시작된 11월이 되어서야 재건 완료되었는데, 학과 출장 집합 때마다 매일같이 굴뚝 올라가는 모습을 바라보며 초겨울 추위를 견디기도 하였다.

그리하여 그 기대했던 중앙통제형 교실 난방시스템이 시작되었으나, 교실에 들어서면서 '냉방 완료'라는 생도들의 불만이 교수님 도착 전까지 흑판에 게시되기도 하였다. 그러다 보니 당시로는 전체 대한민국 사회환경에서 선진된(?), 쪼그려 앉아서 줄 잡아당기는 수세식 변소도 그나마 겨울 내내 개점휴업이었다. 그래서 10분간 휴식 및 교실 이동시간에 급한 친구들은 왕복 10분 거리의 생도대 재래식 화장실로 뛰어다녀야 했다.

겨울이 되자 내무반에는 미군이 야전 텐트에서 사용하던 중고 난로, 중고 연료 조정용 카브레이터(carburetor)가 달린 납작 항아리형 난로가 조립식 양철 연돌과 함께, 한 내무반에 2대, 즉 분대별 1대씩 설치되었다. 그런데 바로 이놈(?)이 그 겨울뿐 아니고 우리가 졸업하던 1958년까지, 내내 우리 하급생의 고민·골치·문제·고생 거리였다.

연료는 디젤로 난로당 하루 5갤런이 기준이었으나, 수시로 그 이하(갤런)였고, 상당 기간은 연료공급이 없어 맨몸 그대로 지나기도 하였다. 당시 '백 교장'(중장)은 "지금 미국에서 인천으로 배가 오는 중이니 조금만 더 참으라." 하면서 모두를 위로하기도 하였다.

6시 기상 전에 그날 난로 당번 생도(분대당 1명)는 내무반원의 취침방해 없도록 조용히 일어나 난로에 불을 붙이고 7시 30분 학과 시작 직전에 불을 끈다. 그리고 교수부 학과 종료 시간은 대체로 15시로, 이때는 전 생도가 동시에 퇴실하여 내무반으로 돌아온다. 그러는 동안 추위에 참기 어려워하는 상급생은 들어오자 말자 카브레이터를 크게 틀어 불을 때는데, 불이 금방 아주 크게 달아오르는데, 불이 날까 두려워 금방 카브레이터를 아래로 튼다. 그것을 몇 번 되풀이하면, 그렇지 않아도 중고품이라 카브레이터가 화(?)를 내어 고장 난다.

그러면 그때부터 그 카브레이터는 비정상으로 작동하여 말썽을 일으킨다. 거의 전 내무반이, 물론 운 좋게 신품 카브레이터를 지급받은 소수 내무반이 있긴 하나, 그 겨울 내내 이 난롯불의 컨디션 여하에 따라 내무반 분위기는 오락가락하였고, 그에 따라 1학년 생도들의 마음은 쥐구멍을 들락날락(?)하였다.

창문은 한편에 네 군데씩 (뚫려) 있었으나, 정식 여닫이가 아니고 창문 크기를 덮을 정도 크기의 청색 화이바를 밖에 매달아 그 끝에 끈을 달아 안에 박아 놓은 못에다 얽어매어 문을 닫았다는 형용을 내는(?) 것이었다. 그러기에 겨울에 바람이 불면 들썩이면서 소리 내는 것은 물론, 바람 특히 눈바람 불 때는 눈까지 안으로 다 들어와 창문 바로 밑에 놓인 침대 주인 생도는 참으로 추울 수밖에 없었다. 그래서 잘 때는 그 크고 좋은 미군용 타올, 요즈음 제대로 된 호텔에 가면 비치되어 있는 온몸 둘레 큰 타월을 온 목과 얼굴에 둘둘 감고, 발은 집에서 몰래 만들어온- 첫 학기 겨울 휴가 후 귀대하면서 -두툼한 솜버선을 신고 자기도 했다. 그 사각지대는 난로가 있건 없건 잘 타건 못 타건 상관없었다.

그런데 난로가 한 1개월 지나자 그런대로 쓸만했던 양철 연돌에 그을음이 끼기 시작하였는데 그때부터 당번 생도의 고생거리가 추가되었다. 물론 불의 강약 왕복의 빈도에 따라 청소 주기도 결정되었다. 그때부터 이 연돌을 다루는(청소하는) 그날 그 시간 난로 당번 생도의 솜씨(조심성) 여하에 따라 또 다른 고생길이 열리게 된다. 특히나 한밤중에 그을음으로 난롯불이 불안정해져 연기가 내무반에 차기도 하는 경우에는 당번은 밤중에 혼자서 난롯불을 끄고 연돌을 분해해서 끌어안고 그을음 안 떨어지게 조심해서 내무반 곁 소각장에 가서 연돌을 청소한다. 이때는 별수 없이, 처음엔 그 특성을 몰라, 연돌을 두들겨가며 그 속의 그을음을 털어내었다. 그 과정에 양철 연돌이라 군데군데 함몰한다. 그러면 이 녀석들이 또 화를 내어 그을음이 더 자주 깊게 끼게 된다. 그러면 난로 당번 생도는 한밤에 그 청소를 위해 혼자서 더 춥고 바빠지고 심신이 괴로워진다.

어디 그뿐이랴, 실외 온도가 영하 20℃를 넘나들던 한겨울에는 창밖에 설치된 5갤런 '스페어 캔(Spare Can 기름통)'도 얼고 그 속의 디젤 기름도 마치 여름철 냉면 그릇에 깔린 엷은 얼음막처럼 얼어서, 기름이 연결된 호스를 통해 난로로 그냥은 흘러 들어오지 않는다. 그럴 때는 당번 생도가 밖에 나가서 기름통을 일단 흔들고, 안으로 들어와 기름 파이프 말단에 입을 대고 불고 빨아들이고를 되풀이해서 기름을 흘러 들어오게 한다. 이럴 때 흔히 그 더러워진 디젤 기름을 한두 모금씩 본의 아니게 마시기도 하였다. 그때는 배속 회충들이 기겁했을 것이다. 영하 20℃의 그 디젤 기름 맛 지금도 잊을 수 없다. 그렇게 하여도 알고 보면 난로 주변은 영상 10℃ 내외, 전체 실내는 0℃ 내외였는데, 그래도 이 정도는 당시 전방 장병 생활에 비하면, 새로운 미래 군사 지도자 양성을 위한 이승만 대통령의 호사에 가까운 배려였다.

∴ 사관생도 일과시간

일반학과 기간에는 전 생도(1~3학년)가 똑같이 하루일과를 시행한다. 시작은 언제나 같이 새벽 6시, 실내 스피커에서 나오는 기상 나팔 소리- '억지로~ 억지로~'로 들린다? -에, 마치 전기를 탄 듯(?) 벌떡 일어나 이불 개고, 매트리스 반

접고, 바닥청소를 위해 철 침대 빈칸에 밑에 놓아둔 군화와 운동화, 세면기, 그리고 휴가용 '보스톤 백' 등을 올려놓고, 마치 100미터 시합하듯 500여 미터 멀리 있는 연병장(대대별)으로 가서 일조점호를 실시한다.

인원파악보고, 애국가 4절까지 봉창, 사관생도의 맹세 제창, 각자 고향을 향해 돌아서서 부모 형제에 대한 묵념인사. 일조점호가 끝나면 빠른 걸음으로 돌아와 세면장행, 어서 돌아와 침구 정리— 두부모보다 똑바르게, 그리고 바닥 청소 후 신발 정돈하고 조식 집합, 돌아와 학과출장 준비, 그리고 7시 40분, 전 연대가 통로에 학과출장 집합한다. 교가와 군가 등을 합창 후 학년별로 집단으로 자기 교실 앞까지 행진해 가서 각 교실로 해산해 들어간다.

그래서 8시 정각에 학과 개시, 학과 시간 단위는 60분이고, 50분 수업에 10분간 휴식 겸 교실 이동, 11시 50분에 일단 내무반으로 돌아와, 다시 식사 집합하여 전체가 동시에 12시 점심, 다시 내무반으로 내려왔다가, 다시 교실로 가서 1시에 오후 학과 개시, 15시 학과 끝, 이후 전생도 일제히 석식(18시)까지 자습 및 자유시간, 다만 학교 대표 운동선수, 특히 매년 3군 사관학교 체육대회 메뉴인 '럭비'와 '축구' 부원은 3시부터 5시까지 의무적으로 운동장에서 운동연습 실시, 19시~21시 야간 학습 출장, 21시 30분에 일석점호, 22시 소등. 하루일과 끝.

학교수업, 즉 학과는, 당시는 미국식으로 9월에 시작하여 12월 하순에 1학기 종료하고 방학, 즉 겨울 휴가를 가며, 2학기는 1월에 시작하여 6월 중순까지이고, 약 10일간의 여름휴가를 가진 뒤 7, 8월 2개월간은 하계 군사훈련 기간이었다. 1학년은 태릉 육사에서 기초군사훈련을, 2학년은 육군의 주요 전투병과(보병·포병·전차·통신·공병, 5개 병과)를 순회 교육 훈련을 받으며, 3학년은 육군·해군·해병대·공군을 그 사거(?) 학교 방문과 함께 순회 교육 받고, 4학년이 되면 물론 하계 훈련 기간 중 최일선 전방부대 소대장 근무 실습을 실시한다.

∴ 장군 교반, 'daily 시스템', 'Honer 시스템'

교과 수준은, 미국 West Point 육사 교과를 거의 그대로 옮겨왔기에, 선진국 수준이었고, 더구나 전시 직후라 서울대 등 시내 유수 대학의 유명 교수들이 대위계급으로 시작하는 예우로 초빙되어, 한국 최초일 수 있는 4년제 사관학교 생도들을 위해서 아주 성의껏 가르쳐주고 때로는 생도대 훈육관들보다 더 애국심과 군대식 규율을 강조하기도 하였다. 경제 분야에 '케인즈'와 사무엘슨의 경제학과 국부론에 거시, 미시 경제학 등, 비교정부론, 측량학도 실습을 겸하여 학습하였다. 특히 건축학에서는, 당시 무너져 내려앉아 있던 제1한강교(인도교, 지금의 한강대교)의 손상된 교각을 설계하고 제작하는 현장을 방문하여 'I-beam'을 계산해 보는 등 실습도 하였고, 병기학에서 일반병기는 물론, 자동차 엔진을 분해결합 해 보기도 하였다. 후에 우리 동기생 공학 교수 한 사람은 국산 자동차 엔진 제작 선구자가 되어 한때 그 학계 수장이 되기도 하였다.

또 미국 육사식으로, 특이한 'Daily System'을 적용하였다. 그래서 50분 수업에 40분 강의 및 토의 후 10분간 시험– '명예제도 Honor System'라 하여 거짓말은 절대로 용서가 없다. –그 일환으로 시험 칠 때도 교수가 시험지를 나누어 주고 출제한 뒤 가고, 생도들은 10분간 시험하고 반장이 '시험 끝 퇴장' 선언하면 그 즉시 연필 놓고 퇴장하며, 시험지는 반장이 거두어서 교수에게 제출한다. 이 점은 완전해서 이를 위반해서 퇴교한 동기생은 4년 내 들어 본 적이 없다.

교반 편성을 보면, 한 학년을 20명 내로 하여 12개 교반으로, 이를 A, B조 각 6개 교반(敎班)을 편성한다. 매월 성적 결과에 따라 성적순으로 제1교반에서 제6교반으로 소속하게 된다. 1학년 1학기는 시작 때는 입교 성적순으로 편성되었는데, 나는 많은 과목에서 1교반에 편성되었다. 그래서 1교반은 '우등생(한 학년 2명 내외)' 후보 교반이나, 6교반은 흔히, 아니 전설적으로 '장군 교반'으로 위로와 격려를 겸하여 불리었다. 그런데 실제로 몇십 년 세월이 흐른 뒤 실제로 6교반 출신에서 장군들이 많이 배출되었다. 이 할아버지도 '장군 교반'에 몇 번 편성되기도 하였다.

매 월말이 되면 교수부 게시판에 그동안 시험 친 과목별 성적과 그 결과가 신교반 편성이 공시되고, 한 학년 말 성적은 심지어 고향 집의 학부형에게 우송전달도 되었다. 그런데 이 게시판 앞에서도 1학년은 직각보행으로 행동해야 하며, 게시판을 볼 때도 자세가 불량하면 2학년 상급생에 의한 특성 훈련감이 된다. 나는 '김복동 4학년 선배(夏訓 구대장)'가 말한 바, "남자가 소심하게 성적표를 들여다보아야 하느냐?"라는 말을 좋게 생각하고 게시판을 멀리하였다.

한편 1학년 학기 말에 종합 기말고시 결과 60여 명이 낙제점수에 해당되어 남과 같은 때 휴가도 못 가고 학교에 남아서 3일간 자습한 뒤 소위 '추가시험'을 치르고, 그 결과 50여 명이 성적 미달로 그 즉시 퇴교되기도 하였다. 그 후 2학년이 되어서도 성적 미달 생도를 도태시켰는데, 우리 동기 생도는 애당초 251명 입교하여 졸업 즉 임관할 때는 179명이 되었다. 대부분이 1학년 기말시험 결과 도태자였다. 참으로 육사 교육은 여러모로 원칙과 정직 그리고 엄정 그대로였다.

∴ 학교 대표 럭비선수 훈련생활(과외훈련과 학습부담 갈등)

나는 비교적 양호한 성적으로 육사에 합격하여 초기에는 모든 학과가 1교반 등 상급반으로 편성되었다. 그래서 학과 초기에는 대부분의 과목이 고등학교 과목의 연장선 수준이라 방심하였고, 또 '데일리시스템'이 시간 내 외우기 위주의 시험이요 그 결과라 멋없다 생각하여 소홀하였다. 특히나 모두가 공부에 열중하는 과외 자유시간에는, 전적으로 (내게는) 과격한 럭비운동 훈련을 매일 함으로써, 공부시간을 제한받는 것은 물론, 신체적 피곤이 누적되어 날이 가면서 학업성적이 저감됨을 면치 못했다.

이미 말한 바와 같이 나는 럭비대표선수 상급생에 의해 급행으로 선발되어, 전혀 생각할 겨를 없이, 본의 아니게(?) 선수 내무반으로 편성되어 가서 선수생활을 하게 되었던 것이다. 그렇다고 해서 억지로 생활하게 된 것은 아니다. 사실인즉 그것은 행운이요, 영광된 사건이었다. 그래서 연습시간마다 자유학습시간을 희생하고 대신 힘을 다해 연습하고 단련하였다. 내 연습 포지션은 스크람조 포워드 왼편 날개, 즉 번호 1번이었다.

15시에 연병장에 나가면 먼저 가벼운 구보와 준비운동부터 시작하여, 대시(Dash), 패스, 그리고 볼을 가진 상대를 향해 정면 또는 후면 돌격 태클 연습, 그리고 형세 불리할 때는 볼을 가슴에 안고 절대 빼앗기거나 놓치지 않기 위해 등을 상대편으로 드러누워 밟히고 차이는 연습, 그리고 H 크로스바(골문) 넘기기 킥 연습, 그리고 볼을 받아 대시해서 골라인 선상 또는 H 바 후방에 터치(TOUCH) 하거나 공을 안고 몸 전체로 트라이(TRY)/센터 트라이 등등의 연습훈련. 다음에는 포지션에 따른 훈련, 나는 스크람 포워드 1번이기에 상대 스크람조와 동시에 격돌하여 제압하고, 앞으로 밀고 나가기 또는 밀리지 않으려고 결사적으로 스파이크를 전면 땅에 붙이고 버티기, 그리고 볼을 발밑에 끼고 옆으로 스크람 전체 돌기 등, 그런데 물론 그때는 사명감과 일체감 그리고 훈련 코치의 푸시로 하루하루 훈련을 넘기고 있었다.

아마도 그 때문에, 야간자습출장으로 교실에 가면 몸이 고단하여 그만 2시간 내내 잠 오는 것을 참아낼 수가 없었다. 그러니 하루일과 중 오후 자습시간과 야간 자습시간 최소 4시간은 일반 동기생보다 희생될 수밖에 없었다. 거기에다 문과에 더 관심을 가진 데다 정치·사회 관련 독서와 전사(戰史)탐구에 치중하다 보니 1학년 기말시험과 2학년 1학기 말 시험에 물리와 수학 과목 추가시험을 치르기도 하였다. 그래서 아쉽기 짝이 없었으나, 2학년으로 오르면서 '학교 대표 럭비선수' 생활을 자퇴하였다.

─참고: 물론 그때도 내가 좌심방판막증이 있다는 사실을 전혀 모르고 있었다. 심장판막증이란, 심장 내 4개의 심방 출입을 지키는 4개의 판막이 협착이나 폐쇄부전 등의 고장으로 피의 흐름이 일정하지 않거나 혈액이 역류되는 상태를 의미한다. 선천적 또는 후천적 원인은 알 수 없으나, 아마도 사관학교 이전 오래전부터 있어 온 현상으로 짐작되며, 당시 군 입대용 약식 신체 검사 시는 감지가 곤란하였을 것이다. 평상시는 불감이나 증상은 1. 심장에 무리가 가면 숨차고, 진행되면 호흡곤란, 2. 피순환장애로 쉽게 피로하고 어지러움, 3. 기침 가래와 함께 흉통 증상도 발생할 수도 있다는 고질병이다.

∴ 3군 사관학교 대항 체육대회(럭비, 축구, 응원)

육사가 진해에서 서울(태릉)로 올라와 4년제 정규 육사가 그 형체를 갖추게 되자, 이제 대한민국 국군 간부양성을 위한 3군 사관학교체제가 완성되게 되었다. 그리하여 국군 자체 사기를 고양시키는 것은 물론 이제 막 전쟁부흥에 기를 올리고 있는 국민 사기를 고취시키기 위해서라도 미국식─ 미국 3군 사관학교 럭비 시합은 유명함 ─을 본떠 3군 사관학교 체육대회를 해마다 개최하기로 결정하고, 제1회를 1954년 가을 10월 5일~7일까지 3일간에 걸쳐, 럭비와 축구를 풀리그전으로 실시하였다.

6·25 전쟁 전에도 성인 럭비시합이 있었다고는 하나 잘 알려지지 않았던 터에, 전쟁 기운이 아직 완전히 가시기도 전인 1954년 가을에, 서울 동대문운동장- 당시 대한민국 유일 국민운동장 -에서 3군 사관학교 운동대회가 개최된다 하여, 관심 있는 국민들은 물론, 특히 서울 시민들에게는 대단한 흥밋거리가 되었다.

이승만 대통령도 임석한 가운데, 더구나 질서정연하고 '파워풀'하며 일사불란한 생도들의 끊임없는 응원은, 가히 시민들의 열광을 불러내었고, 며칠간 도하 신문과 방송 매체들의 1면 또는 특종감들이었다. 사실, 이 3군 사관생도들의 열띤 응원은 운동장에서 학교와 자군의 명예를 걸고 분투하는 운동선수들의 게임보다 더 시민들의 눈길을 끌기도 하였다. 그뿐만 아니라 사실상 육해공군 장병 모두에게도 이 운동대회는 자군의 단결과 긍지 함양에 상당한 영향력을 주는 것이었기에 대단히 관심이 집중되었다.

시합결과 육사가, 럭비는 공사와 10대 8, 해사와 12대 0으로 이기고, 축구는 해사와 0대1, 공사와는 1대 1로 지고 이기고 하였다. 그래서 총점으로 우리 육사가 제1회 3사 체전에서 종합 우승을 기록하였다. 그래서 동대문운동장은 그 야말로 한때 육사와 육군의 감동 감격으로 넘쳐흘렀다. 우리 육사 생도들은 전원 트럭에 분승하여 종로와 을지로를 돌며- 당시 전후라 임시로 1층만 복구 중이라 트럭에서 밑으로 내려다보며 -고함치고 손을 흔들었다. "이겼다, 육사 이겼다!" 그런데 당시 시민들은 모두가 바쁜 때임에도 불구하고 일손을 멈추고 손을 흔들어 목소리 높여 축하해 주었다.

이후 럭비는 육사가, 해사와 공사에 패한 적이 없는 전통을 이 1회 대회 때부터 확립하였는데 그것은 당연하였다. 육사 생도, 즉 육군의 용감/과감성을 누가 감히 따를 수 있겠는가? 다만 아쉽게도 당시 훈련 2개월밖에 안되었던 우리 1학년 선수들은 나를 포함해서 대부분 출장하지 않았다.

특기할 일이 많으나 우선 당시 4학년 축구부 주장이었던 전두환 생도는 후에 제5공화국 대통령이 되었고, 럭비부 주장이었던 노태우 생도는 그 뒤를 이어 6공화국의 대통령이 되었다. 이 운동 자체가 체력단련은 물론 공격 정신, 인내력, 단결력, 그리고 신사도 정신의 귀감적인 것이기에 그 운동선수들은 앞으로도 마땅히 그럴 수 있으리라 믿는다.

육사 단체응원과 '육사 응원구호'

1954년 가을 3사체전(3士體典) 이후 영구히 3사체전의 전통이 되어버린 단체응원(시합점수 가산)과 육사 응원구호가 있다. 우리 육사는 3사체전을 앞두고, 아주 적극적이고 재치 만발한 4학년 응원단장, 4학년 이동휘 생도– 고려대학 재학 중 육사에 입교 –의 고안으로 육사 단체응원이 창안 및 조직되고 실시되었다. 그리하여 누구나 이 '3사체전'에서 사관생도들이 끊임없이 펼치는 응원 열기를 칭찬해 마지않았고, 심지어는 비슷한 아마추어를 좀 넘는 정도의 럭비와 축구시합– 소위 일반대학과는 달리 체육특기생이란 있을 수 없는 순수 아마추어 실력이었기에 –보다 오히려 이 응원전을 더 관전하리만큼 인기가 있었다.

특히 그중에서도 인기 이벤트는 육사 전 생도가 일제히 부르짖는 응원가, 즉 응원구호였다. 이후 이 응원구호는 파사현정(破邪顯正)의 길로 매진하는 정규 육사(생도, 출신 장교)를 영구히 상징하는 '육사구호'가 되었다.

"무라카¹! 준비! 시~작!"

"무라카 비니 비디 비키 억센 엠에이,
바이터러 비거러 가서 까라 레벤 사자 호랑나,
카레스 카레스 육사! 육사!"

엠 에이(억세고 강한 육사 M.A), 바이터러 (힘차고 vital) 비거러(용맹 vigor) 하게 불굴의 용기와 투지로 달려가서 적을 '가서 까서' 묵사발 만들어라.
그러나 항복하는 자는 레밴(살려 leben) 주자, 사자나 호랑이처럼.
카레스(내 사랑 caress) 카레스(내 사랑 caress) 육사! 육사~!

＊ 신비하게 보이나 사실은 해사 공사를 고압적으로 제압하기 위해 위압적인 문구를 조합하여 부르짖기 위해 착안한 것이었는데, 반복 외치다 보니 완전하고도 영원하게 육사 혼이 깃들게 되었다.

---

1 무라카: 'military academy'를 미국인이 빨리 발음하면 무라카.
　베니(왔노라 veni) 비디(보았노라 vidi) 비키(이겼노라 vici): 로마 『시저』의 승전 선언문에서 따옴.

∴ PX에도 뛰어가 'Try' 했다

1954년의 한국은, 앞서 9년 전인 45년에 일본의 수탈에서 광복되어 48년에 대한민국 정부가 수립(건국)되고 막 국가건설과 경제발전을 위해 한 발짝 내디디는 순간, 1950년에 국제공산주의 열전(熱戰)의 선봉이었던 북한 괴뢰의 남침적화 전쟁의 화를 입고, 53년에 휴전이 되어 그래도 위대한 이승만 대통령의 영도 아래 미국의 전적인 지원을 받아가며 전후복구를 시작하였던 때- GNP 60달러 시대 -라 국민 모두는 배고픔을 달래기에 급급한 시기였다.

당시 특히 한국군은 전적으로 미국의 원조로 유지되고 있던 때라 내 몸과 삼시 세끼 밥 외 한국제품은 아무것도 없었다고 해도 결코 과언이 아니었다. 그래서 한국군대 주보(酒保-미군 용어로 PX)는 막걸리 외 기호품은 거의 없었다. 더구나 금주의 병영 한국 육사의 주보는 더 무엇을 말할 수 있으랴?

그래도 아주 한정된 수량의 빵과 사이다, 그리고 미제 초코 음료 100ml 정도 크기의 '캔 Toddy'가 있었다. 그나마 특히 기초군사 훈련 때, 낮 일과를 마치자마자 그냥 그대로 뛰어가서 선착순으로 주보 입구에 도착한 몇십 명 정도만이 주먹보다 작은 빵 하나에 토디 하나 잡을 수가 있었다. 그래서 우리끼리는 이 주보행을 일컬어 럭비운동에서 따 온 말로 '츄라이 Try' 하러 간다고 했다. 11월이 되어 그동안 럭비선수 연습생활을 함께하며 의기투합하면서 동고동락하고 있던 친구, '박정기 생도'의 생일이 되어 함께 축하하고자 해서, 미리 주보에 가서 주문(잘 말해서, 츄라이 안 해도 되게)하고 생일날 가서 과자 부스러기 몇 개에 토디, 그리고 사이다를 가지고 그걸로 참 정말 만족도 높은(?) 잔치를 즐겼다.

∴ 1학년의 첫 휴가 (1954. 12. 23. ~ 1955. 1. 2.)

생애를 두고 이렇게 즐겁고 기뻤던 날로 추억되는 것 중에 이 휴가만 한 것은 더 없었다. 그것은 6월 하순에 집 떠나 12월 하순까지 타향 그것도 군대하고도 특별하고 엄격한, 외출 휴가 단 하루도 없었던 육군사관학교 1학년 1학기 생도 생활을 마치고 드디어, 그 기다리고 기다리던 부모 형제를 만날 수 있는- 집 나가봐야 알 수 있는, 부모에게 효도하고 싶은 마음, 형제자매들에게 잘해 주고 싶은 마음을 드리기 위해 -내 집으로의 휴가이기 때문이었으리라.

또 한 그것은 단 며칠간이라도 규칙과 시간 생활의 내무반과 공동체 생활에서 벗어나 자유와 인정이 넘치게 될 10일간 휴가, 크리스마스와 새해를 부모 가족 친구와 함께, 인정미 흐르는 고향 동네에서 보낼 수 있는, 특히나 부모님에 대한 효도의 마음이 절절하여, 정말 이렇게도 기다려지고 희망과 즐거움에 한껏 부풀러 올랐던 휴가(겸) 귀향 여행이기 때문이었다.

그래서 나라에서 마련해 준 '사관생도'만을 위한 특별열차─ 당시만 해도 일반열차는 가운데 통로는 물론 만원이라, 심지어는 짐을 올려놓는 선반에도 사람이 누워 밤새워(부산─서울) 가는 기차 형편에 ─에 우리 전 생도들은 고향 가는 방향에 따라 자리잡았는데, 특히 순 1학년 생도들만의 특별전용칸이 배려되었다. 기차는 화랑대역을 떠나 서울역에서 각각의 노선에 따라 일반열차 뒤에 연결되었으며, 고향을 향해서는 해 질 무렵에 서울역을 출발하여 밤새워 가서, 부산 본역에는 다음 날 아침에야 도착하였다.

그런데 화랑대 출발에서부터 우리는, 군가와 유행가 무엇이든 부르기 시작하여, 정말로 끊임없이 밤새워 부르고 또 불러서, 각 역에 동기들 하차해 갈 때도 노래하며 전송하고, 그리고 또 계속 노래하여, 부산 출신들의 하차 역인 '부산 본역'에 도착할 때까지 잠 한숨 안 자고 계속 불렀다. 아마도 그것으로도 다 풀리지 않았던 기분이라, 그 휴가 기다림이 그러하였다.

그런데 막상 집에 도착하여 부모님을 뵙고 인사를 드린 뒤부터는─ 부모와 함께 지내며 '부모에게 효도해야 한다.'라는 초심은 어디 가고 ─친구와 어울려 하루 이틀 사흘 가면서 부모님과의 지냄을 미루어 가다가, 그만 시간을 다 보내버렸다. 그래서 귀대(복교)하기 위해 집을 나설 때는 특히 부모님께 죄송한 마음으로, 다음에는 꼭 효도해야지 하고 속으로 변명 겸 다짐하면서 그리고 내려올 때와는 달리 서운하고 섭섭한 마음을 가지고 학교로 돌아갔다.

∴ 외출 외박에 얽힌 이런 일, 저런 얘기

육사 생도 외출 외박의 의미

1학년 2학기부터(첫 휴가 직후), 즉 육사 입교 후 6개월 후부터는 외출 외박(토

~일 1박 2일)이 허용되었다. 특히 층층시하 내무생활과 빈틈없이 시/분을 다투는 학교생활에서 조금이라도 해방된다는 것은 정말로 즐겁고 행복한 한때인 것이었다.

토요일 점심 직후 1시에 주간점호(週間點呼)를 겸하여 제1연병장에서 사열과 분열식을 실시하였는데, 당시에는 면회시설이 따로 없었으므로 면회객에게도 공개된 이 행사에 때때로 좀 별스러운 광경도 있었다. 즉, 사열 분열 이전에 정렬된 각 중대를 각 중대 담임 훈육관(현역 소령)들에 의해 야외 주간점호를 받는데, 이 훈육관 중 어떤 분은, 총을 사총시킨 뒤 "전원 옷 벗어, 빤쯔 내려!" 하고 거식이 부분 검사까지 한답시고 생도 열 앞을 지나다녔다. 뒤에 있는 남녀 면회객들 앞 20~30미터 거리 정도였다. 마 그런 때도 있었다.

생도들의 외출 외박이란 비록 경제사정이 빈약해도─ 당시 생도 월급이 현재가치로도 3만 원 넘지 않을 것이다, 후에 별도로 언급하겠다. ─또 서울 외지로 벗어날 수 있는 여건이 되지 않아 서울 시내에서만 지내야 하는데도, 또 특별히 반겨주는 사람이 없다 해도 가능하면 숨통을 조금이라도 트기 위해서라도(?) 외출을 나갔다. 나가서는 자기 집, 친척 집, 시내 배회, 흔히 종로3가에 있는 단성사와 그 맞은편에 있는 피카데리 영화관, 그 옆 골목길에 꼬리곰탕집, 동대문의 '형제 추어탕', 을지로 3가 소갈비집 등등에서 먹고 지내고 돌아다녔다.

외박과 원효로 문치과

나는 그나마 다행히도 서울에 '문치과' 친척이 있어서 그래도 하룻밤 외출·외박에는 크게 외롭지 않았다. 서울 시내로 외박을 나가는 경우에는 항상, 원효로 '문치과'에 들러서 토요일 밤 신세를 졌다. 문치과는 위에서 이미 말한 바와 같이 8촌인 문홍조 형─ 당시 40대 초반, 일본 명치대학 치의과대 출신, 6·25 전부터 병원 운영 ─이 거주하며 운영하는 원효로2가 길가의 2층 가옥에서 2층은 치과, 아래층은 살림집이었다.

그러다가 때마침 1955~1956년 당시 정부의 '서울 중앙로'(광화문─시청 앞─남대문 ─서울 기차역)의 '복구 및 재건사업(노변 5층 빌딩 건축장려) 지원정책'에 따라, 현재 서울 '더 플라자' 서측 면 자리, 즉 서울 하고도 중앙의 한 지점으로 과감하게 진출, 5층 빌딩(덕수빌딩)을 건축하여 3, 4, 5층을 차지, 영업하며 거주하였다. 문 원장은 실력도 갖추었지만, 워낙 친절한 분이라 위치상 왕래하는 장차관 등 정부 고위직위자들이 믿고 들릴 수 있는 형편이 되어 개인 치과로는 형편이 상당이 좋았다. 그래서 당시 지역 유지나 자산가들이 모인 '로터리 구락부'에도 멤버였고, 국제회의도 자주 참가하였으며, 서울 유명신문들에 매일같이 큰 우표 딱지만 한 선전광고가 나가고 있었고, 유일했던 '서울 골프 클럽' 회원이기도 하였다.

그는 내게 말하기를 "비록 촌수로는 좀 멀긴 하나, 서울에서 친척이 우리뿐이니 '실형제'로 알고 지내자."라고 했고 실제로 그렇게 지냈다. 또한, 형수 씨는 집안 살림과 재정관리, 고객관리를 다 하고, 자식들은 물론 친척들에게도 큰마음으로 스스럼없이 드나들 수 있도록 인정을 베풀었다.

생도로 외출 다닐 때(1954~1957)는 주거지가 아직도 '원효로'였고, 거기로는 을지로와 종로로 통하는 전차— 당시 일반시민들의 주 교통수단 —가 다니고 있었기에 더욱 편리하였다. 그 집에는 형님의 연로하신 어머니(부산 피난시절 맺은 인연)와 아직 초등학교 가지 않은 어린 딸(문복희 조카, 후에 미국 L.A 거주)이 있었다. 그리고 먼 친척 되는 동년배, 그러나 조카뻘인 서울 상과대학생 '지창수'— 후에 국세청 차장, 한국 알코올 회장이 된 —가 있었고, 형수님의 남동생인 해군군악대원 '양해엽', 후에 서울대 음대 교수, 파리주재 한국문화원원장이 된 분이 함께 있었는데, 외출 나가면 이 모두가 언제나 반겨 주었다. 그리고 문치과 형님 내외는 나의 육사 스폰서가 되어 가끔 사관학교에 들르기도 했다.

∴ 서울 시내 직각보행, 하급생과 병사 군기 잡기

이 글을 쓰면서 문자 그대로 격세지감을 느낀다. 당시 서울 시내는 바야흐로 이승만 대통령의 지도로 전후 복구가 한창 진행 중이었다. 동시에 특히 적치하 90일 여에서 해방된 서울에서는 민족의 미래를 향한 복구와 재건의 기운이 솟아오르고 있었다. 거기에 이 육사 생도들의 일사불란하고도 거리낌 없는 행동과 거기서 보이는 용솟음치는 의지를 시민들도 보고 용기를 보태었을 것으로 믿는다.

주로 종로와 을지로를 걸을 때 정말로 학교 내에서 하던 대로 절도 있는 직각

보행을 했고, 지나가며 동작이 불량하거나 경례를 잘 하지 않는 병사는 그 자리에 세워 시민이 보고 있는 가운데도, 경례와 군인의 자세 등을 반복해서 교정시켜주고, 주시하는 시민들에게는 가슴을 더 펴 보이기도 하였다. 초창기 육사 생도들은 애국심 일변도로 용감하기도 하였다.

귀대 중 풍경, 귀대 후 풍경

저학년 생도들은 대체로 5주 중 2~3번 정도 외출하였는데, 주로 경제사정 때문이었고, 둘은 당시 서울의 전후 복구가 한창이었으나, 여전히 풍경은 삭막하여 즐길 수 있는 환경은 아직 못되었다. 지역 주둔 군대는 통상 위수지역을 벗어나는 외출·외박은 허용되지 않았기에 서울 시내가 외출지역으로 고정되기도 하였으나, 지방으로 가려면 당시 교통수단으로는 집으로 가는 데만 종일 걸리는 형편이었다. 그것도 불안한 기차와 버스를 번갈아 환승해야만 했기에, 생도들은 1년에 2번 있는 휴가 외에는 고향길은 엄두도 내지 못하였다.

외출 나가서는 그저 시내를 헤매는 것이 보통이었다. 그래서 흔히 좋은 영화가 상영되면, 예를 들어 「황태자의 첫사랑」, 「남태평양」 등을 관람하기 위해 종로 3가의 '단성사'나 그 맞은편의 '피카데리' 극장에 들렀고, 나와서는 골목길의 '꼬리곰탕'이나, 종로 6가 동대문 근처의 '형제 추어탕'이나 또는 을지로 3가에 있던 '불고깃집'에 들러, 박정기 생도와 함께 둘이서 8인분을 먹기도 했다. 물론 학교에서 불고기를 구경한 기억이 없다.

고학년이 되어서 그것도 집에서 경제지원을 좀 받은 경우에 가끔 한강에 보트 놀이를 가서 남의 미팅에 보증자(?)로 함께 즐겨주기도 하였다. 귀대 시는, 주로 청량리역 광장에 대기 중인 귀대용 트럭을 이용했다. 늦었을 경우에는, 버스나 택시로 중랑교 아래 종점까지 가서, 거기서 중랑교 동쪽 둑을 따라 도보로 북으로, 급보행 또는 구보- 그러다 드물게는 설사·구토하는 친구도 보았고 -해 가며 서둘러 귀대하였다. 그런데 당시 서쪽 둑에는 시내 청계천 철거민들이 집단촌을 이루고 있었고 동쪽으로는 전답뿐이었는데, 단 한 건물 독일 제약회사 '화이자'가 유일하게 시야에 들어왔다.

외출·외박금지 때 또는 스스로 비외출 소일

일반학기에는 매주 토요일 13시에 제1연병장에서 주말 야외 점호 겸 분열식이 거행된 연후 이상 없으면 외출·외박이 허용된다. 다만 내무생활 점수(월별통계)가 미달하면 공식적으로, 토요일은 남아서 무장 또는 비무장으로 제1연병장(대연병장)에서 구보 또는 보행벌칙을 받게 된다. 나는 그런 일을 당한 적이 없으나, 때로는 스스로 남아서 혼자 일요일 하루해를 보내기도 했다.

그때는 주로 태릉을 유유히 산책하거나 불암산 정상 오르기를 하였다. 불암산 오르기는 불암사 계곡 방향으로도 오를 수 있으나, 정상접근은 일반인은 거의 불가능하기에 주로 도보로 만만한 직선거리, 약 4킬로 실거리 5킬로 이상인 능선 코스를 택하였다. 지금의 국제사격장을 지나 태릉 뒤 방향으로 올라서면 거의 북 방향으로 좁은 능선길이 나온다. 그 길로 계속 올라가면 불암산 정상 큰 바위가 나오는데, 그 바위 정상은 등산 장구 없이는 오르지 못하였다. 일요일 아침 식사 후, 보급된 건빵과 PX에서 빵과 음료수 등 간단히 점심준비를 해서 학교에서 출발하여 산에 오르면, 체력단련은 물론 6·25 전쟁 당시의 전술공부도 겸하고, 산에서만 맛보는, 특히 불암산 정상에서 맛보는 풍경과 기분은 지금까지의 고경(?)을 씻어주기에 충분하였다.

스스로 외출하지 않은 생도의 사연

1954년 사관생도 월급은 당시 한국군 간부 모두의 보수와 같이 문자 그대로 쥐꼬리만 하였다. 주말 외출에서 극장 영화 한 편 보고 점심 한 그릇 사 먹으면 남는 게 없었다. 그래서 주말 외출에서 불고기라도 먹으려면 집(부모 형제)에서 돈을 지원받아야 했다. 당시 국산 시계는 물론 없었기에 시계방에는 주로 이름도 없는 중고시계뿐이었는데, 육사에도 2평 체 못 되는 그런 시계점포와 그런 사진관(사진관이라기보다 사진사 사무실 비슷)이 나란히 있었다. 우리 육사 생도에게는 시계가 대단히 중요한 생활필수품이었다. 그 이유는, 분 단위는 물론 때로는 초 단위 생활을 하기 때문이었다. 시간을 지키지 못하면, 비록 간단하지만 특성 훈련을 면치 못하였다. 물론 국산 시계는 없었고, 신품 시계는 육사 시계방에 물론 있을 리가 없었다. 그런데 하찮은 중고시계라도 생도 월급 3개월 정도는 모아야 살

수 있었다.

당시 동기생 중에 친했던 아주 모범생도가 있었는데, 듣건대 그는 6·25 당시 혼자된 모친과 피난 내려와 미처 안정되지 못한 채 육사에 들어왔으니 가정형편이 어려웠다는 것은 짐작하고도 남았다. 그래서 그는 4년 동안 외출·외박 없이, 그것도 입교 첫 달 월급부터 집으로 송금하였다. 그러면서 학문에 열중하여 졸업 후 육사에 남아 후배양성에 열성을 다하고 동시에 저명한 영어영문학 박사가 되었다. 이런 형편은 당시 한국의 경제사정과 한국군인 생활형편의 일면을 잘 보여 주는 얘기가 되었다.

∴ 잊을 수 없는 '1955년 남산 부활절 예배'

1학년 학업 중에도 주요 사적지 견학이 여러 곳 있었다. 바로 옆에 있는 '태릉'을 위시하여 남한산성, 동구릉, 그리고 강화도의 전적지와 '전등사'의 하로 밤 등 배움과 동시에 뜻깊은 경우도 많았다. 그런데 그중에서도 지금까지도 잊지 못하고 남아 있는 참 인상 깊었던 경우는, 바로 1955년 봄 남산공원에서 거행된 한미 합동 '부활절 예배'였다. 다른 건 잊어 버렸으나, 새벽 남산 중앙공원의 그 신선함과 고요함에 지원 나온 미 8군 군악대 소속의 '트럼펫' 병이 단독으로 연주(부른)하는 찬송가 소리는, 공중에 울려 퍼지면서, 메아리까지 치면서, 정말 신비하기 그지없었다. 그 소리는 마음과 뼛속까지 스며들어 지금까지도 그때를 생각하면 그 신비에 여전히 사로잡히기도 한다.

3. 상급생도 생활

∴ 이승만 대통령, 정규 육사 재건하고, 사랑하다

대한민국의 국부로 평가되는 이승만 대통령은 1952년, 비록 전선이 소강상태였으나 그래도 여전히 치열한 전투가 전개되고 있던 그 시점에, 한국군의 실질적인 전력증강을 위해 미국에 요청하여, 국군 간부들을 미국본토 군사학교에 교육훈련차 유학 보내기로 하는 한편, 국내에서도 중단되었던 정규 군사교육 기관을 재개하거나 육군대학과 같은 고급 군사교육 기관을 설치하여 정예 국군 간부 배양에 심혈을 기울였다. 그리하여 1951년 10월, 진해 임시교사에서 4년제 정규 육군사관학교로 재개하였고, 1954년 7월에 현 태릉 화랑대로 이전해 와 오늘에 이르고 있다.

이승만 대통령은 본인이 학구열에 불타 미국에서도 굴지의 대학에서 당시 미국사회에서도 드문 학사−석사−박사 학위를 획득함으로써, 학문이 국가부흥 그리고 선진국으로의 대들보라는 교육사상을 포지하고 있었다. 그러기에 그는 전시에도 대학생은 군대를 일단 면제해 주었으며 외국 유학, 특히 미국 유학은 불법도 묵인할 정도였다.

그러한 이승만 대통령은 독립운동 시절에 그렇게도 가지고 싶었던 국군과 그 국군을 지휘 통솔할 군 핵심간부를 양성하는 육군사관학교를, 당시 유엔군 사령관이던 미 육군 대장 벤프리트와 함께 대단한 관심을 가지고 지원하였으며, 대통령 임기 중 소망대로 일취월장하는 육사를 수시로 방문도 하고, 외국 귀빈이 오면 안내해 '생도 퍼레이드'를 소개하며 자랑하기도 하였다. 특히나 그의 독립운동의 한 기지였던 하와이 교포들을 초대하여 육군사관학교를 견학시키고 자랑하며 그들의 꿈에도 그리던 대한민국 국군의 참모습과 미래모습을 보여주어 평생소원을 풀어 주기도 하였다.

이승만 대통령은 육사를 찾아 생도들과 대면만 하면 언제나, "여~러분, 훌륭한 국군지도자 되시고 위대한 지도자 되세요. 대성공하세요~." 하면서 대한민국 국군의 미래를 크게 기대하면서 우리 생도들을 격려하였다.

∴ 이승만 대통령 생신축하 서울 시가행진, 3월 26일의 기억

특히 1955년 3월 26일 이승만 대통령 생신일부터는 서울 시내에서 육해공군사관학교 생도들을 앞세운 국군 시가행진이 전개되었다. 그 행진연습을 위해 행진 참가부대들은 여의도 비행장− 현재 여의도가 당시까지는 경항공기(연락기)용 비행장이었다. −에서 2개월여 합숙훈련을 하였는데, 사관생도들은 2월에 매주 1회 씩 동참하여 연습하였다.

그런데 그때마다 육사 생도대는 비포장 트럭을 이용하여 태릉에서 한남동을 거쳐 여의도로 왕복하였는데, 2월의 그 차가운 겨울철에 귀마개 없는 철모를 쓰고 트럭 위에 4열로, 한 손은 트럭 적재함 상단을 잡고 다른 한 손은 M1 소총을 잡고 정렬하여, 눈비 속에도 흔들리지 않는 생도 기개를 보이려고 직립자세를 유지한 채 스쳐 가는 그 2~3월의 차가운 눈·비바람을 피할 수 없어, 닦지도 못한 채 장시간 인내하다 보니, 모두가 귀와 손발 동상에 걸려 평생 고질병이 되기도 하였다. 물론 그렇다고 해서 이승만 대통령을 원망해 본 적은 없거니와, 오히려 시가행진 참여가 자랑스럽기만 하였다.

3월 26일 시가행진 그날이 되면, 9시 이전에 전 부대는 현 시청 앞 서울 플라자 호텔 입구— 육사가 선두이기에 —에서 서울역전까지 장렬하여 10시 출발을 기다렸다. 그런데 그 시간까지 날씨는 잔뜩 흐리고 때로는 진눈깨비도 내려서, 힘들여 정성으로 연습한 결과가 손상될까 걱정을 태산같이 하였는데, 아주 희한하게도 10시가 되어가면서 날씨는 쾌청함으로 변해갔다. 정말 이승만 대통령이 하늘이 주신 통수권자로 회자될 수 있게 하였다.

그런데 이 현상이 그 후 해마다 거의 같이 반복되었기에 나는 군대생활 내내 이 현상을 잊지 않고 활용하였다. 특히 1987년 3월에 있었던 '한미연합 팀스피릿(Team Spirit) 기동연습(演習)'에 군단장으로 참여하였는데, 마지막 단계 공세 작전계획에, 3월 26일 '헬리콥터 강습작전'이 포함되었다. 그런데 역시나 그 전날부터 눈비 온다는 예보를 들은 연합군 지휘관이 상당히 염려하면서 내게 취소 여부 의견을 물어왔다. 나는 눈 딱 감고 단호하게 그러나 '3·26 이승만 생일날'을 확신하면서 'Go 사인'을 보내고 그 이유를 설명해 주었다. 그는 웃으면서 내 말을 믿었다. 아니나 다르랴, 11시 공격개시 그 시간이 되자 그때까지 흐려서 시야를 가리고 있던 하늘이 맑아지면서 공격준비 포병사격과 '헬기 공중기동작전'이 계획대로 개시되고, 계속되어서 성공적으로 적을 포위하여 승리할 수 있었고, 그리하여 그해 '팀스피릿 연습' 대미에 유종의 미를 거둘 수 있었다.

∴ 尙武臺(전남광주) 전투병과 학교 교육훈련

하계휴가 복귀와 동시 광주 상무대로 열차 이동하여 육군 5개 전투병과 학교에서 교육훈련을 받게 되었다. 당시 광주에는 '尙武臺'에 '육군전투병과 교육훈련사령부 '전교사, 戰教司'가 있었고, 지대 내에는 김해에 있는 공병학교를 제외하고, 보병 주 전투병과인 보병학교를 비롯하여 포병학교, 기갑학교, 통신학교, 그리고 부수 지원부대들이 있었다. 생도들은 전용열차로 호남선 열차 여행을 하는 동안 말로만 들어왔던 호남평야를 보면서 감개무량하였다. 그 드넓고, 까마득히 지평선이 보이는 호남평야 특히 만경평야는 자연스럽게 가슴을 펴게 하고 그 들판 가득한 녹색 볏잎의 흔들거림은 절로 마음을 배부르게 하였다.

  * 그러나 다만 벌판은 초록 들녘이로되 가물어서 (당시는) 달리 방법이 없어서 가까이 보이는 논바닥이 갈라지고 있었고, 벼들은 생기를 잃어가고 있었다. 그러나 2달 뒤 같은 길을 돌아올 때는 장마철을 지나면서 생기를 되찾아 녹색의 바다를 이루어 장관이었다. 이후 전두환 정부에서는 아예 적극적으로 가뭄에 대응하여, 필요한 곳곳에 관정을 뚫어 설치하고 취수용 모터를 설치하고 2단, 3단으로 올려서 천수답까지도 급수가 가능하게 하여 전답의 가뭄 위기를 전적으로 해소하였다. 농촌의 여름밤은 온 천지 모터 돌아가는 소리가 농사일에 고단한 농민에게 자장가가 되었다. 그 이후 한국에는 가뭄에 대한 '인고의 개념'이 사라졌다.

  2개월의 과정 중 제1단계로는 보병학교과정을 이수하게 된다. 보병의 개인 무기인 M1 소총으로부터 시작하여, 중대화기인 60밀리 박격포, 3.5인치 대전차 로켓포, 대대 화기인 81밀리 박격포, 56밀리 대전차 총 등 장교로서 알아야 할 이론과 사격법은 물론, 전술 적용법과 동시 소부대(소대 중대 대대) 지휘관 지휘 요령을 강의로 듣고 실습한다. 또 대대급 참모학과 전술을 배우고 연습한다.

  이어서 기갑학교에서는 전차의 구조와 기술, 그리고 전술지식을 배우고 익힌다. 포병학교에 가서는 포병소개는 물론 포탄유도, 즉 착탄관측요령과 실 사격계산법 및 실사요령 등을 익히고 통신학교에서는 보병부대 지휘통신장비와 사용요령 그리고 전투단위부대의 통신체계를 배우고 익힌다. 그리하여 마지막 단계 교육훈련은 '비확'이라는 광대한 평지 실습장에서 '보전포 시범' 훈련을 견학한다.

  보통 초등학교에서 대학까지 어디 가나 피교육생들의 자위적 언어유희는 악의 없이 흔한 것으로, 이 당시에는 '전남 광주의 3대 불순'으로, 특히나 야외에서 비가 와 폭삭 젖을 때는 상호 바라보며 일기불순, 정조불순, 인심불순을 중얼거리며 참고 견뎠다. 당시 명 교관으로 'M1 소총 교관'이 있었는데, 그는 전시에는 후퇴해 버린 '3군단'의 선무공작대 대장이었고 보병학교 교관을 거처, 후에는 주미 무관 보좌관(소령)으로 우리(도미했던 나와 김 선배)와 만나 유창한 영어를 구사하며 안내해 주더니, 전역 후 선명회 '리틀 에인절스 합창단'을 운영하다가 '통일교 교주' 문선명(교주) 씨의 후계자가 되었다.

∴ "어 내 시계! 저기 간다!"

당시 우리나라 사회형편의 한 단면을 여실히 보여주는 에피소드가 하나 있다. 하계 교육훈련 후 돌아오는 생도 전용열차 길목에 전라북도 군산 옆 '이리역'-현 익산, 교통의 중심지로 당시에도 중요 환승역 -이 있었는데, 서울행 노선으로 들어가기 위해 잠깐 정차하였다. 역 구내에는 여객들도 많았고 양아치(소매치기 등으로 생활하는 아이들)들도 많이 보였다. 당시 여름에는 기차 창문을 열고 바람을 맞아 땀을 식히는 시대였기에 열차 손님들은 차창을 활짝 열어놓고 런닝 바람으로 앉아 팔뚝을 차창 틀에 얹고 있기 일쑤였다. 그러면 으레 창문 근처에 서성이던 여러 명의 양아치가 출발신호와 동시에 번개같이 그들의 표적이었던 손님들의 팔뚝 시계를 낚아채 기묘하게 도망하는 것이었다.

아니나 다르랴, 우리 열차가 '뚜~' 하며 출발하자 말자 여기저기에서 "아 저놈 잡아라~!" 소리가 들림과 동시에 내 팔뚝에 있던 시계도 순간에 채였는데(털렸는데), "아, 내 시계! 저기 간다!" 하는 순간, 플랫폼에서 내 시계를 낚아챈 애가 바로 기차 밑으로 들어가서 기차 오른쪽으로 나와 저기 개찰구로 달아나고 있었다. 기차는 움직이기 시작했고 "어, 어?" 하는 사이 속도는 걸음걸이에서 뜀박질 속도로 질주하니, "허~." 허탈과 한숨만으로 진정할 수밖에 없었다. 뻔히 보고서 당하고, 기습적으로 당하고 속수무책으로 당할 수밖에 없었다. 플랫폼 쪽으로 팔뚝을 내밀고 있던 동기들은 여러 명이 동시에 당하고 말았다. 당시는 우리나라 실상이 그러했다.

∴ 생도생활에도 권태기가 있다

4, 3, 2학년의 층층시하에서 심신이 고단하고 엄혹했던 1학년 생활을 마치고 2학년이 되면, 그 전에 2학년에 의해 받아 왔던 소위 'Beat Train'은 없어지고, 대신에 2학년이 된 의무— 포어 '모범'이라는 명분을 가지고 —로 하급생 1학년에 대해 그 'Beat Train'을 가하며 생활하게 된다. 우리 4기생은 각별하게도 육사 창립 이후 최초로 4개 학년 체제가 완성된 때라 전기미답(?)의 '특성훈련' 등을, 층층 선배들 특히 바로 위 2학년으로부터 받아 온 기어이 있었다. 그래서 누구라 할 것 없이 우리 4기 동기 모두는 특히 이 'Beat Train'이란 걸 없애야 한다는 정도로 억제하며 1학년을 대함으로써 이후 전통이 되어갔다.

그런데 그러면서 지금까지의 엄혹했던 심신의 분위기가 점차 완화되면서 2학년 2학기가 되자 이제는 또 다른 분위기가 우리 2학년에게 찾아왔다. 특히 내게는, 이 군대라고 하는 질서 속의 공동체 생활에서는 인정과 사정— 부모 형제와 가족 간의 인정과 사랑 같은 —이 잘 통하지 않는다는 것을 날이 갈수록 느낌으로써 뭔가 허탈하고 우울한 감정, 말하자면 2학년 생도는 이때쯤이면 누구나 느낀다는 권태기(?)가 도래하였다. 그래서 한때는, 대단히 죄송한 생각이지만, 학교가 좀 불타서 보수하는 동안 방학이라도 해, 고향 가서 '인정, 사정, 사랑'의 분위기 속에 조금이라도 있다가 왔으면 하는 생각조차 하기도 하였다.

∴ 생도 시절, 동기 절친 3인방

내게는 여러 사람의 평생 친구가 있는데, 그들 중에서 지금도 여전한 친구인 고향 친구 이용우이고, 또 한 사람은 바로 육사 동기생 박정기이다. 그리고 생도 시절 한때 절친했던 박동혁 동기도 있다. 이 글을 써나가면서 계속 등장할 친구들이 여럿 있기는 하나, 지금은 생도생활 당시 얘기를 우선 하기로 한다. 박정기 생도와 나 둘은 이미 친하여 집에서 오는 외출 자금을 수시로 스스럼없이 상부상조하고 있었다. 특히 생도 시절 4년을 통해 거의 둘이 함께 외출·외박 하였다. 잠과 기대는 곳으로 나는 원효로의 문치과, 박 생도는 청파동의 형님댁이었다. 낮에는 물론 둘이 함께 행동하는 일이 많았다. 그런데 2학년이 되자 우연히 동기생 박동혁 생도를 알게 되고, 셋이 친하게 되어 낮 행동을 함께

하였다. 박동혁 생도는 은행가 집안이었다.

우리는 박정기 생도가 친하였던 이화 여대생(영문과)과 그 친구 둘과 함께 외출 시에 자주 만나기도 하였다. 두 박 생도는 그들과 날이 갈수록 친해졌으나 그럼에도 나는 이상하게도 별다른 생각이 없었다. 실제로 나는 아래위로 나를 위해 주는 누님과 여동생- 특히 이 여동생(문명자)이 아주 정스러웠다. -들이 있어서 그러했는지는 모르겠으나, 지금의 가족적 인정과 친구의 우정 외 여타 인정에 별 아쉬움이 없었고, 실제 사교적 기교에도 여전히 미숙하였다.

아마도 그런 이유로 시간이 가면서 데이트에 재미나 흥미는 있었으나, 그저 친구 따라 강남 가는 정도로 함께 어울려 만나고 소일하였다. 그래서 자연스럽게 때로는 문치과 조카 '복희(5살?)'를 데리고 다니기도 했다. 두 박 생도는 졸업 후에 그때 데이트하며 사귀던 '피앙세'들과 결혼하였다. 박정기 생도는 앞으로 계속 얘기할 것이나, 박동혁 생도는 후에 병기 병과로 전과해 주로 후방에서 생활하다가 미국대사관 부 군수지원 관계부서에서 근무하며 행복하게 잘 지냈다. 우리 셋은 여하간에 그렇게 생도 외출생활 등을 함께했으며, 졸업하고 임관 이후까지도 상당 기간을 함께 잘 지냈다. 지금 생각하면 외출과 데이트, 그래도 이런 이벤트들이 우리의 권태기를 잡아주었다는 생각이 든다.

아마 그 당시로 기억되는데, '김진규' 생도가 애인- 평생 동반자였음 -과 함께 자주 우리와 함께 외출 한때를 보내기도 하였는데, 이들은 임관 즉시 부부가 되어 광주에서 만나(포병학교 교관) 함께 지내기도 하였다.

∴ 김창룡 사건'으로 전군 금족령 3개월

1956년 1월, 서울에서 '육군 특무부대(CIC)장 암살 사건'이 발생하자 사건 해명까지 약 3개월간 전군 비상사태로 금족령이 하달되어 육사도 외출·외박이 금지되었다. 김창룡에 대해 간단히 말하면, 해방 후 창군 과정에서 남·북 노동당(공산당)의 한국 군대 장악을 위한 계획적 군부 침투로, 한때 '여수·순천 반란사건'과 '제주도 반란사건'을 야기한 군대 내 적색분자를 일단 완전히 소탕함으로써, 6·25 전쟁 시 한국 군부대의 적색반란이나 부대 단위 월북을 미리 예방할 수 있었던 것은 큰 공이었다. 다만 이후 특히 미국개입에 의한 일부 군 간부의 반 이승만 활동을 견제하면서 생길 수밖에 없는 무리가 뒤따르기도 했다. 그래서 이들 반대세력— 아마도 미국의 '반 이승만 공작'과 유관된 듯한 일부 군부세력 —이 김창룡을 제거하기 위해 사건을 일으킨 것으로 알려졌다. 당시는 한때 전국적으로 긴장이 팽팽했던 사건이었다.

그동안 생도들은 주말마다 봉도전(棒倒戰), 운동시합, 그리고 그 외 과외활동도 하였는데 그중에서도 생각나는 것은, '동구능(東九陵)' 행군이었다. 전 생도가 중대별로 동구능까지 행군해 가서 역사탐방을 하고 다시 행군 귀대하였다. 그런데 귀대 도중에 (아마도 그날이 음력 설 전날이었던지) 한 동네를 지나오는데 마침 어느 집 마당에서는 떡 치기가 한창이었다. 지나가며— 울타리는 오래된 나뭇가지 울타리여서 —볼 수 있는 집안 마당의 그 풍경이, 떡 치는 소리와 함께 하도 정겨웠던데다 그 떡 냄새도 구수하여 행군해 가면서도 한동안 멍하니 고향 생각을 떨칠 수가 없었다. 그러했기에 그로부터 65년여가 지난 지금도 김창룡 사건은 잊었어도 그 동네 그 집 풍경과 그 떡 치는 소리와 냄새, 그리고 정다운 사람 모습들이 잊히지 않아 생각나고 있다.

∴ 생도들의 Proletariat적 지식성향

1959년 11월, 미국 상원 분과위원회에 '미국의 대아시아정책'이라는 이름의 '콜론 보고서(Colon Report)'가 '대한 정책 권고서'용으로 제출되었다. 그 보고서의 핵심 내용은, 한국군의 '쿠데타 가능성은 희박하나, 그러나 필연적'이라는 것이었다. 그러면서 그 가능성을 지적하여 가로되, 한국에서는 가난한 집안의 유능한 재원들이 학자금 때문에 대학교육이 국비인 사관학교에 들어가, '지식 프롤레타리아트 성향'으로 발전할 수 있는 청년 장교가 되고 있다. 그런데 이들은 특권적 관리와 정치가에 분노를 가지고 있으며 폭발할 우려도 있다고 평가 및 전망도 하였다.

실제로 우리 정규 육사 4기생(1954년 입교)부터는 그전 선배들과 달리 90% 이상이 그해 고등학교 졸업생이었고, 이들은 최소 25대 1 이상의 경쟁률을 뚫고 사관생도가 되었으며, 그중에는 서울법대·의과대와 고려대 법대 등의 재학생들도 있었다. 더욱이 6기생(1956년 입교생)은 당시 한국 최우수 고등학교였던 경기고와 서울고에서 각 30여 명씩 집단으로 입교도 하였다. 듣건대 이들은 당시 경기와 서울고 교장을 지낸 유명한 김인규 교장이 육사로 와 직접 견문하고 체험해 본 후 자기 학교(두 고등학교 연임)에 가서, '대한민국 제1의 유망대학교가 육사'라고 장려하였다고 한다.

그런데 당시 육사 생도들은, 특히 재학 중 한때– 임관 후 군대생활을 통해서는 대한민국에 대한 위국헌신의 화신으로 정형된다. –프롤레타리아트 적 사고와 행위를 나타내기도 한다. 그때는 그것이 아마도 국가에 대한 충성과 파사현정의 길로 인식되었기 때문이었다. 아래에 몇 가지 예를 들어 본다.

∴ 대통령 양아들 이강석과 몇 생도 얘기

6기생에 당시 이승만 현직 대통령의 양아들 '이강석'이 입교하였는데, 이들과 함께 2~3명의 기성 장군 아들들도 입교하였다. 소문으로는 이들이 추가 입교생이라는 것이었다. 그리하여 이들에게 시세 용어로 '금수저'라 하여 (프롤레타리아트 경향의) 상급생의 괴롭힘이 있었다. 초가을 어느 날(1957년) 아침 연병장 점호 시에, 4학년 근무생도가 그들 중 한 명이 괴롭힘에 반항했다는 이유로 불러내어, 그 학년(6기생) 자체로 괴롭힘을 명령(선동)하였다. 그러자 그 학년 전체가 나와 그 생도를 둘러싸고 일촉즉발의 잘못되는 상황이 시작되려는 순간에 이르러서야 일단락되기도 하였다.

사실 이강석 생도는 대통령 아들답게 '노블레스 오블리주(noblesse oblige)'를 스스로 이행할 목적으로 몇 가지 개인적 핸디캡을 무릅쓰고 육사에 입교했었다. 그는 스스로 차별이나 구별 없이 모든 생활을 일반생도와 함께하였다. 신체적 핸디캡에도 불구하고 인내하며 기초군사훈련을 마무리하였는데, 특히 말미에 실시된 남한산성 1박 2일 행군훈련에서 마지막 날, 남한산성에서 화랑대로 행군해 오는 도중 육사 가까이 있는 '한독약품'– 당시는 근처가 허허벌판이라 이 공장이 '마일스톤'이 되었다. –앞에서 하반신 일시 마비(쥐 나다.)가 되어 '엠뷸런스' 신세를 져야 했으나, 이를 단호히 거절하고 다리를 끌며 육사 정문까지 낙오하지 않고 끝까지 행군해 들어오는 등, 군인정신이 충일하였다.

그러나 역시 힘든 육체적 훈련과 70% 커트라인을 고집하는 일반학과도 '군인

정신'만으로는 어려웠다. 그래서 입교 6개월, 즉 1학기를 다 마치지 못하고 스스로 입원하여 퇴교해 나갔다. 그러나 그는 좌절하지 않고 그의 왕자적 의무심을 다지기 위해, 육사 퇴교 즉시 광주에 있는 육군보병학교 간부 후보생으로 지원하여 육군소위로 임관하였고 미국군 초등군사반(OBC)에 유학하기도 하였다. '일가족 자해사건이 없었다면 그는 바람직한 지휘관이 될 수도 있었지 않았겠는가?'라고 생각해 본다.

∴ 부정부패의 덫, '나누어 먹자'

1945년 광복 이후 자주독립의 나라에서 자유롭고 풍요한 생활환경을 기대하며 대한민국 정부가 수립(1948)되고, 이승만 정부가 부국강병의 노력을 이제 막 시작하려는 때, '6·25 적화 남침(1950)'이라는 전대미문의 '적란(赤亂)'이 발발하여 우리 국민들은 장기간(4년여)에 걸쳐 오로지 먹고살기 위해 '각자도생(各自圖生)'으로 생존해 갔다. 그런 상황은 1955년(4288년)– "쌍 팔 년에 좋았지."라는 회자가 말하듯 –에 절정에 이르렀다.

군대도 별수 없었다. 내 몸만 국산이고, 장비 의류 및 기타 모두는 '미제(made in U.S.A, 약해서 메이데인)'이었을 뿐만 아니라 일상의 식사거리도 미국의 밀가루 원조를 팔아서 충당되었다. 그러니 모든 것이 빠듯하였고, 그러다 보니 군대도 오로지 생존을 위한 '각자도생'이 어쩔 수 없었다.

태릉 육사는 학교 앞뒤로 지선도로가 나 있었는데, 생도들은 한밤중에 흔히 군부대 '휼병(恤兵) 사업' 트럭들이 지나가는 것을 알고, 기성세대의 부정부패를 더욱 개탄하였다. 그런데 당시 어떤 한 분의 생도 대장은 생도들에게, 당시 형편을 설명하며 말하기를, "휼병 사업을 하게 되는 경우 '나누어 먹는 것'이 좋다."라고. 그 후 훈련차 광주 상무대에 들렀을 때(마다), 전교사(戰敎司) 앞마당에 세워진, 손을 들고 서 있는 (을지문덕) 동상을 보면서 우리들은 큰 소리로 "나누어 먹자!"라고 하면서 기성세대에 대한 부정부패 척결을 다짐하였다.

∴ 1956년 대선, 생도들은 야당에 투표했다

당시 교수부 교수들— 주로 유명대학 유명 교수들을 선발, 대위 계급으로 육사 교수로 봉사 —은 애국론자들이었다. 특히 법학과 교수 한 분은 열렬하여 생도들에게 인기였다. 그리하여 그 영향도 있고 해서 1956년 제3대 대선에서, 비록 관사 쪽(교수와 그 가족들)은 현 이승만에 투표하였겠지만, 생도들은 현 정권에 반대하여 무소속 후보에게 투표하였다.

알고 보면 생도들이, 이승만을 부정하고 무소속 후보 조봉암— 1930년대 초 한국 최초 '조선공산당(ML파)'을 창설, 만주와 중국에서 활동, 해방공간에서 박헌영과의 노선갈등으로 전향, 농림장관으로 농지개혁을 성공, 국회부의장으로 진출, 대선후보 되다. —에게 투표했다기보다, 이승만 대통령과 부대통령 러닝메이트였던 이기붕과 그 도당의 부정부패, 그리고 기성세대에 대한 저항심리에서 그랬다.

∴ 점호도 생략하던 『청실홍실』 드라마

1956년 10월부터 장장 7개월여, 전후 최초로 KBS의 일요연속 드라마인 『청실홍실』이 방송되었다. 당시 생도들이었던 정규 육사 3, 4, 5, 6기생들은 몇 가지 면에서 잊지 못하고 지금도 추억거리가 되고 있을 것이다. 당시 남녀노소 없이 한국사람 모두가 이 드라마를 많이 좋아하였는데, 특히 생도들이 좋아한 이유는, 물론 아슬아슬한 청춘남녀의 연애 얘기도 재미있었지만, 고학으로 당당한 공과 대학 출신에 전도 양양한 청년 '나기사, 羅技師'의 모습이 어쩌면 스스로를 대변해 주는 것 같아서였고 다른 하나는, 방송 시간이 일요일 외출외박 귀대 후 좀 까다로운 '귀대 점호시간'이기에 방송 기간 거의 내내 그 귀한(?) '취침 점호'가 허용되어, 침대 이불 속에 들어가 그 달콤한(?) 상상과 노래에 행복해지기 때문이었다. 여든이 훨씬 넘은 지금도 그 노래를 들으면 그때가 생각나서 금방 행복해지기도 한다.

그 노래는,

"청실 홍실 엮어서 정성을 드려 청실 홍실 엮어서 무늬도 곱게

티 없는 마음속에 나만이 아는 음~ 수를 놓았소

인생살이 끝없는 나그네 길에 인생살이 끝없는 회오리 바람

불어도 순정만은 목숨을 바쳐 음~ 간직했다오

청실 홍실 수놓고 샛별 우러러 청실 홍실 수놓고 두 손을 모아

다시는 울지 말자 굳세게 살자 음~ 맹세한다오."

∴ 겨울 눈밭에서 팬티 완전무장 포복 특성훈련, 씨받이 걱정

육사에서 특성훈련이란 두 가지 의미를 갖는데, 하나는 내무성적 불량으로 생도대 규정에 따라 벌칙으로 부여하는 외박금지와 체력단련을 겸하여 실시케 하는 단독 또는 완전군장 연병장 몇 바퀴 걷기 또는 뛰기가 있고, 또 하나는 관행적으로 상급생이 하급생을 지도한다는 명분으로 소위 기압(Beat Training)이 있는데, 후자에는 상급생에 의한 공개적인 개인적 집단적 괴롭힘이 있었다.

아마도 후자의 절정 시기(?)였던 1955년 한겨울, 눈이 펑펑 내리던 어느 날, 3학년(2기생)이 2학년(3기생)을 생도대 빨래터 공터로 팬티만 걸친 완전무장 상태로 불러내어 상당 시간 설상 제1포복을 강제하였다. 생각해 보시라, 영하의 날씨에 팬티만 걸친 남자가 등에 20kg의 짐을 진 체 완전히 엎드려 뻗은 자세로 M1 소총을 양손에 쥐고 십여 분간 기어(포복)보라.

그 결과 3기생들은 그 추위 속의 고통 그것보다 오직 하나 '거시기'가 동상이 되어 앞으로 원래 기능이 가능할는지, 끼리 만나면 태산같이 걱정하였으나, 하나님의 가호(?)로 결혼생활도 하고 자손도 이어가며 무사히들 여생을 누리고 있다.

사실이지 지금 되돌아보면, 당시 행해졌던 특성훈련, 특히나 상급생에 의해 실시된 그것들은, 절반 정도는 나름대로 그래도 개인이나 생도 전체발전을 위해 필요하기도 한 것이었고, 그 외 절반은 불필요한 괴롭힘이었다고 생각된다. 그러나 여하간에, 아이러니하게도 그 고통스러웠던 과거 순간들이 지금에는 그 모두가 추억과 과거 얘깃거리에 보탬이 되고 있기도 하다.

∴ 6기생 기초군사훈련 중 불행한 사고

1956년 여름 하계군사훈련 시기, 나도 신입 6기생을 교육 훈련시키기 위해 조교 생도로 남게 되었다. 기초군사훈련지도 조직은 통상 250명 신입생을, 1개 대대-2개 중대-4개 구대(區隊)-4개 분대로 편성하고, 분대장 생도는 3학년이 구대장 생도는 4학년이 임명된다. 2개월 기초 군사훈련 기간 중 분대장과 구대장은 각각 1개월씩 현지 하계훈련 중인 동기생과 교대 근무한다. 나는 말하자면 전반 1개월 근무자로 선발되어 6기생의 초기 내무생활지도와 기초군사 교육훈련을 담당하였다.

선발된 조교 생도들은 모범 생도들이기에 신입생교육에 빈틈없었고, 맡은바 전 과정에 주의 깊게 정성을 다하였다. 나는 특히 일석 점호 후 취침 전 취침자세에서 10여 분의 조용한 훈화시간을 통해, 그날의 노고를 위로하고 '일신 또 일신(To die, to Live)', 즉 '내일 새날의 희망'을 말해 주며 용기를 북돋우면서 군인정신과 육사 정신을 강조하였다.

그런데, 훈련 개시 후 3주 뒤인, 여름 무더위가 절정이었던 7월 하순경, 신입생 야간 구보가 실시되었다. 거리는 육사 제1연병장(지금의 퍼레이드 연병장)에서 출발하여 학교 서편 후문을 나가 철로를 횡단하고 (현 서울 여대 입구쯤) 우로 돌아서 태릉길을 따라가다가 '삼육 신학원(현 삼육대학교)' 입구에서 되돌아오는 왕복 대략 (실거리) 5킬로미터 정도였다.

구보는 기초군사훈련 대대장 생도(4학년)가 직접 지휘하고 전 구대장과 (조교) 분대장 생도가 함께 뛰면서 구보훈련의 대미를 장식하려 하였다. 그런데 마지막 구간 즉 육사 후문에 들어서면서 속도를 가속하였다. 그러자 대열에서 서너 명이 낙오하며 호흡장애를 호소하였다. 그래서 뒤따르던 구급차가 이들을 후송해 갔다. 그 몇 분 뒤 전체 구보대열이 제1연병장에 도착하면서 몇몇 생도가 그 자리에서 쓰러졌는데, 이들도 육사 의무대로 일단 후송되었으나 정말 불행하게도 그중에 3명이 사망하였다.

당시 한국군(병원)에는 냉동시설이 없어서 이들 순직 생도들을 한 교실- 그 무더웠던 여름의 냉방시설 없는 교실의 교단 -에 안치하고 그나마 사방을 큰 덩치 얼음으로 감싸 두었다. 그리고 통보받은 보호자들이 모두 도착할 때까지 24시간 우리 조교 생도들이 '거꾸로 받들어 총' 자세로 이들의 영혼을 위로하며 2명 1개 조 교대로 며칠 밤을 새우며 이들을 지켰다.

당시(1956년)는 전후 2년도 되지 않아 실전과 같은 훈련이 실감 나게 강조되기도 하였으나, 군대의 평상시 훈련은 "평상시 훈련에서 흘리는 한 바가지의 땀은 전시에 한 방울의 피를 절약한다."의 모토 아래 어느 나라 어느 군대에서도 실행하고 있다. 다만, 그 어떤 훈련과정에서도 사람의 생명보호를 우선시해야 한다는 사실도 또한 잊어서는 안 될 것이다. 그리하여 이 일로 남은 모든 생도들은 그들의 순직이 헛되지 않도록 명심하였다.

1개월간의 6기생 기초군사훈련 조교 임무를 수행하고 후반기 임무조와 교대하여 우리는 다시 동기생 주류와 만나 나머지 하계 군사훈련과정, 즉 해군과 공군견학으로 친교 실습을 계속하였다. 특히 해군의 해병대 소개과정에서, 현재(1956년) '미군 순양함 한 척의 일주일 전시작전 비용이 현 한국국가 1년치 예산과 같다.'는 말에 한국의 경제 현실을 직시하지 않을 수 없었다. 진해에서 부산으로 이동할 때 한국 유일의 구축함(1,000톤 내외, 미제 DE)을 승선했는데, 특히 낙동강 하류에서 3각 파도를 만나 조금 해군 맛을 보기도 하였다.

∴ 정규 육사 기별 호칭·校歌 고수투쟁

생도들은 일조 점호, 삼시 세끼 식사, 아침 학과출장 때마다 일단 전체가 사전(舍前)에 집합하여 교가를 우렁차게 합창하고, 그리고 다음을 진행한다. 또 한 최소단위, 즉 한 학급이나 한 분대가 모여 행진을 할 때도 군가를 합창하며 의기를 드높인다.

그런데, 1955년 4월, 정규 육사 1기생 졸업을 앞두고 갑자기 육군본부로부터 육사 창설일을 5월 1일로, 교가는 옛날 교가를, 생도 기별 호칭을 11기로 변경한다고 통보해 왔다. 대한민국 국군의 전통과 역사를 계승하기 위한 조치라 했다. 당시 전 생도들은, 부정부패한 기성세대의 국군과 나아가 국가개혁을 위해 매일 매시간 간절히 소망하며 우리는 '정규 육사 제1기, 2기, 3기, 4기'로 기성세대 장교단과는 완전히 새로운 세대로 자부해 왔다.

그러기에 이러한 육군본부 조치는 전 생도들에게 크나큰 명예손상으로 받아들여지게 되었고, 특히나 졸업하며 '정규 육사 1기생'으로 명예를 과시하려던 졸업생에게는 당면의 제1과제가 되었다. 그래서 용감하게도 두 사람의 대표가 학교 당국의 허가도 없이 육군본부로 가서 참모총장 면담 요청까지 했다. 그러나 헌병대에 연행되어 학교로 되돌아와 학교 당국을 당혹하게 하였다.

이런 사실이 알려지자 졸업생은 물론, 재학생도 전체가 퇴교조치를 각오하고 주장을 굽히지 않고 항의하였다. 항의 방법은 시와 때를 막론하고 기회만 되면 생도 전체가 (새) 교가를 목청껏 부르고 또 외쳤다. 그리하여 결과적으로는 육본 항의 생도 징계(퇴교)는 해제되고 대신에 대학들이 학번을 사용하듯 '졸업 연도'를 사용하기로 하였다. 그리하여 우리 4기생이 졸업할 때는 '4291학년도'를 사용하였다.

이후 세월이 흘러 1960년 〈5·16 군사혁명〉에 육사가 적극적으로 가담하면서 더 이상 고집하지 못하고 자연스럽게 기별 호칭이 11기로 시작하여 호칭되게 양해가 되었다. 그때는 이미 우리들도 기성세대가 되어갔던 탓(?)이었다.

* 당시 한풀이로 부르고 또 불렀던 우리 '육사 교가' (1951년)

— 孔仲仁 작사, 金順愛 작곡 —

1절
동해수 구비 감아 금수 내 조국
유구푸른 그 슬기 빛발을 돋혀
풍진노도 헤쳐 나갈 배움의 전당
무쇠같이 뭉치어진 육사 불꽃은
모진 역사 역역히 은보래 치리

2절
아사달 기리 누려 여기 반만년
변함없는 그 기상 하늘을 내쳐
천추 만리 바람결에 이야기하리
백사 고쳐 쓰러져도 육사 혼이야

가고 오지 않으리 오질 않으리?

후렴
아– 영용영용 이제도 앞에도 한결같아라
온 누리 소리 모아 부르네
그 이름 그 이름 우리 육사

4. 이학사로 졸업과 동시 육군 소위로 임관

∴ 대한민국 육군 소위 임관의 영광을 부모님께 드립니다

1954년 7월 1일, 벼랑에 떨어졌던 '새끼 사자' 우리 4기생이, 그동안 '지, 인, 용'의 수신(修身)으로, 그리고 무어라 형언하기 어려운 물질적 정신적 고난도의 교육훈련을 이수하고, 이제 이학사 학위와 함께 당당한 대한민국 육군소위로 영광스러운 임관(1958년 6월 16일)을 하게 되었다. 더구나 내가 '부(富)보다는 영광을 돌려드리겠다.'라고 마음으로 언약한 대로, 어머님만이라도– 안타깝게도 아버님은 몸이 불편하셔서 –졸업식장에 모시게 되어 한없는 행복을 느끼게 되었다. 이제 부모님께 이 아들이, 이 대한민국 육군소위 임관의 영광을 드립니다.

∴ 육사 제1잔디연병장, 무에서 유의 창조

고학년이 되었을 때 육사교장으로 이한림 중장이 6군단장에서 바로 영전해 왔다. 그의 외모는 당시 어느 장군들보다 세련되게 보였고, 그의 언행은 가히 문무겸비의 창조적 장군의 모습으로 보였다. 그래서 특히 당시 상급반이 되었던 우리 4기 동기생은 그를 존경하였고, 그 이후에도 그의 생존 시까지 동기생 고문으로 모시기도 하였다.

그는 그 어려웠던 시기에 제1연병장을, 아마도 대한민국 최초의 잔디연병장으로, 그리고 그를 둘러싸는 석축 관람대를 조성하려고, 아마도 국방예산에 없는 공사로, 듣건대 당시 공병참모를 독려(?)하여, 독창적으로 독자적으로 기어이 완성하였다. 연병장 사열대를 중심으로 사방을 석축 관람대로 둘러싸고, 남서면 모서리에는 원통형 석탑을 쌓아 그 위에 보기에도 당당한 석재 기마상을 올려 놓았다. 당시의 토목공사로는 미학적으로도 유용성으로도 또 영구성으로도 당대 걸작이었고, 60년이 지난 지금도 그대로 그리고 앞으로도 영구히 그대로 '육사 퍼레이드 연병장'으로 남을 작품이다.

도중에 이한림 교장은 훈시하여 가로되, "로마는 하루아침에 이루어지지 않았다. 처음엔 흙벽돌로 다음에는 돌벽돌로 그리고 다음으로 금 벽돌로 건설되었다." '위대한 작품은 장구한 시간에 각고의 노력을 기울여서야 금으로 된 결과를 낳을 수 있다는 것과 또한 동시에 지금이라도 흙으로라도 역사를 시작하라는 교훈(敎訓)'으로 받아드리고 때때로 이를 반추하였다.

그런데 더욱 기억에 남는 것은, 1958년 6월 우리 4기생의 졸업식에 맞추어 완공을 위해서 또 '생도들의 기여'를 추억에 남겨주기 위해서, 주로 우리 4기생 전 생도가 방과 후, 길게는 3개월여 잔디 채취작업에 투입되었다. 당시에 올바른 잔디는 한국 내는 없었다고 보아도 된다. 그래서 우리는 퇴계원면 내에 흐르는 왕숙천을 따라 올라가며 잔디로 보이는 풀들을 뜯어내었는데, 저 위로 '밤섬 유원지'까지 올라가며 하천 둑과 주변을 벗겨(?)내었다.

지금 생각하면 실로 황당(?)한 일이었다. 그 이후에도 우리나라는 최소한 60년대 말까지 잔디 운동장을 볼 수 없었으나 국가발전과 함께 70년대 들어서며 잔디 수요가 차츰 생기고 늘어나자 잔디 식재 산업이 왕성하게 일어나기도 하였다.

그뿐만 아니라 이한림 교장은 현대식 생도대 콘크리트 건물을 신축하여 아직 내장이 미완성인데도 우리에게 또 하나의 추억을 만들어 주기 위해, 졸업식 일주일 전에 우리 동기만이라도 입주시켜 생활하게 하여, 소중한 추억거리를 남겨 주었다. 그래서 우리는 이한림 교장의 배려로 오늘까지도 육사 잔디 연병장을 '우리가 만들었노라', '우리는 현대식 신축 생도대 처음 입주생활도 해 보았노라.' 라고 자랑스러운 추억을 하고 있으며, 동시에 그의 그 창조정신, 배려정신, 임무수행정신, 그리고 책임완수정신을 특히 (나는) 본받았다.

∴ 전방부대 소대장 실습에서 본 가난한 우리 군대

1957년 여름, 우리 동기생은 4학년으로 진급하여 생도 마지막 하계군사훈련인 전방 소대장 실습을 위해, 당시 연천군 전방지역에 위치해 정면의 중공군과 대치해 있던 모 사단에 배치되었다. 신고 후 사단 참모장－ 박창암 대령, 후에 5·16 혁명 검찰부장 －주최 환영 수박파티를 마치고, '화이트교(Br White)'를 지나 여전히 중공군과 정면으로 대치 중인 GOP의 한 소대에 실습소대장으로 부임하였다. [이 다리는, 1951년 4월, 중공군과 대치 중이던 미제 3사단 공병대 대장(화이트 소령)이 지휘, 임진강 보급로개설을 위해 목조 가교 '워커교'와 함께 설치, 지금은 연천군 왕징면(휴전선 지역) 우정리에 유적으로 남아 있다.]

당시는 휴전 직후라 휴전선 저쪽에는 그 침략자 중공군도 철수를 앞두고 여전히 참호진지 속에 배치되어 있었고, 아군 또한 휴전 당시 그대로 방어태세를 유지하고 있었다. 그러나 그런 가운데에서도 가진 것 없는 나라의 가난한 군대라 이 전방 부대까지도 식량 등의 보급품이 태부족이라 특히 사단 부대 단위로 소위 '휼병(恤兵) 사업'에도 열중하고 있었다. 주로 주변 공휴지에 농장을, 아직도 불타지 않은 주변 깊은 산에는 숯가마를 조성하고 부대 장병을 차출 파견하여 사업하였다. (그래서 어느 사단장은 부하들로부터 '송충이'라는 별명으로 불리기도 하였다.)

1955년(단기 4288년) 이후, 즉 정규 육사 1기와 2기 졸업생 소대장들이 전방 자기 부대에서 보급투쟁을 전개함으로써, 전군적으로 부패부정 일소에 대한 각성이 일어나고 있었는데, 특히 1957년 1월을 기하여 당시 육군참모총장이던 송요찬 장군은 육군지휘관 회의에서 "이 시간 이후 너네 없이 후생사업하면 처벌한다."로 일단 대전환을 시도하였다. 동시에 '구타금지'도 선언되었는데 위반하면 군법회의에 회부한다고 하였다. 그래서 서서히 그 시점부터 육군 내 부정부패는 일소되어 가는 중이기는 하였다. 그러나 아직은 완전 일소되지 않았고 그 이후도 상당한 시간이 소요되었다.

내가 실습소대장으로 부임했던 부대는 엄연히 최전방전투부대임에도 아직은 완전히 근절되지 않은 상황이었다. 예를 들면 우리 소대는 36명 정원 중 절반은 소위 '후생파견' 중이고, 그나마 육사 생도 소대장 실습을 위해 절반은 남겨서 전방 중공군침투대비 주야간 매복 및 경계근무 임무를 수행 중이었다.

그런데 참으로 잊을 수 없어 지금까지도 기억하고 있는 사실을 예로 들면, 병들은 특히 야간에 매복 및 경계근무에 임하고, 그동안 분대장급 이상 하사관들은 야간 순찰을 실시하게 되어 있었다. 그리고 하루 세끼니 식사시간은 소대장과 함께 조회를 겸해서 야외 간이 식탁에 모여 앉아 소대원 전원이 식사를 함께 하였다.

그런데 조금 전에야 야간 순찰에서 돌아온 하사관들은 아직도 덜 큰 무 하나씩 씻어서 들고 와 칼로 잘게 썰어 반합 뚜껑에 담고, 거기에 간장을 부어서 반찬으로 밥을 먹는다. 물론 당시 식단에는 반찬이란 것 아예 없었다. 밥은 3:7, 당시 보급기준으로 된(쌀) 보리밥이었는데 그나마 반합에 담을 것도 없어 반찬 뚜껑에 담아 먹었는데, 그것도 미제 스푼 세 번 – 당시 반합만 국산이었고 숟가락도 국산은 아직 보급되어 있지 않았다. –이면 다였다. 상급부대 감찰검열이 나올 때는 2스푼 정도 더 담아 주다가 그들이 가고 나면 오히려 줄어든다고 하였다. 부대원의 간절한 소원은 부디 미제 스푼으로 10숟가락만 먹고 제대해도 소원이 없겠다고 하였다.

물론 전방 소대장 실습을 가기 전에 부대 생활환경이 열악하다는 소문은 들었기에 나는 설마 하면서도 시장에서 웬만한 수박 통 크기의 미제깡통 버터를 한 통 사서 들어갔는데, 한 열흘 만에 다 없어졌다. 내 연락병이 내게는 매일 아침 한 수저 정도씩 주고 나머지는 냠냠하였는데, 나무랄 수가 없었다.

또 하나 기억나는 것은, 1957년 여름에 한국 사람으로는 아마도 생전 처음 듣는 '인플루엔자(Influenza 독감)'가 돌아, 최근에 가끔 인류 모두가 당하는 '사스'네, '메르스'네 또 지금(2020. 1.) 막 전 세계로 급속히 전염 중인 중국 우한(武漢)발 '신종 바이러스'와 같이 한동안 국민들을 불안하게 하였는데, 7~8월 그때에 전군에도 전파되었다. 우리 중대에도 7~8명의 환자가 있었는데, 약 7평 크기의 초가집 방 2개에 격리시켜 식사만 제공하면서 관리하였는데, 진짜 말로만 듣던 대로 투약은 없이 배꼽에 요도만 발라주고 10여 일 수용하였는데도 신통하게 사망자 없이 모두 참고 참아 살아나갔다.

당시 특히나 의료기구는 물론 의약품은 미국 보급품으로, 충분하지는 않았지만 보급되었는데 병사들에게는 많이 부족하였다. 흔히 간부들용으로 소용되고 남은 것은 주로 군의관이 동네 민가에 하숙하며 동네 치료에 사용했기에 그런 현상이 있기도 하였다. 여하간에 처참한 당시의 한국군 보급 실태는 우리 정규 육사인들에게 뼈아픈 느낌을 갖게 하여 임관 이후 임지에서 하나같이 보급투쟁하고 부정부패 일소에 노력을 다하였다. 그리하여 드디어는 이 정신이 발로되어 5·16 군사 혁명에 전 사관생도와 졸업생들이 주저 없이 참여하였던 것이다.

　* 아니나 다를까, 그 후 몇 년 가지 않아 2개 사단 감축할 때 이 사단은 해체되었다.

∴ 육사 (졸업) 반지, 조국과 영원한 결혼반지

　단기 4288년(1955년) 정규 육사 1기 졸업식 그날부터 전통화되어 온, 깊은 의미를 담고 있는 '육사 반지'를, 우리도 후배들의 정성으로 이런 금반지를 졸업 기념으로 증정받았다. 졸업식 그날 증정식도 겸하는데, 대형 모조 금반지 안으로 한 사람씩 지나 나오면 기다리던 (바로 아래) 15기 후배로부터 왼손 4번째 손가락에 직접 끼워 받았다. 우리에게 이 반지는 결혼반지, 바로 그것으로 영원한 애인 우리 조국과의 결혼을 의미하였다. 이 반지는 실제 황금으로 항상 빛나기에, 언제 어디서나 굳은 지조를 견지하고, 반지 중앙에서 빛나는 주홍빛 루비와 같은 충성과 정열을 다하라(한다)는 의미의 상징이 되었다. 그래서 이 반지는 평생 소지하며 '육사인'이라는 자부심의 상징이 되기도 한다.

　반지에 얽힌 얘기야 수없이 많으나 한 가지만 한다면, 1995년에 미국대학 군사학과 방문교수 (R.O.T.C의 Visiting Scholar) 시절, '미국 전쟁 역사학회' 회원이 되어 그해 행사로 미국 워싱턴(DC) 행사— 소련 스파이의 접선방법 및 현장답사와 실내 토의 등 —에 참여하였다. 그런데 일행이 그날 일정으로 미국 CIA 본부견학을 갔을 때, 우연히 내가 끼고 있는 반지(미국 육사 반지와 닮았다.)를 본 한 미국 신사가 말을 걸어왔다. "혹시 그 반지가 한국 육사 것이냐, 누구냐?" 자기는 미국 육사 1953년 졸업생으로 그해 임관과 동시 한국전쟁에 참전하였고 철의 삼각지 지금 '백골부대' 지역에서 전투하고 휴전을 맞이했고, 자기 육사 반지는 '남강' 지역 전투 중에 분실했다고 했다. 그래서 나는 5년 선배로서 예우하고 그의 한국전 참전에 감사하였다. 그러자 그는 육사 출신 상호 관심사 얘기로, "우리 반지는 장교 집회 등에서 육사 출신끼리 상호 교신할 때 반지로 책상 밑을 뚜들겨서 신호를 보낸다."라고 하면서 금방 한미 육사 출신끼리(?) 동질감·친숙감을 나타내면서 친해졌던 일이 있었다.

∴ 재학 중 절친하게 된 동기생과 후배

이미 말한바 있는 박정기 동기생은 기초군사훈련 둘째 달에 생도자치편성 당시 상급생 조교 생도로부터 추천되어 함께 분대장 생도로, 기초군사훈련 중 친하게 된 것은 물론, 학교 대표 럭비부에서 함께 매일 과외 운동을 했고, 외출·외박 시에는 둘이 함께 소일하였다. 그 후 어느 휴가 때는 그 친구와 함께 대구 본가로 가서, 친구 어머님의 자상하신 배려와 어여쁜 여동생의 친절한 안내를 받아가며 즐거운 며칠을 보내기도 하였다. 그 부친은 일찍부터 보기 드물게 대구역장 등 공직에 종사하신 분이었다. 임관 후는 물론 결혼 후에도 광주에서 3년여 함께 교관생활 하면서 이웃에서 신혼생활 고락도 함께하였다.

이후에도 그가 나를 '하나회' 멤버로 추천해 주어서 함께 동지가 되었다. 그러나 아주 애석하게도 '윤필용 사건' 당시 그 비서실에 근무했다는 죄로 조기에 전역하여 고생이 많았으나, 사필귀정으로 나중에 '한전 사장'이 되고 '한국식 원자력발전'을 개발하고 성공하였으며, 내내 '한·미 친선회장'으로 생애를 바치다시피 했다. 다 늙은 지금도 내게는 가장 가까운 친구이다.

또 한 동기생은, 이미 말한 바와 같이 박동혁 생도로 부산 출신이고 부친은 금융전문인이었다. 성격은 호탕하고 다방면의 재능을 가진 유능한 인재로 특히 자동차와 기계공학에 관심을 가졌다. 그래서 3~4학년 외출 시에는 흔히 우리 셋이 '3인방'으로 함께 나다녔다. 그러나 임관 후에는 병과(병기로 전과)가 달라져 자주 만나지는 못했으나, 늘 연락은 끊지 않았다.

또 한 친구는 김진규 생도로 부모 형제가 주로 의사들이었고, 한 분은 대학교수이기도 했다. 그는 외출 시 주로 열심히 연애하기 바빴으나, 그는 문학에 소양이 풍부한 문학도였다. 우리 셋과도 친하게 지냈는데, 임관 후 광주 상무대에서 박정기 동기와 김진규네, 그리고 우리 세 가족이 함께 학교 교관생활을 하며 다년간 지내며 평생 동행 가족들이 되었다. 김진규 동기 자제들은 의사이면서 유명 음악인으로 활동도 하고 있다.

그리고 기초군사훈련 때 바로 내 옆 침대 동기 친구로 박돈서 동기가 있다. 그는 영재로 우리 동기생 졸업 앨범에 전동기생 인물평전을 쓴 바 있으며, 육사 교수로 남았는데, 내 결혼식에도 참가해 축하해 주었다. 이후 '도시 미학 전공'으로, 거제 대학장으로도 승승장구하였고, 최근에는 우리 일산 동네에서 매월 만나고, 내 아호 '동암(東巖)'을 지어주기도 했고, 88세 미수 기념으로 '미술 개인전'을 열기도 하는 등, 참 좋은 동기생 친구다.

'차호순' 동기는 말없이 아주 친한 동기생으로 육사 영문학과 교수가 되어, 물론 우리 결혼식에 참석하고 온양온천 갈 때 기차역까지 나와 준 친구다. 그런데 미국 이주 후부터는 연락이 끊어지긴 했으나, 지금도 생각나는 친구였다.

후배(5기) 민병돈 생도에 대해서는 어디선가 소개해 두었지만, 여기에서도 말해도 좋을 후배다. 동기생 친하는 것은 의당한 일이지만 후배와 평생 인연을 가지는 것은 드문 경우라 하겠다. 내가 4학년 분대장— 생도대 체제가 바뀌어 4학년도 분대장으로 편성되어 한 내무반에 생활하였다. —일 때 그는 3학년 부분대장으로 나와 함께 내무반 생활을 한 것이 인연이 되어, 아주 비슷한 성격과 인생관을 가졌기에, 서로 이해함으로써 평생 전우요 동지가 되었다. 그가 육사교장으로 있다가 '노태우 대통령' 정부에서 해임당하다시피 된 이유에 대해서도 나와 공감하는 바가 다른 사람과 다른 바 있었다. 그리하여 그는 유명 사립대학의 석좌교수로 있으면서, 평생을 지금도 함께 별 변함없는 인생관으로 교류하며 지내고 있다.

또한, 후배가 있다. 내가 4학년 때 중대 선임 하사생도 근무를 하였는데 당시 중대 본부내무반에는 우수한 후배들이 있었다. 그 첫째로는 당시 2학년 모범생이던 6기생 장세동 생도(후에 전두환 대통령 보좌관)와 조재동(조기 전역) 생도 그리고 그 아래로 7기생인 허화평 생도— 후에 전두환 보안사령관 비서실장으로 제5공화국 수립에 큰 공로자가 되었다. —도 있었다. 특히 허화평 생도는 다재다능하여 중대 간판에 중대 일상을 소개하는 포스터를 매주 그려 붙이는 일을 그 바쁜 중에서도 마다하지 않았다. 그래서 그것이 인연이 되어 또한 군대 생활 동안 서로 안부를 알고 지냈다.

∴ 육사에서 배우고 익힌 것, 나의 특성

전사연구(Military History)

나는 소싯적 학교에서 역사 공부에 능하였다. 초·중·고를 통해서 95점 아래로 내려간 적이 없다. 그래서 일찍부터 '웰스'의『세계문화사』와 '토인비'의『역사연구』를 탐닉했고, 육사에서는 클라우제비츠의『전쟁론』, 토인비의『사람과 史觀』, 岩波文庫의『왜 사회주의를 선택하는가』,『사회사상』등 역사와 사상개념 등도 사고를 넓히는 의미에서 통독하였으며, 특히 '미 육사'『전사교본』과『전사부도』– 임관 후 '하퍼'의『전사 백과사전』–를, 학과 시간에는 물론 종일 시간이 날 때마다 옆에 끼고 생활했다. 심지어 '추가시험'을 몇 번 치르면서도 특히 이과계통 학과는 도외시하고, 교양지 독서와 군사학 특히 좀 더 광범위한 전사(戰史전쟁역사) 연구에 골몰하였다. 그 덕분에 군사 실무에서 전략전술의 기본지식으로서도 물론, 후일 국가안보전략연구에도 크나큰 도움이 되었다.

원리원칙, 공평무사(公平無私), 공사구분(公私區分), 신상필벌

말로는 쉬우나 행하기는 쉽지 않다. 자칫 인정사정과 의리와 법리까지 얽히고 설켜 있기 때문이다. 나는 내 양심에 따라 내 의지에 따라 내가 믿는 인간적 도리에 따라 이를 이행하며 생활해 나갈 것을 신조로 하였다. 비록 대단한 모범은 아니지만 '옳다'고 믿는 것 즉 '원리원칙'에 충실하다. 또한, 그렇지 않을 수 있는 것이 통상인데도, 흔히 남도 나와 같으려니 하며 동기생은 물론 특히 생도 때는 하급생을 믿었고, 부대에서는 부대원들은 물론 특히 예하 지휘관(자)들을, 감독 간섭없이 내가 했던 것처럼 그렇게 해 줄 것으로 믿었다.

우리는 우리 가족을 남보다 더 사랑하고 소중히 여긴다. 이는 하늘의 섭리다. 그러나 공인(公人)으로서 특히 군대 지휘관이 되어서는 공평무사하고, 공사구분이 확실해야 하고 지키려고 노력해야 한다. 누구 하나를 특별히 미워할 수도 없거니와 동시에 하나를 특별히 사랑할 수도 없다. 왜냐면 전장과 전투 앞에서 누구는 뒤로 돌리고 누구는 앞으로 밀어 넣을 수 없는 것이다. 모두 함께 일심동체가 되어 총체적 전력을 발휘해야 하기 때문이다. 그러기에 그 모든 관계는 공평무사해야 한다고 생각한다.

그러기에 상과 벌 또한 공평해야 하고, 군기를 확립하기 위해선 벌 또한 공평무사하게 반드시 그리고 엄격히 처리되어야 한다고 믿는다. 그러나 지휘관에 대한 무한책임은 특히 고려해야 한다.

Civilian Control의 진정한 의미

한국에는 정치인들이 군대를 경원시하면서도 지배하고자 하는 의도가 엿보이는 경우가 많다. 정치와 군사관계에서 '클라우제비츠'가 말하기를, "군사는 정치에 종속되어야 한다."라고 했으나 나는 이렇게 생각한다. '정치와 군사는 서로 종속관계이고 때로는 최후의 전쟁승리를 위해 군사전략에 정치가 종속될 수도 있어야 한다.'라고.

그간 내가 배워 알기를, 처칠은 1차 세계대전 시 해군장관 때 해군 제독들이 건의한 건함 계획의 두 배 이상을 승인하며 이것이 'Civilian Control'이라 하였다. 사복이 군복을 지배하는 것이 곧 '민의 군 지배'라고 하는 것은 오해이다. 미국군 통수권자인 대통령이 선전포고를, 또는 군 증편이나 해외파견을 할 때는 반드시 의회의 승인을 받아야 한다. 즉 국민에 의해 선출된 의회가 군대를 지원하고 운용의 원칙을 결정하는 이것을 두고 'Civilian Control'이라고 하는 것이다.

겸손과 상호존중, 존대(尊待)

나는 잘 모르는 사람으로부터 더욱이 내보다 나이가 많다고 해서 반말을 들으면 기분이 상한다. 나는 천성으로 '사해 평등'을 믿고 '남녀노소 인간 평등'을 믿는 사람이라 아예 남에게는 존대한다. 내 아들·손자와 친조카 외는, 아래 동서들과 처남 처제들에게도 존대하고 처음 대하는 사람은 남녀 노소간에 일단 존대한다. 흔히 과공이기도 하다. 이것이 특히 서열이 엄격해야 하는 군대에서 과공이 되기도 하겠지만, 물론 '지휘명령'엔 존대가 없지만, 내가 남이 그러기를 바라는— 비록 바로 위 상관(중대장)이라도 (소대장인) 내게 —이상 내가 남에게 그렇게 해야 한다고 믿는다. 그러기에 남에게서 잘 볼 수 없는 일이기에 이 또 한 '내 평생 고집'이 될 수밖에 없다.

자주·자립·독립정신

나는 이미 말 한 바와 같이, 사범학교 담임선생이시던 '방덕수 선생님'의 가르침도 있고 하여, 육사 입교 전에 이미 '남에 의지하지 않는 경제적 자립으로부터 우러나는 자주적인 삶, 그리고 타의 간섭을 배제한 독립 인생 정신'이 강하였다. 이제 그에 더하여 육사생도 생활을 통해서 그리고 이제부터 군대생활을 하게 됨으로써, 생활적으로나 경제적으로나 부모 슬하를 완전히 떠나야 하는 성인으로서도 당연하지만, 한 사람의 군 지휘관(자)으로서 부대를 지휘함에서 스스로의 생각과 능력으로 감당해 나가야 하며, 타인의 간섭이나 눈치 또는 조언을 기다려가며 책임을 완수할 수 없는 것이기에 더욱더 이에 충실할 것이다. 따라서 참모의 의견은 하나의 참고로 하는 지휘관 책임 정신을 앞세울 것이다.

그래서 내 결심으로 내 인생을 개척해 나감에 있어 물론 어른이나 선배 또는 어떤 선도자의 조언이나 충고를 고맙게 생각할 수도 있겠으나, 스스로 찾아가 청탁하지는 않을 것이다. 또한, 의식적으로 상급자 밑으로 줄 서지 않을 것이며, 동시에 후배 또는 부하들을 줄 세우지도 않을 것이다. 특히 나는 시중의 세력가들에게 고개 숙이지 않을 것이다.

그리고 경제면서도, 이제부터 나는 국록에만 의지하여 푼수대로 생활해 나갈 것이며, 남에게 손을 내밀거나 빚지는 일은 하지 않을 것이다. 그러나 나는 남을 도울 수 있다면– 특히 부하를 위해서 –할 수 있는 범위 내에서 흔쾌히 그렇게 할 것이다.

의리(義理)와 일편단심

의리의 참뜻은 '사람으로서 지켜야 할 도리'를 말하는 것이지, '어떤 조직체나 지배자에 대한 절대복종 또는 비리에도 뜻을 같이해야 한다.'라는 것을 의미하지 않는다고 생각한다. 나는 내 부모 형제와 같이 우리 군대와 국민은 물론 진리와 이치와 원리원칙을 존중하여 필생의 업으로 생각하고, 일편단심으로 의리를 지켜나갈 것이다. 물론 군대생활과 일반 사회생활에서는 뜻을 같이하여 올바르게 나가기에 존경하는 상급자와 선배 그리고 후배와 동료(동기)들에게 의리를 지켜나갈 것이다.

그러나 불의와 도리와 원리원칙 특히 헌법과 양심에 어긋나 가면서 상하 간 또는 동료 간 관계를 지키려 하지는 않을 것이다. 그것은 내 본연의 생각과도 다르거니와 천성적으로 그러지를 못할 것이다.

술, 노래 못해 사교불비(社交不備)

인정하건대, 내게는 앞으로 군대생활에서 핸디캡으로 작용할지도 모르는 요소가 몇 가지 있다. 이미 말한바 '좌심방 판막증'이라는 신체적 문제는 물론이고 그 외로, 하나가 선천적(체질적)으로 술을 잘못한다. 소주 한 잔에도 벌겋게 취하고 석(3) 잔이면 머리가 흔들리고 배가 아파 누워야 한다. 술로 사교하는 세상에, 참으며 버틸 수 없는 경우에는 그 자리를 실례할 수밖에 없을 것이다.

그리고 아마도 이 또한 천성적으로(?), 엄연히 사범학교에서 '코류분겐'을 배웠음에도, 예능에 소질이 없어서 노래도 잘못한다. 대단히 부끄러우나 애국가도 혼자서는 잘 부르지 못하기에 대중가요 어느 것 하나 외우고 있는 것이 없다. 군가는 강요된 것이긴 하지만 우렁차게 부르기만 하면 되는 것이기에 별문제로 생각지 않는다. 그러기에 자연적으로 춤(댄스)이라는 것도 할 줄 모른다. 그러나 이 춤은 담배와 같이 개인 기호품으로 필요할 때 배우면 되는 것이기에 별문제 없을 것으로 생각되어 미처 배워두지를 못했다.

* 천성적인 데다 후천적 노력 또한 그 방향으로 경도되어, 사물에 대한 분석적 능력보다 종합적인 판단능력이 앞선다고 생각된다. 전장에 임해서 유리하게 작용하리라고 믿는다.

* 이미 말한 바와 같이 아버지의 천성에 따라 나 또한 '개척자 정신', 즉 '無에서 有를 창조하는 정신'에 충일해 있다고 믿는다. 따라서 임지에서나 인생살이 전반에서 주어진 여건이나 부여된 임무에만 연연하지 않고, 가능한 한 무에서 유를 창조한다는 창조적 정신으로 '절대 책임을 완수'하고도 그 의미를 다하기 위해 최선을 더하여 다할 것이다.

끝으로, 다음과 같은 맥아더 장군의 기도를 마음에 새기며, 정규 육사 4기생으로 졸업과 임관의 영광을 누리고자 한다.

맥아더 장군의 기도를 마음에 새기다
맥아더 장군- 자녀를 위한 아버지의 기도(1952년 5월)

내게 이런 자녀를 주시옵소서
약할 때 자기를 돌아볼 줄 아는 여유와
두려울 때 자신을 잃지 않는 대담성을 가지고
정직한 패배에 부끄러워하지 않고 태연하며
승리에 겸손하고 온유한 자녀를 내게 주시옵소서
생각해야 할 때 고집하지 말게 하시고
주를 알고 자신을 아는 것이 지식의 기초임을 아는
자녀를 내게 허락하옵소서
원하옵나니 그를 평탄하고 안이한 길로 인도하지 마시고
고난과 도전에 직면하여 분투 항거할 줄 알도록 인도하여 주시옵소서
그리하여 폭풍우 속에서 용감히 싸울 줄 알고
패자를 관용할 줄 알도록 가르쳐 주시옵소서
그 마음이 깨끗하고 그 목표가 높은 자녀를
남을 정복하려고 하기 전에 먼저 자신을 다스릴 줄 아는 자녀를
장래를 바라봄과 동시에 지난날을 잊지 않는 자녀를 내게 주시옵소서
이런 것들을 허락하신 다음 이에 더하여
내 아들에게 유머를 알게 하시고
생을 엄숙하게 살아감과 동시에 생을 즐길 줄 알게 하옵소서
자기 자신에 지나치게 집착하지 말게 하시고
겸허한 마음을 갖게 하사
참된 위대성은 소박함에 있음을 알게 하시고
참된 지혜는 열린 마음에 있으며
참된 힘은 온유함에 있음을 명심하게 하옵소서
그리하여 나 아버지는 어느 날
내 인생을 헛되이 살지 않았노라고
고백할 수 있도록 도와주시옵소서.

A Father Prayer by General Douglas MacArthur (May 1952)

Build me a son, O Lord,

who will be strong enough to know when he is weak;

and brave enough to face himself when he is afraid;

one who will be proud and unbending in honest defeat,

and humble and gentle in victory.

Build me a son

whose wishes will not take the place of deeds;

a son who will know Thee?

and that to know himself is the foundation stone of knowledge.

Lead him, I pray, not in the path of ease and comfort,

but under the stress and spur of difficulties and challenge.

Here let him learn to stand up in the storm;

here let him learn compassion for those who fail.

Build me a son

whose heart will be clear, whose goal will be high,

a son who will master himself before he seeks to master other men,

one who will reach into the future,

yet never forget the past.

And after all these things are his, add, I pray,

enough of a sense of humor,

so that he may always be serious,

yet never take himself too seriously.

Give him humility,

so that he may always remember the simplicity of true greatness,

the open mind of true wisdom,

and the meekness of true strength.

Then I, his father, will dare to whisper,

"I have not lived in vain!"

chapter. 1

중고등, 사관생도 시절

1946~58

1-1 1949년 부사사범학교

1-2 1951년 부산사범학교 방덕수 선생님 반, 아미동 가교사 옆 교회

1-3 고등학교 절친 이용우, 이인길과 동생들, 1952년 수영해수욕장,
둘 다 서울 법대로 감

1-4 동래고등학교 2차 가교사 앞에서

1-5 동래고등학교 시절의 포부

1-6 1954년 태릉 육군사관학교 생도대 내무반

1-7 1954년 육사 4기 동기생 육사 럭비 학교 대표 선수 생활.
나와 박정기. 신우식. 김지종. 불암산 배경

1-8 1954년 7~8월 육사 4기생 기초군사훈련

1-9 1954년 육사 4기생 기초군사훈련

1-10 특히 1954년 첫 휴가는 행복의 절정이었다

1-11 1년 12달 육사 생활

1-12 1954~1958년 해마다 이승만 대통령 생신
축하 서울 시가행진, 종로 거리

1-13 광주상무대 을지문덕 동상,
특별히 연상되는 추억 유감

1-14 육사, 군사훈련과 일반학과 병행, 특히 이과 중점

1-15 1957년 분대장 당시 내무반 구성, 6기생 장세동, 조제동 생도도 함께

1-16 1958년 절친 3용사 박정기, 박동혁과 나임관전 망중한

1-17 1958년 절친 동기 박정기 생도와 함께

1-18 1958년 6월 졸업 및 임관 기념

文 英 一

文將軍으로 通했다 그의 泰然自若한 도
손과 悠悠한 거름거리는 그를 ,또다른 닉
네임으로 부르게 하였으나 나중에 戰史를
熱心히 하자 前者가 더 어울렸다 그의 戰
史冊은 自己가 아니면 判讀을 못할만큼
언더라인과 註釋으로 범벅이 되어있었고
戰史가 읽는 날에도 Atlas는 如前히 그
의 옆구리에 끼어있었다 무던한 친구로서
基礎軍事訓練의 그 어려운 고비에도 使役
을 도맡아 나갔고 自己 整頓은 버려둔체
남의 器具를 매만저주는 雅量과 犧牲心을
잔직한 그였다

1-19 1958년 졸업 앨범에 소개된 나. 박돈서 동기가 평함

△

제 二 부

장수(將帥), 영웅(英雄)의 꿈 I

제3장 임관 초기, 중·서부 최전선 소대장·중대장 근무
(단기 4291~4294, 서기 1958~1961)

제4장 미국 유학, 결혼, '동복 올빼미' 교관, 연세대 ROTC 교관
(단기 4294~4299, 서기 1961~1966)

제5장 파월맹호(派越猛虎) 부대 전사(戰史)장교로 월남전 참전
(단기 4299~4302, 서기 1966~1969)

제6장 서독 지휘참모대학(Fűrungs Academy der Bundeswehr) 유학,
그리고 육군대학 교관(단기 4302~4305, 서기 1969~1972)

제7장 제102 기계화 보병대대(72. 10. 24.) 창설과
수도기계화사단(73. 3. 22.) 창설(단기 4305~4308, 서기 1972~1975)

제8장 대령 시절에, 후방부대장과 참모, 교수·대외시찰,
군사협력조사단장(단기 4308~4314, 서기 1975~1981)

제3장 임관 초기, 중·서부 최전선 소대장·중대장 근무

(단기 4291~4294, 서기 1958~1961)

1. 상무대 보병학교 초등군사반(OBC)

∴ 보병 장교 초등군사반 교육

육사 출신 장교는 임관과 동시에 일단 전투병과로만 분류된다. - 3사관학교
와 ROTC 출신 장교들은 처음부터 전병과 지원이 가능한데, 예를 들면, 병참,
헌병 병과 등에도 -전투병과란 보병, 포병, 기갑, 공병, 통신병과를 말한다. 문
자 그대로 최전방 최일선 최고도 근무에 생명 위험까지 무릅쓴 근무병과이기에
일단 모든 준비가 된 육사 출신 위주로 배치하고 있다. 그중에서도 보병은 가장
힘든 병과이나, 그래도 미래 야망을 가진 장교는 이 병과를 택한다. 나도 대장부
결심으로 보병을 택했다.

육사 출신 장교는 졸업과 동시 일단, 각자가 택한 병과학교의 초등군사반, 즉
OBC 과정(16주)을 거친다. 그래서 우리 보병 동기 일동은 졸업휴가를 마치고 광
주 상무대- 전투병과 교육사령부가 있고, 그 예하에 보병·포병·기갑·통신학교가
있으며, 부대 앞에는 '신촌'이라는 군인 상대 마을이 있었다. -에 설치된 보병학
교 초등군사반 과정에 입교하였다.

교육훈련 내용은, 중, 소대장 지휘실습을 비롯하여 무기 장비의 운용요령, 대
대전술, 참모편성 및 운용 등에 관한 실내와 야외 교육훈련이다. 그런데 물론 이
론 교육이라 해도 육사 교육과는 현저한 차이가 있고, 또한 주로 실습 위주 야외
교육훈련이라 모두가 주말은 서울과 자기네 집으로 다녔고, 평일에도 가벼운 기
분으로 교육훈련 받고, 일과 후에는 신촌이나 광주 시내로 시간 외출을 다녀올
수도 있었다.

그래서 잘 나다니는 친구들은 주말만 되면 학과 시간 끝남과 동시에 서울로
집으로 야간 무임열차(완행)를 이용, 카드놀이 해 가며, 밤샘으로 잘도 오갔다.
귀대 역시 서울서 야간열차(완행)로 내려와 새벽에 송정리에 도착 귀대 후, 세면

장에서 얼굴 씻자마자 학과출장 했다.

임관 후 처음으로 당시 일반 군인과 같이 건빵과 '화랑 담배'가 지급되었는데, 초기에는 아직도 담배 맛을 몰라 담배와 건빵 바꾸어 갖는 친구들이 많았으나, 후기에 가서는 '화랑 담배' 친구들이 더 많아졌다. 그러나 나는 여전히 담배 맛을 몰랐고, 이후 월남 전쟁터에 가서야 알게 되었다.

∴ 상무대와 그 앞의 신촌(新村)

우리 때만 해도 군부대 있는 곳에는, 울타리 밖으로 마을이 생겨나 자리 잡았다. 물론 첫째는 군인 가족들 집단, 둘째는 함께 할 수밖에 없는 상인집단과 그 외 집단이 언제나 동고동락하였다. 그러기에 여기 4개 전투병과 학교와 교육사령부가 자리잡은 이곳 광주 '尙武臺'에도, 바로 그 정문 앞으로 자리 잡은 마을 일컬어 흔한 '새로 생긴 마을', 즉 新村이 있었다.

사실은 경제 사정 모두 '프로레타리아트' 급인 데다 월급 또한 아주 시원찮아 외출 활동은 제약이 많았다. 그래서 평일에도 기껏 상무대 앞 신촌마을— 가족을 가진 전투병과 학교 교관들과 간부 및 행정 용원들의 숙소는 대부분 광주(光州)시내에 있어서 통근차(트럭)로 출퇴근 하나, 그중 일부는 여기 신촌에 자리잡았다. —에 나가 국밥으로 시간과 배를 달래기로, 한 달에 20그릇 정도 먹었는데도 그달 월급 초과라, 이후는 외출을 하지 않거나 아니면 외상을 하였다.

2. 명예에 찬 首都사단 제1연대 소대장 되다(1958. 10.)

∴ '1'자가 선명한 전통과 명예의 제1연대 장교 배지

휴전된 지 얼마 되지 않았기에 국민들에게는 '수도사단', 그리고 제1연대의 혁혁한 전공과 서열 등으로 한국군에서는 가장 자랑스러운 명예와 전통에 빛나는 부대로 알려져 있었다. 그러기에 나는 수도사단 제1연대 제1대대 제1중대 제1소대장이 되기를 소망하였다.

당시 육사 출신 보병 초임 장교 부대 배치는 부대 서열순에 따라 군번 순으로 전방 사단당 7~8명으로 배당하였는데, 나에게는 비록 최고 소망이요 최대 영광이기에는 좀 미흡하였으나, 그래도 바라던 소망에 최근접하여, 바로 수도사단하고도 제1연대로 배치된 것이다. 이로써 나의 부대근무 시작이 정말 영광스러웠고, 자신과 긍지에 찬 것이었다. 우리 연대에는 이승주 동기와 함께 2명이 왔는데, 정규 육사 출신 선배는 아무도 없었다. 그런데 실제로 부대 부임해 보니 장교용 보병 배지 자체도, 보병마크 한가운데에 1자 표시가 뚜렷하여, 실제로 전 장교가 1연대를 그렇게 자랑스러워 하고 있었다.

∴ 중부전선에 선 '마이티(Mighty) 소대장'

드디어 그날이 되어, 원주 제1야전군사령부 보충대를 거쳐 '철의 삼각지대'를 담당하고 있는 제5군단의 예비사단인 수도사단의 제1연대 제3대대 제11중대 제3소대장으로 부임(1958. 10.)하였다. 우리 부대는 포천군 이동면에 우뚝 솟은 '국망봉' 아래에 주둔해 있었고, 근처 마을은 '심재리'이고 좀 먼 곳에 '이동'과 '일동'이 있었는데, 우리 제1연대는 이동에서 일동에 이르는 도로 연변에 위치하여 평강에서부터 서울로 향하는 주 접근로 후방을 장악하고 있었다.

당시는 휴전된 지 5년이 아직도 다 가지 않은 여전한 전시체제라, 전방 군단 소속 사단 단위 전후방교대를 2년 단위로 실시하고, 최전선(전방 부대 중 휴전선 담당부대) 사단은 2개 GOP 연대를 운용하는데, 통상 6개월마다 부대 교대하였다. 때마침 수도사단은 최전선에서 나와 5군단 예비사단으로, 군단 사령부 지역 일대 후방에 주둔하고 있었다.

당시 1개 사단이 전후방으로 교대 이동할 때는, 실제로는 1개 군단이 이동한다고 농담을 겸한 얘기를 하였다. 실제 사단과 그 식솔들 집단 그리고 그들과 공존하는 상인집단이 모두 동시에 사단 따라 이동하였기에, 가히 군단 이동이라고도 농담을 겸했을 것이다.

당시 우리 수도사단장은, 6·25 전쟁 당시 제1연대장으로 용명을 떨치고 지금은 전군에서 가장 청렴결백한 '한신' 장군이었고, 연대장은 군사지식이 해박하고 실전에 달통하여 존경받는 '김영환 대령(옛 5기생)'이었다.

당시 사단에는 정규 육사 2기생 장기오 선배와 3기생 이찬우 선배를 비롯하여 5

명이 근무 중이었는데, 우리 7명 신참 후배들을 위해 '이동'에 있는 '을밀대(乙密臺)'라고 하는 유일한 주점에서, 환영 막걸리 파티를 베풀어주었다. 대단히 반갑고 고마웠고 든든하였다. 이미 그들은 이 부대에서도 소위 보급투쟁 등 육사 출신의 명예와 능력으로 상하 간에 두터운 신임을 쌓고 있어서 우리 신참들에게 크나큰 도움과 위로가 되었다.

나의 부임을 계기로 우리 소대는 연대 전입 신병에 대한 현지적응 및 강병훈련소대로 편성되었고, 1개월간 전입 신병 교관이 되었다. 당시 전방 부대는 전투경험을 가진 강한 군대였기에, 후방의 특히 논산 훈련소 신병교육으로는 수준이 안 맞아, 부대 전입 후 부대별, 사단 또는 연대 단위로, 임무형 보충훈련 실시 후 실무부대로 배치하고 있었다.

나는 1개월간 '전지전능(Mighty)한 지휘자'가 되어 '커리큘럼', 즉 훈련과정, 내용 그리고 그 수준까지도 내가 정하고, 전 과정을 혼자 책임으로 완수하였다. 어디까지나 내 부대원으로, 내 식구로 실시하는 것이기에 엄정에 친절 그리고 관용이 따랐다. 그러자 이 신병 친구들, 휴식시간이 되면 겁 없이(?) 교관에게 다가와 얘기를 하다가, '휴식시간 끝, 집합!' 하면 어느새 군대 예절(거수경례)은 잊고, 자기 형님에게나 하는 것처럼 모자를 벗고 꾸벅 고개 숙여 절하고 뛰어갔다. 아뿔싸!

연대장과 연대 간부 입회하에 훈련 수료식을 마치고 그들이 연대 내 각부대로 배치되어 갈 때, 허허, 마치 '내 제자 객지로 방출하는 기분'을 처음으로 느껴보았다. 이후 부대 내외 또는 연대본부로 갈 때마다 이들이 반가워해서 마치 제자들을 만나는 듯했다.

∴ 국망봉(國望峯)에 기성세대 휼병 사업 흔적들

앞에서 잠깐 말 한 바와 같이, 1957년 1월에 당시 야전군 사령관이던 송요찬 장군이 "이 시간 이후 부대 후생사업을 하면 너나 할 것 없이 처벌한다."라고 선포함으로써 육군부대는 일단 휼병(恤兵) 사업이 종식되었다. 우리가 부임해 갔을 때는 그때 그 흔적들만 남아 있었다.

예를 들면, 초가 몇십 호의 '심재리'의 입구에는 심재리 초가집 동네 모습과는 전혀 다른 돌과 시멘트로 지어진 30평 남짓한 아담한 '댄스홀, 장교클럽'이 있었다. 아마도 얼마 전에 사용이 중지된 모습이었다. 추측하건대, 전쟁 중·후 '미국 벙어리 코스 유학' 다녀온 부대 간부들이 미군 부대 '장교클럽'을 본떠 만들어 한때나마 사용하였던 것으로 보여졌다.

들기로는, 일부 부대(사단 단위) 지휘관들이 미국 유학 때 본 것이 생각나서, 휼병 사업으로 취득한 재정으로, 한때나마 일과 후에 부대 군악대를 불러서 분위기를 돋운 가운데 간부들 가족들 함께 '사교댄스'를 즐겼다고 한다. 그 옛날 전방 사단의 휼병 사업 중 하나가 '숯구이'였는데, 민간접근이 어려운 산에 장병들을 파견하여 그렇게 하였다.

그런가 하면 연대급 지휘관은 GOP 담당 때 부대원을 파견하여 지역 내 공유지를 개간, 적당한 규모의 농축산 사업을 하였고, 대대장들은 대대 주보(酒保)를 운영하기도 하였다. 또한, 들기로는 일부 '전차대대장'은 아침 출근하면서 군수 참모에게 주먹을 보이면 휘발유, 엄지를 보이면 시동용 배터리, 새끼손가락을 보이면 휴대 전지용 배터리를 처분하게 해서 부정자금을 마련했는데 때문에, 일부 탱크의 무한궤도 밑에 풀이 무성하기도 했다고 전해지고 있다. 우리가 보기에도 국망봉 중턱에 숯가마 흔적이 아직도 많이 남아 있었고, 거기서 국도변에 이르는 수송용 케이블 흔적도 남아 있었다.

∴ 우리(소대장) 환경과 일상생활, 부하와 동고동락

우리 부대는 군단 예비사단의 한 대대로 한 울타리 안에 집결되어 있었다. 우리 중대는 중대장(대위)과 선임 소대장(화기소대장 고참 중위) 그리고 나와 일반장교 출신으로 '최 소위'가 있었다. 나와 함께 배치되어 온 동기생 '이승주 소위'는 인접 화기중대 소대장이 되었기에 우리 둘은 이후 고락을 함께하는 친 전우가 되었다. 중대장은 입이 무거운 고참 대위였고, 김 중위는 아주 친절한 선임과 고참의 역할을 담당해 주었고, 최 소위는 상냥하기 짝없어 나하고 잘 지낼 수 있었다.

우리 소대는 1개월간 전입 신병 강병 및 적응교육을 마치고 새로 소대 편성이 되었는데, 선임하사는 KLO 출신— 당시 38선 이북도(주로 황해도) 출신으로 반

공사상이 투철하여 서해 연안에서 첩보작전으로 미군작전을 지원한 '한국연락처 요원'으로, 휴전 후 해산하기 전 일단 군번을 부여하고 군복무시킨 요원 —으로 나이가 지긋한(30 넘어) '김 하사'였고, 분대장들은 인접 중대서 차출되온 병장들이었는데도 아주 유능하고 충실하였다.

우리 소대에는 기능공이 많았다. 지금은 고등학교 이상 졸업자만이 군에 입대할 수 있으나, 당시는 대한민국 남성 전원이 입대(징병) 대상이었는데, 고등학교 졸업만 해도 고학력의 시대여서 다른 부대와 같이 우리 소대에도 초등학교 출신 각종 기능공이 많았던데다 문맹자도 있었고, 심지어는 드물었지만 저능자도 있었다. 충청도 '담뱃잎 말리는 전문 화공'도 있었고, 우리 소대 '馬 씨 성 아무개'라는 서울 명동 핸드메이드 여자 핸드백 기능자였고, 곰같이 생긴 마음씨 좋은 '김 아무개'는 이발사였다. (후에 천호동 어느 골목 이발소를 지나다가 "소대장님!" 하고 뛰어나온 그를 만나기도 했다.)

그런가 하면 글 잘 쓰는 고등학교 출신이 있어 소대 내 문맹자 편지 대독과 대필을 담당하였고, 문맹자로 약간 모자라 언제나 우리 소대 잔류 경계병, 즉 '고문관(?)' — 말이 잘 안 통하는 미군 고문관에 빗대어 회자 —도 있었다. 그래도 이 고문관은 자기 집에 편지 대필해 보낼 때는 아주 의젓하여, "으흠, 동생 받아 보아라."로부터 시작하였다.

그런 수준이라 흔히 부대 야외훈련에서 현장시찰 나온 상급자가 무얼 지적하면 그가 누구든지 무조건 "예! 시정하겠습니다."라고 대답만 하도록 대대장(중대장)으로부터 교육(?)되기도 하였다. 그러나 반면에 잔소리 군소리 없는 무조건 복종하는 순진한 부하들이라 지휘하기에는 편(?)하였는데, 멀지 않아 곧 학력을 높여 입대시킨다고 하여 당시 지휘관들은 우려(?)하기도 하였다.

막사는 비록 흙벽돌 벽에 짚 지붕이었지만, 내부에는 뻬치카가 설비되어 있어 실내에서만은 철원지대 강추위를 피할 수 있었다. 마침 우리 중대에는 앞에서 말한, 충북 출신으로 그 지역 담배건조 화공(火工)이 있어서 2개의 중대 내무반 무연탄 사용 뻬치카를 전담해서, 교육훈련 경계 등 모든 임무를 배제해 주어, 겨우내 중대 난방을 잘 지켜주었다.

그런데, 명색이 대대 BOQ가 있었는데, 그건 문자 그대로 오두막이었고 발로 차면 근방 무너질 수 있는 형편이었다. 흙벽에 초가지붕으로, 5개 개인 방이 있었으나 고개 숙여 들어가는 건 물론 각방은 회초리 나무에 신문지 바른 벽으로, 옆방 친구 숨 쉬는 소리도 다 들렸다. 허, 그 정도만 되어도? 그러나 바닥은 드럼통 뚜껑을 뜯어 얹어 그 위에 흙을 바른 바닥이라 부실하기 짝이 없어, 나무로 불을 넣기만 하면 오소리 잡는 연기로 가득 차고 화재 위험도 있었다. 그래도 일과 후 고단해서 곯아떨어지면 모포가 타는지 온 방에 끄름이 끼는지도 몰랐고, 그래서 자고 나면 콧속이 까맣게 되어 있었으니 실제로 가슴속은 어땠을까, 지금 생각하면 아찔하다. 그러기에 여기에 잠자는 장교는 이승주 동기와 나 둘뿐이었다.

육군 전방 부대는 통상 일과 후 지휘관(자)을 대리하는 주번사관 제도를 운용하였다. 그래서 1주일을 양분하여 3일 또는 4일간씩 연일 야간근무를 하게 되어 있다. 그런데, 통상 고참 선임 부중대장은 열외(列外)함으로, 남은 소대장 2명(통상 중대의 1개 소대는 선임하사관이 소대장을 대리함)이 맞교대한다. 그러다가 한 소대장이 휴가 가면 아예 남은 소대장이 그동안 새벽 기상 때부터 낮은 물론 내리 밤샘 근무해야 함으로, 정상적인 부대의 소대장은 외출외박이 사실상 어려워 1년 365일을 거의 소대원과 같이 몸과 마음을 비비며 동고동락하게 되어 있다. 그래서 소대원은 소대장을 'Mighty Leader'로 알고 중대장과의 알력 때는 두말없이 소대장 편에 선다. 듣기로는, 전시에, 한 중대장이 소대원 앞에서 소대장을 꾸짖으며 총부리를 겨누자, 소대원이 즉시 자기 소대장에게 총을 내밀어 중대장과 대치하게 하였다는 얘기가 있었다.

∴ 국망봉(國望峯) 밑 소부대의 겨우살이

당시는 '5·16 군사혁명' 전이라, 민간 소요는 물론 아직 군대조차 충분한 무연탄사용을 하지 못하던 때라 전방 부대 중 대대급 이상 집결부대는 불쏘시개용으로, 웬만한 소부대는 그저 산에 나무가 땔감의 전부였으므로, 모든 부대가 인력으로 채취해 오는 나무에 의존하였다. 그래서 특히 겨울이 되면 전방 부대원은 '화목(火木)'을 채취하기 위해 근처 산을 매일같이 오르고 또 올랐다.

국망봉의 그 큰 산 중턱은 군대 휼병 사업 중의 주종인 '숯구이'로 거의 폐허가 되어 땔감조차 구하기 힘들었다. 우리 중대(대대)도 내가 인력을 인솔해서, 눈 덮인 가파른 산을 오르기 위해, 장교는 워커 군화에 병은 면 군화에 새끼줄을 칭

칭 감아서 눈에 미끄러지지 않게 무장하고, 때로는 국망봉 거의 8부까지도 올라가 채취해 왔다. 다시 말하면 겨울나기 위해 그때가 되면 우리 전방군인들은 화목 투쟁(?)을 벌이는 것이었다. 이는 우리 군대 창군 이후 해마다 계속되었는데, 그나마 다행히도 5·16 이후 혁명정부의 과감한 무연탄 사용 혁명으로, 이 풍습은 60년대 후반에야 사라져 갔다.

전방 부대 장병들은 겨울이 되면 이외도 할 일이 많아진다. 특히 눈이 오면, 첫째로 연병장을 매일 매시간 눈이 내리는 즉시 치워야 하고, 둘째는 부대와 부대 간의 연락로를 항시(매일 매시간) 사용 가능하도록 유지하기 위해, 특히 담당지역 내 전술도로 즉 보급로를 그때그때 마다 제설해야 했다. 생각해 보시라, 전방 겨울에 눈은 얼마나 많이 그리고 자주 오는지. 그것이 전방군대의 일과요 훈련이요 군대생활이기도 한 것이다.

위에서 말한 바와 같이 전방 소대장은 일 년 365일의 대부분을 중대 주번사관 임무를 수행한다. 나는 한겨울에 폭설이 내려도 야간 순찰을 쉬지 않았다. 대대 내 전 중대 막사와 탄약고 그리고 정문 후문 보초까지 한 바퀴 순찰에 대략 2시간 정도 소요되었다. 중대 내무반 초병은 내무반 안에서 근무하며 첫째 임무는 외부로부터 침략자를 방어하는 것이고, 둘째는 각종 비상사태에 대비하고 연락을 유지하며, 그리고 틈나는 대로 동료들의 건강상태를 돌보아주는 것이다. 따라서 여하한 방문자, 비록 중대장이나 주번사관이라 할지라도 반드시 문을 열기 전에 일단 오늘의 암구호를 확인하여야 한다.

그러기에 주번사관은 일일이 이를 확인하고 교육하면서 순찰하는 것이다. 문밖은 한밤의 폭설이 쌓이면서 보행이 어려우나, 외부 초소 특히 좀 멀리 있는 탄약고까지 모두 순찰하고야 중대로 복귀하고, 중대본부에 돌아와서는 가면 상태 근무를 계속한다. 그런데 전투복은 물론 젖어 있지만, 특히 다 젖은 군화, 아직도 국산 군화가 보급되지 않아 시장에서 개인적으로 구입한 미제 '워커 군화'를 말리기 위해 빼치카 철판 위에 올려놓았다가, 시간을 놓쳐 그만 오징어구이 구두가 되어 낭패 보는 일도 가끔 있었다.

∴ 설 명절날 사단장 순시, 주번사관 솔직 보고, 후유증

1959년의 설날이 되었다. 우리 수도사단에서는 취사 단위별로 실물 황소 몇 마리씩이 보급되었다. 그리고는 설날 낮에 '한신 사단장'은 사단사령부 지근에 있던 우리 대대 점심 식사 현장을 순시하였는데, 때마침 내가 주번사관 근무 중이라, 사단장을 안내하고 질문에 답하였다. "어때, 병사들 점심에 소고기 얼마나 들었던가?", 나는 돌아 본대로 "예, 한 사람당 두세 점 먹고 있습니다.", 그러자 금방 "무시기? 두세 점이라!" 그리하여 식사현장을 돌아보고 확인하고는 사단으로 가셨다.

시간이 조금 흐른 뒤에 대대장이 나를 불렀다. "사실이야? 니가 보았어? 내가 암소 배 속에 있던 새끼에 손대긴 하였으나 그래도 말이야…" 대대장 실에서 나오면서 '허허 이거 본대로 사실대로만 보고했을 뿐인데, 이렇게 난리 나다니…' 이어서 중대장이 대대장실에 불려갔다 왔는데 워낙 말수가 적은 분이라 부중대장이 대신 귀띔하기를 사단장이 직접 연대장에게 주의하고, 연대장은 대대장을 질책했다고 한다. 여하간에 현장에서는 일단 그걸로 상황이 끝났으나, 사단장은 나를 기억하고 있었다.

∴ 사단 조달물자 검수관과 보급실정

며칠 후 사단 참모장실로 불려갔는데, 사단장이 나를 검수관으로 임명하라는 것이었다. 그러나 이유를 모르겠으나, 오후에 그 구두 명령은 취소되고 원대 복귀할 수 있었다. 당시 내게는 소대장 근무가 더 중요하였기에 그 일은 다행이었다. 당시 전군 보급체계는 중앙조달이었다. 그러나 듣건대 육군본부에서는 한신 장군의 소문난 청렴성을 신뢰하여, 사단 지방 독립조달체제로 전환을 위한 시험 부대로 수도사단을 지명하여 운용 중이었다.

그런데 검수관(檢數官)이란 부대로 들어오는 모든 보급품을 검수하여 규격품을 판정하는 업무를 수행하는 청렴결백을 담보해야만 하는 요직이었다. 그러기에 수도사단 같은 부대에는 육사 출신 초급장교가 필요한 직책이었다. 동기생 경험자 얘기를 들으면, 겉으로 보기에 몸집 좋은 소를 운동장 몇 바퀴 돌리면 업자가 불법으로 먹였던 물이 오줌으로 다 나와 수 킬로그램씩 감량처분 된다 하였고, 숙소에 돌아가면 업자로부터 양담배를 비롯하여 대소 간의 뇌물 공세로 시달린다고 했다.

당시 전방 부대는 대체로 대대 단위로 배치·주둔해 있어서 대대 단위로 장교 식당이 운영되었다. 장교식당, 그러면 볼만하고 먹음직하게 생각되리라 만은 당시 전방 군대형편은 그러지 않았다. 우리 대대 장교식당은 이미 말한 내 숙소와 같이 흙벽에 초가지붕, 5평 정도 흙바닥에 흔들리는, 일반 병사 제작인 4인용 나무판자 식탁 3~4개 정도. 식객은 주로 총각 장교들. 메뉴(?)는 일반병사와 같이 밥(보리밥)과 국(주로 콩나물국) 한 그릇. 가장 맛있었던 메뉴는 이 밥에 노란색 미제 콩기름 한 숟가락 붓고 고추장 한 숟가락으로 비벼 먹는 그 고소한 맛. 어떤 해는 전방 전 부대가 무채를 넣은 국으로 때워 질리기도 하였는데, 물론 밥하고 국뿐이었고, 반찬은– 당시 김치는 물론 없었고 –어쩌다 꽁치, 임연수, 도루묵 등 작은 생선이 한사람 당 한 마리로 나오면 최상이었다.

당시 사단 내는 2기(12기) 장기오 선배가 남아 있어서 하루 방문하였다. 비록 흙벽돌집에 장판 내무반이었으나, 그의 아이디어로 먹고 남은 건빵봉지를 방바닥에 깔고 들기름을 입혀서 아주 근사하였다. 그날 우리에게는 기름에 튀긴 건빵을 안주로 막걸리도 대접해 주었다. 그 후 들리기로는, 하루는 대대 위병소 위병장교 근무를 하는데, 일과 후 대대장 지프차가 허락 없이 나가기에 검색해 보니 쌀가마가 있어서 압수하였는데 후에 대대장과 마찰이 생겨 고생하였다는 것이었다.

3. 제1연대 전투단(RCT-Regiment Combat Team), 문산 임진강 전선으로 가다

∴ 문 소위, 임진강 최전선에 서다

1959년 6월경에 우리 수도사단 제1연대는 연대전투단을 구성(1개 포병대대+보급부대 등 증강)하여 미 제1군단 예하 제1기 병사단(Cavalry Div)에 배속된 한국 해병여단– 문산·파주·임진강 전선 담당 –과 교대하기 위해 준비하였다. 그 때문에 나는 최전선 담당 중대 소대장으로 전보되었다. 그런데 지금 소대원들은 '가시면 안 됩니다.'라며 연판장을 돌린다 했다. 군대에서는 그런 행위가 허용되지 않음으로, 겨우겨우 말려서 진정시키고 난생 처음으로, 참으로 아쉽고 섭섭한 마음으로 헤어졌다. 군대서 '골육지정(骨肉之情)'이란 소대장의 경우에 가능한 것이리라. 지금까지도 그때 그 '집 보기 고문관', 기타 제작전문가, 핸드메이드 핸드백 전문가, 보석깎이 전문가 그리고 털보 이발사 등등이 생각난다. 그후 아마도 10년은 지나 하루는 친척 볼일로 천호동 탄산수 마을 근처 이발소 앞을 지나가는데 이발소에서 한 털보 청년이 뛰어 나오더니, "아이고! 우리 소대장님, 다시 만나 뵈어 반갑습니다."라고 하기에 보니 허, 그 우리 소대 털보 이발사가 아닌가. 정말 반가웠다.

드디어 우리 연대전투단은 금촌에 도착하고 우리 중대는 탄현 방향으로 야간 행군하였다. 중대는 대동리에, 우리 소대는 '성동리'의 현 '헤일리 문예촌'을 지나 현 '프로방스' 동네 앞동산에 밤 12시에 도착하고, 소총 3개 분대는 다시 전방으로 내려가서 임진강가에 병행 배치되었다. 나는 피교대 부대인 해병대 소대장 '문 소위'로부터 부대 상황을 인계받고 즉시 임무를 개시하였다. 해병 문 소위는 종씨라고 반가워하며 상세하게 그리고 친절하게 현황을 소개해 주었는데, 마지막으로 출발해 갈 때는, 대한민국 해병대답게(?) 아랫마을을 향해, "야 영자야! 육군 문 소위 왔다, 잘해 보아라!"라고 고함치고 웃으며 집결지로 내려갔다. 나는 그동안 이곳 전선을 지켜준 해병대 문 소위와 그 소대에 행운을 빌었다.

∴ 6·25 말기 구축된 원목 전투진지

다음날 즉시 소대 진지를 돌아보았다.우선소대본부(소대장+전령+선임하사+향도+記載係+화기분대) 막사는 길이 20여 미터 둘레 50여 센티미터가 되는 4각 원목을 10개로 나란히 엮어 지붕으로 하되 적을 향해 지붕 끝을 땅에 묻고, 비가 흘러내릴 만큼 약간 위로 올려서 원목으로 받치고, 앞부분 전체가 비록 엎드려서 일제히 들어갈 수 있고 나올 수 있도록 하였고, 사람이 드나들 수 있도록 간격을 두고 자연 흙벽으로 앞을 막았다. 웬만한 적의 포격(155미리 직격탄 정도까지도)은 충분히 대피할 수 있는 정도였다. 6·25 전쟁의 여운이 그대로 남아 있었다. 전방 3개 분대 진지도 유사하였다. 생각해 보시라, 이런 참호가 1개 중대에 20여 개, 1개 대대면 60여 개 이상…, 서부전선 1개 군단만 해도 그 양이

어떠했을까? 그리고 그것들이 전방 참호 구축 시까지, 그 자재 보급능력과 구수단들은 또 어떠했을까? 이것이 미국의 실력이요, 미군의 전쟁 능력, 즉 이승만 대통령이 북진할 수 있다고 판단했던 그 6·25 마지막 단계 전투력이었다.

전방 3개 분대는 임진강 물결치는 바로 위 언덕(10미터 이상)에 자리 잡았는데, 야간정밀 경계를 위한 수제선 강변 진지(가변형 매복진지)를 운용하였다. 그 수제선에서는 약 10미터 차이의 간조 시점에, 그동안 무서울 것 없이 뛰놀던 큰 물고기들이 마음 놓고 물을 박차고 뛰어 올라와 소대원의 밥상을 풍족하게(?) 해 주기도 하였다.

소대장은 거의 매일같이 어깨높이로 구축되어있는 전투(참호) 교통호를 따라 임진강변을 순찰하였는데, 몇 곳에서는 바닥에 똬리를 튼 그놈들이 입을 벌리고 길을 막아 부득이 피해가기도 하였다. 소대 참호의 총 길이는 대략 1.5킬로미터로 토질이 좋아 교과서와 같이 모범적으로 잘 구축되어 있었다.

∴ 피난 복귀 중인 최전선 마을 성동리

소대 본부 막사가 위치한 반대편 바로 아래로 단차선 군 보급로가 있었는데 이 도로선을 기준으로 전방은 민간인 출입금지 구역이었다. 후방 즉 그 남쪽으로는 대략 2만여 평방미터에 '성동리'의 30호가량의, 우리 소대가 책임지는 한 마을이 자리하고 있었는데, 전방 민간마을 지역 복귀가 허가되어 이제 막 한두 집씩 피난지에서 돌아오고 있었다. 마을 남쪽 어귀에 간이 검문소를 설치하고 출입 민간인을 체크하면서 보호하였다. 이들 마을 사람들은 말하자면 우리와 생사를 함께해야 하는 그야말로 최전방 민간인들이었다.

당시 이들의 생활은 이제 막 빈손으로 복귀한지라, 물론 후방 국민들과 대동소이하게 어려웠으나, 특히 겨울 땔감이 어렵게 보였다. 물론 근방은 전쟁터라 지금은 아주 드물게 고사목이 몇 뿌리 보이는 황량한 동산이었다. 그래도 필요하기에 평소엔 고사목이나 크다 마른 나무를 캐다가 이용하고 겨울에는 그날 그날따라 눈이 오는 날에도 나와서 나무뿌리를 캐어갔다.

우연이던가, 우리 소대 선임하사는 가끔 소대본부 앞 언덕에 올라 임진강 건너를 바라보면서 그리워 한숨을 쉬기만 하였는데, 전쟁 전에는 친척들끼리 임진강을 건너 서로 왕래하던 그곳 즉 북의 개풍군 임한면에 있는 자기 고향, 자기 동네가 저기에 보이기 때문이었다. 참으로 안타까운 북한 괴뢰집단이 일으킨 민족 비극의 한 장면이었다.

∴ 임진강 하류 지역 강변 방어진지 보강 구상

임진강 북쪽 북괴군은 전국에서 징집한 '인민 보국대'가 맞은편 강변을 연하여 전투참호를 구축하고 동시에 오늘날에도 볼 수 있는 5~6층짜리 유사 아파트촌인 '전시마을'– 현재 오두산 '통일 전망대' 올라 바로 앞에 보이는 '선전마을' –을 조성하였다. 그 집단의 작업 모습은 쌍안경 없이도 바로 보이기에 그들의 노예와 같은 일거수일투족을 잘 관찰할 수 있었다.

아침 6시에 종소리 울리면 일어나 점호하고 작업하기 시작하여 점심 종소리에 멈추었다가 저녁 6시 종소리에 작업을 끝낸다. 그동안 종종 배구시합 같은 구기 종목 놀이로 사기를 올리는 듯하였다. 그때면 그들의 고함소리, 즉 응원 소리가 그대로 생생하게 다 들렸다. 밤에 잠자리에서는 북에서 밤새 삽과 곡괭이로 작업하는 소리가 들리는데, 한때는 아주 크게 들려서 행여나 땅굴을 파는 게 아닌가 의심이 들었으나, 낮에 보이는 그 규모와 모습으로 임진강 밑으로 감히 어려울 것으로 생각되었다.

(1980년 이후 현재까지 그를 의심하여 그 강변을 연하여 거리 4~5미터 간격으로 심정을 수백 개 굴착하면서 엄중 감시 중이다.)

나는 전방 진지 순찰 도중에 때로는 강변 언덕에 앉아 임진강과 적 지역을 동시에 바라보면서, 임진강 방어문제를 생각해 보았다. 탄현면 전방 임진강은 만조 시 최장 강폭 약 3킬로미터, 만일에 시속 10킬로미터 모터보트로 일제히 도강해 온다면 불과 20~30분 만에 기습당할 수 있다. 그리고 간조 시는 강 한가운데 대략 100미터 미만 강폭으로 줄어들고 갯벌이 드러나 걸어서는 어려우나, 엷은 판자 또는 양철판을 깔면서는 얼마든지 건너올 수 있다. 자 그러면 우리의 준비는 일차 수제선에서 2차 상륙지점에서인데, 이는 사전 경고되었을 경우이다. 그렇다 하더라도 방어보장을 위해서는 우리 측 강변에 장애물 즉 각종 종합

장벽이나 수중 장애물 등의 설치가 반드시 필요하다고 생각했다. 마치 노르망디 해안 방어 진지처럼. 그러나 건의의 기회를 놓치고 구상으로만 끝났다.

∴ 부조리 타파를 위한 보급투쟁

우리 소대는 최전방에 배치된 전투전초(C.O.P)이기에 모든 생필품을 연대본부로부터 보급차로 직접 보급받았다. 그런데 여기에 당시 한국군의 전형적인 보급부정이 횡횡하고 있었다. 그래서 육사 1기 선배로부터 우리와 당분간의 후배기에 이르기까지 아주 기초적이고 근본적인 '파사현정(破邪顯正)'의 칼을 뽑지 않으면 안 되었다.

보급품은 주식(당시는 주로 보리쌀), 부식(물론 김치는 없었고, 고기와 생선은 극히 드물었고, 주로 국물용 된장, 콩나물 등), 화랑 담배, 건빵, 치약(당시는 분가루) 칫솔(돼지 털) 등등이었다. 모든 물품이 통상 소대원 수보다 10% 내외로 삭감하여 지급하면서 '사인(Sign)'은 정수수령으로 하게 하는 수법이었다. 내 소대만은 어림도 없다. 내가 그 시간 그 장소에 지켜서서 한 숫자도 부족하지 않게 받고 '사인'해 보냈다. 당시 육사 출신 초급장교들의 이 보급투쟁이 군대 부정부패 혁신의 계기가 되었다.

사실 그들 보급계원들이 무슨 죄가 있으련만, 우리 같은 육사 출신 중·소대장들 때문에(?) 그때마다 곤욕을 치르는 것이었다. 알고 보면, 당시 특히나 전방에서 근무하는 모든 군인과 군인 가족들, 장교(장군 포함)나 하사관을 막론하고, 모든 것이 부족하였거니와 특히나 생필품은 부족한 데다 인적이 드문 최전방이라 구하기조차 힘들었다. 그래서 그나마 항상 고정적으로 전해지는 군대 보급품에 손이 가지 않을 수 없었다. 가족이 있는 하사관은, 그것도 예비대대 근무 정도, 된장이나 미제 콩기름 등을 조금씩– 부대 축나지 않게 –반합에 담아 나가기도 하고 때로는 영내서 취식하기도 하였다.

거기에 다가 보급차가 최전방 우리 소대로 오는 경로에는 몇 곳 검문소를 통과하는데 그때마다 그곳 헌병들이 다소간에 '다와이' 함으로써 피 보급부대 도착할 때는 이미 당연히 숫자는 모자라게 되어 있었다.

∴ 광주 송정리역 군기 교육 사건과 '한신 사단장'의 각하(却下)

1년 전(1958. 11.), 초군반(장교초등군사교육반, OBC)을 마치고 귀향하기 위해 광주 '송정리 기차역'에 나와 있었다. 그런데 그때 함께 포병 초군반을 졸업한 박정기 소위와 그를 멀리까지 마중 나온 공병 초군반을 졸업하고 그새 럭비운동 한판 뛰면서 다리를 다쳐 목발로 걷는 '신쌍호' 동기가 있었다. 그런데 크지도 않은 역 입구에서 광주 보안대 중·상사 몇 명이 중위 지휘로 무슨 체포작전(?)을 하고 있었다. 그런데 그중에 한 중사가 우리를 가까이 보면서도 경례도 안 하고 서성거렸다. 그러자 신 소위가 목발로 밀며 "왜 경례 안 하냐?"라고 주의를 주었다. 그러자 이 친구는- 중·상사는 흔히 고참들이라 '새파란 소위'쯤으로 아는데, 더구나 권세 가진 보안대원으로서야 -"왜 그러십니까?"라고 반발했다. 옆에 있던 우리가 "뭐야, 장교에게 반항이야?" 하며 주먹을 들어 보였다. 당시는 육사 출신 장교들이 서울 길가건 시골 길가건 간에 하사관과 병들에게 주의 주는 게 습성화되어 있었기에 자연적으로 그랬다. 그러자 "어, 집단 폭행입니다."라고 하였다. 그러자 다른 하사관이 거들면서 마치 진짜 구타 사건이라도 난 것처럼 되었다. 그러자 그 중위가 '집단 폭행사건'으로 범죄수사대(CID)에 고발하겠다면서 동행하자고 했다. 당시 그들의 권리는 이런 것이었다.

그래서 박 소위는 부상 중인 신 소위를 부축해 가야 하기에 내가 남기로 하였다. 그들은 나를 지프차 뒷좌석 가운데 태우고 양 곁으로 중·상사가 앉고 앞자리에 그 중위가 앉아서 광주 77육군병원으로 진단서- 폭행당했다는 증거용, 사실은 허위, 당시는 그들 마음대로 -받기 위해 직행했다. 그러나 병원 가까이 전교사(戰敎司) 영내에서 마침 올라오던 병원 '스리쿼터'와 내려가던 이 지프차와 충돌하였다. 그러자 앞자리 중위는 앞 유리에 부딪혀 코뼈가 부러졌다고 호들갑을 떨었다. 나는 운전석과 조수석 가운데로 몸이 나갔다가 돌아와 무사하고 내 양쪽 하사관들은 앞 의지에 부딪혀 다소 다쳤을 뿐이었다.

사실이 이럼에도, 이를 호재로 '소위들의 집단 폭행으로 우리 모두 0주간의 치료를 요한다.'라는 (허위)진단서를 고발과 함께 CID(헌병 범죄 수사대)에 제출하고, 뭐라 귓속말을 남기고 그들은 유유히 걸어서 사라졌다.

생전 처음 (범죄수사대) 준위로부터 밤샘 취조라는 걸 당해보았다. 책상에 마주 앉아 진술서를 작성하는데, 요점은 그 (허위) 진단서를 인정하라는 거다. 밤새 거절하는 동안 새벽이 되자 끝으로 말했다. "정 그러시면 오늘도 귀가 못 합니다. 일단 사인하시면, 별도로, 말씀하신 대로 진술서 작성해 드릴 테니 실무부대에 가서 사실대로 말하시면 별문제 없을 겁니다."라고 하였다. 그러기에 그렇게 믿기로 하고, 또 사실은 집에 빨리 가고 싶기도 해서, 그렇게 해 주고 귀향하였다. 그 후 사단에 부임하자 몇 개월 뒤 사단 범죄수사대(CID)에서 호출이 와서, 관심 가진 연대장에게 보고 후, 가서 그날 있었던 모든 사실을 전부 진술해 주었다. 그런데 그 서류를 보아하니 어마어마하게도, '국방경비법 제21조와 제23조에 의거 엄중히 처벌하고 보고할 것'으로 돼 있었다.

그 이후 나는 사실대로 얘기했기에 그걸로 끝난 것으로 알았다. 무식이 용감했던 것이다. 그런데 그것이 아니었다. 그 후 1년도 훨씬 지나 모두 잊어버리고 임진강변 전투전초 소초장(小哨長)으로 열심히 근무 중인 나에게 사단사령부 법무 참모실로부터 소환통보가 왔다. 그래서 이동 '심재리'에 있는 수도사단 사령부에 도착하여, 사령부 연병장 바로 아래에 위치한 법무 참모실에 가려고 연병장을 막 지나가는데 때마침 '한신(韓信) 사단장'이 전속부관과 함께 연병장으로 나오기에 반갑기도 하여 크게 "충성!" 하며 인사하였다. 그러자 가까이 와서 나를 확인하고는 "아니 문산에 있어야 할 자네가 여긴 웬일인가?" 하였다. 그래서 간단히 "법무 참모실 호출로 와서 지금 막 가는 중입니다."라고 보고 하였다.

그러자 진짜 소문대로 코를 만지며 "무식이! 야! 법무참모 이리 오라 그래." 법무 참모실로 고함을 쳤다. 그러자 전속부관이 뛰어가 법무참모와 헌병참모가 함께 뛰어왔다. 한신 사단장이, "야, 내가 지난번에 각하(却下)라고 하지 않았나, 그런데 왜 전방에서 근무 중인 문 중위를 왜 불러!"라고 했고, 두 참모는 어떻게 된 건지 "아, 예!"라고 하면서 "즉시 시정하겠습니다."라고 하면서 마치 크게 잘못한 것처럼 얼른 참모실로 돌아갔다.

한신 사단장은 그제야 내게 엄하게 그러나 정답게(?) 말했다. "어이 문 중위, 이제 우리 군대도 구타는 금지하게 되어 있네, 조심하게, 그러나 군기를 잡기 위해서는 더 혼내주어도 돼, 열심히 해야 돼, 알겠지, 응, 그 먼 데서 왔구만, 어서 돌아가!"라고 했다. 나는 "예 알겠습니다, 충성!" 하고 돌아서서 법무부에 들를 것 없이 바로 임진강의 우리 소대로 향했다. 과연 소문대로 그는 파사현정하는 장군으로, 평생 기억하면서 존경하지 않을 수 없었다. 지금 생각하면 이 경우가 내가 군대서 겪은 '하나님의 첫 가호의 손길'이었다.

∴ '춥고 배고프다'를 실감하는 비상훈련(Defcon-2)

임진강변 전투전초의 소초(소대)장 생활도 6개월여가 되자 전쟁 당시 관습대로 그해 12월경 임무를 교대하고, 우리 대대는 연대전투단의 예비대대로 전환되어 월룡산 밑 예비대대 집결지로 이동하였다. 그런데 여기에서 진짜 전투소대장의 경험을 다양하게 충분히 쌓게 되었는데 그것은 군대생활 전체를 두고도 행운이 었다. 그 시작이 바로 매월 1회 불시 비상 진지 투입훈련, 'Defcon-2 훈련'이었다. 우리 제1연대 전투단은 당시 휴전 전후로 최서부 전선을 담당하고 있던 미제 1군 단 예하 제1기병사단(Cavalry Div)에 배속되어 있었다.

그래서 매월 1회 정도의 '군단 불시 비상전투 진지투입 훈련'을 실시하고 있었다. 그해 12월 임진강변은 섭씨 영하 20도를 훨씬 하회하는 강추위가 몰아치고 있었 다. 그달 어느 날도 체감온도는 영하 30도를 넘는 시점인 새벽 3시경에 비상이 걸 렸다. 대대는 완전군장을 하고 즉각 출동하여 월룡산 근방 방어진지(소대는 교통 호)를 점령하였다. 점령배치 완료 후 한 30분이 지나면서부터 춥기 시작하였다. 보 급된 내복은 다 입고 나간 것 같은데도 그 자리에서 벗어나지 못하고, 눈과 얼음 위라 물론 앉을 수도 없고, 보온 방법은 내 체온밖에 없었다.

대대장 이하 전 전투원이 꼼짝없이 체감온도 영하 30여 도의 체감 냉동 고속 에서, 급히 올라오느라 흘린 땀은 속에서 얼어가는 듯한 상태에서, 새벽 3시부 터 아침 9시까지 참고 견디는데, 6시쯤 되니까 그 추위 속에서 이제는 배가 고 프기 시작하였다. 새삼 6·25 전쟁 당시 철수하면서 겪은 아군의 극한지 '장진호 전투상황'을 그제야 진정하고 이해할 수 있었다. 이러한 상황은 평생에 몇 번이 고 겪게 되어 있는 것이 우리 군인이기는 하나, 그때 그 '춥고 배고프던 생각'은 군대생활 내내 결코 잊을 수 없었다.

또 다른 훈련 얘기도 하겠지만, 당시 미군― 특히 제1군단, 예하 제1기병사단 ―은 정말 똑바른 전투훈련을 하는 거로 보아 미 기병사단의 긍지가 과장이 아 님을 재확인할 수 있었다.

∴ 동계(혹한기) 부대 야외 현지 기동훈련 'FTX, ICE CAP'

1960년 1월, 당시 미 1군단은 휴전의 돌변을 대비하여 각종 전투준비태세를 실전과 같이 유지하고 있었다. 수시 비상 진지점령훈련을 포함하여 또 하나가 군단 야외 현지 기동훈련이었다. 물론 최전방 COP (문산 서부지대)나 GOP (문산 동부지대) 부대는 현지에서, 각급 예비부대(대대급 이상)는 현 작전 계획에 의거하여 후방 1차 예비전선으로 후퇴 이동 후 즉각 반격작전에 돌입하는 상황으로 전개되었다.

연중 최하기온— 그때는 아마도 영하 20도보다 훨씬 아래 —인 소한에 우리 대대는 월룡산 아래 진지를 떠나 반격개시선 바로 아래, 즉 일산(현 정발산 서북지역)에 도착하여 하룻밤 소대 숙영용 극한지 야외 빼치카형 참호를 준비하였다. 출발 전에 교육받기를, 혹한기 야외숙영시설은, 땅을 최소 1미터 이상 파고 한편에 빼치카용 굴뚝을 내고, 아래는 판초우의를 깔아 습기와 냉기를 방지하고, 위로는 나무를 걸쳐 A형 텐트로 덮어서 비바람을 피하고 온기를 보존하기로 하였다. 첫날 집결지에서는 비전투상황이고 그래도 시간 여유가 있어 야전삽으로 10~20센티미터 이상 얼은 땅을 파내고 밑으로 30센티미터 가량 더 깊이 파내어— 그러나 더 이상 작업은 현지 극한상황으로 불가능하였다. —소대 야간취침용 호를 구축하듯, 흉내 내듯이 준비하였다. 물론 전투 복장 그대로 첫날밤을 지냈다. 절대 편하거나 따뜻하거나 간단하지 않았다. 그 차가운 겨울밤에, 땀나고 힘들고 시간 가는 작업이었고, 뜻대로(교육대로) 되지 않는 또 하나의 실전 상황 그대로였다.

다음 날 아침, 트럭으로 식사(밥과 국)가 왔는데, 분배하는 도중에 강추위로 다 식고 얼어버린 밥과 국을 반합에 받아먹고, 우리 소대는 인접 소대와 함께 공격(반격)개시선에 전개하였다. 그날은 약 10킬로미터를 10여 시간에 고지 공격 점령과 야지 전투형 전진을 계속하다가 캄캄한 밤이 되어 어느 평지에 도달하였다. 아마도 현 교하읍의 파주운정신도시 한 가운데쯤 되리라 짐작된다. 칠흑같이 어두운 밤— 당시 근처에 전혀 불빛이 없었다. —이라 손으로 더듬어가며 소대 참호구축 가능한 평지를 확보하여 자리 잡고, 소대 극한지 야영작업을 시작하였는데 야전삽으로 무릎까지도 파내기 어려웠다. 모두가 지치고 기온은 영하 20도 이하 체감온도 30도가 넘는 때라 일 분이라도 빨리 드러누우려 했다. 그래서 그 정도에서 밑은 근처 논에서 얻은 볏짚을 깔고 위는 그냥 판초우의와 A텐트 조각들을 덮어쓰고 소대원 모두가 한 곳에서 나란히 누워 곯아떨어졌다. 물론 보초 세우기도 어려웠지만, 그러나 그것은 전투 기본이었다.

다음날 새벽 6시 출발을 위해 일찍부터 서둘렀으나 식사보급이 늦은 데다 완전히 언 주먹밥을 깨물어가며, 차디찬 국을 선체로 먹는 둥 마는 둥 먹어치우고, 명령에 따라 비포장도로- 당시는 국도를 비롯해 모든 지방도로는 비포장 -로 나갔다. 날이 밝아 뒤돌아보니 어젯밤 숙영지는 공동묘지의 한구석 빈자리였다. 도로에 도착해, 미군 APC 5대에 1개 분대씩 탑승하였는데 속에는 미군이 있고 그 추운 날 APC 밖 발판 위에 서서 각종 돌출물을 붙들고 체감온도 영하 30도 겨울바람을 정면으로 맞아 코와 귀가 어느듯한 추위를 견디며- 비록 시속 5킬로 서행이었지만 -적을 추격해 갔다.

약 5킬로미터 전진 후, 공릉천의 장애물을 통과하기 위해- 아마도 교량파괴 상황 -하차하여 도강준비를 위해 전개하였다. 정찰결과 도보 부대는 물론 차량 부대도 빙판 위로 그대로 통과 가능하리만큼 두껍게 얼었음을 확인하고 공병의 연막탄(통) 차단을 방패 삼아 우리 중대는 일제히 빙판 위로 도강하였다.
* 당시 공릉천은 별도의 둑이 없이 남북 1킬로 모래밭과 뻘, 중간 강폭 약 100미터였다.

도강 즉시 우리 소대는 월롱고지(산), 255고지 우리 대대 주둔지 뒷산, 공격을 명령받고 남쪽 와지(가장자리) 선에서 공격대형으로 전개하였다. 현 위치에서 고지 중간지대까지는 대략 4~50도 경사였고, 그 이상에서 정상까지는 7~80도 경사였다.

공격개시 이후, 마음은 구보였으나 가파른 고지를 네발로 기다시피 오르는 현상이라 바위와 잔솔가지, 밟으면 구르는 자갈흙 등등 실제 거름은 등산 행보였다. 5부 능선쯤에서, 중대장 지시로 소대원을 선임하사 지휘로 우측으로 돌려서 오르게 하고, 나는 포판(布板) 병을 대동하고 온갖 힘을 다하여 계속 등진(登進)하였다. 그리하여 드디어 고지 정상을 점령하고 방어를 위한 재편성을 시작하였다. 이후 한동안 나는 거의 실신 상태였다.

이후는 예비 대대의 일부가 되어 전진 부대를 후속하게 되었다. 그러나 내복

속은 아직도 젖어 있는데 해가 지면서 추위가 엄습해 왔다. 차라리 공격부대가 되어 전진 또 전진하는 것이 낫지 예비대로 서서 소한 강추위를 감당한다는 것은 참으로 어려웠다. 야간이 되어 1킬로 전방의 신 집결지로 이동하였는데 사방을 더듬어 소대가 들어갈 수 있는 인조 동굴을 발견하고 천행(?)으로 그 밤은 서리를 맞지 않고 지새울 수 있었다.

다음 날은 임진강으로 도주해 가는 적을 추격하여 마지막 일격을 가하는, 그래서 이번 'FTX, ICE CAP'의 대미를 장식하는 임무를 영광스럽게도 우리 소대가 부여받았다. 그리하여 새벽같이 출동하여 대기 중인 탱크 3대에 전 소대가 분승, 드디어 파주 오금리 근방 임진강변을 향해 최후의 일격을 가하기 위해 돌진해 나갔다. 아, 그 선봉대 선봉장의 기분! 그것은 바로 군인의 특권이요, 지휘관의 영광이리라. "나를 따르라!" 그것은 진짜였다.

다만, 영하 20도에 얼대로 얼어 있는 무쇠 덩이 위에 올라타, 손이 닿는 곳마다 쫙쫙 얼어붙는 상태에서, 체감온도 30도 되는 임진강변 찬바람 속을 돌격해 나가는, 탱크의 속도 따라 얼굴과 온몸에 와 닿는 그 한겨울 임진강변 얼음 바람을 맞받으며 돌격해 나가는 그때 그 얼음장 같은 기분 또한 지금도 잊지 못한다.

∴ 보병대대 실전(실탄) 훈련시험(ATT)

전쟁 당시부터 서부전선을 담당하였던 미 제1군단의 휴전 이후 전투준비 태세는 변함없이 계속되는 실전훈련이었다. 여단 예비대대로 훈련 중, '대대 TEST'를 위해서 아직도 추위가 다 가시지 않았던 3월 초순에 트럭을 타고, 지금의 산정호수 지역 '여우고개'에 위치한, 미군(주로) 종합훈련장 중의 하나인 'Nightmare 훈련장' 집결지로 이동하였다.

먼저 야영을 위해 교범대로라면, 'A텐트'를 설치해야 하나, 이미 말한 바와 같이 한국군은 아직도 가난하여 1개 소대당 3동− 3인당 1동이 근본 −뿐이라 부득이 소대 전체가 합숙하는 임시 텐트, 즉 부근 나무를 꺾어와 아치형 골조를 만들고 그 위에 A텐트 조각들과 판초우의로 덮었다. 다음 날, 보전포(步戰砲)와 공지(空地) 합동 또는 한·미 연합작전훈련시범장으로 주로 사용하는 훈련장으로 이동하여 방어훈련시험부터 시작하였다.

집결지에서 중대장으로부터 방어명령을 수령하고 소대 대기지점으로— 그동 안 소대 선임하사가 지휘하여 집결지에 소대는 이미 도착 —가서 소대 방어 명령을 하달하고 즉시 방어진지로 투입하였다. 이후 시나리오대로 공격대항군이 공격해 오고, 적절한 시점에 소대는 후퇴하여 신 방어진지를 점령하였다가 방어테스트 상황이 종료되면 다시 숙영지로 돌아갔다. 당시 중소대간 통신은 유선이었다. 그리고 다음 날, 다시 공격명령— 대대 우일선 소대로서 전방에 보이는 제1 목표고지를 점령하고 이어서 좌로 90도 회전하여 전방의 대대 최종목표를 공격한다. —을 수령하고, 소대는 공격개시선을 점령, 전개하였다. 실전과 같은 실사격 훈련이라, 전방으로 가상 공대지 사격(가상)이 있고 바로 이어 포병에 의한 사격(가상)이 실행되었다.

드디어 공격개시시간에 발포되는 유색 신호탄을 신호로 일제히 진지를 박차고 뛰어나가면서, 소대는 M1에 실탄을 장전하고 자물쇠를 푼 체 구간 기동으로 우선 제1 목표고지를 향해 용감하게 전진해 나갔다. 그동안 몇십 발의 대대 중화기중대 81밀리 박격포 포탄이 최종목표 고지에 작열하였다. 소대장은 왼손에 칼빈 소총을 쥐고 오른손으로는 칼빈 소총 무게의 소대장용 무전기를 들고, 그 긴 안테나는 흔들리면서 지휘봉 역할까지 하였다.

그런데 막상 거의 엎드려 뛰거나 포복 자세에서 보이는 지형은 명령수령 시 그리고 공격개시선에서 보던 지형과 판단이 어려워 제1 목표고지(오판) 와지선에서 소대는 돌격형으로 전개하여 일차 일제히 돌격준비사격을 가했다. 그러자 중대장으로부터 그건 중간 목표 고지이고, 제1 목표는 그다음 고지라 무전으로 지적해 왔다. 나는 즉각 사격을 멈추게 명령하였으나, 소대 일제 사격하에 목소리는 불통이었다. 부득이 총탄을 피하면서 전방으로 나가 뒤로 돌아서서 목소리와 함께 손짓으로 겨우 사격을 저지시키고 그 고지를 지나 다시 구간전진을 시작하였다. 그리하여 제1 목표, 중대공격목표를 탈취하는 데 성공하였다.

그리고 쉴 사이 없이 작전계획대로 90도 좌회전하여, 대대 최종목표 공격을 위한 핵심전력 우일선(右一線) 소대로서 다시 전개하였다. 일단 화기 분대 바주카포반(班)을 불러 실거리 300미터도 넘는 고지를 향해 공격준비사격 2발을 발사하였다. 그런데 이 바주카포는 물론 6·25 때 미 24사단장 '딘 소장'이 대전에서 북한 괴뢰 탱크를 향해 직접 사격했던 포와 같은 것으로, 이미 폐기 직전의 구형 로켓포였다. 이 때문에 사격할 때마다 반동이 심한 건 물론이고 발사순간 품어져 나오는 가스 때문에 사수가 얼굴에 손상을 입을 정도였다. 그래서 당시 사수는 손상을 각오하고, 손수건 마스크로 얼굴을 감싸고 대담하게 사격하였다. 다행히도 우리 로켓반 사수는 이 소대장을 믿고 용감하게 임무를 완수해 주었다. 그리하여 소대는 로켓포탄의 목표 지점 작열을 신호로 중대 최종점령지를 뒤로하고 전면 계곡지대로 일제히 전진해 내려갔다. 그리하여 와지선에 도착과 동시 분대 구간전진으로 계곡을 신속히 횡단하여 대대 최종목표 고지의 와지선에 전개하였다.

물론 도착과 동시 지체 없이 4~50도 경사진 고지를 오르기 시작하였다. 물론 구간 전진하려 했으나, 그건 마음이지 경사진 고지를 오리기에 전력을 다하기에도 어려웠다. 물론 상급부대지원사격이 우리의 전진을 보장해 주는 상황이라 상정하고 대략 6~7부 능선에서 사격연신 요청과 신호를 보내고, 소대는 소총 일제 사격을 실시하였다. 그리고 정말 젖 먹던 힘까지 다하여 일어선 자세로 정상을 향해 돌격해 올라갔다. 헐떡거리는 숨이 헐떡거리는지도 모르고 포판병을 앞세우고- 바로 직전에 실시했던 혹한 시 FTX 당시 월룡산 고지공격 하던 때와도 같이 -네발을 다 사용하며 오르고 또 올랐다.

그리하여 드디어 숨을 헐떡이며 고지 정상을 점령하고, 소대는 만세 부를 사이도 없이 적 반격에 대비한 방어 편성을 실시하였다. 연후에 나는 그대로 실신하다시피 3~40분 이상을 꼼짝하지 못하고 쓰러져 있었다. 그때도 여전히 몰랐지만, 분명 '좌심방 판막증' 때문이었을 것이다. 그 뒤 '대대 공격상황 끝'으로 고지를 철수하여 원 숙영지로 철수해 가는 도중에도 정신이 어지러워 길에서 비켜난 곳에서 누워 쉬었다가 복귀하였다. 오로지 소대 지휘자로서 책임과 임무를 다하기 위해 그러한 고통도, 일면 이상하게 생각하면서도, 그저 군인의 일상으로 생각하고 참고 지나갔던 것이다.

다음 날 대대전술시험을 우수한 성적으로 평가받고 철수를 위해 숙영지 정리를 하는 도중, 웬 여자들 여러 명이 달려들어 텐트 밑에 깔았던 가마니때기- 그들의 영업용 밑천(?) -를 서로 가져가려고 밀고 당기며 싸우는 것이었다. 그곳은 여우고개 정상이라 당시는 화전민 몇십 세대와 양공주- 부대 시험받기 위해 계속 들어오는 미군을 상대하여 위안해 주며 돈벌이하는 -몇십 명이 살고 있었는데 그토록 가난하였던 것이다. 나는 난생처음으로 '처량한 인생, 인생 허망'을 마주 보았고, 지금도 그 광경과 그걸 보던 심정을 잊지 못한다.

∴ 국군 최초 시멘트벽돌 막사 신축

1960년 봄, 문산지역 제1연대 전투단의 월룡산 밑 우리 예비대대는 미군이 지원해 준 시멘트로 휴전 이후 한국군 최초로 시멘트벽돌과 양철지붕 막사를 짓게 되었다. 당시 전방 군부대 막사들은 휴전 이후 여전히 가막사 상태로 부대생활을 영위하고 있었다.

예를 들면, 미군 담당 서부지역은 최전선이 원목벙커, 연대 후방지역은 대체로 나무 벽 가막사와 양철 '콘센트' 등이었고, 한국군 담당 지역 전 후방부대 대부분은 흙벽돌 벽에 초가지붕의 가막사였다. 거기에다가 매년 사단급 부대 교대를 실시하였고 전방 사단 연대급은 6개월마다 부대 이동을 하면서 막사 내부 시설은 서로가 뜯어 가는 등, 불편한 거주형편이었다.

이제 대대 내 각 중대에서 1개 소대씩 차출하여 자기 중대 건축분과 여타용 시멘트벽돌을 제조하게 되었다. 우리 중대에서는 이번에도 우리 소대가 만능소대 본보기— 대체로 육사 출신 소대장들은 만능 지휘자가 되어, 전술훈련 때는 우 1선, 전방 투입 때는 COP 최전선, 각종 시범 주연 등, 어렵지만 자긍심으로 책임을 다한다. —가 되어 시멘트 제작작업에 투입되었다.

부대 주둔지에서 약 5킬로미터 지점에 임진강으로 흘러 들어가는 문산천이 있는데, 그 둑방 아래 강변에 소대 숙영지를 설치하고, 수제 벽돌제조기를 보급받아 지체 없이 작업을 시작하였다. 작업을 분담하였는데, 대체로 1조는 숙영지관리와 식사 담당, 2조는 모래 채취와 채로 고르기, 3조는 벽돌 제조와 시멘트 관리, 4조는 제작된 시멘트벽돌 관리— 벽돌을 물에 옮겨 일주일가량 담그고 다시 볕에서 건조 그리고 보관 등 —를 담당하였다.

처음 상당량 시행착오 후 제조기술을 완전히 터득하여 대량생산에 들어갔다. 시멘트는 미국제품(made in U.S.A)이라 한 포대로 20장이 정량인데, 때로 23장을 찍어내라는 요구도 있었으나, 이 또한 보급투쟁개념으로, 기어이 20장을 고집하기도 하였다. 지금부터 60년 전 일이라 숫자개념은 명확하지 않으나, 대략 하루에 100여 장씩 약 20일간 2,000여 장을 생산하였다. 다만 도중에 위생상태 부주의로 나를 비롯한 상당수 소대원이 수인성 질환(적리)으로 어려움도 있었으나, 경험으로 생각하고 오로지 젊음의 힘(?)으로 그리고 소대원의 완전한 단결력으로 극복하고 소대 임무를 완수할 수 있었다.

중대에 복귀하여 보병 중대용 장방형 단일막사를 건축하였다. 우선 시멘트와 자갈로 지하기반을 구축하고 그 위에 공병 요원에 의해 수평을 잡아가면서 시멘트벽돌을 한 줄씩 쌓아 올라갔다. 그런데 시멘트를 조금만 아껴도 자갈이 보이기도 했다. 또 시멘트벽돌은 가운데 구멍 3개가 뚫려 있는데 그 구멍 속으로 철근을 넣고 시멘트를 넣어서 아래위 벽돌이 어긋나지 않도록 지탱하게 되어 있다.

그런데 당시 문산(그뿐 아니라 전국적으로)에서는 철근 구하기 어려워, 철조망(군용물자)을 대신하는 척 넣었다 빼내었다 하면서 시멘트만 채워 넣었다. 그렇게 해서 한국군 최초의 시멘트벽돌 막사가 신축되었다. 후에 소문으로 10년 이상 사용했다고 듣긴 했으나, 아마도 더 이상은 버티기 어려웠을 것이다. 1970년 4월에 불행하게도 서울에서 소위 '와우아파트 붕괴 사건'이 있었는데, 1969년 1년 동안에, 당시 한국 형편으로 규격자재가 부족했을 것인데도 불구하고, 아파트 수십 개 동을 급조했으니, 부실공사가 될 수밖에 없었으리라고 미루어 짐작된다.

∴ 3·15 부정선거에 저항하다

1960년 3월 15일은 대한민국 역사상 또 하나의 수치를 기록한 '3·15 부정선거의 날'이었다. 우리 부대 투표장소는 금촌에 있는 연대전투단본부에 설치되어 있었다. 당시 인접 중대 소대장으로 와 있던 후배(5기) '임승해 소위'와 투표장 옆 사무실 난로 앞에서 만나 최종결심을 하였다. 후배는 투표통지서를 난롯불에 태우고 나는 현장확인을 위해 투표장으로 갔다.

이미 1개월여 전부터 연대파견 기관에서 소대장들에게도 (부정) 투표 준비에 대한 (비밀) 교육이 있었다. 소대원을 A·B·C·D·E로 분류하고 분류별로 철저하게 교육하고 감독하여 100% 찬성투표하게 하란 내용이었다. 부대 생활에서 내 소대는 나와 동일체(골육지정으로 뭉친)로 생사고락을 함께하고 있는 내게, 우리 헌법상 선거 4대 원칙인 보통, 평등, 직접, 비밀을 미리부터 부정하고, 내 소대원을 분류하여 일심동체 아닌 감시와 감독의 대상으로 하였다가 자유당 도당들의 부정선거에 무조건 동참하라는 것이었다. 나는 결코 우리 소대원을 그렇게 할 순 없었다. 그래서 일체 내색하지 않고 오히려 헌법상 선거와 투표의 4대 원칙을 특히 '비밀'의 원칙을 강조하였다.

당시 전 육사 출신(당시는 소대장 중대장 등 초급 간부)은, 이미 우리끼리는 모두 이심전심이었기에, 자의 또는 고의로 휴가를 갔거나 자의로 기권(난롯불에 투표권을 태움 등)하였다. (물론 후에 대통령이 된 '박정희' 장군도 불태웠다고 했다.)

나는 무엇인가 (거짓의 죄책감에 눌린 듯한) 삼엄한 투표현장에서 용지를 받아들고 기표소로 갔는데, 허, 바로 우리 중대장이 상사 계급장의 전투모를 쓰고 그 안에서 들어오는 대로 중대원 전원의 표를 받아서 대신 찍어주고 있었다. 그리고 그걸 가지고 투표함에 오면 두 사람이 앉아서 표를 받아 펴서 확인하고 그들 손으로 투표함에 넣고 있었다.

이와 같은 모든 부정선거와 투표과정이 내게 각인되어 앞으로 군대 내 부정선거는 무슨 일이 있어도 두 번 다시 있어서는 안 되겠다고 결심하고 또 다짐하였다. 이후 대대장 시절에 '유신헌법 투표'가 있었고, 군단장 때 '제6공화국 대통령선거'가 있었다. 나는 무슨 후환은 생각할 것 없이 여하간에 내 신념, 양심, 헌법을 기어이 지켜내었다. 그 시점에 가서 다시 한 번 상세하게 말하기로 한다.

∴ 대대 대항 연대 전술전기(실습)대회

당시의 군대는 쉴 사이 없이 각종 훈련과 전후방이동 그리고 부대대항대회(전술, 체육, 사격대회 등)를 실시하였다. 이 시절에 제1연대 전투단에서도 '대대대항연대 전술대회'가 개최되었다. 이때도 여하간에 육사 출신 보병소대장은 '전지전능'하기에 이번에는 중대 화기 소대 무기인 60밀리 박격포를 책임졌다. 그래서 즉시 M2 60밀리 박격포 자체(라고 해 보았자 포신, 포판, 포다리, 가늠대, 조준구, 사거리 2킬로미터 내외)를 추가로 공부하고 그 전술(차려포, 가늠대와 조준경 가늠줄 일치 요령)을 익혔다.

그런 뒤 박격포 요원들(화기소대원)과 함께 시험요령에 대한 숙달을 위한 연습

훈련을 거듭하였다. 당시의 M2 박격포는 2차대전과 한국전에서 사용된 구형이었으나 성능은 여전하였고, 포 1문당 포수, 부포수, 1번 2번 탄약수로 구성되었다. 시합과제와 순서는, 포반 계산병(FDC)으로부터 하달된 사격명령에 따라, 1. 시합대기선에서 포반 전체가 뛰어나가 포를 설치함과 동시에 2번 탄약수가 전방으로 나가 가늠대를 설치하면, 동시에 2. 포수가 조준구를 꼽고 숫자를 조정한 뒤, 3. 조준경으로 가늠대와 조준경 내 조준선 왼편으로 정밀·정확하게 일치시키고, 4. "사격준비 끝!"을 외친다.

그 결과 심판관은, 먼저 조준선 일치를 확인하고 '합격!'을 주고, 전 요원 협동 및 숙달성과 총 소요시간 점수 등을 합산하여 등수를 결정하였다. 우리 선수 팀은 우승하여 연대 내 최고팀으로 선정됨으로써 대대 최고성과에 크게 기여하였다. 내가 얻은 교훈은, 전술시험 또는 기타 대회에 승리하려면, 1. 팀원과 울고 웃고 즐기고 긴장하며 동고동락하라, 2. 선수 사기를 앙양시켜라, 건빵이라도 좋고 라면이라도 좋으니 형편대로 수시로 제공하고 위로하라, 3. 감독 또는 훈련관은 현재 기록에 앞서는 목표치로 훈련시키고, 시험 현장에서는 승부욕에 불타 적극적이고 열정적으로 참여하고 독려하며 편들어 주면, 그 결과 승리가 가능하다는 교훈을 군대 생활 내내 절감하고 실천하였다.

∴ 최전방 간부들의 가정생활– 선배 결혼식 참석

우리 연대에 나를 믿어주고 내가 좋아하는 선배 한 분이 있었다. 그는 충청도 아산 양반댁 출신으로 이화여대 약학과 출신 재원과 결혼하게 되었다. 당시는 결혼식에서 주례사 외에도 양가 대표 인사와 친구나 후배대표 인사도 있었다. 그래서 나도 기쁜 마음으로 후배 대표가 되어 아산 결혼식장까지 가서 후배대표 축사를 하기도 하였다.

그런데 결혼식을 올린 대부분 가정은 그 즉시 '고생길을 모르고(?)' 최전방 마을– 보통 10집에서 50여 가구 초가집 동네 –에 와서 혹독한 신혼생활을 경험한다. 전기 수도는 물론 없거니와 변소는 '헛간'에 있어 볼일 보고는 재를 덮어 처리하고, 밥하기 위한 땔감은 주로 동네 나무꾼으로부터 사서 쓰기도 하나 때로는, 주인집이나 이웃집에서 조금씩 얻다 쓰기도 하고, 급하면 뒷산에 올라가 직접

해다 쓰기도, 또는 '보다 못 참은' 소대장 연락병(당번)이 소대장 몰래 나가서 좀 도와주기도 하며 살았다. 그렇다고 신랑이 매일 출퇴근 어림도 없다. 가까이 근무해도 일주일에 잘 나오면 3일, 어떤 비상시에는 1주일은 물론 1개월까지도 신랑 없이 칠흑 같은 캄캄한 밤을 독수공방해야 했다.

4. 전투전초(COP) 중대장,
60년도 육군 권총 사격 최우수선수

∴ 중부전선으로 복귀, 4·19 혁명 지나다

60년 4월 초순, 우리 제1연대는 다시 수도사단으로 복귀하고 군단 사령부 인근 포천군 노곡리, 연대 신 주둔지로 교대 이동하였다. 얼마 있지 않아 '4·19 혁명'이 일어났다. 지금 한 창 밑으로부터 부정부패 척결에 나서고 있던 우리 정규 육사 출신들로서 정말 기대하는 바가 컸다. 그러나 시간이 흘러가도 국가적, 사회적 변화는 별로 보이지 않았다. 다만 우리 주둔지 인근의 인적 분위기 변화는 잠깐으로 끝나기도 하였다.

이곳은 바로 뒷산 여우고개 정상지점에, 주로 미군이 사용하는 '나이트메어 사격장 겸 중·대대급 기동훈련장, Night Mare'이 있었다. 이 훈련장으로 연중 계속되는 미군 이동 편의를 위해 남쪽 '영평천변' 도로에서 바로 여우고개 정상으로 이동할 수 있도록 군사도로를 내고 이를 당시의 대통령 이승만의 아호를 따서 '우남(雩南) 도로'라 명명하였는데, 이 길에는 항상 시험(ATT)장으로 가는 미군 차량, 장갑, 탱크부대가 밀려서 줄지어 서 있게 마련이었다. 그래서 생겨난 것이 양공주 영업이었다. 4·19 이후 이 동네 변화는 이들이 집단으로 퇴출되었다가 대략 1개월 후부터 개별로 다시 돌아온 정도였다. 더구나 군대 내부로는 전혀 변화나 영향을 미치지 못하였다. 그러기에 우리는 크게 실망하고 다시 변화를 추구하였다.

∴ 사단대항 육군사격대회, 육군 최고 권총사격선수 되다

한국육군은 당시 휴전 상황하에 전투준비태세를 유지하기 위해 부대대항 운동시합, 전술시합, 사격시합 등을 연중 계속 실시하고 있었다. 당시 수도사단 장교들은 육군 최고 엘리트— 당시 일반장교는 임관 성적순, 사단서열 순으로 배치 —들이었는데, 그중에서도 제1연대 간부 구성원들은 육군 제1의 긍지를 가지고 있었다.

그래서 연대대항 사단대회에서는 그것이 무슨 시합이든, 거의 항상 타 2개 연대 성적 합보다 높은 성적으로 리드하고 있었다. 그러다 보니 사단대항 군단 또는 육군시합에서도 수도사단은 항상 월등한 성적으로 전군 제1위를 유지하고 있었다. 특히 사격대회는 가히 타 사단이 따를 수 없는 대회 전승전통을 유지하고 있었다. 여기에서 '사단의 전통', 즉 土氣 그리고 그것이 불러오는 부대 단결이라는 것이 전장에서도 승리를 좌우할 수 있는 큰 전투력이라는 것을 알 수 있었다.

1960년 봄, 제5군단 주최 사단대항 전군사격대회가 군단사격장에서 개최되었다. 이럴 때면 각 사단은 대체로 1개월 이상 전부터 사단대표사격선수단을 구성하고 별도로 실탄사격 연습을 실시한다. 대구경 총포는 주로 전투검열 때 별도로 시행함으로 시합에서는 제외한다. 따라서 시합 때는 주로 기관총 이하 권총 포함 소구경 화기가 해당되었다.

특히 우리 사단 승리의 일등공신 하사관들은 매년 합숙연습 때마다 팀원들을 혹독하게 훈련시킨다. "야 너희들 잘 들어, 작년엔 00초를 끊어서 겨우 이겼는데, 지금 이 기록으로는 안 된다. 3초 더 단축해야 한다. 자, 반복 연습이다 알았나!" 하며 목표 달성 때까지 그리고 그것이 문제없이 유지될 때까지 쉼 없이 피나는 노력을 다한다. 그러다 보면 연습용으로 실탄은, 전투 요원의 1년 치 교탄 중 1/2, 예를 들면 개인당 30발의 교탄(교육용 실탄) 중 15발을 사격선수들이 연습용으로 소모하기도 한다.

이 때문에 과연 이런 시합이 전체 전투원/부대의 실제 전투력을 향상시킬 수 있는 건지 의문을 갖기도 한다. 그래서 그로부터 10여 년 뒤 시합이 폐지되었다. 그러나 장점도 많이 있었다. 실제 전장에서 그리고 전투에서도 다수의 엘리트 장병들에 의해 전투가 리드될 수도 있다는 데는 이의의 여지가 없을 것이기 때문이다. 그때도 우리 수도사단은 전 종목에서 우승하였거니와 장교 권총 사격에도 우승하였다. 그 권총 사격 대회에서 나는 92점(%)을 받아 그해 육군 최우수

권총 사격선수가 되었고, 사단 우승에 크게 기여도 하였다.

그런데, 에피소드가 한두 가지가 생겼다. 하나는 바로 권총 사격 시합에서이다. 우리 대표선수는 5명이었는데 나를 포함 중위가 2명, 대위 2명, 선수 겸 대표선수로 소령 1명이었다. 그런데 이들 모두가 상당수 출전한 경험이 있는 선수들이었다. 그래서 평소 연습 때는 평균 92% 적중률을 보이는 우승후보들이었는데, 막상 시합 전날이 되자 안정심을 얻기 위해 신경안정제를 복용하는 것 같았다. 올림픽에서 흔히 회자되는 소위 '약물 도핑'이었다. 그리하여 시합 당일 사선에 올라가서는 그만 정신이 오락가락하여 평상시 기록을 못 내고 마는 것이었다. 반면에 그런 사실을 모르는 나는 평상시보다 좋은 기록으로 우승하였던 것이다.

또 하나는 행사의 대미를 장식하는 의미에서 마지막에 사단장 이상 지휘관들에 의한 (친선?) 권총 시합이 있었다. 우리 사단이 소속한 5군단장은 오늘의 결과에 의기양양하여 앞서 시합장으로 나오면서, 오늘 권총 사격 최우수 선수의 권총, 즉 내 권총을 빌려 갔다. 내 권총은 내게 맞게, 특히 격발장치를 연하게 해 두었기에 사전주의가 없으면 실수하기 좋게 되어 있었다. 아니나 다를까, 사격결과 우리 군단장은 최하위를 면치 못하고, "역시나 총보다 사람이 말하는구나."라고 했다 한다. 나는 우리 동료 선수들과 함께 미안한 웃음으로 총을 돌려받았다.

∴ 철원 전방 백마고지 인접 '남방한계선 전투전초'(COP) 중대장

나는 부대 복귀와 동시 소대장을 면하고 제2대대 작전장교로 보임되었는데, 대대장은 생도 10기 '이상익 중령'- 5.16 당시 '한신' 내무장관 비서실장, 후에 국회의원, 충청도 -으로 높은 학식은 물론 인덕이 누구나 존경할 수 있는 분이었다. 부 대대장은 일반장교 출신 '최상화 소령'으로 외모가 장수같이 거구였고, 인간성 또한 훌륭하여 대대본부는 항상 인정이 훈훈한, 마치 대대 단결력의 상징 같았다. 그러기에 나는 이 시기가 상급자로부터 가장 큰(완전한) 신임을 받으며 마음의 부담 없이 충성을 다한 행운의 한 시기였다.

당시에 대대 S-3(작전장교) 직책을 수행하고 있었는데, '화학전 방어 연대시범'을 지시받았다. 그런데 어느 중대도 주저하기에 또 '육사 출신 전지전능 정신'

을 발휘하여, 내가 직접 계획하고 지휘하여 준비한 뒤, 연대 전 장병을 상대로, '화생방 상황하의 야전 행동과 방독면과 키트 내용물 사용법'을 시범 행동으로 실시하였다. 그 결과 연대장(김영환 대령 #5기)의 공개칭찬과 대대장의 격려 말씀을 듣고 전방생활의 한 기쁨을 만끽하였다.

이제 최전선 이동이 임박한 시점에, 나는 이찬우 선배(3기생)가 전방 가족생활을 벗어나 육사 교관으로 전보되면서 나를 그 후임으로 추천하여, 나는 제1연대 제2대대 제5중대장이 되었다.

당시 특히나 우리 수도사단에는, 대위급을 비롯한 고참 장교들이 많았는데도 내게 기회를 준 것은 아마도 요긴한 이유가 있었을 것이다. 우리 대대는 휴전선 GOP 연대(수도사단 제1연대)의 전투전초(COP, Combat Out Post) 대대 임무를 맡아 강원도 철원 동송리 전방 독서당지역─ 당시는 대광리 위 '신탄리(역)'에서 민통선 시작이라 그 이북엔 민간인 거주 불가 지역 ─으로 이동하고, 우리 중대는 전방으로 더 나가 '삼자매(三姉妹) 고지'에 중대본부를 두고, 그 전방으로 휴전선 남방 2킬로미터 즉 비무장지대 남방한계선을 연하여 3개 전투전초 소대를 배치하였다. 중대 경계작전 담당구역은 '백마고지' 하단 '역곡천'에서부터 우로 '월정리역'까지 대략 5킬로미터였다.

작전환경은, 폭 4킬로미터 비무장지대 넘어 북으로 멀리 500고지능선지대가 북진을 저지하는 장벽으로 가로막혀있고, 비무장지대 내 북측에는 북괴가 휴전조약을 무시하고, 일찍부터 대대본부를 비롯한 예하 단위부대를 중화기와 함께 전진배치해 놓았고, 전투참호 구축과 동시 전기 철조망을 가설 중이었다.

당시 휴전선 이남 아군 비무장지대에는 휴전선 표지 말뚝 외 철책선도 방벽선도 없었다. 다만 아군은 휴전조약에 따라 지대 내 순찰과 적 동향을 감시하는 '비무장지대 순찰 겸 감시조'(MP)만을 운용하였다. 그 부대 단위는 한 지점에 증강된 1개 소총 소대 규모로─ 상대인 북괴는 대대급 부대와 그 중장비들로 무장 ─순찰(Patrol) 중 휴식 및 숙소와 감시초소를 겸하는 GP(Guard Post)만 존재하였다. 이들은 좌우순찰조들과 수시로 교신하며 만나고 또 직후방 우리 소대와도 협조하였다. 우리 중대 앞 GP는 '왕관 고지'에 있었는데 마침 우리 육사 5기생 후배가 있어서 협조에 문제가 없었다.

우리 전투전초 중대의 전시 임무는, 최전방 파견초로부터 시작한다. 이들은 전시에는 분초에서 매복 또는 보초로 전방감시요지에 파견되었다가 적 공격이 시작되면 즉시 이를 분초로 보고하면서 철수하고, 분초는 이를 확인하고 즉시 소초로 보고하면서 철수해 합류한다. 소초부터는 상급부대 화력지원하에 적과 접촉을 유지하면서, 명에 의하여 사격과 후퇴 이동으로 중대에 복귀한다. 전투전초 중대는 미리 준비해 둔 전투배비 위치에 전개하여 일단 적을 저지하면서 감시하다가 대대 명에 의해, 또는 대대 전투 SOP에 의해 전투행위를 수행한다.

평소에는 남방한계선에 배치된 소초가 준대장 명에 의거 비무장지대 내 야간 매복작전을 위해, 지점을 매일 변경해 가며 매복작전을 수행하고 일출 전 철수한다.

전투전초 중대장은 지역이 광범위하기에 순찰용으로 지프차가 배차되어 있었다. 나는 그 기회를 이용하여 지역 내를 부지런히 순찰하고 적을 감시하며 전투전초 부대 임무를 충실히 수행하면서 휴전 직전 20회 이상 주고받은 고지 쟁탈전으로 유명해진 백마고지를 견학하고, 때로는 역곡천의 전술적 활용도 검토하고, 그리고 지역 내에 들어와 있는 해골만 남은 북괴 '철원노동당사'를 보며 북괴의 잔인성을 상기하기도 하고, 월정리역을 지날 때는 6·25의 참상을, 바로 눈앞에 전개되어있는 북괴군 모습과 함께 연상하기도 하였다.

거의 매일 소대를 순찰하는데, 어느 소대는 불과 몇 달 사이에 야채밭을 가꾸어 자랑도 하였는데, 그 소대장은 일반장교 출신 '옥 모 소위'로 부지런하였는데, 아니나 다르랴, 후에 육군병참감이 된 성실한 장교였다.

∴ 적지침투첩보요원(HID) 협조와 비무장지대(DMZ) 내 GP 활동

우리 중대 전방 비무장지대 내에도 1개 소대 규모의 GP(통상명칭) 한 곳 있었는데 GP 장은– 통상은 여러 가지 고려 끝에 육사 출신 전방 소대장이 선발되어 근무한다. –5기생 후배가 있어서 상호협조에 아무 문제가 없었다. 예를 들면, 야간에는 지피와 지피 사이 비무장지대 내 여러 곳에 우리 전투전초 부대에서 매복을 운영하였다. 또한, 당시에는 적 지역 침투 전투정찰요원(육군첩보부대, HID)을 육군정보참모부 차원에서 야밤에 침투시키는데, 지대 내 지형정보와 우리 대원들의 활동 등 정보협조도 하였다. 다만, 그들 투입 안내요원들은, 그날 몇 시간 적지 왕복정찰 건으로 왔다면, 그 시간까지 침투 정찰요원의 복귀와 함께 새벽에 철수해 가는데, 아주 가끔 제시간에 돌아오지 않으면 포기하기도 하고 아니면 다른 시간에 와서 무사귀환을 기다리기도 하였다.

당시 신탄리(역) 북쪽으로는 민간이 통제되었기에 경원 철로는 거기서 월정리역까지 이미 제거되어 있었다. 그래서 이 지대 내 장병들의 휴가나 외출 시에는 철원읍 동송리로 걸어나가서 버스를 타거나, 아니면 신탄리 역까지(6~10km) 걸어나가서 대광리를 거쳐 서울로 갈 수 있었다. 우리 중대 요원들은 신탄리역 쪽이 빨랐다.

∴ 한미8군 합동 권총 사격대회 속사 1등

한국 중부전선 철원지역에서 전투전초 임무를 개시하여 3개월여가 지나는 동안 이상익 대대장과 부 대대장(최상화)의 친절하고도 적절한 지도를 받아가며 지형 익숙과 평시 임무 그리고 전시작전 임무 등에 숙달이 되어 가고 있었다. 그런데 뜻밖에도 한미합동사격대회 출전을 명받았다. 육군 권총 대표선수 자격을 가졌으니 본인인 나도 어쩔 수 없었거니와 대단히 섭섭한 표정이 역력한 대대장도 어쩔 수 없이 "여긴 걱정 말고 좋은 성적 거두고 오라."라고 격려하며 허락하였다. 중요한 임무를 수행해야 하는 내 중대와 중대원들을 두고, 비록 1개월여이지만, 어딘가 간다는 것은 참으로 무책임하고도 안타까운 마음이었으나, 명령인 것을 어쩌랴.

서울에 모여보니 '60년 한/미8군 합동 권총 사격대회'가 준비 중에 있었고, 참가자들은 태릉에 이미 자리잡고 있는 '한국 국가대표 사격선수단' 요원 5명(단장은 소령)과 그리고 우리 육군대표 신참 3명(대위1, 중위2)이었다. 우리 한국 권총사격 대표팀은 사전연습과 행사 기간을 합쳐 대략 1개월간, 장충단 공원 동쪽 산마루턱 당시는 공터, 지금의 '반얀트리서울호텔', 전엔 '서울타워호텔' 자리에 천막을 치고 야영하였다.

공휴일 하루는 소일 겸 장충단 공원을 둘러보았다. 당시까지는 장충체육관도 신라호텔도 없었고 동편에 동국대학 몇 개 건물이 있었을 뿐 황량한 그저 남산의 한 자락이었다. 여기 장충단(獎忠壇)에는, 특히 1900년에 고종이 임오군란, 갑신정변, 을미사변 등에서 희생된 순국열사들의 넋을 위로하는 현충원을 건립하였는데, 일제가 파괴하고 소위 '이등박문' 절을 만들었다. 광복 후에는 이를 지우고 여수 순천 반란사건과 공비토벌 그리고 6·25 전사자를 기리기 위한 장충사(奬忠祠)를 건립하였다.

그런데 이 유서 깊은 각종 사적비들은 그동안 존재를 드러내지 않았고, 그저 소나무들이 그런대로 높이 솟아 있어서 근린공원으로 보다 남산 등산객이나 도심에서 시간을 내어 온 산책객들의 유원지로 간주되는 곳이 되어, 특히 노천 청춘 사업조가 많이 눈에 보였다. 간단한 이동용 술상에 기생 한두 명과 호객꾼 한 명 정도 1개 조로 여기저기 이동해가며 영업하는 모습이었다. 그들 대부분은 아마도 산 넘어 '해방촌'– 지금의 이태원 주공아파트와 남산대림아파트 자리, 한때는 '대령아파트 촌' –과 이태원에서 낮에 원정 나온 꾼들로 보였다.

사격시합장은 미군 권총사격장으로, 현 남산 2호와 3호 터널 위 능선 상에 있었는데, 남쪽으로 미8군 사령부가 내려다보였다. 사격시합종류는 권총 50m 완사, 25m 완사와 시간사, 10m 속사였고 선수자격 구분은 master(수상경험자), expert(2번 이상 출전자), new shooter(처음 출전자)였고 그해 나는 뉴슈타에 속했다.

대회 사격통제관은 놀랍게도– 우리네 생각으로는 이 정도 대회면 최소한 영관급 통제관 범위 같은데 –하사관(중사)이었는데, 듣기로는 소령으로 전역했다가 재복무자라 했는데, 그 말대로 능숙하고 당당하였다. 한국군 대표선수와 한국주둔 미군, 즉 미 제8군 대표선수와의 시합인데도 아무런 잡음이나 차질없이 통제해 나갔다. 미군과 미국민의 자치, 자존의 힘이 얼마나 강한가를 새삼 알 수 있었다.

그런데 당시 기준으로 미국과 한국의 실상(격차)을 실감하는 몇 가지 사실을 잊을 수가 없다. 그 하나는, 권총 그 자체에 관한 것으로, 이 총은 한미 양군이 같은 형식 즉, 흔히 '포리파이브(구경45)'라고 하는 미국 '콜트(Colt)' 회사 제품을 사용하고 있었다. 그러나 '사격시합'이라는 상황을 놓고 말하자면 한미 양군의 총의 질(성능)에는 현격한 차이를 보였다.

미국 선수들은 각자 개인소유 권총 전용 보관함(가방)– 사격에는 가늠쇠와 가늠자 역할이 중요함으로, 최상의 조준 상태를 유지하기 위해서라도 필요한 것이다. –을 가지고 다니는데, 그 속에는 순 사격시합용 자기권총(상아 손잡이에 자기 이름이나 이니셜을 넣은)을 2~3정이 들어 있고, 그것들은 모두 최신 생산품으로, 가늠자는 앞뒤로 움직이고 가늠쇠도 좌우로 조정할 수 있는 그야말로 시합용 권총이었다. 그래서 연습 때나 시합 때도 이것저것 바꾸어 써 가면서, 동시에 정밀하게 설계된 가늠자 가늠쇠를 조정해가면서 그야말로 시합 도구도 최상의 컨디션으로 사격에 임한다.

그런가 하면 당시 우리의 현실은 그들과 비교해서 정말 기막힌 것이었다. 그나마 사격 국가대표선수는 본 것이 있어서 각자가 나름의 솜씨로 나무로 만든 가방 속에 제2차 세계대전 때부터 쓰던 권총– 모델은 미군과 같은 '포리파이브(구경45)' –을 넣어 다니기는 하였으나, 우리 선수 모두는 2차대전과 한국전쟁을 거친 고물(?)로 현직 지휘관용(사용하고 있는) 권총으로, 전투용이기에 가늠자와 가늠쇠는 물론 고정되어 있었다. 그나마 태릉 선수촌 선수들은, 그래서 종종 가늠쇠와 가늠자가 오래 써서 닳지 않은 상태의 '슬라이드'만은 병기창에 특별히 주문하여 가능한 최신 제품으로 보급받아와서는 시합 직전에, 부지런하게도 원시시대로 돌아가, 대장간에 가서 가늠쇠에 쇠를 더 붙여와서 '줄'로 일일이 갈아 좀 큰 모양 가늠쇠를 만들면서 수없이 시험사격과 갈기를 반복하여 자기에게 맞는 가늠쇠 모양을 만들어 내는 수고를 조금도 마다하지 않았다. 이들은 시합 전 며칠간은 거의 반나절을 대장간에 갔다가 방에서 줄로 갈았다가 시험 사격해 보았다가 하는 것이 연습장 일과였다.

육군 대표선수로 나온 우리 중에도 그렇게 하는 동료가 있었으나, 나는 그러지 않고 있는 그대로를 내 눈과 체력에 맞게 적응해 나갔다. 내가 가지고 온 권총은 전방 대대장 이상 지휘관용으로, 물론 2차대전에서 한국전 그리고 지금에 이르기까지 어느 지휘관 옆구리에 차는 가죽 케이스에 들어 있던 권총 그대로여서 가늠쇠는 닳아서 모서리가 없을 정도이고 햇빛에 번쩍였다. 시합 때는 야전교범대로 라이터 불 검정으로 그을려서 반사를 막으며 사용하였다.

그런데 실탄은 그해 시합용 실탄 (실탄 탄피 하단에 1960년도의 '60.match'가 선명한 번쩍이는 신탄)으로 한정판으로 생산해 나와 시합장에 보급되는데 미군은 그것을 연습용으로도 사용하기 때문에 여러 가지 조건에서 한국 선수들보다 훨씬 유리한 입장에서 시합 선에 나가게 된다. 우리는 시합 전까지 한국전쟁 때 생산하여 사용하던 것, 지금은 여분의 교탄(교육 훈련용)이나 잘하면 비축된 BL(전투비축용)탄 등 이것저것 얻어지는 대로 사용하여 연습하였기에 미군에 비해서는 불리하기가 뚜렷하였다. 그런 미군과 감히 시합하다니!, 그러나 결과는 다를 수도 있었다.

시합종류와 시상종류는 역시나 풍족하고도 원칙적인 미군답게 다양하여 사격선수라는 기분을 그리고 자기 기량을 충분히 발휘할 수 있도록 제도화되어 있었다. 시합종류는 우선 사격선수 급수 구분을 3개 파트로 구분하였는데, New Shooter로 신참 선수, 다음은 Expert로 신참을 면한 선수, 그 위가 Master로 여러 번 우승하거나 우수한 기록보유자로 규정하였다. 그리고, 시합종류 또한 다양하여 50m 완사, 25m 시간사와 완사, 그리고 10m 거리의 속사 등이 있었고, 선수들은 모두가 여기에 참가할 수 있었다. 시상은 자격 구분대로, 사선과 종루대로 우승자는 트로피 2, 3등은 은 및 동메달 그리고 종류별, 사선별 통합성적에 따른 우승 트로피와 등급별 메달, 그리고 참가기념 문양품 등등, 여하간에 선수들은 자기기량을 그리고 사격의 재미를 마음껏 발휘하고 느낄 수 있었다. 대단히 미안하나, 한국군 권총 사격대회는 선수 구분도 사격 종류도 없이 25m 사선에서 완사 10발 한 번으로, 우승자 상장 하나로 행사 끝이었다.

시합이 시작되면 선수끼리 물론 조용하면서도 눈에 들어오는 응원도 한다. 아마도 시합결과는 개인은 물론 단체성적이나 기록도 되는 것 같았다. 그중에는 자기 부대기(아마도 대대 단위급?)를 가져와 꽂아 놓고 그 꼭지에 피 묻은 여자 붉은 팬티를 걸어놓고는 진지하게 사격과정을 지켜보며 외치기도 한다. 미군에는 저런 것도(?) 할 만큼 신기한 광경이 흔히 있었다. 시합판정에서도 '판별확대경'을 통해서 점수선에 물린 탄흔은 가능한 한 선수에게 유리하게 판정하는 것을 당연한 원칙으로 하고 있었다.

미군은 간식 시간은 물론이고 종일 이동 PX 차가 와서 선수들의 식욕을 달래주고- 주로 도넛과 커피 아이스크림 등 -심신의 피로를 위로해 주고, 동시에 즐거운 휴식을 도와주었다. 이미 이런 풍습을 알고 있는 국가대표 선수 중에서는 미리 몇 달러 준비해 와서 활용하는 사람도 있었다. 그런데 나는 처음 보는 물자 풍족한 미군 생활의 한 광경을 보면서, 아 우리 군대는 언제쯤 저 정도로 윤택해질 수 있을까, 한시바삐 될 수 있도록 우리가 노력해야지 하고 다짐도 하였다.

시합결과 나는 10m 12초 속사에서 한·미군 통합해서 신사수로 우승하여 우승 트로피- 물론 지금도 내 서가에 진열되어 있다. -하나를 확보하고, 25미터 시간사에서 은메달, 완사에서 동메달, 전체합산하여 신사수로서 종합 5위의 성적으로, 내가 처음으로 출전한 '1960년도 한미8군 권총 사격대회'를 마감하였다. 그런데, 국가대표 선수들은 Master급으로, 위에서 본 그대로 모든 것이 불리함에도 불구하고, 전 국민 무장이 허용되고 사격연습이 일상화되어 있는 미군을 상대하여 실로 악전고투 끝에 체면을 세울 수 있는 성적을 기록하였는데, 참으로 대견하였고, 올림픽 후보 선수들로서 기대될 수 있었다. 나는 그들로부터 올림픽 국가대표단에 합류할 것을 제의받았으나, 제의한 그들도 나도 육사 출신으로 그 방향은 무리한 것으로 결론짓고 대신 차순위의 일반장교 출신이 참여하기로 하였다.

그리하여 다시 전방 나의 COP 중대로 복귀하였는데, 훌륭한 군사실력자요 인격자로 친절하였던 분들, 대대장 이상익 중령은 사당 참모부로, 연대장 김영환 대령은 야전사 전투검열단장으로 영전하고, 부 대대장도 후방으로 동시에 보직 변동이 되어 있었다. 그때 느꼈던 정말 인간적으로 허탈(?)한 기분과 섭섭한 기분은 지금도 잊을 수가 없다.

그러나 다행하게도 중대는 비록 대대 예비중대로 후방에 나와 있긴 하였으나, 5기생 후배(임승해 중위)가 중대를 지휘하고 있어서 큰 공백은 느끼지 않았고, 비록 예비중대 임무는 생소하였으나 다시 최전방생활에 적응을 시작하였다.

∴ 아주 마음에 드는 아가씨를 좋아하다

사관학교 생도 때부터 외출·외박 때는 유일한 서울 근거지, 문치과 형님댁(용산 원효로)으로 신세를 지는 일이 다반사였다. 4학년이 되어 외출했을 때는, 문치과 형수님의 언니의 딸, 즉 조카뻘 되는, 이화여대 영문과에 갓 입학한 청초한 여학생이 하숙생(?)으로 와 있었다. 그래서 외출·외박 때 집안에서 마주치기도 하였는데 그때마다 어쩐지 아주 좋은 아가씨로 보였다. 그녀의 이름은 '박진영(鎭榮)', 애칭은 '수연(秀淵)'이었다.

임관 후 박정기 동기가 그동안 사귀던 이화여대 영문과 졸업생과 결혼 약속을 하고, 주변 동기들 다수가 이대 여학생들과 잘 사귀고 있는 소식들을 들으면서 귀도, 마음도 솔깃하였다. 그러던 중에 이미 말한바, 전방 같은 부대 이 선배 결혼식에 다녀온 뒤부터, 서울에 외출 나간 기회에 문치과 형수님 조카 여대생을 새삼 다시 보게 되었다. 여러 가지가 다 마음에 들었으나 특히 그의 사람 대하는 모습, 친절하고 차분하면서도 성실(진심)한 자세가 마음을 끌었다.

지난번 문산 근무 시절 몇 번 외출에서 보아왔고, 이번 한·미 사격대회에 나와서도 만나보니, 보면 볼수록 더욱 마음에 들었다. 그래서 형수님께 내 마음을 말해 두었다. 61년 2월, 바로 중대로 복귀하여 예비중대의 중대장 임무를 수행하게 되는 때, 그녀는 학업을 마치게 되었고 나는 형수님의 초청으로 그 졸업식에 참석하여 졸업을 축하도 해 주고, 자연스럽게 그 부모도 보게 되었다. 모두 좋은 분들로 보였다.

∴ FEBA 개념 거점대대의 작전장교, 근무와 사랑의 데이트

FEBA 개념의 전방 대대 거점

1961년 2월 말경에 한국군은 미군과 함께 '전방 전술핵 방어작전·전략'의 도입에 따라 휴전선에 연한 전군 재편성과 동시에 최전선 진지 재형성과 재구축을 시작하였다. 즉 지금까지는 '주저항선(Main Line of Resist)' 개념으로 최전선이 대체로 횡으로 일직선으로 형성되고, 진지가 구축되었으며 부대가 지면 편성되었다. 그러나 이제부터는 전술핵을 사용하여 방어하기 위한 전략개념에 따라 전장 지대 내 '최후 방어 거점(Strong Point)'을 형성 구축하고, 이들 방어지역 전단을 연결하는 최전선 개념, 즉 '피바(Foward Edge of Battle Area)'를 방어해 나가는 개념이었다.

그리하여 최전선 GOP 부대와 그 지대 외의 종심 주저항선은 지대 내 주변 거점을 대체로 대대 단위로 형성하고 고수하면서 적을 지대 내로 깊숙이, 예를 들어 문혜리 전선이라면, 운천 지역까지 최종 방어거점 포켓 안으로 유인한 뒤-즉 자연적으로 적이 아군 거점을 피해 전진하여 아군 포위망에 들어오면 -전술핵(통상 5kt)을 투하하여 적 1개 대대 규모를 섬멸하고, 즉시 반격한다는 전략전술 개념이었다.

그래서 나는 다시 제1대대 작전장교가 되어 부대 이동을 계획하고 그해 3월경 밝은 달밤을 이용하여 백마고지 지대에서 동막리 '을지 거점'으로 평행이동하였다. 우리 연대는 종으로 지포리 깊숙이까지 3개 대대 거점으로 된 연대 FEBA

전선을 형성하였다. 그리고 몇 개월에 걸쳐 대대관측 및 지휘소를 겸하는 대대 OP와 전투참호 등을 구축하는 진지 편성을 실시하였다.

전방근무와 사랑 데이트

그러는 동안, 서울로 외출·외박하는 기회에 문치과에 들러 그 여학생을 만나 정말 마음 가는 데이트를 하였다. 그런가 하면 전방으로 데이트를 대신하는 '연서'가 오면, 연대 정보 주임 '이 소령'– 한때 군대 탈모 비누 사건의 피해자 본인, 한때 우리 권총사격선수 인솔책임자 –이 즉시 전화로 "왔어, 왔어!" 하며 가능한 즉시 가장 빠른 연락 병편으로 보내주었다.

그런데 이분이 사람이 참 인정스럽고 내게 친절하였다. 그때쯤에 서울에 있는 '영 아가씨'가 한 번 면회를 왔는데, 당시는 연대 정문이 곧 면회소였고 정보참모 소관이었다. 그런데 그 양반이 알고는, 누구 반가운 자기 친척이나 온 듯이 안내하고, 급히 전화로 나를 찾아 , "뭐 하느냐, 빨리 안 나오고!" 독촉하며 자기 지프차를 보내주기까지 하였다.

그런가 하면 친한 중대장(대위)들은 나에게 진담 겸 농담조로 "장가들면 기선을 잡아 여자를 지배해야 한다. 그래야 평생 조용한 가정이 된다"고도 하였는데, 마치 그 나이에 인생 다 살아본 것처럼 조언도 하는데, 역시나 인정을 다하여 진지한 것은 틀림없었다. 부대 근무하다 보면 이런 친절하고 인정스럽고 믿어주는 상급자들이 있어서 나는 부대생활에 크게 낯설거나 외롭지 않았다. 지금 그 모든 분들께 거듭 고마웠다고 인사드린다.

정보참모의 인정과 친절한 독촉(?)에 따라 전방에서 나와 문혜리에서, 비록 보잘것없는 100여 호 초가 마을, 그러나 그래도 전방에서는 사람이 살고 군인 가족들(하사관부터 연대장에 이르기까지)이 살고 있는 이 전방 마을까지 와 주다니 더 이상 정들 수가 또 있으랴? 비록 데이트라는 것이 '영계 백숙집'에서 같이 먹으며 앉아서 얘기하는 것, 당시는 커피점 뭐 그런 거 전혀 없었고, 그 밥집에서 그저 숭늉 한 그릇으로 입가심이 다였다. 그때 그녀의 그 낯설고 먼 길 찾아온 성의와 인정 정말 고마웠고, 아마도 서울에서 하는 일 년 치 데이트보다 진한 것이었기에 지금도 결코 잊을 수 없는 행복한 추억이 되어 있다.

당시 서울에서 이곳 문혜리로 오려면, 우선 청량리나 미아리고개에 있는 시외버스터미널로 가야 한다. 거기서 하루 서너 번밖에 없는 운천행 시외버스를 기다리다 타야 한다. 당시는 4시간 내지 5시간 소요되었다. 낯선 시골 군대 도시 운천에서는 또 문혜리로 가는 지선 버스(이건 더 드물었다.)를 기다렸다가 타고 문혜리에 도착하면 연대본부 면회실로 묻고 또 물어서 걷고 또 걸어서 찾고 찾아가야 했다. 그렇게 어려운 길을! 그래서 그 어찌 정들지 아니하였으랴?

∴ 중대장 등 간부들의 전방 가정(결혼)생활

예나 지금이나 전방 부대 간부들, 장교들(소대장, 중대장, 대대장과 참모들)과 하사관들(소대 선임하사, 대대 선임하사)의 최전방지역 가정생활은 고생과 희생 그 자체이거니와 특히 내가 소대장에서 대대장에 이르기까지는 모든 면에서 아주 어려웠다.

당시는 대체로 휴전선에서 남으로 30여 킬로미터까지는 민간통제지역(民統線 이북)으로 가족, 즉 민간인은 출입과 거주가 통제되었다. 휴전에서 5~10킬로미터에는 전원이 항시 비상근무 중인 GOP(General Out Post, 연대급)가 있는데 이 부대 요원들은 연대장부터 이등병에 이르기까지, 연대는 그 자리에서 1년간, 대대는 6개월 교대로 1년간 민통선 이내에서 상주하였다. 다만 전방 사단 예비연대 가족 가진 근무자는 대체로 일주일 중 2~3일 정도에 그것도 일과 후에 칠흑 같은 어두운 밤길을 10여 킬로미터를 걸어서, 산 넘어 능선 넘어로 민통선 후방에 있는 가정으로 나갔다가 역시 같은 어두운 새벽 밤길을 걸어서 부대에 복귀하였다.

예를 들어 우리 대대는, 사단 예비연대의 최전방 거점대대로 동막리에 중대별로 배치되어 있었는데, 특히 중대장들은 통상 1주일 중 2박 정도는 대대 일직사령으로 근무하고 남은 날들은 일과 후 부대 취침 직전에 대대 상주 작전장교요 밤낮으로 제자리를 지키고 있는 총각 장교인 내게 신고(?)하고 칠흑 같은 어두운 야밤에도 '동막리'에서 '내대리'를 지나 문혜리 집으로 무슨 큰 볼일이 있다고 (?) 그렇게 고생스럽게 야반에 나갔다가 새벽같이 귀대하는지, 총각이었던 나는 그저 동정스럽기만 하였다. 물론 후방에 있는 일반 민간인은 알지 못하는 우리 전방 직업군인들의 어려운 가정생활이었다.

∴ 고대하던 '5·16 군사혁명'과 '콜론 보고서'

'콜론 보고서'

이승만 정권 말기 자유당과 그 도당들에 의해 정치적으로는 대한민국의 헌법에 없는 영구집권을 노리고, 경제적으로는 미국원조가 급감하면서 도당적 부패가 극에 달하여 문자 그대로 한국사회가 도탄에 빠지고 있을 무렵인 1959년 11월에 미국 상원분과위원회에 '미국의 대아시아정책'이라는 이름을 가진 '콜론 보고서'가 '대한정책권고서'용으로 제출되었다.

이 보고서에는, 한국의 실정을 '미국원조 없이는 한국경제는 곧 붕괴할 것이고, 한국에 민주주의가 껍질만 남은 것도 기적이고, 부의 양극화, 수단 방법을 가리지 않는 출세 제일주의의 만연 등'으로 규정하고, '쿠데타 가능성이 희박하나 필연적'이라는 다소 모호하나 암시적인 군사 혁명의 긴박성을 공공연히 강조하였다.

군사 혁명의 가능성을 분석하여 가로되, "한국에서는 가난한 집안의 유능한 재원들이 학자금 때문에 대학교육이 국비인 사관학교에 들어가 지식 프롤레타리아트 성향으로 발전할 수 있는 청년 장교가 되고 있다. 그런데 이들은 특권적 관리와 정치가에 분노를 가지고 있으며 폭발할 우려도 있다. 현재 한국에서는 군사지배가 정당을 대체하는 그런 사태가 있을 수 있다."라고 강조함으로써 미국 일부 정계의 한국 군사쿠데타에 대한 기대를 반영하는 것이기도 하였다. 나는 생도 때부터 청년지식인용 교양잡지 '思想界'를 탐독해 왔는데, 60년 1월부터 소개된 이 '콜론 보고서'를 읽고 아주 고무되었고, 스스로 국가와 국군개혁에 대한 어떤 역할을 자각하게 하는 자극제가 되었다.

'5·16 군사혁명'

드디어 1961년 5월 16일, 박정희 장군을 비롯한 쿠데타 주동자 24명이 지휘하는 3,600명의 봉기군이 별다른 저항— 단, 한강 입구에서 10여 명의 경계헌병 사상 —을 받지 않고 시내로 진입하여 목표지점을 장악하였다. 그리하여 봉기군 지휘부(박정희–김종필)는 KBS 방송국을 통해 계엄령선포를 공고하였고, 혁명군 지휘부와 육해공군 및 해병대 참모총장들은, 숨어버린 장면 총리 대신 대통령을 면담, 윤 대통령은 "(드디어) 올 것이 왔구나." 하면서 그들과 상면하고 '무혈해결'을 강조하였다. 즉 혁명을 인정한 것이었다.

혁명 주체세력은 거사와 동시에 육사 생도들의 지지가 곧 거사성공의 보장이 될 것으로 믿고 일찍부터 육사 생도 지지동원의 방법을 모색하고 있었다. 그래서 전두환 대위─ 5·16 직후부터 하나회도 조직하고 육사 총동창회를 지도하였다. ─가 주동이 되어 동기생 이동남(동창회장)과 이상훈 대위와 함께, 물론 학교장과 학교본부가 반대하는 가운데 우여곡절 끝에, 적극적으로 육사 생도들을 동원하는 데 성공하였다. 그리하여 5월 18일 오전에 역사적인 육군사관생도들의 무장 예복 시가행진이 서울 시내 중심가(동대문에서 시청 앞까지 시가행진 후 시청 앞에서 혁명지지를 선포)에서 전개되었다. 이로써 결과적으로 우리 모두 잘 알다시피 육군사관학교와 사관생도들을 깊이 신뢰하고 있었던 국민들은 이 혁명을 비로소 완전하게 지지하게 되었고, 민심은 문자 그대로 하루아침에 안정을 되찾았던 것이다.

육사 생도들이 정규 육사 선배들 주도로 혁명시위에 나선 뿌리 깊은 이유

이미 말한 바와 같이 정규 4년제 육사 생도(1~4기)들은 기성 장교세대들의 부정부패와 부조리에 대해 파사현정의 개혁 정신으로 저항해 왔다. 제1기가 임관 후 현지 보급투쟁을 통해 전방에서 후방 등 전군에 개혁바람을 불러 일으킴과 동시에, 제2기 졸업 시에는 거의 전 동기가 육사로 와서 졸업식장에서 공식 행사 후 별도로 장교와 졸업생 그리고 재학생도들이 한데 뭉쳐, 교가와 응원가 그리고 응원 구호를 외치며 '부정부패 척결, 파사현정'의 기치를 내걸고 단결하고 또 단결하였다.

이 행사는 매해 졸업식 때마다 계속되어, 군에서는 이제 거슬릴 수 없는 개혁 기풍이 일어났고, 육사 출신 초급장교들은 가는 곳마다 개혁의 기세를 더하였다. 이러는 중에 바로 '5·16 군사혁명'이 일어난 것이다. 그러기에 최고 선배인 육사 1기생, 총동창회 간부들이거나 서울 지역 근무장교들이 즉각 혁명에 호응하고, 그들에 의해서 즉시 육사 생도들을 설득하게 되었던 것이다. 당시 정규 육사 출신들의 일심동체 단결력은 그 정도도 사실은 넘고 있었던 것이다.

그런데 당시, 사실상 한국과 깊은 관계를 가진 미국은 말할 것도 없거니와 심지

어느 북한의 행여나 하던 김일성까지도 그리고 우리 전방군인들까지도 혁명을 즉각적으로 환영하였으나, 그 주체세력이 밝혀질 때까지는 숨을 죽이고 기다리고 있었던 것 또한 사실이었다. 당시에는 나도 최전방대대 작전장교로서 며칠간 서울 상황과 혁명주체가 누구인가를 방청하며 예의 주시하였다. 대대장도 8기생이었는데 아마도 혁명세력 동기들과는 무관한 듯, 서울로부터 연락의 기미가 보이지 않았다. 이후 혁명세력과 함께 육사 생도 궐기 시가행진 소식을 듣고 전폭적으로 환영하고 마음속으로 이제야 진정한 파사현정의 혁명이 달성되리라 믿었다.

5월 16일 새벽 4시 30분에 KBS 방송망을 통해 발표된 '혁명공약'

1. 반공을 국시의 제일의(第一義)로 삼아 반공체제를 재정비강화
2. 유엔헌장준수, 국제협약 충실 이행, 미국과 자유우방 유대공고, 증진
3. 부패와 구악일소, 퇴폐국민도의와 민족정기 쇄신 위한 기풍 진작
4. 기아선상의 민생고 시급 해결하고, 자주 경제 재건에 전력집중
5. 국토통일을 위해 공산주의와 대결 실력 배양에 전력집중
6. 위의 과업성취 되면 정권 이양 후 본연 임무복귀

"조국은 새롭고 힘찬 역사가 창조되어 가고 있다.
조국은 단결과 인내와 용기와 전진을 요구하고 있다.
대한만국 만세! 궐기군 만세!"
혁명구호: 간접침략을 분쇄하고 혁명과업을 완수하자!

궐기군의 혁명목적은 일부 불만 소장파 장교들이 정군을 내걸고 군대 내부적인 진급문제나 처우개선 문제들에 대한 해결을 위해서만 쿠데타를 감행한 것이 아니었다. 30대의 이 청년 장교들은 당시 한국 내 어느 집단보다 선진적으로 민주주의 문물을 민주주의 본령에서 배우고 체험한 바 있어서, 문자 그대로 죽도록 가난하여 공산주의로 막 넘어가려는 나라와 민족을 구하려는 구국의 결심으로 가진 수단(무력과 조직의 힘)과 방법을 다하여 결단하고 감행하여 성공하였던 것이다.
그들이 표방했던 궐기공약, 즉 선언문을 통해서 그들이 국민들과 전 세계에

전달하고자 했던 초기 혁명전략사상, 즉 국가안보전략사상은 박정희의 구국 사상과 정군개혁장교들의 우국충정, 그리고 정규 육사 출신 장교단과 육사 생도들의 파사현정(破邪顯正) 사상에서 발로된 것이 틀림없었다.

∴ 이승주 동기생의 부정부패척결과 수난

나와 함께 수도사단 제1연대 제3대대에서 소대장을 근무했고, 독서당 전방으로 배치될 때 제7중대장으로 보임되어 예하에 강재구 소위– 후에 고 강재구소령으로, 월남전 영웅이 된 용감한 후배 –를 소대장으로 두기도 하였다. 그는 FEBA 거점 공사 도중에 시멘트의 인위적 유실로 대대 OP 공사가 부실이 될까 우려하여 대대장을 고발하려고, 때마침 5·16 혁명에 참가하고 있던 선배 한 분에게 민간 우체국을 통해 편지하였다.

그러나 그 편지가 지방우체국을 떠나기 전에 기관감시망에 발각되고, 그로 인해 오히려 '군통수계통위반'으로 그 대대장에 의해 고발되어 군법회의에 이르게 되었다. 그래서 부득이 당시 '국가보위비상대책위원회'에서 활동 중이던 선배에게 연락, 현지 면담하고 사정을 밝혔다. 그래서 상대적으로 대대장이 고발되었는데, 부대 상급지휘계통은 기어이 쌍벌을 주장하여 우리 동기생 '이 중대장'은 징계처분을 받았다. 듣기로는 그 기록 때문에– 이후 임진강변에서 북괴 무장 침투 간첩 3명을 사살한 공적이 있음에도 불구하고 –진급 등에 불이익을 면치 못하였다. 군 생활에서 이런 사건은 대단히 유감스러운 것이었다.

∴ '한국 사단 대항 전군사격대회'와 '한·미 합동사격대회' 출전

그해 7월이 되자 제2군단에서, (해마다 실시되는) '61년도 사단대항 전군사격대회'가 개최되었는데, 이 해에도 사단대표 권총사격선수로 선발되어 출전하는 영광을 갖게 되었다. 사단사격선수단은 일찍부터 구성하여 사단사격장에서 이미 집체연습훈련을 하였고, 우리 권총반은 반장 겸 선수 소령 1명에 선수장교 4명으로, 이번에는 임박한 10일 전쯤에 구성하여 제2군단으로 이동, 사격장 근처 '아래 샘밭' 근방 적당한 장소에 선수야영장을 설치하였다.

사격연습은 그 위에 있는 동네, 그때만 해도 비록 춘천에서 멀지 않은 곳이었음에도 불구하고 첩첩하고도 산골 동네인 '윗샘밭'으로 가서 사격연습을 하는데, 동네 노인네들과 아이들이 모여서 구경도 하였다. 식사 때가 되어 반합에 담아간 밥과 된장국감으로 식사준비차 나무를 좀 구해야 하는데, 동네 사람들이 와서 그 밥쌀(보리30 대 쌀 70)을 좀 주면 그곳 주산물인 감자를 많이 주겠다고 했다.

그래서 바꾸어 먹기도 했는데, 왜 그렇게 그 정도의 밥쌀도 욕심을 내는가 했더니, 옛날에 듣던 '강원도 특유의 사연'이 아직도 거기에 그대로 남아 있었다. 즉, 그때도 이 동네 사람들은 평생 쌀 한 말 먹고 죽으면 행복한 사람에 속한다고 했고, 처녀 시집갈 때는 신랑집에서 최소 쌀 한 가마, 과부가 재혼할 때는 보리쌀 한 가마로 때워야 하는 것이 이 동네 전통풍습이라 했다. 사실 알고 보면 5·16 군사혁명 당시 우리나라는 전국 전 민족적으로 이렇게도 가난하였던 것이다.

이 해 육군사격대회에서도 우리 수도사단은 여유 있게 여타 모든 사단을 따돌리고 수위의 성적을 거두고 사단장을 비롯한 전 부대원 환영 속에 귀대하였다. 그런데 귀대와 동시에 이번에는 '한·미 합동사격대회' 참가선수소집명령을 받고 다시 해를 연이어 국제대회에 출전하는 영광을 가졌다. 이번 대회(61년 9월, 문산 미군 종합사격장)는 규모를 좀 크게 하여 소총(M1과 Carbine)과 권총 분야를 동시에 시합하게 되었다. 따라서 군에서는 각 사단 기록 우수 선수를 선발하여 국군선수단을 만들고, 시합 후 우수선수는 국군 국가대표선수로 선발하려 하였다. 당시 대한민국에는 민간 사격선수는 있을 수가 없었다.

사전 연습장소는 부평에 있는 33사단 사격장이고 우리 권총선수단은 전과 같이 국군사격선수단(국가대표선수단) 5명과 각 부대 선발 우수선수 5명으로 구성되었다. 내 친애하는 후배 민병돈 중위도 참여하였는데, 정말 반가웠고 의미도 깊었다. 두말할 것 없이 군인이라면 사격 솜씨를 으뜸으로 내세워야 한다며 연마해온 결과라 하였다. 또 한 사람은 동기생 강기욱 중위였는데 시합 기간 1개월 내내 부대 앞 하숙집 한 방에서 기거하며 동고동락했는데, 후에 그는 영어를 잘해서 KCIA에서 미군과의 관계분야에 오랫동안 근무했다.

권총 분야 시합 모습은 작년과 다를 바 없었고, 특히 우리 국군사격선수단팀은 그 어려운 환경을 이겨내고 50미터 완사에서 개인적으로 90% 이상 기록도 내며 기염을 토하기도 했으나, 역시나 정밀한 무기소유자들에게 밀릴 수밖에 없었다. 나는 금년에는 작년 입상기록도 있어서 숙련선수(Expert)로 참가하였다.

민 중위와 강 중위와 나 이렇게 육사 출신 세 사람은 고군분투했으나, 원천적으로 2차 세계대전과 한국전쟁 때부터 미군과 한국군 현역 대대장과 연대장들이 휴대해 다니며 사용했고 지금도 사용하고 있는, 휴대용 가죽 케이스에 넣어다니는, 사격 시합용으로는 무디고 무딘 권총을 사용하였다. 그러나 미군은 선수 혼자 자기 애용 권총 3자루를 007가방에 넣어 다니며, 수시로 닦고 또 조이고, 가늠자 가늠쇠를 움직여서 조정해 가며 사용하는 그들이었다.

그래도 어떻게 하던 권총 가늠자 가늠쇠를 미군 것처럼 잘 보이게 하려고, 용접하고, 쓸고 쏘아보고 또 쓸어서 가늠쇠를 만들어보는 그 지성 들이는 국가대표선수들과도 애시당초 시합이란 말이 어폐가 있었다. 그리하여 대체로 동메달과 종합 5위 정도가 최상기록들이었다.

이번 대회는 규모가 커서 지원부대로 미군 1개 중대가 동원되었다. 그동안 미군을 많이 보아왔지만, 미군 부대나 부대 행동을 보게 된 것은 처음이었다. 그들은 중대장 지휘하에 일사불란하게 행동하는 것이 우리 웬만한 한국군 중대보다 훌륭하게 보였다. 가만히 본즉, 중대원 모두가 하나같이 수염을 기르고 있었다. 아니 특히 당시 미국 남자들과 미군은 매일 면도하는 것이 신사도라며 특징으로 알려져 있었는데 의외였다. 그래서 병사 하나를 붙들고 물어보니, 중대장의 명령이란다. 중대장의 명령? 미국과 미군이야말로 자유국민이요 군대일 텐데, 중대장의 명령이 그렇게 먹혀들고 있었다. 정말 의외의 미군을 새삼 발견하였던 것이다.

이번 대회성과는 사격기록보다 과외 생활에 있었다. 첫째는 민병돈 후배와 우의를 돈독히 하였고, 강기욱 동기와 여유 시간에 바둑 삼매경에 빠져보기도 하였고, 또 주말에 어쩌다 서울 문치과에 갈 때는 '소사 명물 백도'를 가져가서 형님 모친을 비롯한 가족들과 잠깐이라도 어울리고, 그 통에 예쁘고 참한 그 이대생을 만나기도 하였다. 그래서 그녀는 날 보고 '아저씨'라— 형수님의 조카이니까—부르기도 하였는데 나는 그녀를 '영 (아가씨)'이라고 불렀다.

∴ 당시 부대 내외 실정과 초급간부생활 이모저모

존경하는 연대장의 좌절 유감

내가 육사를 졸업과 동시 임관하여 부대생활 최초로 참으로 자랑스럽고 영광된 수도사단 제1연대에 부임하였는데, 이후 2년여 훌륭하고 존경하는 대대장(과 부대대장)과 연대장 지도 아래 군대생활을 시작한 것이 그럴 수 없이 다행스러운 일이었다. 그런데 연대장 김영환 대령(육사 5기)은 그 후 역시나 격에 맞는 야전사령부 '전투준비태세 검열관'으로 보임되어 참군인답게 오로지 야전군 전투준비태세발전을 위해 노력하였다. 그러나 듣건데, 수검부대장들 특히 사단장들의 융통성 없는(?) 이 검열단장에 대한 '어떤 여론'으로 장군 진급을 못 하고 말았다고 한다. 군대 내에는 가끔 그런 경우도 발견되는데, 참으로 유감스러운 현상이었다.

전방 부대 초급 간부의 일상

1960년 전후에 최전방으로 들어가면서 당시에 막 생산되어 나온 일제 소니(?)의 손바닥 위에 놓을 수 있는 크기의 '광석 라디오(Crystal Radio)'가 있어서 그런대로 대외 소식을 접할 수 있었고, 이어서 여자 파티용 핸드백 크기의 소위 '트렌지스터 라디오(Transistor Radio)'가 있어서 고독과 외로움을 달래주었다.

'을지 거점(乙支 Strong Point)'에서 대대 작전과장(작전장교) 임무를 수행할 당시, 2명의 병사와 함께였는데, 그중 한 명은 고정적으로 일과 외 내 일상을 돌보았다. 3년 전 생도 때 전방 소대장 실습을 나갔을 때 내 당번병의 일화가 있었던 것처럼 여기서 지금도 여전한 일화를 소개하게 되는데, 5·16 혁명의 바람이 아직도 준비 중이던 때라 새파란 초급장교나 병사들이나 배고픈 것은 여전하였다. 그래서 어쩌다 외출 귀대 시에 '캔 치즈(10kg 정도)'를 사다 놓으면 내보다 과원이 더 잘 먹었다.

몇 달에 한 번 정도 별러서 부대 내 동료들과 운천에 외출 나가 목욕도 하고 막국수도 먹고 라디오 배터리도 바꾸고 지역 사람 사는 모습 구경도 하고 들어오기도 하였다. 개인 생각으로 이 정도 부대식사로는 영양 부족일 거라고 생각되어, 어떤 외출 때는 문혜리에 있는 약방에 들러서 '영양제' 문의를 하면, 약사 왈 "영양제 별것 없고, 그것이 보리밥이든 무어든 하루 세끼 밥만 먹는다면 그것이 최상이다." 라고 조언하기에 그 후 영양제 타령은 군에서 은퇴할 때까지 잊고 있었다.

군대 내 탈모 비누 사건

우리 연대 그 정보참모 이 모 소령은 지난번 육군 사격대회 때 우리 사단대표 권총 사수단 단장으로 한동안 동고동락하였는데, 그가 바로 1958년부터 시작된 육군 '탈모 비누 사건 본 증인'이었다. 당시는 세수비누 개념이 군대에는 아직 없이 그저 한 종류 비누로 세수도 머리감기도 세탁도 하였다.

그래서 이 소령도 어떤 빨랫비누로 그렇게 했더니― 함께 사용한 그 부대원 상당수도 ―동시에 탈모 현상(1958년 이후)이 생겼고, 신문에 연일 크게 보도되면서 이승만 대통령도 알고 진노하는 한때 큰 사회적 사건이 되었는데, 그 증인(?)으로 사건 속의 주연이 되었던 인물이다. 당시만 해도 대머리가 보기 드물던 때라 모자 벗은 그 빛나는(?) 대머리 모습은 참 신기하였다. (사실 지금 나는 거의 반 대머리이나 누가 특별히 관심도 갖지 않는다.)

문명퇴치운동과 군대 '1인 1기' 교육

61년이 지나갈 무렵부터 5·16 혁명 바람이 불어오기 시작하였다. 당시만 해도 국가 문맹률은 40%도 넘었다. 물론 광복 이후 꾸준히 문맹퇴치운동을 전개하여 열공하였으나 여전하였다. 그래서 '국가재건 최고회의' 결의에 의해 군대가 문맹 퇴치는 물론 모든 면에서 국민계몽에 앞장서기로 하였다. 그래서 일단 우리 부대는 대학 출신 장병이 선생이 되어 '고등공민학교'를 세우고, 부대 내 문맹자는 물론 부대 밖 민간인 문맹자를 모시고 한글 교육부터 시작하였다. 이리하여 문맹자부터 우선 교육한 뒤 '농사법', '1인 1기(一人一技)' 등 전방위적 국민교육을 군대가 담당하기 시작하였다. 이것이 대한민국 선진화의 시작이었다.

제4장 미국 유학, 결혼, '동복 올빼미' 교관, 연세 ROTC 교관

(단기 4294~4299, 서기 1961~1966)

1. 미국 유학, 'J.F. Kennedy Center', Ft. Bragg, N.C로 가다

∴ 유학길이 열리다

6·25 전쟁 중에는 국군의 질적 능력을 향상시킨다는 의미에서 거의 전 장교가 단기과정으로 미국 본토의 미군 각종 병과학교의 OBC와 OAC 또는 육군대학에 다녀왔다. 그러나 전후에는 주로 총장실 전속부관 정도로 극히 소수 인원이 다녀왔다.

그러다가 60년 전후해서 포병에 '미사일', 보병에 Special Warfare(특수전)- Psychological W(심리전), Unconventional W(비정규전), Counter Insurgency W(폭동진압작전) -와 Ranger(특공부대/요원) 과정이 추가되었다. 그러자 61년 봄에 이미 결혼해 있던 내 절친 박정기 동기가 포병 미사일 과정을 다녀오고 김진규 동기도 다녀와서 광주 포병학교 교관으로 자리 잡았다. 그들이 전하는 미국 얘기도 흥미진진했지만, 유학 과정이 더 관심사였다. 특히 박동기가 마지막 8군 신체검사 때 한 가지 취약한 부분을 내가 순간 대신하기도 하면서 '나도 가야지', 이제 내 미국 유학 꿈이 바로 앞에 와 있음을 자각하게 되었다.

그리하여 그해 늦은 가을 '비정규전 과정' 유학모집에 지원하고 휴가를 내어 서울로 와서 문치과에 유숙하며 한 열흘 동안 명륜동의 서울문리대 도서관에 가서 오랜만에 영어책을 좀 들여다보았다. 그래서 군사학(지휘/참모)과 영어시험- 지금의 '토플시험', 당시는 '副官 시험'이라 하였는데, 부관참모부에서 주관하였기 때문이리라. -을 치르고 마지막으로 미군관계관에게 면접시험(Interview)을 치렀다.

재미있었던 것은, 최종 면접시험에서, 미군 주 시험관 소령이 내 나이, 임관 출신, 가족관계, 현 직책 등을 확인하고는 최전방에 근무한다 하니, "요즈음 북한군 대남방송에서 뭐라고 하느냐?"라고 묻길래, 나는 웃으며 친한 사람들끼리의 솔직한 마음으로 "American Go Home!" 한다고 주저 없이 말했더니, 그들은 폭소하면서 "그래서 당신은 어떻게 생각하느냐?"라고 하길래, 내 생각 그대로 "You are Our Friend!"라고 강조했더니, 그들은 또 한 번 기분 좋게 웃었고, 주 시험관 소령은 흔쾌히 "Good, I Recommend You!" 하였다. 그래서 또 한 번, 너도나도 모두 웃는 가운데 나는- 뒤에 들으니 일반통역장교 경쟁자들보다 좋은 면담성적으로 -합격하고 나왔다.

또 하나는 최종적으로 미8군 병원에 가서 신체검사 하는데, 한국 의사가 "치질에 약간 문제가 있으나, 경미하여 봐드리니 그냥 잘 다녀오세요." 했다. 그 인정이 고마운 가운데, 한편으로는, 허허 내가 친구 신체검사 대신 봐 준 지가 언젠데 이번에는 내가 그 경우라니, '지금이 인생 시작단계인데도 벌써부터 인정들이 얽히고설키는구나.'라는 생각이 들었다.

그리하여 전방생활(소대장, 작전장교, 중대장) 3년 3개월을 아주 의미 있게 보람있게 마치고 중학생 때부터 희망하고, 육사에도 유학조건이 있어서 지망하여 그날을 고대하였던 미국 유학을, 비록 짧은 기간이지만 다녀오게 되어 기쁘기 한량없었다. '구하라 그러면 주실 것이다.'를 믿고 하나님께 기도하고 열심히 노력한 결과임에 틀림없었다.

∴ 약혼(언약)하고 유학 가다

형수 씨 주선으로 약혼(언약)하다

그동안 서울에는 다른 연고 없이 그저 8촌 형벌 되는 문치과 형님댁이 있어서- 그동안 열심히 노력하여서 용산 원효로에서 발전하여 시청 앞으로 진출하였다. -서울 나올 때마다 내 집같이 드나들었다. 그런데 그 빌딩은 지금 플라자호텔의 대한문 쪽 가장자리 5층 문치과 빌딩으로, 1층은 다방, 2층은 변호사 사무실, 3층은 문치과, 4층은 문치과 사무실, 5층은 '영'이네 형제자매(형제는 경기와 경복고, 자매는 이화여대)의 자치 살림집, 옥탑방은 동년배로 서울상대 출신으로 사법고시 합격하여 해군 법무관으로 복무 중인 조카뻘 되는 '지창수' 방, (나도 가끔 신세 지던 방)이 있었다.

그래서 생도 때— 그 이전 서울 여행 와서도, 형님도 달리 친척 없어 나를 친동생같이 여기고 —부터 내 집 드나들 듯이 마음 편하게 머물러 왔는데, 그때마다 이 가정에 의탁하여 전주에서 서울로 유학 와있는 형제자매 중에 큰 언니가 아주 마음에 들었다.

여기에다 특히 나를 믿고 좋아하는 형수님— '영 아가씨'의 이모가 된다. —이, 그동안 나와 아가씨와의 관계 진행(?)을 눈여겨보아 오다가 드디어, 이 유학 시점을 기해서 내 마음을 물어보며 권하기를, "자기 언니의 딸, 즉 자기 조카와 결혼하란다." 나는 즉시 고맙고 반가운 마음으로 동의했다. 그러나 결혼(식)은, 지금은 무일푼이라 좀 어렵고, 미국 다녀와서 한 일 년 돈을 모아서 전셋값이라도 장만되면 하겠다고 말했다.

그랬더니 "아, 그거야 자신이 맡아줄 테니 여하간에 빠른 시일 내 결혼하기로 하자." 해서, 부산 집으로 내려가 부모님께 자초지종 말씀을 드렸다. 전주 과수원집의 큰딸로 전주사범학교를 나오고— 여기에 부모님은 일차 기분 좋아하시고 —, 서울에서 당대 최고학부인 이화여대 영문과를 이제 막 졸업한 정말로 내 마음에 드는, 그리고 부모님께도 잘하리라 생각되는 규수를 서울 문치과 형수님으로부터 소개받고 청혼받았다고 말씀드렸다. 그랬더니 처음에는 "전라도 사람인데…"— 당시 경상도 사람들은 무조건 '전라도 사람?'이었다. —하다가, 그러지 않아도 (형님을 통해) 서울 문 서방한테 얘기 들었다면서 바로 승낙하셨다. 그러자 옆에서, 당시 한창 열심히 일해서 돈 잘 벌고 있던 누님이 내 신접살림 전셋값— 아마도 당시 10만 원, 지금 1,000만 원 정도 —과 예물은 맡아서 해결해 주겠다고 약속해 주었다.

그래서 서울로 올라와 말씀드렸더니, 그럼 바쁘기도 하고 형편상 그러하니 약혼(언약)한 것으로 하고, 결혼 예물용으로 마음에 드는 시계 한 쌍을 사 오는 것으로 대신하자고 했다. 이렇게 해서 말로 약혼하고 희망차고 벅찬 마음으로 미국 유학을 떠나게 되었던 것이다.

소망했던 미국 유학을 가다

1962년 1월 14일, 드디어 나는 그렇게도 소망하던 미국 유학을 가게 되었다. 이제는 아주 약혼까지 하게 된, 미래 나의 신부 '영 아가씨'가 홀로 김포 공항까지 귀중한 선물을 들고나와 나의 미국행 장도를 축하해 주었다. 정말 따뜻하고 정스럽고 고마웠다.

나와 함께 가게 된 선배(육사 3기) '한오경 대위'는 생도 시절 안면이 있었거니와 친절하고 좋은 대인관계를 가진 선배로 그때부터 귀국할 때까지 항시 전우조(戰友組)와도 같이 고락을 함께하는 행운을 가져 참으로 다행이었다. 그 시작으로, 미군지원으로 미국 가는 길이라 우리는 미군사무실(퀀세트 건물)- 당시 김포공항은 한국민간항공과 미군용 비행장으로 공용하였다. -에 가서 여권과 함께 15장의 동일 복사서류를 받아쥐고, 바로 옆에 대기 중인 미군 쌍발 군용기(C-46 코만도)에, 일본으로 휴가 가는 듯한 미군들과 함께 올랐다.

'젯 비행기'와 같이 하늘로 치솟아 올라가는 스릴은 없었으나, 그래도 창을 통해 송영대- 그 옛날(?)에는 3층 김포공항 옥상에 송영대(送迎臺)라는, 가고 오는 여객에게 손 흔들어 주는 곳이 있었다. -에서 손을 흔들어 주는 고마운 '영 아가씨'를 보아가며 이륙할 때는 정말 감회가 깊었다.

전쟁 복구 중이지만 서울의 모습을 공중에서 보니 아직도 처참한 상황이 여전하였고, 그런가 하면 좀 멀리 떠오르자 바로 아래로 내려다보이는 김포지역의 무질서하여 꾸불꾸불한 논밭과, 'ㄱ,ㄷ,ㅁ' 글자 모양으로 만들어진 5,000년 내려온 초가집들의 모습은, 5·16 군사혁명의 구호처럼 '민족 중흥'이 간절한 상황을 말해 주고 있었다.

우리가 탄 미군 수송기는 약 4시간가량 비행하여 현해탄을 건너가자, 아래로 일본영토가 서해안부터 보이기 시작하였다. 첫인상은 푸르른 산 그리고 숲과 들, 잘 정돈된 논과 밭, 잘 꾸며진 기와집 마을과 마을들의 풍경들이 주마등같이 전개되어, 방금 떠나온 우리의 헐벗어 시뻘건 강산과 대조를 이루며 무언가 나라를 위해 해야 할 일들이 생각나고 또 생각났다.

∴ 미국 가며 전후 '일본 동경'에서 본 것들

드디어 일본 수도 동경의 '다찌가와(立川) 미군비행장'에 착륙하였다. 우리는 비행장 근처 미군 숙소인 '방문장교숙소(VOQ)'에 안내되어 단 며칠이지만 그곳에 여장을 풀었다. ― 동경 도심에서 1시간 거리, 지금은 일본 자위대 기지와 유명해 진 '쇼와(昭和) 공원'으로 변해 있다고 한다. ―우선 샤워장에 가서 참으로 오랜만에 따뜻한 물로 몸을 씻으니 그동안의 피로가 가시고 새 힘이 솟구치는 것 같았다. 솔직히 말해서 우리나라에서 맛보지 못한 편안함과 따뜻함이, 마치 최전선을 갓 벗어난 바로 그 후방의 분위기 느낌이었다.

다음 날, 일찍 민간복으로 갈아입고 서둘러서 밖으로 나가 (일본) 슈샤인보이― 당시 일본에는 구두닦이도 기생(妓生)도 흔했다. 전후 사정은 어느 나라 없이 가난하게 마련이니까. ―한테 구두를 번쩍이게 닦고는 물어 물어서 일단 버스를 타고 동경 시내로 향했다.

당시 일본도 우리와 같이 버스 여차장이 있었는데, 참 상냥하고 부지런하였다. 왼팔에 버스 차장 완장을 차고 한 손에 빨간 깃발을 들고 정차하는 곳마다 재빨리 내려서 교통정리를 하고 올라타면서 "오라잇!" 하는데 우리 차장 아가씨와 똑 닮았다. 그리하여, 아마도 지금의 '긴자거리' 중앙통 6가쯤 되는 곳에서 내려 약속지점을 찾아가, 사전에 김진규 동기로부터 (韓 선배가) 소개받아 온 일본 여자 대학생과 만났다.

만나서부터 이틀간 여학생이 안내해 주는 대로 동경 시내 갈만한 곳 몇 군데와 극장 등을 중심으로 관광하였다. 1961년 1월 당시의 일본은 스스로 저지른 전쟁 탓으로, 미군의 계획적 폭격에 의해 특히나 파괴가 심했던 동경 시내는 15년이 지난 그제야 임시복구로 겨우 안정을 되찾아가고 있었다. 그런 가운데 여학생이 안내한 곳 중에 지금도 생생히 생각나는 곳은, 도쿄 중심거리에 있는, 우리의 옛 명동거리처럼 보이는 '유라구초(有樂町)'에 있는 극장 '에라이샹(夜來香)'이었다.

이 극장은 3층이었고, 앞 중앙 무대가 3층으로 오르내리면서 가수가 계속 등장하면서 노래를 서비스하는 양식이었다. 당시 일본에서 이 정도면 상당히 유명하고도 훌륭한 극장에 속했다. 그런데 더 유명했던 것은 바로 당시 일본에서 애달픈 곡절을 간직하여 대 인기곡 중의 하나였던 「에라이샹(夜來香)」이라는 노래를 직접 그 주인공인 '이향란(李香蘭)'― 만주에서 태어나 가수로 활동한 일본계,

전후 친일분자로 낙인되어 사형선고되자 일본인 증명하고 일본에 귀환, 귀화 – 이라는 여가수가 무대에 나와 불렀고, 그래서 그 유행곡 이름을 따 극장 이름조차 '에라이샹'이었다. 뭐 감상할 줄 모르긴 하나 3층으로 무대가 오르내리며 그 가수가 부르는 애절한 노래는 역시 들어줄 만했고 지금까지도 기억할 만했다.

당시 일본에는 '8·15 항복' 이후 '미조라히바리'라는 어린 여가수가 전후 일본 현상을 노래로 위무하여 인기 절정에 있었는데, 6·25 적란 중에 미국 다녀온 우리 청년 장교들이 일본에 들러 '미조라 히바리'의 '도넛 판'– LP 시절에 발명된, 지금 CD 크기 –을 많이 사 들고 들어와 우리나라에도 많이 알려져 있었다. 특히 미군을 향해 「무엇이던 드릴 테니 우리 집으로 오세요(come on my house come on!)」라는 노래는 당시 일본 실정을 그대로 대표하는 유명한 유행곡이었다.

다음 순서로 온 한 동기생 얘기로는, 어쩌다 일본기생의 서비스를 받았는데, 당시 우리에게는 좀 큰돈인 30달러도 서슴없이 쥐어줄 만큼 서비스가 좋았다고 한다. 그런데 그 기생 아이들 얘기로는, 이 미국 달러는 곧 국민저금이 되어 일본 부흥에 도움이 된다고 말하더라면서 일본 기생들의 애국심에 감탄했다고 했다.

전철에서 본 당시 남녀 성인 일본 사람들의 키가 우리 턱 아래로 전철에 서서 보면 몇 칸 앞뒤로 다 보였다. 내가 나서 처음 본 외국, 처음으로 만나 본 일본사람과 수도 동경, 벌써 질서 잡히고 부흥하는 일본, 자기 일 희생해 가며 성의를 다해 안내해 주는 아가씨와 일본 사람들– 길가다가 보이는 여자에게 급하다 말했더니 자기 집안 화장실(고전풍)도 쓰게 해 주는 –의 친절에 고마웠다.

우리는 비록 며칠 간이지만 여대생의 친절하고 정다운 안내로 일본의 수도 동경을 관광도 하고 겸해서 상황도 관찰한 뒤에 다음 돌아올 때를 다시 기약하고 평생 처음 일본 동경 방문을 끝내고 드디어 미국 본토를 향발하게 되었다.

∴ '하와이'를 지나 '샌프란시스코'에 오다

동경에서 하와이 비행은 장거리라 군용 4발 프로펠러 수송기인 C-130(허큘리스 전술 수송기)로 이동하였다. 야간에 '다찌가와 미군기지'를 이륙하였는데, 태평양으로 나올 때까지 한 30여 분간 동경 상공을 비행하였는데, 복구 중이라 여전히 밤이 어두운 한국 서울보다는 길고 넓고 밝았다.

들기로는 6·25 당시 미국으로 유학 갔던 선배 씨들은 군 수송선으로 태평양을 건너갈 때는 15~16일이 걸렸다고 했는데, 그래도 4발 프로펠러 수송기인지라 아마도 15시간(?) 정도에서 하와이에 접근하였으니— 3개월 뒤 돌아올 때는 민간 제트 전세기로 더 빨리 —그동안 얼마나 문명이 발전하고 있었는지 실감이 났다.

하와이로 접근한다는 방송을 듣고 내려다보니 안전에, 지금까지 보아왔고 생각해 왔던 바와는 전혀 새로운 풍경, 섬이지만 비행기가 낮게 나르니, 넓고 아주 반듯하게 잘 정리된 경작지의 아름답고 풍요한 모습이 한 참 전개되다가 드디어 호놀룰루 국제공항이 가까워지자 더욱 아름다운 풍경, 짙푸른 바다에 높직한 야자수의 가로수들, 물론 말로만 듣다가 지금 바로 눈앞에 전개되고 있는 세계 제일의 남국 자연풍경, 거기에다 정말 확 다른 양옥집들과 잘 정비된 신작로 등 이국 풍경을 보면서, '아 좋구나, 그런데 우리는 언제(?)'로 생각하며 정말 미국의 첫인상이 감명 깊었다. 그러나 하와이공항에서 상당 시간 지체하였음에도 밖으로 나가보지 못해 유감스러웠다. 다음 어느 땐가는 관광 오리라고 다짐하며 호기심을 달래었다.

하와이에서 미국 본토로 향발하여 10시간여, 역시나 광대무변한 듯한 태평양 상공을 지나 드디어 미국 본토의 태평양 측 제1 관문이며 세계에 잘 알려져 있는 '샌프란시스코(San Francisco)' 공항에 안착하여 당직 장교의 라이드 안내로 'Ft. Mason'에 도착하였다. 드디어 그렇게도 소망하던 미국에 그것도 유학(비록 단기간이지만)을 또 그것도 공짜(?)로 온 것이다. 실로 감개무량하지 않을 수 없었다.

이곳 '포트 메이슨'은 전통 깊은 육군 해외보충대 기지로 특히 한국 유학 장교들은 과거는 수송선으로 지금은 군용 수송기로 와서, 이곳을 거쳐서 출입국하였다. 기지 내 출입국사무실로 가서 가져온 15장의 복사서류를 내밀자 혼자 근무하는 중년 여사무원이 기다렸다는 듯 반갑게 "Welcome!"이라 인사하고 서류를 확인한 뒤, 금방 안내해 주었다. 우선 오늘은 시내 호텔 몇 군데 중에 하나 골라서 쉬고, 내일부터는 원한다면 'Mrs. Ko' 집으로 가서 다음 여행명령 나올 때까지 쉴 수 있다고 했다. 그래서 우리는 우선 아는 이름 'YMCA 호텔'— 나중에 알고 보니 미 육군과 할인 서비스 계약된 중류 급 호텔 —로 가서 뜻깊은 미국의 첫날밤을 위한 여장을 풀었다.

그런데 그 시간부터 이제 미국이라는 나라와 사회시스템에 적응하기 위한 에피소드가 수많이 전개되었다. 우선 방을 배정받고 가르쳐 준 엘리베이터를 탔는데, 어떻게 운전할 줄 몰라- 당시 서울에는 현 롯데호텔 자리에 과거 일본백화점으로 쓰이던 6층 건물이 있었으나, 상관없던 우리야 타 본 경험이 없어, 솔직히 우리는 생전 엘리베이터가 처음이라 -한참 연구하다가 수십 층 숫자와 문자가 있는 걸 발견하고 무엇이든 눌렀는데, 엘리베이터가 한참 올라가는데 우리가 내려야 할 층에 서지를 않고 계속 올라갔다가 다시 내려가 올라탔던 그 자리에 문이 열리고 저기 프론트가 보여 미안한 얼굴이 되었다. 이제는 하고 눌렀으나 그 또한 잘못된 것이었다. 한 두어 번 오르락내리락하는 걸 보고 프런트 아저씨가 오더니 우리 층 번호를 눌러 주어 그제야 우리 층에 내릴 수 있었다. 그래서 보고 실습하고 연구해서 이제는 엘리베이터는 운전할 수 있을 것 같았다.

그러자 날이 이미 어두워서 각자 방에 들어가 여장을 풀고는 일단 샤워- 아마도 당시는 개인 방에 샤워가 없었던 같다. -를 하기 위해 수건을 들고 문밖으로 나오는데 문이 자동으로 닫혔다. 열쇠를 가져 나오지 않은 것 같아 돌아서서 문을 열려는데 열리지 않는다. 할 수 없이 고민 끝에 프런트로 내려가 직원과 함께 와서 문을 열고서야 들어갈 수 있었다. 오늘날 우리 어린이에게도 얘기 못 할 에피소드가 미국 도착 첫날부터 이렇게 전개되었다. 이럴 줄 알았으면 도미경험자에게 상세히 물어서 알아둘 것을, 사실은 경험해야 미국 맛을 안다고 하길래 이 에피소드를 택하였으니 누굴 원망하랴?

다음 날, 일찍이 '미세스 고(高)'가 와서 우리를 자기 집으로 안내해 갔다. 당시 미국 유학장교들은 대부분 이 집과 이 중년 여자의 집에 며칠간 합숙/하숙 신세를 진 경험을 가지고 있었고, 그래서 다음 도미 동료들에게 어렵지 않게 소개해 주고 있었다. 단순한 이유로는, 우선 아직도 말이 제대로 트지 못한 초행들이 며칠이라도 말에 대한 큰 불편함 없이 지낼 수 있고, '미세스 고' 자신은 한국 이화여대를 나온 인텔리 여성으로, 미 해군 장교와 결혼하고 도미하여 이곳 해군기지 근방에 자리잡았고, 남편은 지금 해군 중령으로 독일에서 부대근무 중이고, 그녀 또한 미국이 처음인 한국군인 만날 겸 서비스도 제공하는 아르바이트하는 것으로 알려 있었기에, 물론 경제적이기도 하고 우리 음식 먹을 수 있기도 했지만, 무엇보다 우리 장교들이 그녀와 동족적 동정심을 가진 데다 신뢰감을 가질 수 있었고, 그래서 미국에 대한 기초정보들을 쉽게 얻어들을 수 있다는 장점들이 있었다.

그녀의 집은 전형적인 샌프란시스코 시내 언덕으로 올라가며 길 양면으로 계단식으로 지어진 집이었고, 호출 버튼을 누르면 제법 듣기 좋은 음악이 들렸고, 방은 많지 않은 것 같아, 앞 팀에게 양보하고 우리는 아예 방도 아닌 거실에 5~6명이 기거하면서 불편한 줄도 모르고 미국 본토의 첫 만남의 날들을 보냈다.

전 세계적으로 미항(美港)으로 이름나 있는 도시라, 당시 기준으로 거의 완전한 미개발 국가였던 한국, 거기다가 최전방 심심산골에서 근무하다 온 호기심 많은 총각 장교들이라 보는 것마다 놀랍고 신기하고 탐스러웠다. 그 수많은 샌프란시스코의 첫인상, 즉 미국의 첫인상 중에서도 지금까지 잊지 못하고 있는 몇 가지만 얘기하여야겠다.

관광의 첫인상은 바로 '금문교, Golden Gate Bridge'부터 시작되었다. 이 다리는 길이 약 2.7킬로미터, 수면 높이 67미터— 웬만한 크루즈 배도 통행 가능한—의 상판, 이를 받혀주는 교각은 2개로 하나는 육지에 붙어 있고 하나는 반대편 육지에서 좀 떨어진 곳, 마치 이 교각 하나로 전체 교량이 버티고 있는 것처럼 보이는 위치, 그리고 물론 교각으로 방해받지 않는 아치형 다리라 선박들의 넓은 시야가 확보된 설계였다. 그 길이와 위치를 굳이 우리 한국지형으로 연관시켜보면, 군산과 장항 항구 사이 약 3킬로미터에 크루즈 배가 그 밑으로 다닐 수 있도록 높이 그리고 가운데 거슬리는 교각 없이 단 2개의 양옆 교각으로 길게 걸려 있는 구조물로 생각할 수 있겠다.

다리 위를 걸어가며 구경도 하고 관찰도 하기 위해 남쪽 끝 공원에서 올라와 인도입구에서 자동출입 게이트— 오늘 우리의 전철역 게이트, 그것도 생전 처음 보는 것으로 신기했다. —를 한 사람씩 통과해서 인도로 올라섰다. 첫눈에 들어온 것이 바로 거대한 쇠밧줄(Main Span Cable) —이 저 앞 좌우 양편 교각 꼭지에서 여기까지 쭉 느려져 있는데, 가까이 가보니 직경 1미터도 넘는 거대한 상상하기 어려울 정도 굵기였다. 좀 더 들어가면 이편 교각에 도달하는데, 쇠 아이빔 덩어리로 뭉쳐져 바다에서 솟아올라 저 위로 버티고 서 있는데, 둘레는 아마도 장정 여덟 사람이 팔을 벌려 둘러도 맞닿지 않을 것 같은 거대한 철골 구조물이었다.

이런 거대한 쇠 구조물이 이 미국 사람들의 꾀와 힘으로 그것도 1930년대에 가능했다는 사실에 감탄을 금할 수 없었으며, 동시에 역시 미국이 선진국이고 거대하고도 위대한 국가임을 새삼 체감 실감할 수 있었다. 그런데 돌아 나오다가 아래로 내려다보니 바로 밑 'I-Beam 난간'에 사람이 편하게 앉은 자세로 매달려(?) 무언가 작업을 하고 있었다. 나와서 물어보니, 페인트공으로 1년 만에 이쪽 끝에서 저쪽 끝으로- 왕복은 2년 소요 -저렇게 페인트(사람 눈에 잘 보이는 해난 구조용 '인터내쇼날 오랜지 색' 칠을 하고 있다는 말을 듣고, '아 위대한 사물의 그늘(?) 또는 배경에는 저러한 사람도 있구나!' 하는 인간 사회생활에 관한 새로운 발견도 할 수 있었다.

사실 '샌프란시스코 만'에는 2개의 큰 교량이 있는데 하나는 'Bay Bridge'이고, 또 하나는 'Golden Gate Bridge'이다. '베이 브릿지'는 금문교와 같은 현수교이고 상하 복층 왕복 6차로로 무려 14킬로미터의 위대한 작품이었으나, 금문교가 건설되자 그 인기를 금문교로 넘겼다고 한다. 그동안 한강철교와 인도교(한강대교)를 위대한 작품으로 알고 지내던 나에게, 이 명물들은 나에게 미국이라는 나라의 거대하고 위대함을 실감하게 하는 큰 충격을 안겨 주었다.

또 'Marina District(요트 계류장)'를 관광 겸 산책하였는데 수많은 호화 요트와 모터보트들이 그 넓은 계류장에 정박해 있는가 하면, 그 앞으로 해변에는 수많은 서양 미인들(?)이 '비키니' 차림으로 풀장용 침대나 그냥 수건이나 또는 잔디밭에 그냥들 줄지어 누워서 햇빛 쬐기를 하고 있었다. 당시 우리네 여자들은 감히 그런 옷을 입지도 못하고 그저 아래위로 붙은 수영복을 입고도 부끄러워했고, 또 감히 밖에 나가 사람들 산책 다니는 곳에 드러누워 있을 수도 없던 때였다.

그런데 여기 이 값비싼 요트들을 타고 즐기며 이 아름답고 평화스러운 해변가에서 한가하고 풍요하고 즐겁게 일광욕을 하고 있는 사람들 모습을 보니 새삼 '인생이 무엇이냐?'가 생각났다. 우리네는 지금 '먹기 위해 살고 있는데, 여기는 살기(즐기기) 위해 먹고 있지 않은가?', '아 우리는 언제 이것이 가능할까?'. 불현듯 사범학교 시절 금수현 교감으로부터 들은 얘기, "미국은 이제 사람 문제는 끝나고 고양이를 교육하고 있다."라는 것이 새삼 마음에 와 닿았다.

거기에다 대형선착장에서 많은 외국 국적 표시 선박들이 줄지어 정박되어 있는 곳에서 어쩌다 비록 몇천 톤급 정도의 화물선이라 할지라도 태극기가 달린 걸 보고 그 어찌나 반가운지. 사람들이 흔히들 외국 나가면 모두가 애국자가 된다고 하였는데 이 감정이 바로 그것이구나고 느끼게 되었다.

시내, 즉 다운타운에 가보았는데, 아마도 메인 스트리트였는가, 왕복 10차선 정도의 넓은 거리에 인도도 넓어서 관광객으로 보이는 사람들도 함께 그러나 비교적 한가하게 사람들이 오가고 있었다. 그런데 거리를 두리 번 거리며 걸어가고 있는 우리 곁으로 아주 기분 좋고 경쾌한 걸음으로 젊은 한 쌍이 지나가는데 한 10미터쯤 앞서갈 때까지 그 모습이 하도 좋게 보여 눈으로 뒤쫓고 있었는데, 그중 예쁜 애인(?) 아가씨가 뒤돌아보며 찡긋 윙크를 하는 게 아닌가. 어 기분이 좋아 나도 그렇게 따라 해 보았지, 어리석게도 설마 나를 좋아해서(?), 물론 그건 아니고.

당시만 해도 바쁜 사람들이 오가는 그 '스트리트'에서도 사람들은 눈이 마주치면 "하이, 굿모닝!"은 누구나 서로 주고받았고, 어떤 이들은 '윙크'해 주기도 하였다. 우리도 그저 분위기 따라서 "하이, 굿모닝." 정도는 할 수 있었다. 참 좋은 나라요 낭만이 흐르는 샌프란시스코 시민으로 보였다.

길거리를 돌아다니다 보니 큼직한 아이스크림 그림이 그려져 있는 상점이 있어서 안으로 들어가서 주문해 보았다. "헬로, 아이스크림 플리즈." 했더니, "왓 카인?" 그런다, 어 분명히 무슨 종류? 그러는데, 아니 아이스크림이나 아이스케이크에 종류? - 웃지 마세요, 당시 한국은 '아이스 케이크만 있었고, 그것도 그냥 한 가지 종류뿐이었고, 아이스크림은 더더구나 웬만한 사람들은 잘 듣지도 보지도 못했다. -두리번거리자 이 친구 눈치채고 앞에 진열된 그림을 가리킨다, 아 그제야 "응, 저거." 했는데, 또 주지는 않고 질문한다, "가져갈래, 여기서 먹고 갈래?" 하는데도 무슨 말인지 못 알아들었으나, 그저 눈치로 알아듣고, 손짓으로 가져 나가겠다고 했다. 그제야 이 친구 몇 사람분인가 또 물어보고는 잘 포장해 주었다. 한국 '프롤레타리아트' 청년 장교들인 우리는 이런 것들이 참으로 생소했다.

또, '다운타운'과 '업타운'의 개념과 실제도 보고 경험하였다. 즉 '다운타운(Down Town)'은 주 중 대낮에 공동체 일상활동구역으로, 그곳에 출근하여 일하고 생활하다가 밤엔 전부 철시한다. 그래서 사람 사는 지역, 주로 비교적 높은 지대에 자리잡은 주택지구, 그래서 '업타운(Up Town)'이라는 주거지역으로 가서 쉬며 자고, 다음 날 다시 다운타운으로 내려와 낮 생활을 한다.

허, 이거 별천지고 신천지네, 건물들을 보라 벽돌집에 화강암 집들, 잘도 설계된 도시, 물론 그 편리하고 질서정연하고 아름답게 보이는 동네, 어딜 가나 숲이 있는 널찍한 공원들, 거기에 사람들은 앉아 쉬고, 젊은이들은 뛰놀고, 어떤 사람들은 산책하고 책보고 누워있고, 남녀들은 짝짝이 함께 산책하는 모습들은 정말 보기 좋아 탐스러웠다.

∴ 미대륙(북부) 횡단 기차 관광 여행의 행운

며칠 뒤 우리는 목적지를 향한 기차 여행 명령서(티켓)를 받고 상당히 긴- 현재까지 생애 최초요 마지막, 단 한 번뿐이었던 -북부 미국 대륙 횡단 기차 여행을 아주 운 좋게도 하게 되었다. 이름답고 인간미 풍부한 샌프란시스코의 항구 관광은 예정되어 있기에 돌아올 때 다시 하기로 하고, 우리(韓, 선배와 나)는 'Union Pacific train'의 'Pullman car(쾌적한 설비가 된 침대차)'의 2인용 칸- 아래위 침대차로 3면 거울이 달린 화장실에 큼직한 관광용 창문, 일반 호텔과 같이 매일 시트 교환해 주고 청소해 주고, 문 열고 복도에 나가면 반대편 창문으로도 기대여 관광할 수 있고 -에 몸을 실었다.

이 열차는 넓은 창이 지붕이 되어 있는 전망차와 식당차 그리고 침대차 수량으로 구성되어 있었고, 밤낮 쉬지 않고 5일간 계속 달려서 종착역인 '시카고'로 가는 장거리 고급 관광 열차였다. 거듭 말하지만 개척자 정신을 가진 나는 관광 여행을 물론 좋아하였는데, 특히 미국의 모든 것이 보고 싶은 내게, 이렇게 호화 관광 열차를 타고, 최고급 예우를 받으면서, 이 젊은 때 미 대륙을 횡단하는 기회를 가지게 된 것은 참으로 큰 행운으로 생각되었다.

기차는 샌프란시스코 역을 출발, Sierra Nevada 산맥을 지나자 문자 그대로 광활하고 끝이 전혀 보이지 않는, '가도 가도 끝이 없는' '네바다' 사막을 지나가는데, 이야말로 그동안 그림에서 그리고 서부영화에서만 보아 오던, 그래서 생전처음 보게 된 대사막지대를 지나갔다. 그런가 하면 그대로 이어서 '유타주'로 들어가 사막 한가운데 있는 '그레이트 솔트 호수(Great Salt Lake)' 가운데를 가로질러 지나가는데, 좀 낮은 속도로 아마도 2시간여를 지나가는데, 그야말로 문자 그대로 거대한 '소금호수'라는 이름이 실감 났다.

기차는 하루에 한 번 정도 서든가? 여하간에 밤낮없이 달리고 또 달리는 동안 나는 이렇게 광활한 사막, 이렇게 거대한 풍경 속에서, 자고 일어나면 하루 몇 시간씩 밖을 보며 감탄하고 또 감탄하고, 식당에 가서는 레스토랑형 메뉴로 제법 매일 바꾸어 선택해 서비스를 받았다. 그런데 청소나 식당 서비스 등은 주로 흑인이 도맡고 있었다. 그런데 이를 며칠간 반복하였으나, 그래도 워낙 생소한 것들이라 그때마다 메뉴 읽기를 배우고 익히려 하였으나, 끝내 익숙하지를 못하였다. 그런데 식당에서 아주 자주 나오는 치즈에 친하지 못해 우리는 자주, 함께 마주 앉아 식사해 주는(?) 친절한 신사에게 다른 반찬과 바꾸어 먹기도 하였다.

2일쯤 지나면서 정차한 역의 이름을 보니 와이오밍주의 '라라미(Laramie, 레러미)'였다. 사막 한가운데서 친구를 만난 것처럼 반가웠다. 그 이유는 한국에서 당시 서부영화 시리즈가 대인기였는데 그중 하나가 「라라미에서 온 사나이」였다. 아주 재미있게 본 영화(* 기병장교 대위인 형의 억울한 죽음을 복수하고자 '라라미' 출신으로 역시 기갑 장교 대위인 형이 범죄자를 추적하여 기어이 복수하는 서부영화, 서부개척시대의 용감하고 정의롭고 불패의 총잡이 사나이들과 사필귀정의 얘기)이다. 그래서 그 이름이 아주 반가웠던 것이다. 그래서 내려서 두리번거리기도 하고 뭔가 살펴보기도 하다가 역내에 '30분 세탁'- 당시는 각자 여행용 다리미를 휴대하여 여행하던 시대라 -이 있기에 맡겨서 와이셔츠를 바꾸어 입기도 하였다. 이어서 며칠간 '네브레스카' 주의 'Omaha'를 지나고, '아이오와'주를 지나 '일리노이'주에 들어와서 드디어 중간 정착지인 '시카고' 서편 역에 도착하였다.

∴ '시카고'를 지나 수도 '워싱턴'에 오다

바야흐로 한겨울이라 눈에 푹 파묻혀 있다시피 한 'Chicago, 시카고' 시내를 택시로 지나 '동부 기차역'으로 바쁘게 이동하느라 그 유명한 시카고를 둘러보지도 못하고 그저 다음을 기약하고 갈 길을 서둘렀다. 그래서 다시 워싱턴행 기차로 바꾸어 타고 시카고에 연접한, 마치 우리 남한 크기와 비슷한 '미시간호'와 '이리호'에 인접하여 지나가면서 밤새워 동으로, 동으로 달려, 미국 지형 구분과 역사 구분상 유명한 '애팔래치아' 산맥을 통과하여 다음 날 오전에 미국연방의 수도 '워싱턴(Washington D.C)' 기차역에 도착하였다.

약 3시간 정도 환승 여유 시간이 있어서 우리는 택시 투어를 하게 되었다. 그래서 막 역을 삐져나가는데, 워싱턴의 첫인상(?)으로, '샌프란시스코의 골든게이트 브릿지' 인도교 출입장에 설치된 것과 같은 크기의 톨게이트— 보통 사람 1명씩 차례로 동전 넣고 출입하는 설치물 —반대편에서 들어오려는 거구(일본 씨름 선수보다 더 뚱뚱한) 2명이 그곳에서 이래저래 몸을 밀어 넣으려고 애쓰는 모습을 보고, '미국에는 저런 사람들도 있구나.' 하는 신기한 생각도 들었다.

역전에 대기 중인 관광용 택시를 타고 시내 관광에 나섰는데, 제일 먼저 안내된 곳이 '워싱턴 모뉴먼트'였다. 그냥 보기에는 뾰족한 첨탑으로만 보이나 가까이 가면 역시나 거대한 구조물이었다. 높이 약 170미터에 내부는 올라가는 엘리베이터와 내려오는 와선형 계단이 설치되었고, 꼭지 부분에는 사방으로 워싱턴 시내를 볼 수 있는 창문을 비롯하여 도보로 내려오면서도 밖을 볼 수 있는 창문들이 있었다.

이 탑은 미국 초대 대통령 '죠지 워싱턴 장군'을 기념하여 1886년에 완성되었는데 바로 몇 년 뒤 불란서 파리의 '에펠탑'이 건조될 때까지 세계 최고 높이였다고 한다. 그런데 듣기로는, 이 재료들은 아프리카 이집트에서 유럽을 거쳐 온 것이라 하였다. 그런데 그 근방에 노신사(?) 몇 명이 점잖게 서서 동전 동냥을 하고 있었는데, '야, 이 부자나라 미국에도 동냥꾼이 있나?' 하여 대단히 신기하였다.

다음은 그 건너편에 마주 보고 있는 '링컨 모뉴먼트'에 갔다. 이것은 우리에게도 잘 알려져 있긴 하나 그래도 막상 거대한 석상 앞에 서보니 감회가 무량하였다. 나는 특히 어린 시절 즐겨 읽던 위인전기 중에서도 '링컨' 대통령의 어린 시절 가난에도 불구하고 정직하게 열심히 살았고, 그리하여 노예해방에 이르게 된 그를 위인으로 존경하며 나의 인생지표로 삶아 살아왔기에 이제 그의 거대하면서도 새하얀 거상 앞에 서니 더욱 보람을 느끼지 않을 수 없었다.

이외에도 웅대한 국회의사당을 설명을 들으며 지나가고, 거대한 국립항공우주박물관인 'Smithsonian'에 들러서는 물론 항공기와 우주개발 역사와 실물 등을, 그리고 '쥐라기' 시대 북아메리카의 공룡 전시물을 보고 압도되기도 하고,

또 이외도 근방 여러 곳에 역대 미국 대통령을 기리는 모뉴먼트가 많이 있다기에 들리고는 싶었으나, 다음을 기약하고, 미국 대통령 관저인 '화이트 하우스'- 우리나라도 이를 본떠 대통령 관저를 '청와대'라 한다. -로 갔는데, 참으로 청아하고 우아하면서도 아름답게 보였다. 그런데 대통령이 산다는 이 집이 이렇게 길거리에 있어서 국민들에게는 물론 심지어 이런 관광객들에게도 볼 수 있게 되어 있으니 과감한 도시배치라는 생각과 함께 과연 미국식 민주주의 상징이라는 생각이 들었다.

다음은 우리가 군인이라는 걸 알고 교외에 있는 '알링턴 국립묘지'에 안내되었다. 당시만 해도 우리나라에 동작동 국군묘지가 있었으나, 이렇게 거대하고도 위엄 있는 아름다움을 더하여 외국인까지 관광할 수 있을 정도의 모습일 줄은 미처 몰랐다.

그곳에는 6·25 南侵赤亂 시 한국에 참전하였다 전사한 대부분의 미군이 잠든 '한국전 참전용사묘지구역'이 있었는데, 그 구역에는 전체 묘역을 지키는 초소 그리고 기념행사를 할 수 있는 단이 조성되어 있었다. 그래서 그곳에는 2명의 의장대원이 약 50미터를 사이에 두고 교차 의장행진을 하고 돌아서서 다시 적당한 시간 간격으로 교차 행진을 실시하는 등, 전 지역 순찰(돌봄)과 경비를 대신하는 간단명료하고 의미깊고 보기 좋은 소구 간 교차보행 의장 행사를 계속하고 있었는데, 여기에서 기념일마다 또는 주요 인물 방문 시 헌화행사가 이루어지기도 한다는 설명을 들었다.

이제 다시 환승할 시간이 되어 기차역으로 갔는데 보아하니 거의 시내 한복판에 기차역이 있어서 워싱턴 시내 관광에는 안성맞춤으로 보였다. 과연 이 '워싱턴시'는 자연 조성이 아닌 완전한 계획도시로, 아름답고 웅대하게 그리고 미국역사를 써나가며 보여주는 도시, 그리하여 미국정치의 중심인 동시에 오늘날 세계정치의 중심이 되어 있는 도시로 전혀 손색이 없을 듯하였다. 이 또한 내게는 경탄할 수밖에 없는 완전한 신천지의 상징도시로 보였다.

∴ 드디어 'J.F, Kennedy Center'에 오다

이제는 객석이 침대차 아닌 걸터앉는 의자로 된 '코-치 카(Coach Car)'로 환승하여 직선거리 약 500킬로미터 남쪽에 위치한, '노스캐롤라이나(North Carolina)' 주의 옛 수도 '페이예떼빌(Fayetteville)'에 도착하였다. 도중에 길고도 길면서 아름답게 전개되는 초원지대와 우거진 원시림 지대 그리고 현대식 도시지대를 지났는데, 그런대로 미국역사와 전사를 연구하면서 귀에 익은 '리치몬드'나 '포츠머스' 등을 지날 때는 유심히 관찰하며 지나갔다.

저녁이 다 되었을 때 드디어 목적지인 '페이예떼빌'에 도착하고, 학교 당직 장교에 의해서 안내된 곳은, Ft. Bragg, N.C의 John F. Kennedy Center 내에 있는 Special Wafare School 의 V.O.Q였다. 이 숙소는 단순한 방문자 숙소라기보다 피교육생을 위한 기숙사였다. 가운데 화장실을 사이에 두고 양편으로 화장실 출입문을 두었고, 그 한 편을 보면 물론 개인용으로, 옷장이 달린 침대방과 엷은 벽을 칸막이로 공부방(책상과 책장 그리고 거실을 겸하는)을 가진 한 건물 2인용 숙소였고, 물론 침대 책상 의자 등 모든 것이 전통 미국 거실 가재도구 그대로였다. '아 드디어 미국에 유학 왔구나!' 하는 기분이 실감 났다.

이곳 군사 유학생활을 얘기하기 전에 먼저 여기 'J.F Kennedy Center'와 'Fort Bragg N.C'부터 소개하겠다. 세계 제2차대전 후 최고조에 달하고 있던 동서냉전 시기에, 소련 수상 '흐루시초프'가 겉으로는 소위 '평화공존론'에다 '데탕트(Detente)'를 내세우면서 그 이면으로는, 스스로 핵무장을 강화하면서도 세계적으로는 얼치기 공산주의자들을 통해 소위 '반전, 반핵, 평화' 운동(데모 시위 등)을 선동하여 위장평화를 가장하였다. 그와 동시에 실제로는, 제3세계 특히 남미와 아프리카 그리고 동남아시아 국가에 침투하여 '분란(Insurgency)'을 일으켜 적화(赤化)하려는 전략- 핵전쟁을 피하되 제3세계 민족해방전쟁을 적극 지원하는 세계 간접 적화침략 전략 -을 적극 전개하였고, 드디어는 미국의 코 앞인 '쿠바'에 핵미사일 기지까지 건설하여 미국을 직접 위협까지 하였다.

이에 '미국 중흥의 기치(New Frontier Spirits)'를 내걸고 나타난 '케네디' 대통령은 1961년의 '베를린사태'- 동부 베를린과 동독을 봉쇄하는 장벽설치 소동 -를 현지 공수작전과 지상 돌파작전으로 극복하고, 62년에는 쿠바에서 소련과 대결하여 단연코 소련 침략(도전) 의지를 분쇄하였다. 그리하여 케네디 대통령은, 소위 'Missile Gap'을 보완하고 '상호확실파괴전략'(MAD)을 확립하고 '3탄도체제(TRIAD)'를 수립 시행하였다.

동시에 소련의 '제3세계 해방전략전술'에 대응하기 위해, '테일러 장군'- 101공수사단장으로 노르망디 상륙작전 지휘·미 육사 교장·한국전 참전 8군 사령관·육참총장·합참의장·주월남대사, 『Uncertain Trumpet』 저술, 비정규전 이론가 —의 건의에 따라 '정치·군사 통합전략'인 '유연 대응 전략(Flexible Response Strategy)'을 확립하고, '대불란 작전(Counter Insurgency OP)' 개념을 정립하여, '특수전사령부(Special Warfare Center)'를 이곳 '노스캐롤라이나주'의 'Ft. Bragg'에 설치하고, '특전부대(Special Warfare Forces— 별칭 Green Beret)'를 창설하였다. 그리하여 미국은 특히 이에 유관된 국가에게 이 전략·전술 교리를 전파함과 동시에 미국 주도하에 공동전선을 형성하려고 노력하고 있다.

이곳 Ft. Bragg은, 서울시 (그보다 조금 큰) 크기로 남북전쟁 당시부터 'Camp Bragg'으로 시작하여 1, 2차 세계대전을 거치면서 확장을 거듭하였다. 오늘날에는 신전략개념의 중심지가 되어 종래의 전통을 자랑하는 '82공수사단'을 비롯하여 특수전 센터와 '그린베레부대' 등 명실공히 'Special Operations Forces'의 본거지(Home)가 되어 있다. 그래서 이 모든 군사 요원들과 가족과 가정을 위한 제반 민간 생활터전은 물론 4개의 커뮤니티를 포괄하는 큰 도시가 형성되어 있었다. 그래서 군사기지 한가운데로 대형 고속도로가 관통하고도 있었다.

∴ Kennedy Center의 철학과 특수전(Special Warfare)의 개념

이곳 'Special Warfare School'에서는 초청된 동맹 또는 연합국가 군인들에게, '특수전'에 대한 철학과 이론 그리고 3가지로 분류된 주 과목, 즉 심리전·비정규전·폭동진압전, 에 대해서 주로 실내 토론과 질의응답을 통한 사례연구(Case Study)를 통해서 이론을 배우고, 동시에 야외에서 간단한 시범과 실제 부대, 82공수사단과 제7특수전 부대를 방문하고 거기서 시범을 통해서 익히도록 하였다.

특수전(Special Warfare)이란, 흔히 비정규전(Irregular), 비재래식 전쟁으로 이해하기도 하나 바르게 말하면, 정규전(Regular Warfare, 또는 Conventional Warfare)이 아닌 문자 그대로 '특수한 방법에 의한 전쟁'을 의미한다. 교육을 위한 특수전 분류는, 심리전(Psychological Warfare), 비정규전(Unconventional Warfare), 분란진압전(Counter Insurgency OP)의 3과목

이 주류다.

심리전이란 사실은 특수전에서 아주 중요시하고 있는 전략전술분야이다. 그래서 이 유학 과정 명칭도 엄연히 '심리전 과정'이다. 이미 잘 알려져 있어 더는 설명이 불필요하리라고 생각한다.

비정규전이란, 정규전에 대한 비정규전 또는 비재래전(예, 핵전쟁)을 의미한다기보다 완전히 새로운 의미의 특수전, 정치와 무력을 배합한, 그리고 전쟁법규 범위를 벗어나는 수단과 방법을 가리지 않는 전쟁 양상(Black/Dirty 불사)을 의미한다. 그 진짜 의미는 미특소전부대에 가서 한 팀의 시범을 보면 이해할 수 있다.

작전팀은 통상 12명으로, 팀장과 부팀장, 복수의 정작(정보·작전) 전문가, 복수의 피아 화기 전문가, 복수의 피아 통신전문가, 복수의 폭파전문가, 그리고 복수의 외과수술 가능 군의관으로 구성되어 있다. 이들 전원은 파견(침투)국가 언어를 구사할 수 있어야 한다. 당시 특전부대에 가서 본 시범 요점은, 1개 팀이 적 후방 반정부 지역에 침투(육해공)하여 토착민 게릴라부대를 조직, 지휘·지원하고, 때로는 직접 정치공작 암살 납치 등의 작전을 담당한다고 했다. 부차적으로 극한상황에서 생존을 위한 단련 훈련을 실시한다고 했다.

특수전 3대 요소 중 또 하나는, '대분란전' 또는 '분란진압전' 또는 '폭동진압전'이라는 이름을 가진 'Counter Insurgency Warfare(또는 OP)'이다. 이 과목의 요점은, 제3세계 사태를 중심으로 착안한 것으로, 사태 발생 이전 조치와 사태 발생 시 조치 그리고 사후 안정조치 들이다. 사태 발생 이전 조치는 곧 사태 발생 요인(Rising Expectation), 예하면 물론 정치 사회적인 문제를 비롯하여 특히 식량·물·의료불만 등의 환경개선 문제 등이고, 사태 발생 시는 폭동(반란)진압작전으로 들어가되 단호하고 위엄있는 그리고 집중적인 병력투입, 가능한 비살상 제압 등의 과제이고, 그 후는 지속적인 안정작전을 시행하는 문제 등의 과제였다. 물론 말하기는 쉬우나 각국과 각 지역환경과 조건 그리고 상황에 따라 그대로 실천되기는 어려운 과제들이었다.

* 그래서 미국이 사전에 이렇게 교육하고 지원하면서 성과를 기대하였으나 그 후 월남 전쟁이나 남미 아프리카 지역 등지의 대 게릴라전에서 바람직한 성과를 거두지는 못했다.

∴ 미 특수전 학교의 수업 및 생활 이모저모

나는 민족주의자(?)

그동안의 생활 에피소드 몇 가지를 소개한다. 나는 상대를 처음 대할 때마다 물론 영어로 "나는 문영일 중위이고, I come from KoRea."라고, 좀 'Rea' 부분을 악센트를 더 주어 말했더니, 교관이 공부시간에 '비정규전 성공요건 중 하나로 굳센 민족관'을 강조하면서, 나를 두고 '민족관이 강하다.'라고 소개하고 좋은 현상이라 하였다. 심지어는 그다음 반으로 다녀온 친구들로부터도 그 말을 듣기도 하였다.

친하게 된 요르단 장교와 미 해병 장교

우리 반(1962. 1.~1962. 3.)은 11개국[한국, 요르단, 이란, 중국(대만), 이탈리아, 베트남, 니카라과, 노르웨이, 캐나다, 버마, 서독]에 미 육해공 해병대를 포함하여 80명이 한 교실에서 동시에 수업하고, 대령에서부터 중위에 이르기까지 전 계급을 망라하였는데, 최고참 최고령 미군 대령이 반장이었다. 단 3개월 단기과정이라 많은 국가 장교들과 사귀지 못하는 것이 단점이었을 뿐 전체 교육내용이나 학생관리 대우 식사 예우 그 모든 것이 만족스러웠다.

나와 비교적 친하게 지낸 외국 장교는 요르단군의 '소령, A. Rafie'였는데, 그는 당시 왕세자의 비서실에 근무하고 있다고 했다.

* 60년대 말경에 요르단 왕세자의 방한을 수행하여 서울에 와서 문치과 주소를 통해 나를 찾았으나 서로 시간이 맞지 않아 만나지를 못해 아쉬웠다. 우리는 손짓 발짓 다 하여 "미국은 'X 주고 뺨 맞는다', 즉 원조 잘해 주고도 그 나라로부터 원성 듣는다."라면서, 의사소통하고는 그다음부터 만나면 그저 즐거운 말동무가 되었다. 또 한 친구는, 학업을 수료하고 귀국 시에 같은 반 출신 '미 해병 대위 J.E, Hennegan'과 함께 그의 자동차로 남부 미대륙을 횡단하며 사귀게 되었다.

그런데 교실에서는 좀 의외의 장면을 보기도 했는데, 미 해병대 장교들의 수업 자세가 상당히 무례(?)하게 보였다. 겪어보니 미국 사람들(서양 사람들?)이 남녀 노소 간에 별 격의 없이 소파 등에 편하게 발 올리고 스스럼없이 지내는 걸 서양

문화라 생각은 하고 있었지만, 이건 좀 과하게 보였다. 그들 몇 명(주로 대위급)은 끼리 이웃하여 자리 잡고, 마치 그들의 기질을 과시라도 하는 양, 가끔 서로 좀 큰 소리로 대화하고, 주변 기타 병과 미군을 무시하듯 보이기도 하였다.

그런데, 수업시간 내내 그들 중 몇 명은 몸을 완전히 의자에 기대어 뒤로 누운 듯, 양 구둣발을 책상 위에 얹어서 바로 앞 장교 뒷머리에 닿을 만큼 쭉 뻗은 체 교관을 향하고 수업하였다. 물론 수업에 방해가 되는 건 아니었기에 미국 교관도 이에 개의치 않았다. 그러나 아무리 서양이 또 미국이 자유스럽다 하더라도, 과연 그런 수업 자세가 미국 해병대 장교다운 태도(?)로 좋게 평가될 수 있을 것인지 나는 이해하기 어려웠다.

폭동 무력진압전술

야외 시범실습시간에는 각종 장비 소개와 '폭동진압전 시범'을 보았는데, 요지는, 처음 단계는 통행금지와 함께 요지 요부 경계 그리고 각종 제압장비 활용으로 격상하고, 이어서 지체 없이 꽂아 칼 돌격 자세로 일 보 일 보 또 일 보씩 밀고 나가다가 폭도가 밀리기 시작하면 그때는 기세를 올려 뛰면서 돌격해서 분열시켜 격파하고 해산시킨다는 작전요령이었다.

그런데, 물론 견학 및 실습복장은 자국의 전투 복장이었는데, 보아하니 미군 전투복을 입은 나라는 우리나라와 베트남뿐이었다. 야외 실습시간마다 느끼는 것은 우리도 하루빨리 발전하여 자기 나라 복장에 자기 나라 생산 무기로 무장할 수 있는 '자주국방'을 이루어야겠다고 다짐하고 또 다짐하였다. 우리들 모두는 종종 주말에 미군 장교클럽에서 초청모임이나 단체 '빙고 게임'을 즐기기도 하였는데, 젊은 미군들 특히 해병 장교들은 그 지역 병원 간호장교들과 어울려서 댄스파티를 즐기는 것 같았다.

풍족한 미군 영내 장교식당

우리는 한국 출발과 동시 거의 모든 것이 처음이라 눈치로 생활(?)- 특히 식사 때 -을 시작하고 있는데, 첫날 장교식당(Officer's Mess Hall)에 안내되었을 때는 새삼 옛날(1950년 전후)에 들었던 '벙어리 코스 에피소드'가 생각났다. 식당에 들어서자 낯선 식판을 들고 계란 조리대 앞에 줄을 섰는데 차례가 되자 요리병이 뭐라고 물어보았다. 처음 듣는 단어라 머뭇거리자, 이 요리병이 웃으며 모양을 그려가며 보여주어 가며 설명한다. 미국 사람들(군인은 물론 대부분)은 하루아침에 계란 2개씩 먹기에, 여자 젖가슴처럼 흉내내 보이며 '브레즈'라고 하다가 다시 '선 라이즈'라고 하고, 다음엔 막 섞는 모양을 하면서 '스크램블'이라 하였다. 그제야 얼른 눈에 익은 '후라이 2개'를 주문했더니, 즉석에서, 스텐 철판 위에서, 요리해 건네준다. 그래서 다음 날부터 스크램블도 시켜 먹는 등 그 단어들에 익숙해졌다. 솔직히 나도 그때까지 계란을 그런 식으로 즉석 요리로 먹어보지를 못했다.

그래서 계란 담긴 식판을 들고 다음 빵으로 갔더니 또 선택해야 할 고민을 안겨주는 여러 가지 종류가 있었다. 식빵, 바게트빵, 여러 가지 생과자, 프렌치토스트 등등, 식빵 옆에는 토스터가 있고, 그 옆으로는 각종 모양의 소시지와 햄 등, 그리고 옆으로는 씽씽한 야채 샐러드, 그리고 음료수로는 오렌지 주스를 비롯한 각종 주스, 우유, 그리고 코카콜라와 펩시콜라, 연한 커피 진한 커피 등이 나오는 기계와 그릇들, 홍차 등등이 풍족하게 보기 좋게 진열되어 있었다. 그리고 후식 과일로는 이스라엘산 오렌지가 있었는데 배부른 데다 보기도 좋고 그냥 먹어 치우기엔 아까워서 종종 방으로 가져와서 놓고 보기도 맛보며 먹기도 하였다.

지금이야 이름들을 다 알고 사용하거나 먹을 주도 알지만, 그때는 모든 것들이 생소하였다. 지금에야 아는 것이지만 이것이 소위 '지중해식'과 값으로도 차이를 내는 '아메리칸 브랙패스트'였던 것이다. 그러나 그 모든 것이 먹음직하였다. 우리의 속담에 '지 멋대로', '지 마음대로' 그리고 '지 맛대로'가 있는데 이제야 그 뜻을 알게 되었다. 여하간에 미국은 질 좋고 풍족하다.

그런데 점심 식사는 더욱 풍족하여 스테이크를 포함해서 레스토랑의 세트 요리와 비교해 손색이 없었다. 미국에서 군인과 특히 장교에 대한 대우는 각별함을 알 수 있었다. 밥값은 아침 3달러, 점심 7달러 저녁 5달러였다. 호화 식사였기에 전혀 비싸다고 느끼지 않았으나 매주 받는 포듐이 월간 약 600달러(?)였기에 빠듯하였다. 그래서 어떤 한국 장교들은 입맛도 다스리고 돈도 아낄 겸 영내 가족 상대 'commercially(PX품 외 식료품 등 생활 필수품 판매장)'에 가서 한국 음식재료를 구입, BOQ에서 밥(국)해 먹다(규정도 위반)가 그 냄새가 풍겨서 외국 장교로부터 신고가 되어 주의를 듣기도 해 부끄러웠다.

미군 PX도 우리에게 개방되어 있어서 면도용품 등— 예, Skin Bracer, Dial 비누 등은 그 이후 내 평생 동반물이 되었다. —일용품과 특히 담배 등 기호품을 애용하였다. 미군 PX 및 commercially 제도는 우리 한국군도 반드시 본따야 할 제도 중 하나였다. 그것들은 근무지역 위험 강도별로 3지역으로 구분 운용되는데, 제1 지대가 전쟁터나 최전방지대 즉 한국과 같은 지역으로, 거의 원 자제 값 정도, 제2 지대는 그 후방 지대 즉 일본 같은 지역 주둔 지대로 아마도 면세액의 절반 정도, 그리고 본국의 주둔지에서도 면세로 운영되었다. 미군 급여 자체도 그리 나쁘지 않은데도 국가에서 그렇게 대우해 준다는 의미가 포함되어 있다.

그때는 생소했던 '서양풍속'

비록 소경 코끼리 만지듯 보고 들은 것이긴 하나 당시는 참으로 신기한 서양 문화요 풍습으로 보였는데 지금(2020년대 한국)은 우리네가 거의 그러하다. 내게도 미군 고참 대령 한 분이 스폰서였는데, 부인과 어린 손자와 함께 생활하고 있었는데, 종종 나를 자기 집에 초대해 주었고, 한때는 바닷가 해군·해병대 사령부가 있는 해군기지 도시 'Norfolk'에 가서 바다구경도 하고 해산물 식사도 하였다.

그런데 그들이 집안 밖에서 여자가 의자에 앉으려면 반드시 남자가 와서 의자를 빼주고 바쳐준다. 그런가 하면 집안에서는 여자가 출, 퇴근하는 남편에게 반드시 옷을 입혀주고 살펴주고, 벗겨주고 가져다 걸어 주고 한다. 정말 들었던 데로 옛날 서부개척시대에 여자가 귀해서 그때부터의 '여존남비'의 풍습이란다. 그런데, 이런 일도 있었다. 대체로 주말이 되면 '장교 파티 홀(통상 명칭이 붙는다.)'에서 모임을 갖는다. 그때 남자는 여자의 돌봄으로 집 현관을 나와 차고에서 자동차를 몰고 현관에 세우고 조수석 앞에 서서 앞문을 열면 기다리던 부인이 타면 문을 닫아주고 운전대로 와서 운전해 간다.

파티장에 도착하면 현관에서 남자가 얼른 문 열어 주면 여자가 내리고, 남자는 주차장에 주차하고 돌아와, 기다리고 있던 부인 코트 벗겨주고 모자 벗겨 들고 카운터에 맡기고, 그리고 함께 들어가 의자 빼주고 앉히고 자기 자리로 가 앉는다. 모임 마치고 나올 때는 남자가 여자 것 찾아주고 곧 주차장에 가서 차 몰고 와서 기다리던 부인 문 열어 주고 닫아주고 운전대로 와서 집으로 간다. 집에 와서 현관에 차 문 열고 부인 내리고 주차시키고 현관에 오면, 그때부터는 여자 차례다. 현관문에서 기다리다가 문 열어 주고 옷 벗겨서 쥐고 모자와 함께 가져가서 장롱에 건다. 알고 보면 지극히 합리적이지 않은가? 그런데 왜 그 당시는 우리와는 반대로 그렇게도 '여존남비'로 보였는지. 그래서 낮에 동료 미군을 만나면 "야, 우리는 집이건 밖이건 남자가 왕이다."라고 자랑 아닌 자랑을 많이 하였다. 세상이 지금같이 달라질 줄 누가 알았겠나?

하와이 출신 일본계 미군 장교가 준 병 김치와 김치 맛 내기

우리 반에는 하와이 출신 일본계 미국 장교가 있었는데, 아주 정스러웠다. 그는 종종 우리에게 주먹 크기의 유리병 김치(6달러)를 가져다 주어서 고맙게 잘 먹었는데, 그때 '김치를 공장 생산할 수 있고, 저렇게 상품화할 수 있구나.' 하는 것을 알게 되었다. 실은 우리가 김치 생각이 나서 야채에 '핫소스'를 좀 뿌려 먹으면 맵고 새콤한 것이 김치 8촌의 맛은 볼 수 있었으나, 물론 본 맛은 아니었다.

효도도 하는 미군 초급장교 생활

관심을 가지고 보았던 미국 장교(위관급)들의 생활은 의외로 부지런하고 절약형이며 우리 못지않게 효도하고 있었다. 우리와 한 반이었던 미군 장교들은 주로 대위였는데, 나를 자기 집으로 초청해준 친구도 대위였다. 그 대위의 미 국내생활 월급(주급으로 지급)은 당시 3,000여 달러(우리 돈 500여만 원)였는데, 30년 월부 주택기금으로 월 700여 달러, 각종 보험료 500여 달러, 생활비 및 공공요금 1,000여 달러 공제하고, 그리고 부모님께 월 300여 달러씩 송금— 아 미국에도 이런 효자가 있었다. 모두가 그럴 수도. —한다고 하니, 실제로는 경제생활이 우리네 생각보다는 풍족하지는 않게 보였다.

그는 저녁에 통상 일과 정리하고 파티 다니고 클럽생활 등 하다 보면 늦게 잠자리에 들게 되고, 기상과 동시 바삐 출근 준비하다 보니 면도하며 빵 하나 입에 넣고 우유 한잔하고는 부인이 운전하는 자가용으로 출근한다. 그래서 10시~10시 30쯤 되면 'Coffee Break'으로 도넛 또는 토스트 등으로 커피와 함께 아침을 보충한다. 그리고 퇴근 시간이 되면 부인이 운전해 온 자가용으로 일단 집으로 퇴근한다. 그리고 저녁 시간을 가족과 함께 지낸다(댄스파티, 클럽활동, 공식 리셉션 참석 등). 당시 우리는 언제 저런 자동차를 가지고 가족과 함께하는 생활을 할 수 있을까를 생각하며 그때마다 국가개혁을 다짐하지 않을 수 없었다.

솔방울도 강냉이도 이렇게 클까

그런데 이곳에서 놀라웠던 또 하나는 소나무가 많아서 반가웠는데, 아주 굵고 잘 자란 나무들이고 그 솔방울 들은 우리 솔방울의 10배 정도 크게 보였고, 옥수수도 많았는데 반가웠는데 그 옥수수 아마 우리 것의 5~6배는 되지 않을까, 과연 모든 게 크고 굵고 풍족하게 보였다. 심지어는 날씨도 4계절이 따로 있지 않고 하루에도 4계절이 다 있는 것이 느낄 정도였다.

∴ 철저한 흑인 차별

이곳 '노스캐롤라이나' 주는 역시 미국 남부에 속해 있어서 당시까지만 해도 여전히 흑인에 대한 차별이 심했다. 특히 여기 가까운 '페이엣빌(Fayetteville)' 도시는 100년 전 남북전쟁 이전 공식 대형 노예시장이 있었던 곳이기도 하였다. 극장 정문은 백인이, 저 구석 옆문으로 흑인이. 좌석이야 물론 구별되었고, 버스도 앞에서 8/10은 백인이, 흑인은 저 뒤 구석 좌석 몇 개 정도, 기차 정거장은 완전히 한 지붕 밑 두 방으로 나누어져 있었다. 물론 인구 비율이 그 정도였을지도 모르나 내가 보기에도 아주 극심하였다. 그래서 학교 당국의 주의사항은 외국인 특히 동양인은 외출 시 반드시 군복을 입고 나가야만 봉변을 당하지 않고 동시에 'yes sir.' 대접을 받는다고 하였는데 실제로 그러하였다.

미국인의 대단한 국기 사랑, 곧 나라 사랑

미국인 남녀노소 군관민 할 것 없이 애국심 특히 국기에 대한 사랑은 유별나게 보였다. 길거리에는 관공서가 아닌데도 명절이 아닌 평일에도 많은 집이나 다운 타운의 사무실과 상점들이 성조기를 내걸고 생활하고 있었다. 그런데 하루는, 교실에서 공부 좀 하고 귀갓길(BOQ)에 막 영내를 가로지르는 고속도로를 건너가려는데 때마침 5시 예포 한 발과 함께 하기식 나팔 소리가 나서 멈추고, 건너편 연병장에 계양된 성조기를 향해 거수경례를 하였다. 그러자 고속으로 지나던 자동차들이 모두 멈추고 대부분은 밖으로 나와 곧바로 서서 내가 보고 있는 곳을 향해 경례를 하지 않는가? 미국은 유치원에서부터 성조기에 서약하고, 국가 행사 때는 물론 민간행사(각종 대회) 때도 애국가를 연주하고 합창하며 성조기를 올리기도 한다. 이것이 미국이고 대국의 힘임을 여행 가는 곳마다 절감하였다.

∴ 뉴욕 및 웨스트포인트(미 육사) 견학 여행

학기 중간쯤(2월)에 학교 당국 안내로 뉴욕과 웨스트포인트(West Point, 미국육군사관학교) 견학 여행을 가게 되었다. 뉴욕공항으로 이동하여 버스로, 우선 웨스트포인트(뉴욕주 뉴욕시 북부 허드슨강변에 위치)로 가서 유서 깊고 우리 육사 출신 장교에게는 관계도 깊은 미국 육군사관학교를 견학하였다.

우선 허드슨강 요충지에 위치한 이곳은 북미대륙 패권을 두고, 옛 영-불 전쟁과 독립전쟁 등에서 군사 주둔지로 중요한 역할을 한 이 유서 깊은 자리에, 미국군을 대표하는 미 육사는 1802년, 당시 주로 미국 국토건설을 위한 인재, 즉 공병 장교를 양성하기 위해 개교하였고, 그 후 남북전쟁 등을 거치면서 발전을 거듭하여 현재 모습이 되었다. 학교 대부분은 석조건물로 미 육사 설립 당시 강조되었던 미군 공병기술의 대표작- 주로 미군 요새 모양으로 현재 미군 공병 배지가 상징하듯 -으로 오랜 세월 전통을 자랑하며 건재하였다. 웅대하고 든든함이 보기에도 미 육사에 대한 또 미 육군에 대한 신뢰감을 느낄 수 있게 하였다.

미 육사의 교훈은 의무(Duty), 명예(Honor), 조국(Country)이다. 우리 육사의 표어는 유교 국가 인재 양성소답게 또 수양의 도장답게 '지(智), 인(仁), 용(勇)'이다. 그런데 임관 이후 막상 미 육사 교훈을 대하니, 이것이 군대를 통솔하는 지휘관 특히 초급장교에게는 오히려 현실적이고 격에 맞는 교훈이라고 생각도 되었다.

학교 교수부를 지나며 보니, 이제 막 수업을 마치고 생도대로 가기 직전, 아마도 월말고사 결과를 보느라고, 넓은 게시판 곳곳에서 절도 있고 정연하게 움직이는 생도들을 만날 수 있었는데, 특히 성적 게시판 앞에서 좌우로 차려자세로 한 발자국씩 움직이며 지기 성적과 교반 편성표를 바라보는 모습에서 우리의 화랑대 생도 시절 생활 모습이 떠올라 정겨움이 앞섰다.

학교 도서관 겸 기념관에는 미국에서 흔히 볼 수 있는 "자유 아니면 죽음을 달라."라고 하는 선언문과 "나라가 당신을 요구하고 있다."라는 전형적인 미국식 애국 포스터를 보면서 미국에 대한 인상이 더 깊어졌다. 그런데 좀 보다 보니 옆에 젊은 서양 여자가 있길래 통성명(?)을 했더니, 자기는 여기보다 더 시골 '코네티컷' 주에 있는 국민학교 여선생인데 학생들 데리고 견학 왔다고 했다. 그래서 우리는 한국에서 왔는데 했더니, 놀래면서 어떻게 그렇게 먼 곳에서 여기까지 왔느냐고 했다. 당시만 해도 세계여행이란 미국 사람들에게도 '소수 사람들에게 주어진 행운'으로 생각되고 있었다.

우리는 생도 식당 한편에서 생도들과 식사를 함께하였는데, 나는 특별히 옛 육사 생활을 떠올리며 그들의 일거수일투족을 관심을 가지고 살펴보았다. 전 생도가 오전 일과를 마치고 일제히 식당으로 들어와 거대한 v자형으로 자리를 잡고 정좌한다. 그러자 식당 도우미(군인?)들이 동시에 각 분대 식탁으로 가 음식이 담긴 접시 한 가지씩 테이블에 올려주면, 맨 끝자리 하급생 오늘의 당번 생도가 접시를 들고 외친다. "여기 맛있는 스프가 왔습니다."라고 하면서 안쪽으로 밀어주면 저 끝 상급생에게까지 패스 된다. 그러기를 여러 번- 아마도 5번 정도, 그날 메뉴에 다르겠지만 -하고 나면, 전생도 분위기를 내려보고 있던 2층 높이의 베란다에 자리하고 있던 연대장 생도가 "차렷! 식사 개시!" 한다. 그러면 일제히 식사를 한다.

그리고 모두가 열심히 일제히 식사를 끝내는 듯하면 연대장 생도가 이후 일정 등 간단히 훈시 형식으로 말하고 "식사 끝, 퇴장!"을 명한다 그러면 일제히 일어나 퇴장해 나갔다. 이들을 닮아서 했던 우리네 화랑대 생도 식당생활 모습이 생각나 감회가 무량하였다.

미 육사를 소개한 영화에 「Long Long Gray Line」이 있다. 평생을 육사에서 근무하며 생도들을 뒷바라지해 온 상사가 전역하는 날 생도들이 그에게 사열과 분열로 그를 환송하는 영화이면서 동시에 정의와 의무와 국가충성의 생도대열이 금년도 내년도 또 그다음 해도 끝없이 대열 지어 국가와 국민에게로 전선으로 나가고 또 이어져 나가는 그 대열, 즉 그레이 예복 입은 육사 생도들의 끊임이 없는 나아가는 퍼레이드 행렬, 그 진수를 여기 웨스트포인트에 와서 진짜로 보았다.

이어서 우리 버스는 눈이 많이 와 미끄러운 시골길을 조심해서 달려 드디어 세계 제일의 상업도시 '뉴욕'에 도착하였다. 우선 시내 '타임스퀘어'에 내려 중심가를 걸으며 주변을 관광하는데, 말로만 듣고 사진으로만 보아 오던 미국 뉴욕이라는 곳에 와 그 중심가에 서서 두리번거리며 사방을 눈여겨보았다.

아마도 60~70층 이상 되는 듯한, 문자 그대로 높고 크고 우람한 빌딩의 숲 속을 걷는 그 기분, 마치 시골 촌사람과도 같이, 특히나 한 곳에 서서 몸을 뒤로 재치고 고개를 들어 위를 쳐다보며 몇 층이나 될까, 한두 번 시도하다 어림도 없어 포기하고 그저 감탄과 감탄으로 지나가는데, 또 시내를 지나다니는 뉴욕의 명물 그 'Yellow Cap(택시)'은 질서정연하고 보기도 좋았다.

다음에는 맨해튼 5번가로 가서 그 유명한, 미국 가면 반드시 보고 싶었던 'Empire State Building(엠파이어 스테이트 빌딩)'을 오르게 되었다. 1962년 당시에도 여전히 세계에서 가장 높았고 유명했던 이 빌딩은, 세계 대공황기에 불과 몇 년 만인 1931년에 완성되었다는데, 전체 102층에 높이 381미터의 문자 그대로 마천루(摩天樓)였다. 콘크리트로 되어 있는 86층까지는 한 엘리베이터로 단숨에 올라가고, 그 위로 16층짜리 전망대와 방송 안테나로 올라가기 위해서는 다시 엘리베이터를 환승하여 올라가 전망대에 이르게 된다. 그렇지 않아도 저 아래 거리를 지나면서 놀라기도 했거니와, 이제 여기에 올라와서는 사방으로 저 멀리 끝없는 지평선까지 바라볼 수 있는 것은 물론, 그 수 없고 거대한 빌딩 숲을 한 눈 아래로 전부 내려다볼 수 있으니 실로 가관이라, 더욱 놀라고 감탄스러울 뿐이었다. 그리하여 다시 한 번 국가건설과 민족발전에 헌신할 것을 각오하였다.

가히 1950년대 선배 장교들이 집단으로 이곳을 방문하고, "인생관이 바뀌려했다."라는 실토가 결코 빈 소리가 아니었음을 저절로 확인할 수 있었다. 생각해 보시라. 1950년 전에도 부산에서는 6층짜리 일본 백화점 하나, 서울에서도

6층짜리 일본 백화점 하나 한국인 5층짜리 백화점 하나가 있었는데 그것조차 '6·25 적란'으로 파괴되었던 시절이라, 충분히 이해할 수 있었다.

2020년대에도 미국 대통령 '트럼프'는 북한 지배자에게 "'비핵화'하면 '엠파이어스테이트빌딩'과 같은 발전을 도와줄 것."이라고 약속하는 것을 보아도 능히, 당시의 우리 방문 장교단의 심정을 짐작할 수 있으리라고 생각한다. 나는 그 이후 일생 동안 3번 더 뉴욕을 방문하였는데, 그때마다 옛날 감격을 되살리며 이 빌딩의 그 전망대에 오르고 또 올랐다.

∴ 첫 미국 유학의 마무리, 남부 미대륙(과 멕시코) 횡단 여행

다시 와 본 미국수도 워싱턴

불과 3개월 기간이었지만 내게, 다방면의 미국 견문을 통해 신천지 미국에 대한 지식은 물론, 더불어 세계적 안목을 넓힘과 동시에 폭넓은 지식을 습득할 수 있는 기회가 주어졌던 사실에 대해 미국에 감사하고 하나님께 감사드린다.

이제 짧은 기간이나마 학업을 마치고 귀국길에 오르게 되었는데, 때마침 미군 해병대 '대위 Hennegan'이 자기 자동차로 '캘리포니아의 샌디에이고'에 있는 미 해병대 기지로 귀대한다기에, 우리(한 선배와 나)는 함께 미대륙 남부를 자동차로 횡단 여행할 수 있는 행운을 갖게 되었다.

그리하여 먼저 위로 올라가 워싱턴을 2일간 방문하게 되었다. 이 워싱턴 2차 방문에서는 주미 대사관 무관부 '박보희 소령'을 만나 워싱턴에 거주하는 한국인들에 대한 소개와 특히 5·16쿠데타(군사혁명) 때문에 망명한 고위 장군들에 대해 소식도 들었는데, 그중 몇 분이 우릴 만나자고 하기에 만나보기도 하였다.

사실은 6·25 적란과 함께 한국 전선에서 맺은 미국 전우들의 도움과 한국과의 미래를 생각하는 미국 국가정책으로, 어쩌다 '반혁명 분자'가 되어 버린- 이후 많은 장군이 귀국하여 군사정부에 협조하였다. -이분들이 미국으로 망명 온 지도 1년여가 되었다. 그래서 그동안 군대와 사회 정치 분위기와 소식 등이 궁금했던지라 우리같이 초급장교에게도 만나자고 한 것이다. 솔직히 우리는 그들의 기대를 물론 만족시키지 못했는데, 우린 기관원도 아니었고 단순히 유학 온 초급장교에 불과하였던 것이다.

친절하고 사교적인 데다 영어를 아주 유창하게 구사하는 '박보희' 소령은, 나중에 아주 유명하게 되는 인물이기에 간단히 소개해 두려고 한다. 내가 육사 생도 2학년 시절 하기 군사훈련을 위해 광주 상무대 보병학교에 갔을 때 그는 대위로 M1 소총 교관이었다. 물론 간단하고 보병의 기본 병기이지만, 아주 흥미 있게 아주 기억하기 좋게 설명해줌으로써 우리는 그를 최우수 교관으로 점찍고 있었다.

앞에서 잠깐 언급했지만, 그는 '육사 생도 2기' 출신 장교로 한국전쟁 때 한국군 제3군단이 '상진부리'에서 후퇴할 때 군위문연예단을 무사히 인솔하였다. 아마도 그 인연으로, 주미 무관부 근무 후, '통일교 문선명' 씨 후원으로 한국 고아들로 된 '리틀엔젤스(Little Angels)'를 창단하여 세계참전국 16개국 순회공연을 하면서 좋은 반응은 물론 인기를 얻게 되었다. 그래서 드디어 한국대표 '어린이합창단'이 되어 한때 유명해 지고 한국의 대외 문화인상도 드높인 바 있었다. 그 이후 본격적으로 문선명을 도와 통일교가 세계화하는 데 크게 기여한 인물이다.

우리는 그가 소개해 준 예쁜 한 여대생— 주미한국대사관 아르바이트생 —의 안내로 지난번에 못 가본 워싱턴의 여러 구석을 돌다가 하루는 버지니아 12번가— 워싱턴 근교의 가난한 흑인 주거지역 —를 둘러보면서 '미국 워싱턴에도, 자본주의에도 저런 어두운 구석이 있구나.'를 느끼기도 하였다.

미국 고속도로와 남북전쟁 결전장 '애틀랜타'의 '사이클로라마'

두 번째 워싱턴 방문을 마치고 우리는 다시 '해니건' 미 해병 대위와 만나 이제 본격적으로 개인 자동차를 이용한 제2의 대륙횡단 여행을 시작하였다. 워싱턴에서 남으로 내려가 다시 '노스캐롤라이나' 주를 지나고 더 남쪽으로 '사우스캐롤라이나' 주의 '컬럼비아'에서 방향을 서로 돌려 '조지아' 주의 '애틀랜타'에 도착하였는데 대략 1,500킬로미터를 약 15시간 정도 걸렸다. 고속도로가 부산에서 북한 신의주를 거쳐 만주 심양까지 있다면, 하루에 그 거리만큼 이동한 셈이 된다.

특히 워싱턴에서 출발한 그때부터 당분간 고속도로는 한 방향 8차선 왕복 16차선이었고, 군데군데 4입 클로버 형 인터체인지가 다이나믹하게 건설되어 있었고, 무인 톨게이트에는 노란색 소쿠리가 있어서 동전을 거기다 던져넣고 지나갔다. 내가 미국 가서 찍어 온 사진 중에 많은 부분이 바로 이 아주 웅대한 고속도로들이다. 2021년 현재 한국에서 이 사진들은 아무 의미가 없고 오히려 싱겁게도 보이나, 1962년 당시에는 참으로 신기하고도 위대한 볼거리요 뉴스거리였으며, 일거리(국토 혁신·개혁)였다. 그 후 10여 년이 지나서야 겨우 힘겹게(타국에서 돈을 빌려와) 대한민국 최초 고속도로 '경부고속도로'가 개설되었기 때문이다. 미국에 유학 와서 이런 고속도로 보고도 한국고속도로 건설을 꿈꾸지 않는 장교가 있었다면 그는 분명 한국군 장교가 아니었을 것이다.

애틀랜타 근교 군사기지 VOQ- 미국군 군사기지마다 VOQ가 있어서 출장·여행 중인 현역 및 예비역에게 침식의 편의가 제공된다. -에서 잠자리를 해결하고 다음 날 일찍부터 미국 남북전쟁의 결전장으로 알려진 애틀랜타의 남북전쟁 박물관 '애틀랜타 Cyclorama(원형파노라마)'로 향했다. 과연 생전 처음 보는, 축구장 크기만 한 거대한 실내 전장 파노라마(바닥과 벽화)가 있었다.

파노라마의 내용은, 미국 남북전쟁 당시 결전을 위해 '셔만' 장군이 지휘하는 북 '돌격군'이 적진을 돌파하여 남군 후방으로 깊숙이 돌격해 들어가 후방의 핵심요지 애틀랜타에서 승리의 결전을 벌리는 장면(1864년)이다. 한때 미국군이 애용했던 '셔만 전차'가 말해 주듯이 미군 전쟁역사에서 '셔만 장군'은 '적진 돌파, 무자비, 초토화, 적 후방 강타'하는 전략전술의 상징으로 추앙되고 있다. 그 내용도 유명하지만, 이 거대한 전장 '사이클로라마'가, 이후 독일 유학에서 '워털루 결전장'의 전쟁박물관에서도 이런 모습을 볼 때까지, 특히 전쟁역사 공부를 열심히 해 온 내게 더 감격과 감명을 안겨주었다.

다음에는 멀지 않은 곳에 솟아 있는- 실은 애틀랜타 일대는 분지형 대평원으로 멀리 까지 잘 보이는 -'Stone Mountain'으로 갔다. '스톤마운틴 공원'으로 잘 가꾸어져 있었는데 한가운데에 거대한 돌산 하나가 웅장하게 자리하고 그 한쪽 벽에 3명의 남군 영웅(당시 남부연맹 대통령 데이비스, 리 장군, 그리고 잭슨 장군) 기마상이 크게 부조(浮彫)되어 있다. 3명의 석공(작가)이 60여 년간 교대로 조각하였다고 한다. 이 규모는 사우스 다코타에 있는 4명의 위인상에 버금간다고 한다. 돌산 위에서 저 멀리 애틀랜타 시내를 포함한 전경을 내려다보고 내려와서는 옛 전쟁터— 지금도 당시 사용했던 지휘소(관측소) 등이 남아 있는 — 를 순방한 뒤 그 유명했던 영화, 「바람과 함께 사라지다」와 같이, 그때 그곳을 다시 생각하며 '자동차와 함께 사라지면서(?)' 다시 남부횡단 고속도로 위로 다음 행선지를 향해 달려갔다.

텍사스로 가다가 속도위반 벌금 물다

미국 서부개척을 향한 최초의 장벽이었던 '애팔래치아 산맥'을 통과하고 '앨라배마'주를 지나 초원지대의 '미시시피'주에서는, 서부개척시대 많은 일화를 남기고 있는 북미대륙 중앙을 남북으로 종단하며 흐르는 거대한 '미시시피 강'을 건너 잠시(?, 직선거리 약 300킬로미터) '루이지애나'주를 횡단하여, 드디어 광활한 초원지대로 카우보이와 보난자로 유명한 '텍사스'주에 도착하였다.

그리하여 불과 몇 년 뒤 '케네디 암살 사건'으로 세계에 알려지는 '댈러스'를 별 생각 없이 지나 '포트, 워스' 근방의 '카즈웰' 미 공군기지 VOQ에서 1박 하였다. 오는 도중 어느 도로 구간에 '여기는 레이더 체크 구간'이라 표시가 있었는데 미국 친구 얘기로는 '실제로 속도위반 하면 경찰이 즉시 뒤따라 온다.'라고 했다. 물론 시험 조는 아니었지만, 당시 미국 고속도로는 통상 60마일/시간인데, 어쩌다 방심하여 70마일을 달리게 되자 진짜로 '왱~!' 사이렌 소리 울리며 경찰이 뒤따라와 거울 속에서 손짓으로 옆으로 정차하라 한다.

길옆으로 붙여 세웠더니 경찰이 와서, (우리가 군복을 입은 장교라?) 정중히 인사하고, 보아 줄줄 알았더니(?), 천만의 말씀, 면허증 보여달라 하고 두말없이 딱지 떼고는, 친절하게 "조금 더 가면 마을이 나오는데, 거기 은행에 가서 벌금 내고 가시라."라고 하고, 또 정중히 "먼 거리 조심해서 안녕히 가십시오."라고 인사까지 껌벅하고 살아졌다. 딱지를 보니 마일당 7달러 계 70달러였다. 먼 길가는 우리 나그네에게는 상당한 액수라 좀 억울(?)하였으나, 세 사람이 '더치페이'로 납금하고 또 가던 길을 재촉했다. 실제 미국은 범법에 대해서는 가차 없이 집행하는데 특히 교통법칙 준수는 대단하였다.

텍사스 카우보이와 기름 도시 엘파소, 그리고 인접한 멕시코 도시

당시에도 '텍사스 카우보이'는 유명했다. 이후 미국역사를 연구하면서 알게 되었지만, 1980년대 서부개척 첫 단계에서 더 서부로 가보느라 지나쳐버린 이 초원 지역에 실제로 4,000만 마리 이상의 야생들소(Buffalo)가 '인디언' 원주민을 살려가며 생존해 있었다. 그래서 2차 서부개척 당시에는 이를 발견하고, 미국 역사상 '제2횡재(Windfall)'로, 또 한차례의 야생들소 떼, 보난자(Bonanza)로 기록되기도 하였다. 그래서 이 들소 떼를 몰고 북쪽(시카고 지방)으로 올라가기를 반복했던 전문 카우보이들이 이 텍사스의 상징이기도 하였던 것이다. 역사책에 보면, 이 들소 떼가 오늘날 비교적 큰 유럽 인류의 골격을 형성하는 데 큰 공을 세웠다고도 할 정도로 대단한 행운이었다고 한다.

이런 역사를 품고 있는 대초원지대 텍사스를 서쪽으로 지나고 또 지나 드디어 멕시코 접경도시, 그리고 당시로는 미국 유수의 갑부들의 도시 '엘패소(El Paso, 엘파소)'에 도착하였다. 한 선배와 나는 '포트 블리스(Fort Bliss)' 육군기지에 숙박하고 미국 친구는 아는(?) 여자 집- 미 해군 중령 부인으로 딸 한 명과 거주, 상당한 석유 유산 보유로 부유 생활 -에 투숙하여 3박 4일간 지역관광에 재미를 가졌다.

엘파소는 당시 텍사스 석유생산 단지에서도 질, 양 양면으로 최고 수준의 생산 지역으로, 그로서 시민들은 경제적으로 풍요를 누리고 있었다. 예를 들면, 초대해 준 중령 부인은 날씨만 좋으면 수시로, 14살 먹은 딸과 함께 비행장에 가서 개인 격납고에서 '세스나' 경비행기를 둘이서 밀고 나와 탑승하고 그대로 날아올라서 하늘 위 드라이브를 즐긴다고 한다. 다음 날 우리도 함께 가서 타 보았는데, 5명이 세스나에 올라 14살 딸애- 한국 나이로는 15살이긴 하나, 훨씬 조숙해 보였다. -가 조종하고 뉴멕시코 상공 등 주변을 근 1시간여 비행도 해 보았다. 사실은 그동안 긴장하고 마음이 졸였다. 그런데 통상 한 집에 자동차 2~3대는 물론 세스나 등 경항공기 1~2대씩은 누구나 소유하고 있다고 한다.

그래서 공중 드라이브는 엘파소 전 시민들 일과의 한 부분일 뿐이라 하니 당시 우리 계산(?)으로는 그 부유함을 가늠하기 어려웠다. 그리고 밤에는, 보기에는 매일같이(?) 동네 '파티 홀'에서 남녀가 서로 어울리는 댄스파티가 열리고 있었다. 석유 부자들의 호화스러운 생활, 과하게 말하면 동양식 '주지육림'(?) 모습을 언제나 목격할 수 있었다. 우리도 그 부인과 함께 매일 밤 동행해 가 보았는데, 나는 춤을 못 추긴 하였으나 그들과 한 자리에서 자주 시간을 보내다 보니─ 그 이웃들이 우리 한국 장교를 신기하게 보고(?) ─특히 중년들과 친하게 되었다.

그래서 귀국 후에도 때가 되면 카드도 보내왔는데, 어떤 카드 그림엔, 늙었으나 더욱 풍만해져 힘이 더 센 듯한 큰 암탉이, 야위고 힘 빠진듯한 늙은 장닭을 불쌍하게 보고 있는 재밌는(?) 것도 있었는데, 그때 젊을 때는 몰랐으나, 지금 생각하니 즐거운 인생 후기의 한 모습이기도 한, 그 동네 삶의 한 단면이기도 하였다.

원래 이 도시는 '리오그란데' 강을 끼고 남북으로─ 마치 서울이 한강을 끼고 강남 강북으로 있듯이 ─형성된 한 도시였으나, 1888년에 '텍사스공화국'이 성립되면서 다른 나라로 분리되었고, 북쪽은 미군 국경 수비대를 비롯한 석유 개척민들이 점차 증가하여 오늘날의 풍요한 '엘패소'가 되었다. 그런데, 어떻게 된 것인지 강을 하나 사이에 두고 남쪽은 멕시코 전통도시 '시우다드 후아레스'로 불리며, '북 천당, 남 지옥(가난)'이 되어 있었다.

하루는 국경 검문소─ 미국인과 관광객은 통과, 멕시코인은 엄중 조사 ─를 지나 강남 멕시코 동네로 가보았다. 신호등에 차가 멈추면 금방 애들이 달려들어, 한 손은 유리창 닦는 시늉을 하면서 다른 한 손은 벌려서 돈 달라고 하였다. 식당에 앉으면 여지없이 멕시코풍의 고깔모자 쓰고, 통기타를 어깨에 멘 노래꾼이 다가와 기타 치며 노래하면서 팁 줄 때까지 열창한다. 관광객(주로 미국인들)들은 이들과 함께 노래도 하고 팁 주고 앵콜 해서 즐긴다. 동시에 그림 그리는 친구가 와서 초상화 그리라고 조른다. 우리더러도 재밌으니 그림 그리도록 맡겨 보라고도 했다. 거리 주변에는 합법 비합법으로 성매매가 이루어지고 있었다.

미국인들은 이런 풍습을 이제는 즐기기 위해 찾아온다고 한다. 사실 미국 내에서는 성매매가 법적으로 금지되어 있어 국경 근처 미국인은 이렇게 멕시코로 관광을 즐기고 있다는 것이다. 미국은 한동안 금주를 단행하여 술꾼들은 군대에 자원하여 복무하면서 술을 마실 수 있었는데, 그렇지 못한 사회에서는 밀주 (Moon Shine)로 생업을 유지하는 소위 '깽 단, Gangster'가 횡행했다고 한다. 지금도 미국 사람들은 절주하는 편이다.

그런데 멕시코에서 본 것 중 지금도 기억나는 건, 빈부의 격차가 하늘과 땅 사이로 느껴졌다. 시내를 한 바퀴 돌아보는데 어느 한 곳에서 황금색으로 번쩍이는 아주 고급 저택이 있는가 하면 그 바로 얼마 떨어지지 않은 언덕에는 곳곳에 땅굴을 파고 들어가 살고 있는 모습도 보였다. 과연 이 나라는 자본주의의 최악 사회 상태에 있고, 이 때문에 남미의 좌경화가 이유 있음을 알게 되었다.

∴ '애리조나 카우보이'를 노래하며 미 해병 기지 '샌디에이고'로

모뉴먼트 밸리, Ghost town, 광야를 달려가는 '애리조나 카우보이' 기분

풍요하면서도 질서정연하고, 참으로 즐거웠고 친절한 인간미가 흐르는 석유 부자 도시 '엘파소'를 뒤로하고 중간 도착지, 미 해병대 기지 '샌디에이고'를 향해 뉴멕시코 사막 길로 출발하였다. 뉴멕시코에서 직선거리 300여 킬로미터를 달리자 '애리조나'주에 들어왔는데, 저 머리 아득히 '로키산맥'을 바라보며 2~3시간을 달려도 직선 그대로인 사막 한가운데 고속도로를 달릴 때는, 저절로 당시 유행하던 노래 그대로 '황야를 달려가는 역마차, 광야를 달려가는 카우보이' 기분이 절로 나기에 우리는 「아리조나 카우보이」 노래를 부르며 사막 여행 기분을 만끽하였다.

카우보이 아리조나 카우보이
광야를 달려가는 아리조나 카우보이
말채찍을 말아들고 역마차는 달려간다
저 멀리 인디언의 북소리 들려오면
고개 넘어 주막집의 아가씨가 그리워
달려라 역마야 아리조나 카우보이~
새파란 지평선에 황혼이 짙어 오면
초록 포장 비춰주던 조각달만 외로워
달려라 역마야 아리조나 카우보이~

희망의 꿈이 어린 언덕을 넘어가면

고향하늘 들창가에 어머님이 그리워

달려라 역마야 아리조나 카우보이

   가다가 도중에 '나바호 인디언 보호 구역'을 지나게 되었는데, 길가에는 인디언이 운영하고 관리하는 관광안내소와 기념물 판매소가 있었고, 좀 더 가면서 가까이로 정말 이국풍의, 붉은 황야에 우뚝우뚝 서 있는 '모뉴먼트 밸리'가 보여서 멈추고 한동안 신기한 풍경을 혼자 보기엔 아깝다는 생각으로 감상하였다. 그 주변에는 군데군데 'Ghost Town'이 산재해있었는데, 물론 인적도 없고 특별한 흔적도 없었으나 설명으로 듣고 보면 알 수 있었다. 조금 더 가다 보면 이 풍경을 배경으로 서부영화 촬영소들이 몇 곳 있었는데, 가짜 배우들이 흉내를 내며 관광객을 상대로 돈벌이 중이었다.

   나바호 보호구역은 미국 서부개척시대 이후 잔존 '나바호족 인디언'을 보호하고 감시하기 위해서 일정 구역을 그들의 생존지역으로 정해 주었는데, 그들은 이 황량한– 우리가 보기에도 –뿌리 터전을 되찾아 들어 왔다고 한다. '나바호 보호구역만 하더라도 현재 남한 크기라고 하는데, 미국 국토에 이런 인디언 종족별 보호구역이 수십 군데 있다 하니, 그렇게도 많이 희생되고도 이만한 생존력을 보존하고 있다니 과연 백인 침탈 이전에는 그 세력이 어떠했을까 짐작할 만하다.

'투손' 공원의 신기한 명물 '기둥 선인장'과 만발한 꽃

   가다가 투손(Tucson, 서부영화 주 무대) 국립공원 지역에 들어가자 동부 '사구아로(Saguaro: 기둥 선인장 등)' 국립공원이 전개되었는데, 때마침 꽃피는 4월이라– 한국에서 선인장 큰 것이 주먹만 하고, 30여 센티면 귀물이고, 꽃은 100년에 한 번 핀다고 알고 있다. –거대한 기둥 선인장(사람 키 몇 배짜리도 있고)과 군데군데 손바닥 선인장도 섞여 있어서 정말 귀물 동네에 와 있는 신비감조차 들었다. 조금 더 북쪽으로 가면 진짜 거대한 '그랜드캐니언'이 있다는데 그건 다음으로(?) 미루기로 하였다.

   '샌디에이고'를 약 250여 킬로미터 앞두고 애리조나의 마지막 도시 '유마(Yuma)'에 도착하였는데, 우리 생각 외로 유마 교외에 있는 감옥구경을 하게 되었다. 그 당시는 이 미국 친구가 미국에는 이런 곳(감옥?)도 있다는 의미의 안내였나 했는데 알고 보니 이 또한 애리조나, 즉 미국 서부개척시대 역사를 상징하는 유명한 관광지였다. 그런데 기억으로는, 그때는 여전히 감옥도 운영 중이었고 교도소 안으로 들어가 실제로 죄수가 간수에게 말로 무언가 불평하고 호소하는 모습을 보기도 하였다는 생각이 지금도 들고 있다. 지금(2020년)은 순수 관광 명소로 알려지는 듯하다.

드디어 도착한 '샌디애고' 해병대 기지, '롱비치'에서 헤어지다

이제 마지막 자동차 드라이브의 기분을 다하여 달려서, '캘리포니아'주(최남단 지대) 아름다운 초목 지대를 지나고 드디어 우리 자동차 드라이브와 미국 남부 자동차 횡단 여행의 최종 목적지, 미 해병 '해네건' 대위의 집이 있고 직장(해병대 기지)이 있는 '샌디에이고'에 도착하였다.

기지를 둘러보다가 어느 길엔가 영내 24마일 속도제한이 붙어 있는 옆에 'Korea Street'라는 자동차 도로 길 명칭이 붙어 있는 것을 발견하고 반가웠다. 그만큼 미 해병대와 한국이 인연이 깊다는 상징이 거기에 있었다. 그 거리를 지나 역시 영내에 있는 '해네건'의 집으로 가서 그 부인도 만나고 차 한잔 대접받으며 그동안의 얘기와 한국 얘기 주고받았다. 참 좋게 보이는 부인이었다. 서로 얼마나 반가우랴?

우리의 다음 최종 행선지는 샌프란시스코의 '포트 메이슨'인데 도중에 'L.A'와 '산타바바라'에 들러서 지나가기로 했다. 그래서 그 미군 친구가 자기 차로 우리를 'L.A'의 '롱 비치'까지 전송해 주었고 거기서 정말로 아름다운 석양을 바라보며 여행의 대미를 장식하고, 정말로 아쉬운 작별을 하였다. '롱비치' 해변은 말 그대로 길기도 하였지만 아름다웠고 태평양 쪽에 있어서 더욱 감회가 깊었다.

'산타바바라'의 이한림 장군댁 방문

'한 대위'가 예약해 놓은 대로 바로 '산타바바라'로 가서 이한림 장군댁을 방문하였다. '산타바바라'는 언덕 위로 몇 구비 올라가는 길을 따라 태평양을 향해 나란히 조성되어 있는 주택단지, 즉 저층으로 된 전형적인 미국 업타운 중 하나이긴 하지만, 그 언덕진 길거리와 태평양을 향해 줄지어 있는 고급스러운 주택들에는 꽃과 꽃으로 거리와 동네를 장식해 놓은 그야말로 미국에서 가장 아름답다고 느껴진 마을이었다.

'이한림' 장군은 5·16 군사혁명 당시 제1야전군 사령관이었는데, 혁명군에 가담 하기를 거부하여 예편되고 미국으로 망명─ 실은 6·25 적란 당시 함께 싸운 인연 도 있어서, 미국의 배려로 상당수 '반혁명' 고위장성들이 미국으로 와서, 당시 그들 은 대체로 30대 말~40대 초반이라 공부 또는 생업 탐색 중 ─와서 이곳 'UCSB, 산타바바라 대학원'에서 혼자서 자취하며 경제학을 전공 중이었다. 우리(3, 4기)가 육사 3~4학년 때 육사교장으로 근무하며, 당시 희귀했던 잔디 대 연병장 설비와 퀸셋 임시내무반에서 신형 콘크리트 생도대 건축 등 외형적 업적은 물론 그의 박 식과 미래비전 훈육으로 육사와 생도를 사랑한 훌륭한 교장이었기에 모두가 존경 하였다.

그래서 별다른 이유 없이 그저 지나면서 뵙고 가자고 한 것으로, 2박 3일간 공짜 로 함께 스스럼없이(?) 얘기하고 지냈는데, 그중에서도 미국 고속도로에 관해, 1마 일 건설에 1억 원 정도 들것이라는 등, 여러 얘기를 질문도 하고 우리나라 도로국토 건설에 대해 고견을 듣기도 하였다. 그런데 역시나 그 후 그는 5·16 혁명을 인정하 고─ 사실은 박정희 대통령과는 만주 군관학교와 일본 육사 동기생이었다. ─귀국 하여 건설부 장관으로 기용(1969년)되었고, 마침내 그 역사적인 '경부고속도로' 건 설을 총지휘하였던 것이다.

∴ 미국 유학 소망 결실, 평생 길잡이 된 그때 그 견문과 각오

다시 와본 아름답고 웅장한 '샌프란시스코'에서

우리는 미국 대륙횡단과 종단여행의 대미를 장식하기 위해, 당시 타 보고 싶었 던 유명한 '그레이하운드, 장거리버스'를 타고 미대륙 여행의 최종 목적지 '샌프란 시스코'로 향했다. 이 버스는 미 대륙횡단·종단의 기차 또는 비행기보다 편리하 고 싸기에 많은 미국 사람들은 물론 특히 미국 여행을 즐기는 외국 사람들에게

는 대인기였다.

직선거리로 500킬로미터가 넘는 고속도로를 흔들림도 없이 오히려 비행기보다 편하고 즐겁게 여행하게 된 이 장거리 버스는 실내에 화장실도 있고 밤새 달리며 취침할 수 있도록 자리가 곧 침대가 될 수 있게 되어 있다. 주요 도시 곳곳마다 들리면서 내려서 볼일 다 보고 또는 관광 다 하고, 다음 차를 이용할 수도 있게 되어 관광버스로도 아주 편리하다. 그리고 쉬지 않고 밤낮 24시간을 달리는데, 8시간마다 운전수만 교대하고 달리며, 도중에 차량정비를 계속 점검해가면서 그대로 그 차로 달린다. 그래서 미대륙 종단은 물론 횡단도 보통 10일 정도로 해결해 준다. 선진국 미국의 또 하나 상징이었다.

달리는 버스에서 왼쪽으로는 태평양 오른쪽으로는 로키산맥의 지류들인 '시에라네바다 산맥'과 그 서쪽 아래에 전개되는 코스트산맥을 번갈아 보아가며 그동안 미국에 대한 견문을 반추해 보았다. 미국의 첫인상은 하와이 상공에서 본 광활하고도 잘도 정비된 미국 농토를 내려다보면서 속 시원하면서도 엄정하고 아름다운 선진국이라는 인상을 받았고, 샌프란시스코에서는 질서정연하고 아름다우며 풍요하고도 자유스러운 사람들이 잘사는 선진국 도시를 보고, 당시 여전히 '밥 먹기 위해 살고 있는 우리'는 언제 어떻게 하면 저렇게 '살기 위해 밥 먹는 삶'을 살 수 있을까를 생각나게 인상 깊었다.

미국은 신천지: 크고 풍족하며 믿는 사람들 세상

기차로 1주일을 주야로 달려가야 다른 한쪽에 닿을 수 있는 거대한, 광활한 미국을 보았고, '골든게이트 브릿지'와 '엠파이어 스테이트 빌딩' 같은 거대하고도 위대한 건축물과 웅장하고도 탄탄하며 질서정연하게 건설된 선진 도시들, 그리고 그 도시들을 출입하거나 도시 간을 이어주는 고속도로, 이 모든 것들이 당장은 추종 불가능한 신천지로 느껴져, 역시나 그것들로 '내 인생관이 변하려고 한다.'라는 것이 총체적 인상들이었다. 그러했기에 내 마음대로는 '우리도 한번 잘살아보자.'라는 결심이 절로 솟구쳤다. (그 후 유럽에 가서야, 아 우리도 일단은 유럽발전단계를 거치면 미국 같은 선진국이 될 수 있을 것이라고 확신할 수 있었다.)

이제 실상·견문과 체험을 통해 각인된 미국과 미국 사람들에 대한 생각은 한마디로 '미국과 미국 사람은 믿을 수 있다.'라는 것이다. 행선지 'J.F. Kennedy Center'를 가기 위해 이용했던 '유니언 태평양철도'의 'Pullman ship Car'에서 우리(한국군 장교)는 미국 일등 시민의 대우를 받았고, 목적지에 도착하여 '여행 중 비용명세서'를 적어내면, 물론 그대로 믿고- 예, 그동안 집으로 한 전화비용도, 식사 외 특별히 부담한 비용 등 -두말없이 보상해 주었다. 당시 특히 그 지역에서는 유색인종에 대한 차별이 여전했음에도 불구하고, 숙소는 미군 장교와 1대 1로 배정했고, 'PX와 Commercialy'도 미군과 구분 없이 이용하게 하였다. 당시 미국은 우리 한국 장교에게 여행부터 시작해서 먹고 자고 공부하고 용돈까지 완전히 부담해 주었다.

그러하기에 행정의 편의성도, 잔소리 군소리 없이 그저 현장에 도착만 하면 기다리고 있었다며, "어서 오세요." 하며 일사천리로, 우리에게 편리하게 물어가며 조치해 주었다. 샌프란시스코에 도착하여 한국으로 쓴 편지 답장이 케네디 센터에서 기다리고 있었고, 케네디 센터에서 여행 출발하며 한국으로 쓴 편지 답장이 샌프란시스코 '포트 메이슨'에서 기다리고 있었다. 기간 중 그 모든 면에서 그들이 그들 장교 서로를 존중하고 믿듯이 우리 외국 장교 특히 한국군에게도 믿고 존중해 주었다.

우리나라로 돌아오면서 생각과 각오

샌프란시스코에 도착하여 그동안의 휴가비를 지급 받고 결산하였으며, 다시 '미스 고' 집에 며칠간 하숙(?)하다가, 드디어 미국을 떠나 귀국길에 올랐다. 그동안 과학이 발전하여 이제는 미군도 제트 여객기를 이용해 해외로 드나들 수 있게 되었다. 그래서 우리도 올 때는 미군 수송기로 왔으나, 갈 때는 민간 제트 여객기 'Tiger 전세기'에 탑승하여 '웨이크 섬, Wake Is'를 거쳐서- 시간 관계로 시내(비행장에 근처에 단층건물들로 조성된 시가지)를 돌아볼 수 없었으나, 태평양 원주민 색이 농후하였다. -태평양을 횡단하여 김포공항에 도착하였다.

내 조국 대한민국 서울에 가까이 올수록 누구보다 나를 기다리고 있을 '영 아가씨', 아니 약혼녀를 다시 만나게 될 생각을 하니 마음 설렜다. 그리하여 밑을 내다보고 또 내다보는데, 우리의 '삼천리 강산'과 '폐허된 서울' 그리고 더 가까이에는 꾸불꾸불 논밭과 거의 전부가 초가집으로 된 김포 평야 지대였다. 그때도 나는 이제 '5·16 군사혁명'의 '국가 재건'과 '역사 부흥'의 바람이 더 거세게 불어 조속히 한국 천지개벽이 성취되어야 한다고 굳게, 굳게 믿었다. 다른 한순간에는, 기회가 된다면 미국을 다시 한 번 가 보고 싶은 생각이 스쳐 갔다.

2. 결혼과 광주 신혼생활, '동복 올빼미 유격 교육대' 창설

∴ 결혼하고 광주에서 신혼생활 시작하다

육군본부에 귀국신고를 했는데, 귀국보고서도 요구하지 않았다. 물론 근래 그런대로 많은 인원이 같은 코스를 다녀와 별도 정보가 필요 없을 수도 있겠지만, 그래서는 안 된다는 생각이 들었다. 미국 유학 후 보직은 규정대로 광주에 있는 육군보병학교 교관이었는데, 이는 내가 바라던 직무였다.

한편, 광주 보병학교로 부임한 지 얼마 안 되어 결혼 날짜가 정해졌다. 그래서 그날에 앞서 우선 가형이 '전주'로 가서 사주단자(納采)를 직접 전하고, 장차 장인어른 되실 분은 직접 '동래' 우리 집으로 보답(擇日) 방문하는 등의 (구식?)절차를 밟았다. 그리하여 결혼식이 임박하자 남자 측에서 보내는 예물을 신부 집(전주 처가)으로 직접 가져가는 행사(?)를 하게 되었다.

당시 경상도는 남자가 여자 집에 예물을 가져가는 풍습이었다. 그래서 내 바로 주변 동기생들이 기꺼이 나섰다. 나보다 앞서 결혼하고, 미국 포병학교 미사일 유학 과정을 마치고 여기 상무대 포병학교 교관으로 와 있는 절친 박정기 동기와 기갑학교 교관으로 와 있는 사람 좋은 김종태 동기, 기혼자들로 함께 근무 중인 신우식, 장기하 이승주(총각) 동기들이 총출동(?)하여 전주에 있는 신부 집에 예물전달 퍼포먼스를 가서 행하게 되었다.

그때는 광주에서 기차를 타고 이리로 가서 여관방에 하루를 지나고, 다음 날 기차로 전주로 갔다. 그래서 태평로에 있는 처갓집 근처에서, 기갑 김 중위가 예물 보따리— 귀국 시 가져온 샘소나이트 캐리어 하드백 속에, 비단 장사하시며 며느리 주려고 아껴 놓았던 옷감과 내가 미국서 사온 하이힐과 예식용 팔 장갑 등 —를 짊어지고 벙어리 행세를 하고 박정기 중위가 흥정꾼이 되고 다른 친구들은 들러리꾼이 되고 나는 모르는 척 뒤따라가며 눈치 통신하는 모양새로 태세(?)를 갖추었다.

전주 태평로 한국은행 골목길을 들어서면서 큰 소리로, "물건 사려! 물건 사려!" 하며 여기 신부 집이 어디냐, 이 동네 맞느냐 등 떠들고 온 동네가 알만큼 선전하다가, 신부네 식구가 나와 사정사정해서 집으로 모셔가는데, 드디어 대문 앞에 와서는 한바탕 들어가느니 마느니 승강이를 하면 돈다발이 나오고, 못 이긴 척 마당에 서서는 짐을 내려놓지 않고 떠들기만 하면 또 돈이 나오고, 그래서 한참 신갱이 끝에 동네 사람들에게 구경 다 시킨 뒤에는 또 돈 받고 아주 못 이긴 척 짐 내려주고서 '퍼포먼스 임무 끝' 하였다.

1박 2일의 힘들었던 일정이었지만, 재밌는 우리네 풍습이라 친구들이, 모두 새삼 재미있어하며 성의를 다해 주었다. 그러자 장차 장인어른 되실 분이 배포가 크시고 기분파(?)시라 아주 기분이 좋아지셔서 우리 일행에게 전주에서 알아주는 큰 한 상을 차려서 우리 친구 수고에 보상해 주셨다. 그뿐만 아니라 전주에서 광주 상무대까지— 당시는 기차를 환승하면서 1박 2일로 다니는 먼 길인데도 —택시를 제공해 주고 또 귀가 후 만찬 파티비용도 보태 주었다. 지금도 즐겁게 생각나는 결혼 전 퍼포먼스로 수고 많았던 동기생들이 정말 고마웠다. 그래서 오면서 담양에 들러 당시 유명했던 죽세공품 한두 개씩 사고 광주에 와서는 그날 저녁 가족 다 모여 수고 풀이 만찬을 하였는데 그러고도 벌어드린 돈(?)이 좀 남으려 하였다.

—당시 처가에서는 '전주' 시외 '원동'에(스스로 개량한) 우수품종의 '배 과수원'을 경영하였다. 장인어른은 근면하신데다 특히 계획성과 연구심이 대단하셨다. 그리하였기에 해마다 가을에는 질 좋아 이름난 배를 수확하였는데, 배 한 상자에 16개들이 수십 상자부터 25개들이 수백 상자였다. 그래서 전주에서 전세 낸 기차 화물로 서울 남대문시장에 가져와, 경매하였는데 그 인기가 대단하였다. 연만했던 시기에는 서울 유수 대학에서 초빙 강의로 더 바쁘고 보람되게 사셨다.—

그 얼마 뒤 서울 문치과 형수님 덕분에, 문치과 옆 소공동 골목길에 있는 '외교회관'에서 결혼식을 올렸다. 막상 가친께서는 거동이 불편하여 오지 못하고 어머님과 형님, 그리고 친척들이 올라와 참석하시고, 정말 고맙게도 평생 친구 이용우의 형님(서울의대 졸업 서울에서 개업 중)이 오고, 사관학교 교수 동기생

10여 명– 친했던 박돈서 동기와 차호순 동기 포함 –과 역시나 절친 박정기 동기, 그리고 후배 민병돈 중위 등이 와서 축하해 주었다. 이 기회에 모두께 거듭 감사 드린다.

신혼 여행은 당시 일반 사람들이 흔히 선택하는 '온양 온천장'을 다녀왔는데, 때마침 꽃들이 만발한 화창한 봄날이라 정말 기분 좋았고, 이로 미루어 우리의 앞날에 축복이 가득하리라는 믿음으로 마음이 따뜻해졌다.

그런데 신혼여행에서 돌아오자 마자 문자 그대로 신부는 시집으로 직행하지 않으면 안 되었다. 앞으로 우리는 객지에서 살아갈 수밖에 없는 형편이니, 시집 형편과 가족관계를 숙지하기 위해서는 몇 개월간의 시집살이가 필요하다는 집안 여론이 일리 있기에 신접살림을 잠시 뒤로 미루고, 신부 혼자 시집에 남아 독수공방하며 시집살이를 해야 했다. 그동안 내 본가는 누님의 노력으로 기와집에 수돗물과 우물이 집 안에 있는, 전주 처갓집 환경과 비슷했으나, 그래도 시할머니와 시부모 그리고 세 시동생이 있었고, 어머니가 시장에서 포목장사를 하였기에 여러 가지로 어려운 환경에다가, 전주와 다른 전혀 생소한 지방과 풍습 등에 신부는 심신 양면으로 고생이 많았을 것이다.

한 3개월 뒤 시집에서 해방(?)되어, 드디어 우리는 광주에 신혼살림을 꾸리게 되었다. 때마침 마음씨 좋으시고 폭넓은 교제를 가진 처고모부가 광주 한전지사에 근무하고 있어서, 그분의 마음속으로부터의 친절한 도움으로, 처음 전세로 입주한 동네가 광주 양림동의 대나무밭 아래 양옥집으로 아주 깨끗하고 단정한 단층집인데, 그 집 한 칸을 빌려 전세 살림을 시작하게 되었다.

살림 도구(광주 생활 3년간)는 사관학교 졸업 때 나누어 준 알루미늄 가방(현재 32인치 TV 크기에 깊이 40센티 정도) 한 개와 군용 더플백(Duffle Bag) 그리고 이부자리– 신부가 정성 들여 수놓아 만들어 가져온 이부자리에 내가 지금까지도 애용하는, 한때 월남까지 가져갔다 온 베개까지 –와, 거기에 현지에서 구입한 다리 접이식 2인용 호마이카 밥상과 결혼 때 준비한 은수저, 그리고 선물받은 '토스터', 그리고 신문지를 발은 사과 상자 2개가 2층 옷장을 겸하였다.

전세들은 양옥집의 주인은– 후일 발생하는 소위 '광주 폭동사태' 진압의 진실을 이해하는 데 조금이라도 도움되기를 바라는 뜻에서 이 주인집 소개와 이후 월세방살이 등 광주 생활 자체를 좀 상세하게 소개하고자 한다. –우리 나이와 결혼 시기가 비슷한 젊은 커플이고, 참 선한 부부였다. 입주 조기에 그들과 저녁 상에서 어울렸고, 그 뒤에도 허물없이 잘 지냈다. 그때 들은 애기다.

남자 주인은 얼마 전 서울 중앙대학교 출신으로 고등고시 준비를 몇 년간 하다가 지금은 잠시 포기하고 낙향해서 집에서 쉬고 있는데, 낮에는 주로 '충장로' 극장가에서 영화감상 겸해 소일하고, 야간엔 그 동네 '금남로' 등에서 친구들과 어울려 가끔 술도 하며 지내는데, 그 때문에 부모님들이 걱정도 하고 책망도 듣고 있다고도 했다. 당시 충장로 와 그 옆길 골목에는 몇십 군데 간편 술집들이 있어서 그들과 피교육생 장교들과 광주의 무기력한 생활환경을 탓하며 지낸다고 하였다.

전라도 광주는 오랜 농사문화에서 양반과 농사꾼 생활에 간극이 있어 온 데다 그로 인해 상공업 특히 제조업 분야가 발전을 못 해 직업과 직장이 희소하여 일반인들의 수입원이 따로 없어 상류층 자제들은 충장로와 금남로 주변에서, 중류층은 상무대 교관 장교들과 피 교육장교 상대로 전세, 월세, 하숙업으로 생활하고 있었고, 하류층 젊은 사람들은 주로 광주 기차역전과 시내·외 버스정거장 근처에서 지내다시피 생활하고 있었다. 후에 다시 언급하겠지만 5·18 광주폭동(민주화운동) 직후만 해도 광주시를 포함 전라남도 재정은 전국 최하로 가난하였다.

신혼살림을 이렇게 후방에서 분위기 좋게 시작은 하였으나, 진작 신랑인 본인은 광주 시내에서 최소 3시간 거리— 당시 교통사정 —에 위치한 '동복 유격 교육대'에서 주로 생활하지 않으면 안 되었다. 그리고 1개기 교육주기가 4주였기 때문에 내가 집으로 가는 날은 한 달에 2~3일이어서 그때는 신혼 신부가 전방생활처럼 독수공방 생활을 여의치 않게 감당할 수밖에 없었으니, 이 또한 미안한 마음 지금도 가득하다.

∴ '동복(올빼미) 유격 교육대' 창설, 교관생활

'동복 올빼미 유격 교육대'를 창설, 교육 준비하다

전라도 광주의 육군보병학교에서는 나와 같은 '미 특수전 교육과정'을 이수하고 바로 이어서 미국 보병 특공부대의 'Ranger 과정'까지도 이수하고 돌아와 보병학교 유격학부 교관으로 막 보임된 2기 선배 '장기오' 대위가 나를 기다리고 있었다. 때마침 학교 당국에서도 '유격과정'을 혁신하려 하고 있었다.

그래서 나는 보병학교에 와있던 동기생 중에 친하였고 또 유능한 동기생들—육사 럭비선수요, 수도사단에서 함께 근무한 신우식 중위와 육사 체육부를 대표했던 장기하 중위, 철두철미한 박병관 중위 그리고 수도사단에서 한 대대에서 근무했던 이승주 중위 —을 추천하여 교관단을 구성하고, 즉시 미군 '레인저 과정'과 미군 '비정규 전 과정'을 혼합한 새로운 과정을 입안하고, 과정 즉 학교(School)를 설립하기 위해, '장기오 선배(유격학부장)'가 예정해 두었던 장소와 정립된 커리큘럼에 맞는 확장된 전체 교육장을 물색하기 위해 전남 전체를 두고 정찰을 실시하였다.

요건은, 영·내외 체력단련장을 구비할 수 있고, 근처에 'Rope Climbing'이 가능한 큰 바위 산악훈련장, 급속도하훈련이 가능한 하천훈련장, 그리고 대외로, 광범위한 정찰활동이 가능한 산야 활동장, 역사적으로는 북괴 무장간첩 주 침투로 상 등을 고려하였다. 그리하여 정찰결과 학교(과정) 본부는 '화순군 동복면 독상리 동복'에서 동복천변에 위치하고, 근처 넓고 풍족한 저수지와 하천 그리고 산악 훈련에 적절한 '제비바위', 그리고 무장공비의 해상침투지역 광양만에서 무등산에 이르는 접근로 일대, 공비들의 주 활동지역이었던 지리산(노고단 지대) 일대를 지정하였다.

그래서 24인용 천막과 불도저 한 대를 끌고, 유격학부장 겸 유격교육대장인 장기오 소령과 우리 동기 교관 5명은 과감하게 상무대 보병학교를 출발하여 광주 시내를 지나고 화순 너릿재를 넘어 동복 강가에 도착하여, 그곳에 일단 자리잡고 유격 교육대 본부를 설치함과 동시에 교과과정을 기획하면서, 동시에 '장기오 부장(소령) 지도하에 우리 스스로 제1기로 입교하여 1주일간의 과정을 실제로 이수, 체험하고 교육준비를 완료하였다.

'유격교육'의 정의, 과정 내용, 올빼미 흉장, 교육개시

'동복유격교육대'는 1962년 여름부터 야외 천막생활 교육을 시작하였는데, 당시는 지원제도로서 장기근무를 원하는 장교에게 의무적으로 부과되었다. 그래서 양질의 중위 대위급으로 1개기 50여 명으로 편성되고 4주간의 엄격한 훈련 과정이었으므로 낙오하는 장교도 흔히 발생하였다. 그래서 그때부터 군에서는 보병학교 '죽음의 '올빼미' 교육과정, 유격훈련'이라 크게 알려졌고, 지금도 '올빼미'라는 단어는 군필자들이 사랑(?)하는 단어가 되었다.

1개기 교육을 마치고 정비 기간에 보병학교 도서관에 들른 우리 동기생 교관들은 우선 교육과정에 대한 정의와 과정에 대한 상징 용어와 표장(흉장) 그리고 우렁차고도 고난 극복 가능한 구호를 제정하기로 하고 머리를 맞대었다. 그래서 며칠간, 미군의 보병 흉장을 참고도 하면서 그려보고 토의하고 숙고 끝에 우선 상징 표장(흉장)으로 '한국육군 유격대 표장'– 가족사진 중 본인 흉장 참조 –을 도안하고 건의한 결과 당국에서 인정되어 1962년 말기부터 자랑스럽게도 졸업생에게 수여하고 패용하게 되었다. 후술하겠지만, 3년쯤 뒤부터 한국 육군 장교 너도나도 패용함으로써 흉장의 권위가 떨어져 폐기되고 말았다. 참으로 안타깝다. 지금부터라도 부활시켜서 한국군의 '비정규전훈련'의 충실한 발전을 추구해야 할 것이다.

흉장은 주물제품으로, 은색이며, 세로 1센티 가로 5센티 장방형으로 짙푸른색 바탕에 군용 단도를 조형해 넣고 아래위로 로프를 럭비공 모양으로 에워싸고 위면 한가운데에 별을 하나 넣은 모양이다. 즉, 우리 유격대원이 실제 한밤중은 물론 캄캄한 어두운 나라 또는 지역에 침투하여 밤하늘의 별빛과 희망의 별을 향해 돌격해 가서 적을 무찌르고 승전한다는 의미를 상징하였다.

올빼미라는 용어(구호)는, 그런 뜻을 그런 목적을 달성하기 위해 훈련되고 작전하게 되는 우리 유격대 요원들은, 주로 야밤을 친구로 삼고, 날카롭게 야생(새 등 짐승 상대)해야 하며 동시에 그 울음소리로도 적을 공포로 몰아가는 새, 즉 '올빼미'를 정하였다. 이후 미군에 Ranger 과정 있으면 한국군에는 '올빼미' 과정이 있다. 지금도 군대에서는 또는 군대 다녀온 사람들은 '올빼미' 말만 들어도 일단은 고개를 저을 만큼의 육군상징이 되고 있었다.

그래서 일단 입소하면 그 날 그 시간부터 '올빼미'라는 구호는 수료하는 그 시간까지 입에 달고 다니게 하였다. 다만 한 가지 단점은 구보를 할 때 박자 맞추기가 어려웠는데, 그저 고난도의 훈련 때마다 무조건 외치게 하다 보니 그 자체가 더 무게 있게 되었다.

그리고 교육과정을 새삼 정의하였다. 대내외에 이미 알려지고 또 당시만 해도 한국사회에서는 6·25 당시 '유격전'이란 용어가 광범위하게 인지되고 있었기에 그조차 당장 변경할 수 있는 현실이 아니기에 우선 우리 교육과정부터 규정하기로 하였다. '동복유격교육대' 훈련은 특공전[特功戰, 미군의 Ranger에 유격전(遊擊戰), Guerrilla]을 통합한 것으로, 첫 1주간은 체력단련 및 담력훈련, 2주째는 산악훈련과 하천 도하 훈련으로, 제비바위산에서 로프 클라이밍(Rope-climbing), 레펠(Repel), 산악구호(Mountain Rescue) 훈련을, 그리고 동복 저수지 출구방면에서 로프하강, 계곡에서 설치된 로프로 공중도하, 급속도하 훈련을 하고, 3~4주째는 장단 거리 전투정찰 및 매복 습격 그리고 도피 및 도망 훈련을 실시한다.

모든 과정의 시작인 과정 소개와 개념과 원칙 소개는 박병관 동기가, 체력단련 및 하천도하 과정은 육사 체육 대표생도였던 장기하 동기가, 산악훈련은 육사 럭비대표선수였던 신우식 동기가, 그리고 생존학 과정은 이승주 동기가, 그리고 나는 좀 더 힘든 장거리 정찰, 매복 습격 및 도피 및 도망과정을 맡았다. 잘 기억 나지 않으나, 계곡 도교(渡橋) 훈련 교관으로 한 해 선배인 '유○○ 대위'- 참 성품이 좋고 올곧았다. -가 담당하였고, 서로는 자기과정 공백 기간에 타 과정 교관을 보조하였다.

내가 맡았던 정찰과정 내용과 실제(실시)

나는 맡은 바 정찰과정, 즉 장거리 정찰과 적지 침투 후 매복 습격 그리고 도 피 및 도망과정- 초기에는 비밀기지 복귀 과정만 계획 -을 창안하고 과정을 계 획하였다. 유감스럽게도 초기 1~2주간 훈련된 산악등·하판 과정이나 도하 과정은 지역 지형사정으로 미처 준비하지 못하고 다만 장거리 정찰과정만 실시하기로 하였다. 제1기는 장거리 정찰 및 복귀과정을 적용하였다. 피교육자들이 스스로 조 편성을 하고 주어진 목표를 정찰하고 여하히 고난을 극복하고 복귀하는 과정을 얼마나 성공적으로 성취하는지를, 교관인 나는 부대 출발부터 부대 복 귀까지 그저 말없이 그들을 따라가며 점검하기만 하였다.

여름이었다. 하루는 한밤에 목표를 향해 시골 신작로를 양옆으로 전개하여 정숙 보행으로 지나가는데, 문자 그대로 심심산천이라 그것도 달빛도 별빛도 없는 날이었다. 그렇게 정숙하고 어두운 길을 쪼그려 앉은 자세로 하늘을 쳐다보면 대략 10미터 폭 길 양옆으로 플라타너스 꼭지 부분이 보이면서 이 길 방향과 모양을 겨우 짐작해 가며 행진해 가는데, 누가 갑자기 "사람 살려!"라는 소리가 들려 가까이 가보니 옛날 시골길 한가운데 우마차로 움푹 파인 그러나 정강이까지도 차지 않은 웅덩이에 한 올빼미가 넘어져 허우적거리고 있었다. 정말로 그때 (1962년)만 해도 웬만한 산골은 밤이 되면 사방이 완전 칠흑 같은 어둠이 되어 잘 안 보이니까 큰물에 빠진 줄 순간 착각하고, 겁을 먹고 비명을 지른 것이다. 그런 일도 있었다.

그런가 하면, 한번은 장거리 정찰 도중에 억수 같은 비가 쏟아져 내렸다. 그래도 목표를 향해 가는데, 10여 채 되는 산골 마을에 당도하여 어느 초가집 처마 밑에서 잠깐 쉬는데, 점점 더 비는 심하게 오고 앞도 사방도 잘 보이지 않자 올빼미 대표가 와서 "교관님, 되돌아가면 안 되겠습니까?" 하였다. 그전 어느 교육 기관에서는 그런 경우가 흔히 있었다는 얘기를 들은 바 있었으나, 막상 그 경우를 당하게 된 나는 결코 그럴 수 없었다. 육사에서나 전방 소대장 때 이 이상 더 어려운 경우를 흔히 당해 본 경험도 있고 하여, "안 된다. 이 임무는 기어이 완수되어야 한다."라고 일갈하고 갈 길을 독촉하였다. 그런 일도 있었다. 그들은 과정을 수료해 가면서 '문 중위는 바늘로 이마를 찔러도 피 한 방울 안 나올 교관'이라 했다고, 장기오 교육대장이 내게 겸하여 격려해 주기에 나는 참 훈련과 임무완수의 보람을 느꼈다. 한 번은, 올빼미들에게 '북의 게릴라 부대(약 20명)이 광주와 화순 간의 교통요지 '너릿재'에서 아군의 중요한 군수물자 수송단을 야간에 매복 습격하고, 일단 지리산으로 도피 및 도망한다는 임무를 부여하고 '금일 14시, 너릿재 북편 도로상'으로 지명해 주었다. 그들이 계획을 완성하자, 일단 북 게릴라부대는 전남과 경남의 경계 해상선을 통해 광양만으로 잠수함 또는 가장 어선을 이용하여 침투 후 무등산을 향해 '조계산'을 경유 동복 현지를 지나 주·야간 도보로 전진하여, 드디어 비밀 중간기지(Clandestine Area)인 '진래령 목장'(현재)— 북산(777.9 고지) 아래 —에 도달한 것으로 간주하고, 그곳에 올빼미들을 수송하여 잠시 휴식 후 행동개시 하였다. 본 교관은 또 전과 같이 그저 말없이 뒤따라가며 점검하고 위험대응조치를 준비해 나갈 뿐 모든 행진과 작전

행동은 그들 계획대로였다.

그동안 광주 시내에서 무등산을 바라보았을 때 산세가 아주 험하게 보였으나, 동편에서 보면 완만하여 800~900능선까지도 평탄한 목장지대를 가지고 있었다. 그러나 거기까지고 900능선을 넘어서면 드디어 주상절리와 절벽암 등 힘든 산행인 데다 야밤이 되니 칠흑 같은 어둠이 되어 길을 찾기가 곤란해졌다. 고난 끝에 무등산 정상 천왕봉(1,186.8 고지)에 올라 바로 그 최고봉에 자리잡고 있는 '군용 통신소'를 발견하고 반갑기도 반가웠으나, 지체 없이 곧바로 뒤로 들어가 발자국 소리를 죽여가며 한가운데를 지나 남쪽 내리막에 당도하였다.

비밀 중간 집결지로부터 정상 천왕봉까지 직선거리로 약 3킬로미터였으나, 그래도 오르막이었고 7부 능선부터는 가파른 데다 캄캄한 야음이라 2시간여 소요되었다.

(1980년 제7공수여단장이 되어 독수리훈련 당시 이곳에 여단 TCP를 정하고 게릴라 및 반 게릴라작전훈련을 하였다.)

일단 제2저수지를 향해 방향을 잡았으나, 물론 여기에도 길은 없었고 캄캄한 밤이라 있어도 찾을 수 없었다. 물론 정상에서는 저 멀리 광주 시내 가로등 불빛과 하늘의 별빛 등으로 윗부분은 형체는 보이나 사물 구별이 어려웠고, 더구나 '장불재'를 지나면서는 발밑은 거의 전혀 볼 수 없어 그저 내디딘 발바닥 감각과 육감으로 걸어 내려갈 수밖에 없었는데, 바닥은 주춧돌만 한 현무암 덩어리들로 되어 있어 그 위로 더구나 경사지로 내려가는데, 발이 빠져 삐었으면서도 또 한참 걸으면 바로 잡히기도 하고, 넘어지고 엉덩방아를 계속하며, 그래도 낙오해서 못 가겠다는 학생은 없었다. '과연 젊음이 힘이다.'였다. 그것도 9~7부 능선 부분에서는 60~70도는 족히 되는 경사지라 빠른 걸음 속도로 뛰다시피 크게 경사진 용암밭(?) 경사지를 거의 뛰다시피 내려왔다.

드디어 용연동의 '가막골' 가까이부터는 길이 있어 숨을 고르며 '제2수원지'로 내려와 지장산(359고지)을 넘어 '너릿재' 정상 북향 바로 밑 꼬불꼬불 신작로에 매복 전개하였다. 몇 분 있으니까, 2시경에, 진짜 실감 나게도 트럭 2대가 꼬불꼬불 올라왔다. 매복조가 실감 나게 달려드니, 전혀 생각할 수 없었던 떼도둑을 만난 듯— 당시만 해도 길 도둑도 없었다. —자동차 운전수와 물주들은 질겁하여 어쩔 줄 몰랐고, 혼비백산의 모습이었다. 우리는 얼른 황당 활동(?)을 사과하고 군사훈련 사정을 잘 설명하고 달래었다. 그들은 자초지종 설명을 듣고서야 마음을 쓸어내리고 오히려 "군인들 수고하신다."라면서 가던 길을 재촉해 갔다.

우리는 다음 비밀중간 집결지를 향해 즉시 도피 및 도망 행동을 개시하였다. 너릿재 길을 따라 정상으로 올라갔다가 화순 방향으로 내려가 '압골' 마을에서 잠깐 휴식(실제는 30여 분 졸기) 겸 도피 및 탈출계획을 확인한 뒤 다시 출발하였는데 바야흐로 날이 밝기 시작하였다. 내가 평생 잊지 못하는 일ー 특히 고통스러웠던 일 또는 순간·시간들 ―이 더러 있으나, 이 날밤 12시부터 이 새벽 시간까지 있었던 일, 순간·시간들 또한 결코 잊을 수 없다. 무등산 정상에서 바로 직하로 하산하며 한동안은 무등산 화강암 바윗돌 위를 뛰며 넘어지며 발목 삐어가며 엉덩방아 찧으며― 어떤 학생은 엉덩방아를 하필이면 나무뿌리에, 그래서 돌아와 한동안 의무실 신세를 지기도 ―마구 내려오던 일, 순간, 시간들.

그리고 너릿재 매복 기습 임무를 완수하고 여기 '압곡' 마을까지 내려오는 동안 그 졸리고 또 졸리는 것을 참고 또 참으며, 너릿재 길이 그런대로 폭이 있었건만 실오라기 정도로 보여, 졸면서 2~3분 눈뜨고 살피기 30초 해 가며 길옆 낭떠러지를 가끔 미끄러져 내리기도 해 가며 비틀거리며 걷고 또 걸었던 일과 그 시간의 괴로움, 6·25 적란 시절을 겪었던 선배들의 얘기 가운데, '밤잠을 못 자는 것이 아주 괴로웠다.'라는 얘기가 완전히 실감이 났다.

다시 도피 및 도망의 길을 일단 '이십곡리', 가도 가도 끝이 없는 길고도 깊은 계곡을 따라 올라가 '만연산(666 고지)'을 오른쪽으로 끼고 돌아 '수만 리' 길로 내려와 무등산 뒤 목장인 원 집결지(어제 낮에 하차했던 지점)로 향했다. 직선 거리로만 쳐도 15킬로미터가 넉넉하였다. 이상하게도(?) 30여 분의 집결지 행동(휴식)이었는데도, 이때는 졸리지도 않고 씩씩하게 행군이 되었다. 날은 이미 밝았다. 아침 일찍 화순 오일장으로 가고 있던 산골 사람들과 스치면서 주고받은 정보(?)로는, 그들이 종일 걸어야 하는 길을 어찌하여 3시간여 만에 다닐 수 있느냐, 정말 대단하다는 놀라움 겸 격려의 말들이었다. 계획에 따라 원 집결지로 가서 행정 상황으로 전환하여 자동차로 모두 낙오 없이 무사히 부대에 복귀하였다.

한겨울 눈 오는 날의 정찰, 땀과 어름의 이중고

겨울에도 '올빼미'들과 정찰과정을 함께 가다 보면 여름보다 더 어려운 신체적 고난을 겪게 된다. 내 형편에 따라 걷고 쉬어가고 돌아가는 것이 아니고 피교육생들의 계획과 실력과 능력에 따라 함께 행동하다 보니 몸에 무리도 감수할 수밖에 없었다. 전라남도도 겨울에 영하 10도 내외 날씨는 흔히 경험하였는데, 어느 한겨울 한밤, 당시 시골(길)은 밤이 되면 칠흑 같이 어두웠고, 다만 맑은 날 별빛에 산과 들을 분간할 수 있을 정도였는데, 춥고 눈이 제법 오는 밤에, 목표 고지를 향해 수직 방향으로 올라가다 보니 밭도 지나고 숲 속도 지나고 또 제법 발목까지도 빠지는 눈 속으로도 지나면서 강행군이 계속되었다.

그러자 추위를 이기기 위해 두껍게 입었던 윗몸에서는 땀이 차고 머리와 목은 방한모에 두꺼운 목도리라 땀을 닦아야 형편인데도 장갑 벗고 닦기가 어렵고 귀찮아 그대로 갈 수밖에 없었다. 한편 신발은 두꺼운 모 양말을 신고 고지를 오르고 내리면서 안으로는 땀이, 그 더위로 눈에 계속 젖고 있는 바깥 가죽에서는 땀이 밸 정도로, 즉 속과 밖이 얼고 더워 '병나기 아주 좋은 상태'로 임무를 완수해 나가는 때도 여러 번 경험하였다. 여하간에 참으로 '실전과 같은 훈련'은 결코 쉬운 것이 아니고 인간 의지의 시험도 쉬운 것이 아니어서 오로지 '젊음의 힘' 그것으로 버티어 내었다.

고난의 환경에서 발견되는 참군인, 성실한 인간

그런데 그런 가운데 사람도 발견한다. 겨울이 되었는데도 별다른 시설 없이 24인용 텐트에 미군이 쓰다 버린 듯한 계란형 스토브– 육사에서 욕보았던 바로 그 스토브, 더구나 연료용 캬브레이타를 제거한 몸통만의 –에 다 찌그러진 연통을, 그나마 24인용 천막에 1대씩만 보급받아 학생 텐트 내무반에 비치하였다. 연료는 근처 산에 가서 나무를 때는 것이었다. 그런데 특히 정찰과정 다녀온 날에 학생들의 상태는, 추위고 뭐고 간에 우선 잠자는 것이 선무라 나가떨어지기 바쁜데, 그래도 그중에서 모두를 위해 인내하고 봉사하는 '최석사 중위'가 있었다. 그는 정찰 중에는 규정을 준수하며, 체구가 크지 않음에도 불구하고 혼자서 60밀리 박격포 포신– 유격부대 경무장의 경우 –을 처음부터 끝나는 시간까지

메고 다니면서 철저하고 끈질기게 책임을 다하였으며, 돌아와서는 내무반 난로에 나무 불을 때어 일단 내무반이 따뜻해질 때까지 기다렸다가 자기 자리에 들었다. 나는 그를 유심히 보았다, 그만하면 신뢰가 가는 것은 물론 참군인이었다.

(이후 그는 소령으로 진급하고 특전사 인사참모부에 근무하다 역시나 그 참모에게 신임받았다. 그 참모가 육군본부 인사참모부장이 되어 제주도 군인휴양소, 지금의 '서귀포휴양소'를 신축하게 되었는데, 그때 최 소령을 발탁하여 처음부터 완성 때까지 전적으로 감독하게 하였고, 성공적으로 완성되자 이번에는 그를 호텔 사장으로 임명하여 운영을 전적으로 맡겼다. 그리하여 당시 막 시작하던 국가계획 '중문 관광단지'에 시범을 보이면서 최고의 경영으로 호텔발전의 기반을 굳히면서 군 장병의 복지에 기여하였다.)

[본인도 한번 투숙하고 그의 성실함을 재인정할 수 있었다. 이후 10여 년이 더 지나 유성 온천지구에 육군 온천휴양시설을 현대식으로 재건축할 때도 (함께 부대 근무하며 그를 신임한 바 있었던) 또 다른 육본 인사참모도 그를 제주도에서 불러와 지금의 육군 '계룡스파텔'을 처음부터 끝까지 감독하게 하고 성공적으로 완성되었을 때는 그를 사장으로 위촉하고 은퇴할 때까지 경영하게 하여 오늘날 유성에서 유명한 '군인휴양소'로 발전하게 하였다. 최소령(호텔 사장/휴양소 소장)에게는 그가 신임하는 '신 상사'가 역시나 처음부터 은퇴할 때까지 함께하고 있었다. 역시나 성실한 사람은 우리 군대에서도 남으로부터 인정받는 성공한 삶을 살게 된다.]

1962년 늦가을의 교육현장 사고

동복유격장 신설을 위해 광주 보병 학교를 출발해 올 때, 이세호 교장(당시 소장 후에 육군참모총장)은 우리에게 당부하기를, "요즈음 젊은 장교들 엉덩이 살이 쪄서 … 혼내 주고 강한 훈련해 주기 바란다."라고 했다. 우리 또한 나름대로, '평시 한 방울의 피가 전시 한 바가지의 피를 전략한다, 고로 가능한 실전(전시)과 같은 엄격한 훈련을 실시한다.'라는 신념에 불타 있었다.

그리하여, 아마도 두 번째 올빼미 교육 기간에, 늦가을의 깊은 계곡에는 아침 서리가 짙었다. 그날 나는 별다른 일과가 없어, 13기 유 선배가 담당하는 '줄다리 교육과정'에 지원교관으로 나갔다. 두 줄 다리 교육과정에서 먼저 '숙달된 조교'가 두 번 시범을 보이고, 이어서 차례대로 올빼미들의 실습이 진행되었다. 아, 그런데 두 줄 다리를 건너던 한 올빼미가 줄을 놓치면서 "앗!" 소리 지르며 계곡 밑으로 떨어졌다. 비록 불과 10미터 정도의 땅바닥이었으나, 마침 얼고 있던 바닥에 바윗돌도 있어서 바닥에 닿자마자 치명상을 입었고, 즉시 대기하던 엠뷸런스로 후송되었는데, 도중에 절명하였다고 한다. 사고 원인은 다음 날 교육을 위해 미리 교육장에 운반해 두었던 두 줄 다리 로프가 '서리'가 덮여 얼어서 차고 미끄러웠던 것이다. 거기에다 실전을 방불하게 하느라고 바닥이 위태로운데도 적당한 개천을 발견 못 해 그런대로 짧은 계곡을 택하여, 실전 방불을 이유로 개인 안전장치를 무시하였던 것이다.

그럼에도 나는 부상자를 하산 후송시킨 뒤 다시 마음과 몸을 추슬러서 다시 주의를 주어 가며 실습과정을 재개하였는데, 한 열 명 지나가자 한 줄에서 2명이 한꺼번에 '생명줄'을 놓치고 떨어지는 사고가 발생하였다. 의욕이 앞선 내가, 앞선 교육생의 부주의로만 생각하고 '서리'와 자연환경의 위험을 무릅썼던 탓이었다. 2명 또한 엠뷸런스로 후송되었으나 중상이라 하였다.

이세호 교장은 우리에게 위로 겸 주의 말씀으로, "아무리 그래도 사람을 죽여서는 안 되지…. 그러나 더 열심히 엄하게 교육하기 바란다."라고 했다. 우리는 반성하고, 생명줄에 안전장치로 '카라비노'를 연결하여 사람이 떨어져도 매달려 있을 수 있도록 하는 등 개선책을 마련하여 시행하였다. 최근에는 한·미 합동기동훈련에도 첫째 주의사항이 '사람을 죽이지 말라.'이다. 60년이 지난 지금도 나는 그날의 교육 희생자들에게 죄송하고, 오로지 명복을 기원할 뿐이다.

∴ 공수(낙하산)교육 자청, 15기생 되다

1963년 초, 교육대의 겨울 정비 기간을 이용하여 우리 동기 교관들(신우식, 장기하 그리고 나)은, 당시 고난도 교육훈련으로 평가되어 오던 제1공수특전여단의 낙하산 위탁교육을 자원하여 허락받고 2월에 제15기로 입소하였다. 우리 생각은, 이 어렵다는 교육조차 극복한 우리 교관이 교육 훈련시키는 '동복유격교육대'의 '올빼미 교육훈련'은 한국군 최고난도 훈련이 되고, 그럼으로 그 과정을 마친

자는 영광스럽고, 그들을 지도한 우리 또한 자랑스러울 것이라고 믿었다.

당시(지금도), 제1공수특전여단은 김포공항에 가까운 서울 김포 '오쇠리'에 위치하여 한국 최초 공수특전부대 위용을 자랑하고 있었으며, 특히나 4주간에 걸친 공수교육은 악명(?)을 날리고 있었다. 4주간의 훈련 중 1~2주는 주로 반복되는 공수부대 요원용 P.T(체력단련) 기간, 제3주는 낙하기술 지상훈련, 그리고 드디어 4주째는 수송기에 탑승하여 환강 상공에서 낙하하는 데 주간 4회 야간 1회 계 5회를 마스터하면 낙하산 휘장과 함께 자격증이 부여되고 과정을 모두 수려하게 된다.

우리 일행은 교육대에 입소하여 일과시간에는 철저히(50분 훈련, 10분 휴식) 훈련하고 일과 후는 자유시간을 갖는데, 피곤하여 외출할 엄두를 내지 못했다. 첫주는 주로 지상 PT 체조와 함께 1단계 3킬로미터 급속구보훈련, 2주째는 모의 낙하장에서 지상 낙하 동작과 함께 2단계 6킬로미터 강속도 구보훈련, 3주째는 10미터 상공의 '막타워'에서 공중낙하훈련과 낙하 중 낙하산 조종훈련 그리고 낙하 후 현장이탈훈련을 겸한 3단계 12킬로미터 장거리 구보훈련 등이었다.

각오하였던 훈련이라 곤란을 느낀 경우는 없었으나, 장거리 김포가도 구보에서 나는 예의 그 지병(좌심방판막증)으로 어려움을 겪었다. 부대에서 출발하여 일단 김포가도로 나와, 김포비행장으로 그런대로 경사진 도로를 뛰어가는데 역시나 가슴이 답답해져서 도리없이 열외하여 내 심장 뛰는 대로 뒤따라 뛰었다. 대열은 김포비행장 북동쪽 모서리에서 반전하여, 울타리를 오른쪽으로 끼고 부평 방향으로 가다가 '오쇠리' 부대 앞길로 들어서는데 여기에는 '그식이 여인네'들이 우르르 나와 휘파람과 기성 그리고 진짜 응원과 격려의 박수를 받게 되는데, 이상하게도 마지막 힘이 나기도(?) 하였다. 나는 대열로부터 100미터 이상 낙오하지 않았다 하여 12킬로미터 마지막 체력시험에 통과되었다.

평일 일과 후 장교 피교육생은 자유시간이었으나, 피곤하여 전혀 외출 생각도 나지 않았거니와 가족 또한 모두 광주에 있기에 필요도 없었다. 그런데 김포 지역– 당시는 개활지 벌판 –의 2월 날씨는 고약하여 낮에 땀 흘리기를 반복하며 야외에 있어서인지 거의 모두가 감기에 걸린 상태면서도 그저 '젊음의 힘'으로 이겨나갔다. 그런데 유일한 휴식과 위로는 주말에 김포 시내에 있는 목욕탕이었다. 우리는 주말마다 함께 나가, 과하게도(?) 목욕탕에 들어가 30분도 더

몸을 녹이는 그 행복감, 탕에서 나와서는 바닥에 누워 2시간 이상(?) 잠자고 났을 때 그 가볍고 상쾌해진 몸과 마음의 기분, 참으로 경험하기 드문 단련이요 행복이었다.

그 지루하고도 지겹던(?) 체력단련과 낙하기술 과정을 통과하여, 드디어 기다리고 기다리던 4주째 실지 실제 낙하 실습과정이 되었다. 처음 1회는 단독군장으로 낙하하는데, 김포비행장에서 C-47 한국 공군 수송기에 탑승하여 서에서 동으로 한강인도교(제1한강대교)로 향발하는데, 비행기 가운데 문을 열어 놓은 채 시퍼런 한강 물 위를 그대로 비행하여 오다가─ 이륙과 동시에 그리고 한강 물을 내려다보면서 뛰어내릴 때까지 '피가 마르는 긴장감'을 회를 거듭해도 '그때마다' 맛본다. ─한강대교 근접하면서 'Jump Master'의 명에 따라 일어서고, 고리 걸고, 앞사람에 바짝 붙어서서 상호 간 군장 검사가 끝나면, 앞사람부터 차례로 그 억센 바람 부는 공중에서 열린 문턱에 선다. 점프 마스터의 "뛰어!" 명에 따라 속으로는 '나는 죽었다.' 하며 뛰어내리면서 "일만! 이만! 삼만! 사만!" 무의식중에 외친다. 그러면 신통(?)하게도 "이만!" 정도에서 몸이 공중으로 솟구치는 기분을 느끼면서 "살았다."라는 외마디가 절로 나오면서, 머리 위로 활짝 펴진 낙하산을 확인하게 되고, 그때부터 불과 60초 내외에, 그 살아서 공중에 떠 있는 최고의 '다행한 기분(?)'에 스릴을 느끼며 땅에 근접한다. 그러면서 죽어라 남산방향으로 낙하산을 조종하여 그 시퍼런 한강 물을 피한다. 쉴 틈 없이 허리띠에 매어 둔 소총을 분리해서 끈 달린 체 내려트리고, 이어 땅이 내게로 솟구쳐 오르면 배우고 익힌 대로 땅에 발이 닿는 순간 옆으로 뒹구는 낙법을 실시하여 몸을 일으킴과 동시에 땅에 막 닿고 있는 낙하산 방향으로 신속히 뛰어가 그 뒷면에서 낙하산 바람을 죽이고, 이를 재빨리 회수한 뒤 둘러메고, 전술상황으로 재빨리 뛰어서 현장으로부터 신속하게 이탈해 갔다.

그런데 당시 한강 백사장 지금의 제1한강대교와 반포대교 사이─ 경의선 기차 선로 이남 지대 백사장, 지금의 한강공원과 유명 아파트단지들 터 ─가 주 낙하 장으로 사용되었는데, 드물었지만 때로는 한강대교에 낙하산이 걸리는 피교육 생도 있었고, 어떤 사람은 지상에 닿으면서 약간의 시간 지체로 그대로 바람에 끌려가 기차가 오고 있는 경의선 '서빙고역'까지 가다가 멈춘 적도 있었다. 또는 경우에 따라 백사장 모래를 퍼내고 웅덩이가 생긴 곳에 떨어지기도 하는데 모두 미리 경계병들이 대기하고 있다가 도와준다. 그래서 교육 기간에 피교육생 낙하 사고는 거의 없다고 하였다.

그렇게 해서 4번의 주간 낙하훈련 시험을 실시하는데 2번은 단독군장, 2회는 완전군장 낙하시험인데 요령은 단독군장 때와 같다. 이렇게 모두 무사히 마치면, 이어서 마지막으로 1회의 야간 낙하 시험이 또 실시된다. 더구나 당시 한강 위 야간비행은 비행기 문 열어놓고 세찬 바람 직접 맞으며 위로는 별 아래는 시커먼 한강 물줄기, 그 현장에서 생명을 줄 고리에 걸고 하늘을 향해 무조건 뛰어내리는 것이다.

물론 비행기에 오를 때까지는 절차 지키느라 잠깐 잊었다가 막상 비행기가 공중에 올라 컴컴한(당시 서울은 야간통금까지 있었으니까) 한강 상공에 이르기까지 '피 마르는 긴장감' 속에서, 단체행동이기에 반 무의식으로 앞사람 따라 뛰어내리고, 그리고는 '아 살았다. 내 세상이야.' 하다가 금방, 한강 물 반대방향으로 낙하산을 조종하고, 모래밭이 솟구쳐 오르면서 발에 닿으면 '낙지법'에 따라 뒹굴어서 일어나고, 이 모두 60초 동안의 일. 그런데 이번에는 일어서보니 바로 웅덩이 곁이 아닌가?

곧 미끄러져 웅덩이로 내려갈 지경에 온 힘을 다해 뛰어서 낙하산을 접고 막 집결지를 향해 뛰려는데, 미군 특전병— 한국 특전부대에 1개 팀이 파견되어 있었다. —한 명이 뛰어와 잠깐 나를 멈추어 세우고, 내게 '조니워커' 뚜껑을 열고 거기에 한 모금의 술을 따라 건네주며 말했다. "Well Done, Well Done! Congratulation!"이라고. 그는 오늘의 무사 착지와 성공적인 교육종료 및 '낙하산요원' 자격 획득을 축하해 주었다.

아 이번에도 죽었다 살아온 듯한, 더구나 야간 첫 점프에서 성공하였다고 희열을 느끼는 그 순간에, 이 한 모금의 술 이 그 한마디의 축하가 그 어찌 고맙지 아니하였으랴, 지금도 물론 잊지 않고 그 미군 특전요원을 고마워하고 있다. 살다 보면 미군과 미국은 이런 고마운 때가 많았다.

(자동차운전면허시험에서 시내실습운전 중에 미국 사람이 운전해 지나가면서 내게 엄지손가락을 들어 보이며 윙크도 하면서 잘한다고 위로해 주기도 하였다. 그러면 정말 마음으로 위로가 되었고 고마웠다. 미국 사람들은 흔히 그렇게 한다.)

그렇게 해서 우리는 자부심과 긍지를 가슴 가득 안고 우리의 올빼미 본고장에 돌아와서는, 어디 해병대교육이 센가, 우리 올빼미 교육훈련이 센가 다투어보기로 마음먹기도 하였다. 이후 실제로 해병 교육대 요원이 한 두어 번 입교하여 훈련받고는 나름대로 인정하고 가기도 하였다.

∴ 참모총장 참관 시범으로 올빼미 교육과정이 장교임관 필수과정 되다

1963년 봄, 아마도 이세호 교장의 초청으로 김종오 육군참모총장과 (당시) 미군사고문단장(소장)이 내교하여 '동복유격교육대' 현장에서 우리 올빼미교육과정을 설명 듣고 거대한 '제비바위' 앞 교육현장에서 시범을 참관하였다. 물론 다 시범할 수는 없었지만, 첫 번째는, 환경이 뛰어난 하천 도하 현장에서 도르레를 이용한 하천 도하 훈련을, 장기하 동기가 '육사 체육부장' 솜씨를 다하여 능숙하게 시범하여 박수와 칭찬을 받았으며, 둘째 시범으로는, '제비바위'- 1단계 약 50미터 이상 직하 -교육현장에서, 장기오 교육대장과 신우식 동기가 아주 능숙하고도 자신만만하게 그 위험하면서도 거대하고 우람하게 생긴 거대 바위에서 로프를 이용해 오르내리면서 1. '로프 클라이밍', 2. '로프 레펠링', 3. '레스큐 레펠링(Rescue Repelling)'- '들 것'을 이용한 부상자 구조 하강 -을 성공적으로 시범하였다. 시범 도중에 마치 쇼를 볼 때처럼 수시로 휘파람 불고(미 고문관), 큰 박수 연거푸 쳐주고 고성으로 위로해 주는 등 시범 보이는 우리를 정말로 격찬해 주었다.

아 그런데, 격찬을 받은 것까지는 기쁘고 보람 있는 일이나, 문제는 그다음이었다. 육군참모총장의 특명으로, "당장 지금부터 모든 육군 전투병과 장교후보생은 의무적으로 4주간의 '올빼미교육훈련'을 이수하고 임관하라."라는 것이었다. 일반인이 들으면 바람직한 조치라 할 수 있으나, 한국군 최강 교육훈련을 자랑하려는 우리 교관들에게는 고민이 생기고 말았다.

그렇게 되어 우선 간부후보생 제180기(?)부터 마지막 4주 동복유격교육을 받게 되었는데, 결과 기준에 따라 미달자를 몇 명 지적했더니, 학교장 말씀이, "야, 1년여 후보생 교육 다 잘 마치고 마지막 4주 교육과정에서 힘 좀 모자라 낙제하면 억울하지 않겠느냐, 그러니 좀 봐주자."라고 하였다. 참으로 인지상정이라 그럴 수밖에 없었다. 그렇게 되어 올빼미 교육훈련은 애당초 우리 혈기왕성(?)했던 동기 교관들의 뜻을 조금은 접고 교육의 질은 유지하려고 노력하였다.

그러던 시점에 미국 '레인저' 과정을 이수하고 귀국한, 육사 후배 '김 중위(7기)'와 '황 중위(8기)' 등에게 점차로 물려주고, 우리 동기 교관들은 동복 유격대를 개별적으로 떠나 광주 본교로 복귀해 갔다. 이 후배들은 더 의욕적으로 훈련장 범위를 지리산 노고단까지 확대하고 본격적인 미국 '레인저' 식 도피 및 도망 훈련 과정 등을 추가하며 더욱 실전 훈련화하였다.

각개전투, 침투훈련 우수교관

나는 본교에 복귀하여 전술학 교관이로되 늦깎이가 되어 다른 이들이 기피하는 각개전투훈련과 침투훈련과목을 맡았다. 옛날 생도 때 멋진 교관들의 멋진 교수법과 언행을 상기하며, 더구나 지금 어려운 고비를 넘기고 있는 후보생들을 위로하면서도 요점(요령) 위주로 각개전투 훈련을 실시했고. 침투훈련장에는 휴식시간을 엄정히 지켜주면서 스피커를 틀어 휴식시간에 노래로 조금이나마 심신을 위로해 주며 훈련시켰다. 보병학교 간부후보생 183기에서 187기까지 담당하였다. 그래서 우수교관으로 지명되기도 하였다.

∴ 첫아들 '정언'이 소식, 훈련 중 산속에서 듣다

그날도 화순군의 남면지역 산속에서 '올빼미'들의 정찰과정을 따라 함께 헤매고 있는데, 화순경찰서 순경 한 사람이 찾아 올라와 유격대에서 연락이 왔는데, '문 중위는 득남했으니 빨리 집으로 가보라.'라는 내용이라 하였다. 경찰서에서 한 참 먼 산속인데 그리고 이동 중인데도 이렇게 기어이 찾아서 알려 주니 정말 고마웠다. 옛날엔 이런 인심도 있었다. 그래서, '여하간에 어서 가봐야지.' 하는 마음으로, 그 길로 바로 하산하여 지나가는 화물차와 버스 등등을 환승하며 집을 향해 뛰다시피 서둘렀으나, 저녁때가 되어서야 도착하였다.

'서석동' 조선대학 철로길 밑 '사글세' 집에 들어서니 기다리고 있던 주인 할머니(중앙초등학교 선생의 어머니)가 얼른 반가워하며 자초지종을 얘기해 주었는데 곁으로 들으면서 얼른 방문을 열었다. 아, 거기에 건강한 아기와 기진맥진이면서도 그래도 아주 반가워하는 아기 엄마인 내 아내가 함께 있었다. 정말로 일생에 더 이상 사람답고 정겨운 장면이 또 있으랴? 한편 정말 혼자서 이렇게 미비한 과정을 거치면서 그 얼마나 고통스러웠고 외로웠을까 하는 마음으로 미안하고, 그리고 안쓰럽고 고맙기 이를 데 없는 마음으로 아내에게 '욕봤다.'라고 맘속을 다하여 말하고, 그리고 보여주는 내 자식을 내려다보았다.

내가 없는 그동안 출산 준비는 해 두었으나, 어느 날 갑자기 그것도 저녁에 진통이 있기에 얼른 가게 된 곳이 전남의대 산부인과 교수 댁 피아노 방으로 가서 피아노 다리를 붙들고(?) 애를 낳았다는 것이다. 지금 세상에서는 참 듣기 어려운 얘기요, 당시도 흔하지는 않았으나 그저 있을 수 있는 일이었고, 특히 군인 가정에서는 흔한 경우이기도 하였다.

(김 박사는 당시 함께 광주에서 신접 살림을 하던 김진규 동기생의 삼촌으로 이미 소개를 받아 김 박사를 알고 있었고, 또 미리 출산예약도 되어 있긴 하였다. 이후 김 박사는 서울의 한양대학 산부인과장으로 근무할 때도 우리 가족은 신세를 지기도 하였다. 참으로 고마운 분으로 잊지 못할 은혜의 인연이었다. 사람이란 이렇게 서로 도움을 주고받으며 살게 마련이라 인연이 참 중용함을 새삼 느낀다.)

∴ 광주에서 신혼생활 이모저모와 잘 만난 인연 등

전세에서 철로길 밑 사글셋방으로

광주에서 신접살림- 정말 미안하게도 3~4일 집에 와서 겨우 남편 노릇 하다가는, 한 달 이상 독수공방시키기를 거듭한 신혼생활 -을 차린 지 1년이 훨씬 지나서야 동복유격대 격리지대생활(?)에서 해방되어 상무대 보병학교 전술학부 교관으로 복귀하였다. 그동안, 그런대로 아담하고 편안했던 양림동 첫 살림집은 남에게 팔려서, 부득이 서석동 조선대학 앞 철로길 밑 중앙초등학교 선생님 집 안쪽 동남향방 사글셋방- 전세 1년 지나니 전셋값이 올라 가진 돈으로는 부득이 사글셋방 신세 -으로 나와서 '첫아들 정언이'를 낳았다.

그런데, 그 방은 진짜 소문대로, 기차가 수시로 지나다니며 조선대학 들어가는 건널목 경보를 핑계로 철길 밑 살림집들 아주머니들을 향해 기적 울리며 농담하며 지나가기를 그냥 보통 일로 알고 있는 그런 방이었고, 여름에는 폭풍우가 바로 창호지 문을 강타하고 방안으로 들어와 방을 다 적신다. 이 때문에 아이는 아예 그네 매달아 잠재웠다. 그제야 주인은 방문밖에 비바람 막이 챙을 달아주었으나, 폭풍우에 견디지 못했다.

비록 철길 밑 방이었으나 마당 한가운데 우물이 있었고, 수도도 있었으며 주인 할머니와 그 아들 내외는 친절하고 좋은 사람들이었다. 정언이 났을 때 내게 소식 빨리 전하려고 사방으로 수소문하여, 마침 이웃에 '군대 보안대 요원'- 윤 선배 - 이 거주하고 있음을 알고 찾아 자초지종을 알려주어서 그 덕에 내가 뛰어올 수 있게 된 것이다. 고마운 광주 사람들이었다. 그래서 그 소식을 받은 능력 있고 인간미 있는 그 선배 씨는 바로 동복유격교육대에 알리고, 산에서 활동 중이라는 정보를 추적하여 근처 경찰서로 압력(?)하여 내게 그런대로 급하게 알려지게 되었다. 그 선배 씨하고는 이후 '하나회'도 같이 하면서 인연을 맺어 육군본부 참모부 근무 때까지 잘 지낸 고마운 선배였다.

서석동 사글셋방으로, 참 좋은 동기와 친척, 선후배들과 인연

환경이 갓난아기에 맞지 않아 아쉬웠지만 부득이 서석동 그 근처 집 사글셋방을 찾아 이사하였다. 그 집은 광주 인근 소도시에서 주조장을 운영하였는데, 부부가 바빠 집을 비우는 경우가 많아 우리에게 아이들- 초등학교 다니는 아이들 3명과 돌봄언니 -을 마음 놓고 맡길 수 있다면서 반가워하였다. 집은 개울가 길을 따라 울타리가 있고, 앞마당 합하여 아마도 50평 넘지 않았고, 남향인데 대문은 집 동남편에 있었고, 들어서면 10평도 채 안 되는 방 2개짜리 문지기 방- 옛날 '종 제도' 집안 구조의 축소형 -이 있고, 그 안쪽 오른편으로 이 집 장독대, 그리고 부엌이 있었다. 물론 정면 한가운데- 마당은 거의 없었고 -에 주인집으로 10평 정도의 방 2개가 양편에, 거실 마루가 한가운데 있었고, 여기에 아마도 가사 도움이 가족용으로, 앞면에서 서쪽으로 돌아 들어가면, 2평 남짓한 방 2개가 있고 거기에 엉덩이 겨우 붙일 만한 툇마루가 붙어 있고, 다시 완전히 집 뒤로 돌면 거기에 이 방(사람)을 위한 부엌이 있었는데 물론 장독대는 없었다. 부엌은 큰비 오면 공휴일이었다. 한 뼘의 툇마루에 앉아 발을 뻗으면 바로 옆집과의 울타리에 발을 붙일 수 있었다. 이 방이 우리 광주 신혼시대 세 번째 살림집이고, 2번째 사글셋방이었다.

가재도구는 여전히 육사 졸업 지급품인 휴대용 알루미늄 가방 하나와 발을 폈다 접는 2인용 호마이카(?) 식탁 하나, 신문 종이를 바른 사과 상자 2개, 이불과 요 그리고 그 외 부엌살림이 전부였다.

그래도 지금 생각하면 신혼살림은 행복하였다. 서석동 같은 동네에 절친 박정기네(도미 미사일 과정 유학)와 김진규네(마찬가지), 그리고 이제 막 고등고시 합격하여 전남도청에 발령받아 내려온 손아래 동서 송(언종) 서방네 - 후에 통정부 장관 됨 -와 함께 문자 그대로 그 시대 외지 출신 신혼부부들의 애환을 함께하며, 매일 상부상조하며 즐겁게 3년여 광주 생활을, 지나고 보니, 참 좋은 추억이 많이 남은 것 같다.

하루는 퇴근해 집으로 와보니 1기 선배 한 분이 OAC 교육을 받기 위해 바로 우리 집 문간방에 세 들어 왔다고 했다. 그는 당시 박정희 최고회의의장 비서실에 전속부관으로 근무하던 손영길 소령으로 그 가족과 함께였다. 그리하여 5개월여 교육 기간 중, 비록 방향은 동서로 다르나 한 울타리 안에 불과 4~5미터 거리에서 아침저녁으로 만나 인사를 주고받고, 때로는 가족끼리 이야기 상대도 되다 보니, 그리고 어린 자매들과도 친하게 지나다 보니, 친하게 되고 그 인연 또한 오래갔다. 그러나 도중에 불행하게도 반대파 모략인 '윤필용 사건'으로 훌륭한 참군인 한 분이 옷을 벗고 말았다.

'5·16 혁명' 주체, 김종필 준장 방문

학교로 복귀한 뒤 얼마 안 되어 5·16 혁명 주체인 '김종필 준장'- 당시 혁명에 성공하여 제2인자가 되어 스스로 장군 진급도 하면서, 군 내외와 사회 전반에 걸쳐 '인심 모으기' 운동을 적극 전개 중이었다. - 이 일행과 함께 여기 상무대 전투병과 교육사령부를 방문하고 대강당에 모인 간부들에게 연설하려고 들어왔는데, 엄연히 준장 계급장을 달고 있었(?)는데도 불구하고, 우리 초급장교들이 보기에는, 기성 상급 장군들이 그이 앞에서 '절절매는 것(?)'- 경상도 지방 상용어 −을 보고 못마땅하였다. 우리 군대 질서는 그래서는 안 되는 것인데도 말이다.

제43회 전국체육대회 전남대표 사격선수로 참가

62년 가을이 되자 대구에서 '제43회 전국체육대회'가 열렸다. 우리 전교사(전투병과 교육사령부)는 전라남도에 있었기에 도청 당국의 요청으로 선수단을 구성하여 전라남도 대표 사격선수로 출전하였다. 단장 '이 소령'과 단원은 송 대위(함경도 출신)와 나였다. 군복 대신에 트레이닝복을 입고 민간인이 하는 체육대회에 참가하였으나, 실은 각도 주둔 군인 사격선수들 간의 시합이었다. 시합내용은 소총, 권총, 클레이, 러닝타깃으로 나누고 종목별, 자세별, 거리별, 시간제한별로 성적을 종합하는 것이다.

대구사격대회에서 만난 권총 선수는 역시나 서울대표로 참가한 한국올림픽 국가대표선수들로 낯이 익은, '서 소령(올림픽 권총대표단장)', 김 중위(권총 대표)이었다. 그런데 사격대회는 당시 한국 실정으로는 역시나 미개척 스포츠 분야였다. 그래서 민간인− 여유 있는 부자들 −이 주로 즐겨 하는 클레이 사격은 한국은 여전히 여건이 불비하여 해마다 원정 오는 재미, 재일교포들이 가져오는 실탄을 얻어쓰고 있었다.

(자유 및 기타) 권총시합은 아주 단순하게 생략하여 단 하나 10미터 표적 완사(자유)만 하였는데, 그것도 권위도 없게 어느 곳인가 마른 논바닥에 이동식 책상 사대를 앞에 놓고, 거기서 10미터 거리에 표적을 세웠다. 그래서 그 표적에 시간제한 없이 10− 13발 중 3발은 연습용 −을 쏘아 100점 만점으로부터 승리를 가린다.

내가 시간을 좀 끌어가며 사격하는 동안 이 사람들− 내가 아는 국가대표 선수들과 그 외 관심 있는 선수들 −은 사격을 끝내고, 내 바로 뒤(1미터도 안 되게)로 몰려왔다. 나는 근 1년여 쉬었지만 그래도 그때까지는 9발이 10점에 명중하여 마지막 한 발을 남기고 단연코 우승으로 가고 있었다. 아 그런데 이들이 우 몰려오고, (최소 사대 뒤 10미터 그리고 정숙해야 함에도), 심지어는 "어, 이제 한발이면 최고 성적으로 우승한다."라는 격려 아닌, 사수에게 자만심을 주어 흔들리게 (방해)하는, 비록 작은 속삭임이지만, 듣게 되자 가늠쇠가 흔들리게 되고, 방아쇠를 당겼더니, 아뿔싸 그 마지막 한 발이 표적에서 사라지고 없었다. 그래서 그만 전라남도 성적에 큰 도움을 주지 못하고 말았다.

어려웠던 경제 살림살이

당시 얘기로 빠질 수 없는 것은 경제생활이다. 모두들 자립 독립하는 초급장교 생활이라 당장 가진 것은 무일푼 마찬가지나 그래도 배경은 그런대로 좋아서- 박동기는 대구역장 아들이고, 김동기는 삼촌 등이 상류사회 분들이고, 우리는 물론 독립심으로 일관하지만 배경은 전주 과수원 하는 처가가 있었다. (아주 조금씩은 본가 도움을 받아, 사글세 내고 삼시 세끼 굶지 않고 지내면서 수시로 모여 함께 먹고 얘기하며 희망과 포부를 가지고 지냈다.)

그런데 당시는 5·16 직후 국가재정사정이 여의치 않아 장교들의 월급 대부분을 '알랑미'- 미국 원조물자, 원래는 '월남 쌀'이나 그때는 아마도 미국 캘리포니아 산? - 현물로, 그리고 약간을 현금으로 지급해 주었다. 그런데 그 사정을 듣고 전주 처가에서 한때 직접 농사지은 맛쌀을 보내주어서 그걸로 밥하고 '알랑미'는 기타 반찬감으로 바꾸어 먹기도 하였다.

또한, 사글세 내고 남은 돈이 달이 지날수록 줄어드는 것이 안타까웠던 정언이 엄마는 이웃집 말을 듣고 동네 미장원에 투자(빌려주어)하여 이자를 받아 유지해 보려고 애쓰기도 했다.

∴ 절친 박정기 동기생의 추천, '하나회' 가입

하루는 절친 '박정기 동기(포병학교 교관)'가 찾아와 평소와 좀 달리 은밀히 신중하게 말했다. "'하나회'가 있는데…. 우리 육사 출신으로 뜻맞는 동지끼리 힘을 합쳐서 군대발전을 기하고, 상부상조하며, 선배는 후배를 이끌어주고 후배는 선배를 뒷받침하며 군대생활을 동고동락하는 하나의 잘 뭉쳐진, (동기생 중에서는) 선발된 인재들로 구성되는 친목 그룹이다. 위로는 1기생 중 전두환 선배가 대표지도자이고, 지금은 우선 4기까지 조직 중이고, 기마다 한 10명 정도로 예상하고, 우선 4기생 우리가 먼저 구성 중이다. 이종구(대구), 배명국(경남 진해), 안무혁(함남), 김충욱(충북), 장홍열(강능), 최종국(강원도), 이미 가입했고, 여기 상무대에 있는 너와 장기하(경북 울진)를 추천하고자 하는데, 우리 함께하자.”라는 것이었다.

그러면서 5기 ‘민병돈 후배’가 “문 선배도 함께하겠다면 가입하겠다.”라고 했단다. 정말 그 얘길 듣고 민 후배에 대하여 더 깊은 의리를 느꼈다. 그런데 물론이다, 박정기 말이라면 무엇이든 좋다는 생각에다 물론 몇 사람은 마음에 들지 않았으나, 그런대로 괜찮은 동기 친구 선배들 모임이니 주저할 것은 없었다.

그리하여 군대생활 일생에 영향을 주고받은 ‘하나회’에 가입하였고, 어느 날 서울로 올라와서 전두환 선배 친척 집에서 1기 선배 5명 여의 입회하에 나 이외 4명이 입회선서를 하고 동시에 가입하였고, 그 얼마 뒤 추가로 이철희 교수부 교수, 이춘구(후에 내무장관), 정도영(후에 사회정화위원장) 등이 가입하였는데, 그때부터 선후배 간은 ‘호형호제’, 즉 ‘형과 아우’의 호칭으로 통했다.

그러나 이후 끝까지 특별한 단체활동은 없었고 다만, 주로 전두환 리더가 구해 준 용돈으로 주기적으로 동기회별로 회식하면서, 다음엔 각자 집으로 돌아가며 전두환 선배 대표를 모시고 동기회 모임을 하며 우의와 동지애를 다졌다. 그 이후 ‘12·12 사태’가 날 때까지— 이 사태 자체도 ‘하나회’ 조직과는 직접적인 관계가 아니었다. —전혀 정치활동은 없었고, 다만 친목과 진급과 보직에 상호 도움을 주고받았다. 그러나 결코 진급이나 보직의 독식이나 배타는 물론 없었다. 그동안 우리 내외는 전과 같이 박정기 동기생 내외하고는 친애하였으며, 평생 우의가 유지되었다. 이를 계기로 이종구 동기와도 인연이 되어 그와도 친교하게 되었다.

3. ROTC 제2기생 교육중대장, 육군병원 신세,
   연세 107 학군단 교관

∴ 학군단 제2기생 초군반(OBC) 교육중대장

대학문화 속의 ROTC 초군반 장교

1963년 봄에 보병 ROTC 과정 제2기생의 초등군사반 교육훈련을 위해서 중대장 직책으로 우리 동기생들이 다수 선발되었다. 여기에는, 이 또한 군대 생활 동안 인연이 되는 '이종구' 대위도 나와 같은 중대장이 되었다. 나는 13중대 중대장으로 내무반은 바로 상무대 간이비행장 곁에 있었다. 구대장(소대장격)으로는 후배 8기생들 4명이고 부중대장(행정 담당)으로 일반장교 중위 1명이 있었다.

이 과정은 주로 중, 소대급 전술과 참모, 지휘기법을 수련하는 코스였다. 그런데 ROTC의 OBC 과정은 2가지 의미(목적)가 부여되어 있었다. 그 하나는 원래의 장교 초등군사반 교육이고 다른 하나는, 특히 그 당시는 아직 '학생중앙군사학교'가 설치되어 있지 않으므로 내무생활 경험부족과 4년간 교육과정의 종합, 즉 장교 기본교육을 보충하려는 의미도 가지고 있었다. 그래서 비록 장교로 임관은 되었지만, 새삼 중대편성을 하고 당분간은 내무생활을 하면서 간부후보생 출신이나 육사 출신 수준의 장교 기본을 갖추도록 '마감 교육'을 실시하는 과정을 두었던 것이고, 그래서 중대장과 구대장은 주로 육사 출신으로 구성되었던 것이다.

우리 중대는 때마침 간이비행장 바로 옆이라 언제든지 넓은 공간을 사용해서 무슨 과목(열차려도 포함)이던 가능했으므로 특히 우리 중대 출신들은 좀 호되게 과정을 보냈다고 그들은 추억(?)할 것이다. 내게는 그들에 대한 이런 추억이 있다. 훈련과정의 마지막은 '송정리' 기차역까지 왕복 12킬로미터 구보였는데 내가 직접 지도하여– 생도 3학년 때 6기생 여름 기초군사훈련 구보 중 순직 사실을 생각하며 –속도 조절하며 군가도 박수도 쳐가며 뛰었는데, 한 명 낙오 없이 성공적으로 의기양양하게 훈련 전 과정의 대미를 장식하였다.

그런데 그날 밤 회식을 희망해서 허락했더니– 4주간 외출·외박 없고 회식도 없는 강행군 과정이었기에 –비록 한정된 양의 음주 가무였지만 막판에 전원이 일어서서 줄지어 노래하며 꽹과리(식기류) 치며 이 내무반 저 내무반 들락날락하며 문자 그대로 한 판 굿을 벌였다. 육사문화에 그런 것 있을 리 없고 내가 살아온 생애에도 그런 음주문화는 처음이었다. 과연 한국 대학생들의 음주문화는 대단히 요란한 것이었다.

그런가 하면 이제 수료식을 2일 앞두고 부대정비시간이 되었는데, 외출외박을 신청하기에, 절대 '미귀 없기로 약속'하고 허락하였다. 아 그런데 수료식 시간이 다가오는데 한 사람씩 한 사람씩 도착해 식장으로 급히 입장시켰는데 끝내 식장에 들어가지 못하고 밖에서 수료한 장교도 한둘 있었던 거로 생각난다. 서울과 광주 그리고 송정리 기차역 간의 교통이 당시는 의외로 특히 초행인들에게는 그렇게 어려웠기도 했지만, 근본적으로 지나치게 자유분방한 한국 대학사회문화는 하루 이틀의 군사교육으로 변화될 수 없었다.

이종구 동기와의 만남

또 하나 생각나는 것은 동기생 이종구 대위와의 만남이다. 그는 일찍부터 보병학교 학생연대 구대장(중대장)으로 와 후보생교육중대를 맡고 있다가, 나와 같이 선발되어 이번 학군 2기생 교육대대의 중대장으로 함께 근무하였다. 그런데 그의 됨됨이는 좋은 외모와 함께 깔끔하고 적극적이고 창의적이고 미래지향적이어서 출중한 면이 있었다. 나중에야 '하나회' 동기로 알게 되었다.

그는 훗날 참모총장, 국방 장관이 되었는데, 아마도 어떤 소원을 이루기 위한 그 능력과 용기 그리고 대담성이 기여하였을 것으로 믿어진다. 그 후 며칠 안 되어 내게 뛰어와 진심 어린 모습으로 '부모님 유고'를 처음으로 알려준 진한 인정을 가졌던 사람으로, 그 이후 군대를 용퇴하는 그날까지 그는 나를 많이 지원해 준 '하나회 동기'가 되었다.

일단 ROTC 교육중대장 임무를 마치고 보니 이제 나도 다음 진급과 보직을 생각하지 않을 수 없었다. 그래서 조만간에 살펴 보기로 하고 우선 가족을 일단 전주 친정으로 보내고 나는 상무대 바로 앞 하숙집으로 거처를 옮겼다.

∴ '큰 시련의 고비'를 넘고 넘다

시련의 한고비, 불효

그러니까 1964년 5월 하순, 아들 정언이 첫돌을 기해서 누님이 어머님을 모시고 광주 우리 셋방으로 오셨다. 이는 어머님의 두 번째 광주 방문으로 처음에는 양림동 양옥집이었으나, 이번은 사글셋방 집이었고, 더구나 정언이 돌날에 맞추어 오신 것이다. 그런데 편히 지내시기는 고사하고, 돌잔치— 정언이에게 첫돌 기념으로 행운의 열쇠가 달린 금목걸이를 주시고 축하해 주시고는 줄곧 이웃에 사는 육사 선후배 한 다섯 그룹 차례차례로 상 차리시고 치워주시면서 —감당해 주시느라고, 거기에 비좁은 방에 편히 눕지도 못하신 가운데 수고만 하시다 가시게 되었다.

누님이 사전에 귀가하실 때는 비행기 편을 얘기해 주셨으나, 그때만 해도 내겐 엄두가 나지 않은 일이라 그저 평상대로 기차 편으로 보내드렸다. 그러나 그것이 불효였다. 당시 교통은 참 불편해서, 간선이라 하더라도 하루 몇 편 없었고 언제나 만원이었고, 심지어 야간 완행열차는 짐을 얹는 칸에까지 사람이 올라가는 것이 보통 일인데, 더구나 호남선은 더했다. 광주에서 송정리를 거쳐 대전에 가서 경부선 열차로 환승하여 부산까지 12시간도— 운이 좋아야 앉을 수 있었고 — 더 걸리는 기차 여행이었다.

집에 도착하셔서 그동안 고단하셨던 심신을 푸시기 위해 방을 평소보다 좀 더 따뜻하게 하고 두 분이 함께 주무시다가 그만 가스 중독사고로 함께 저세상으로 가셨다. 생각할수록 불효했던 일, 지금은 오로지 하늘나라에서 하나님의 보살핌으로 평강하실 것으로 믿으며, 내 인생에 그런 불효가 있었음을 여기에 말해 남기고자 한다.

시련의 또 한고비

중대는 규정된 정비 기간을 지나고 새롭게 특별간부후보생(법무관, 경리관 군목 군종 등) 교육과정을 위해 준비를 끝내고 절차에 따라 이 후보생들을 인수하기 위해 '논산훈련소'로 가게 되었다. 가는 도중에 전주를 들르게 됨으로 가족들도 만날 겸 유명하게 큼직한 무등산 수박도 2개 준비했다. 다음 날 아침 일찍이 하숙집 우물가에서 세수를 하려고 한 손에 칫솔을 들고 두 쪽짜리 우물 뚜껑을 여는데 부주의로 그만 한쪽이 우물 속으로 떨어져 버렸다. 이런 경우 일반적으로는 '아차 오늘?' 해야 하건만, 바쁜 것만 생각하고 그냥 무심결에 지나치고 말았다.

학교에서 제공된 '지프차(Jeep)'로 부중대장- 김 중위, 후에 목사가 되어 호주에 전도사로 파송되었다고 들었다. -과 나는 출발하였다. 당시 신작로는 좁았던 건 말할 나위 없거니와 아스팔트가 아니라 먼지를 조금이라도 덜 일어나게 하기 위해 그리고 노반을 보존하기 위해 잔자갈을 깔아 놓았다. 새벽 7시경이라 길은 비교적 한산하였다. 우리 차가 정읍 가까이에 이르러 S형으로 굽으며 오르막길이 되는 곳에서 갑자기 그 S자형의 중앙 위쯤에서 광주를 방향으로 질주해 오는 버스가 보여서, 우리는 급히 피하기 위해 핸들을 꺾었는데, 그러자 자갈길에 미끄러져 바로 1미터쯤 아래 논으로 차와 함께 우리는 굴러 떨어졌다.

그렇게 되자 나는 마른 논바닥에 떨어지고 내 몸 위로 차 바퀴가 지나가고 짓눌렸다. 아, 그 순간 하늘이 샛노래지고 나는 반의식을 잃으면서 내 가족, 내 사랑하는 아내와 정언이가 전면에 나타났다. 내 평생 전무후무한 환상이었다. 그후 얼마를 누워 있었던가, 아마도 사고 후 30여 분이 지난 8시경, 때마침 전주 주둔 헌병들이 광주보병학교 임시교육 받기 위해, 소령(대위?) 선임으로 10여 명이 '스리쿼터(3/4톤 중형 人馬 운반용)'에 탑승하여 내려오던 중 이 사고 현장을 보고, 그들은 직업의식으로 교통사고임을 직감하고 처치해 주었다.

나를 우선 정읍 읍내 민간 개인 의원에 옮겨, 곧 군 구급차 올 때까지 간호를 부탁하고, 참으로 운 좋게도 경상의 부중대장과 운전수를 학교로 먼저 복귀시켜주었고 학교 당국에 신고해 주었다. 그때 정말 하나님과 그들의 천운으로 이들 두 사람이 별 이상 없이 복귀할 수 있게 되었던 것을 나는 지금도 하나님께 감사드린다. 동시에 때마침 그 시간에 사고 현장을 수습해준 그들 헌병에게 감사드린다.

그리하여 정읍 민간의원에 옮겨진 나는 곧 올 것이라는 구급차만 믿고 누워서 기다리게 되었는데, 시간이 흐르면서 점차 온몸의 고통이 시작되었다. 시간이 갈수록 온몸이 아파오고 호흡이 곤란해지면서 참기 어려운 고통으로 머리를 감싸 쥐어뜯다시피 해 가며 생 고통을 참으며 어서 시간이 가고 군 엠뷸런스가 오기만을 기다렸다. 도중에 수없이 호흡곤란을 호소하면 의사는 동네 자전거방에 가서 배구공 튜브에 공기 좀 넣어와서 건네주기도 하였다. 그런 위급하고도 고통 상태에서 오후 5시쯤에야 엠뷸런스가 왔다. 광주로 가는 도중에 갈증이 심하여 물을 달라고 했으나, 의무병이 (메뉴얼대로) 거절하였는데, 거듭거듭 요구해 물을 마시자, 그 순간 온몸이 느슨해지고 고통도 풀리는 듯하여 의식을 잃었다.

고통이 심해 깨어 보니 광주 전투병과 사령부 소속 육군 제77병원의 임시 건물 입원실이었다. 물론 한여름이라도 에어컨 시스템은 없었다. 당장 고통이 참을 수 없도록 심한 가운데 군의관(대위)은 구체적인 고통의 원인을 좀처럼 찾지 못하고 있는 동안 내가 죽음의 고통을 호소하자 '대몰핀(代)'을 주사해 주었다. 그래서 잠들고 내 영혼(?)은 하늘을 날아올라 미국의 그 거대한 사막 위를 오르락내리락 날고 있었다. 깨어보니 다음 날이었다.

오한과 고열이 거듭되었다. 함께 동복유격 교관하고 복교한 장기하 동기가 때마침 학교본부 군수과에 근무하면서 얼음 주머니를 만들어 열이 나는 내게 가져다주어 열이 가라앉으면, 곧이어 오한으로 추워지고, 그러면 근처 모포를 산더미같이 덮어쓰고 진정될 때까지 떨면서 참고 참았다. 그럴 때마다 대몰핀을 맞아가며 사경을 헤매면서 3일쯤 되자 배에 복수가 가득 차고 누구든 침대를 건드리면 즉각 아픈 고통이 전달되었다. 전주에서 놀란 아내가 뛰어왔는데, 나는 아내에게 정말 미안해하지 않을 수 없었다. 이제 막 인생 1막으로 가정가족생활 시작하는가 했더니 어처구니없이 중환자로 침대에 누워있는 모습을 보여 주다니. 아내는 열악한 입원실에서 죽어가는 듯한- 제3자 평가 -나를 한시도 곁을 떠나지 않고 지성껏 돌보았다.

장인어른도 내려오셨는데 정말 면목 없었다. 군의관은 내게 와서 말하기를, "현재 상황으로 보아서 2개 신장 중 하나의 신장에서 나온 요관이 파열되어 특히 물을 마시는 대로 오줌으로 나오지 않고 배 속으로 나와 복수가 되어 고름이 되고 있다. 방법은 복부를 절개하여 고름을 제거하고 요관과 신장을 제거- 신장 제거는 얼버무렸다. -하는 수술을 해야 한다. 그런데 요관 수술은 어렵고 봉합사도 귀해서 환자가 직접 구해(구입) 주어야겠다."라고 말했다.

그렇지 않아도 그동안의 경과로 보아 믿기 어려운 의사라 생각하고 있던 차에 이 말을 들으니 결심이 섰다. 서울(수도육군병원)로 가야겠다고. 그래서 장인어른께 말씀드렸다. 그래서 장인께서는 즉시 서울로 올라가 서울 문치과 형님과 상의하셨고, 치과 형님은 평소 안면이 있는 동료 의사(수도육군병원 의탁 민간의사)에게 부탁하였다. 그리하여 의무감은 일단 '환자후송'을 명령하였다.

(만일에 이때 서울로 후송되지 않고 그 병원에서 그 군의관에 의해 복부를 절개하고 요관과 신장 절개수술을 받았다면 내 생명 또는 신체적인 장애 여부는 장담 못 할 정도의 위험한 고비였다.)

뭇사람들, 즉 하늘의 보살핌으로 서울로 후송되다

육로 후송은, 당시로는 하루 종일 그나마 도로사정 및 중간 의무환경은 열악하여 생명보장이 어려워 포기하는 중이었다. 이 소식을 들은 후배 5기생 '고명승 대위'– 보병학교 원자 학교관, 하나회 후배, 후에도 그의 신세를 여러 번 진다. –가 나서서 그다음 날 서울과 광주 업무연락차 날라온 육군용 'L–19'의 소식을 듣고 요로에 건의하여 기내 기타 설비물을 탈거하고 내 '들 것'을 밀어 넣어 '비상 항공 후송'을 할 수 있게 되었다는 것이다.

∴ '수도육군병원' 중환자실에서 걸어 나오다

그리하여 많은 주위 친구와 후배들의 걱정과 도움으로 위기를 다시 한 번 탈출하여 서울 여의도 육군비행장을 통해 서울로 와서 삼청동에 있는 '수도육군병원'– 한국군 유일의 후방 종합병원 –에 무사히 후송되었다. 그리하여 도착 즉시 서울 치과 형님의 그 동료 의사의 진단으로 다음 날 옆구리에 구멍을 내고 복부 고름을 빨아내게 됨으로써 일단 생명의 안전과 큰 고통을 면하게 되었다.

(정말 이 모든 분들에게, 특히 후배 고명승 대위와 형님 동료 의사분께 지금도 다시 한 번 감사드린다. 다만 유감스럽게도 그 의사분을 직접 찾아가 인사드리지 못했음을 거듭 후회하며 사과드린다.)

그리하여 일단은 치명적 고통을 면하고 안정적(?) 중환자생활을 시작하게 되었으나 앞으로 요관 원복 전망이 불투명한 상태인 데다, 중상당한 지 10여 일이 지난 이제야 엉덩이 우측 엉덩뼈가 단순 골절된 것을 발견하였는데, 이미 치료 골든타임을 놓치고 차선의 방법을 택하게 되었다. 그제야 발끝에 무거운 봇돌을 늘어뜨려 그 무게로 엉덩이뼈를 조금이라도 잡아당겨 짧아지는 것을 막아보겠다는 의도였다. 지금은 그렇지 않으리라 생각되지만, 그때는 그런 무리한 치료

(?)도 있었다. 그러나 약 6주 이상 지난 뒤 결과는 왼발이 2.5센티미터 짧아지게 되었다.

그런 가운데도 내게 대한 최대 관심은 언제쯤 '찢어진 5밀리미터 굵기의 요관' – 쉽게 말해 굵은 성냥개비만 한 파이프 –이 자연 원복될 것인가, 그러지 못하면 한쪽 신장의 제거수술을 할 수밖에 없고, 그렇게 되면 군대생활은 마감해야 한다는 예측이었다. 그 시점에서 나는 또 한 번의 운명의 갈림길에 놓이게 되었다. 즉 치료보다 운수가 절대가치를 갖게 된 또 한 번의 터닝포인트를 맞이했던 것이다. 그리하여 골절된 발은 시기를 놓친 체 발끝에 무거운 봇돌 무게로 억지로 잡아 당겨진 채 하루 이틀 애타는 시간이 흘렀다. 그런데, 지금 생각하면, 무식이 용감했다 할까, 그저 '잘 되려니.' 하면서 고난의 하루하루를 보냈다.

그 이후 대략 보름, 즉 입원 후 약 한 달이 지나도 '시험용 잉크'가 여전히 요관에서 새어 나오자 의사들이 점차 수술할 날을 잡기 시작하였고, 드디어 그 어느 날 수술 날을 결정하고 내게 통보한 뒤 준비를 서둘렀다. 그런데 바로 그 수술예정일 전날 밤에 마지막으로 점검하러 왔던 의사가 무릎을 치며 진지하고도 반가운 표정으로 혼자 탄성을 질렀다. "드디어 붙었다."라는 것이었다. 그러자 또 다른 의사가 와서 확인하고 "기적이다, 당신은 이제 수술 안 해도 되고 군대생활 계속할 수 있다."라고 말해 주었다.

내 운명은 이렇게 해서 또 한고비를 넘기게 되었다. 기적이란 무엇이고 운명이란 무엇일까, 무엇보다 먼저 하나님의 뜻일 것이고, 그리고 돌아가신 내 부모님의 보호와 사랑하는 내 가족의 지성(사랑)에서 유래되는 것이라 지금도 믿고 싶다.

수도육군병원 중환자실의 모습들

비록 여전히 드러누운 상태였지만, 엉덩이뼈는 골절된 상태에서 스스로 굳어 가고 요관은 서서히 원상태로 붙어 감에 따라, 이제 큰 고통은 면하게 되면서 회복기에 들어서게 되었는데, 그러자 중환자실 내 주변이 눈에 들어오기 시작했다. 약 10평 좀 넘는 듯한 중환자실에는 장기입원환자가 나를 포함하여 4명, 그리고 수시로 드나든 환자 3명이 있었다. 나는 출입문 바로 안쪽 벽에 발을 천정에 매단 모양으로 누워 있었는데, 왼편 창가 쪽에 모 사단 법무참모인 김 대위가 심한 하체 복합 골절상으로 누워 있고, 내 오른편으로 벽면에 붙어서 모 소령이 인후암으로 누워 있었다. 그리고 출입구 쪽 오른 벽면에는 손에 화상을 입은 모 사단의 김 대위가 있었고 왼쪽 벽면에는 폐암 환자인 ROTC 김 중위가 누워 있었다.

모 소령은 이미 말기 환자로 목을 뚫어 영양분을 공급하고 있었고, 그러나 큰 고통의 표정은 보이지 않는 가운데 그저 말없이 엎치락뒤치락하면서, 그 부인의 열성 간호를 받으며 생존하고 있었다. 한편 내 왼편의 김 대위는 내가 입원한 그 다음 날, 부대에서 업무연락차 서울로 '지프차'로 오다가 미군 대형 트럭과 충돌한 사고로, 오른편 정강이뼈 단순골절, 왼편 정강이뼈 단순골절에 대퇴골 복합 골절의 중상을 입고 들어왔다. 도착과 동시에 환부를 확인하고 응급수술을 마친 뒤 중환자실로 옮겨 와서 복합골절 다리를 천정에 매달고 누웠다.

그의 온 가족들이 시골에서 올라와 병문안한 뒤 그 부인이 거의 24시간 곁을 떠나지 않고 성의를 다해 간호하였다. 시간이 좀 지나자 지근거리에 누워있는 나와, 물론 하루에 몇 분 정도지만, 말 친구가 되었다. 그는 평소에 영광군수 할아버지를 존경하고 자랑하면서 자부심이 대단하였다. 그러던 어느 날 갑자기 그 부인에게 화를 내면서 매달린 발이 흔들리게 되었다. 그러자 복합골절 수술 부분이 어긋나고 응급 재수술을 받았다. 그런데 그때부터 그 부분에 염증이 생기고 치료가 잘되지 않았다.

그래서 날이 갈수록 고단위의 항생제를 처방하면서 장기 입원─ 통상의 경우 단순골절 4주, 복합골절 8~10주 ─환자가 되었다. 그 이후 퇴원했으나 목발 생활을 장기간 계속했다고 한다. 환자는 치료 룰을 잘 지켜야 하나, 때로는 고통스러워 참기 어려운 경우도 있고 조급하게 완쾌를 오판할 수도 있다. 그래도 참아야 정상적인 치료를 기대할 수 있다. 예를 들어 골절환자가 치료 중에, 곧 치료가 끝날 거라는 생각으로 성급하게 외출하였다가 '더블'로 병원 생활을 하기도 하고, 잘못되면 평생 장애자 생활을 하는 경우가 간혹 있다고 한다.

또 한 환자 김 대위는 수류탄 교육훈련 중, 듣기로는, 교육용 수류탄을 시범 투척을 하였는데 어떻게 된 건지 떠나지 않고 손바닥에서 연소하여 오른손에 중화상을 입어 다섯 손가락이 오므라들어, 그 화상 치료와 절개수술을 받고 있었다. 원상회복이 어려운 한 손을 들어 올리고 늘 방을 들락거리면서 긍정적인 태도로 부상 경위 등도 재밌게 얘기하며 이웃과 함께 시간을 보냈고, 그리고 일단 치료가 끝나면 전역해서 붓글씨 연습하여 면서기로 취직해서 생활하겠다고 얘기하고 또 했다. 그의 실망 없는 인생관이면 그렇게는 넉넉히 될 수 있었을 것으로 생각한다. 그에게 행운이 있었기를 바란다.

참으로 안타까웠던 사연 하나는 바로 폐암 말기의 '외아들 김 중위'와 그 홀어머니였다. 김 중위도 내가 입원 후 불과 며칠 뒤에 들어왔으나, 말기 중의 말기였다. 연세가 많게 보였던 그 어머니는 일가친척도 없는 듯, 찾아오는 사람도 없이 혼자 24시간을 그 좁은 아들의 침대에서 같이 자고 낮에는 일어나 옆에 앉아 별로 말도 없이 그러나 아들을 위로하고 간호하였다. 아마 그러기를 1개월쯤 지나자 김 중위는 그 외롭고 불쌍한(?) 어머니를 두고 세상을 떠났다.

그 어머니는 며칠 뒤 병원을 떠나며 우리 집사람에게 귓속말로 "우리 아이 속이 텅 비었고 지푸라기 같은 것이 들어 있었다. 서럽고 섭섭하다."라고 했다고 하였다. 아마도 시신을 기증하고 그 처리결과를 본듯하였다. 참으로 안타까운 인생의 한 경우였다. 김 중위는 고통 없는 하늘에서 잘 있기를 명복을 빌고 무한 모정의 그 어머니에게는 하늘의 가호가 있었을 것으로 믿어 의심치 않는다.

그런가 하면, 하루는 ROTC 출신 황 소위가 간호장교와 간호 보조에 의해 들 것으로 그러나 좀 떠들썩하게 입원해 들어왔다. 다음 날 일어나 부상 경위를 마치 보고하듯 모두에게 설명하였다. 야간정찰 중에 큰 호랑이에게 쫓겨 도망하다 낭떠러지에 떨어져서 부상(오른쪽 팔뚝 단순골절)을 당해 응급 후송됐다는 것이다. 그러면서 호랑이에 쫓기던 얘기를 횡설수설로 그러나 믿지 않게 설명하기에 모두가 오랜만에 한바탕 웃기까지 하였다. 그는 한 열흘 뒤 퇴원해서 원대 복귀하였다.

배우자가 있는 환자 간호는 통상의 경우 배우자가 일과시간 동안, 그러나 여기 중환자실 같은 경우는 24시간도 상주하며 밀착간호를 하였다. 그런데, 어느 날 ROTC '송 소위'가 내과 중환자로 들어왔다. 그는 총각이었고, 가족 친지도 드물게 다녀가곤 하였다. 그래서인지 특히 앳되게 보이는 간호장교 김(?) 소위가 아주 친절하게 밀착(?) 간호를 해 주는 것을 보고 모두가 "아, 나이 들어 서러워?" 하면서 웃으며 간호장교들의 친절과 책임감을 잘 보게 되었고, 그들을 위로하고 칭찬하지 않을 수 없었다. 후에 들으니 그들은 송 소위 퇴원 후 결혼하였다고 한다. 그들의 전도 행복하고 양양하기를 빌었다.

그러는 동안 시간이 흐르면서 내 몸은 차츰 회복되어갔다. 요관은 잘 붙어서 이 대로면 원상회복이 가능하다고 평가되었고, 엉덩이뼈는 스스로 당겨 붙어서— 돌 멩이 매달아도 소용없이 2.5센티미터 달이 길이가 짧아지면서 —치료 불필요로 완 쾌되어 침대에서 나와 걸어 다닐 수 있게 되었다. 그래서 침대 옆 공간에서 평상시 아침에 일상적으로 하던 국민보건체조를 하게 되면서부터 퇴원대기상태에 들어갔 다. 특별히 거듭 사고 현장에서 날을 발견하여 일단 구출해 준 헌병 전주파견대장 과 그 일행에게 감사하고, 하나회 아우요, 후배(육사 5기생) 교관 고명승 대위에게 감사하며, 장인어른과 서울 형님 그리고 그 동료 의사에게 감사드리고, 하나님과 돌아가신 부모님께 감사드린다. 동시에, 나 때문에 애간장을 다 태우면서 시종일 관 정성을 다하여 내 옆을 지켜준 아내에게 다시 한 번 감사하고 앞으로 내 심신을 다해 그를 지켜줄 것라 굳게 다짐하였다.

∴ 또 한 사람의 선인(善人)을 만나다

드디어 3개월여만인 12월 초순에 퇴원하여 당시 서울지구를 관할했던 6관구 에 전속명령을 받았다. 이곳에서 또 하나의 운명이 기다리고 있었다. 전입신고 를 위해 인사처에 들렀는데, 그곳에서 뜻밖에도 바로 인사참모 '최상화 중령'을 만나게 되었다. 그는 내가 오기를 기다리고 있는 듯, 아주 반갑게 나를 반겨주 었다. 그는 바로 수도사단 1연대 5중대장 근무 시 존경하는 대대장 이상익 중령 아래 부 대대장이었고, 아주 좋은 인품으로 특히 나와 같은 중대장들과 친하게 지냈었다. 일반적으로 부 대대장이 그렇게 친하게 지나기는 드물었다.

나도 정말 반가웠다. 신고 후에 그가 지나간 얘기를 하고 난 뒤, 내게 말해 주 기를, 내가 자동차사고 책임자로서 '국고 재산 손실죄'로 군법회의에 회부되어 있다는 것이다. 그러면서 역시나 그답게 말하기를 "옛날 충실했던 문 대위를 생 각해서도, 또 앞날 창창한 날을 생각해서도, 그리고 그동안 전신이 다쳐 병원 생 활한 것만 쳐도 보상한 것으로도 볼 수 있으니, 내가 노력해 볼 테니 문 대위는 그렇게 알고 헌병대에 가서 절차를 밟도록 하게."라고 진정으로 걱정하고 또 위 로하며 말해 주었다. 정말 천군만마를 여기서도 만나게 된 것이다.

다음 날 관구 헌병대에 가서 확인조서를 작성하였는데, 거기에 내 가족 이름을 불러주어야 하는데, 차마 입이 안 떨어졌다. 어째서 내 책임으로 우리 가족에게 불명예를 주어야 하는가? 두어 번 재촉을 받고 할 수 없이, 사람은 죄를 짓지 말아야지, 굳게 다짐하면서 못 이겨 불러주었다.

그리고 며칠 뒤 인사참모가 불렀다. 인사참모가 만면에 미소를 지으며 "잘 됐다, 문 대위. 군법회의에 간 것을 징계위원회로 돌리고 거기서 끝났다. 그런 거로 군법회의를 하다니." 하고는 "자, 그래서 집이 동교동이라 하니 때마침 잘 됐다. 연세대 ROTC에 교관이 한 사람 비었다, 거기 어때? 원한다면 바로 조치해 주겠다."라고 말했다.

군대생활 동안 이런 경우는 극히 드문 예이다. 그는 물론 나 개인을 위하기도 했지만, 이보다 더, 특히나 초급장교의- 인사참모로서 -인사문제가 개인 평생을 좌우하기도 하거니와 군대 미래발전을 위한 초석도 되기도 한다는 깊은 군대 인사관을 가진 참 군인이었다고 생각된다. 이를 교훈으로 나도 부하 상벌에 앞서 그 초급장교 미래와 군대 미래를 반드시 먼저 생각해야 한다고 마음으로 다짐하였다. 이 나이에 지금 생각해도 그분이 전혀 그 아무런 대가도 없이 그렇게 도와준 것을 잊어버릴 수 없다. 나는 그를 선인(善人)이요, 참군인의 표본으로 삼아 남은 군대생활에 위국헌신하기로 다짐하였다.

∴ 연세대학교 제107학군단(ROTC) 교관생활

ROTC의 존재의의, 군사교육훈련과 학생시위 간접억지 역할도

내가 입원해 있는 동안 내 뒷바라지를 위해서 아내는 정언이를 대리고 서울로 올라왔다. 때마침 처남들- 모두가 수재를 넘는 인재들로, 첫째 박은오 학생은 전주에서 월반하여 서울 경기중학에 들어왔고, 둘째 박도현과 셋째 박진섭 학생들도 전주에서 경복중학으로 유학 와 있었다. 그래서 이들을 돌볼 사람, 쉽게 말해 하숙집이 필요하였기에 겸사겸사 동교동에 집을 하나 전세하여 우리 가족과 함께 있기로 하였다. 말하자면 아내는 하숙집 주인과 스폰서를 겸하긴 하였으나, 그리고 도우미도 두긴 하였으나, 참으로 고생스러운 가정주부생활의 연속이었다. 특히 내가 입원해 있었을 때 가정형편을 생각하면 내가 더욱 미안할 수

밖에 없었다.

여하간에 나는 연세대학 학군단(제107 ROTC)에 전입하였다. 연세대학 학군단은 단장 대령과 교관으로 대위급 3명 그리고 2명의 행정병으로 구성되었다. 학군단 위치는 '언더우드' 동상 서편에 있는 '신학대학' 건물 1층(행정실, 강의실 등)과 지하(장비 격납고용)실을 이용하였다. 인원 구성과 시설 그리고 대학과의 관계 등은 별다른 문제가 없었다. 다만 몇 가지 에피소드를 겸하여 회상해 본다.

그 하나는, 당시 학생과 학군단과 학교 당국과 시국과의 관계가 얽혀 돌아가던 때 얘기다. 내가 전입하기 1년 전에 소위 '63사태'가 학원을 휩쓸고 간 뒤였다. - 63년에 '한·일관계 정상화' 반대 학생시위 사태로 교내 진입했던 군인들을 학생들이 포위하여 한 병사의 총을 학생들이 탈취했다가 나중에 반환했던 사건 등 -학생 분위기와는 무관하게 나는 강의 시작과 동시에 원칙을 강조하고 방공을 강조하고 국가안보질서를 강조하였다.

연세대학생 중 특히 공산주의에 물들여진 이들은 듣기 어색했을 것이리라. 그러나 육사에서 배운 파사현정관에 입각하여 그리고 국가안보와 반공 정의관에 입각하여 나는 거침없었다. 그러자 하루는 좀 친해진 학생이 걱정해 주는 마음으로 말해 주기를, "현재 특히 상과대학생에 공산주의자들이 더러 있다. 그들이 웅성거리기도 한다. 그러니 교실에서 '반공'에 대해 조금 조심하시는 것이 좋을 것 같다."라고 귀띔해 주었다. 그러나 나는 교실에서 그 말조차 공개하면서 공개적으로 반공을 설득하였다. 그렇다고 해서 결코 그들 중 누구를 지목해서 언급하지는 않았다.

당시 서울대학교를 비롯해서 유명대학의 총학생회장과 각 단과대학 학생회장들이 대거 ROTC 과정을 밟고 있었다. 그래서 당시는 이 ROTC 교육과정과 훈련단의 존재에 대해 정부는 물론 학교 당국에서도 상당한 비중으로 긍정적으로 생각하고 있었다. 그 이유 중의 하나는 바로 반정부 시위의 주종자들을 ROTC 교육과정과 훈련단 요원 그리고 그 시스템이 상당히 억제해 주고 있었기 때문이다. 예를 들어 인정사정없는 군대식 출석강조와 국가안보강의와 강조 등으로 특히나 학생회장들은 일단 학군단의 피교육자 신분의 약점을 가지고 있었기 때문이었다.

학생시위와 단식투쟁의 뒷모습

정문에서 '언더우드 동상'까지는 그런대로 깊숙하였다. 중앙로 서편으로는 야구장, 축구장 그리고 잔디광장이 길게 펼쳐져 있어서 실외 군사교육장, 즉 연병장으로 불편함이 없었다. 처음엔 그 친구들, 연병장훈련이 생전 처음이라 낯설어했고 특히 여학생– 당시 막 부산에서 여학생반(가정과)이 올라와 연세대 여학생회가 자리 잡아가고 있었다. –들이 훈련하며 기합(특성훈련, 얼차려 훈련) 받는 모습을 보고 뭐라 할까 봐(?), 처음엔 약간 겸연쩍어 하였으나 금방 재밌는 얘깃거리로 되면서 개의치 않게 잘도 숙달되었다. 특히 내가 연병장(운동장)에서 교육하는 기본행진과 36방향 행진 그리고 총검술들은 더욱 재미있어했고, 나중엔 여학생 총회에서도 찾아와 인터뷰도 하는 등 관심을 보이기도 하였다.

6·3 사태– 64년 6월 3일에 '한·일회담 반대운동' 진압 위해 계엄령 선포 –를 계기로 정부는 소요 대학교에 군을 투입하는 등 군경 등 공권력을 동원하여 대학생들의 농성, 가두 시위 등을 적극적으로 진압하였다. 그러나 학생들은 계속 저항하였고 당국은 진압과 회유를 거듭하였다. 그 과정에서 연세대학생들은 시위가 어려우면 주력들을 대표하는 몇 학생들은 '언더우드 동상' 주변에서 소위 공개 단식투쟁이라는 행사를 하였다.

내가 근무하던 학군단은 언더우드 동상이 직선거리 약 100미터 거리에서 잘 보이는 바로 옆 언덕 위 신학대학 건물에 있었으므로, 그들 학생들의 동정을 잘 볼 수 있었다. 아마도 대표자 10여 명씩 교대로 언더우드 동상을 둘러싸고 낮에는 앉았다 일어섰다 누웠다 반복하며, 물 아닌 우유를 마셔가며 뭔가를 논의하다가, 요청한 신문사 기자들이 10여 명 들어오면, 미리 준비한 팸플릿을 나누어주며 그대로 낭독하고 팔을 흔들며 주장하다가, 기자들이 가고 나면, 아마도 그 기자들도 선배들이거나 그 수하들이었을 것으로 짐작하는데, 그 자리에 앉거나 누워 쉬다가 하였다.

그러다가 저녁이 되면– 보는 외부 사람은 나밖에 없었다. –여학생들이 가져다주는 식사(?)를 하고는 아마도 다음 조와 교대하였을 것으로 생각된다. 이렇게 학생답게(?) 낭만스럽게(?) 소위 '연세대학생 교내에서 단식투쟁'을 신문에 광고하며 교내시위를 주동하였다. 그러다가 기회가 되면 시내로 나가기 위해 신촌 로터리 방향으로 진출하다가 종종 경찰에 의해 막히곤 하였다.

연세대학생들의 '낭만(?) 시위' 현장에 가다

그런데 하루는 신촌 로터리 돌파에 성공하여 이화여대 앞을 지나 아현 고개를 넘어 삼거리(서대문-신촌-마포)까지 진출하여 서대문방향으로 들어서려는데, 경찰이 3방향에서 포위하여 선두 주력을 와해시키고 주동자 체포에 나섰다. 나는 학교에서부터 이들을 따라 나와 우리 학군단 학생들을 살펴보고 있었다. 물론 학훈단장의 지프차를 타고 뒤따라 와서 아현동 삼거리 마포 방향 길가에 세우고 충정로 방향에서 쫓기는 학생들의 모습을 보게 되었다. 그때 학군단 우리 학생들 수 명이 나와 지프차를 알아보고 도망해 오면서 순간 숨고, 나는 형편 보아가며, 즉시 뒷골목 길로 그들(아마도 10명쯤)을 도망가게 해 주었다.

이후 시위학생들은 밀려서 다시 신촌 로터리 방향으로 후퇴해 갔고, 가다가는 자기 학교도 아닌 이화여대 안으로 거의 다 들어갔고, 이대 운동장에서 이대학생들 보라는 듯 한바탕 시위하다 뿔뿔이 헤어졌다. 그러니 이 학생들은 시위가 전문이 아니고 그저 나도 '한번 해보았다.'이고 참가했다는 것에 의의가 있었고, 또 이대- 당시 이대생들은 이웃 연세대학생들을 좀 만만하게 보는 경향이 있었다(?). -학생들 앞에서 위세도 부려보는데도 의미가 있었다(?).

이화여대생과 데이트는 공부나 시간보다 중하다(?)

재밌는 얘기(?)가 있다. 나는 특별히 군인정신 수양으로 수업시간 준수를 강조하였다. 수업 전에 반드시 출석을 불렀다. 당시의 실정으로 학생들이 정시에 도착하기는 참으로 어려웠다. 그럼에도 알면서도 '시간 지킴이'는 반드이 강조되어야 했다. 그러나 아주 조금은, 대리 답하는 경우를 알면서도, 다음으로 넘어가곤 했는데, 특히 수원에서 오는 두 학생이 어려움을 호소했으나 여지없이 지각점수를 주기도 하였다. 아, 그런데 때로는 그것이 아니었다(?). 학생 자기에게 긴요하다면 환경이 어려워도 출석시간은 얼마든지 지켜진다는 사실을 알게 되었다.

5월이 되자 이웃집 이화여대에서 우리 학군단에 뜻밖의 초청이 왔다. 금년도 이화여대 개교기념축제로 열리는 '메이퀸 대관식'에 학군단 의장대가 들러리를 좀 서 주십사, 그러면 이어지는 야간 쌍쌍 파티에 참여자 전원을 초청하겠다는 내용이었다. 아마도 점차 인기상승 중인 육사에서, 졸업식 행사의 하나로 실시하는 재학생 후배들의 '마주 칼' 사이로 졸업생들이 행진해 나가는 모습을 좋게 보았던 것이다. 그래서 육사에 요청해 보았으나, 군사기관이라 함부로 민간행사에 참여할 수 없음을 알게 되자 우리 연세대에 부탁하게 된 것이다. 내게 그 임무가 떨어졌다.

당시 연세대와 이화여대 대학생 간의 암묵적 관계는, 한마디로 '질투와 무시(?)'였다. 남녀유별이 아직도 사회관습이던 당시의 이화여대는 명실공히 한국 여성계 최고 엘리트 양성기관이었고, 한국 최고 인기대학 중 하나였기에 졸업생의 긍지는 물론 재학생의 프라이드 또한 대단하였다. 그리하여 바로 이웃에 있는 유명대학의 남자대학생을 무시하는(?) 기세를 보였다. 반면에 사회적 정서로는 여전히 '남자가 여자 들러리를 들어?'라는 남존여비 생각이 있기도 하였다.

이러한 시절에 이화여대의 '행사지원 부탁'이 들어온 것이다. 그래서 잠깐 망설인 뒤 나는, 이대와 연세대학생들이 좀 가까워질 수 있는 계기가 될 수도 있고, 그리고 '남자의 금도로 연약한 여자를 잠깐만 지켜주면, 이대학생으로부터 대접받고 동시에 자랑하는 쌍쌍파티도 엔조이할 수 있는, 그래서 평생 두고두고 추억거리가 될 수 있는 기회'라고 생각을 굳혔다. 그리하여 우리 학군단 후보생들에게 '이 기회를 잡으라.'라고 적극 권유하면서 선착순으로 지원자를 모집하였다. 그러자 뜻밖으로 잠깐 사이 소요 인원이 충족되었는데, 참여하게 된 학생들의 얼굴에는 '남자가? 보다 쌍쌍파티'에 대한 기대감이 더 나타나 보였다.

그로부터 며칠간 주최 측 요구를 듣고 현장에 가서 더 좋게 계획하고 연습한 뒤 그해 '메이퀸 행사'를 좀 독특하고 빛나게 해주었다. 그리하여 밤에 약속한 대로 행사 지원학생들은 쌍쌍파티에 초대되었고, 명실공히 호위무사로서 당당하게 이화여대생들의 파트너가 되어 평생의 추억(?)을 만들어 가지게 되었다. 그런데 평소에 수원 저 멀리서 통학하면서 지각을 자주 하던 학생들도 연습에 한 번도 늦은 적이 없었거니와 당일에는 1시간도 전에 도착하여 희희낙락하고 있었다. 역시나 청춘은 좋은 것.

박정희 대통령 학생 관용 정책에 일조하다

당시 야당은 정치에 관심 가진 학생들(즉 운동권 학생들, 순수 정치지향이건 사회주의/공산주의운동이건)을 부추기고 지원하여 그들의 정치 동력을 유지해 나갔고, 학생들은 나름대로 이를 이용하여 소위 '민주화운동'- 사회주의 운동 (안병직) -의 추진력으로 삼았다. 연세대학 단과대학 및 총학생회장 선거에 야당의 정치자금이 흘러들어 선거철(회장)은 물론 평소에도 연세대학 앞 골목길에는 수없는 음식점과 술집이 들어서 호황을 누렸다. 당시 실제로 학생회장 선거는 현실정치계 부패선거를 뺨치고도 남을 정도였기에 한국 정치 장래가 지극히 염려되었다. 그런데 당시는 이 학생회장들 상당수가 학군단 후보생들이었다.

이런 와중에도 박정희 대통령의 군사정부는 여전히 정치지향 학생도 이념편향 (공산주의)학생도 '배움의 도상에 있는 학도'로 간주하고, 때로는 관대한 정책을 펴나갔다. 하루는 상부에서 '검찰에 가서 운동권 피소학생 석방에 유리한 증언을 하라.'라는 지시가 왔다. 그때가 바로 정부에서 이미 기소된 운동권 학생들에게 일차 관용을 베푸는 때였다. 그래서 단장과 같이 지정된 검사실로 가서 이미 '짜 놓은 시나리오'대로 증언하게 되었다. 검사가 물었다, "아무게 학생 아십니까?", "예, 우리 학업에 충실한 학생인데요", "소요가 있던 날 이 학생을 (시위현장 아닌) 도서관 앞에서 보았습니까?", "아, 예 거기서 보았습니다." … 그러한 새롭고도 유리한 증언을 근거하여 한때 서울 주요 대학 시위 주동 학생(운동권 학생)들이 대거 풀려나기도 했다.

지 엄마는 아들 찾아 신촌 장마당까지 갔다

이 할아버지는 전통 한국 남자를 벗어나지 못해 가정에 무심한 척 그리고 아이들에게는 엄하게 대하였다. 거기다 한국에서 본격적으로 직업군인 생활하는 군인들은 직장과 집이 원격되어 있고, 일과 자체가 보통 민간생활과 달랐다. 그러다 보니, 집을 돌볼 겨를이나 겉으로라도 가정에 대한 깊은 관심조차 내색할 수 있는 생활(생각) 여유가 없어서 특히 아이들에게 소홀할 수밖에 없었다. 그러다 보니 아이들과의 정다움이 일반인들에 비해 모자랐던 터에 내 생활신조로도, 아이가 길에서 넘어져도 스스로 일어나 옷 털고 다시 걸어가도록 두었고, 혼자서 나가 골목 어린이들과 어울려 놀도록 놔두었다. 그래서 자립정신과 개척정신을 갖도록 하였으나 그로서 아이들과의 인정관계는 깊어질 수가 없었다. 토들러를 면치 못했던 어린 시절의 큰아들 정언이는, 밖에 나가 놀기를 좋아했는데, 골목에 나가면 다들 좋아했다. 물론 동래 또래들이 제일 좋아하지만, 길가 가겟집 아주머니도 '특별고객(?)'– 공짜로 집어가 먹으면 나중에 그 엄마가 후불하니까 –이라 좋아하고, 특히 이웃에 있는 큼직하고 널찍한 어느 기업가 저택의 집지기 할아버지가 특히 좋아하였다. 그런가 하면 그는 나를 닮아(?) 모험도 좋아하였다. 한 뼘 남짓한 폭을 가진 시멘트 담장 위를, 이제 막 토들러를 면한 아이가 기어 올라가 한 발 한 발 걸어가는 걸 보노라면 아슬아슬하면서도 담대함을 느껴 흐뭇하기도 하였다.

우리 집은 동교동 삼거리에서 100미터 정도 못 간 신촌로 북쪽 바로 뒷골목에 있었는데, 때때로 엄마에게 업혀서 그 골목길 따라 창천 삼거리 뒷골목언덕길을 넘어 실거리 약 1킬로미터에 있는 신촌시장을 함께 다니기도 하였다. 하루는, 지 엄마가 잠깐 집을 비운 사이 이 토들러가 그 길을 따라 겁 없이 홀로 '엄마 찾아 십 리 길(실제는 1킬로미터)' 탐험(?)을 하였다. 아이가 보이지 않자 엄마와 동네 사람들이 놀라서 애태우는 동안 그는 신촌 시장에 도착하여 땀에 젖은 모습으로 두리번거리며 엄마를 찾고 있었다. 이를 본 노점 단골 아주머니가 의아하게 생각하며 주시하다가 혼자 헤매고 있음을 확인하고, 고맙게도 자기 노점을 남에게 맡기고, 애를 앞세워 우리 집으로 오고 있었는데, 도중에 그 방향으로 찾으러 나선 애 엄마와 만나게 되었다. 참으로 고마운 노점상 아주머니였다. 그때는 신촌과 동교동의 뒷골목 인심들이 그러하였다.

동교동, 서교동의 발전과 언덕 위 양옥집 내 집 마련 의욕

1964~1965년 그 당시, 군사정권 즉 제3공화국의 '민족중흥' 깃발 아래 5천 년의 낙후사회를 '천지개벽'하기 위해 우리 국가와 사회는 뛰고 또 뛰고 있었다. 우리가 살던 동교동도 신촌로와 양화로 그리고 홍대와 서교동 등이 설계되어 막 도시정비를 시작하였다. 신촌 로타리에서 동교동 삼거리까지 우선 아스팔트공사가 시작되고 '유엔참전기념다리(현 양화대교, 제2한강교)'가 설치되고 그 길로 강남에서 김포공항으로 신식 신작로(하이웨이)가 정비되었다. 그러자 강남, 즉 지금의 강서구가 개척되기 시작하였다.

우리가 살고 있던 집에서 북 방향으로는 언덕인데, 그 지역에 당시로는 그런대로 단독 새집들이 들어차 있어서 비교적 깨끗하고 소위 문화동네(텔레비전 안테나가 달린 동네?)였다. 그런데 언덕 정상 부분에는 소위 'AID 국민주택'– 미국 원조기구인 AID가 지어 분배한 단독 양옥집 –이 30여 가호가 들어서 있었다. 이 주택은 당시로 보아 젊은이들이 꿈에 그리는 '언덕 위의 양옥집'인 동시에 문화주택이었다. 대지 100평에 건물 30평 단층 양옥에 70여 평 뜰에는 잔디가 깔려 있었다. 바로 우리가 선망하던 그 이상적인 집들이었다.

∴ 큰 경사, 둘째 성언이의 탄생, 화곡동에 자리잡다

그래서 어디 또 새로 그런 집 건축하는 곳은 없을까 하고 주변 여기저기를 찾아다니게 되었다. 어느 때는 동교동 삼거리에서 서편으로 바라보이는 남가좌동 새 주택단지를 보기 위해 걸어서 서교동 '청기와집 주유소'를 지나 그 현장까지 몇 번가 보기도 하였다.

그 무렵(1965년) 우리에게는 두 번째 경사가 났다. 둘째 아들 '성언이'가 태어난 것이다. 이번에는 첫아이 때와는 달리 미리부터 벼르었다가 당시 이름 있던 '고려병원'으로 가서 출산하였다. 그런데, 좀 무리하게 활동(새집 보기 위해)했던 탓으로 조산이 되었으나 다행히도 '인큐베이터' 신세는 면하였다. 그는 신생아 때부터 아주 귀염둥이로 특히 함께 살고 있었던 외삼촌들로부터 크게 귀여움을 받았고, 자랄수록 똑똑하여 외삼촌들의 '시험감(?)'이 되기도 하였다. 이 두 녀석을 데리고 길에 나서거나 버스를 타면 특히 동네(화곡동) 어른들이 많이 귀여워해 주었다.

1965년에 우리가 원하던 모양의 집과 동네, 즉 '화곡동 10만 단지 국민주택'이 건설되기 시작하였다. 즉시 응모하여 행운으로 97평 대지에 15평 국민주택, 80여 평의 정 네모꼴 마당을 가진, 소원하던 바로 그 집을 갖게 되었다. 처음부터 그 현장 건설과정을 거의 주말마다 버스를 타고 가서 걸어 다니며 구경 겸 시찰(?)하였다. 특히 언덕 위의 '시범주택'들이 철근 콘크리트로 기초를 다져가며 잘 시공되고 있는 것을 보고, 몇 년 전 제1연대 전투단 예비대대에서 육군 최초 콘크리트 막사 건축하던 때를 생각하며 믿음이 갔고, 입주하는 날을 고대하게 되었다.

드디어 66년 봄에 서울의 강서지역 최초의 10만 평 국민주택단지가 완성되고,

우리는 그곳에 진짜로 아담하고 아름다운 전원주택을 갖게 되었던 것이다. 물론 오늘날 것과 비교하기는 그저 우스울 뿐인 것이었다. 당시 잘 나가던 부산 누님이 집값(약 12만 원, 당시 돈값)을 원조해 주었는데, 이를 시작으로 그 이후 전세나 사글세를 면했는데, 우리 동기생 중에 당시 비록 단칸방이라도 자기 집 가진 경우가 아마도 열 손가락 이내였을 것이다. 그만큼 군 간부생활이 열악하였다.

화곡동 10만 단지 내로 진입하는 주도로 폭이 8미터밖에 되지 않는 도로라 지금 기준으로는 보면 어림없는 도시계획이었지만, 당시로는 그 얼마나 넓고 훤해 보였는지 모른다. 내가 전방과 베트남 그리고 독일 유학 가있는 동안, 아내는 견문과 지혜를 발휘하여 멋있게 블록 울타리를 치고 쇠 대문을 달고 '시다 나무' 2그루를 입주기념을 겸하여 식목하였다. 이 나무는 그 후 40년 뒤인 2000년대 들어와 화곡동이 새롭게 변화할 때 화곡동 생성 기념수로 지정되었다는 얘기를 전해 들었다.

특히 80여 평의 넓은 마당에 잔디를 심어 10만 단지 내 가장 아름다운 집으로 가꾸어서 지나다니는 사람들과 집구경 하러 다니는 사람들에게 좋은 눈요기가 되었다. 당시 잔디는 상품으로 아직 나오지 않았기에 동네 집 청소 도우미 아저씨에게 부탁하여 근처 들에서 조금씩 뜯어오면 그걸 거의 해체하다시피 하여 드문드문 줄 잔디로 심고, 쉴 사이 없이 관리하여 조성하였는데 그 정성이 잔디 깔린 양옥집의 꿈을 이루게 하였던 것이다.

∴ '고등군사반' 교육파견, 광주인심을 다시 보다

그동안 나는 광주 보병학교 고등군사반 과정에 파견(1965. 8.~1965. 12.)되었다. 육사 출신 장교는 전원이 의무적으로, 일반장교들은 장기복무지원자에 한해서, 이수하게 되어 있다. 마침 잘 알고 지내던 동기생 임병화 대위와 함께 광주 시내 양동에 있는 어느 기와집에 하숙하며 통학(통근)하였다. 한 지붕 밑 같은 집에, 보안대 근무 동기생 포병 이춘구 대위— 후에 하나회원으로 조기 전역 후 국회의원, 내무장관 등 역임 —도 같은 기간에 하숙하였으나 병과가 달라 별로 친하지는 못하였다.

전라도 광주는 이미 생도 때 하기 군사훈련으로, 임관 후 OBC 과정, 그리고 도미 귀국 후 보병학교 유격학부 교관과 학생연대 중대장 요원으로 근무한 바가 있어 학교환경이나 지방형편 그리고 주민들과 친숙해 있어서 면학 생활에 별다른 문제가 없었다. 거기에다 한때 그곳 77육군병원에서 서울로 후송될 때 도와준 고마운 후배 고명승 대위(육사 5기생)가 원자학 교관으로 여전히 근무하고 있어서 도움이 되었다. 졸업할 때는 90점 이상 획득하였다고 우등상을 받기도 하였다. 당시 풍속 중 하나는 우등생이 난 하숙집 주인은 아주 좋아하며 졸업식장에 꽃다발을 가져다 놓고 축하해 주기도 하였다. 그때 그 집에서 함께 하숙했던 동기 세 사람 모두 우등하여 집주인은 경사라며 고마워하고 자랑스러워했다. 그런 미담들이 당시 광주의 민심이었다.

고등군사반의 학과목은 일반학과 참모학 그리고 전술학이었는데, 참모학은 대체로 생도 때나 초등군사반 과정에서 이수한 FM 그대로여서 실습보다 이론 중심으로 수업하고 별로 중요시하지 않았다. ─ 사실 그래서는 안 되는 것인데 ─일반학 중에는 '원자학'이 있었는데, 당시 막 FEBA 전술전략 개념을 도입하여 바야흐로 핵전쟁 개념으로 군사운용을 준비하고 있었음에도 불구하고, 원자탄(핵탄)의 폭발원리와 위력 등의 소개 정도이고, 전술이나 전략적 적용문제는 다루지 않았다. (후에 독일에 가서(1970) 소형 5kt 규모의 핵탄두를 이용한 전술 도상실습을 한 바 있다.)

전술 또한 보병대대급 전술 중심으로, 주로 방어 시 방어편성지대 선정이나 공격 시 목표 선정 등에 중점을 두었다. 그런데 그나마 주로 이론 중심이고 야외 실습은 없었다. 동시에 한국교육계 고질인 '주입식 교육'에 따라 학급 내 토의와 다양한 방안도출─ 독일 유학 과정에서 상세하게 설명하겠다. ─보다 오로지 유일 해결책으로 소위 '학교 원안'으로 결론을 강조함으로써 장교들의 전술·전략적 사고력을 한정시키는 결과를 초래하기도 하였다. 그러나 전체적으로는 직업 군인이 되기 위해서는 필수적인 과정이었다.

4. 다시 전방사단 대간첩작전장교로, 중대원 전원 파월지원

∴ 제5사단 대간첩작전과장

고군반(高軍班) 과정을 이수하고 다시 연세대 107학군단에 복귀하였다가 이듬

해(1966) 봄에 경력을 쌓기 위해 전방으로 가게 되었다. 가기 전에 동기생 소개로 알게 된 육본근무 '권 선배(정규 육사 1기)'로부터 소개장을 받아들고 제5사단 사령부로 가서 사단장께 신고하고 작전참모부 근무를 소원하였다. 그래서 사단 작전참모부에 소속되었는데, 거기에 이미 고참 작전과장이 있어서 나는 사단 '대간첩작전과장'의 임무를 맡게 되었다. 당시 북한은 대남적화공작을 위해 수많은 간첩과 무장정찰대를 전후방을 가리지 않고 침투시켜 활동하였으므로 대간첩작전의 중요성은 전후방을 막론하고 매우 강조되고 있었다.

∴ 군단 예비사단의 대간첩작전현장

당시 제5사단은, 중부전선을 담당한 제5군단의 예비사단으로 군단 후방지역 대간첩작전도 책임지고 있었다. 특히 지대 내 주요 산악침투로인 광덕산-백운산-도마치봉-도마치고개-국망봉-강씨봉-오뚜기고개-서울, 또는 도마치재(도마치고개)에서 124번 도로(현재 75번 도로)-적목리-가평, 그 중간에 적목리에서 가평천을 따라 올라가 오뚜기 고갯길, 또는 그 반대방향 등의 루트를 중심으로 병력을 배치하고 작전을 수행하였다.

그러나 일단 적 침투징후가 보고되면 전 지역에 '바둑판식 병력배치'로 기간이나 동원상태 한정 없이, 소탕될 때까지 작전을 계속하였다. 평소에는 요소요소(접근로 목 지점)에 분대급 대간첩작전병력을 상주시켜서 주간에는 지역을 수색정찰하고 야간에는 요소에 매복 작전을 실시하고, 일단 유사시에는 즉각 조치(사살 또는 생포)하고 보고하기로 규정, 즉 SOP화하고 있었다.

나는 사단 대간첩작전담당관으로 수시로 지대 내를 지프차를 이용해 점검 및 순찰하면서 작전을 파악, 판단 건의하고 실행하였다. 순찰로는 주로 '이동'에서 '도마치고개'와 '광덕고개', 즉 '카라멜고개(김일성고개)'에서 (현) 372번 도로, 이어서 (현) 75번 도로(구124번), 그리고 '적목리(실제로 거대한 붉은 소나무림 지역)'에서 가평천을 따라 '오뚜기 고갯길'로, 또는 '도마치 고갯길'로 해서 '일동-이동'으로 돌아오는, 또는 그 반대방향으로 기동하면서 순찰하였다. 실제로 이 지역에서 1964~1966년 간에 무장간첩을 사살도 하고 생포도 하였다.

그 기간 중 웃지 못할 에피소드도 있었다. 지금은 우스개 삼아 또는 교훈 삼아 하는 끼리끼리 얘기로, '소대장님! 쏠까요, 말까요?'가 있다. 봉쇄지역을 바둑판 모양으로 개인별로 배치하여 야간 근무 중에 돌연 바로 눈앞에 나타난 간첩을 보고, 순간 병사가 사살 여부를 판단 못 해 ― 교육이나 훈련이 미숙하거나 명령 자체가 애매해 ―소대장에게 다급하게 물어보는 것이다, 허, 그 순간 간첩은 사라짐으로써 작전은 실패하고 만다는 것이고, 이런 사례가 작전 현장에서는 흔하게 있을 수 있다는 교훈이 되었던 것이다.

∴ 전방 사단사령부 생활의 이모저모

간첩이 통과할만한 요소요소에 분대규모의 초소를 운용하였는데, 그 숙소 즉 내무반에는 장탄된 소총과 수류탄을 머리맡에 두고 병사들은 잠도 자고 생활하고 있었다. 그런데 이상하게도, 아무런 통제 없는 그 자유무장상태에서 오히려 사고가 없었다는 것은 참으로 신기하게 느껴지기도 하나 사실은 급박한 상황, 그것이 일상이 된 상황에서는 서로가 서로를 지탱하는 전우애와 무기 또한 전우로 되기에 그럴 수 있을 것으로 생각된다. 다시 말하면 군사적 극한상황에서 심리작용은 별다른 것으로 이해되기도 한다.

(현재 적목리에서 가평천을 따라 오뚜기 고갯길로 올라와서 일동으로 내려가는 길은 6·25 전쟁 당시 미군에 의하여 작전도로로 개척되었는데, 1966년 내가 그곳에 근무할 때까지 군용 지프차가 다닐 수 있도록 유지되었으나, 이후 폐도가 된 것을 1983년에 8사단장이 되어 여전히 지역 일대 대간첩작전을 담당하게 되어 사단 공병대와 1개 보병대대에 의하여 소형 차로로 재개통되었으며, 그를 기념하여 한국 지도상에 '오뚜기령, 고갯길'로 삽입하고 고개 마루에 기념비를 세워두었다. 지금도 기념비가 산악인들의 이정표로 이용되고 있다고 한다.)

당시 사단사령부는 '이동면' 심재리에 있었는데, 내가 임관 후 첫 소대장 임지였던 바로 그 지역의 그 사단, 즉 수도사단 사령부 그 자리에 있었고, 그 연병장에서 한신 사단장을 만나, 내게 관계된 군법회의 건을 각하시키고, "구타는 금지이지만, 강력한 군기확립을 위해 더욱 노력하라."라고 격려해 준 바로 그 자리에 내가 근무하게 되어 새삼 감개가 무량하였다. 당시 사단장(김익권 준장)은 일본 제국대학 출신으로 유식한 분이었다. 그런데 내가 부임한 지 얼마 안 되어 사단장은 영전하게 되었는데, 이임식을 끝내고 사령부 정문까지 300미터 가량 도로 양편으로 환송 장병이 도열하였는데, 때마침 여름이기도 하여 병사들은 모두가 맨발이었다. 평소에 사단장이 신발 아끼게 하느라고 맨발 활동을 강조하였던 것이다. 사실, 당시까지만 해도 국산 '워커(가죽 장화)'는 개인에게 1켤레로 3년간 사용해야 하기에 겨울과 훈련 시 그리고 휴가 시에만 착용하고 가능한 고무와 면피로 된 목 긴 운동화를 신되 그것도 제대까지 1켤레라 아껴야 했다.

(이후 육대 교장이 된 김 장군은 열렬한 애국자요 충실한 군인정신을 발휘하여, 유엔에서 중공이 국부를 제치고 '안전보장이사국'이 될 때 육대 교직원과 전 학생들을 연병장에 모아놓고, "정세는 위기국면이다, 전 국민이 단결하여 이에 대응하되 일단 국민헌금 해야 한다, 각자 그 자리에서 당장 손목시계를 풀어서 헌납하라."라고 명령하고 이를 집행하였다. 모두는 황당하였으나, '애국헌납'으로 생각하고 이를 따랐다.)

사단대항 전군사격대회출전 사단을 선발하기 위해 앞서서 사단대항 군단 사격대회(4개 사단)를 실시하는데 주무 참모부인 사단작전참모부부터 분위기는 '여하간에 꼴찌는 면해야 할 텐데…'였다. 그래서 그해도 꼴찌였다. 인생도 그러하고 사회생활도 그러하지만, '일등을 지향하면 2등에 이르는 것이 인간사회의 일상이라, 1등을 원하는 자 오로지 천하일품(天下逸品)을 지향하라.'라는 인생 가르침이 있음을, 더욱이 전쟁에서 2등이 있을 수 없는 군대에서 군인 된 자는 알아야 할 것이다.

(사단 또는 상급부대) CPX 훈련에 실망하다

매년 실시되는 '전군 CPX(을지 포커스 훈련 규모)'에 사단작전참모부 작전장교로 처음으로 참여하였는데, 실제는 고참 작전장교가 주로 담당하였다. 물론 훈련 시나리오에 의거 실무부대 실제상황 개입이나 부대 야외기동(FTX) 없이 진행되었다. 그래서 사단급 부대에서도 사단 참모(중령)급 이상 사단장까지 별로 흥미를 느끼지 못한 채 거의 전 기간을 작전과장(대위)이 상황실을 지키면서 '실시'라는 전문만으로 응대하였다. 이를 본 나도 그 이후 지휘관 생활 전반에 걸쳐 CPX 훈련에 흥미를 느끼지 못하였다.

새로 부임한 사단장은 청렴결백하고 결단력이 대단하나 부하를 소중하게 생각하지 않고 그저 '부하'로만 다스리려고 했다. 결재하러 들어 온 참모를 두고 자기 책상 발이나 의자를 발로 차면서 위력 시위(?)— 전혀 그러지 않아도 되는데—를 하거나, 결재 서류 속의 어떤 것을 트집 잡아 참모 면전에서 서류를 흔들며 혼내거나 하여 모든 사단 참모들이 어려워하였다. 그리하여 진급을 앞둔 작전참모만 남고 나머지 하루에도 몇 번씩 대면해야 하는 일반참모들은 주로 국방대학원의 당시 '합동참모학과정'으로 도망쳐(?) 가고 후속지망자가 없어 참모보충이 되지 않아 한동안 공석이 여럿 되기도 하였다.

사단장은 1964년 월남 파병 최초부대인 '비둘기 부대'— 월남 파병 초기 단계에서 월남 재건(또는 안정화 작전)을 위해 공병부대와 이를 엄호하기 위한 경비부대로 여단규모 —의 초대 부대장으로 근무 후 귀국하여 사단장으로 영전해 왔던 것이다. 그래서 특히 월남전과 비정규전 경험을 살려 사단에도, 편성표에 없는 특별 '대간첩작전부대(증강된 중대급)'를 창설하였다. 그 부대 훈련대장은 정보참모부 부참모였던 (육사 3기) 선배가 맡고, 나는 직접 훈련관을 맡아서 주로 체력단련과 작전요령, 무기 취급요령 등등, 필요한 모든 훈련을 실시 후 이들을 현지에 배치하였다.

사단장은 특히 부대 내 중대장의 보직을 우선시하여 연대나 사단급에 근무 중인 대위들을 무조건 예하 부대 중대장으로 내려보냈다. 그리하여 나도 갑자기 35연대 제1대대 제1중대장으로 다시 5년 전에 졸업(?)한 임무를 맡게 되었는데, 내가 맡게 된 중대는 소대장으로 처음 부임했던 바로 그 대대 자리였다. 참으로 감회가 새로웠으나, 달라 보이는 건 단 하나 시멘트 내무반들이었을 뿐 빨래널이 시설도 여전히 없는 등, 그때나 지금이나 생활환경은 열악하였다.

그런데 또 하나 기억에 남는 것은, 새로 만난 대대장 정 중령의 열성적인 신앙심이었다. 예를 들어 부대가 산정호수 좌우로 연결된 여우고개길(지금은 78번 도로) 정비를 위해 출동하면 대대장은 방문하여 중대장들을 대동하고 산정호수에 있는 조그마한 절(사찰) '자인사'에 들러 함께 합장예배로 불공을 드리는데 그의 신앙심이 표정에 그려져 있었다. 그는 그 후 합참의장까지 지낸 독실한 불교도였다. 한국군에는 그동안 그와 같이 기독교를 포함한 독실한 장교 신앙인들 다수가— 휴가기간 수양원에서 기도생활도 불사 —군의 최고요직을 거친 경우가 흔하였다.

∴ 중대장과 함께 전 중대원 파월지원

5·16 군사혁명 직후 당시만 해도 제3국가군을 제외하고 우리보다 못사는 나라가 별로 없었기에 외국으로 나가보는 것이 선망되고 있었던 때에, 마침 군사혁명으로 해외진출 붐이 막 일어나던 시점을 계기로, 개인적으로는 해외 유학, 해외 돈벌이, 해외 경험 등의 욕구가 치솟던 시절이었다. 그래서 그렇게도 우리에게 선망의 대상으로 알려진 독일의 탄광 인부 모집에도 대학생들이 대거 지원하였고, 여자간호사들은 대학을 가고 싶었던 여학생들이 대거 지원하였다. 그들은 선진국 독일에 가서 일해서(탄광이라도, 간호사라도 좋으니) 돈 벌어 유학을 또는 선진국진출을 해 보고 싶었던 것이다.

중대장으로 부임(1966. 9.)한 지 1개월쯤 지나자 월남 2차 파병 요원, 즉 1965년에 제1차로 파병된 요원들의 복무 기간이 1년이라 이들에 대한 교대 요원 장사병 지원자 모집을 지시받았다. 그때는 이미 상당수 동기생들이 1차 파병 중대장 요원으로 지원해 가서 복무 중이었다. 그러기에 정규 육사 출신 장교로 특히나 전투병과 장교들은 전투경험이나 참전경력이 필수적이라는 생각이 들고 있었기에 나 스스로를 포함해서 우리 중대원들에게 월남 파병 지원을 권유하기로 했다.

그리하여 전 중대원을 한자리에 집합시키고 명령 아닌 권유를 시작하였다. '남자로 시대에 맞게 해외진출과 견문욕을 충족할 수 있고, 국가에 충성은 물론 개인 경제적으로도 병사도 적게는 황소 한 마리로 가사에 큰 도움이 될 수도 있다. 그리고 1년 피해통계는 국내행정손실과 별 차이 없다.'라고 역설하고 나도 지원한다고 했다. 그랬더니 중대장과 함께라면 우리도 흔쾌히 함께 가겠다면서 전원이 지원하였다. 이건 그냥 하는 얘기가 아니고 진정이었다. '중대장과 함께라면'이라는 단서가 달렸다.

그러나 유감스럽게도 '제1차 교대' 자원은 부분교대이기에 부대별 교대가 아닌 보충병식 교대로 실행됨으로써 부득이 자원자 개별로 파월하게 되어, 나는 내 중대를 거느리지 못하고 개별적으로 파월될 수밖에 없었다. 그래서 우선 내 먼저 떠나기로 하고, 우리 월남 전장에서 만나 각자 분투하기로 약속하고 양해를 구한 뒤 그들과 석별하였다. 먼저 떠나면서, 그들의 안전과 건투를 그리고 무사히 귀국하기를 기원해 마지않았다.

때마침 파월 맹호부대 전사장교 홍성태 대위- 육사 동기생으로 전사(戰史) 1
교반에 상당 기간 함께 연구했던 전사(戰史) 연구가 -로부터 연락이 왔다. '자기
는 보병전투 중대장으로 나가고 싶은데 후임으로 와 달라.'라는 것이었다. 때마
침 잘 되었다고 생각했다. 그래서 마침 야전사령부 사령관의 전속부관인 허화
평 대위(육사 7기)- 생도 시절 제2중대 본부 요원으로, 나는 중대 부관, 그는 본
부 1학년의 상하관계 구성원으로 함께 한 막사에 지내면서 그의 다재다능한 소
질로 중대 간판에 중대소식 대자보를 매주 작성하여 광고할 수 있었다. 그때부
터 친한 후배가 되었다. 그는 후에 전두환 보안사령관(합수본부장) 보좌관으로
제5공화국 창출의 주도자 중 한 사람이 되었고, 정계에 진출하여 국정운용의
주요 멤버가 되기도 하였다. -에게 적기에 갈 수 있도록 부탁해서, 11월 2차 교
대파병부대에 합류하게 되었다. 고마웠다.

제5장 파월맹호(派越猛虎)부대 전사(戰史)장교로
월남전 참전

(단기 4299~4302, 서기 1966~1969)

1. 파월맹호부대, 월남 '퀴논'에 진을 치다

∴ 패망한 월남전쟁의 역사적 배경

본격적인 월남전쟁 얘기에 앞서 한국과는 다르게 월남이 패망하게 된 연유와 한국군이 파병하게 된 국제 정세적 환경을 먼저 간단히 알아보기로 한다.

'월남(越南)'은 '베트남(Viet Nam)'의 한국을 포함한 한문 문화권 국명용어이고 옛 역사기록에는 '안남(安南)'– 7세기 중국 '안남도호부' 지배시대부터 –으로도 불렸는데 그때부터도 3모작을 한다는 '안남미(安南米)'는 독특한 쌀로 알려졌다. 월남은 동남아시아에 반도 동쪽 해안을 따라 남북으로 뻗어 있고, 북은 중국과 서쪽은 '라오스' 및 캄보디아와 국경을 이루고 있다.

국민은 다종족으로 구성되어 있는데 주로 평지족인 비엣족(Viet)이 90%, 나머지 10%는 주로 산악부족(53개)이다. 산악부족이 원주민이나 평지족의 침략에 쫓겨 국토 80%가 험산 산악지역으로 이주하여 지금도 거의 원시생활을 하면서 평지족을 원망하며 문화와 문명과는 거리가 먼 산악생활을 하고 있다. '베트남'에 관한 얘기는 모두 평지족에 관한 것이다. 종교는 전래로 불교(60%)이나 20% 정도가 가톨릭을 그리고 기타 20% 정도이다.

우리나라 3국 시대가 전개될 즈음인 B.C. 690년경 월남 최초의 왕국이 성립되었으나, 곧이어 중국침략세력의 지배를 받아오다가 938년경에 독립왕국을 재건하고, 이후 수차례에 걸친 중국과 몽골군의 침략을 물리쳤다. 그러나 1400년경에는 17도선– 한국의 청천강선 비슷한 역사적 분할선 –을 중심으로 남북왕조로 분할되었다가 1700년대에 남북 통일왕조를 성립, 그러나 19세기 초부터의 서세동점 시대에 불란서 침략을 받고(1858), 드디어 1885년에 (바오다이) 왕조는 괴뢰 정권화되고 실질적인 불란서 식민지가 되었다.

1940년에는 일제의 침략을 받았는데, 당시 불란서(독일 괴뢰 비시 정권)의 약세로 불란서와 일제의 이중적 식민지가 되었다가 제2차 세계대전이 종결되자 불란서와 일제의 식민지는 면했으나, 우리 한국과 같이 일제청산이나 토지개혁 등이 이루어지지 않은 채 식민지 괴뢰정권이 복귀한 가운데, 다시 강대해진 불란서 세력이 개입하였다. 그런데 일제 강점기 우리의 임정과 같은 독립운동기구가 국제공산주의 영향을 받는 '호찌민(Ho Chi Minh, 胡志明)'의 유일적 지도하에 중국영향 지역인 북부에서 '베트민(Viet Minh, 越盟)'을 결성하고(1941. 5.), 반불/반일 전선을 형성하고, 전 지역에 '해방구'를 설치, 전 베트남에 조직적 인민봉기를 준비하였다. 이때부터 호찌민은, 마치 우리의 이승만 김구처럼, 민족독립의 우상이 되었다.

　　이들은 일본의 항복(1945. 8. 15.)과 동시에 하노이에 진출하여 중국과 (한때) 미국의 지원을 받아 '베트남민주공화국'을 수립하고 전국적인 독립운동/독립무력전쟁(불란서 정규군 상대)- 전후 복귀한 불란서 식민세력과 바오다이 괴뢰정권으로부터 -을 전개하였다. 그리하여 '디엔비엔푸' 전투- 불란서 군의 난공불락의 거점요새 전투 -에서 승리(1954)하여 일단 17도선 이북을 확보하고 이어서 2년 뒤 남북통일의 길을 개척하였다.

　　그러나 1955년에 미국지지의 '고 딘 디엠'이 남부에 '베트남공화국'을 성립시키고 소위 '족벌 독재정치'를 행하며, 토지개혁을 하지 못한 채 부정부패하여 민심이 이반되어 갔다. 이에 (남부) 공산주의자들은 지역별 자위대, 즉 '베트콩(Viet Cong, 越共, 약칭 VC)'을 조직하고, 나아가 이들을 통합하는 '남베트남 민족해방전선'을 결성(1960)하여 정부전복 무력투쟁을 전개하였다. 동시에 월맹 정규군 3개 연대 규모가 남으로 침투하여 베트콩과 지하로 연결되어 있었고, 중부지역에서는 이미 월맹 정규군 지휘자가 소부대별로 베트콩을 지휘하고도 있었다.

　　한편 미국은 아시아지대 공산화 도미노 현상을 우려하여 월남 전선에서 방어벽 고착화를 기도하였다. 그래서 내가 미특수전학교로 유학 갔던 그 시점 1961년에 케네디 대통령은 미국에 특수전사령부를 설치하고, 월남에 '미국군사원조사령부(U.S. MAC.V)'를 설치, 월남 정권을 정치, 군사 경제적으로 지원하기 시작하였다. 이어서 자유우방 25개국에 '월남지원'을 요청(1964. 5.)했다.

∴ 한국, 월남에 파병 군사지원

한국 군사정부는 일찍(1962)부터 미국 대통령 '케네디'의 확고한 '반공 전략'과 국제정세 그리고 한반도정세를 분석하여 미국을 지원하기 위한 한국군의 파월 불가피성을 판단하고, 물밑으로 미국과 월남 정부를 접촉해가며 파월 군사지원 전략정책을 준비하였다. 그러던 중 미국 존슨 대통령으로부터 공식 '베트남 지원 요청'을 받았다.

이에 한국 정부는 다음과 같이 명분과 국가이익을 정하고 파월 군사원조를 단행하였다. 명분으로, 1. 한국안보에도 간접적 영향을 주는 자유우방 월남공화국 지원 필요, 2. '6·25 적란' 시 자유우방으로부터 받은 은혜, 공산위협 공동 대처 도의적 의무, 3. 동맹국 미국의 요청, 4. 월남 정부의 요청, 5. '헌법 제4조의 국제평화유지와 침략전쟁부인' 정신으로 '월남지원 필요' 등이었다. 물론 궁극적으로는, 월남 전후 부흥수요에 참여하는 경제발전 전략과 실 병력 대거 파월 시 창출될 수 있는 달러(전투수당) 수입전략과 동시에 한국군 2개 사단 정도의 군사력 증강 전략 등도 고려되었을 것이다.

그리하여 제1차로 제1이동외과병원(붕타우)과 태권도교관단(육해군 사관학교와 보병학교)을 파견(1964. 9.)하였다. 2차로 '한국군 군사원조단(비둘기부대)' – 각군 혼성 여단 규모(2,000여 명), 공병대대, 수송자동차중대, 해병공병중대, 해군수송분대(LST), 그리고 기존에 파견된 제1이동외과병원과 태권도교관단, 그리고 이들을 경비해줄 경비대대로 구성 –을 파견(1965. 3.)하였다.

3차는 본격적인 전투부대지원으로, 맹호부대(수도사단)와 해병 제2여단(창설, 청룡부대)을 선발하여 각각 중부 빈딩성의 '퀴논' 일대 전투지역에, 남부 '깜란만' 지역으로 파견하였다. 그 이후 해를 넘겨 다시 제4차 파병으로 육군 제9사단(백마부대)이 파월되어 맹호부대 아래 '닌호아' 지역에 배치되었다.

∴ 맹호부대, 월남 중부 '퀴논'에 진을 치다

맹호부대(猛虎部隊, 즉 首都師團)는 1965년 10월에 월남 중부 '빈딘성 퀴논' 일대에 전개하여 작전책임지역(TAOR, 일단 1,200제곱킬로미터)을 미군과 월남군으로부터 인수하고, 전투중대별로 거점지점을 점령하여 원형방어진(중대전술기지)을 구축하였다. 사단사령부도 작전책임지역 내 대체적인 중앙지점을 점령하여 독립된 방어진지를 구축하였다. 그와 동시에 전 부대는 전술책임지대 내 베트콩과 주민을 상대로 평정작전- 베트콩 소탕전/민사심리전 -을 전개하였다.

맹호부대가 진을 치면서 시작된 전투작전은 내가 부임할 때(1965. 10.~1966. 11.)만 해도, 물론 중대단위 작전은 매일 매시간이었고, 대대 단위 작전 30회, 연대 단위 작전 12회, 사단 단위 직전 3회를 기록하고 있었다.

2. 파월 한국군 전사기록, 역대 모범 전사 기록으로 남기다

∴ 홍성태 육사 교수, 한국군 최초 전사과(戰史課) 편성

태릉 육사 개교 이후 전사교육은 주로 미국 육사교재를 번역한 것으로, 내용은 유럽전사와 미국전사였고, 심지어 '6·25 한국전사' 또한 미국교재 전사기록을 이용하였다. 그러니 모든 전쟁원칙과 교훈 등은 외국군용이나 마찬가지였다. 우리 고대전사나 특히 6·25 전사조차 불비하였고 전투 상보는 거의 존재하지 않거나 정리되어 있지 않아 교재로 사용할 수 없었다. 그래서 절실히 느꼈던 것이, 앞으로 우리 군의 최소한 사단급 부대에는 '전사과'가 전시는 물론이고 평시에도 편성되고 운영되어야 한다는 것이었다.

그래서 파월부대 편성 시 때마침 육사 전사교관이던 동기생 홍성태 대위- 그는 육사 입교 전에 이미 어려운 『클라우제빗츠의 전쟁론』을 일독한 바 있는 전쟁연구가로 졸업 시에는 전사과목 우등생이 되어 육사 전사교관으로 임명되었고, 서울대학원 역사 석사 과정을 거쳐 본격적인 전사연구를 시작하였고, 월남 참전 후 독일에 유학하여 '전격전'을 탐구하고, 육군대학에 교수부장으로 재직하며 한국안보전략연구에 몰입하여 전역 후 '한국 국가안보 전략연구소'를 차려, 한국 안보 전략연구의 선구자로 명성을 얻고, 86세 현재까지도 운영 중에 있다. - 는 군에 건의하여 파월사단 작전처에 '전사과'를 편성하는 데 성공하고, 그가 그 맹호부대 전사과를 맡아 파월까지 하였던 것이다.

∴ 홍성태 대위의 전투현장 전투 상보 위업성취

홍 대위는 평소에 느껴왔던바, 전장현장의 실제 전투 상보를 기록하고 싶었다. 실제 월남전쟁 그 자체가 게릴라전이었으므로, 전투는 주로 중대규모 이하에서 이루어졌기에 더욱이 '전투상보'는 개개 전투현장에서 기록되는 것을 원칙으로 하였다. 그래서 그는 사령부 책상에서가 아니라 자기가 전투현장(동굴전투 등)에 직접 위치하여 생생한 전투 상보를 남기고자 했다. 그래서 사단사령부 근무 동기생들도 그를 본 지가 오래되었다는 말을 할 정도로 그는 위험을 무릅쓰고 전투현장 상보에 몰두하였다.

∴ 맹호는 간다, 가족을 두고 월남 전쟁터로 가다

나는 홍성태 대위의 요청(즉 현지 수요)에 따라 서둘러서 제1차 교대 제2진 (1966. 11.)으로 편성되었는데, 춘천 외곽 '오음리' 파월훈련소 입소를 생략하고 춘천 기차역에서 막 출발하려는 제2진 주력에 합류하였다. 춘천역에서는 주로 남녀학생이 총출동하여 환송해 주었다. 청량리역에서는 서울 시민대표들과 함께 우리 가족, 사랑하는 아내와 두 아들, 이 환송 인파 속에서 나를, 우리를 환송해 주었다. 물론 그동안 아내에게 상당 시간 설명하고 설득해서 이 시간에 전장 마당으로 가게 되었지만, 앞으로 내가 무사히 돌아올 때까지 내 아내와 가족의 마음을 생각하면 나 스스로도 죄책감이 있으나, 이 또한 직업군인의 의무요 임무요 운명인 것을 어찌하랴?

아내는 청량리역 승차장, 즉 환송장에서 잠시 내려선 나에게 부적 삼아 (악어 가죽) 지갑을 내 손에 꼭 쥐어 주었는데, 그때 그 기분, 감정, 내 책임의 가족을 두고 전장으로 가는 사나이의 어떤 마음이 울컥 솟아올랐다. – 이후 그 지갑은 오랫동안, 모서리가 다 닳아 못 쓸 때까지 내 포켓을 떠나 다른 곳에 놓아둔 적이 없었다. –기차가 출발할 때 나는 다시 한 번 '한 1년, 그동안 내 염려 말고 애들과 함께 잘 지내주길 바란다.'라고 속으로 빌고 또 빌었다.

드디어 부산 본역에 하차하여 제3 부두에서 미국 여객선(2만여 톤급)으로 환승한 후 이곳에서도 부산 시민들의 열렬한 환송을 받으며, 특히 부산에서 사업하시는 가형이 나와 '형제 믿음'의 마음으로 환송해 주었다. 역시나 전쟁터로 가는 전사들에게 친지들과 국민들의 환송(식)은 반드시 필요하다고 느껴졌다.

문자 그대로 뱃고동을 울리며 제3 부두를 떠나 전쟁터로 가는 수송선 덱에서 부두의 환송객과 형님이 흔드는 태극기 물결이 점점 멀어져갈 때, 또 한 번 어떤 감회가 스쳐 갔다. 그리하여 항해한 지 1주일 만에 예정지인 월남 중부 '빈딩성 퀴논'에 도착(1965. 11.)하여 맹호부대에 부임신고를 하였다.

「맹호는 간다」, 그때 춘천역에서, 청량리역에서, 부산 부두에서 들었던 환송가

1. 자유통일 위해서 조국을 지키시다
조국의 이름으로 님들은 뽑혔으니
그 이름 맹호부대 맹호부대 용사들아
가시는 곳 월남 땅 하늘은 멀더라도
한결같은 겨레 마음 님의 뒤를 따르리다
한결같은 겨레 마음 님의 뒤를 따르리다

2. 자유통일 위해서 길러온 힘이기에
조국의 이름으로 어딘들 못 가리이까
그 이름 맹호부대 맹호부대 용사들아
남북으로 갈린 땅 월남의 하늘 아래
화랑도의 높은 기상 우리들이 보여주자
화랑도의 높은 기상 우리들이 보여주자
3. 보내는 가슴에도 떠나는 가슴에도
대한의 한마음이 뭉치고 뭉쳤으니
그 이름 맹호부대 맹호부대 용사들아
태극 깃발 가는 곳 적이야 다를쏘냐
무찌르고 싸워 이겨 그 이름을 떨치리라
무찌르고 싸워 이겨 그 이름을 떨치리라

∴ 사단 단위 전사기록 요령에 대한 나의 생각과 실제

12월에, 특이하게 '전차병과'이면서도 전투경험을 위해 보병중대장을 지망하여 자진해서 전장으로 나가는 전임자 동기생 홍성태 대위의 뒤를 이어 나는 '제2대 파월 맹호부대 전사과장(戰史, War History)'이 되었다. 그 즉시 전임자가 기록해 남긴 전사를 탐독하고, 맹호부대 전투작전의 성격을 파악함과 동시에, 내 나름의 전사기록 요령을 세웠다. 거기에다 신고할 때 사단장(유병현 소장, 후에 합참의장, 주미대사)께서, '신문기자식도 아니고 상황보고식도 아닌 전사'를 주문하였는데, 그것은 곧 내가 생각하고 있는 대부대(사단급) 전사의 역사성을 가진 기록방법과 같은 것으로 해석할 수 있었다.

그동안 홍성태 전사과장은 과거 한국전투부대 전투 상보의 불확실성을 불식하고 모범사례를 본보이고자 웬만한 소부대(소대, 중대, 대대 등)급 작전에 최일선 전투현장에 함께하며 상세하게 개인 전투상황까지 기록하여 상보하였다. 이는 오로지 전투 상보의 신뢰성과 상세성, 그리고 내용에 대해 초기의 교육적 시범행위가 내포되어 있었다.

이제 어느 정도 그 목적이 달성된 것을 확인하고, 나는 연대급 이하 전투 상보는 그 부대작전장교에게 이미 교육된 바대로 기록하고 보고하되, 그 내용은 현장 전투 위주로 하되, 전투환경도 평가해 추가하도록 하였다. 그리하여 사단전사(과) 장교는 이 전투 상보들을 종합해서 확인 평가하여 보존하고, 주월 사령부 전사과에 보고하여 역사에 남기도록 하였다. 사단 단위 작전 전사기록은 작전에 직간접적으로 영향을 미칠 수 있는 환경평가─ 정치·군사·사회·지리적 환경 상황은 물론 전략적 작전환경 요소와 전략적 지휘결심 요소 등 ─를 포함하여 작전명령, 그리고 행정명령까지도 두루 포함하도록 하였으며, 특히 지휘관인 사단장의 지휘관심(중점, 지침)과 지휘행위(현장 포함)와 그 결과에 대한 사실과 객관적 평가를 포함하도록 하였다. 물론 사단장의 작전구상에서 작전개시, 그리고 작전경과 및 전과를 포함하는 사단사령부 전투 상보와 예하작전참가부대에서 보고되는 전투 상보를 확인 평가하고 이들을 한 묶음으로 사단전사기록을 완성하였다.

∴ 전장감찰로 전훈(戰訓) 전파

전장감찰이라는 말은 공식적 표현은 아니나 그런 의미는 실재하였다. 사단 전사과장의 임무 중 또 하나가, 과에 보직된 1~2명의 전사장교와 함께 전사기록이나 현장관찰 또는 보고와 전언 등에서 도출되는 전투(전쟁)교훈을 기록하고 전파하는 것이었다. 특히 수시로 발생(전개)하는 '우연한 충돌(우발 사건)'에 대해서는, 가능한 한 직후 현장에 출동하여 사태를 파악하고 평가하여 교훈화하였다. 그래서 가능하면 어느 때든 어느 장소건 불문하고 현장에 입회하여 보고 듣고 판단하려고 노력하였다.

그러다 보니 어느 때, 바로 앞서 베트콩으로부터 기습당한 그 자리에 홀로 가서 사태현장분석을 하다 보면 완전히 단기로 노출되어 위험한 지경도 몇 번이나 있었다. 그런가 하면, 연대작전회의나 작전지휘소에 참석하여 열심히 살피다 보면 그 부대 지휘관이, 사단에서 왜 왔는지 오해하는 경우도 있었다.

나의 일상생활은, 사단 상황실에서 매일 아침 사단장 임석하에 실시되는 일일 상황보고에 참석하여 오늘의 작전상황을 파악하고, 전투식량 미군 C-Ration 한 박스를 싣고, 무장한 운전병과 함께 단둘이 전용 지프차로 작전연대지휘소 또는 주요지점으로 사방을 살펴가며, 그러나 전운(戰運)에 맡기고 겁 없이(?) 전장으로 이동한다. 때로는 퀴논 시내를 지나기도 하나, 통상은 마을을 지나고 인적이 없거나 드문 산지와 야지를 지나는데, 때로는 몇십 킬로미터, 몇 시간 이동하여 목적지에 도달하기도 하고, 또 때로는 하루에 여러 지점에 가보기도 하였다. 물론 저녁에는 사단으로 복귀하나 때로는 부대 야전(작전) 지휘소에서 밤샘을 하기도 하였다.

사단작전 경우에는 기간 중 전방전술지휘소(TCP)에 며칠이라도 머물면서 작전회의와 상황실을 드나들고, 밖으로 나가서는 전방 전투현장으로 가 전장 관찰을 실시하였다. 그리고 상황이 끝나면, 또 다른 작전 현장에 전사장교를 파견하고 나는 전사기록을 위해 전사과 사무실(퀀셋)에 앉아 초고를 쓰고 그것이 일단 완성되면, 이어서 선임하사는 복사지를 한글타이프라이터로 쳐서 등사 준비를 하였다. 그런데, 언제나 그걸로 시간과의 싸움에 이길 수 없기에, 때로는 고장도 나기에, 나는 아예 쇠 받침 위에 초가 묻은 푸른 복사지를 올려놓고 골필로 한 자 한 자 글을 써 나갔다. 물론 그때는 시간 가는 줄 모르거니와 밤을 지새는 작업도 여러 날이었다.

3. 작전 현장 체험, '맹호 8호·홍길동·오작교작전'

∴ 맹호 8호 작전

주월한국군은 애초부터 월남전, 즉 '대게리라 작전' 개념을 '점과 선을 넘어 점에서 면으로 확장전략작전'을 계획하고 실행하였다. 최초 인수받은, 즉 할당된 '작전책임지역(TAOR)'을 '면의 작전'으로 완전평정하기 위해 일단, 지대 내 요점에 중대단위 거점 진지를 편성하고 이어서 중대 주변 지역을 매일 위협사격과 위력정찰 또는 은밀 정찰을 통해 평정(중대작전)하고, 이어서 중대기지와 중대기지 사이 지역의 적을 소탕-평정 작전(대대 작전)을 실시하고, 이어서 대대와 대대 간의 적을 소탕-평정 작전(연대 작전)을 실시하고, 또 이어서 지대 내 적 주요활동거점 완전소탕을 위해서 그리고 그 작전 이후 면의 확장작전, 즉 '작전책임지역' 확장 직전을 끊임없이 지속적으로 실시하였다.

그래서 내가 부임한 그 시점까지 우리 맹호부대 사단급 작전인 '맹호 5호작전'과 '맹호 6호작전'이 실시되어 'TAOR'는 북으로 이미 상당한 면적으로 확장되었다(1,400제곱킬로미터). 그래서 이제는 남으로, 추후 '투이호아'를 중심 책임지역으로 활동하며 북으로 확장 작전 중인 우리 '백마사단(9사단)'과의 연결작전까지도 염두에 두고, 우리 맹호부대는 남진 확장 작전을 계속 실시하게 되었다. 이름하여 '맹호 8호작전'이었다. 그런데 본 작전 전사 기록상 아군 측 요지 요부의 한 곳은 바로 '꾸멍고개(deo Cu Mong)'였다.

이 고개 마루는 퀴논에서 1번 국도를 따라 남으로 해안 촌락 도시, 송카우(Song -Cau)로 가는 도중에 위치하며, '퀴논'에서 직선거리 약 40킬로미터 실거리 60여 킬로미터(고갯길)에 있어서, 베트남 역사상에서도 일찍부터 유명하였다. 15세기 베트남은 남북왕조로 분립하였는데 그 중앙 대척점에, 마치 우리의 '판문점'과 같은 역할을 담당하는 꾸멍고개가 있었는데, 바로 1965년 이후 '맹호 8호작전' 이전까지, 또한 그 역할을 담당하고 있었다. 즉 맹호부대가 작전지역-베트남 행정 즉 주권이 미치는 지배지역이나 '낮이면 베트남, 밤이면 베트콩 세상'-을 인수 후 베트콩이 장악하고 있는 즉 베트콩 해방구인 남측('송카우' 지역)과의 경계선 상 유일한 통로 상의 '만남 지점'에 이 꾸멍고개가 위치하게 되었던 것이다.

그래서 맹호부대는 일찍부터 이 고갯마루에 분단된 한반도의 역사 경험에 따라 남북교역의 시장을 열고, 남북 물물교류를 허락하고 있었는데, 이는 분단 현실 속에 가능한 최소한의 이웃 간 소통 사정을 풀어주면서, 동시에 남쪽 적 지역에 대한 정보도 입수할 수 있었다. 그래서 나는 부임 후 그 사정을 알고 종종 이 고갯마루에 올라와 남북 시장교류를 눈여겨보아 왔다.

∴ 작전이 시작되다

작전지역은 '꾸멍고개' 이남 '송카우'시 지역으로, 작전개시선(LD)은 따로 없고ー 부대별 헬기 탑승장 ー공격개시 시간은 바로 부대별 제1번기의 이륙시간이었다. 다만 최초 작전통제선은 각 부대의 강습착륙지점(LZ, Landing Zone)을 이은 선이다. 즉, 부대는 목표지역을 포위하는 개념으로 부근 고지지점에 있는 LZ들에, 미군이 지원해주는 헬리콥터(UH-1H: 무장병 9명)로 분대별로 이동하여 착륙(랜딩)하고ー 탑승·착륙 지점은 일단 '고엽제'로 사전작업, 여의치 못하면 로프하강으로 강습착륙시도 ー일단 전개하였다가, 명에 의거 '송카우' 시내(해 보았자 밀림 속의 촌락)로 밀림을 헤치며 지역 내 베트콩 소굴을 소탕해 가며 내려가 포위망을 좁혀서(즉 '토끼몰이 전술'로) 평지 시내에 몰리게 된 적(베트콩)을 소탕하고 지역을 점령한 후, 이어서 평정(안정) 작전으로 새 행정조직과 민심안정작전을 실시하고 형편대로 월남 정부에 주권을 이양하는 것이었다.

D-Day H-Hour는 1967년 1월 3일 10시 30분이었다. 나는 새벽 일찍부터 꾸멍고개ー 작전지역으로 차량 이동할 수 있는 유일한 길은 1번 국도이고, 그 고갯마루에 있는 유일한 집결지인 동시에 전방작전지휘소가 위치하는 요점 ー로 달려가 전투개시를 관찰하였다. 꾸멍고개 시장은 평일과 다름없이 아침부터 송카우 상인들이 걸어서ー 이미 수처에 (베트콩)적이 (1번 도로) 길을 차단해 놓았다. ー올라와 전을 벌려놓고 퀴논에서 온 상인들과 거래를 시작하고 있었다.

어제 밤새 폭풍우가 몰아쳤고 오늘도 35knot의 폭풍우 속에, 10시 30분이 되자, 그 시간에 바로 150여 명의 남북상인 모두는 강제로 억류되고, 동시에 송카우 시내로 수십 발의 포탄이 작렬하고 왼쪽 해안 고지대를 따라 전투부대(사단 수색중대)가 소총 사격을 계속하며 남으로 내려가고 동시에 하늘에는 수많은 헬리콥터가 날아 들어 왔다. 이 무시무시한 광경을 본 송카우 상인들은 울음, 신음과 함께 공포에 질린 모습으로 어쩔 줄 몰라 했다. 이 지역과 이 주민들이 평화에서 전쟁으로 변하는 순간이었다.

유병현 사단장은 꾸멍고개에 설치된 26연대 TCP에 사단 이동식 TCP를 설치하고(거느리고), 주로 26연대장의 작전지휘를 전적으로 지원하였다. 때때로 헬기(지휘용 따로 없이)를 이용하여 전장 상공을 선회하며 관찰하고 돌아와 작전을 지휘하였다.

나는 2일째 되던 날, 수색중대 요원과 함께 남으로 1번 국도를 연하여 2킬로미터 여 전진하다가 돌아왔으며, 다음 날은 26연대장과 함께 도보로 2중대 호위병과 함께 아군이 탈취한 '쌴록(Chanh Loc) 마을'– '송카우'의 한 마을 –에 들어갔다. 1번 국도는 군데군데 50여 미터 길이로 잘려 있었으며, 피란민들은 남부여대하여 마치 수재민 같은 모습으로 마을 속을 헤매고 있었다.

5일째는 사단장과 함께 그동안 보수한 1번 국도를 따라 장갑차에 동승하여 일단 무력저항을 진압한 상태의 송카우 중심부 들어가서 주민의 환영도 받고, 그 자리에서 주민에 둘러쌓인 채 주민대표들과 추후 시정논의를 하였다. 사단장은 가능한 빨리 새 행정수장(아마도 군수 격)을 선출하여 주민 자치제를 확립할 수 있도록 격려하였다. 전투가 진행 중인 현재는 물론 우리 지휘관의 명령으로 질서가 유지되어야 하나 한국군은 당분간이라도 군정을 실시할 의사가 없으므로 전투 종식과 동시 자치행정으로 복귀시켜줄 것이라고 약속하였던 것이다. 그리하여 그들도 뜻밖의 한국군 조치에 감사하며 새 수장 선출을 서둘렀으나, 나서는 자마다(두 사람) 숨어 있는 잔류 베트콩의 저격으로 한동안 어려움을 겪기도 했다.

송카우 군 중앙에는 야자수 밀림으로 덮힌 광장이 있었는데, 한쪽은 피난민수용소 겸 '함렛' 구역이고, 또 한쪽은 400~500명의 포로수용소인데 여자 포로들이 많았다. 사실은 전투현장에서 피체된 실제 베트콩은 물론 근처에 서성거린 준 베트콩까지, 당장 구별은 불가하여 일단 수용소에 수용 후 심문하여 전투정보 입수 후 진짜 가짜를 구분하고, 진짜 포로는 일단 정부군에 인계하였다. 그런데 진작은 피란민수용소에서 진짜 포로가 더 많이 배출(?)되었는데, 그만큼 베트콩의 처신은 교묘하였다. 일반인들은 순진(?)하여 총을 가져오면 돈 준다 했더니 개인당 2~3정씩 순식간에 몇백 정이 수집되기도 하였다.

2월 1일부로 '맹호 8호'의 실질적인 작전은 끝나고 지역 안정작전을 시작하면서 '햄릿(주민 격리 수용소)'에 수용되었던 주민 전원을 귀가시키고, 480여 명의 색출된 포로만 월남군 당국으로 후송하였다. 아 저 꾸멍고개! 전설의, 비극의, 슬픔의 그러면서도 희망의 꾸멍고개, 이제 다시 맹호부대 얘기와 함께 또 한때의 전설로 역사 한 페이지에 추가되겠지. 작전이 끝나자 남은 것은 열대지역에 설치된 퀀셋 막사 속 책상에 붙어 앉아 내가 몰두해야 할 본격적인 전사기록 업무였다. 이후 4월 중순까지 1개월 반여 만에 탈고하였는데 10센티 볼펜이 2개 닳았고, 골필이 더 이상 쓰기 어려울 정도로 무디어졌다.

∴ 오작교 작전(烏鵲橋作戰): 1967. 3.~1967. 5.

맹호 8호작전에 이어서 같은 해 3월에서 5월까지, 주월한국군사령부계획으로 '오작교 작전'이 실시되었다. 여기에는 맹호부대(수도사단)와 백마부대(9사단)가 각각 남북으로 작전책임지역을 넓히면서 연결작전을 실시하는, 한국군 대게릴라작전의 특징인 면의 확대작전을 야심 차게 전개하려는 의도가 내포되었고 이를 달성하였다.

작전지대가 맹호지역 '송커우'에서 백마 지역 '투이호아'를 통하는 국도 1번의 해안 길 지대였기에 평소와 같이 미군 헬기부대는 물론 해군과 공군의 지원도 받는 군단급 작전으로 실시되었다. 작전결과, 한국군 양개 사단의 지역연결로 1번 국도 400킬로미터가 회복되어 안정이 확보되고, 한국군 전술작전 책임지역- 월남 정부 행정 및 군관구 지배하 -을 6,800제곱킬로미터(제주도의 약 3배)로 확장하고 안정 확보하게 되었다.

나는 맹호 8호작전 기록에 열중하기 위해 이번 작전 기록은 육사 후배 16기 노영한에게 전적으로 위임하였다. 우리 전사과에는 내 밑으로 대위 1명, 중위 1명, 하사관 1명으로 구성되어 있었다.

∴ 홍길동 작전(1967. 7.~1967. 8.), 사단 TCP 피습

주월한국군지원사령부는 월남 정부의 대통령선거에 대비할 겸 '오작교 작전'

으로 확장된 지역 내 적군(월맹 정규 1개 연대 포함)의 잔적을 소탕하여 안정작전을 실시하려는 의도로 맹호사단과 백마사단이 동시에, 역시 미군 포병, 미군 헬기부대, 미 공군 전략폭격(ARC Light) 등의 지원을 받아 앞선 '오작교 작전' 지역에서 잔적 소탕 작전, 즉 '홍길동 작전'을 전개하였다. 여기에 참가한 우리 맹호부대는 확장된 지역에서 26연대의 확장배치와 안정확보의 목적도 가지고 있었다.

금번 작전은 월맹 정규군과의 충돌이 예상되기 때문에 전쟁준비를 강화하였다. 따라서 사단사령부 또한 '전술전방지휘소(TAC.CP)'를 남쪽에 위치한 제26연대 본부 지역에 전진하여 설치하였다. 그리고 작전 개시 이전에 적 지역 내에 미 공군 B-52 전략폭격기에 의한 'Arc Light(渡洋)' 폭격도 선행되었다.

* 통상 '1소티'당 B-52 전략폭격기 3기 편대- 한 대당 108발 적재 -가 태평양 기지(주로 괌)에서 출격하여 태평양을 가로질러 베트남의 적 밀집 밀림 지역 한 목표에 100톤의 폭탄투하로 1.6제곱킬로미터를 일시에 초토화하였다. 전쟁 중 1,200소티로, 1967년까지만 해도 이미 한국전시 사용 폭탄의 2배 100만 톤 이상이 사용되었다. 그리하여 어떤 지점(내가 가서 목격한)은 마치 우리 이리역 폭파 지점과도 같이 깊이 10여 미터 길이 10여 미터 되는 거대한 웅덩이가 수십 개 앞으로 줄지어 파이기도 하였다. 그러나 장거리 도양 도중 소련함대가 그 길목에 위치하여 이 폭격기들에 대한 정보를 월맹에 타전하고 월맹은 베트콩에 제공하여 실제로 직접적인 인명피해는 거의 없었다. 다만 전후 베트콩 지휘자의 고백에 의하면, 고막을 파괴하는 그 폭음과 거대한 웅덩이의 형성과정 그리고 내습의 공포에 의한 심리적 압박으로 베트콩의 사기에 상당한 영향을 미쳤다고 했다.

나는 공격개시시간- 07시 15분, 공격부대가 작전 현지에 헬기 등으로 landing하는 그 시간 -이전에 새벽 일찍이 단기(單騎)로 'Toy An'에 지정된, 거의 모두가 정글을 고엽제로 말려 베어내고 조성한 헬기 '픽업' 존으로 가서 관전하였다. 헬기 도착을 기다리며 장병들은 분대별로 모여 '한 발 뜀뛰기 내기'를 하며 스스로 긴장을 달래고 사기를 올리고 있었다.

작전 개시 후 약 1주일이 지나면서도 적 주력이 포착되지 않고 있던- 포위망 밖으로 도주 또는 땅 밑 토굴로 피난 -15일 초저녁, 일반공개 이전에 전장 전방에 있는 군인 사기를 배려해 먼저 공개하는 미국 영화를 보기 위해 기밀실 앞 공간에, 상황실 당직자들을 제외한 TCP 요원들이 모여 있는 가운데, 영화를 막 시작했을 때, '짜짱!' 하는 소리와 함께 돌아보니, 약 150미터 거리에 포탄이 작렬하였다. 낙탄 거리가 좀 있다고 생각하는 순간 또 1발, 그러자 전원 해산하면서 함께 있던 참모장과 함께 대부분은 바로 옆 언덕 교통호(참호)로 뛰어들었다. 사단장은 지휘용 샽차에 그대로 있었다.

숨을 돌릴 사이 없이 머리 바로 위로 '쌩~ 쓩~!' 하며 포탄이 지나가는가 했더니 불과 얼마 안 되는 뒤에서 '짜짱!' 했다. 적은 장교 숙소와 지휘부를 노렸던 것으로 판단된다. 헤아려 보니 모두 12발! 적의 82밀리 박격포탄은 장교 숙소 지역에, 57밀리 무반동포는 영화 보는 관중을 노렸으나, 운 좋게, 간발의 차이로 비켜나 머리 바로 위 10미터로 지나갔던 것이다. 다행히 큰 손실을 입지는 않았으나, 동기생 1명이 때마침 장교 숙소 샤워실에서 샤워하다가 파편 경상을 입었을 뿐이었다.

그런데, 즉시 연대장은, 예비대 일부로 남아 있던 즉 연대 본부중대로 하여금 맞은편 언덕 발포 지점을 수색 소탕하고, 지점 경계조 잔류를 명하였다. 물론 적은 이미 도주한 뒤라 출동 주 병력은 수색정찰 후 철수하고 1개 분대가 '크레모아(지향성 대인지뢰)'로 무장하여 잔류하였다. 23시경 폭발음과 동시에 사고가 발생하였다. 잔류경계 중이던 연대본부 중대요원- 거의 현장 교전 경험을 갖지 못한 -이 크레모아 설치 중 방향 오인(앞뒤 구분이 약간 어려움)과 사격방법 부주의로 오발되어, 아군방향으로 분탄되어 6명 전사 3명 부상하는 1개 분대 전멸의 사고였다. 즉시 '다스톱(Dust Off, 구호헬기)'이 이들을 후송시켰는데 당시 그 '다스탑' 헬기(UH-1H)의 날개 소리, '타타타타'는 그 후 내 평생 당시 상황과 함께 '트라우마'로 남게 되었다.

∴ 베트콩지역 수색작전 참가

7월 18일, 이날은 26연대 수색중대와 함께 'Ba산' 밑 계곡수색작전에 사단 정보참모와 함께 참가하였다. 하늘이 보이지 않는 정글 속의 계곡을 따라 바위와 나무 사이로 길 아닌 험한 길을 따라 전진하면서 여기가 과연 베트콩(VC)의 근거지였고, 격전지였음을 확인할 수 있었다. 두개골이 넘어져 있는 옆에 아직도 썩지 않은 월남인의 삿갓 모자가 뒹굴고, 곳곳에 저격용 개인호가 산재해 있고 각종 불발 부비트랩이 널려 있었다.

정글을 헤매며 땀을 닦아가며 눈을 360도로 쉴새 없이 돌려보며 신경은 온통 주위와 발밑을 살피기에 집중하며 3시간여, 드디어 정상쯤에 다다르니 한 움막집과 개간지가 나왔다. 근접전에 사격으로 탐색하였으나 저항이 없음을 확인하고, 그 집을 샅샅이 수색한 뒤 소각하고, 앞으로 더 나갔다. 도중에 '파인애플' 밭에서 참외만 한 것을 따 칼로 껍질을 벗기고 생생한 속을 먹은 맛, 잊을 수 없었다. 18시 30분경, 어둠이 깔릴 때 중대원과 헤어져 헬기로 복귀하였다.

21일에는 역시 사단 정보참모와 함께 기갑연대 3대대 12중대를 동반하여 월맹 정규군 포로 2명을 앞세우고 그들 대대본부를 찾아 정글 수색전에 참전하였다. 전 신경을 곤두세워 정글을 헤쳐 나가기 3시간여, 드디어 그곳에 도착해 보니 3일 전에 있었다던 대대의 인적은 간곳없고 흔적만 남아 있었다. 소규모 훈련장, 의무시설장소, 대대장 숙소, 통신시설, 큰 우물도 있었다. 아마도 홍길동의 무지개 칼날 빛이 번쩍일 때 이미 삼십육계 한 모양. 돌아오다가 길을 잃고 O-1기를 불렀으나, 오히려 포로의 길 안내로 무사히 귀환할 수 있었다.

4. 1960년대 월남전쟁의 실상: 한국군과 미군의 이모저모

∴ 케네디 대통령의 적극 개입과 맥나마라 국방 장관의 참전 후회

이미 미국 유학 편에서 자세히 소개한 것처럼 미국 '케네디 대통령'은 소련 '후루시쵸프'의 '평화공존론'의 속임수를 간파하고, 60년대 초에 정치 모략전을 포함하는 '특수전(Special Warfare)' 개념을 확립하고, 베트남전쟁에 깊이 개입하였다. 특히 'Green Beret, 미 특수전 부대'를 도시에서도 운용하였다고 소설에 나와 있으나, 확인 못 하였고, 다만 '호치민 통로' 지역인 국경 산악지역 요소요소(월맹군의 남하 통로상, 캄보디아와의 국경감시지점)에 평지 월남인을 싫어하는 산악부족(Mountaineer, 몽타냐)- 역사적으로 월남 원주민이었으나 침략자를 피해 산악지역으로 피난 후 정착한 민족 -을 고용하여 'CIDG, Civilian

Irregular Defense Group' 기지(基地)를 편성, 직접 운용하였다.

미국 케네디와 존슨 대통령 당시 미국 국방 장관이던 '맥나마라'는, 당시 국제정치학계와 함께 '전쟁의 과학화, 즉 계량화'- 특히 '비용 대 효과'(PPBS, Planning, Programming, Budgeting System) 이론이 한때를 풍미하였음 -를 주장하면서 '워게임'을 실시한 결과, 월남전쟁은 1966년에 이미 미국 승리로 끝났다고 나왔다. 그럼에도 실상은 오히려 더 불리해서 지기만 했다고, 자신의 이론에 대한 회의를 나타내었고, 결국 1995년에 발간된 회고록을 통해, 그는 "베트남 전쟁을 후회한다(Regret Vietnam War.)."라는 말로 '월남인 전쟁 의지에 대한 오판을 후회한다.'라고 했다.

∴ 부자나라 미국의 월남 물량전(物量戰)

말한 바와 같이 'Arc Light 폭격' (또는 융단폭격, Carpet Bombardment) 양상에서 본 바와 같이 전쟁과 전투에 우리네의 상상을 초월하는 거대 물량을 투입할 수 있는 나라는 전 세계에서 오로지 미국뿐일 것이다. 초기 파월 한국군은 한국에서 하던 대로 미군 '데포(보급창, DEPOT)'에 가서 요구서(예, 435개)를 내밀면 창고담당 미군은 웃어가며 자기 펜으로 동그라미 2~3개를 더 붙여서, '박스때기'로 차에 실어 주었다. 이를 처음 경험한 한국군은 미군의 풍족한 전쟁지원에 처음엔 감탄하다가 습성이 되어 이후부터 그렇게 알고 신청하고 그렇게 알고 수령해 왔다.

예를 들어 한 번의 전투에서 전투 손실된 수통, 삽, 탄띠 등을 신청하고 수령하고는 소모품으로까지 생각하고 소홀히 하면서 전투 후에 또 신청하고 수령하였다. 특히 전투식량인 'C-Ration'도 무한정으로 보급받아 사용하였다. 그러다가 1970년대 들어서면서 미군의 정산과정에서 한국군은 'C-Ration'을 3년간에 7년분을 소모하였다는 기록이 나오기도 했다.

한 전투가 끝나면 '위문품 세트'라 하여 학생 개인 책상보다 큰 박스 하나를 1개 소대마다 선물해 온다. 내용은 주로 기호품으로 담배, 커피 과자, 각종 식품 켄 그리고 '덩어리 초콜릿' 등으로 구성되어 있다. 그런가 하면 한국군에게는 미군 전투식량에다가 한국 쌀을 포함해 보급하여 식량은 먹고도 남았다. 사단사령부에서는 한국 쌀 등을 주변 월남시장에서 채소로 바꾸어서 먹기도 하였는데, 병사들은 원망(?)하기를, "우리에게는 고기만 주고 장교들은 채소를 먹는다."라고 하는 말이 유행하였다.

1966년 12월 25일 크리스마스 때는 각 부대에 여러 선물 박스와 함께 종이로 된 크리스마스 트리들이 보급되었으며, 그날은 한국 군부대 위로 연락기를 띄워 '화이트 크리스마스 노래'를 종일 방송하면서 이 열대지방의 전투현장에 크리스마스 분위기를 고조시켜 주기도 하였다.

한국군 참전 장병 모두에게 계급별로 다르게 전투수당이 지급되었다. 대위에게는 월 150달러였는데, 30달러 정도 현지에서 쓰고 나머지 120달러 정도를 한국 집으로 보내면, 집에서는 한국 월급으로 생활하면서 보내준 돈을 1년간 적금하면 30여만 원이 조성되는데, 이는 당시 서울 변두리의 15평 국민주택 구입이 가능할 정도였다. 농촌 병사들은 그렇게 해서 황소를 구입할 수 있었다.

그런가 하면 전투부대는 중대까지 주둔지역 안정작전용으로 월남 돈(월 100달러 정도)으로 지급되어 중대장이 지역민과의 소통용으로 활용하였다. 어디 그뿐인가, 전후 고엽제로 인한 신체 장애자에게 전상자수당으로 적게는 70만 원에서 많게는 150여만 원까지 평생은 물론 다음 세대까지 혜택을 주고 있다. 나도 그 수혜자 중 한 사람이다. 이렇게 할 수 있는 나라가 앞으로도 미국 외 있을 수 없을 것이다.

나는 단기(單騎)로 전장을 누벼야 하기에 종종 도로 가까이에 있는 미군 부대 주유소에 들러 휘발유를 보충하였는데, 언제나 무한정 그리고 반갑게 주유해 주었다. 또한, 전장으로 갈 때는 미군 'C-Raion'을 6개 들이 박스 그대로 차에 실어서 출발하였고, 어디에서나 머물러 운전병과 함께 풍족하게 식사하며 다녔다. 사단사령부에는 한국군에서 못 보던 아늑하고 아담한 '장교 클럽'이 신설되어서 틈나는 대로 이용했고, 양주는 물론 커피와 사이다 등 음료수는 무료로 서비스되었다. 이 모두 미군의 지원으로 되었다.

미군 부대는 지역별로 'PX(편의점)'가 운영되고 있는데, 말이 편의점이지 생필품에 사치품까지 다 있었는데, 전장인 월남지역에서는 한국지역과도 같이 완전 면세였다. 미군이 주문해서 후방 자기 가정에 배달시키기도 하고 후방으로 전속하면서 주문해 갈 수도 있었는데, 냉장고 등 가전제품에서 불란서 화장품에 이르기까지 부족함이 없었다. (특히 당시는 미국이 전후 일본을 민주화시키기 위해 경제를 부흥시키면서 관세 특혜를 주어가며 일제를 수입 사용하였는데, 그래서 군대 'PX'에도 일제 물품이 상당하였다.)

그 덕에 한국군(사단급 이상)에도 그런 'PX'가 설치 운용되었는데, 다만 일부 물품은 제한(가전제품 등)되었으나, 예를 들어 불란서 화장품 '샤넬 5' 등은 얼마든지 구입할 수 있었다. (이를 본받아 1975년 이후 한국군에도 주보(酒保) 대신 'PX' 제도를 도입하여 운영하기 시작하였다. 당시 파월 한국군 PX에는 컬러 TV가 최고 인기(그러나 대위 계급(?) 정도로는 불급)였고, 다음이 '샤넬 5' 향수, 그리고 우리 같은 젊은 전투원에게는 새로 나온 면세 국산 담배(청자)가 최고 인기였다, 하루 담배 3갑 소모 시대(?)라. 그런데 성급했던 사령부 어느 장교는 귀국 며칠 전에 '플레이크'에 있는 미군 부대 PX를 방문하려다 헬기 사고로 불행을 당한 일도 있었다.)

∴ 미군은 전술적 승리 단, 전략적 패배

미국군대와 장병은 우수하고 용감하며 낙천적이고, 형식보다 실제로 절대 책임 완수하였고, 'Arc Light 폭격'을 비롯하여 전장정찰 사진 및 위성사진정보, 헬기는 물론 개인 M16 소총 등, 월맹 정규군이나 베트콩보다 월등하였다. 특공대는 헬기 양편 발판에 서서 기동하며 정글 속의 적 지역 상공을 저공으로 날며 적을 수색하였고, 헬기 조종사는 심지어 정글 속에서 올라온 적탄에 맞아가면서도 저공 비행하며 임무를 수행하고, 웬만한 폭풍우라 할지라도 한 번 나왔으면 기어이 임무를 수행하였다.

한국군 사단사령부에 파견된 '화력 협조관(통상 소령급)'은 평소 철모도 벗고, 장교 클럽에서 한 컵 하기도 하나 때가 되면 1분도 틀림없이 제자리에 나타나 책임을 완수하였다. 미군 장병의 책임성과 그 능력은 모범 직업군인 그대로였다. 월남에서 패배한 것은 미국(군)의 전략이지 미군전술이나 미군이 아니었다.

일제가 중국을 침략하여 패배한 것은 '점과 선의 전략'– 그럴 수밖에 없었지만 –의 취약성 때문이었다. 물량전에 익숙하고 기동전에 전통화된 미국(군)의 전략 또한 점과 선을 연결하면서 정보에 의해 적 주력을 찾아 타격하여 섬멸(?)하고 곧 철수해 다음 큰 먹이를 기다리는 것이었다. 말하자면 핵심전력들을 골라 섬멸하면 전쟁에 승리할 것으로 믿는 것이다. 지금도 미국은 물량을 동원한 전략폭격이나 적 핵심지역(지점) 타격을 중요시하고 있다. 역사가 증명하듯이 특히 게릴라전에서는 백전백패의 전략인 것이다.

* 2021년 8월 31일의 '아프간' 철수에서 다시 한 번 미국(군)의 전략에 문제가 있음을 증명하고 있다.

월남전에서 좀 구체적으로 말하면, 충분한 공중기동력과 화력으로 무장한 미군 부대는 일정 지역에 대부대로 기지화하여 주둔하면서 여러 가지 정보수단을 이용하여 획득한 정보를 통해서, 또는 실제 소규모부대 수색작전을 통해 적을 확인하고 이를 물고 있으면 그 즉시 헬기로 타격부대가 신속히 출격하여 이를 소탕한다는 개념이고, 동시에 공중으로도 마치 매가 먹이를 찾아 날 듯 수시로 헬기를 이용해 정글 위를 날아다니며 'Search&Destroy'전을 전개하는 개념이었다. 객관적으로 보기에는 그때마다 주력이 섬멸되면 전력이 상실됨으로써 전투에 승리할 것으로 믿었다. 그러나 더구나 정글 속의 대 게릴라전은 그것이 아니었다.

또한, 미군의 각 수단에 의한 정보 특히 항공정보와 위성정보 등은 정확하나, 수집-분석-예하 전투부대 전달되고도, 작전계획수립, 작전개시 등 최소 3일 정도의 시간 소요로, 실시간 정보가 되지 못한– 당시 화상 컴퓨터 등이 장비되지 않았다. –반면, 적은 그 2~3일 사이에 보다 한발 빠르게 도피 및 도망하였다.

∴ 한국군의 월남전 전략과 작전

한국군은 기동전을 위한 물리적 수단이 불비하였던 영향도 받았지만, 보다 근본적으로 전략사상을 달리하고 있었다. '전투에서 승리는 마지막으로 보병이 그 땅을 밟고 서 있어야 하는 것'이다. 그래서 비록 월남 정부의 주권이 미치는 전쟁터라 할지라도 한국군은 면의 작전인 '전술책임지역(TAOR)'을 원했고, 무력으로 지역을 평정 후에는 주민안정작전(Counter Insurgency)을 실시하여 게릴라 물고기가 놀 수 없게 물을 마르게 하면서 축차적으로 지배지역을 확장해 나갔던 것이다. 하기야 월남전에서 완승을 위해 이런 전략을 구사하려면 당시 투입된 병력의 수배에다가 특히 월남군의 전투역량회복이 필수– 한국전 당시 이승만 지도자와 한국민의 의지에 따라, 미국의 한국전 한국화에 성공하였듯이 −적이었는데, 그렇게까지는 다하지 못하였다.

파월 한국군은 전략적으로나 전술적으로 '깔아뭉개기 작전(反轉作戰)'과 '토끼몰이 작전(망치모루 작전, Hammerhead−Anvil OP)'을 활용하였다. 특히 사단 규모작전일 경우 대규모 병력이 헬기로 일시에 정글 속 적을 포위하여 랜딩하고 망치가 되고, 동시에 모루가 되는 병력을 육로 또는 육지기동으로 투입하여 쐐기를 박았다. 그리하여 포위병력은 토끼몰이식으로 포위망을 좁혀오면서 모루 방향으로 내려쳐 갔다. 또한, 일단 지나갔던 곳도 전술적으로나 전략적으로 다시 되돌아와 땅굴이나 논, 밭의 굴속에 잠적했다가 되돌아(온)오는 적을 수색 소탕하였다. 다시 말하면 문자 그대로 지역소탕작전을 끈질기게 실시하여 청소하였던 것이다.

다만 사단장(유병현 장군)의 명령으로 모든 착륙 부대는 현 지점에서 일단 주변 작전을 전개시키고 포위 토끼몰이 작전은 며칠간 지연 통제하기도 하였다. 예하 연대장들이 포위망 속의 적을 다 놓칠 것 같다는 건의에도 그러했다. 당시 사단장의 지휘의도는, 치열하지 않은 전투에서 가능한 한 아군의 손실도 고려− 이 점은 전투원칙에 어긋나지만, 추측건대 박정희 대통령의 은근한 당부였을지도 모른다. −하고, 적과의 접촉을 유지하면서 포위망을 조급히 압축해 나가는 것보다 적이 미리 알고 스스로 도피·도망하여 포위망 속에 들어가게 하려는 의도로 볼 수 있었다. 그리하여 당분간 현장을 유지하다가, 며칠 후 일제히 내려가면서 평지 시내로 소탕 겸 적 몰이를 해 나갔다.

∴ 전장에서 1승 1패는 '兵家之 常事'

전쟁(작전)에는 공격도 있고 방어도 있으며, 성공도 있고 실패도 있으며, 성과도 있는가 하면 손실도 있게 마련이다. 그래서 일찍부터 '1승 1패는 병가지상사'라는 말이 있다. 내가 현장에서 체험하고 목격한 아쉬운 손실사항 몇 가지를 보자. 하루는 기갑연대 대대장(육사 11기 선배)이 단기(單騎, 운전병 1명과)로 Anke Pass− '플레이크'로 가는 19번 도로 길목 −지역의 예하 중대기지 순찰 방문길에 베트콩의 기습을 받고 분전하였으나 전사하였다.

같은 연대 모 중대는 중대 인접 바나나밭으로 접근한 여자 3명을 베트콩으로 오인, 경계 과잉으로 모두 사살하였는데, 알고 보니 그 동네 처녀들이었다. 며칠 뒤 베트콩이, 동네 앞을 가로지르는 보급로 안전확보차 출동한 1개 분대 정찰조를 매복 기습하여 전원을 무참히 살상하고 무전기를 포함 장비 일체를 피탈당하는, 파월맹호부대 전사상 전무후무한 사고가 발생하였다. 그래서 나는 급히 현장에 출동하여 상황파악과 교훈을 도출하여 전파하였다. 사단에서는 군법회의를 개최하고 중대장을 엄벌한 뒤 고국으로 즉각 후송하였다.

내일 작전출동을 앞둔 모 연대 2중대가 경계 소홀로 베트콩의 중대기지 기습(식량 조달용)을 받아 순식간에 전사 11명 부상 22명, 상당수의 총기 장비는 물론 출동준비용 '전투식량' 모두를 피탈당하는 맹호부대 치욕의 날도 있었다. 또한, 바로 다음 날, 천하 제일을 자랑하는 연대가 수색정찰활동 중 베트콩의 유인 매복에 걸려 1개 소대 1/18명이 전멸(3명 부상)하는 또 한 건의 불상사가 발생하기도 하였다.

또한 '홍길동 작전' 중에 주력연대 전투 요원들의 전사와 부상이 있었는데, 그중에서도 5중대가 점심식사 시간에 적의 기습을 받아 5명 전사, 6명 부상하였다. 그런데 안타깝게도 소대장은 파월 3일 만에 전사하여 전우들의 마음을 울렸다.

또 전투 중에 잠깐 휴식 중이던 아군 1개 분대를 아군 4.2인치 포대가 계산착오산(10도 각)으로 오폭, 분대 전원이 전사한 사건도 있었다. 사단사령부 김 소령은 귀국 며칠 앞서 '플레이크' 미군기지로 귀국선물을 보러 갔다가 헬기 사고를 당하는 경우도 있었다.

∴ 전장 심리: '뽕짝', '아리랑 잡지', '담배'만이 낙일 수도

전쟁 철학자 '클라우제비츠'는 말하기를, "전쟁은 참혹한 것."이라고, 한국전쟁에 참전했던 한 용사는, "전투현장 상황은 언급 불가하니 묻지도 마시라."라고 하였다. 사실이다. 전장·전투 현장의 묘사는 물론 당시의 심리현상도 말로는 설명하기 어려운 현상이 전개되기 때문이다. 어젯밤 야간매복에서 베트콩의 빈딩성 재무담당을 비롯한 간부 5명이 동시에 사살되었다는 보고를 받고 혹시 중요한 정보를 건질 수 있을까 하고 사단 정보참모와 함께 다음 날 헬기로 현장에 가

보았다. 내리는 순간 그 야릇한 시체 썩는 냄새가 여기가 바로 그 전쟁터라고 보기도 전에 알려주었다.

예상되는 적 보복 공격 등 긴장된 분위기에서 현장에 도착해 보니 우리 전투요원들이 경계하고 있는 가운데 5구의 베트콩 시체가 나란히 있었는데 특히 여자 시체가 바로 최고 간부라 했다. 성공적으로 작전을 지휘했던 중대장의 안내와 설명으로 '사전에 입수된 정보'에 의한 전투상황을 파악할 수 있었고, 더불어 획득된 문서 등을 넘겨받아 차후 작전에 도움되도록 분석하기로 하였다. 돌아서니 병사들이 시체 처리를 하면서 여자 속을 헤집어보기도 하는 모양이 보였다.

미군의 사기앙양 방법에는 여러 가지가 있으나, 특히 미국 국민들의 관심 표현으로, 최고 인기 배우들의 전투부대 방문 장병 위로 행사와 개봉 전 인기 영화의 전장 현지 개봉 등도 있다. 우리나라는 아직 그런 수준의 전장 장병 위로 전통이 수립되지는 못하였지만, 그래도 군부대 '위문공연'의 전통은 있어 왔다. 1년 기간 중에 한국 유명 가수들의 방문이 한두 차례는 있었던 것으로 기억된다.

하루는 당시 한국의 유명 가수 '패티 김'과 '길옥윤' 팀이 단독으로 왔었다. 일차로 사단사령부와 근처 부대— 제1군수지원단과 제1야전병원 —장병들이 사령부 연병장에 모여앉은 가운데 공연이 시작되었다. 그런데 장기자랑으로부터 시작하여 영어 노랫말 해설까지 하면서 영어로 된 노래, 즉 미군들이 선호하는 미군 부대용 노래를 가창하기 시작하였는데, 장병들은 기대한 것이 아닌 듯 흥겨워하지 않았다. 그런데도 도중에 청중 태도에 대한 설교도 해가며 영어노래를 계속하였다. 그러자 박수는커녕 야유가 나오기 시작했다. 좀 가서는 여기저기서 나중에는 합창으로 "치워라, 그만하고 돌아가라."라며 모두가 일어서려는 것을 지휘관들이 겨우 말려가며 끝냈다. 주월 한국군 전 부대가 그랬는데, 미군 부대에 가서는 환영을 받았다고 한다.

그런가 하면 하루는 한국 당대의 유명 '뽕짝'— 당시만 해도 한국에는 유행가, 즉 트로트 전성시대였다. —가수들 이미자, 현미, 김세레나 등이 방문하여 위문공연을 가졌는데, 정말 그 인기는 물론 완전히 가수들과 정서가 맞아 떼창과 춤으로 한바탕 난리(?)가 났다. 본국에서 같은 멤버들에 의한 위문공연 때보다 비교할 수 없으리만큼 열광의 도가니(?)였다. 말할 것도 없이 '패티 김' 공연과는 완전히 다른 현상이었다. 이 현상은 첫째로 집 떠나 그리운 내 나라 향수에다가

'전장 심리'가 작용하고 있었던 것이다. 전장에서는 좀 심하게 말하면, 『아리랑』 잡지와 '우리 유행가' 그리고 담배만이 낙일 때가 많았다.

∴ **월남과 미국은 왜 패망하였는가, 'Saigon Dep Lam'**

1967년 여름, 내 퀸셋 사무실을 찾아온 어떤 미국 기자가 월남전쟁의 전망을 물었다. 나는 주저하지 않고 말했다, "미군이 철수하면 그 5분 뒤에 월남은 패망한다."라고. 1975년 4월 30일 조조, 마지막 헬기로 미국이 완전히 철수해 가자 그 바로 2시간 뒤(10시)에 월남 정부는 무조건 항복하였다. 이는 곧 미국 역사상 드문 전쟁패배이기도 하였다.

미국의 패배원인을 간단히 말하면, 미국 정치가들의 '잘못 판단된 국가이익과 그에 따른 잘못 선택된 전략'에 있었다. 당시 미국 국가안보 키워드들은, 킷신저의 '리얼 폴리티크(Real Politik)', '데땅떼(Detente)', 닉슨의 '발란스 오프 파워(Balance of Power)', '차이나 카드(China Card)' 등으로 점령되어 있었다. 그 때문에 미국은 한국전 이후 또다시 정치가 군사를 지배하여, 잘못된 국가 전략, 즉 공산 월맹과 휴전협정을 '평화협정'이라는 명분으로 감행함으로써, 그나마 전술적으로는 '선제를 장악하고 있던 미군'에게 패배를 감수하게 하였던 것이다.

물론 미국만의 탓이 아니다. 오히려 직접적인 패배원인은, 월남 자신에게 있었다. 첫째는 월남역사가 말해 준다. 불란서 제국주의자가 서세동점 시기 일찍부터 침략하여, '바오다이' 봉건왕조를 그대로 괴뢰정권으로 하여 식민지 지배를 받아오는 동안, 민족주의자들은 끈질긴 저항, 즉 독립운동을 전개하였는데, 우리나라 임정과는 달리 월남은, 후반에 가서 국제공산주의 특히 중공의 지원을 받은 '호지명'파가 주도권을 행사하였다.

2차대전 후에도 불란서 제국주의와 바오다이왕이 식민지체제 그대로 지배하려 하자, 직접적으로는 중공의 지원으로 17도선 이북을 지배하게 된 호지명 집단과 남쪽 월남 내 민족독립운동자(베트콩)들이 합세하여 무력으로 이들을 타도하고 독립을 쟁취하려 함으로써 월남전쟁이 발발하게 되었던 것이다. 그러기에 월남 내 (국민) 분위기는 일차적으로 '호지명'을 옹위하여 민족독립운동이 계속해서 불타고 있었던 것이다.

나는 파월 1년 근무 종료를 앞두고 월남의 전통적 수도인 동시에 당시 월남공화국의 수도인 '사이곤(Saigon)'– 1965년부터 유행된 「사이공 데프람(Saigon Dep Lam, 아름다운 사이공)」이라는 노래도 있는 그곳 –을 3박 4일로 '위로 관광 여행'을 해 보았다. 밤에는 경비가 철저한 연합군 숙소용 호텔에서 자고 낮에는 주로 온 도시 구경했지만, 당시 주월한국군사령부도 있었기에, 혼자서 낯설지도 않은 그런 곳, 중국인 화교 거리인 '쵸론(Cho-Lon, Big Market)'에서 먹으며 시간을 보냈다.

1967년 전시에 잠깐 가 본 사이공에서 아주 깊은 사회 불평등과 그로 인한 갈등요소, 그래서 '민란의 원인', 즉 불과 몇 년 전 미국 '케네디 센터'에서 배운 'Rising Expectation'이 생각나지 않을 수 없었다. 당장 대부분의 시민들은 그저 걸어서 활동하고 소수는 겨우 낡은 오토바이 등으로 이동수단을 삼고 있는 터에, 뚜렷이 표나는 상류사회 지배계급은 불란서제 자가용으로 그것도 여자가 운전하며– 한국도 당시에는 꿈도 꾸지 못한 –시내를 누비는 호화사치가 있는가 하면 내 숙소인 호텔, 현재 한국의 4성급, 에는 밤낮으로 몸 팔려는 아가씨들로 길이 막힐 지경이고, 밤에는 아예 호텔 내 복도 여기저기에 누워 자는 등, 극도의 계급 차, 즉 사회 불평등을 보여 주었다.

그런가 하면, 당시 90% 가까운 농촌에서는 여전히 소작농 시대를 벗어나지 못하고 대부분은 지방 부호들의 봉건시대 가렴주구 대상이 되고 있었다. 예를 들면 소작농 아이들이 토호(호농, 지주)들의 소를 먹이며 생존하는데, 만일에 한 마리라도 잘못되면 그 아이는 벌로, 밤에 들판에서 지새우며 모기에게 뜯기게 하는데, 월남 모기는 군용담요 한 장쯤은 쉽게 뚫을 수 있기에 이는 보통 인권유린이 아닌 것이다. 그렇지 않아도 공산주의자들의 선동선전에다 실제 사회현상이 이러한 데다 새로 생겼다는 '월남 공화국'마저 '구 식민지 그대로 체제'에 부정부패가 더 극심해지다 보니 월남패망은 나 같은 일개 외국군인 대위에게도 확실하게 보였던 것이다.

광복 당시, 이와 아주 유사하였던 우리 대한민국은 제국주의 시대가 종식되고 잠깐의 군정시대가 지나자마자 바로 건국되어, 이승만 대통령에 의해 토지개혁으로 소작농 시대 마감은 물론 '일제식민지 청산'하고 수정자본주의 국가체제로 출발함으로써 심지어 '6·25 적화 남침'에도 민란이 없이 안전이 보장될 수 있었던 것이다.

M16 소총 얘기

1967년 전반기에 한국군에게 미군이 사용하는 M16 소총이 지급됨과 동시에 전 한국군이 M1 소총(2차대전, 한국전) 대신 가볍고 성능 좋은 무기로 현대화 되었다. 그 뒤 어느 날 유병현 사단장의 명으로, 포로가 된 월맹 정규군 대위- 자존심이 돋보여 -에게 그들의 'AK 步銃'과 우리의 M16 소총과의 성능 차이를 과시해 보이기로 하였다. 그와 내가 함께 앉아 보는 가운데, 두께 약 2센티미터 정도의 송판 15매를 겹쳐서 묶어 약 10미터 거리에서 두 소총을 각각 사격하고 그 결과를 가져와 펴 보였다.

M16 소총은 15매 중 10매를 관통하되 첫 장은 구멍이고 관통해 갈수록 구멍이 넓어지다가 끝판에는 총알이 옆으로 박혀있었다. AK 보총은 12매를 관통하고 똑바로 박혀 있었다. 내가 설명해 주었다. "서로의 장단점은 있으나, 보라, AK 보총은 그냥 구멍만 내며 관통함으로써 즉 부상만 당할 수 있지 않느냐, M16 소총은 회전하며 들어가니 1발이라도 치명상을 입히지 않겠느냐, 전장에서는 1발 치명상이 유리한 것 아니겠느냐?"라고 강조하자 수긍하는 눈치였다.

한국형 전투식량

1967년부터 한국에서 급히 개발된 소위 '한국형 전투식량'이 잠시 보급되었다. 그동안 한국 기술이 좀 좋아져서 깡통제품이 나오기 시작하는데 발맞추어 야전용 깡통 식량이 연구된 결과로, 밥과 김치 그리고 멸치볶음 등 두세 가지 종류가 나왔다. 처음에는 반가웠다. 입맛에도 맞았고 보기에도 좋았다. 그러나 실제 사용해 보니 여러 가지 단점이 발견되었다. 우선 밥 깡통은 전투요원용이라 1개만 해도 어린이 머리만 해, 그 부피와 무게(600그램 이상?)만 해도 크고 무거운 데다 두세 가지 반찬 깡통까지 합치면 한 끼 분량만 해도 전투 배낭 또는 탄띠로 휴대가 어려울 지경이었다. 또한, 김치는 월남 땡볕에 2일을 견디지 못하고 쉬었다. 그래서 장병들이 좋다가 말았다.

귀국박스와 포탄 껍질 '잉곳(Ingot)'

파월 근무를 마치고 귀국할 때 관물과 소지품이 많으면 군용 '더플백'에 다 넣지 못함으로 아름아름 공병부대에 부탁해서 좀 큰 박스를 만들어 가져갔다. 대체로 영관급 정도에서 가능했다. 그러나 박스 속에 넣을 것이 없어서 통상은 미군 PX에서 운 좋게 구입한 컬러 TV 21인치와 더플백을 넣고 남은 공간은 먹다 남은 초콜릿과 휴지─ 당시는 미제 초콜릿과 휴지도 참 좋은 선물용품이었다. ─로 채웠다.

병사들은 더플백에 자기 소지품과 소총 탄피, 그리고 가능한 경우는 105밀리 탄피를 꾸겨서 1~2개 넣어갔다. 당시만 해도 한국에서는 아직도 '담뱃대'─ 노인네들의 담배 파이프로 머리와 꽁지 부분이 놋쇠로 된 것이 유행이었다. ─가 유행되던 시절이라 병사들이 가져가는 '잉고트'는 한 푼어치 용돈이 되었다.

그런가 하면, 중공업화를 지향하여 발전 중인 우리 국가에서도 그러한 금속자료가 필요하였다. 그래서 미군 몰래 포병사격 후 잉고트 탄피를 수집하여 납작하게 축소해서 교대하는 해군 'LST' 바닥에 깔아, 한국군 철수 시 탄피 또한 적군에 넘기기 아깝기도 하여, 가져왔는데, 한때는 미군의 충고도 받았다고 들었다. 당시 우리 국민과 나라는 국가부흥을 위해 이같이 너나없이 물불을 가리지 않고 노력하였다.

어느 대대장의 명예와 치욕

앞에서 잠깐 언급했지만, 모 연대 2대대장은 파월이래 혁혁한 공을 세워 을지무공훈장까지 받은 명예로운 지휘관이었다. 그런데 어느 날 무슨 이유인지 모르나 갑자기 물욕이 생겨나 부대에 할당되는 면세 맥주와 C-Ration을 차때기(?)로 밀매하였는데 그 금액 불과 1,000$였다. 이것이 발각되어 군법회의에 회부되었고, 그 판결 결과와 함께 귀국선으로 귀국하였는데 부산 부두에 하선과 동시 헌병대로 직행하였다고 한다. 참으로 안타깝다. 돈 1,000달러로 을지무공의 명예와 특히 전장에 선 지휘관의 명예와 '군인본분 위국헌신'의 자부심을 버리다니.

∴ **월남 전장이여 안녕, 드디어 귀국(1967. 10. 13.~1967. 10. 23.)**

인명재천이라, 나를 포함한 전우들(대부분 소령 이하 장병들)은 1년간의 파월 전투지원 임무를 마치고 한국에서 온 보충 전투 요원과 교대하고, 군목기도와 함께 거행된 귀국신고식을 마치고, 무사히 드디어 귀국선– 미군 고용선 'Barret'호 18,000톤 –에 올랐다. 이 귀국선은 맹호부대의 전쟁터 '승리와 비극'의 퀴논을 뒤로 해안을 따라 서서히 북상하여 다음 날 '나트랑'에 기항하고, 귀국 해병대 요원 등을 승선시킨 뒤, 그다음 날(15일) 긴장의 연속이었던 월남전쟁터를 뒤로하고 만감이 교차하는 가운데 그리운 내 조국을 향해 일로 북상하기 시작하였다. '비극의 월남이여 안녕!'

그러나 출항과 동시에 태풍 'Color'가 태평양에서 우리를 환영(?)해 주었다. 수송선이 태풍의 뒤를 따라 '핏칭' 20피트(파고 6미터)와 동시에 비슷한 '요잉'을 반복해 가며 대략 7.5나트 서행으로 항행하여 24시간 정도 지나자, 병사 2/3와 장교 1/2가 K.O로 드러누웠다. 그렇게도 풍족하고 구미 좋았던 식당도 텅텅 빈 날이 며칠간 계속되었다.

다행히도 나는 괜찮아 로비에 앉아 그러나 처음 당해보는 태풍 속 항해에 불안한 마음으로, 좌우 앞뒤로 바다만 보였다가 하늘만 보였다가 반복하는 사태를 관광(?)할 수밖에 없었고, 때로로 선원들의 행동을 눈치 보기도 하였다. 일엽편주란 말이 있는데, 실제로 그 태풍의 바닷속에 3~4백여 미터 근방에 몇백 톤급 선박 하나가 정말 아슬아슬하게 마음대로 흔들리면서 파도 위에서 보였다 사라졌다 반복하는 문자 그대로 일엽편주의 모습이 정말 안타까워 보기가 어려웠다.

한 4일 뒤부터 22일에 마지막 일직사령을 명받고 총원상태를 파악하면서 선장과도 월남전쟁을 논하고 얘기하며 수송선 마지막 밤을 보낸 뒤, 23일 8시, 1년 전에 떠났던 그 부산 부두에 되돌아와 시민들의 환영과 가족 친지들의 환영을 받으며 무사히 귀국하였다.

5. 한국군 '양민학살' 운운과 못난 대통령들의 '사죄' 운운

좌파정권의 못난 김대중 대통령과 문재인 대통령은 월맹공산 정권이 요구하지 않는데도 스스로 '월남전 참전'에 유감을 거듭 표명하였다. 그런데 그 사과의 의미에는 '한국군의 양민학살'이라는 소위 '마음의 부담'이라는 것이 작용했다고 한다. 아니 도대체 있지도 않은 '한국군 양민학살'에 대해 왜 현장에 있지도 않았고 그 전투를 보지도 않았던 사람이, 주로 좌편향자들이 하는 주장을 좌편향적인 관점에서, 함부로 언동하는지 이해를 하지 못하는 것은 물론, 나아가 대한민국과 국군을 좀먹으려는 의도까지도 내포되지 않았나 의심스럽기도 하는 것이다.

우리 전투의 적이었던 베트콩은, 월맹 정규군과 마찬가지로, 소위 말하는 'Dirty War'를 전개하였다. 그들은 주민 속에 숨어 있어서, 주민을 쥐고 흔들어, 그 주민 그 집단이 바로 베트콩이고, 주민의 움직임 그 자체가 베트콩의 활동이었다. 다만 그 속의 일부 젊은이들이 무장하여 주로 무력전을 전개하는 전형적인 게릴라작전을 전개하였다. 다시 말하면 베트콩이 주민이고, 주민은 곧 소위 '양민'으로 흔히 분류되는바, 곧 베트콩이었다. 따라서 베트콩은 군복도 군번도 계급도 없는 민병인 동시에 대도시 게릴라 아닌, 특히 한국군 주둔지역 게릴라는 주민 그 자체와 마찬가지여서 그들이 게릴라 활동을 하면 베트콩이 되고, 무장했으면 무장 베트콩이었다.

한국군, 특히 맹호부대는 월남 정부 행정기구와 군관구가 엄연한 지역에 작전책임 지역을 할당받아 중대단위 거점기지를 편성하고, 첫째로 중대단위 기지방어를 위한 수세적, 공세적 주변 전투정찰과 부대 간 연락을 위한 도로확보를 위한 전투정찰이 일상적으로 시행되었다. 이때는 촌락주민들을 경계하면서 이루어졌다. 동시에 쌀과 각종 위문품 등으로 주변 촌락주민을 상대로 안정작전, 즉 월남정부 통치를 지원하는 선무 공작을 실시하였다. 여기에 '양민학살'이 있을 수 없다. '양민학살'이란 비무장 비 적대 민간인을 집단으로 불법 무도하게 죽인다는 것을 의미한다.

둘째는 대대 단위에서 연대 단위급 작전일 경우에도, 주로 정보(월남군)에 의하여 무장게릴라(몇십 명 단위)가 준동하는 지역(연대 지역 내)에 대해 포위하고 야산 동굴이나 논바닥 동굴, 심지어는 마을 한가운데 가정집에서 시작하는 동굴에 이르기까지 수색소탕작전을 전개한다. 이때도 월남군 관구 지배지역이기에, 또 소 촌락 지역이고, 또 그동안 안정작전을 해오던 주변 주민 지역이기에 양민학살 소지는 거의 없다.

다만 사단규모작전이 되면, 주로 사단 작전책임지역의 확장작전이어서 적, 즉 무장 베트콩이 지배하는 지역작전이기에 그 지역 전체 주민이 적이 된다. 그러나 한국군의 전술은 일단 이 지역을 광범위하게 포위하고 나아가 압축하면서 적을 몰아 평지 한점으로 집결하게 한다. 맹호 8호작전에서 예를 들면 일단 '송카우' 시민광장에 집결된 적, 즉 주민들을 분리수용(Hamlet) 하면 즉시 무장핵심 베트콩을 가려내 포로로 하고 전술정보를 수집한 뒤 바로 베트남군에 넘겨주었다. 그리고 주민들은 이제부터 한국군이 보호해 줄 테니 안심하고 생업을 유지하되 새로운 행정체제를 확립하게(투표, 추천 등) 한 뒤 즉시 귀가시켜 월남 정부 행정통제하에 복귀시켜서 생업을 유지하게 하였다. 이 경우에도 우리네 좌편향자들이 음모하는 소위 '100~200명 학살' 따위의 비행은 있을 수가 없었다.

나는 맹호부대의 전장과 전투현장을 샅샅이 누빈 전사장교로서 결단코 한국군의 '양민학살사건'— 미군 미라이 사건 류 —은 없었던 거로 확신한다. 따라서 한국군의 명예와 대한민국의 명예를 실추시키는 어떠한 '양민학살 운운'에 대해서 이를 언동한 대통령을 비롯하여 사이비 언론인들을 단호히 규탄해 마지않는다.

다만 월남전쟁을 겪지 않은 사람들이 오해하는 경우는 있을 수 있다. 맹호부대가 파월되어 진을 치는 동안, 어느 겁 없는 마을에서는 동네 민병(무장 게릴라)들이 선동하여 정찰 중인 아군을 공격한다든가 또는 정보에 의하여 어떤 마을에 숨어들어 온 민병을 상대로 우리 군이 반격작전을 전개하는 경우도 있다. 그때 베트콩은 게릴라 전술상 동네 노인네와 부녀자를 방패로 그 속 숨어서 실탄 사격 등으로 저항하다가 세 불리하면 간부들(핵심 세력)은 지하 동굴로 사라지거나, 또는 비무장으로 양민으로 가장하여 피신한다. 그동안 상호 간의 총격에 방패 되었던 부녀자와 노인네들이 피해를 입을 수도 있다.

그래서 이 'Dirty War'에서는 민간인 또는 양민이라는 용어나 그러한 구별이 있을 수가 없다. 따라서 월남전의 경우 '양민 또는 민간인 학살'이라는 말을 전면전쟁에서처럼 사용할 수 없다. 일반적이고 정상적인 사람들은 이런 사실관계를 '불가피한 전장 현상'으로 이해하고 있으나, 별도의 의도를 가진 자들(특히 좌편향자들)은 '한국군의 양민학살'로 억지 주장하며 의도적으로 국군을 욕되게 하고 대한민국을 폄훼하려고 한다. 전장 현장의 증인의 한 사람으로서 거듭 증언하는바, 다시는 이런 언동이 되풀이되지 않기를 이 기회에 강조해 두는 바이다.

6. 육군본부 특전감실 근무, 기획장교(비정규전 장교)

∴ 특전감실, 그리고 예하 심리전단

귀국과 동시에 서울에 있는 육군본부 특전감실 기획장교(비정규전)로 보임되었다. 특전감실은 1958년도에 신설된 19개 특별참모부 중의 하나로 작전참모부의 구처를 받는 특전분야 독립감실이었다. 특전감실의 초기 기능으로 특전부대(제1공수특전단 등)를 창설하였으나, 대부분의 부대운용 문제는 이미 작전참모부가 직할하였고, 다만 비정규전의 기획과 심리전 분야(心理戰團)만 전적으로 운용하고 있었다.

심리전단은 계획부와 방송실로 구성되어 초기에는 국방부 건물 지역 내에 있었는데 ─ 최초는 국방부 소속, 단 주 작전은 육군 임무, 때문에 육군 특전감실이 인수 ─ 주로 '대북선전방송'과 '선전 전단(삐라)' 제작 및 살포작전을 수행하였다. 계획부 책임자는 2급(을, 준장급) 문관이었고, 방송실에는 고등학교 졸업 정도의 여자 아나운서 2~3명이 있어서 직접 국군의 방송도 하고 녹화하여 전방 대적방송자료로 이용하였다.

∴ 1·21 사태, 북괴 대남적화전략

일반적인 국제공산주의 혁명원리와 '월맹의 통일공작전략'을 본받은 이 시대 북한 김일성의 소위 '대남 적화통일공작'은, 내가 육군본부에 막 근무를 시작한 이 시점에 '속도전'으로 제2단계에 진입하고 있었다.

- 제1단계 준비 단계(1967년에 완료): 자체 특전부대 조직훈련, 남한지하조직 강화, 무장공작조 남파 거점확보, 산악거점 무기비축, 대사변 그루빠(남한 출신) 재교육, 간부임명사업(남한 출신으로 남한 면장, 군수 등)
- 제2단계 여건 조성 단계(1968~1969): 바로 남한통치기구마비, 군중 즉 노동자·농민·학생들의 폭동화, '1·21 사태'와 '프에블로 호' 납치, 울진·삼척 사태 등 자행
- 제3단계 공산혁명 실행 단계: 총력 폭동으로 임시혁명정부수립, 북한에 (위장)지원요청

- 제4단계 (우발상황 대비) 전면 침공 단계: 임시정부 소탕위험 시
- 제5단계 임시 인민 정권 수립 단계: 지방인민정권 통합, 인민혁명정권 개편
- 제6단계 북한식 사회 적화 단계(공산주의 체제화): (토지 등) 무상몰수 무상분배, 북한군 철수
- 제7단계 적화통일 완성 단계(1970년대 중반): 남한 인민 정권과 북한 공산 정권과 연방제 형성, 남북 총선거 등으로 북 공산정권에 흡수통일

북한이 판단한 당시의 세계정세는, 양 진영이 동서냉전에 지쳐 있었고, 더욱이 미국은 월남전쟁에 지쳐 있었고, 한국 내정은 북한의 대남적화공작 속도전에 의해 흔들리고 있어서, 바야흐로 이때가 제2단계 대남적화전략을 속도전으로 감행하면 성공할 수 있으리라고 판단하였던 것이다.

다시 말하면, 대남적화전략에 전력투구 중이던 김일성은 당시 월맹이 월남적화전략을 성공시켜가고 있으며, 동시에 한반도의 미국(군) 전력이 약화된 현시점을 제2단계 대남적화 총공세의 기회로 삼았다. 그래서 대남적화전략의 분명한 장애가 되는 남한의 강력한 반공 지도자를 제거하고 제2단계 전략을 감행하기 위해 소위 '1·21 사태', 즉 박정희 대통령을 직접 '참수공격'하려 하였고, 그리고 동시에 미국 '프에블로 호' 납치극도 자행하였던 것이다.

그러나 반공 이념에 투철했던 국민과 현명한 박정희 대통령은 이 사태를 계기로 북의 전략전술을 간파하고 결코 넘볼 수 없는 대한민국 자유체제를 강화하였다. 거기에다 미국이 '프에블로 호' 피랍 사태를 해결하기 위한 북과의 협상에서 '1·21 사태'를 도외시하고 유화협상을 진행한 사실에서 '한국의 운명은 한국인의 힘으로 지켜야 한다.'라고 자각하고 이후 가일층의 '자주국방'을 추진하게 되었다.

그리하여 박 대통령은 '국가안전보장회의'를 신설하고, 300만 규모의 '향토예비군'을 창설하였으며, 고등학교와 대학에 '학도호국단'을 설치하였다. 전방에는 적전차의 기습을 저지하기 위해 시멘트 등으로 대전차장벽을 쌓았으며, UN 사령부의 작전계획 '5027'을 벗어나(보완) 수도 서울은 고수방어개념을 확립하고 전방위 진지를 구축하였으며, 시내에는 시가지전투 개념으로 가각전투호(녹지계획)들을 구축하고, '초전박살(개전 3일간)'의 전쟁지도개념을 수립하여, 전시 전쟁지도본부를 벙커화하였다. 전국 군부대 정문에 치량 통제 거치물은 이때부터 생겨

났다. 또한, 심지어는 한때 행정수도를 '안성'쯤으로 남행 천도까지도 검토하였다.

또한 '율곡계획'- 장기국방전략계획에 의한 무력증강계획 -에 따라 '국방과학연구소(ADD)'를 설립하여 소총에서 핵무기에 이르기까지 국산화를 도모하였다. 당장 국산화가 쉽지 않으면서도 필수적인 대공방어 무기 '에리콘'을 미국 몰래 스위스로부터 수입하면서, 파리 출발 KAL 여객기의 좌석 밑을 뜯어 실탄 등을 운반하기도 하였으며, 합참을 '대간첩 대책본부'로 하고, 이후 매년 '1·21'을 기념하면서 연간 사업을 시행 검토하는 등, 본격적으로 자주국방에 몰입하였다.

∴ 북괴 재남침 시 후방잔류 게릴라전 계획

이때 비정규전 담당이기도 했던 내게 주어진 과제는, '북이 다시 재남침해 올 경우, 그리고 한국군이 다시 남으로 후퇴하게 될 경우, 특전부대 또는 정규군 일부가 후방에 잔류해서 게릴라전을 전개하는 계획'을 수립 보고하는 것이었다. 얼마나 걸렸는지 기억나지 않으나, 일단 완성하여 서면(A-4)은 타자병(여군 하사관)에 의해서, 대면 보고용으로는 당시 유행대로 전지에, 글씨만 쓰는 문관을 밥 사 주어 가며 일과 후까지 수고시키면서 준비하였으나, 상황이 바뀌면서 우리 감실을 구처하던 작전참모부장에게 보고 직전에 보류되었던 일도 있었다.

∴ 김재규의 화랑재단과 재운 불통?

일단 '1·21' 사태가 진정되어갈 무렵, 당시 6관구사령부(현 수도군단) 부사령관이던 김재규 장군- 후에 중앙정부부장으로 박 대통령을 시해한 -이 '화랑재단'을 만들었다. 그는 소식통을 통해 서울시 경계가 구파발에서 밑으로 창릉천까지 나가서 남으로 행주대교로 연결될 것이고, 그러면 서오릉, 창릉, 홍릉 일대가 개발될 것이라고 단정하고, 구파발 바로 아래 소위 '기자촌' 바로 아래 언덕에 각 70평의 100여 세대 군인 가옥마을을 조성하였다. 그리하여 이를 육군본부 강당에 와서 공개하고 입주자를 모집하였다. 그래서 육군본부 근무동기생들과 함께 나도 1구좌에 가입하고 평당 3만 원에 20여 만 원을 납부하고 완성되는 날을 기다리고 있었다.

그런데 1968년 중순 어느 날 박 대통령은 전방 대전차방벽공사 진척상황을 시찰하기 위해 헬기로 청와대를 떠나 바로 그 지역 상공을 통과하였는데, "저기가 개발제한구역일 텐데 저게 뭐냐, 무슨 일이냐?"라고 주변에 일갈(?)하였다. 그러자 그 정보를 접한 화랑재단은 즉시 이미 조성되었던 주거단지 내 축대와 도로 대지 등에 다 큰 나무들을 식목하고 전봇대도 뽑아내어 상공에서 보기에 그런 일(단지조성)이 없었던 걸로 눈가림하였다. 그런데 문제는 그 이후 그 지역이 서울시로 편입되지도 않았거니와 주택 꿈은 사라진 채, 15년쯤 지난 뒤에, 거의 원가에 가까운 보상으로 군부대에 수용되고 말았다. 이를 비롯하여 재운은 평생 불통이었다.

제6장 서독지휘참모대학

(Führungs Academie der Bundeswehr) 유학 그리고 육군대학 교관

(단기 4302~4305, 서기 1969~1972)

1. 서독 '지휘참모대학'으로 유학 가다

∴ 서독 군사학교 유학목적과 준비

이 시대 '라인강의 기적'을 이룬 서독이란, 국가와 사회 전반적으로 우리 한국에 아주 큰 부흥의 모범으로 인식되어 있었다. 더구나 서독에 광부와 간호원들이 파견되어가고 박정희 대통령이 가서 그들을 위로 격려하면서 다시금 서독이 우리 민족부흥의 마스코트로 상징되기도 하였다. 그런가 하면 우리 직업군인 하고도 전략가에게는 배움의 대상이었다. '보불(普佛)전쟁'과 '보오(普奧)전쟁'의 군사·정치적 승리전략을 비롯하여 제1, 2차 세계대전에서 군사적 승리와 정치적 패배, 위대한 '크라우제비츠'의 전쟁철학, '롬멜과 구데리안'의 전격전(電擊戰)과 기갑전술, 그리고 전쟁 중에는 연합국 전략가들을 놀라게 하고 끝내는 전범재판에 넘겨진 독일군의 'General Stab(참모본부참모제도·핵심참모제도)', '슐리펜의 함마헤드 전략계획' 등과 이러한 역사를 남긴 독일군 자체에 대해 견문 또한 소원이었다.

이러한 생도 시절 이후 본인의 희망을 위해서는 물론, 당시 한국안보전략의 화두였던 '자주국방론'과 동맹국 미국이 구상 중이던 '환태평양 안보기구'와의 관계 연구를 위해서도 서유럽의 NATO와 서독군과의 관계 등을 현지에서 관찰하며 연구해 보려는 목적도 있었다. 또한, 감히 접근하기 어려운 신천지 미국 문화에 비해 근대문명의 선도자로 볼 수 있는 유럽의 문화 문명을 현지에서 체험하며 관찰하여 우리 한국의 미래발전에 기여할 수 있는 연구과제도 찾아보려는 목적도 가지고 있었다.

그런데 당시 한국군에서 외국 육군대학(급)에 유학은 미국이 주류─ 전적으로 미국원조부담 ─를 이루어 오다가 3년 전부터 캐나다 독일까지 확대되었다. 5·16 혁명 후 계속해서 국가 GDP가 증가됨에 따라 외국 유학비용도 생활비는 한국, 교육비는 해당 국가 부담으로 발전하였다. 그래도 여전히 기혼자 동반유학까지는 여전히 경제적 사정이 허락되지 못했다.

한편 당시까지만 해도 독일 유학은 사실상 잘 알려지지도 않았거니와 특별한 '메리트'도 없는 것 같이 보여 지원자가 거의 없었다. 이번으로 3회인데 금년에는 영관급 참모대학과정에는, 기갑병과 장교 1명, 보병 병과 장교 1명, 그리고 해병대 장교 1명을 선발하였는데, 보병 병과 후보자는 나 혼자뿐이었다. 참모대학과정 외 독일 병과학교 과정(대위급) 2명, 사관학교 과정 2명도 동시에 모집하였다.

그런데 당시에는 그와 같은 여건으로 아직도 독일 유학 준비는 생소하였는데, 고등학교 때 잠시 독일어 공부를 해 보았으나 새삼스러웠다. 최종적으로 주한독일대사관에서 무경쟁으로 필기시험과 간단한 면접을 본 뒤 바로 출발준비를 통보받았다. 사실은 이미 독일국가 어학기관에 유학 다녀온 민병돈 육사 교수, 바로 절친 후배로부터 전 과정에 걸쳐 전적인 도움을 받았었다. 지금도 그에게 감사할 뿐이다.

그런데 막상 생각해 보니 월남 전쟁에서 귀국한 지 1년여 만에 다시 가족을 두고 앞으로 1년 8개월여를 떠나 있어야 할 것을 생각하니 참 안타까운 생각이 들었다. 나야 100% 배움의 희망을 가지고 유학 가지만, 남아서 아이들과 오랫동안 살림을 해 나가야 할 아내를 생각하니 미안하기가 말이 아니었다. 내가 다짐하였다. 앞으로 성공하고 또 발전해 가는 그것으로 당신의 고생을 보상해 주리라고.

∴ 북극으로 돌아 유럽, 서독 여정

그런데 서독 어학 학교 개강일을 맞추어 출발해야 하나 국회에서 신년도 예산이 통과되지 못해 그해 전용예산으로 겨우 1969년 1월 3일에야 출발할 수 있었다. 내 책임(주독 한국대사관 무관실까지)으로 함께 가는 두 사관생도가 있었는데, 둘 다 육사 2학년 진급생으로 한 생도는 서울고교 출신의 김관진, 또 한 생도는 경기고교 출신의 박흥환이었다.

우리는 육군본부 신고에서 "몸 건강히 소기의 성과를 달성하고 돌아오라."라는 참모총장의 훈시를 되새기면서 대한항공 'DC-9'으로 김포공항을 이륙하였다. 김포공항에는 가족과 친한 동기생들이 환송 나와 주었는데 특히 우리 가족과 함께 민병돈 교수 내외도 나와 주어서 고마웠다. 특히 비행기 타랍에 올라서서 환송대- 당시는 활주로 바로 옆, 즉 공항청사 옥상에 송영대가 있었다. -에 있는, 앞으로 (또) 1년 반 동안 떨어져 있어야 할 내 가족에게 인사 전할 때는 책임감과 함께 감개가 벅차기도 했다.

불과 2시간여 뒤에 일본 동경(東京) Haneda 국제공항에 도착, 하룻밤, 하루 낮 일정으로 체재하였다. 다음 날 6시간 반 5달러짜리 패키지로 시내 관광하였다. 기억에 남은 것은, 'Tokyo Tower'로 다음 해 '세계 EXPO'를 위해 만들었는데 불란서 에펠탑 모형으로 덩치는 작았으나 높이는 '2피트'가 높다며 자랑하였다.

다음은 우리 한국인에게는 일제(日帝) 시대 상징물로 각인되어 있는 소위 '메이지 신궁(神宮)'에 안내되었는데, 마침 정초라 많은 일본인들, 특히 여성들이 우리 한복과 같은 유형의 '기모노'라는 원피스를 입고 정면에 서서 소원을 말하고, 바로 앞에 깊이와 폭 약 1미터에 길이 30미터도 넘는 쇠 바구니(?) 안에 동전을 던져넣는데, 벌써 쌓이고 쌓여서 눈대중으로 보아도 20가마니는 넘을 것 같았다. 그럼에도 폭 20미터 길이 1킬로미터는 족히 되어 보이는 신전으로 가는 길은 정초 소원 기도를 위한 남녀노소 시민들로 가득하였다. 물론 나라마다 나름대로 국민단결의 방법이 있지만, 일본은 이렇게 독특한 정서적 전통관습으로 국민의 정신을 통합시키고 있었다. 다음은 일본인의 '천연진주 양생법'을 보여주며 기술 자랑도 하였는데, 당시는 관광객 모두가 신기하고 흥미롭게 볼 수 있었다.

어두워질 무렵 마지막에는 바로 '밤거리'로 안내하였는데, 인간의 말초신경을 자극하는 강한 색조에 밤거리 여자의 향기, 술과 춤과 도박 그리고는 바가지! 일본은 그런 동네와 기생들을 예나 지금이나 사회적으로 공공연하게 묵인하며 돈벌이와 관광객을 유치하는 수단으로 삼고 있었다. 특히 전쟁 직후에는 주둔 미군을 상대로 '달러박스'로도 번성하였는데, 소위 '기생 외교'로도 한몫한 곳이기도 하였다. 일본에는 지금도 '특히 사람의 아랫도리에 관해서는 말을 삼가라.'라는 사회적, 특히 언론적 묵계가 있다고 한다.

그럼에도 약 8년 전 미국 유학을 위해 김포비행장을 출발할 때의 지상 풍경이나 그 감회도, 또 그리고 일본 나리타공항(당시는 미군용)에 도착하여 시내를 돌아보던 그 흥미로웠던 감회도 없었다. 그동안 '5·16 군사혁명 정부'와 박정희의 제3공화국이 이룩한 우리 강산 천지개벽의 민족중흥으로 일본 동경의 풍경도 그렇게 낯설지 않았고, 김포의 양철지붕 풍경을- 불과 8여 년 전에는 초가지붕 일색이었는데 -내려다본 감회 또한 별다르지 않았다.

다음 날 새벽(지연)에 SAS(스웨덴 항공) 편으로 동경을 이륙하여 미국 '알레스카'의 수도 '앵커리지'로 향하였는데 한때는 집중 폭우와 천둥 번개 속을 비행하기에 긴장도 되었다. 일단 '앵커리지'에 기착 후 바로 이륙하였는데, 새벽의 동경에서 불과 3~4시간 사이에 해가 지고 밤이 되었다. 비행기는 북극 방향으로 비행하는데 좌전방으로 '진한 오로라'와 유사한 현상이 한참 계속되었다. 새벽이 되자 북극점을 통과하였는데- 당시는 동서 냉전 중이라 중공이나 소련 상공을 통과하지 못해 북극으로 우회하여 유럽으로 비행하고 있었다. -기내 안내방송으로 설명하고 기념품을 나누어 주기도 하였다. 여기 북극점까지 오는 동안 식사시간에는 삼각형 포장 치즈가 나왔는데, 옛날 미국 유학 때 경험이 있었으나 여전히 그 냄새(?) 때문에 금방 입에 넣지를 못했다.

식사 전후해서 밑으로 보이는 눈 덮인 시베리아 툰드라 지대는 보기에 정말 가관이었다. 조금 더 지나자 유럽의 초원지대가 나왔는데 이 풍경 또한 처음이라 마음을 아주 시원하게 해 주었다. 그러다가 일차 목적지 유럽 덴마크의 '코펜하겐'으로 접근해 가자 점차 캄캄한 비구름 속으로 비행하였는데, 하강하는데도 주변이 보이지 않은 비구름 속이라 승객 모두가 긴장된 모습이었다. 나 또한 속으로 이제는 '달에도 착륙하는 과학 세상'인데 하면서도 긴장되었다. 그런 가운데 비행기 바퀴가 땅에 닿으면서 안전착륙을 알리는 방송이 나오자 승객 모두는 그제야 요란하게 박수 치며 "웰던, Well Done!"을 외치며 안도하였다. 그 이후에도 외국여행을 하는 동안 이런 경우를 여러 번 당하기도 하였다.

내려서 다시 함부르크로 가는 'LH, 독일 루프트한자 여객기'로 환승 절차를 밟는 동안, 비록 밖으로 나가볼 수는 없었으나, 비행장 내부를 보니 그 추운 겨울이고 북쪽 지방인데도 건물 내 온도도 따뜻했고, 실내 인테리어들 특히 벽과 바닥이 대부분 두툼하고 묵직하게 보이는 원목들로 되어 있어서 아주 아늑하여 마음조차 따뜻해 보이는 데다 여객들이 조용히들 앉아 한가하게 차 한잔하며 신문이나 잡지들을 펴보고 있는 정숙미 가득한 모습은 유럽 선진국에 온 것을 확인할 수 있었다. 듣건데(농담도 섞긴 듯) 오늘날의 덴마크 사람들은 한마을에 살면서 주말이면 파티를 열고 동네 이웃끼리 부인네들을 정기적으로 바꾸어 살기를 낙으로 삼는 풍조를 유럽에서도 제일 먼저 조성하고 있다고 들었는데 그럴 수도 있을 것 같은 분위기였다.

코펜하겐 공항에서 환승하여 독일 함부르크 공항으로 와서 다시 독일 국적기 '루프트한자(Lufthansa)'로 환승하여, 입국 최종 목적지 서독 임시수도 '본' 공항으로 오게 되었다. 그런데 함부르크에서 '루프트한자'에 오를 때 조그마한 사과 2개 정도 들어갈 손잡이가 달린 종이상자(도시락)를 주었는데, 환영하는 선물이려니 생각했었다.

그런데 그 시금털털하게 보이는 4발 프로펠러 여객기가 소리도 요란하게 이륙, 잠시 후 식사시간을 알리면서 '그 도시락'으로 식사하고 커피나 콜라만 제공하겠다고 하였다. 그동안 비행기 여행에서 도시락밥으로 대접받아 본 적이 없었는데, 과연 듣고 알아 온대로 짧은 기간 내 '라인강의 기적'을 이루는 동안 근검절약과 실질적인 생활이 체질화된 독일의 첫인상으로 각인되었다.

∴ Euskirchen(오이스키르헨) 어학 학교, 생활

'본' 공항에 도착하자 우리 일행을 마중 나와 기다리고 있던 주독 무관(포병 김 대령)이 반갑게 환영해 주었고, 바로 무관공관으로 직접 운전해 가서 부인과 함께 따뜻한 한국 음식으로 대접해 주어서 아주 고마웠으며, 식후에는 우리들의 체재중 생활계획과 주의사항 등을 친절하고도 세밀하게 지도해 주었다. 그리고는 입학이 임박하였기에 늦은 밤인데도 본에서 상당히 먼 거리를 손수 운전하여 우리를 학교까지 안내해 주었다. 학교숙소는 생도들에게는 'BOQ', 나(즉 우리)에게는 교실과 같은 건물 위층의 1인 1실 아파트를 배당해 주었다.

이곳은 인구 약 2만 7,000여 명의 시골 도시로 '본'으로부터 남동쪽으로 약 35 킬로미터 거리에 있고, 그 북쪽으로 30여 킬로미터에 고풍·찬연하고도 관광도 시인 '쾰른(일명 코롱, Colon)'이 위치하고 있다. 어학 학교 교장은 중령이고 교수들은 대부분이 민간인으로, 어학 종류는 주로 유럽국가 언어에 영어와 소련어 등이고, 특히 유학 오는 외국인(장교)에게 독일어를 교육하고 있었다. 기간 중 일과는 8시에 시작하고 5교시는 12시 30분까지이고, 오후 3시 45분까지는 자습이며 이후는 자유시간이었다.

교반은 10명 내외로 편성되고 주입식이며 숙제는 상당히 부담되는 정도였다. 우리 반은 전원 장교들로, 태국 1, 모로코 1, 니가 4, 터키 1, 한국 5명으로 구성되었다. 입교 후 약 3개월쯤에는 장교는 모두 시내 호텔 'Concod(ia)'로 숙소를 옮겨 주어서 더욱 자유스러웠다. 그러나 식사는 물론 호텔식사가 아니고 학교식당에서 3식을 해결하였는데, 다음에 또 설명할 기회가 있겠지만, 아침은 식당에서 간단한 보통식사, 점심은 따뜻한 요리, 저녁은 우유와 검은 보리빵이 포함된 도시락(마른 음식)을 호텔로 가져가서 먹었다.

콩코드 식당에서 도시락을 먹으며 다른 독일 손님들을 보면, 상당수가 우리의 소주잔에다 소주 같은 술을 한입으로 마시고는 그 위에 맥주를 마시며 기분 좋아하고 있었다. 그 술은 바로 우리의 소주 같은 콘(Korn)이라는 32~38도나 되는 술이었다. 독일은 물이 좋지 않아서- 땅도 그렇지만 비가 자주 와서 수질이 좋지 않아 -밥을 먹으면서도 물 대신 주로 맥주를 마시거나(그래서 독일에는 300개가 넘는 맥주 회사가 있다.) 포도주를 마시며, 특히 저녁 식후에는 常食 수준에서 포도주를 즐겨 마신다. 보통 '콘'은 맥주하고 궁합이 맞아 같이 마시는데, 맥주 위에 콘을 마시면 마신 콘이 그대로이나, 콘 위에 맥주를 마시면 맥주만큼 모두 콘이 된다. 경제적으로 술에 취할 수 있는 방법으로 특히 시골에서는 흔히 그렇게 습관으로 마시고 있다고 하였다.

∴ 화란(홀랜드 Holland, 네덜란드 Netherlands) 여행

세상을 살아가며 견문을 넓힌다는 것은 흥미로우면서도 자기발전에 중요한 의미를 가진다. 이 때문에 나는 독일 유학을 계기로 과정 간 이동공간이나 방학을 이용해서 기회만 있으면 유럽에 대해 견문을 넓힘과 동시에, 위대한 신천지 미국 문명과 유럽 문명을 비교해 우리 한국의 현재와 미래를 가늠해 보려 했다. 이는 서독 유학의 한 목적이기도 했다. 4월 하순이 되자 봄방학이 생겨서 우리 세 사람- 독일지휘참모대학 유학생, 기갑병과 구 중령과 해병대 강 중령, 그리고 나 -은 지방여행사를 통해 지방민과 함께 서유럽여행을 다녔다.

유럽, 특히 중부 유럽사람들이 '잔인한 4월'이라고들 흔히 말하는데, 그것은 우리나라같이 정치 관련 얘기가 아니고, 진짜 자연을 경험한 얘기인바, 4월은 분명 꽃도 피고 새싹도 올라오건만 바깥 날씨는 춥고 살얼음에다 비바람 부는 우중충한 날이 계속됨으로 모두들 '봄은 봄이로되 잔인한 4월'이라 말하고 있었다. 그래도 4월 말쯤 되어서는 봄기운이 돌고 시간 여유가 생겨서, 2박 3일 예정으로 바로 이웃 나라 네덜란드(독일 말로 '저지대 나라')로 견문 여행을 떠났다.

서독의 '쾰른(Koln, Cologne)'에서 출발하여 국경을 넘어서면 현재 수도 '암스테르담'에 이르기까지, 수많은 운하와 선박들로 다른 나라의 고속도로 못지않게 교통시스템을 갖추고 있었다. 이 나라는 유럽 치즈의 주산지로 낙농이 발전되어 있고, 도시마다 시가지는 도로 폭 이상의 꽃길이 도로 중앙선으로 전개되고, 동시에 자전거길은 고속도로를 따라서도 나 있고, 시내는 십자로에서 차는 멈추어도 자전거는 밑 터널을 이용해 멈춤 없이 지나갈 수 있는 '자전거 천국'으로 보였다.

수도 '암스테르담'은 항구도시로 '북해 운하'를 통해 북해와 연결되어 있고, 시내 교통은 운하가 주축이 되어 있어 편리함과 동시에 '관광 입국'에 큰 몫을 하고 있었다. 특히 2시간여의 운하 관광은 흥미로운데, 마치 이태리 '베니스'처럼 물밑에 자리잡은 각종 건물과 특히 사무실이나 가정집까지도 수중에 있고, 방수 유리창 속에서 사람이 활동하고 있는 모습을 물 밑으로 보는 것은 가히 별경(別景)일 뿐 아니라 발전된 이 나라의 과학 수준도 실감할 수 있었다. 역시나 항구도시요 관광도시라 반나체의 콜걸들이 쇼윈도 속에서 손짓하는 골목거리도 세계에서 몇 번째로 유명하다 하였다.

대서양 연안을 따라 남으로 내려가면서 바다 쪽으로 보이는 것은 수면 위 폭 10미터 높이 10미터 이상의 해안 둑으로써, 이 둑을 맨주먹으로 밤새 막고 있었다는 소년의 미담은 전설이 아니라 실감이 되었다. 그렇게 해서 조성된 서해안 일대 거대한 꽃밭단지(주로 튤립)는 가관이었는데, 연간 수억 달러의 수출실적에다 관광사업에도 큰 역할을 하고 있으니, 이 나라는 가히 '꽃의 나라'라고 할만도 하였다.

지나다가 어느 조그마한 시골동네에 들렸는데, 가운데 폭 좁은 길을 사이에 두고 양편으로 그렇게도 아담하고 아름다운 문자 그대로 동화의 살림집들이 죽 자리잡고 있는 데다 마치 집집이 '내 집 보아주소.'라도 하는 듯 거실은 통판 유리로 '쇼윈도처럼' 내부가 훤히 보이도록 되어 있고, 창문턱에는 각가지 꽃 화분들이 놓여 있고, 면사 커튼 안쪽으로는 탁상 위 꽃바구니에 천정에는 앵무새 집이 매달려 있는 등 인테리어 만점(?)으로, 마치 관광용 전시물처럼 보였으나, 실제로 사람이 살고 있는 가정집 동네였다. 더욱 귀여웠던 것은 집 크기가 20평 내외로 보이면서 다른 유럽가정집에 비해 낮고 적고 아담하게 보인 것 또한 특색이었다. 독일사람들이 보고 감탄하며 떠날 줄을 몰랐다.

홀랜드의 꽃밭 중에 상징적인 곳은 '코이켄호-프'라는 대형 꽃 공원으로, 대략 1제곱킬로미터 내에 언덕과 호수, 그리고 풍차를 낀 운하와 길을 조성해 놓고, 거기에 주로 튤립을 중심으로 다양한 품종의 꽃밭을 가꾸어 아름답게 정비해 두어, 세계 관광객이라면 반드시 들러 볼만한 곳이라 2시간도 길지 않았다. 또한, 중간 카페에 앉아 공원 전체를 보며 마신, 이 나라가 세계에 자랑하는 맥주 '하이네켄'의 맛이 또한 일품이었다. 그러기에 흥미를 갖게 된 관광객에게 즉석 수출상담도 하였는데, 당시 우리나라와는 식물교역 대상이 아니어서 탐나는 꽃씨를 보았어도 상담이 불가하였다.

조금 더 내려가자 우리에게 '이준 열사'의 역사와 함께 잘 알려진 해안 도시 '헤이그(Hague)'가 나왔는데, 특히 도심에서 '평화의 전당'이 소개되었을 때는 감개가 무량하였다. 도대체 우리나라에서 여기까지 육로로 얼마나 될 것인가? 여기까지 오는 도중 수없는 낯선 나라들을, 나라조차 빼앗긴 존재도 희미했던 국민으로, 입국 수속을 밟아가며 얼마나 고초를 당하며 여기까지 왔을까? 거기에 언어가 불통하고 음식도 어려우면서, 예나 지금(1969)이나 일본밖에 알려져 있지 않은 이 유럽 환경에서 '제국주의자들끼리'의 소위 '만국평화회의'에서 얼마나 서러움을 겪었을까 생각하면 절로 머리가 숙여졌다.

그 아래 대서양 방면 최대 항구 도시 '로테르담(Rotterdam)'에는, 2만여 톤이상의 선박들이 줄지어 정박해 있고, 7만 톤급(당시로 최대급) 선박을 건조하고 있을 만큼 거대하였다. 2차대전 말기 연합군이 '노르망디'에 상륙하고 뒤이어 'Red Ball' 수송작전을 위한 항구거점을 확보하기 위해 '大 공수작전'을 감행한 이유를 알만했다. 또한, 이 항구는 저 멀리 내륙의 '스위스'에서 발상하여 독일을 관통해 내려온 '라인강'의 최하류 지점이기도 하다. 우리가 배우기엔 화란을 꽃과 치즈만 만들어 파는 낙농 농업국이라 하였는데, 물론 4~5월의 이 나라는 '꽃

피는 유럽의 공원'이었으나, 다시 한번 보면, 현대 선진 산업과 무역의 선진국임이 확실하였다.

∴ 영국·벨기에 탐구여행

도바 해협을 건너 런던으로

이곳 어학 학교 과정을 마치고 각자 참모실습부대로 헤어지기 전에 가까운 벨기에와 영국으로 견문을 넓히기로 하였다. 그래서 이번에도 우리 세 사람은 이 지방 '효도관광' 패키지(독일 노인들 육로 벨기에와 영국여행)에 합류하였다. 도바 해협 도섭 시간을 고려해 '쾰른'에서 출발은 황혼 무렵이었고 'Globus(미국의 Grayhound, 버스 격)'로 이동하였다.

잠시 후 버스는 국경선에 있는 '아악헨(Aachen)'을 지나는데, 이곳은 독일 '루루 탄광지대'의 중심 광산 도시로, 당시 그곳에는 우리의 광부 수천 명이 일하고 있었고, 그곳에서 종종 역시나 파독 간호원들과 결혼식을 갖기도 하는 곳이었다. 당시 파독 광부는 대부분이 대학졸업자들이었고, 간호원은 고졸 이상으로 상당한 경쟁을 뚫고 여기까지 온 지원자들로, 돈벌이보다 해외 유학, 해외 진출의 야망을 가진 사람들이었다. 그래서 계약 기간을 마치고 대부분은 독일에 남거나 미국으로 가서 학업을 계속하여 정착하였는데, 그래서 오늘날(2021년) 국내외서 모두가 성공적인 삶을 살아가고 있다.

국경을 지나면 바로 '벨기에'의 '리에-게(Liege)'를 지나는데, 이 도시는 '유럽 고속도로(왕복 6차선)'의 중요 분기점인 동시에, 과거 독일군이 제1, 2차 세계대전 때 공격의도를 기만하기 위해 여기를 침공하였다가 좌로 급선회하여 '알덴네 산맥'을 넘어 불란서 파리로 공격방향을 지향한 바로 그 전략적 요충지점이기도 한 곳이다. 이곳을 지난 버스는 중앙선에서 시속 120km- 지금 우리는 이 정도 속도에도 익숙하지만, 한국에 고속도로가 없던 그 시절에는 신기하였다. -으로 계속 달려 '안트베르페(Antwerpen)' 인터체인지를 지나는데, 오렌지 색의 휘황한 가로등이 여행객들의 밤 마음을 아늑하게 해주었다.

이 도시는 특히 1차 세계대전 때, 벨기에군이 '리에-게'에서 독일군의 기습공격을 받아 후퇴하여 이곳으로 와서 재편성 후 연합군(주로 영국군)의 증원을 기다리며 1개월 반 여를 선방하다가 '입뿌루' 방향으로 퇴각해 간 역사를 가진 중요 군사요지였으며, 지금은 벨기에 제2 도시로 교통의 중심지가 되어 관광도시가 되고 있다.

버스는 계속 달려 다음날 새벽 1시경에 유럽대륙의 한쪽 끝인 대서양 해안의 '오스탕드(Ostende, 오스트엔데)' 항구에 도착하였다. 10여 년 전 도미 유학 시에 미국 해병대 기지인 '노스캐롤라이나'주의 '노픽' 항구에서 대서양을 동쪽으로 바라보며 유럽을 그려보았는데, 지금은 대서양을 서쪽으로 바라보면서 서 있게 되었으니 감개무량하였다.

그런데 여기서 남으로 50킬로미터쯤 내려가면 불란서 항구도시 '덩커끄(Dunkerque)', 즉 2차 세계대전 초기 '벨기에'가 항복하자 영국군을 포함한 연합군이 독일군에 패하여 영국으로 철수해 간 항구도시가 나오는데, 미국 루즈벨트 대통령이 "진주만을 상기하자!"라고 한 바와 같이, 영국의 처칠도 "잊지 말자 덩커끄!"라고 부르짖으며 전쟁을 지도한 '단장의 역사적 항구도시'이다. 바로 그 아래에 '깔레(Calais)' 항구가 있는데, 영국에서 가장 가까운 불란서 항구(약 30킬로미터)로 2차대전 말기 독일의 '롬멜' 장군이 차후 연합군 상륙 지점으로 판단하고 '대서양 방벽'을 설치한 전략적 요충이기도 하다.

우리가 승선한 연락선(Ferry)은 5,000톤의 크기로 아래층에 자가용 50~60대, 버스 10대와 화물차 수 대가 적재되어 있고, 그 위층에는 객실과 식당이 있었는데, 과거 호남선 야간열차 분위기와 비슷하였다. 바닥에 눕거나 앉은 사람 중에는 영국으로 원정 가는 더벅머리 남녀 '히피족(Hippy-ie)'으로 가득하였다. 거기서 환전도 하였는데, 유독 영국만은 여전히 12진법을 사용함으로 외국인들은 셈하는 데 고통(?)을 겪기도 하였다. 우리나라에도 번역된 『달과 사랑과 6펜스』라는 소설이 있었는데, 그 6펜스(12펜스가 1씰링)는 우리 돈 500원 동전과 같이 경제생활의 가장 기본- 한 병의 콜라, 아이스크림 하나, 한 병의 냉 밀크, 한 통의 전화 걸기 등 -이 되는 화폐단위였다.

배는 시속 10노트로 밤의 도바 해협을 4시간 동안 항해해서 드디어 새벽녘에 영국땅 '도바' 항구에 닿았는데, 특히 듣던 바와 같이 10미터도 더 높이 속아 오른 병풍 절벽과 거기에 새벽 바닷바람에 나부끼는 '유니온잭크'기는 영국의 강한 첫인상이었다. 버스는 좌측통행으로 '태임스' 강을 따라 2시간여를 달려서, 영문학의 거장 '초이스'가 예찬한 전설과 문학의 고도 '켄터베리'에서 새소리를 들으며 아침 산보를 즐기다가 다시 4시간가량 더 달려서 드디어 '런던'에 도착하였다.

런던의 풍경, '피카데리 샌터'의 히피족과 '더티 딕'의 흑맥주

우선 내 시야에 들어온 것들은, '태임스' 강에 걸린 여러 교량과 '파리아멘트' 즉 국회의사당, 저 높이 보이는 '빅-벤', 특이한 복장의 경찰, 그리고 굵직굵직한 대리석과 화강암의 육중한 건물들이었다. 옛날에 본 것들 모두 인상적이었으나, 그중 가장 인상 깊었던 몇 가지만 회상해 보면, 우선 '하이더 파크 공원'인데, 폭이 약 2킬로, 길이 약 4킬로미터의 공공공원— 영국에서는 주로 귀족 개인소유 공원(Private Park)도 도처에 흔하다. —인데 큰 강과 보트 마리너, 승마장과 축구장 등등이 있어서 명실공히 시민들의 건강과 휴식의 장이었다.

밤거리에 흥미로웠던 것은 구 런던시 중앙역 앞에 자리잡은 'Dirty Dick'이라는 간이술집(로컬)이었는데, 얘기로는, 100년 전쯤에 'Dick'이 청소도 안 하는 게으름뱅이라 이혼당하고, 혼자 살면서도 생선 먹고 난 온갖 동물 뼈다귀를 천장으로 집어던져 지금도 붙어 있고, 시커먼 먼지는 곧 술잔에 떨어질 것만 같고, 온 사방 벽은 100년 묵은 검정 떼 그리고 먼지들로 가득한데, 그동안 손님들의 코딱지만 한 사진들과 우표, 명함, 그림엽서, 그리고 헷갈린 낙서들이 잡동사니 되어 있고, 100년 묵었다는 통나무 탁자와 의자들은 사람과 술잔을 겨우 받혀 주는데도 한잔하고 다음 잔까지는 한참을 기다려야 하는 정도로 붐볐다. 그럼에도 아니 그러기에 이곳, 이 광경은 '히피족'과 '흑맥주'와 함께 가히 '런던의 별미'였다.

다음 날은 런던에서 100여 킬로미터 서쪽 방향으로 떨어져 있는, 여전히 전 세계 최상위 랭킹에 있는 '옥스포드 대학'을 방문하였는데, 큰 길가에 블럭을 형성하고 있는 모든 돌집과 강물, 우거진 숲과 교회 등은 모두가 단과대학 단위인 것을 보면, 옥스포드는 완전히 'Town'과 'Gown'이 분리되어 있었다. 특히 인상적이었던 것은 대식당 벽면에는 실물 크기 정도의 인물 벽화가 온 벽을 장식하고 있었는데, 그들 모두는 이 학교를 빛낸 성공한 인물들이라 하였는데, 재학생들은 그 선배들을 '프라이드'는 물론 귀감 삼아 열심히 대학생활을 영위하고 있었다. 소개된 옥스퍼드 역사의 끝장에는, "방학은 길었고, 학기는 짧았다."라고 하였고, 또한, "The ability to grace learning given to few, but the opportunity to learn the grace is Oxford's gift to all sons and daughters."라고 쓰여 있었다.

다음에는 근처에 위치한 '셰익스피어 본가'를 관광하였는데, 워낙 많이 알려 있기에 일단 런던 얘기를 이어가고자 한다. 다시 돌아온 밤의 런던 시내는 조용하고 한산하였으나, 도시 중심에 자리잡고 있는 'Picadilly Circus'만은 취객과 히피족 그리고 이를 구경(?)하는 관광객들로 붐비며, 주변 거리는 서울의 '명동', 동경의 '긴자', 파리의 '피가레', 함부르크의 '쌍 파울'과 같이 스트립쇼, 스트리트 걸, 그리고 늙은 펨푸가 우글거렸다. 그런가 하면 바로 옆 'Soho' 근처 상가는 우리의 소공동 양복 거리와 같이 세계 신사양복 유행의 근원지로 유명하였다.

영국 사람들은 말하기를, "'버킹엄 궁전'이 런던(영국)의 의전을 대표한다면 '웨스트민스타 사원(寺院)'은 영국 정치생활의 중심이고, '피카대리 서커스'는 런던의 등대이다."라고 하는 바와 같이, 유럽으로 원정 가던 제1, 2차 세계대전 당시의 병사들은 「굿바이 피카대리」라는 노래를 군가 대신 불렀다고 한다.

런던 중심가는 장엄한 화강암의 도시로 대부분이 몇 세기 전에 건조되어서 앞으로도 1,000년 이상 유지될 수 있는 역사와 전통의 도시로 보였다. 한편 이와 대조적으로 당시(1969년)의 거리와 건물 밑에는 수많은 히피족이 거리를 방황하고 있었는데, 어림잡아 10명 중 9명은 비틀즈 더벅머리였고, 소녀 10명 중 7명은 '초미니'요, 3명은 나팔바지였는데, 아예 인디언 차림도 많았다. 그뿐만 아니라 몇 달을 깎지도 씻지도 않은(?) 머리에 발끝이 보이지 않는 망토에 맨발인 히피와 초미니 히피가 함께 다니는 모습들에 독일에서 온 우리 관광객들은 '오, 노!'를 연발하였다.

또한, 시내 곳곳에는 수많은 공원이 있어서 길가다가 잠깐 나무그늘 및 벤치에 앉아 분수를 바라보며 비둘기와 얘기하며 쉬어갈 수 있었고, 수많은 영국 특징의 로터리에는 역사적 기념조각들이 많았는데, 그중에서도 '하이더파크' 입구 로터리에는 '웰링턴 장군' 기념물과 '트라파르갈 스퀘어'가 있는 '넬슨 제독'의 기념물은 내 같은 군인에게는 여러 가지 의미에서 기억될 만하였다.

한 개 도시의 견문록치고는 좀 길어질 수밖에 없는 곳이 런던이었다. '테임스

강' 가까이에 아름다운 '고딕'형 건물로 '웨스트민스타 사원'이 있는데, 여기가 바로 영국 국교 교회의 본산지요 왕정의 중심으로, 과거 영국은 완전히 정교 일체 국가였던 시절 근 900년 전에 건립되었으며, 그로부터 지금까지 왕의 대관식을 거행하는 곳이다. 입구에 들어서면 바로 정면에 커다란 꽃다발이 놓여 있는데, 제1차 세계대전 시 유럽대륙에 출전하여 전사한 무명용사 안치 기념비가 있어서 우리 군인 관광객에게는 인상 깊은 모습이었다. 들어가면서 받은 안내장에, "바라건대 이 교회의 영광을 보기 원한다면 종종 위를 올려다보는 것을 잊지 마시길."이라고 안내되어 있다.

내가 본 영국의 걸작, 'Madame Tussaud's House', 넬슨 제독의 "나는 나의 임무를 다하였다."

다음은 바로 '테임스 강'에 항시 근엄한 영상을 비추며 자리잡고 있는 국회의사당(Houses of Parliament)을 가보았는데, 관광객이 볼 수 있는 곳은 상, 하 양원과 '웨스트민스타홀'이었으나, 지나가는 통로 벽면에는 영국 제국주의 시대의 영광(?)이, 세계 식민지 점령역사와 경영역사로 표현되어 자국민에게는 정말 큰 자부심을 가질 수 있게 되어 있었다. 어떤 나라의 영광과 그 빛나는 시대는 어떤 나라의 고통과 암흑의 시대였음을 나는 새삼 느끼기도 하였다.

또 하나 영국인들의 애국심 고취의 도장인 '마담 투소도스 하우스(Madame Tussaud's House)'에 가보았다.

외국 관광객은 물론 런던을 찾은 영국인들도 반드시 들리는 유명한 '마담 투소도'라는 전시관이 있는데, 지하 2층 지상 3~4층으로 되어 있고, 관람은 지하 2층 컴컴하고 으슥한 방 '공포의 방'에서 시작한다. 거기에는 세계 각국의 유명 범죄인들과 그들에게 사용된 고문과 참형 도구들, 특히 불란서 '기요틴(guillotine)'과 영국의 처형용 큰 손도끼(Axel)- 런던 타워에서 있었던 처형, '마리아 스투아르다' 등 -와 쇠고랑, 쇠창살에 꽂혀 있는 피 흐르는 루이 16세의 베어진 머리 등등, 그리고 그 옆에는 당시에 세계적 미스터리 사건이었던 '케네디 암살사건'의 1차 용의자 '오스왈드'의 감옥살이 모습과 자살에 관한 것들이 전시되어 있었는데, "혼자서 보지 마세요."라고 안내서에 있을 만큼 끔찍한 광경들이라 아마도 이 광경들을 본 그 누구도 '절대로 죄 짓지 말아야지.'를 다짐하게 될 것이라 생각되었다.

이어서 지하 1층으로 올라오면 특히 내게는 가장 인상적인 '트라팔갈 전투 홀' 이었다. 들어서자마자 실내— 넬슨 제독이 승선하고 있었던 당시 영국 기함 '빅토리아 호'의 일부 —를 그대로 옮겨다 놓은 듯, 화약 내음과 연기가 가득히 풍기면서 각종 포화가 작열하는 빛과 포성, 그리고 지휘자의 명령과 수병 및 포수들의 복창 등등, 당시 승리의 전투 최후장면이 그대로 실연되었다. 이윽고 전투가 끝나자 승리의 환호성이 들리는 가운데 '넬슨'의 최후의 말, "나는 나의 임무를 다하였다."라는 소리가 들렸다. '전승과 위대한 최후'에 대한 5분여 이 실연장면은 특히 이를 관람하는 영국 국민에게 분명 그들의 조국에 대한 긍지와 충성심을 일깨워 주고도 남는 것이리라.

그 잔상을 가지고 지상층으로 올라오면, 30여 명의 세계 중요 역사적 인물들의 실물대형 밀랍인형이 있는데 특히 처칠이 여송연을 물고 석양 노을의 바닷가에서 화폭에 그림을 그리고 있는 장면이 인상적이었다. 다시 위층에 올라가면 '시대 영웅관'으로, 텔레비전과 영화, 그리고 실물 크기의 조각들이 음향효과와 조명을 받으면서 입체적 실연을 해 보이는데, 그중에 한 장면이 가관이었다. 당시 유명했던 '버튼'과 '엘리자베스 테일러'— 당시 세기적인 인기를 누리던 영국 여배우 —가 어느 비 오는 미국 뉴욕의 한 호텔에서 나오는데, 기습적으로 달려든 신문 기자들이 "테일러 양, 오늘 아침 식사로 무엇을 먹었는지요?"라고 물어보는 소리와 장면이 연출되고 있었다.

비록 불란서 여인(마담) '투소도'의 개인적 아이디어와 투자로 제작되고 전시되는 것이지만, 범인류적인 교훈과 자랑과 즐거움이 거기에 있었다. 우리나라에도 온 국민이 가보는 경주 불국사와 충청도 목동의 '독립기념관'도 있다. 그런데 이같이 현대화된 전시관이 서울 한복판에 우리나라에도 언젠가는 훌륭한 '이순신' 장군의 얘기를 포함해서 더욱 멋진 '마담 투소도스 하우스'가 세워지기를 바란다. 이웃 일본 도쿄에는 이미 세워져 있다고 들었다.

또한, 버킹엄 궁전(영국 왕 집무처)에서 12시 정각에 시작되는 그 근엄하고도 장려한 근무 교대식을 보노라면, 옛적 화랑대 육군사관학교 시절의 매주 거행한 '사열과 열병식'이 생각나 감개무량하였다. 이 이외도 방문 관광한 곳은 500

여 곳의 역과 7개 노선을 가진 지하철, 전통과 역사 깊은, 그러나 알고 보면 특히 왕실의 비극을 담고 있는 '런던 타워', 거기에 있는 왕실 유물보관소(특히 보물들)와 주로 총포가 전시된 군사박물관, 중심가 로터리에 있는 순백색의 '빅토리아여왕'의 기념상, 복잡한 시가지 한가운데 무명용사 기념비, 영국왕실소유의 '버킹엄 궁전'과 '윈저성' 등이었다.

이제 런던을 떠나 영국관광을 마치면서 석양 무렵에 다시 '도바' 항구에 도착하였는데, 새삼 돋보인 것은 유럽 쪽을 향해 버티고 있는 절벽이었다. 제2차대전 당시 유럽으로 출격했던 한 영국 전투기의 조종사가 적탄에 맞아 부상하였음에도, 용감한 조종사는 끝까지 도바 해협을 건너 조국 땅 도바 절벽에 도착하자, "드디어 나의 조국에 왔다."라고 부르짖으며 의식을 잃고 절벽에 부딪쳐서 산화하였는데, 그 애국 충혼비가 저 절벽에 새겨져 있다고 들었다. 다시 돌아오는 나룻배에 올라 석양 노을에 멀어져가는 도바 절벽을 보면서 '유니온 재크기에 해질 날이 없다.' 한 제국주의 시대 영국을 새삼 인식하게 되었다.

'베르기에'의 '워털루 전쟁기념관'

돌아오는 길에 벨기에의 수도(王都)인 동시에 유럽의 수도이기도 한 브뤼셀(Brussel)에 들렀는데, 110만여 인구의 소도시— 여타 세계 각국 수도규모에 비하면—로 관광 명물들은 대개 걸어서 다녀볼 수 있었다. 우선 들른 곳은 사방이 중세기 고딕 건축물로 가득한 '큰 광장(그랑플라스, grandeplacebrussels)'인데, 거기에는 시청사, 성당, 왕의 집 등이 3면으로 벽을 이룬 중앙광장이 있고, 아침에는 꽃시장, 낮엔 각종 축제, 밤엔 불을 밝혀 맥주와 함께하는 시민 휴게소가 된다고 하였다.

그 근처로 걸어서 '예술가의 언덕', 옛 왕궁, 현 왕궁거리, 그리고 유명한 '오줌싸게 동상', 그리고 가는 곳마다 즐비한 초콜릿과 감자튀김, 그리고 와플 가게들을 얼마든지 만날 수 있었다. 특히 '오줌싸게 동상'은 덴마크 '랑겔리니' 해안 바위 위에 올라 앉아 있는 '작은 인어상'과 같이 작으면서도 전 세계 관광객들의 필수 방문명소인 것을 보면, 민족과 역사전통은 달라도 인류의 선한 본성은 닮았음을 보여주는 것이리라. 그리고 내 관심이었던 '나토군 사령부'방문은 브뤼셀 교외(카도나)에 위치해 있어 민간인 관광 버스라 유감스럽게도 성사되지 못했다.

다음은 '워털루(지방)'로 가서 '워털루 전쟁(전투) 기념관'을 방문하였는데 설명하는 바에 의하면, 불란서의 세계적 문호 '빅토르 위고'의 '워털루 전투'에서 본을 따 제작된 것이라 하였다. 실내에는 당시 워털루, 그 장소 지방에서 실시된 최후의 전투 모습을 그대로 파노라마 형태로 재현시켜 놓았는데, 미국 '아틀란타'에 있는 '남북전쟁 마지막 전투장면'의 파노라마 작품과 함께 세계적으로 자랑하는 전시물이 되고 있었다. 밖에 나오면 거대한 원뿔형 언덕 위에, 당시 패전 불란서 나폴레옹 군의 대포를 녹여 만든 거대한 사자상이 우뚝 세워져 있었는데, 쳐다보고 있노라면, 과연 웰링턴 장군 휘하 영국군과 참여 연합군 승리의 환호성이 들리는 듯하였다. 여기서 얻은 (전쟁) 교훈은 '군인은 전쟁(전투)에서 여하간(무조건)에 승리하고 볼 일'이라는 것이었다.

∴ 무관 안내로 생도들과 '라인강' 유람

'오이스키르헨' 서독군 어학 학교에서 수업하는 동안, 주독한국대사관이 있는 '본'까지는 가까웠기 때문에 휴일을 기회로 자주 들리기도 하였는데, 하루는 무관(김 대령)이 우리(두 생도와 나)를 초대하여 독일(유럽)의 젖줄이라 할 수 있는 '라인(Rhein)강' 유람을 하게 되었다. 지금은 잘 기억이 나지 않으나, 아마도 본에서 100킬로미터 가량 남쪽에 있는 '비스바덴(Wiesbaden)'으로 이동하였고, 거기서 유람선을 타고 북으로 올라와 강가에 있는 '본'에 이르기까지 유람하였던 것으로 기억된다.

선상 관광코스인 이 지대는 우리나라의 한탄강과 닮은 모습으로 대부분이 한쪽은 평지 절벽으로 되어 있고 다른 한편은 상대적으로 덜 가파른 언덕과 같은 모양이라, 그쪽에는 강변을 따라 관광도로를 내고 그 도로를 연하여 강을 바라보며 휴식도 쇼핑도 할 수 있는 상점가를 포함한 관광대를 이루어 놓았다. 우리 한강의 어느 경관 좋은 한 지대도 그와 같이 관광구역을 만들 수 있을 것으로 생각되었다.

사방을 두리번거리며 출발지점에서 약 30킬로미터쯤 북상하다 보면, '장크트 고아(Sankt-Goar)' 근방의 강 우편 기슭에, 배에서 한 100미터 위로 솟아나 있는 큰 바위가 있는데 그곳이 바로 '로렐라이(Loreley)'- 요정의 바위라는 뜻 -

인바 전설에 의하면, 지나다니는 많은 배가 그 바위에서 들리는 요정의 아름다운 노랫소리에 선원들이 도취되어 넋을 잃고 뱃길을 놓쳐 굽어지는 물살에 휩쓸려 암초에 부딪혀 난파한다는 전설로 관광객을 끌고 있었다.

거기서 조금 더 북상하면 '코브렌즈'에서 '모젤 강(Mosel)'을 만나게 되는데, 이 강은 동에서 서로 꾸불꾸불 흘러 들어오기 때문에 남쪽을 향한 언덕이 많고 주변 환경이 포도생산에 적합하여 이곳에서 생산된 '모젤와인'은 '라인와인'보다 좀 더 알아준다고 했다.

∴ '동백림 간첩단 사건'과 반한 데모, 그리고 교포의 고뇌

대사관을 방문(1969년)할 때마다, 비록 소수 인원이긴 하였지만 대사관 밖에서 독일 시민에 의한 데모가 계속되고, 대사관은 안으로 빗장을 걸고 근무를 하였다. 연유를 들어보면, 1967년에 소위 '동백림 간첩단 사건'이 폭로되어 한국정보부가 국내외에서 200여 명을 연행 조사하였는데, 특히 서독에서 20여 명- 서독에서 예술활동을 활발하게 하다가 동 베를린에 거점을 둔 동독주재 북한대사관의 정보공작요원에 포섭되어 북한을 왕래하며 반한활동을 하던 교포들 -을 체포(납치)하여 한국으로 연행하였던 것인데, 서독(불란서 등 관계국 포함)에서는 정부는 정부대로 '주권문제'로 항의하고 시민들은 '인권문제'로 주독한국대사관에 와서 거의 매일같이 데모를 하고 있었다. 그 결과 한국 정부는 1970년에는 전원 석방하였다.

그런데 사실은, 2년여 나의 유럽 체류경험에 의하면, 특히 서독(유럽)에서 북한 정보원의 귀순공작에 한국인(유학생은 물론)은 웬만한 조건- 경제 또는 미래 희망 -을 갖추지 못한 경우 거의 모두가 속아 넘어갈 수 있다고 보았다. 우선 아무도 아는 이 없고 알아주는 사람 없고, 거기에다 대사관과도 아무 연락이 없는, 거기다 본국 친인척과도 거래가 별로 없고 하면 그렇지 않아도 고향산천과 고향 사람, 그리고 고향 냄새가 그립고도 그리운 지경에, 누가 자기를 알아주고 대접해 주고 경제사정도 좀 봐주고 하면 그들 유학생 또는 외로운 사람들은 혹하게 되어 있다. 따라서 주외국 대사관에서는 교포들과의 관계를 소홀히 해서는 안 된다는 교훈을 절실히 느꼈을 것이다.

2. 여단참모 견학, 산악사단의 제23산악여단(Gebirgs Brigade)
(* 2020 현재는 제10기갑사단 예하 제23산악보병여단, 단 실질 산악사단)

∴ 알프스 주둔 제23산악여단, 별칭 '에델바이스' 여단

1969년 7월까지 서독군 어학 학교 독일어 수업을 마치고 다음 과정인 여단 단위부대 부대 참모견학(1969. 8.~1969. 9.)을 위해 제23산악여단으로 개별적으로 이동하였다. 여단은 서독의 최동남단 알프스 바로 밑, 오스트리아의 그 유명한 관광도시 '잘쯔브루그(Salzburg, 소금마을)'와 바로 국경을 마주 보고 있는 마을 '바드 라이헨할(Bad Reichenhall, 온천마을)' 교외에 있었으며, 바로 근처에는 '히틀러'의 최후 방어기지로 예정되었던 '알프스 요새', '베레흐테스가덴(Berchtesgaden)'- 역시 현재는 유명해진 관광지 -이 있었다. 당시 제1산악사단 사령부는 '뮌헨' 방향으로 조금 내륙 쪽인 '가르미슈파르텐키르헨'에 위치해 있었다. 이 부대는 1935년 창설되어 2차 세계대전에 참전했다가 해체된 뒤 서독군 재건과 함께 1956년 11월에 재건되었는데, 예하에 2개 산악여단과 1개 기갑여단으로 구성되어 있었으며, 부대 마크는 알프스 고산지대 대표 꽃 '에델바이스'였다.

당시 서독군의 전략·작전개념은, 북부의 평야 지대에서 장갑기동부대 작전을, 중부의 중형 산악 및 산림지대에서는 보, 포, 기의 종합기동작전을 그리고 남부의 알프스 산악지대에서는 산악지 작전을 적용하고 있었다. 동시에 당시 나토군의 중부 구성군이었던 서독군은 핵전쟁을 예상하는 전면전쟁개념에다 60년대에 강조된 '유연대응 전략' 개념에 따라 일부 부대 외는 장갑기동화되어 있었다. 그러기에 심지어 산악사단이라 할지라도 2개 여단은 산악부대이고, 1개 여단은 장갑여단으로 편성되어 있고, 산악여단 또한 1개 장갑 대대, 2개 산악대대, 1개 산악포병대대, 1개 기계화(장갑 기동화) 보급대대로 구성되어 있다. 산악대대 또한 3개 차량화 산악병 중대와 1개 장갑화 중화기중대(대전차 유도탄, 대공화기, 중박격포, 대전차총포), 1개 장갑 및 차량화 본부중대로 되어 있다.

* 참고: 서독에서는 장갑사단, 미국에서는 기갑사단으로 호칭함

산악사단의 기본전략·작전개념도 1차적으로 알프스 고산지대(2,000~4,500

미터)에서 산악병(산악 특화병)에 의한 산악전투에서 개시하여 점차 알프스 이편 또는 저편의 구능(평야) 지대로 전이되어, 장갑기동부대(전술)로 결전을 한다는 것이었다. 그런데 이 부대 편성 및 장비상의 독특한 사항은, 여단 단위의 독립작전을 수행하기 위해 각 여단의 장갑기동화 보급대대가 군단과 직접 거래하는 한편, 산악보급을 위해 80필의 '노새(Mule)'로 편성된 1개 산악보급중대가 있다. 이 노새의 원조 산지는 나폴레옹의 고향인 'Corsica' 섬이며, 이들(수놈)과 양질의 말(암놈)과 수차례 교배시켜가며 생산해 냄으로 말보다 든든하며 힘이 세다. 그래서 산악작전 시 포병대대의 산포 105밀리를 12개 부분으로 분해하여 12필의 노새로 알프스를 운반해 올라간다.

보병부대 기관총은 두격 조정 없이 연속사격이 가능하며, 총열 교환은 훈련된 병사일 경우 3~4초 만에 가능하다. 사격 시는 다리를 세워서 사격하고 즉시 참호 속으로 엎드리되 총다리 발톱은 그 자리에 있고 다리가 굽었다가, 사수가 다시 일어서면 총도 그 자리에서 따라 일어섬으로 총을 들고 몸을 꾸부렸다가 다시 일어설 때 들고 일어서서 거치하여 사격하는 불편과 시간문제를 해결하고 있었다.

당시 막 새로 개발되어 세계 제1을 자랑하던 '레오파드(Leopard, 표범)' 전차는 폭이 좁고 가벼워 재래식 전차의 약 2배 속도(65km/h) 주행이 가능하고, 수중 3미터 잠행 가능함으로써 유럽 전역에서는 가히 지상의 왕자를 자칭하고 있었다. 기타 화기나 장비의 특성 그리고 간부 양성제도 등 전문적인 군사 얘기는 다음 기회로 미루고 여기서는 이만 줄이기로 한다.

부대운용면에서, 당시 서독군은 민주화군대를 지향함을 과시해야 하고 실제도 징병 또한 어려웠으므로 (TO, 편제) 병력을 최대한 절약(AS, 허용)하였다. 특히 하급부대에 그러하였는데 예를 들면, 대대는 인사장교가 정보장교를 겸하고, 부 대대장(소령)이 대대작전장교를 겸한다. 중대는 평시에 중대장과 소대장 1명으로 2명의 장교가 근무하고 여타 소대는 하사관이 지휘하며, 이 하사관들이 차량 및 화기에 관한 일체를 책임하에 교육, 사격지휘, 감독하며 유지하였다.

부대교육훈련을 보면, 지방 주둔부대— 우리나라는 휴전선에 연하여 대부분의 부대가 전방에 배치되어 있으나, 서독은 전방은 일단 국경경비대에 일임하고 전투부대는 지방별로 주둔해 있다. —가 직접 신병을 받아 대대당 1개 중대가 신병중대가 되어 3개월간 기초군사훈련, 이후 3개월간 특기병훈련을 필하고 여단 내 소요부서에 편입되고 남은 주류는 '동기생 중대'로 전투력을 유지하다가 18개월 만기가 되면 그 중대원은 동시에 제대하고 또 새 동기생 신병중대가 되는 등 반복해 운용하고 있다. 주로 하사관들이 주도하는 사병들의 기초군사훈련 중 사격성적은 30%, 일반병은 50~60%였는데, 그러나 하사관은 90% 이상이라고 자랑하고 있었다.

이 부대 특징인 산악교육훈련은, 여단에 1개소대, 대대에 1개 분대규모의 특수 전위부대가 있어서 해발 4,000미터를 넘는 알프스를 오르내리는 훈련을 실시하고, 그 외 전 장병은 주로 산악지 행군 위주 훈련으로 로프 등반훈련 등은 완만한 지형에서 숙달 중점으로 한다. 중대장의 정신훈화시간에는 자국 역사와 지리에 많은 시간을 할애하였고, 때로는 중대단위로도 외부인사를 초빙하여 강의도 하였다.

체육시간은 장사병 불문 주당 6시간 이상이며, 주로 육상과 수영, 그리고 축구 등인데, 장교에게는 1,500미터 야지 구보와 300미터 수영은 의무적이었다. 그런데 이 부대에서는 여름에는 시원한 눈 덮인 알프스 등정, 겨울에는 수시로 바로 인접 스키장에서 즐길 수가 있어서 장사병 공히 이 부대 입대/근무하는 동기를 체력향상과 취미배양(?)으로 생각하고 있었다.

∴ 재건 10주년 당시 서독군대 일반실정

패전국 상황에서 나토동맹국으로 재건 중

내가 실습 간 당시 서독군은 동서냉전에서 서방의 필요성에 의하여 패전국 징벌에서 벗어나 재건(1955)되었고, 그 즉시 나토(1949년 창설)에 가입하여 당시는 14년이 되었었다. 정확한 장소는 기억나지 않으나, 나토창설 20주년 기념식과 식후 퍼레이드에 서독군도 참가하였는데 아주 볼만하였고, 특히 냉전 당시의 '동방군사조직(WTO)'에게는 깊은 관찰을 요하는 시위용 퍼레이드였다. 이 행사 참관을 계기로 독일군의 개요를 파악할 수 있어서 유학 기간 중 큰 도움이 되었다.

이때가 독일 국민에게는 갈등의 시기였다. 패전하고 무장해제당하고 국제적 징벌을 당하면서 국력이 총동원되어 재건을 위해 노력 중이던 차에, 동서냉전을 이유로 재무장을 하게 되었던 것이다. 당시 국민들은 전쟁과 군대에 질려서 '나만 빼고(Ohner mich)' 정서가 이심전심이었기에 이를 극복하기 위해서라도 군대 재건 시작부터 징병제도를 단행하여 모병하고 조직하며 편성하였다.

따라서 도망이나 탈영병이 1개 중대 월 5명 평균 정도로 상당하여, 중대장은 이들 탈영병에 대한 고소장 작성− 전후 군대 냄새 없애기(군 약화)의 하나로 군대 조직상의 군법회의를 없애고 1회 재판에서부터 민간재판에 의뢰하기 위한 소장 −하는 등의 행정업무보기에도 바쁘다고 했다.

군대 내부 진급갈등 현상은 현존

또한, 군대를 민주화한답시고 장교들의 정당가입이 허용되어 있어서 뭔가 내부적으로 갈등이 있어 보였는데, 특히 장군 진급 시에는 현 정권의 정당원 여부가 거의 결정적인 역할을 한다고도 했다. 또한, 웬만한 국가들은 남북이나 동서 간에 역사, 종교, 정치, 전통에 따라 갈등을 앓으며 역사를 이어가는데, 이 나라 독일도 당장은 물론 동서독으로 분할되어 고통을 앓고 있지만, 근본적으로 역사적으로 종교적으로 남북 간 갈등− 북은 신교 위주 남은 구교 위주, 북은 공·상업 위주 남은 농업 위주, 북은 산업 문명화 남은 '바바리언(야만)' 등등의 전통정서적 −으로 내부적인 구분을 하여 알게 모르게 영향을 받고 있었다.

당시 때마침 서독 대선(총리선거)이 있었는데, 북은 신교 주류의 '기독교 민주당' 후보, 남은 가톨릭 주류의 '사회민주당' 후보 '브란트'의 경쟁이었다. 그래서 영내에서 장교들 간에도 격렬한 토의가 있었으나, 본인 참관부대 지역이 남부(바바리안)라 '브란트' 지지가 우세하였다.

여단장이 슬쩍 귓속말로, "BOQ에서 간부들과 대화 시 가능한 듣고만 있는 것이 좋겠다."라고 얘기해 주었다. 미국 유학 때는 들어보지 못한 정치 유관 충고였다. 마 그토록 정치문제는 나라마다 다르기도 하고, 군대마다 다르기도 하였다. 그런데 우리나라 사회에서는 물론 여전히 지방색이 남아 있으나, 그래도 신통하게도(?) 군대 내에는 전혀 지방색 구분이나 느낌이나 정서가 존재하지 않는다. 참으로 다행이라 하겠다.

초급장교 진급제도

2개월의 단기간 단편적으로 보고 느낀 것이라 간단하게 토막 얘기로 회상하고자 한다. 한국군은 소위에서 중위 진급은 별다른 하자가 없는 경우 2년이면 모두 함께 진급하는데, 전에 육사 출신 소위는, 우리(14기) 같은 경우, 1년 만에도 중위로 진급하기도 하였다. 그런데 서독군에서는 근무성과에 따라 1년 6개월 차, 2년 차, 3년 차로 구분해 진급하는데 장교근무 시작부터 엄격히 성과와 자격 규정이 공개적이고 엄격하였다.

하루는 부대 BOQ에 가서 젊은 중·소위들과 어울려 보았는데, 자기네들끼리 농담조로 "저 친구는 연두(軟頭)라 1년 반 만에 진급하고 나는 석두(石頭)라 아직도 못하고 있다."라고 했다. 그래도 큰 불평을 하는 것 같지 않고 그저 그렇다는 표정과 말일 정도였다. 지난번 여단장이 불시에 대대 비상을 걸고 임무를 주었는데, 저 친구가 임무를 우수하게 마치고 시간 내에 부대에 도착하였기에 자기네들보다 먼저 그것도 1년 반 만에 진급할 수 있는 자격이 부여될 수 있었다는 것이다.

서독군에도 직속상관의 평가에 의한 장교 고과 제도가 있다. 그것은 진급과 보직, 특히 장차 장기복무와 엘리트 과정인 '지휘참모대학' 진출에도 영향을 미친다. 한국군은 직속상관이 평가하되 비밀로 한다. 그러나 서독군은 직속상관이 평가한 뒤 공개적으로 본인을 불러 시인시키고 서명까지도 받는다고 한다. 인정보다도 공정이 우선인 사회, 연공서열보다 성과가 우선인 국가다운 제도이고, 장점도 많을 것 같았다.

부대식사, 병 식사, 장교식권

물론 식사는 장·사병 구분 없이 동일 메뉴이고– 풍족한 미군 장교식당과 달리 –여단장도 장교식당에서 함께 식사하나, 수요일 하루 점심은 병 식당에서 병들과 함께하였다. 그런데 장교는 식권으로 식사를 하며 서독군대 어느 부대에 가서도 그 식권으로 그 부대 장교식당에서 식사할 수 있다. 당시 우리 군대는 식권제도는 고사하고 장교식당 메뉴가 사병식당보다 못할 만큼 열악하였기에 쿠폰제도는 물론 없었고, 부대방문 장교는 누구나 그저 안면으로 공짜 밥을 (얻어) 먹기 일쑤였다.

독일군대 장교 육성제도

옛날에는 전 세계 웬만한 전제국가들과 같이 사회 귀족계급들만이 장교가 되었다. 그러나 특히 전후의 민주주의 군대화를 지향하는 서독군대의 장교는 18개월의 의무복무를 마친 병사들 가운데서 고등학교를 이수하고 '아비투어(수능시험 합격)' 자격증을 가진 자 가운데서 지원자로 모집하며, 사관학교 1학년 때는 하사 계급- 실제 하사 계급장에 밑줄 하나는 흰색으로 표시 -으로 실무부대에 와서 부대실습을 하며, 이들 교육과정 중 일반학 교육(예, 신문기사 해석 등)은 부대 공보하사관(전문 지식하사관)이 맡아서 교육하고 있었다.

아마도 옛 귀족풍을 없애고 철저히 민주화를 한답시고 병 생활은 물론 부대 하사관 생활도 상당 기간 경험시키고 있었다. 그러나 우리와 미국 등 상당수의 민주주의 국가 군대에서는 장교 육성과정에서 굳이 병 생활 경험을 직접 거치지 않으나, 사관생도생활 그 자체가 바로 병 생활임으로 알고 보면, 그들과 별로 다를 바 없으나 다만 초급장교 시절 하사관과 약간의 갈등관계를 겪을 수 있는 단점이 있기도 하다.

모든 인사업무는 기 계획 준수

여단 인사과는 우리나라의 연대인사과와 같이 예하 부대 인사업무를 관장하고 있다. 군대 인사업무는 모든 나라가 다 비슷하여 특별한 것 없으나, 그 절차에서는 선진 후진을 가름할 만큼 차이가 있다. 실습여단에서 장사병의 휴가업무절차를 잠깐 들여다보았는데 한마디로 아주 조용한 분위기였다. 우리 사단이나 연대 인사과는 특히 휴가증으로 매일 매시간 북새통을 이루고 있는데, 여기는 최소 3~6개월 전에 계획되어 차질없이 실행함으로 사무실에는 장교는 보이지도 않고, 하사관 1명과 병 1명이 있고 사방 벽에는 서류철들만 꽉 차 있고, 문의하러 오는 장병도 보이지 않았으며, 사무실에는 타자기 소리 외에는 아무 소리도 들리지 않을 만큼 정숙하였다.

재건된 지 불과 10년여의 군대 행정 사무체계가 거의 완벽해 보였다. 중대로부터 국방성에 이르기까지 서류철, 서류함, 서류양식, 정돈함 심지어는 소파(밤에는 침대용)까지 통일된 규격과 통일된 보관법에 따르고 있었다. 그뿐만 아니라 각종 명령은 주로 '임무형 명령'으로 간편하고 요령 있게 지시되고 이행되고 있었다.

독일인들은 기후가 좋지 않아 예부터 휴가철에는 주로 이태리나 스페인 또는 북아프리카로 휴가를 가는 것이 전통적 풍습이 되어 있어서, 으레 6개월 전에 예약하고 거의 그대로 실행하고 있기에 군대에서도 그렇게 되도록 최선을 다하는 결과인 것으로 보였다. 그래서 장사병 공히 여름과 겨울별로 20일씩 휴가가 허용되는데, 장교는 멀리 아프리카까지도 가족과 함께 다녀올 수 있었다.

이 휴가제도는 엄격히 이행되는데, 예를 들어 소대장이나 중대장이 휴가를 신청해 놓으면 사전에 예비역 장교 중에 희망자를 선택하여 그 시간에 대리로 임무를 수행- 대리근무 시간이 쌓이면 진급도 한다. -하도록 계획하고 있었다. 따라서 문의 전화가 오면 담당자는 서류를 빼보고 계획된 대로 확인만 해주면 되기에 인사과 사무실은 복잡해야 할 이유가 없었던 것이다.

장병 역사교육의 특별한 강조

독일군대에서 가장 중요시하는 부대교육 중의 하나는 바로 자국 역사교육이었다. 물론 장교들에게는 전사(전쟁역사)교육도 하지만 장병 모두에게 특별이라고 할 정도로 자국 역사교육이 강조되었다. 부대 실습을 마치고 '함부르크'에 있는 '지휘참모대학'에 가서도 다른 과목은 실습 위주였으나, 전사와 자국 역사만은 자대 역사 교관이나 대외 대학 유명교수를 초빙하여 상당 시간 강의하는 것을 볼 수 있었는데, 아미도 승전의 역사와 패전의 역사를 평행으로 교육하다 보면 시간 소요가 그만큼 길어지기도 하고 토론시간도 그만큼 중요하고 길어지기도 하는 이유 때문일 것이다.

장병들의 병영생활과 환경

서독군 및 나토군은 물론 WTO 군에 대치하여 국경 전선에 전개되어 있으나, 진작 국경선에는 국경경비대(또는 국경경비경찰)가 상주하여 근무하기에, 군부대는 후방의 각 지방 부대에서 집결되어 훈련(신병훈련 포함)하며, 유사시는 비상출동하여 전방으로 전투전개를 하게 되어 있다. 그래서 주말이나 휴일에는 부대 대기는 1/3, 2/3는 외출 외박하여 월요일 09시까지 출근(?)하면 된다. 막사(즉 내무반, Kaserne)는 오랜 전통, 아마도 민족국가가 성립되고 현 국경선이 고정되면서 지어진 벽돌 영구건물로 2~3층, 지하 2~3층으로 되어 있고, 내무반은 분대별이고 2층 철침대 생활을 하고 있다.

지하에는 각종 창고가 있고 중대 휴게실이 있어서 일과 후 자유시간에는 일반 클럽과 같은 개념으로 오락실과 같이 이용되고 있다. 그런가 하면 처음부터 워낙 든든하게 지은 건물이라 최근에는 적의 핵 도발에도 견딜 수 있도록 핵 전쟁을 대비한 생존장이 될 수 있게 개조되기도 하였다. 서독군 일반병은 18개월 의무복무인데, 초중고 등 교육과정에서 운전 기술을 포함한 과학기술 등이 교육됨으로써 과학화되고 기동화된 서독군은 그런대로 전투력이 유지는 될 수 있게 보였다. 그러나 역전의 하사관들은 그저 전투력이 약하다고 걱정이 많았다. 그래서 군 당국에서도 우수한 직업 하사관 확보에 상당한 노력을 기울이고 있었다.

∴ 기계화중대와 산악보병대대 야외훈련 참관

기계화 중대(장갑보병중대) 원거리 훈련장 훈련 동행참관

서독군대도 민주국가가 된 이후 역시나 훈련장이 귀하여 서독 내 미군사격훈련장에 가서 훈련하고 있었다. 이곳은 미군이 독일 정부에 사용료를 지불하는 곳이었는데, 특히 중화기 사격훈련을 위해서는 서독군도 프랑스(주로 야포)로 영국(주로 전차훈련 및 사격)으로 또 때로는 지중해 'Crete 섬'까지 가서 훈련을 한다는데, 모두가 나토군 예하니까 상호 훈련장 교환씩으로 편의를 도모하고 있었다.

그래서 한번은, 장갑보병중대가 훈련차 12대 장갑차와 2대의 연락 오토바이 그리고 5대의 보급 및 기재차량 등이 한 제대(梯隊)를 이루고 중대장 깃발을 단

찝차로 중대장이 지휘하며 훈련장으로 대략 3시간 이상 거리에 있는 훈련장으로 이동해갔다. 나도 단독 지프차를 타고 함께 가면서 보니, 우리나라에서 흔히 말하는 '깃발 날린다.'라는 말이 실감 나게 중대장이 깃발을 날리며 자기 중대를 독립적으로 지휘해 가는 당당한 독일군의 모습을 볼 수 있었다.

훈련장에 도착하여 중대가 숙영지를 편성하는 동안 훈련장 규모를 알아보기 위해 주변을 지프차로 한 바퀴 돌아보았다. 주변 시속 60킬로미터로 1시간여 걸렸으니 직경은 대략 7~8킬로미터 되게 보였다. 훈련장 내부에서는 20여 개소의 각종 화기 동시사격이 가능한데, 부대별로 년 2~3회 집중적으로 실탄사격을 실시하고 있었다. 일주일간 함께 야영하면서 보았는데, 사격장 총책임은 장교에게 있고 항시 장교 감독하에 사격을 실시하나, 일체 현장 사격지휘는 하사관에 의하여 집행되었다. 특히 120밀리 박격포 사격은 포술 하사관에 의해 실시되었고, 선임하사는 안전 및 통제를 맡고 있었고, 소대장은 집계되는 성적표를 보고 있었다.

전술훈련 간에 소대장과 중대장(본부) 지휘차에는 고정(또는 노트북) PC 컴퓨터가 장착되어 있어서- 당시 한국군은 꿈도 꾸지 못하던 때 -작전명령을 전령 따로 없이 수령하고 복창하고 있었다. 그러나 전자망 불통 시를 고려하여 전통적인 오토바이 전령운용도 시험하고 있었다.

한 가지 더 기억나는 것은 '임무 책임제 상벌 제도'였다. 예를 들면, 훈련기간 중 중대 병 기계가 단독 3각 텐트 속에 여분의 소총을 비치하고 있었는데, 밤늦게까지 가스등 아래 작업하다가 깜빡하는 사이 불이 나 소총 10여 정을 태웠다. 당시 한국군에서는 아직도 자체 생산이 아니어서 모든 화기가 귀하여 총의 구성품 하나도 잊어버리면 찾을 때까지 밤새워 전원이 연병장을 샅샅이 찾아다녔다. 그러기에 물론 이 정도면 계원은 물론, 중대장도 책임지고 처벌되었을 것이다. 그런데 중대장 책임추궁은 물론 없었거니와 병조차도 개인변상- 이건 좀 우리로서는 생소하나 -으로 끝내었다. 이제 우리도 자주국방 수준이 되면 물론이고, 그 이전에도 처벌 특히 지휘관 처벌에 더욱 신중해야 할 것이다.

산악보병대대 알프스 산악훈련 동행참관

제1여단의 산악보병대대는 전 장비(노새와 중화기 등)를 동원하여 최소 반기 1

회 이상 지정된 주변 알프스를 오르내리고 산 정상 평지 등에서 전개 훈련을 실시하고 있었다. 부대참모 활동 참관 중이던 나도 7월 훈련에 동행하며 산악훈련을 참관하였다.

우선 포병대대 중화기─ 이미 언급한 바와 같이 105밀리 산포를 12부위로 분해하여 12필의 '노새'에 기본 탄약도 포함하여 ─를 노새 등에 적재하여 빙하수가 흘러내리는 계곡 길을 따라 대대 전 장병은 걸어서 알프스 전개 진지 지역으로 올라갔다. 도중에 몇 번 쉬기는 했으나, 꾸불꾸불하고 가파르고 한 사람씩 지나갈 정도의 좁은 오르막 산길 통로를 노새 부대는 성큼성큼 잘 올라가 주었다. 그만큼 노새의 힘이 강하였다.

초행길인 나를 안내 겸하던 중대장이 산마루 가까이 오르자 나지막한 고산지대 관목들에 보기 드물게 잘 피어나 있는 꽃들을 가리키며 '잘츠부르그'와 함께 우리 귀에 익어 있는 '에델바이스' 꽃에 대해 설명해 주었다. 이 꽃은 알프스의 상징이고 동시에 이 산악 부대의 '부대 마크'가 되어 있었다. 드디어 한여름에도 눈 덮인 산 정상 부분에 도달하자 함께 따라 올라오던 노새 부대는 보병 부대 후방 예비 중대 지역에 전개하였고, 훈련이 계속되는 동안 노새들은 마부 병사들에 의해 보호되며 쉬고 있었다.

이 부대 훈련내용은 바로 우리의 보병부대 훈련과 유사하였으나, 다만 산을 오를 때 105밀리 포 등 장비를 노새가 운반하는 등 본격적인 산악부대요, 산악부대다운 장비로 훈련을 하고 있다고 생각되었다. 사실 우리나라 전방부대들이야말로 문자그대로 산악보병부대로 평가되어야 할 자연과 지형환경에 놓여 있어 이 서독 산악부대의 장비와 훈련내용을 잘 검토해 보아야 할 것이라고 생각되었다.

∴ 부대 주변 알프스 절경과 오스트리아 '비엔나' 탐방

'잘츠부르그(소금마을)', 잘츠베르그(소금산) 탐방

제1산악여단 주둔지 '바드라이헨할' 마을 자체가 알프스 바로 아랫마을이라 아름다운 데다 온천장까지 기능하고 있어 독일 내국인들의 관광지로 유명하다. 그런데 바로 위(북) 큰길(뮌헨─잘츠부르그로 가는 길) 하나 건너면 아주 아름다운 휴양마을 'Piding'이 이웃에 있고, 1시 방향으로 독일-오스트리아 국경선 맞은편 12킬로미터도 안되는 거리에는 '잘츠부르그' 마을이 있는데, 물론 악성 '모차르트'의 고향이고 활동무대라 전통적으로 유명하지만, 세계에 잘 알려진 「Sound of Music」이라는 음악영화─ 그 속에 「에델바이스」 노래는 유명하다. ─로 더욱 유명하다. 오늘날 한국인의 동유럽관광 제1번지로 되어 있을 만큼, 특히 연중 눈 덮인 근처 알프스(Mt. Watzman) 등을 배경으로 아름답고 순하고 친절한 관광도시다.

그런데 이 도시는 그 이름 그대로 고대에 바다였다가 바다가 사라지고 건조되면서 소금 마을이 되었고, 남으로 30여 킬로미터 내려가면 상당한 언덕 높이의 소금산(Salzberg)이 있는데, 1200년대부터 산 위로부터 아래로 파 내려가면서 소금을 캐내었다. 그런데 지금은 재밌고 유명한 관광지가 되어 있다. '잘츠부르그(Salzburg)'는 이제 많이 알려져 있어 소개를 생략하고, 잘 알려져 있지 않은 그러나 제법 재밌는 내용으로 구성된 '소금산(광산)', '잘츠베르그'에 가 본 얘기를 하려고 한다.

AD 1200년경에 이 소금광산이 발견되어 즉시 개발이 시작되었고, 1960년대에는 이미 작업이 중단되어 오히려 관광수입이 더 유리하였던 것으로 보였다. 어느 휴일 마침 근처 부대에 실습 와 있던 병과 과정 송 대위(육사 17기)와 안내장교가 함께 탐방에 나섰다. 부대 주둔지 온천마을에서 1시 방향 12킬로미터에 '잘츠부르그'가 있고, 5시 방향으로 약 20킬로미터 남부 국경선 방향으로 내려가면 잠시 후 소개할 '베레히테스 가든'이 있고 거기에 붙어서 바로 오른편 국경선에 바로 '잘츠부르그'의 광업소(Salzbergwerk)가 있다.

입구에서 30명 1개 단위로 '도르래'식 인차에 올라타면서부터 재밌고 흥미로웠는데, 대략 약 20도 구배에 시속 10킬로 이내로 10여 분 올라가자 거의 산 정상으로 느껴지는 곳에서 하차하여 그곳 입구로 들어갔는데, 놀랍게도 속이 사방 100여 미터 이상 넓은 공간이고 저 아래로 또한 그 공간이 생성되어 있어 아래 끝까지는 볼 수 없을 정도였다. 사방이 소금으로 되어 있는 산을 안으로 파 내려간 형상인데 광산 형상 내용을 설명 듣고 이 속을 보기 위해 아래 방향으로 내려가기 시작했다.

내려가는 방법은 동네마다 있는 어린이용과 같은 그러나 든든한 나무로 된 미끄럼틀을 이용하여 내려가는데, 약 50미터 되는 길이로 2번을 내려갔다. 그리고 여전히 사방 100여 미터 되는 공간 벽면 곳곳에 또 다른 터널형 공간이 있었다. 그래서 작업하고 또 아래로 미끄럼틀을 놓아가며 아래로, 아래로 내려가며 소금을 채취해 내려갔던 것이다. 그것도 13세기 초부터 이런 꾀를 내었던 이곳 사람들이 새삼 놀라웠다.

다시 또 그만큼 내려갔더니 이번엔 위보다 더 넓은 공간이 나오는데, '어랍쇼?' 사방 100미터 넘는 호수- 물론 소금물의 -가 나오고 신기하게도 이 산속을 흘러내리고 있는 큰 개천(물론 걸어서는 건너지 못하는)도 나왔다. 그래서 관광객들은 보트를 타고 그 소금산 속의 소금호수를 건너는 재밌고 짜릿하고 흥미진진한 경험을 하기도 하였다. 대략 2시간여 살피고 듣고 보고 아슬아슬하게 또는 아찔하게, 그리고 감탄해 마지않으면서 지니는 동안 13세기 이곳 사람들의 지혜와 용기 수고를 감지하지 않을 수 없었다. 그런 과정으로 맨 아래에 내려오면 그곳이 바로 광업소 사무실이고 그 바깥쪽이 출발점이었다. 세상에는 이런 곳도 있는 것이다.

'베레히테스가덴(Berchtesgaden)' 탐방

독일연방 동부국경선의 맨 아래 끝부분은 우리나라의 쌈지주머니같이 생겼으며 오스트리아와 접경하고 있다. 그곳에는 전형적인 알프스의 아름다움이 가득하여 유명한 관광지가 옹기종기 모여있는데, '잘츠부르그'와 '잘츠베르그'를 비롯하여 곧 탐방하게 되는 '밧즈만' 설산과 특히나 풍경과 함께 군사적으로도 유명한 '베레히테스가덴'이 있다.

그러기에 이 지역은 지형 특성상, 행여나 잘못을 저지른 자가 숨기가 좋을 듯하다고 생각할 수 있는 모양새라, 그래서인지 제2차대전 당시 독일독재자 '히틀러'가 연합군에 쫓기면서 숨을 곳으로 준비한 곳, 즉 같은 민족으로 유사시 지원을 기대할 수 있는 오스트리아가 배경이 되어 있는 그곳을 최후거점으로 택해 요새화하였던 곳이다.

지금은 다만 관광명소로 뒤로는 아름다운 알프스를, 앞으로는 알프스 평지 구릉 지대의 아름다움을 산 위에서 만끽할 수 있는 정도로 알려져 있으나,

60~70년대에는 '히틀러' 최후거점을 방문하고 견학하며 감상한다는 의미가 더 깊었다. 평지에서 꼬불꼬불 산길을 따라 차량이 올라가서 주차하고는, 마지막 코스에 특히 그 바위 산속을 뚫어 50명 이상 또는 그 중량의 장비나 인원을 동시에 탑재하여 150미터 이상을 상승하는 거대 엘리베이터를 이용하여 정상에 오르면 바로 전투지휘소 겸 관측소가 위치해 있었다. 실로 그 준비성(요새 건축술)과 과학의 힘 그리고 당시 독일의 국방력에 대해 새삼 감탄하지 않을 수 없었다.

'밧즈만(Watzmann)' 등산, '퀘닉(Konigssee)' 호수 탐방

'바트라이헨할'에서 약 30여 킬로 남으로 내려가면 Alps 산맥의 눈산(雪山)들이 전개되는데 그중 흔하게 사람 접근이 가능한 산 Watzmann이 우뚝 솟아 있다. 이 산은 이 지방의 지표로도 활용된다. 산 높이는 해발 2,700여 미터인데 2,000여 미터까지는 삼림지대로부터 시작해서 점차 고산 관목지대로 변화해 가는데 여기까지는 차량으로 접근 가능함으로 많은 사람이 찾아오고 있다. 우리도(나와 안내 장교) 2,000미터까지 부대 지프차(전용)로 가서 다음은 하차하여 별다른 장비나 준비 없이 정복 입은 그대로 걸어서 정상 근처까지 등정하였다. 2,000미터 하차 지점부터는 관목조차 없는 그러나 8월 여름인데도 발목 깊이의 눈을 밟으며, 그런대로 땀 흘리지 않아도 되는 별 힘들이지 않고 올라갈 수 있었다.

도중에 만난 사람은 엽총으로 무장한 산악감시인이었는데 외국 군인이라 신기해하며(?) 친절하게도 산악국경경비 임무에 관해 설명해 주기도 하였다. 알프스 국경지대 산악에 주둔병이나 국경 경찰의 존재는 알 수 없었으나, 산악감시인이 산악보호와 국경경비를 동시에 수행하면서 이 알프스 설산을, 비록 무장은 하였으나 혼자서 정찰, 순시하는 모습에 이 산악감시인들의 용감성은 물론 존엄조차 느낄 수 있었다.

그런데 그 바로 오른쪽 밑바닥에는 '왕의 호수'라는 이름의 'Königssee'가 있었다. 그래서 다음 날 다시 그 호수로 가서 호수관광을 겸하여 탐방하였다. 당시는 문자 그대로 첩첩산중 무인지경이라 문자 그대로 쥐 죽은 듯이 조용하였다. 그래서 관광선을 타고 설명을 들으며 호수 가운데로 문자 그대로 미끄러지듯 나아가면서 사방 단애들과 그 위의 설산, 즉 '밧츠만'과 같은 눈 덮인 산봉우리들을 올라다 보며 신비함을 감상해 가다가, 배를 잠시 멈추고 엔진도 끄고 보니 이건 완전한 태고의 정적상태가 되었다.

그러자 나팔수가 한 가락 나팔을 불었더니 산과 계곡 사방에서 메아리가 돌아오는데 연속으로 길게 이어졌다. 그 메아리와 그때 그 분위기는 지금도 잊을 수 없다. 더구나 그때 들었던 그 이후 지금까지의 평생에 두 번 다시 산 메아리 소리를 들어본 적이 없다. 심지어 최근에 동유럽관광을 가서 그곳 그 호수에 그 배를 탔건만 그 메아리 연출조차도 이제는 없어 그 옛적 메아리 소리를 듣지 못해 아쉬웠고, 세상변화 또한 실감하였다.

오스트리아 비엔나 탐방

휴일의 또 하루는 동네 민간인과 같이 이웃 중립국 오스트리아의 수도 빈(Wien, 비엔나 vienna)으로 일일 관광을 떠났다. 동네에서 동쪽 방향으로 거의 같은 위도선상으로 난 유럽 하이웨이를 통해 버스로 약 400킬로미터 (서울서 부산 거리) 거리에 위치하고 있었다. 그런데 일행 중 연애 중인 젊은이 둘이 출발 때부터 도착 때까지 최소 3시간 이상을 껴안고 쉴 새 없이 뽀뽀를 계속하였는데 어른들은 전혀 개의치 않았다. 당시 우리네는 밤이라도 애인끼리 손잡고 가는 것조차 눈요기가 되었던 시절이었다.

'비엔나'에서 지금도 기억에 남는 것은 중세기 한때 유럽에 군림한 '신성 로마제국'의 황후 또는 '女皇'의 여름별장으로 알려진 거대한 (50만여 평) '쉔부른(Schonbrunn, 1867)' 궁전과 그 아름다운 정원이었다. 최근(2017)에도 가 보았으나 그 위용은 여전하였다. 파리의 '베르사유' 궁전을 본떠 정면은 광장, 후면은 대 정원으로 되어 있었다. 그곳에서 악성 '모차르트'가 6살에 초청되어 와서 연주도 하였다고 한다. 바로 옆 '왕궁 예배당'에서는 '빈 소년합창단'이 때마침 연습 중인 모습을 볼 수 있었던 행운도 가졌다.

시내는 육중한 영국 런던과는 또 달리 아주 세련된 중세 대표 석조 건축물들이 즐비하였는데 특히 예술의 나라답게 '빈 오페라하우스(Wien National Opera Hause)'를 자랑하였다. 지나오면서 생각난 것은, 우리 서울 문치과 형수님의 남동생 양 교수였다. 그는 좀 전에 여기로 단신으로 유학 와서 다년간 노력하여 성공적으로 마치고 귀국하여 서울대학 음대 교수(바이올린)가 되었으며 수많은 후진을 낳았었다.

특히 거리 한쪽으로 흐르는 '다뉴브 강(Donau, Danube)'을 따라 내려가다 보면 절로 '요한 슈트라우스'의 「아름다운 푸른 다뉴브 강(An der schonen blauen Donau)」이라는 왈츠 노래가 저절로 상기되어 사람들이 모두 합창하기도 하였다. 그런데 도중에 사람들이 강 위에 떠내려가고 있는 몇 사람 탄 배를 향해 손을 흔들고, 그들도 열렬히 응대하는 걸 보았는데 당시는 다뉴브 강에서 흔히 보는 자유를 찾아 '탈동독 주민'들인데, 중립 오스트리아로 성공적으로 탈출한 그들에게 열렬한 환영의 박수를 보내는 장면이었다. 그리하여 그들은 국제적으로 보호를 받으면서 종국에는 독일 통일에 큰 밑거름이 되었다.

강을 따라 내려가다가 '비엔나 강'을 끼고 오른편으로 돌아서 또 하나의 음악공원 'Stad Park'에 들렸는데, 거기에는 그 바로 유명한 「아름답고 푸른 다뉴브 강」을 연주한 '요한 슈트라우스(2세)'가 바이올린을 연주하는 입상을 비롯하여 '브룩커나', '슈베르트' 등 여러 명의 악성 동상을 볼 수 있었다.

* 그런데 당시만 해도 이렇게 아름답게 보였던 오스트리아의 '비엔나'는 2017년경 동독 관광길에 들렸을 때는 어쩐지 우중충하고 어둡고 가난하게만 보였다.

∴ 남유럽 탐방여행: (로젠하임)-(피렌체)-로마-나폴리-카포리-베니스
　(1969년 8월 22일~1969년 8월 26일)

1970년 8월 6일, 서독 알프스 산악여단에서 참모참관 기간 중 여름휴가에, 최종 목적지를 이태리 남단 '시시리아(Cicilia)' 섬의 '메시나'- 2차 세계대전 시 연합군의 주요 작전요지 -로 하고, 남유럽 특히 이태리 견문(탐방) 여행길에 올랐다. 이때는 장거리 여행이라 시간과 경비 절약상 야간열차 이동과 주간 지역탐구를 원칙으로 하였다.

산악여단 주둔지 '바드 라이헨할'에서 가까운 남유럽행 기차 환승역 '로젠하임'으로 가서 야간열차를 이용하여 이태리 피렌체를 경유, 로마로 직행하였다. 로

마 도착 후 일단 아침식사를 역 구내에서 해결하고 바로 '나폴리'로 향하였다. 폼페이오 역에 내려 내리막길로 폼페이오 유적지에 갔으나, 이유 모르게 문을 닫고 있었다. 부득이 주변을 두리번거리다가 시간 관계상 안으로 들어가지 못하고, 이어져 있는 동네, 그러나 못지않게 관심을 끌었던 '솔렌토' 마을(당시 유행하던 근사한 노래 마을)로 갔다. 생각 외로 절벽 위에 조성된 마을이면서도 지중해 무역을 주름잡았다니, 중고대 안보·지리적 환경을 이해하기는 쉽지 않았다. 마을은 좁은 골목길이 있는가 하면 근사한 공원도 있고, 견실하고 아담하고 아름다운 중세기 집들이 가득하였다.

항구로 가기 위해서는 벼랑 끝 근처에서 골목길을 따라 밑으로 밑으로 내려가야 했다. 드디어 시간이 되어 20~30여 명 용 '카포리(Capori)'행 셔틀 선박에 승선하여 대망의 섬, 당시 유명해진 이태리 영화, 이태리 여배우 소피아 로렌과 당시 세계적 명배우 '클라크 케이블'과 함께 출연한 영화 「나폴리의 향연」에서 보이는 주 무대인 '카포리 섬나라'의 아름답고 낭만적인 풍경을 감상하기 위해 출발하였다. 앞자리에 서서 카포리 섬을 바로 보고 그 상쾌한 바닷바람을 맞으며 아주 상쾌하게 가는데 배 안에서는 귀에 익은 「돌아오라 소렌토로」라는 노래를 크게 들려주고 있었다. 어찌 그뿐이랴, 생도 시절에 노래 잘하던 친구의 18번 「오 솔레미오, 오 나의 태양(O sole mio)」― 나폴리 찬가 ―이 내 입에서도 절로 나왔다.

40여 분쯤 지나면서 섬에 닿았는데, 바로 내리지 않고 바로 옆 해상 바위 동굴로 갔다. 정말 아름다운 바다 빛, Navy Blue라는 것이 이런 빛을 말하는가 보다. 여름이라 배에 탄 관광객 대부분은 바다에 뛰어내려 헤엄치며 그 맑고 진짜 검푸른 바다를 한참 즐기기도 하였다. 동굴에 들어갈 차례가 되자 다들 고개를 숙이며 들어가 보았는데 캄캄한 굴속이 아닌 하늘빛 바다색이 빛나는 동굴 바다로, 또한 신성하다 할 만큼 아름답게 보였다.

항구 선착장에 내려서 일단은 곧바로 '장미정원'― '소피아 로렌'이 '클라크 케이블'과 연애에 몰입하던 곳, 마치 '오도리 헤픈'과 '그레고리 팩'이 「로마의 휴일」이라는 영화의 '스페인광장 계단'에서 연애를 열연했던 것처럼 ―으로 '푸니쿨라(Funicolar, 등산 케이블 열차)'를 타고 상당히 경사진 언덕을 직선으로 올라갔다. 내려보니 별로 넓지 않은 베란다형 정원인데 사방을 장미꽃으로 장식한 아름다운 정원인데, 특히 아래로 내려다보는 풍경은, 바다와 수풀 언덕 거기에 흰 벽에 오렌지 지붕들이 어울려 실로 아름다움의 절경이었고, 거기에 영화 '나폴리의 향연'을 오버랩하니 정말 환상적이었다. 그때 절로 내 마누라, 내 가족이 생각나고, 그래서 다음에 반드시 기회를 만들어 함께 여기를 방문하리라고 다짐하였다.

(군대를 은퇴 후 2001년경에 여행사를 통해 '서유럽 여행'을 하면서 '폼페이'도 충분한 시간으로 관광하고 '소렌토 항구'를 통해 기어이 여기 이곳에 들러 그때를 얘기하고 그 원을 풀었다. 함께 방문 때는 섬 서측면 꼬불꼬불 아슬아슬 경사길을 올라 그리고 공중 케이블카를 타고 섬 뒤로 돌아서 또 다른 풍경을 감상하기도 하였다.)

나폴리로 돌아와 기차 시간을 기다리면서 저기 보이는, 지금 막 다녀온 '카폴리' 섬의 아름다움과 뱃전에서 '소렌토'로의 노랫소리를 회상하며 나폴리 해안가 공원 그늘 속 벤치에 앉아 바라보는 지중해와 나폴리 주변의 경치는 또 한 번 나를 매혹시키며 시간 가는 줄 모르고 한없이 감상에 젖게 하였다. 한편으로는 애당초 계획대로 시시리로 출발해야 하는데, 시간 여유와 경제사정이 차질이 생겨서 대단히 유감스러웠으나, 부득이 여기서 다시 돌아가지 않으면 안 되었다.

그래서 그날 저녁에는 시내로 들어가 여기저기 나폴리의 밤을 구경하다가 로마행 야간열차에 올라 좌정과 동시에 피로회복의 잠을 청하였다. 깨어보니 로마 전역에 도착하였는데, 옆에 앉은 이태리인이 친절하게도 아침잠을 깨우면서 최고인 '에스프레소(Espresso)'– 그때까지는 그 존재를 몰랐다. –커피를 한 잔 사 먹으라고 권하기에 보니 차창 밖에서 이미 안으로 한 장사 아주머니가 한잔을 내밀고 있었다. 받아 보니 우리의 소주잔에 새까만 커피가 담겼는데, 마셔보니 이건 완전히 '소태 맛'– 소의 태 맛, 소태나무의 잎 맛, 즉 아주 쓴 맛 –이었다. 정말 그 한 모금으로 정신이 바짝 들었다.

로마에서는 아예 '버스 시내 1일 관광'을 실시하였는데, 어젯밤 반잠으로 피곤하기도 하여 로마관광은 마치 꿈속에서 주마등처럼 지나갔고(추억 또한 주마등처럼 지나간다), 아마도 하나님께서 이다음 더 좋은 기회를 베풀어 주시기 위해 그리셨을 것으로 생각하고– 실제로 그다음에 좋은 기회를 몇 번 베풀어 주셨다. –다음을 기약하고, 다음 목적지 '베니스(Venecia)'를 향해 그날 밤 야간열차에 올랐다.

다음 날 새벽에 도착한 베니스는 대운하를 통해 출근하는 사람들과 상점 등은 하루 일을 시작할 준비에 바삐 움직이고 있었다. 첫인상은 자동차가 보이지 않는 데다 청명한 날씨와 맑고 깨끗한 분위기 속의 수상(운하)도시답게 사람들의 이동은 운하에 있었고, 수상 선박들과 함께 움직이기 시작하는 곤돌라의 모습들이 인상적이었다. 관광을 시작한 곳은 역시나 '성 마르코 광장(St.Marco)'으로, 이른 아침인데도 관광객들이 밀려들고 수천 마리의 비둘기는 먹이를 찾아 오르락내리락하고, 군데군데 소규모 악단들의 풍악 소리가 들리기 시작하는 가운데 나는 야외 의자에 앉아 한동안 광장의 멋과 사람들의 움직이는 모습과 함께 평화의 맛을 만끽하였다.

다음은 대운하 관광 선착장— 마치 버스정거장 같은 —으로 가서 느리고 비싼(?) 곤돌라 말고, 택시 말고 대중통행/관광용 '바포레토(Vaporetto)' 해상버스를 이용하여 대운하 지역을 왕복해 보았다. 도시 전체는 완전히 물 위에 떠 있는 수상도시로 보일 정도였으나, 역사를 보면 바다를 매립하여 그 위에 집을 지었는데 점차 지반이 조금씩 물 밑으로 내려앉거나, 또는 수면이 높아지며 기저 부분이 물에 잠기기도 하여 집 입구 계단의 많은 층계가 이미 물속으로 들어가 있기도 하였다. (2020년 현재는 해마다 우기에는 물이 차올라 마르코 광장이 사람 무릎만큼 차 오르기도 하여 통행은 물론 영업이 폐쇄되기도 한다.)

대운하 양편가옥들은 연이어진 2~3층 가옥들로 현재 실제 거주 중으로, 집집이 특징 있는 디자인을 보여서 가히 세계 일류 관광거리가 되고도 남게 보였다. 정말 이 이름답고 실용적이고 오래된 수상도시를 건설한 이들 조상들의 생각과 기술은 정말 존경받을 만하였다. 고개를 숙이며 지나가는 '리알토' 다리 또한 전 세계관광 안내서에 선전되고 있는 바와 같이 다리로써 실용과 운치로써 건조물로 새삼 인상 깊게 볼 수 있었다.

시간이 있어 대운하 끝머리의 바다 방향으로 내려와 저 건너 길게 보이는 '리도섬(Lido di Venezia)'을 바라보며 잠시 휴식을 취하면서 오늘의 베니스 관광을 되돌아보기도 하였다. 여기도 마찬가지로 반드시 멀지 않은 장래에 가족과 함께 다시 관광 와보기로 다짐하고 이제 독일 부대로 돌아갈 기차역으로 향했다.

야간열차로 밤 9시경 베니스를 출발하여 직선거리로는 250여 킬로미터, 그러나 이태리에서 오스트리아 국경을 넘고 다시 서독국경을 넘어 돌아오는 길이라 약 7시간 만인 새벽에 도착하여 무사히 귀대하였다.

3. 서독지휘참모대학과 함부르크 생활

∴ 학교 소개

독일어 그대로 번역하면 '통솔 학원'이지만 한국군 교육체계로 말하면 '육군대학'이고, 미군체계로 말하면 '지휘참모대학'이다. 이 때문에 일반인이나 군인 모두에게 이해하기 쉽게 표시한다면 역시 '지휘참모대학'이 적절한 표현이기에 앞으로 그렇게 사용하도록 하며 때때로 줄여서 '지참대'라고도 쓰기로 한다.

당시 독일은 패전국에 대한 제재를 벗어나지 못한 상태고 동시에 군사 축소지향상황이어서 조직이나 직위 등이 하나가 둘의 역할을 하고 한곳에 둘 이상의 기관을 통합 운용하고 있었다. 통상 군대 기능 중 평화 시의 군사재판이라든가, 특히 학교경비 등- 눈으로 관찰한 범위 내에서 보았을 때 -은 민간인에게 위임하거나 직접 고용하여 운용하고 있었다. 그래서 이 학교에는 '지참대'와 한울타리 안에 우리의 국방대학원 안보과정 같은 과정이 함께 있었고 경비 요원은 은퇴민간인으로 편성 운용되고 있었다.

학교는 당시(서독, 1969~1970) '함부르크'에 있었는데, 설명으로는, 정치 외교 경제 사회 및 기타 국제관계가 첨단으로 작동하는 지역에 학교가 있어야- 외국 대통령 등 주요 외빈강의를 청강하는 등, 통일 독일 수도가 베를린으로 복귀하자마자 이 '지참대' 또한 동시에 베를린으로 복귀하였다. -바로 최고학부 간부 피교육생이 국제적 현실감각을 그대로 받아드려 군대를 항상 국제수준으로 발전시켜 나갈 수 있다는 것이었다. 정말 맞는 말이다. 오늘날 한국의 주요 군사학교가 서울 아닌 곳 멀리에 있어서 군 간부들이 시대적 국제감각이 뒤떨어질 수 있다는 우려를 낳고 있기도 하다.

독일도 타 서구 선진국들과 같이 뒤질세라 추후 외세 확장을 위해서 다방면의 외국 유학생을 받아드려 독일연구에 지원을 다하고 있다. 특히 독일어학 연구분야를 비롯하여 기술분야 교육훈련, 그리고 군사간부 유학지원을 하고 있었다. 군 간부 유학지원은 특히 과거 아프리카 인연 식민지군대 간부- 이들은 주로 대위급이지만, 주요한 군 간부들로 (병과 학교) 이수 후 귀국하면, 국가 지도자가 되고 있었다. -들이 상당수였고, 다음은 미국 영국 등 동맹 나토 국가 군 간부(이들은 독일 간부와 함께 정규과정) 그리고 우리같이 앞으로 여지가 있게 보이는 국가 간부들이 있었다. 우리 1970년 외국인반(1년 단기)에는 22명 중 독일 장교 5명과 한국군 3, 스위스군 1, 네팔 1, 모로코 3, 베네수엘라 1, 브라질 2, 태국 1, 이란 1, 스페인 1, 인도네시아 1, 대만 1, 아일랜드 1으로 구성되었다.

학교본부는 학교장 준장, 참모 G-1, 2, 3, 4, 5로 대령들이었고, 현역교관은 따로 없었으며- 각반 담임과 학교본부 참모가 교수업무 수행함 -각 반에는 담임교관(Hörsaal Leiter, 강좌장, 講座長, 대령)이 있어서 여비서 한 명과 계원 2~3명을 거느리고 소속반원에 대한 교육과제 해결, 교육진행은 물론 행정업무까지도 수행하였다. 당시에는 이 대령들은 2차 세계대전 참전 고참 장교들이었다.

∴ 독일군 'General Stab, 핵심참모' 제도 소개

전통적으로 세계 최강의 군대로 자타가 공인하는 (옛) 독일군대의 지휘통솔 본령(本領)에는 바로 '제너럴 스탑, General Stab'이 자리하고 있는데, 우리말로는 '핵심참모(요원)' 또는 '참모본부 참모'로 번역할 수 있는데 본인은 그동안 후자 용어를 사용해 왔으나, 거듭 생각해 보니 전자의 용어가 더 가까운 의미로 생각되어 앞으로는 '핵심참모'를 주로 사용하려고 한다. 이제 그 양성과정과 운용과정 그리고 (2차대전) 종전 후 현재 현상을 통해서 이 '핵심참모'가 무엇이었기에 유명하며 두려운 존재였고, 그리고 지금 형편은 어떠한지를 당시의 직접 현지 연구와 견문을 통해 밝혀보려 하니 한국군 발전에 도움되기를 바란다.

역사적 유래

세계 모든 군대는 참모(부)의 건의에 따라 지휘(통솔)관에 의해 지휘 통솔되고 작전을 실시하고 있다. 그런데 대체로 미국과 영국, 그리고 불란서를 비롯한 민주주의 군대는 지휘관 중심 구조이고, 반면에 독재국가들이었던 독일과 구 소련, 그리고 이들을 복사한 일제 군대가 참모 중심이었다.

독일군대는 일찍이 1870년대 철혈재상 '비스마르크'와 '대(大) 모르트케 장군'에 의해서 통일 독일을 완성하는데 결정적으로 기여하였다. 그때 '대 모르트케 장군'은 일찍부터 이 '참모본부' 제도를 창안하여 '핵심참모'를 육성하고 이들로

'참모본부'를 단위부대별로 구성하여 운용함으로써 유럽 최강의 군대가 되었고, 현재까지도 유지·발전되고 있는 것이다.

그리하여 일찍부터 소수의 엘리트 장교집단을 특화 교육하여 '핵심참모(부)' 집단을 형성하고, 그들을 각별한 대우– 일반사회 박사학위자와 같은 예우, 그래서 견장도 달리하고 바지에는 붉은 줄을 넣어 입게 하는 등 –와 관리로 군대조직의 핵심으로 운용하였다. 그리하여 이 '핵심참모' 중심의 독일군 지휘통솔의 전통은 통일 독일 전쟁 달성에 이어 제1차 세계대전에서 더욱 그 가치를 발휘하였다. 직업군인이라면 다 아는 바와 같이, 세계 제1차대전 중 세계 전쟁사에 대승으로 기록된 '탄넨베르그(Tannenberg)' 전역에서, 독일군의 노 지휘관 '힌덴부르그' 장군이 그의 명 참모장 '루덴돌프' 장군과 '핵심참모'(부)– 특히 작전참모 호프만 중령의 지혜와 활동(계획 및 현지 참모감독) –의 지원을 받아 러시아의 4+1/2군단을 전멸시켰던 것이다.

그리하여 그 이후 독일군은 '핵심참모 제도'를 더욱 강화하여, 제2차 세계대전에서도 독일군대의 전술전략과 군사 운용술은 가히 세계 최강을 자랑하였고, 연합군의 두려움의 대상이었다. 다만 히틀러 등 정치 야심가들에 의해 전쟁에서 패배하였으나, 연합군과 세계는 독일군의 '강대했던 원인'도 전쟁범죄로 몰아 '뉴른베르그 전쟁재판'에서 범죄자 아닌 'General Stab, 핵심참모제도', 즉 독일군 '참모본부 시스템'을 재판에 회부하여 단죄하고, 앞으로 독일군은 이 제도를 그대로는 사용할 수 없도록 하였다.

그리하여 2차대전 이후 NATO의 한 멤버국으로 재건될 때는, 견장과 외부표지 등 두드러진 엘리트의식의 상징적 외관은 접고, 운용과정도 전적으로 참모근무만 경험하여 참모특성으로, 참모집단으로만 운용하지 않고 새롭게, 제대별 '참모독단행위' 등을 제거하고, 지휘관 근무도 의무적으로 부과하도록 절충하여 부활, 운용하게 되었다.

양성제도와 교육과정

독일군 장교는, 물론 과거에는 귀족 가문에서 선발되었으나, 지금은 18개월 의무병근무를 끝낸 병사 중, '아비투어(Abitur)'를 가진 자를 선발하여 사관학교 3

년 교육— 학교 학술교육과 부대 실무교육을 통해 —을 이수시켜 임관한다. 그래서 장기 복무장교는 각종 자격과정을 거치면서 소대장과 중대장을 역임한다.

대위가 되어 중대장 근무를 필하고 나이 30세가 되었을 때 여단장 등 부대장 추천으로 1차 선발되고, '지참교'에 가서 2차 시험에 합격하여야 최종 선발된다. 대체로 전투병과 장교로서 육군 40여 명, 해공군 15여 명으로 장교 중 15% 정도가 선발되는 것이다.

이들은 '지참교'에 입학하여 2년 6개월간 명실공히 일반대학교의 박사과정— 독일은 석사과정이 별도로 없고, 대학 졸업 후 바로 3년여에 걸친 박사과정을 갖는다. —과 같은 수준의 학업을 2년 6개월에 걸쳐 이수한다. 입교 후 바로 외국어 어학 학교에서 6개월간 수업하고, 중고등학교 영어교사 자격증을 획득한 뒤— 미달자는 낙오 —본교로 돌아와 2년간 본교 'Core Course(정규과정)'로 들어가며, 2년간 결혼도 못 하고 기숙사 생활하면서 도(?)를 닦는다.

졸업 시에는 성적 서열 없이 소정의 과정을 이수한 자격으로 'im General Stab'의 증서— 일반사회 박사학위와 동등한 학위와 자격증서 —를 수여받고 소령으로 승진하면서 졸업을 하게 된다. 그 얼마나 확실하고도 보장된 교육과정인가! 이 'im General Stab, i.G' 칭호는 사회 'Doctor' 칭호와 같이 불리며 명함에도 새겨져 사용된다. 독일 국민들은 이 사람들을 크게 존경한다. 그래서 독일 군대는 내외로 또다시 강한 군대로 군림해 가고 있다.

운용제도(진급과정 포함)

'지참교'를 졸업, 즉 'General Stab'으로 임명됨과 동시에 최초 보직은 NATO 연락장교와 주외국 대사관 무관 또는 여단의 G-3, G-4— 여단 참모는 S1, S2, G3, G4로 구성된다. —로 근무하게 된다. 근무 중 유사시는 G3가 S2를 장악한다. 근무시한이 경과하면 다음은 중령 진급과 동시에 전투병과부대 대대장으로 지휘관 경험을 하게 된다. 이후 상급부대(사단 등) G1, G2, G3, G4 등 참모근무를 하고 이어 대령으로 진급하면서 연대 단위 부대 지휘관을 경험하고, 다음은 장군이 보장된다. 이어서 상급부대 참모와 지휘관을 거치면서 군무를 계속한다. 이같이 독일군은 일단의 엘리트 집단에 의해 지휘 통솔되고, 이들에 의해 성장하고 강화된다.

한편 일반 장기복무장교 중 일부는 부대에서 소령으로 진급한 후 부 대대장 겸 대대 작전장교(S-3)를 거쳐 '지참교' 단기 과정(1년)을 이수하고 연대나 여단급의 부지휘관 또는 보좌관생활을 통해 진급하고 최종계급은 대령으로 마감한다. 한편 장기근무장교 중 대부분(약 85%)은 대위 계급으로 자기가 원하는 그 지방의 토박이 부대의 대대 S1, 2, 3, 4를 거쳐 연대/여단의 S1, S2, 그리고 G3, G4 밑의 S3, S4로 근무하면서 원한다면 54세까지 근무할 수 있다.

한국 실정과 정서로는 좀 이해하기 어려운 현상이기에 내가 실습한 산악여단의 S1으로 근무하는 50세가 다된 인사장교(대위)에게 물어보았다. 그는 주저 없이 자기 입장, 즉 종신 대위의 군대생활관을 말해 주었다. 물론 'i.G' 장교를 선망도 하고 존경도 한다, 그러나 우리 같은 생활에도 만족하고 있다. 저 사람들은 우수하게 부대 근무한 자들로 여단장의 추천을 받아, 휴일도 쉬지 못하고 열심히 공부하여 '지참교'에 가서 경쟁시험 쳐서 입교한다. 거기서 장가도 못 들고 청춘 재미도 못 보면서 2년 6개월간 꼬박 기숙사 생활하면서 오로지 공부와 연구에 몰두한다. 그리고 졸업하면 한 지역에 있지도 못하고 다른 나라로 갔다가 저 부대로 갔다가 또 다른 부대로 가는 등 평생을 긴장된 가운데 떠돌이 가정생활을 한다.

그런데 우리는, 특히 나는 여기 아름다운 휴양지 알프스 산밑 좋은 부대에서 한 번 익힌 인사행정 근무경험을 가지고 평생 별다른 공부 노력 없이, 별 하자 없이, 어려움 없이 지내면서 적절한 시기에 결혼하고 정시에 출퇴근하며 휴일이면 알프스산 등산해가며 만족한 생활을 하고 있다. 물론 생활갈등도 없다고 했다. 그 말도 맞을 것 같았다. 앞으로 특히 진급문제에 갈등이 많은 한국군에서는 연구해 볼 만한 가치가 있다고 생각했다.

∴ 서독 '지참대' '연합군반' 학습생활

학교안내 및 수업준비

우리 반은 '연합군 반'으로 10개월 단기과정으로 책정되어 있었다. 입학 첫날, 간단한 입학식 후 학교장 준장, 학교 참모부 대령들 소개 후 강좌장(Hörsal Leiter, 앞으로 '강좌장'으로 사용함)이 인솔하여 학교 내부 시설물과 이용방법 등 소개 후 도서관으로 가서 가방 가득 30여 권의 FM(군사 야전 교범)을 수령하여, 숙소가 아닌 강좌실(강좌 교실, 토의 겸 모임방)로 가서 자기 자리와 책상을 배정받고, 책상에 책을 넣어 두었다. 이 교범들은 정위치가 숙소 아닌 교실의 내 책상 속이었다. 다시 말하면 모든 공부와 연구와 토의는 이 교실에서 이루어지며 여타 교내시간은 자유시간이라는 것을 의미하였다.

* 야전교범 30여 권 중『Führung』이 핵심 교범인데, 한국 교범의『작전』, 미군의『FM 100-5』,『Operaion』과 같은 내용의 교범이다.

지금부터 졸업 때까지 학업지도와 행정지원 야외실습 참모 여행(후에 설명) 등 피교육자들의 모든 것을 담당– 옛날 초등학교 담임선생 역할 + 행정명령 및 집행 –하는 강좌장은 대령으로서, 바로 옆방에 위치하고, 행정요원(여비서 겸) 1~2명과 함께 상주하면서 우리 피교육자와 일과를 함께하였다.

학교 본 수업(Core Course)은, 1기(3개월)로 '부대 전투준비태세→비상→전방으로 부대 이동', 2기(5개월)로 '방어편성→방어실시', 3기(2개월)로 '반격 및 공격준비'로 책정되어 있었다. 그래서 수업 첫 시간에 강좌장에 의해서 반원을 4개 사단본부조(사단장, 참모장과 주 참모, 즉 G1, 2, 3, 4)로 편성하고, 기마다 반을 재편성하며 진행하기로 하였다.

∴ 커리큘럼과 Core Course 수업

그래서 그날(첫날) 바로 예습문제와 해결을 위한 '상황 과제(문제)'가 제시된 페이퍼를 수령하였다. 첫 과제(요약)가 '적 침략징후 발견→적군 공격태세, 아군 Defcon-2(완전무장 후 방어진지 배치)' 상황에서 귀 부대 전방으로 작전이동명령을 수령하였다.

과제: 귀하는 사단 참모(1, 2, 3, 4), 지휘관이다. 현재시간 00시 00분, 귀하의 행동 및 계획 여하?

대체로 한 과제(문제)당 2주간을 할당하여, 개별연구, 조별토의, 조별발표, 강좌장 평가, 그리고 다음 과제 제시 순으로 진행하였다. 개별연구는 교실 내 자기 책상에 넣어둔 야전교범을 참고하여 준비하고, 조별로 각자 맡은 참모직책에 따라 토론하고 발표 준비하며, 발표일에는 각 조, 즉 사단별로 나가서 직책별로 의견을 발표한다.

* 참고로 현재 대부분의 서독 사단은 후방에 주둔해 있고, 국경지대는 국경경비대(경찰)가 근무 중이다.

시작 전후에 별도의 상황설명이나 요령 제시는 없다. 오로지 개인 연구와 조별 토론과 조별 결론이 중요시되는데, 다만 질문이 있으면, 학교본부 참모 중에 질문에 해당하는 부서 참모가 와서 질문에 대한 대답만을 해주고 문제 해결을 조언해 줄 뿐이다. 그래서 개인의 연구심을 극도로 고양할 수가 있는 것이다. 한국과 같이 과목(도하, 방어, 공격 등)별 교관(교수)이 있어서 자기 과목을 강의하고 설명하고 진행하는 것이 아니다. 과목 담당 교관은 없기에 과목 강의는 물론 별도로 없고, 각 개인이 스스로 야전교범을 참고하여 생각하고 연구하여 해결책을 창출해내게 하는 참으로 이상적이고 창의적인 교육제도이다.

월요일부터 금요일까지 교실에 조별로 모여 연구하고 토론하면서 수시로 조별 결론을 창출해 낸다. 그런데 '코어 코스' 아닌 기타과목, 즉 정치, 경제, 역사(특히 국사)는 초빙강사가 강의 또는 강연(자국 또는 외국 귀빈)하는데, 특히 역사는 일반부대에서도 중요시하던데, 여기 학교 코어 코스에서도 아주 중요시하며, 그중에서도 전사(戰史, War History)는 '實戰의 평시 경험'으로 생각하고 중요시한다.

이제 2주 지나 조별 발표시간이 되자, 게시판에는 큰 벽시계를 걸고, 단상에 한 조(사단별)씩 번갈아 점령하여 자기 직책별로 문제해결책을 발표한다. 시계는 실시간적 행동을 실감 나게 한다. 예를 들면, 작전참모가 군단에 가서 명령을 수령해(또는 전령을 통해) 오고, 그 몇 분 뒤에 어디 가서 누구에게 보고하고…. 그래서 몇 시간 뒤에 어떤 결과가 되었는지 등, 실 상황이나 실제 행동과 같이 실감 나게 문제를 해결해 나간다. 물론 도중 도중에 경청하는 다른 조들은 질문하고 다른 의견을 토의하기도 한다.

2~3일간에 걸쳐 조별 발표가 끝나면 '강좌장'에 의한 강평이 있는데, 각 조의 발표내용을 요약해 주고, 자기가 참전했던 2차대전 시 유사한 경험을 얘기하고

는, "조별 발표내용 및 결론(의견)을 모두 존중한다. 실전에서도 그런 상황들이 전개될 수도 있을 것임으로, 오늘 나온 타의 의견도 참고하여 자기 것을 창안해 내기를 바란다."로 결론 내린다.

당시 한국 교육기관에서는 여전히 '학교 측 원안'— 그래서 시험 치고 학교 측 원안대로 성적을 부과한다. —을 내걸고 강조하고 있었다. 사실은 학교 안 자체도 한 가지 안일 뿐인데, 굳이 유일한 원안으로 강조함으로써 실제 현장(작전환경)에 적시 적응할 수 있는 개별적인 창안력 발휘를 어렵게 할 수도 있었다.

강좌장은 결론 후 곧바로 진전되는 상황과 해결과제(문제)가 제시된 예습지(숙제?)를 배부해 주면서, 일부 조 편성을 바꾸어 학업 분위기를 바꾸어 주기도 한다. 계속되는 상황과 부여되는 과제를 요약해 보면 다음과 같다.

* 부대 이동 및 전방방어지역 전개 명령 수령

귀하는 사단 참모/지휘관이다, 부대 이동계획을 검토하라.

(함부르그 인접 실 주둔부대를 와 유사한 시범부대를 상정)

* 부대 이동 개시: 귀 부대는 00 도시 0번 고속도로 이용 명령 수령

부대 도로 이동 중 해당 도시 행정청과 군 도로통제소와 협조문제를 검토하라

* 유사시 무교량 하천 도하 명령 수령

귀 부대(기계화부대)는 大河川(예, 한강), 무교량, 급속도하 상황이다.

방책(계획) 여하 등

∴ 참모 여행 겸 현장 실습, (서독) 지방 견문록

부대 전방전개를 위한 이동과정 현장 실습 겸 참모 여행

독일군은 전통적으로 사령부, 군, 군단급 '핵심참모'가 작전 중 작전계획대로 수행되는지, 그리고 현지 정세파악을 위해, 그리고 현지지도 겸 확인을 위해 예하 부대로 '참모 여행'을 거듭하여 실시한다. 이제 우리 연합군반도 실내에서 2개월여 작전을 연구하여 계획하고 토의하면서, 일단 완성한 '자기의 안(독자 안)'을 가지고 실제 현장에서 대조하며 확인해보는 현지실습 겸 참모 여행을 가지게 되었다.

함부르그를 출발하여 동부 국경선(당시는 동서독 접경선)까지 지방도로와

Autobahn(고속도로) 그리고 '엘베강' 지류 등지를 현지 답사해 가면서 실습을 하며 전진해 나갔다. 그리고 가는 곳마다, 지방관청에 들러 '對軍 지원사항'을 브리핑 받고 질문 및 토의 등을 통해 점검하고 확인하였다. 주 착안사항은 이동하는 군대에 대한 각종 민간 지원 사항 특히 '물 보급'– 유럽이나 미국 도시를 지나는 길에 흔히 둥그렇게 공중에 떠 있는 듯한 거대한 물탱크를 보게 되는데, 바로 군사·재난 목적의 시설이다. –교통통제문제, 보급지원문제 등이었다.

이같이 과정을 밟으면서 다음 단계 방어편성과 방어실시, 현지실습 겸 참모 여행, 그리고 이어서 반격준비와 실시단계로 이어지고, 역시 현장실습과 참모 여행으로 학과가 진행되었다. 독일군 정규반은 과정 말기에 청군과 홍군으로 편성하여, 육해공 합동연습을 실시(예, 아프리카 내란국가에 긴급 원조물자 수송 과제)하였는데, 우리 반 또한 과정 마감을 겸하여 그 과정을 견학하였다.

∴ 서독군의 '작전 교리'와 전술핵 운용

(서독군의 『Fuhrung』, 미군은 『Operaion』, 한국군은 『작전요무령』)

작전운용 단위와 용어

전술(Tactics)는 대대 단위까지
작전(Operaion)는 연대, 여단 단위
전략(Strategic)는 여단 이상 통상은 사단 단위
* 미군과 한국군은, '전술'과 '전략'으로만 구분되어 있다.

전차 및 기계화 부대 운용(+차량화 보병)

방어 시: 2개 기계화 (보병) 대대(APC)를 전방 고지(구릉)에 좌우로 배치, 전차(Panzer–Leopard)대대는 후방에 배치, 적 공격 시 좌일선 또는 우일선중 한 대대는 진지 고수, 한 대대는 기동 방어, 기회도래시 전차대대가 역습하여 방어 진지회복후, 기회포착하여 전차대대 선봉으로 공격태세로 전환
 * 이는 유럽 평원전투의 일반적 모형임

∴ 전술핵무기의 운용과 전망

전략 핵무기는 물론 전술핵무기도 지역 NATO의 미군이 평시에 보관하고, 훈련지도하다가 유사시 사용 시는 감독한다. 따라서 훈련은 서독군 단독으로 행하고 있다.

사용 화기는 8인치, 175밀리, 155밀리, 로켓포 등으로 투발 가능하다.

* 한국군도 이같이 가용 화기를 가지고 있었고, 훈련도 받았다. 그러나 1990년 이후 미군이 각화기의 핵무기 투발용 특수장치를 회수해 갔다.

운용

전술핵무기 표준은 5kt로, 5제곱킬로미터 유효범위이고, 통상은 방어 전개된 기계화 1개 대대 범위이다.

방어 시는 적 기계화/기갑부대의 아 전선 돌파를 저지하고 섬멸시키기 위해서, 공격 시는 적 방어진지의 기계화/기갑부대를 섬멸시켜 돌파해 나가기 위해서 운용한다.

* 60년대부터 계속 발전시키면서 훈련을 실시해 보았으나 핵무기 투발 이후 후유증에 관한 연구와 실증자료가 재래식 무기보다 실리가 많지 않은 데 비해 인류에 대한 도덕적 피해가 크게 부담됨을 알고 1970년대- NATO와 서독군은 72년 -부터 운용훈련을 중단하고 폐기준비를 하다가 90년대에 들어와 미소 간 핵무기 군비통제협상 성공을 계기로 피차 폐기하였다.

견문록

현지실습 및 참모 여행 중에 여러 지방과 군관민시설을 순방하고 여러 가지 견학도 하였다. 해군기지 방문에 이어 해안에서 46킬로미터로 가까운 거리에 있는 '헬고렌데(Helgo länder)'라는 유인도- 세모꼴 모양의 약 1제곱킬로미터, 해발 61미터 -를 방문하였는데 2면은 완전히 절벽이고 한 면의 일부가 바다로 이어지는 경사평면으로 사람이 거주하였는데, 독일에서는 이나마 아주 귀한 바다 휴양·관광지로 유명하였는데, 알고 보면 그 절벽 면과 지하에는 독일 해군 탄약 기지로 이용되고 평지 일부는 해군 보급기지로 이용되고 있었다. 그와 같이 독일 알프스 산속에도 수없는 군사용 동굴탄약고와 요새가 존재해 있다. 그런 설명을 들으면서 문득 '우리의 태백산맥에는 어떤 군사시설들이 가용할까?' 생각되었다.

'폭스바겐' 자동차 회사도 방문하였는데, 고장 없는 유류절약형 딱정벌레 모양의 승용차— 당시 독일의 국민차로 애용되고 세계적으로도 유명했던 —를 생산라인에서 3분에 1대씩 생산해 내고 있었다. 거기서 듣기로는, 당시 독일에서는 이제 막 부흥 중이라 미국 자본(독일 기술)으로 'Opel'과 'Audi'가 생산 중이고 '벤츠'는 생산 준비 중이라 하였다. 당시 우리나라는 '코티나' 승용차를 조립생산 중이었는데, 우리나라도 이런 방향으로 출발하였다고 생각되었다.

이어서 독일이 세계에 자랑하는 철강회사 'Krupp'을 방문하였는데 거대함과 웅장함, 그리고 품질에 대한 자랑은 들어줄 만하였다. 여기에서 2차대전 시 각종 포화기의 포신을 제작하였는데, 지금은 군수물자 생산을 금지당하고 독일제 'Panzer' 탱크조차 그 포신은 NATO 회원국인 영국제라며, 비판하면서 옛 포신제품을 자랑해 보이며 아쉬워하고 있었다. 견학 때마다 당시 군사정부에 의해 천지개벽 중인 우리나라의 국가발전방향을 예견할 수 있는 가운데, 국가부흥속도와 함께 중공업화를 위한 자동차생산체제를 또한 갖추어 가고 있던 중이라 모든 것이 관심거리였다.

도중에 통신학교를 방문하여 우리보다 반 발자국 앞서가는 서독군 통신 시스템인 'DDD'— 우리는 제5공화국 시절에 완성 —를 살펴보고 저녁에는 때마침 개최 중인 '가장무도회'에 참가하여, 연령과 얼굴 모양새를 재밌는 탈로 감춘 지역 여자들(아마도 군인 가족들)을 상대로 (우리는 뱃사람으로 가장) 즐거운 몇 시간을 보내기도 하였다.

4. 사단 단위 참모 현지참관— 제5기갑사단(Frankfurt am Main)

함부르그 소재 '지휘참모대학'의 10개월 과정(1969. 10. 1.~1970. 6. 30.)을 이수하고, 바로 이어서 1970년 7월에, 사단 단위 참모업무에 대한 참관을 1개월간 실시하였다. 독일에는 '프랑크푸르트'라는 이름의 도시가 2개 있는데 그중 하나가 서독의 '마인'강 유역에 있는 '프랑크푸르트 암 마인'인데, 오늘날 독일로 가는 한국 항공기들의 대부분이 이 도시의 공항으로 향하고 있다.

서독군 유학의 마지막 과정으로 제5기갑사단으로 갈 수 있게 되어, 독일군의 상징인 기갑부대를 관찰할 기회를 갖게 되어 정말 다행이었다. 그리하여 기대를 안고 도착해 보니 사단장을 비롯하여 관계 사단 참모들이 반갑고 친절하게 맞아 주었다.

그리하여 사단 내 각 참모부를 둘러보고 참모회의에 참석해 보기도 하면서 사단 사령부 내에서 일과를 주로 진행하기도 하였으나, 어느 때는 근접여단을 방문도 하면서 독일 기갑사단의 전후 기세(?)를 탐구해 보았다. 다만 아쉬웠던 것은 그동안 기동훈련이나 대부대 연습훈련 등이 없어서 야전훈련의 진 모습을 관찰하지 못해 유감스러웠다. 하루는 사단 참모들과 함께 근방 야산으로 등산 겸 훈련을 겸하여 등정하고 정상 공원에서 맥주도 하였는데, 독일군 동료가 권하기를 "등산하여 땀 흘리며 휴식 때는 과실주가 좋다."라면서 함께 맛보기도 하였다.

과정이 끝나갈 때쯤 부대 참모장이 물었다, "곧 한국 육군참모총장이 한국 국회의원과 우리 부대를 방문하는데 접대준비를 해야겠다. 혹시 참모총장의 식성과 취미를 아느냐?"라고. 당시 육군 소령인 내가 어찌 참모총장의 그것들을 알 수는 없었으나, 그들의 성의를 보아서 일반적인 한국인 식성을 말해 주었다. 그런데 국회의원도 함께 온다는데 전혀 신경 쓰지 않은 눈치였는데, 역시나 독일사회의 국회의원 위치는 한국사회에서와 달리, 공무원 사회에서 국장급 정도로 인식되어 있었기 때문으로 보였다.

5. 독일 유학 여담: 1970년대 초 서독, 유럽, 일본 견문록

∴ 서유럽 탐방 여행: 스위스 바젤-제네바-바르셀로나-마드리드-톨레도-지브랄탈- 세우타 (1969. 12. 23.~1970. 1. 3.)

서독 '지참대' 겨울 휴가 때는 서유럽을 탐구여행 하였다. 물론 단기간에 장거리를 즉, 일주일 기간으로, '함부르크'에서 스위스, 불란서, 스페인을 경유하여 아프리카 모로코의 카사브랑카, 그리고 옛 수도요 전통적 역사고도 인 '마라케시

(Marrakech)'를 최종 목적지로 정하고 지도상 직선거리 약 2,500킬로미터를 여행하는 계획이라 주로, 낮에는 내려서 탐방하고 밤에는 열차로 이동할 수밖에 없는 강행군(?)이었다. 그래서 주로 알려진 도시 알려진 테마 위주로 다녀 보았다.

스위스 바젤-제네바-샤모니 몽블랑

열차는 함부르그를 출발하여 다음 날 아침에 스위스 '바젤'에 한 10분 정도 정차했다가 다시 출발해서 제네바에 점심때 도착하였다. 제네바의 첫인상은 눈 쌓인 알프스를 배경으로 '제네바 호수'를 안고 있는 아주 깨끗하고 아름다운 도시였다. 호수 한가운데는 140미터 높이로 줄기찬 물기둥 분수(Jet d'Eau)가 솟아오르고 그 주변으로는 백조가 유유히 거닐고 있는 모습은 역시나 일품으로 보였다. 별로 거대하게 보이지도 않는 도시임에도 불구하고 중립국 도시인 데다 5대 국제사용어 중 4개국 용어가 공식적으로 사용되는 데다 아름다운 관광도시이기도 하여 20개 이상의 유엔 국제기구— 예, 유럽 유엔본부, 국제적십자, 국제군축회의 등 —가 자리잡고 있는 국제도시이기도 하다.

스위스가 불가침의 영세중립국으로 물론 잘 알려져 있지만, 그러나 국방국가라는 사실은 잘 모르고 있다. 특히 예비군이 있는 각 개인 가정에는 개인화기와 실탄이 지급되어 있고, 주기별로 개인별로 사격장에 가서 스스로 실탄사격 훈련도 실시하고 있다.

특히 한국과 관계된 역사도 있다. 즉, 한국휴전회담에서 공산주의 진영의 집요한 반대로 휴전만 성립한 체 이루지 못한 평화회담(종전조약)— 공산 측 대표 주은래는 '선 외국군 철수 후 통일선거'를, 연합군 대표 덜레스는 '선 통일선거 후 외국군 철수'를 주장 —을, 1954년 '제네바 회담(4월~7월)'으로 계속하였으나, 역시나 공산 측의 타협 없는 주장으로 무산되어 오늘까지 한반도는 '정전(휴전) 상태'를 유지하고 있다.

다시 바로 이웃에 있는 '스키 휴양지'로 유명한 불란서 '샤모니 몽블랑'으로 향하였는데, 버스로 1시간 30분 거리에 있었다. 1924년 제1회 동계올림픽을 개최하였다는 도시답게 아름답고 친절하며 정다운 도시였다. 만년설의 몽블랑을 배경으로 4계절의 스키와 트래킹 등산, 그리고 휴양을 목적으로 형성된 샤모니 마을은 알프스 산 계곡다운 아늑함과 아기자기한 시내 관광 겸 상점 골목길, 그 속에 자리한 고풍스러우면서도 아담하고 반듯하고 보기 좋은 우체국, 성당, 슈퍼마켓, 기념품점, 각종 스포츠 용품점, 맛집 식당, 카지노, 기념 동상, 호텔, 만남의 장소로도 이용되는 시계탑 등과, 밤이 되면 골목들이 오렌지색 불빛으로 더욱 아늑해지는, 걸으며 돌고 또 다니고 싶은 야경 등이 독특하였다. 2019년의 우리 평창이 동계올림픽 개최지로 지명되었을 때, 우리 시골 평창이 그만큼 발전되기를 기대해 마지않았다.

다음날, 샤모니 케이블카 정거장에서, 스키 용구까지 장비한 많은 스키 애호가들과 트래킹 등산 애호가들과 함께, 한 케이블카(Le Telepherique)에 가득 타고 올라갔다. 도중에 올라다 보는 풍경도 좋았지만, 내려다본 샤모니 동네 풍경도 좋았다. 도중 중간 정류소에서 중간거리 트레킹 애호가들은 내리고 환승하여 다시 오르는데, 아마도 거의 60~70도 고도로 오르는데, 정말 이 기술과 개발 정신에 감탄하지 않을 수 없었다.

드디어 '에귀 뒤 미디(Aigui du Midi, 해발 3,842미터)'에 도착하였는데, '흰 계곡(Vallee Blanche)'으로 스키로 내려가는 스키어들과 이를 건너 저편 역으로 가는 케이블카를 바꾸어 타는 관광객들과 헤어지고, 남은 사람들은 엘리베이터로 전망대로 올라가 8킬로미터 멀리 위로 보이는 '몽블랑(흰 산)'도, 보고 아래로는 거대한 빙하와 만년설의 계곡과 그 끝에 놓인 샤모니 마을 등 그야말로 비경(祕境)을 볼 수 있었다. 다음 하산 차례까지 여기저기 둘러보며 눈 덮인 몽블랑과 빙하, 그래서 대자연의 아름다움을 만끽하였다.

차례가 되어 왔던 길과 방법으로 내려왔는데, 거듭 알프스의 천연환경은 두말할 것도 없거니와 이렇게 관광을 즐길 수 있도록 조성해 낸 불란서 사람들의 장한 생각과 기술, 모험심, 그리고 유지관리 정신을 칭송은 물론 본받아야겠다고 생각했다. 케이블카를 탄 일행 중에는 일본 가족관광팀이 있었는데, 그들은 겨울방학에 또 한가한 겨울시즌에 맞추어 1개월간 가족 관광을 실시한다고 들었다. 당시 우리는 기혼자 유학도 혼자 올 수밖에 없는 경제사정인데 일본은 이렇게 앞서가고 있었다. 그러나 우리도 군사혁명 이후 군사정부에서 천지개벽의 국가부흥을 이루고 있으니 머지 않아 가족 해외관광도 가능하리라 믿었다.

스페인 '바르셀로나'에서 아프리카 '세우타'까지

스위스와 불란서 '샤모니 몽블랑' 관광을 마치고 제네바에서 '리옹'을 경유, 스페인의 '바로셀로나'행 야간열차에 올랐다. 함부르그 '서독 지참대'의 우리 반에 스페인군의 소령이 있었다. 골격이 장대한 거인으로 스페인 장교단의 자랑으로 스페인 승마를 즐긴다고 하면서 '에스파냐'의 위대함과 전통을 자랑하면서 인간적 낙천성을 과시하기도 하였다. 그런데 개인적으로는 별로 친하지 못하였으나, 그의 말대로 에스파냐에 가 보고 싶었고, 또 특히 독일인들이 건강 휴식을 위해 이태리와 아프리카 그리고 스페인을 인정하고 있었기에 호기심도 있고 하여 탐방해 견문을 넓히기로 했었다.

다음 날 아침에 깨어보니 스페인의 아름답고도 역사적인 해안 도시 '바르셀로나(Barcelona)'에 도착해 있었는데, 밤중에 열차가 불란서와 스페인 국경지대를 가로지르는 '피레네' 산맥을 넘어왔던 것이다. 여기서 제1 목적지 스페인의 현재 수도 '마드리드'를 갈려면 환승해야 하는데, 그런대로 약간의 시간적 여유가 있기에 가까운 시내로 들어가 보았다. 첫인상은 독일이나 유럽과는 또 다르게 중세기의 고풍 도시를 연상하게 하였다.

물론 여기도 전통적 고풍 도시답게 기념탑이나 개선문 등이 있었으나, 그중에서도 잊을 수 없는 아메리카(인도?) 모험가 '콜럼버스' 기념탑(Mirador de Colom)은 높이 60미터에 이르는 거대하고도 정교하게 건축되어, 보는 사람들의 마음을 희망차게 해 주었고, 어디엔가 그 근처에는 또 하나 높은 탑에 거대하고 둥근 지구의를 짊어진 사나이의 동상도 보았는데, 그야말로 한때 세계를 지배한 '에스파냐'의 과거사를 알만하였다. 그리고 바닷가에 나와 이제 막 조성 중- 또는 보수 중 -인 듯한 그러나 거대한 해안공원(Mossen Costa I Liobera Garden) 언덕, 이제 막 심은 듯한 선인장 옆에 앉아 지중해를 바라보며 한순간 나그네의 피로함을 덜어도 보았다. 과연 아름다운 스페인의 지중해 바다, 과거 한때 세계를 호령하였던 '에스파냐'의 근원지 '바르셀로나'가 있었다.

다시 마드리드행 기차를 타고 8시간가량 지나 스페인의 현재 수도 '마드리드'에 도착하여, 우선 '지브랄탈'을 거쳐 모로코 입국을 위한 비자 발급절차를 밟았다. 예상외로 3일 정도 소요에 비용도 들었다. 사실 그동안에는 모두가 공용(公用 패스)이었기에 개인적으로 비자 발급수속은 처음이었다. 그러나 마드리드에 있는 주

스페인 모로코 대사관에 가서 비자 신청 후 며칠 걸려 받긴 하였으나, 이미 계획일 정에 차질이 생겨 부득이 모로코행은 포기하고, 대신 기어이 아프리카 땅은 밟아 보기 위해 아프리카 북단 스페인령 '세우타(Ceuta)'를 탐방하기로 계획을 바꾸었다. 부득이 본격적인 아프리카 탐방은 다음으로 미루었다.

* 그런데 다행스럽게도 1976년에 '모로코 군사지원 조사단장' 자격으로 모로코 국방부를 방문하였고, 카사블랑카, 마라케시, 그리고 서부 사하라 저 밑까지 방문한 바 있다.

그동안, 젊은 때라, 순 도보로 '마드리드' 시내를 여기저기 돌아보았는데, 역시나 한때 세계를 정복한 바 있는 나라답게 곳곳에 기념탑 기념공원 역사박물관, 근사한 (옛) 왕궁 등이 즐비하였다. 지금 기억되는 곳은 왕궁이었는데, 그땐 프랑코 '독재자'가 아직 살아 있던 때라 경비가 엄격하여 들어가 보지 못하고 주변을 걸으면서 역시나 파리의 베르사유 궁전을 닮았다고 생각하였다.

다음, 물어물어 찾아간 곳은 바로 '세르반데스' 작가의 그 유명한 『돈키호테와 산쵸』를 기념한 동상 겸 기념탑이었다. 역시나 전 세계 사람들에게 재미를 준 작가와 그 내용답게 거대하게 잘 건축되어 있어서 누구든 그 앞에서 즐거워하지 않을 수 없었다. 사람 키 3배 이상도 더 되는 장창(막대기?)을 쥐고 말 위에 당당히 앉아 금방이라도 미친 듯(?) 풍차를 향해 돌진해 갈 자세의 돈키호테 기사와 이에 순종하여 뒤따르는 산쵸가 당나귀에 올라타 그 옆을 지키며 지나가는 모습을 보면, 누구나 절로 웃으며 따뜻한 인정을 느끼게 될 것이다.

유럽 나라들에서 뺄 수 없는 것은 저마다 자랑하는 '개선문'이다. 유럽 각국, 로마제국부터 오스트리아, 독일, 불란서, 영국, 스페인 등은 서로서로 유럽(때로는 세계)을 한때씩 정복하고 지배하였다. 그래서 가는 곳마다 자국의 유럽정복과 지배를 기념하고 그것을 자랑하는 '개선문'이 수도 중앙거리에 서 있어서 국민들에게는 물론 관광객들에게도 반드시 소개하는 것이 되고 있다. 여기 마드리드(1969. 12. 30.)에도 도시 중앙에 '마드리드 개선문(Alcala Gate)'이 있었다. 좀 독특한 것은, 중앙에 마차와 대행 열이 지날 수 있는 3개의 문과 양옆으로 사람이 다닐 수 있는 2개의 문이 따로 있었고, 주변은 공원화되어 있었다.

끝으로 스페인 탐구에서 빼놓을 수 없는 '투우'장으로 갔다. 영화나 기타 소개서 등에서 많이 보아 왔지만, 막상 현장에 와보니 더욱 엄숙하기도 하고 열광적이기도 하고 인간의 잔인성도 볼 수 있는 곳(것)이기도 하였다. 시작 나팔이 울리자, 얼마간 (고의로) 햇빛을 못 보고 갇혀 있던 목장의 (검은) 소가 문이 열리며 밝고 넓은 운동장으로 나오게 되니 살게 됐다며 마구 운동장 몇 바퀴를 뛰어다니다가 스스로 힘이 빠지자 걷거나 제자리에 선다. 그러자 두세 명의 보조 투우사가 각각 붉은 망토로 소를 유인하며 제자리에서 혼란시키며 맥을 빼고 혼을 뺀다.

다음엔 찬란한 색깔 옷과 긴 창으로 무장한 기마 투우사가 나타나 소를 흥분시키며 창으로 크게 몇 번 찔러 등과 목에 피를 흘리게 하여 더욱 미치게 한다. 그런 다음 또 다른 보조 투우사 3명이 끝에 창살이 달리고 몸체는 울긋불긋 색을 입힌 1미터 넘는 길이의 창살을 각각 3개씩 소의 등 양편에 꽂아 넣는다. 그러면 피는 흐르고 흥분되고, 이렇게 미친 소가 뛸 때마다 그 창살이 흔들리며 피는 더 나고 더 미치고…. 드디어 기진맥진하여 날뛸 힘을 잃었을 때, 주연 투우사가 나타나 다시 한 번 소를 어르다가 저항의 힘이 없음을 확인하고는, 드디어 단도로 소의 급소를 찔러 마지막 명을 거두게 한다. 한 마리 잡는데 걸리는 시간은 15~20분, 그래서 한번 입장에 6~7마리를 처분하는데, 죽은 소는 즉시 말이 끌고 나가는데, 바로 밖에 대기하던 이동형 도살장에서 금방 분해하여 판매장으로 가고 일부는 캔으로 가공하여 팔려 나간다고 한다.

'도살이란 언제나 그런 것이겠지만, 이렇게 잔인하게 만인 공개로 할 수도 있구나. 하기야, 로마에서는 인간도 이런 식으로 도살했었지.' 동서양 막론하고 인간의 잔인성과 희극성은 크게 다른 바 없음을 보게 되었다.

'마드리드'에서 일정상 '플라멩코' 극장이나 '왕실 실내 승마 훈련장'– 비엔나 스페인 승마훈련장의 원조 –을 방문하지 못해 섭섭했으나, 일단 다음을 기약하고, 제2의 목적지 '지부랄탈'을 향하였다. 기차를 기다리며 역전에서 구두 닦는 '슈산보이'들이 있기에 우리나라 생각도 나고 해서, 한자리에 앉았더니 열심히 구두를 빛내주면서 하는 얘기가 "미제구두가 역시나 최고야!"라고 하였다. 마침 신고 있던 단화가 미제– 당시 우리나라에는 쓸만한 가죽구두도 없었기에 미제 군용단화가 유행이었고, 우리 군인에게는 물론 미제단화가 보급되었다. –였는데 사실 광이 잘 났다. 그런데 이 구두닦이 소년들도 근처 주둔 미군과 자주 만나는 모양이었다.

기차에 올라보니 장거리 열차라 침대차형 나무좌석에 다섯 명(다른 나라 3명 정원) 정도 끼여 앉아 한 박스에 남녀노소 10명(다른 나라 6명 정원) 정도가 함께 여행하게 되었으나, 모두가 친절한 일반인 또는 시골 사람들로 금방 친하게 되었다. 기차가 출발 전에 그들은 장거리 여행 준비에 바빴다. 마르고 큼직한 식빵(바게트 빵)과 함께 물(음료수와 세수 겸용)도 준비하였는데 보아하니, 우리나라 한 됫병 크기 물병에 기차 선로 변에 설치된 기관차 스팀 보급용 수돗물에서 받아오는 것이었다.

마드리드역 출발 후 다시 기차 여행으로 밤을 새우며 달려서 중간 목적지 스페인의 고도 '코르도바(Cordoba)'에 어두운 새벽에 도착했는데, 기차역에서 날이 밝아옴에 따라 먼발치로 이 오래된 스페인 고도를 바라보다가 다시 출발할 수밖에 없었다. 차 안에서 스페인 사람들이 말해 주기를 "여기보다 '톨레도'에 가면 진짜 스페인의 역사적 옛 도시를 볼 수 있다."라고 했기에 돌아오는 길에 그곳에 들르기로 했다.

그래서 다시 계속해서 남행하여 같은 날 드디어 스페인의 남단 항구도시 '알제시라(Algeciras)'에 도착하였다. 그래서 다음 날 스페인령 '세우타' 배편을 알아본 뒤 숙소를 정하고 건너편 반도 끝에 자리한 제2 목적지인 영국령 '지브랄탈(Gibraltar, 인구 3만 명 군사기지 도시)'로 갔다. 그런데 때마침 스페인 독재자 '프랑코'에 의한 지브랄탈 국경봉쇄(1969~1985)가 시행되고 있어서 유감스럽게도 시내는 근접하지 못하였다.

('지브랄탈'은 1704년부터 영국령이 되어 그동안 많은 전쟁이 있었으나 그 주인은 변함없이 유일한 지중해 입구를 완전히 통제할 수 있었던 요새로서, 21세기 현재도 그 세력 판도는 여전하다.)

부득이 근처에 유숙하며 해안가에 나가 특히 독일인들이 부러워하는 햇빛과 모래사장을 거닐며 스페인과 영국 불란서와 스페인 스페인과 미국 관계 등 국제 안보 관계사를 더듬어 보기도 하였다.

그래서 다음 날 '알제시라스(Algeciras)' 항구에서, 해상 직선거리 46킬로미터 지근거리에 있는 아프리카의 최북서단, 지중해에 면한 항구 '세우타(Ceuta)'로 페리에 승선하여 2시간 정도 걸려서 지브랄탈 해협을 건너갔다.

이 항구도시는 인접 지중해 항구도시 멜리야(Melilla)와 함께 아프리카에 남은 스페인령 자치도시이다. 스페인이 영국에 지브랄탈을 내놓으라고 말하면, 영국은 모로코의 스페인령 세우타를 말하며, 어불성설이라고 피해간다고 한다. 세우타에서 지브랄탈 해협 건너 북쪽 유럽 쪽을 보면 가까운 곳은 불과 10킬로미터 거리— 부산 대마도 거리 49킬로미터 —라 산천이 뚜렷하게 시야에 들어온다. 여기 온 목적은 다만 한 뼘이라도 아프리카땅을 밟아볼 생각으로, 그래서 아프리카가 어떤 곳인가를 견문해 보려고 왔기에 일단 시내로 들어가 보았다. 거리에는 독일이나 유럽에서도 흔히 볼 수 있는 아랍인들과 그들의 노천시장들이 보였고, 중동 그림에서 흔히 볼 수 있는, 흙색 벽으로 칸막이를 해 놓은 주민 마을 등이 새삼 돋보였다. 여행 전체 일정상 부득이 세우타와 아프리카는 이 정도로 탐구하기로 하고, 오후에 항구로 돌아가 다시 지브랄탈 해협을 건너 스페인으로 돌아갔다.

다음 날 아름다운 에스파냐의 지중해 해변과 아프리카를 아쉬운 마음으로 멀리 보면서 함부르크로 돌아가는 기차에 올랐다. 다음 날 잠깐 국민 추천(?) '톨레도'를 들리기로 하였기에 기차는 약 10시간 뒤에, '마드리드'까지 70여 킬로미터 전에 위치한, '톨레도'역에 도착하였다. 이 톨레도 고도시는 현재 수도 마드리드 이전의 스페인 수도로 찬란한 역사와 고문화를 자랑하는, 마치 우리나라의 신라고도 경주와 같은 도시였다.

말 들었던 대로 고풍 창연한 도시였는데 특히 저 높은 언덕에는 대성당이 있고, 거기까지는 층층이 끝 모르는 미로와 함께 개인 집들이 다닥다닥 붙어서 지어져 있는 모습은 얼른 우리 부산의 부산 부두 또는 중앙동에서 보수동 산 중턱을 바라보며 볼 수 있는 동네 모습을 연상할 수 있었다. 시가지 전체는 이슬람, 가톨릭, 유대교 문화가 어울려진 그러나 전체가 군사 요새지와 같은 모양새를 하고 있었는데, 전체적으로는 마치 우리네 신라 천년고도 경주 동네를 보는 듯하였다.

아쉬웠으나 짧은 시간 스페인의 '톨레도' 탐방을 마치고 다시 차에 올라, 오던 길, 즉 스페인의 마드리드—바르셀로나 그리하여 다시 '피레네' 산맥을 해안 길로 넘어서 불란서의 '리옹'—스위스 제네바, 그리고 벨기에의 브뤼셀을 거쳐 '함부르그'로 돌아왔었다. 비록 짧은 기간이었지만, 합계 직선거리 5,000킬로미터, 부산서 신의주까지 다섯 배 되는 거리를, 독일에서—벨기에—불란서—스위스—스페인—아프리카 등 4개국 5개 지역을 탐방하였는데, 두말할 것 없이 내 인생에 미친 영향, 특히 견문은 아주 크게 도움이 되었다.

∴ 불란서 파리 탐방 여행(1970. 5.)

이제 그 지루하고 향수에 차기도 했던 겨울도 가고, 활동하기 좋은 봄이 되었다. 그래서 함부르크 '지참대' 수료 전 어느 날을 이용하여 시내 여행사를 통해 일반 독일인과 같이 버스를 이용하여 불란서 파리 여행을 다녀온 기억을 더듬어 여기에 그 견문록을 옮겨 보고자 한다.

독일 함부르크를 출발하여 독일 북부 쾰른을 지나 벨기에의 '리에주(Liege)'와 '나무르(Namur)'를 통과하여 '디낭(Dinant)'을 지나 불란서의 '아르덴네' 산맥(지금은 아르덴네 국립공원) 속의 '세당(Sedan)'에 들어왔다. 유럽전사를 연구한 육사 출신 장교로서 이 길은 참으로 감개무량한 바 있었는데, 특히 세계 제1차 대전에서 독일군의 'Schlieffen 전략계획'에 따라 독일군이 불란서를 노도와 같이 침략한 길이었고, 제2차대전 시에도 독일 기갑군이 불란서 '마지노' 장벽을 우회 돌파하여 불란서 파리로 전격전을 감행한 길이었기 때문이다.

그러기에 지나가는 길목마다 무명용사비들이 줄지어 있는가 하면, 특히 '디낭'에는 과거 격전장을 기념하여, 불란서 벨기에, 독일, 영국, 미국 국기들이 4철 내내 높은 언덕 위에 휘날리고, 그 아래에 거대한 십자가 밑에는, 희생된 무명용사들의 공동묘지가 있었으며, 듣기로는 해마다 때가 되면 참전국가대표들이 피아 구분 없이 모여 크게 위령 행사를 집행한다는 것이었다.

파리에 들어가기에 앞서 '렘스 시(Reims)'에 도착하여 세계에 잘 알려진 '램(REIM)' 샴페인 주조장을 방문하였다. 지하 50미터 한 지점을 중심으로 수백 미터가 넘는 다수의 지하저장고가 방사선으로 연결되어 있고, 개별 병에 담긴 샴페인이 끝 안 보이게 저장되어 있었는데, 여러 명의 기술자가 그 병들을 적당한 기간으로 세웠다 눕혔다 하면서 손보며 저장하다가 햇빛을 보게 하는데 한 10년 묵은 것이 제일 맛이 좋다고 했다. 안내자 무작위로 병을 하나 들어 코르크 마개를 딴 뒤 젓가락 같은 거로 가볍게 병을 치자 곧바로 거품이 되어 한 방을 남김없이 솟아올랐다. 샴페인의 진미였다. 농담으로는, 독일군이 파리로 진격해 오다 여기서 돈좌된 것은, 이 샴페인을 마시려고, 그래서 마시고 또 마시고 취해서 그만 주저앉았기 때문이라 했다.

파리에 들어와서는 피와 희망, 그리고 아프리카 침략의 역사 전통이 아울러져 있는 넓은 콩코드광장의 한편에 있는 관광객용 어느 호텔에 자리 잡았다. 식후 해질 무렵, 밖에 나와 광장 가운데 서서 저 멀리 개선문을 향해 샹제리제 야경을 보니 절로, 전 세계에서 흔하게 볼 수 있는 그림, 비 오는 샹제리제 거리의 꼬리를 문 자동차들과 그 테일라잇의 붉은빛 색감이 때마침 내리는 보슬비와 어울려 만들어 내는 아름다운 야경이 내 앞에 그대로 그려지고 있음을 보았다.

오늘은 늦었기에 일단 돌아와 잠자리에 들기 전에 화장실에 들렀더니, 변기와 비슷한 것이 또 있어, 손도 씻고 발도 씻고 양말도 빨래하면서 과연 예술의 나라답게 희한한 가재도구도 있구나 했는데, 다음 날 여자용 그런 것이라 듣고는 과연 불란서 하고도 파리로구나 했다. 우리나라에서는 그 후 40년 뒤 2010년경에 '비대'로 유행하였다.

다음 날 나와본 광장에는 구석마다 농촌 이농자들과 해외 구식민지에서 돌아온 귀환 동포들이 벌여놓은 오락작난판과 고물장사와 채소장수들이 혼잡한 가운데 사람 사는 냄새가 물씬 나기도 하였다. 다시 걸음을 옮겨 개선문을 향해 폭 100여 미터로 마로니에 가로수와 양편으로 넓은 보도가 시원하면서도 멋들어진 샹젤리제 거리를, 두리번거리며 감탄하면서 천천히 우편 보도를 따라 걸어서 올라가 보았다. 특히 인상적인 것은 거리 양편과 한가운데로 조성되어 있는 '마로니에' 가로수─ 잊을 수 없어 그러고부터 8년 뒤인 1978년 연대장 때 논산훈련소 26연대 본부 앞과 옆으로 7그루를 심었는데, 어언 50년도 더 넘었으니 그대로 있다면 거목이 되었으리라. ─와 그 돌봄이었는데, 간격과 크기와 모양도 모두가 비슷하며 정연한 것은 물론 그루마다 그 바닥에는 멋지게 디자인된 쇠판이, 깨끗하게 닦여진 대로 깔려 있어서, 불란서의 '질서와 돌봄과 아름다움'을 그대로 느낄 수 있었다.

또한, 50년이 지난 지금에서 우리네 대도시에서 유행을 시작하는 가로풍경, 울긋불긋 상점들로 줄이어진 보도 옆 가게들은 상점에서 내놓은 의자와 테이블들로 분위기가 평화롭고 사람 사는 곳다웠다. 드디어 나폴레옹의 세계제패를 기념하여 세운 개선문에 도착해 보니, 소문대로 30년의 대공사로, 파리를 대표하는 12개의 방사선 도로가 모인 한가운데에 거대한 대문 모양의 석조 구조물이 세계 대표적인 개선문답게 장중함을 자랑하고 있었다. 내용을 보기 위해 가까이 가서 사면의 벽을 둘러보았는데, 4면의 큰 벽면에 'La Marseillaise(진군)', 'La Triomphe(승리)', 'La Resistance(저항)', 'La paix(평화)'를 의미하는 군상들이 조각되어 있었다. 대한민국 우리는 언제 이러한 개선문을 광화문에 세울 수 있을까? 언젠가 반드시 이 꿈이 이루어지기를 바란다.

다음에 찾은 곳은 바로 세계 최초이며 세계 최대규모인 '軍史(Military History) 박물관'이었는데, 전쟁역사를 통해서 수많은 전장과 전투에서 사용되었거나 탈취한 무기, 장비, 군기, 군복, 그리고 군사 회화들이 진열되어 있어서 비록 나폴레옹 시대뿐만 아니라 軍史 전반에 걸친 이해를 도와주고 있었다. 그 수는 상당하여 아마도 일반 관광객으로 무심하게 지나가기만 해도 2시간여는 걸릴 정도였다.

다음 戰史(War History) 건물에는, 불란서 군대의 전승과 패배 역사는 물론, 세계 전쟁사를 눈으로 볼 수 있었다. 특히 거대한 메인홀에는 찬란하고도 엄숙한 나폴레옹의 '대리석관'이 천정 높이로 높은 곳에 안치되어 있는 것으로 보아 불란서 사람들의 나폴레옹에 대한 존중심이 대단하다는 것을 새삼 느끼게 하였다. 우리 군인으로서도 그의 공적과 위훈을 높이 평가하는 것은 말할 나위도 없다 하겠다.

파리를 소개할 때 빠질 수 없는 '에펠탑(아이펠 타워)'은 거대한 대포 분수를 배경으로, 320미터 높이의 철강탑으로 제1회 세계박람회를 기념하여 독일 기술자에 의해 제작되었다. 에스컬레이터를 타고 상층부 전망대 올라가 보면 360도 파리 시내 전체와 저 멀리 교외까지도 보이는데, 원형의 방향판에는 12방향 세계 유명도시를 표기해 두었는데, 극동 방향에 도쿄만 있었다. 그래서 섭섭하여 내려와서는, 탑 관리 당국에 서울도 병기해 달라고 관광객 민원을 제기하기도 하였다.

파리에는 세계에 알려진 수많은 이름의 거리, 교회, 공원, 극장, 궁전, 조각 등이 있는데, 특히 '후렌치캉캉' 춤으로 유명한 '무랑루즈(붉은 풍차)'와 술과 여자의 거리 '피가레', 그리고 거리 미술가들의 작업터이자 시장터인 '몽마르트르', 그리고 역사와 전통, 예술을 자랑하는 '베르사유' 궁전과 그 정원, 세계적 미술품 전시장 '루브르 미술관', 파리 로맨스를 상징하는 「세느강의 뱃놀이」와 고풍 창연한 '노틀담' 등이 있다.

그러나 그중에서도 놀라운 것은 '파리 메트로', 즉 지하철이었다. 당시로는 세계 어느 도시 전철보다 거대하고 방대하게 발달되어 있었다. 대충 30킬로미터가 넘는 지하 노선 15개가 지하 1, 2, 3층으로 구성되어 파리 시가지 밑으로 거미줄 같이 얽혀 있어서, 마치 관광객은 지상으로 다니고, '파리 잔느'들은 지하로 통행하는 듯 보였고, 파리 시가지는 허공에 떠 있는 것이 아닌가 생각될 정도로 엄청

난 규모로 보였다.

"세계를 관광하는 사람은 마지막으로 파리를 보라."라는 말이 있다. 결코 과장이 아니었다. 유럽의 수많은 아름답고 전통적인 도시들도 스스로 '소 파리' 또는 제2의 파리라고 불리기를 원하고 있을 정도였다. 파리 주택은 거의 전체가 나폴레옹 시대 도시계획에 의해 건축된 5층 아파트로 아래층은 상가와 사무실, 위층은 주거층이었는데, 지금까지 그대로이며, 앞으로도 변화할 전망은 없어 보였다. 신천지 미국의 '업타운, 다운타운' 개념과는 확연히 다른 유럽식 역사와 전통이 들어 보였다.

보충하건대, 오늘날 2022년에 한국 서울에는 길이 60여 킬로미터가 넘는 지하철이 10개 이상으로 서울 지하를 거미줄같이 얽혀서 경기도 심지어는 충청도와 강원도 멀리까지 연결하며 발전해 나가고 있다. 그러나 1970년 당시 우리나라는 꿈도 꾸지 못할 때였고, 또 불란서 하면 그저 향수와 향락이 연상되는 때라 내겐 더욱 인상 깊었다.

지금까지 유럽 탐방의 결론으로 말하자면, 유럽에서 성당(교회) 빼고, 불란서에서 '나폴레옹'과 '드골' 빼고, 영국에서 '넬슨'과 '처칠'을 빼고 나면 유럽의 역사책은 휴지통에 들어가도 돌아보는 사람이 별로 없으리라.

∴ 서 베를린시 초청, 방문 여행(1970. 5. 19.~1970. 5. 21.)

1970년 5월 19~20일에 강좌장과 학생, 그리고 그 가족들과 함께, 졸업여행(?)을 겸하여, 당시는 동독 장벽 속에 있으면서 그 도시 절반 이상을 연합군이 점령하여 그나마 그 보호에 서독 시민들이 영위하고 있는 도시, 구(舊)독일 수도였고, 당연히 미래에 통일 독일의 수도가 될 '베를린'으로, 정부계획에 의한 선전목적의 일환을 겸한 'VIP' 초청 단체여행을 하게 되었다.

당시 서독은 전 세계인들의 공분을 사고 있던 '히틀러의 만행'에 대해서 국가적 수치로 단정하고 특히 서방 국가들에 대해 지속적으로 사죄하면서 여러 방면으로 그 진지함을 보이려고 애쓰고 있었다. 즉 세계대전 전범 국가의 오명으로부터 도덕적으로 복원하고자 노력하고 있었다. 1970년 막 당선된 서독 수상 '빌리 브란트'는 폴란드에 가서 바르샤바의 전쟁 희생자 묘비 앞에 꿇어앉아 사죄하기도 하였다. 그런 정책 중의 하나로, 세계 여론조성 유력자나 집단을 초청하여, 독일 내부에서는 다수의 군관민에 의한, 특히 엘리트 시민에 의한 '반 히틀러 운동'도 극렬하게 전개되기도 하였다는 증거를 보여주기도 하였다. 동시에 전쟁 후유증으로 폐허가 되었던 베를린과 현재 '베를린 장벽'으로 분단된 베를린을 현장을 보여주면서 '전범 독일의 이미지를 바꾸어 달라.'라고 호소하는 의미의 노력도 하고 있었다.

우리 일행은 군용기로 베를린에 도착하여 시내 중심가에 있는 '유럽 센터'의 종합빌딩 속의 'Hotel Palace'에 안내되어 일단 여장을 풀었다. 다음 날 베를린 시장이 직접 환영하며 접대해 주었고, 이어 안내한 곳이, 한 (옛) 형무소였는데, 그곳에서 '반 히틀러 세력'- 특히 독일항복의 날이 가까웠던 1944년 7월에 있었던 독일 육군(핵심 장교단)의 '히틀러 암살과 쿠데타 미수사건' 가담자 -에 대한 고문(각종 형틀과 함께)과 처형 현장을 보여 주었는데, 특히 연합군이 두려워했던 용감한 장군으로, 독일 국민들이 존경했던 '롬멜 장군'을 반 히틀러 반란 음모세력으로 몰아 처형(자살로 가장)했다는 사실을 열심히 설명도 해 주었다. 그런가 하면 그와 함께 특히 독일 국민에게 독일 군대를 대표하여 존경받았던 'General Stab(핵심 참모단)' 요원들 다수를 또한 '반 히틀러 엘리트세력'으로 의심하여 잔인한 형벌을 가하고 처형도 불사하였다고 하는 설명을 들을 때는 과연 소문대로 독일군의 '게너럴스탑'이 국내외로 유명하고도 존경받았던 '핵심군인'들이었구나 하는 생각이 절로 들었다.

  * 그럼에도 불구하고 전후 '뉴른베르그 전범재판에서 개인이 아닌 집단의 이름으로 단죄받은 '게너럴 스탑'의 존재감은 가히 독일군의 핵심이었음을 군인이라면 아무도 부정할 수 없었다.'

다음으로 안내된 곳은 당시로 보아서는 동서냉전의 현장이이오 분단 독일의 긴장 지대였던 '베를린 장벽(Berlin Mauer)'의 상징지점인 '브란덴브르크 門(Brandenburg Tor)'- 프로이센 왕국시대 고전주의 양식으로 지어진 개선문의 하나 -앞이었다. 그 문 앞을 연하여 북에서 남으로 시멘트로 된 장벽이 설치되어 독일의 심장부요 수도였던 베를린을 동서로 분단해 놓았으며, 동시에 이를 남북으로 이어서 철조망과 초소들로 조성되어 독일 전체가 동서독으로 국경으로 마주하게 되어 있는 것이다. 광복 후는 38선으로 '6·25 남침 적란' 후는 휴전선으로 남북이 분단되어 있는 한국의 우리 현실과 닮은 독일의 현실을 상징하는 이곳에서 그 현상을 보며 설명을 들으니 정말 감개가 무량하였다.

일행은 그 앞, 냉전의 상징 앞에서 기념사진을 찍었는데, 그 후 50여 년이 지난 2021년에 다시 그 사진을 들여다보며 역사의 흐름을 새삼 느끼게 되는 것은 물론이거니와, 북의 공산주의 3대 김씨 왕조의 불장난 때문에 아직도 통일되지 못한 내조국 한국의 현실이 새삼 안타깝기만 하다.

개선문에서 조금 옆으로 운동경기장 관람대와 같은 구조물을 조성하여 관광객들이 올라가 장벽 저쪽 동 베를린을 구경(?)할 수 있었는데, 대체로 적막과 긴장감이 역력하였다. 그리고 장벽을 따라 조금 더 이동하면 장벽에 원형 꽃다발이 몇 군데 놓여 있었는데, 이는 동베를린 시민과 동독경비군인이 탈출하면서 사살되거나 불행을 당한 그 자리를 표시하며 희생자들을 추모하기 위한 것이었다. 현재도 끊이지 않는 우리의 탈북민들을 새삼 생각하게 하였다.

다음은 시내로 돌아 들어가서, 폭격 맞아 파괴되어 뼈대만 남은 '카이저 빌헬름 기념교회'와 그 바로 옆에 붙여 세운 8각형의 새 교회를 둘러 보면서 또 하나의 베를린 전후 복구 기념교회가 건축되었음을 보았다. 동독으로 포위, 즉 동독 안에 포위되어 있으면서도 또 베를린 자체도 동독이 세운 장벽으로 분단되어 있는 서 베를린이지만, 좀 전에 장벽 너머 바라본 동독과 지금 돌아보고 있는 서 베를린은 분명 별천지로 확연하게 구별되고 있었다. 한눈으로도 구분되는 이 광경, 이는 분명 공산주의와 민주주의의 구분법이기도 하였다.

마지막 날은 자유시간이 주어졌다. 다만 '지하철 잘못 타면 동베를린으로 넘어갈 수도 있으니 조심하라는 주의'가 있는 것으로 보아 동·서베를린이 한국과 같이 완전히 분단되어 있지는 않은 것 같아 우리와의 차이점을 느끼기도 하였다. 낮 관광을 끝낼 지음에, 한 반 독일 장교를 만나 함께 저 골목 안길에 있는 '킹 조지 5세'라는 간판이 붙은 3층 규모 미복구 빌딩에 들어가 보니 바야흐로, 선전물에 적힌 그대로 'Ganz Akt Show Striptease'였다. 구경하면서, 좀 머쓱해서 옆을 보니 웬걸, 한 할아버지가 어린 초등학교 아동 손자와 함께 열심히 보고 있었다. 사실 독일은 전국 곳곳에 'Ero Centrum'이 다 있고 그런 물건들을 길거리에서 여자들이 팔고 있는 것을 흔히 볼 수 있었다.

∴ 북유럽 3국(덴마크-스웨덴-노르웨이) 탐방 여행 (1970. 5. 5. ~ 1970. 5. 9.)

서독 '지참대' 학업을 마치고 헤어지기 직전, 베네수엘라 장교와 브라질 장교들은 보기에 따라서는 국가에서 풍족하게 유학자금을 제공해 주는 듯, 처음부터 가족과 함께 와 생활하다가 돌아갈 때는 가족당 각각 '벤츠' 2대씩 구입하여 선박편으로 보냈고, 모로코 장교들은 각자 1대씩 구입하여 일단 좀 굴리다가 육로로 함께 귀국하였다.

모로코 동료 장교 중 1명이 귀국 전에 차를 사용할 목적으로 우리와 함께 북유럽 3국 주요 도시를 연결하는 육로 자동차 여행을 제안해와 우리나라 3명 동료들은 흔쾌히 동의하여 이 탐방 여행이 이뤄지게 되었다. 그러나 갑자기 정해지기도 했거니와 자동차 성능과 모로코 장교의 운전 능력도 몰라, 일단 출발하여 가면서 쉬면서 관광하다가 저녁때가 되면 적당한 호텔에 투숙하기로 하였다.

우리 동급생 일행 4명을 태운 고급 벤츠 자가용은 이른 아침에 먼저 덴마크로 향했는데, 함부르크에서 덴마크 수도 코펜하겐까지 직선거리 약 300킬로미터를 달렸다. 도중에 페리와 해저터널 등을 이용하여 건너서 쉽게 3시간여 만에 제1목적지에 도착하였다. 덴마크는 북해와 발트해 경계지대를 이루고 있는, 서독에 연접된 '윌란반도'와 몇 개의 섬으로 이루어지고 산은 거의 없는 평야 지대이며 수도인 코펜하겐은 한 큰 섬, 발트해 쪽에 위치해 있다. 덴마크는 인구 580여만 명(서울 강남 인구와 비슷)이고 입헌군주제 국가이다.

도착해서 먼저 찾아간 곳은 발트해 연안에 있는 안데르센 동화집의 대표 주인공 '인어공주' 동상이었다. 마치 안데르센 동화 모르는 세계 사람은 없다는 것을 증명이라도 하듯– 일단, 세계 사람들은 선한 듯 –온갖 피부와 말씨의 사람들이 다녀가고 있었다. 가까이 가 보았는데, 생각보다는 훨씬 작게 보였으나 알고 보면 등신대(等身大)로 1미터 65센티 크기였는데, 바닷가 큰 돌 위에 앉아 있었다. 벨기에 브뤼셀의 '오줌싸게 소년상'과 같이 실물대이면서도 그 유명도는 결코 얕잡아 볼 수 없었다.

다음에는 '티볼리(Tivoli)' 공원에 들렸는데, 보아하니 놀이공원이고 군데군데 다른 나라 대표 건축물이 보였고, 대체로 놀이공원으로 보였다. 한쪽에 보니 눈에 익은 동양식 5층 기와지붕 탑과 그 옆에 중국식 장원의 한 집 거실을 연극 공연장으로 사용하고 있었다. 때마침 '히피족'의 잡탕 공연(?)이 한창이었고, 지나가는 사람들이 걸음을 멈추고 구경하고 있었다. 오래전에 한 여행가가 세계여행을 마치고 돌아와 왕을 위로할 겸 휴식처를 겸해서 왕궁 정원에, 견문한 것을 조성한 것이 이 공원의 유래라고 들었다.

다시 승차하여 다음 목적지 스웨덴의 '스톡홀름'으로 향하였다. 코펜하겐에서 불과 몇십 킬로 못 가서 '헬싱오르(Helsingor)' 항구에서 바로 건너편(몇 킬로미터) 스웨덴의 항구 '헬싱보르(Helsingborg)'로 페리를 이용해서 발틱해의 최소 해협을 건넜다. 그런데 벌써 해가 지고 있었다. 부득이 예정에 없었던 근처 호텔에서 숙박하였다. 다음 날 일찍이 제2 목적지 스웨덴의 수도 스톡홀름을 향해 직선거리 500여 킬로를 달려서 별 어려움 없이 낮에 도착하였다.

'스톡홀름'은 베니스 못지않게 주로 수변 건축물로 된 수상도시로 아름다운 도시였다. 짧은 시간이나 그래도 구시가지를 비롯하여 시내를 몇 군데 다녀 보았는데, 지금까지 가장 기억되는 곳은 시청 앞 분수대였는데, 지상에서 보기도 좋았지만, 지하로 내려가서 마치 공중에 떠 있는 것과 같이 투명 유리로 보이는 분수대와 분수 모양은 기술도 돋보였지만 아름다웠다. 근사하고 아름다운 건물인 시청 내부는 직접 들어보지 못했으나, 매년 노벨상을 수여하고 연회를 여는 곳으로 유명한 명성에 맞게 근엄하게 보이기도 하였다. 거시서 다시 1박 하고 다음 날 제3 하고도 최종 목적지인 노르웨이의 수도 '오슬로'를 향해서 출발하였다.

스웨덴 스톡홀름에서 노르웨이 오슬로까지는 직선거리 400여 킬로미터로 양호한 고속도로가 있었으나, 산간도로가 많아 풍경이 좋아 운전 시간이 다소 소요되었다. 특히 노르웨이에서는 독특하게도 뾰족지붕 가옥 농촌풍경이 많아 두리번거릴 거리도 많았다. 노르웨이는 북구 3개국과 같이 입헌군주국가이고, 수도는 '오슬로'이고 왕궁도 거기에 있으며, 스톡홀름과 같이 역시나 시청사가 랜드마크로 되어 있었다.

'비겔란 조각공원'은 오슬로 대표공원으로, 공원 중앙지역 길 양편에 조성된 남녀포옹 조각상과 그 중앙에 서 있는 남녀 어린이 혼성 나체 집단조각 기둥(남녀와 어린이 등 121명, 17미터) 등이 있는 공원인데, 조각들의 의미는 인간의 삶과 죽음, 남녀가 엉켜 괴로움의 몸부림 등을 표현했다고 하나, 해설에 무관심한 일반 관광객은 그냥 나체의 남녀가 부둥켜 안고 있는 조각들로만 보일 수도 있어서 남녀노소 불구 모두 흥미로워했다.

그리고 다음으로 역사 공부 겸 찾아간 곳은 '바이킹 해적선 박물관'이었다.

서기 800년대에 스칸디나비아를 근거지로 한 노르만족이 공격적인 모형의 해적선을 타고 유럽과 러시아 등지에 침략하여 현 주민을 대량 학살하고 약탈, 강간하고, 그리고 어느 지역은 그 이후 지배까지 하였다는 역사적인 사실을 상기하면서, 그때 이용되었던 해적선(3척)을 발견 복원하여 전시하고 있는 중세기 '해적선 박물관을 찾아가 흥미롭게 잘 관찰해 보았다.

저녁에는 근처 민박집에 유숙하였는데, 주인아주머니가 서양 집 갖지 않게 친절하게 서비스해 주는데, 우리네 민심과 같이 감자 등 음식을 풍부하게 주고도 또 주고 많이 먹기를 권했는데, 서양에서는 드물게 볼 수 있는 것이었다. 다음 날은 제4 목적지대로 노르웨이가 자랑하는 '피오르드(Fiorden)'의 절경을 보기 위해 관광도시 '베르겐' 방향으로 달렸다. 길고도 긴 내륙 계곡을 달려가는데 도로변이 아름다운 빙설 협곡의 연속이었다. 드디어 유명한 '송네치오르드' 지역을 도로 위에서 내려다보며 지나가는데, 정말 아찔하면서도 방대하고 끝없이 전개되는 빙산 빙하협곡은 정말 눈과 가슴이 놀라서 더 크게 될 정도였다.

막상 시간 관계상 '베르겐' 시내에서는 점심 휴식을 취하면서 시내를 내려다보기는 하였으나, 불란서 '샤모니 몽블랑'과 같이 아름답고 낭만스러운 동네로 보였다. 귀로에도 또 다른 피요르드와 협곡을 지났는데 정말 노르웨이를 대표하는 것을 말하라면 금방 '피요르드'라고 말할 정도였다. 다시 오슬로를 지나 스웨덴의 서부해안을 따라 내려오다 보면 스웨덴의 제2 도시요 부동항인 '예테보리(Goteborg)'가 있는데, 스웨덴의 강국다운 흔적과 함께 조선 공업 도시에 잠깐 머물렀다. 시내 교통은 '트램(궤도형 시내 전차)'으로 전담하듯 여기저기 나타나 달리는데 고대와 현대가 잘 어울려진 아름답고 낭만적인 도시였다.

우리는 다시 내려와 '헬싱보르'에서 '헬싱오르'로 페리로 건너 덴마크로 들어와 코펜하겐을 거쳐 함부르크로 되돌아왔다. 이렇게 모로코 동급생 덕분에 시간과 재정을 절약하면서도 즐겁고 무사히 북유럽 3국을 탐구하며 돌아보게 된 것을 아주 다행으로 생각하였다.

∴ 서독 생활체험 속의 견문록

1969~1970년대의 서독 견문을 여기서 다 말하기에는 역부족이기에 그저 잊을 수 없는 몇 가지만 반추해 보기로 한다.

독일다운 '도이취 풍크트!(Punkt)'

독일은 매사가 실질적이고 강건하며 정확하다는 사실을 드러나게 체감되었다. 알프스 산악여단 참모참관 근무 당시 2개월간 '바드 라이헨할' 시내 어느 호텔에 기거하였는데, 내게는 필요 시 독일군 소위 한 명이 수행하였다. 어느 휴일 아침 9시에 호텔에서 출발하자고 약속한 그 날 아침, 준비를 마치고 실내에서 기다리고 있다가, 1초도 안 틀리게 그 시간에 내가 문을 열려고 문고리를 잡았는데, 동시에 그 수행 장교가 문을 노크하였다. 문을 열고 나가니 이 친구 경례하며 왈, "도이취 풍크트(Deutsch Punkt!)!"라 강조하며 웃으며 인사하였다. '풍크트'는 바로 문장 끝에 찍는 점을 말한다. '독일은 끝내준다, 즉 정확하고 믿을 수 있다.'라는 의미를 강조한 것이다. 과연 독일은 그러하거니와 독일인 전부가 그런 생각으로, 그런 자존심을 가지고 살고 있었다.

하루는 편지를 붙이기 위해 우체국에 갔는데 줄 선 사람들이 많아 시간이 걸렸다. 보아하니 담당 직원은 차례대로 한 사람씩 완전하게 볼일을 봐주고 있었다. 그러는 동안 점심시간이 되자, 지금까지 그렇게 성의껏 친절하게 일보던 직원은 벌떡 일어나 줄 선 사람들을 아랑곳하지 않고 식사하러 나갔다. 그런데 줄 섰던 사람들은 또 헤어지지도 않고 아무 일 없다는 듯 그냥 기다리고 있을 자세였다. 나도 그렇게 그 자리에 줄 서 있을 수밖에 없었다.

독일인들은 그런 것으로 자존심에 차 있으며 (미국인과는 좀 달리) 자랑한다. 독일의 제조물, 특히 군대에서 본 그들의 소총에서부터 중화기에 이르기까지의 무기들은, 미국 무기의 매끈한 디자인과는 달리 외모는 어딘가 무디고 어색해 보이나 실질 강건하면서도 기능 면에서는 오히려 우수한 면도 가지고 있었다.

∴ 서독 직업군인의 정당가입과 실제

당시 독일군대는 2차 세계대전 전범 국가 응징대상에서 아직 완전하게 벗어나지도 못했거니와 스스로도 전쟁에 질려 있던 때라— 막 연합군 필요에 따라 재무장 중이었으나 —몇 가지 제도가 (보기에 따라서는) 강한 군사력 재건에 제한적이었다. 그중 하나가 직업군인의 정당가입 허용이었다. 그래서 당시 '지참대 교장'이 준장이었는데, '브란트 정권'이 성립되자 더 이상 진급의 희망이 없다고 실토하는 실정이었다. 즉 여느 민주주의 국가들과 같이 '군은 정치에 개입하지 않고, 동시에 정치도 군에 개입하지 않는 중립보장'이 되어 있지는 않았다.

독일(중부유럽) 날씨와 생활(공간), 소망(탈출확장)과 철학

사관학교 생도 시절 철학과목 시간에 우리 반 철학 교수는 강의를 시작할 때면, "키에케골으가…" 하고는 그 자리에 서서 아마도 3분 정도(그러나 느끼기에는 10분 정도?)는 천정을 쳐다보며 행동정지 상태가 되곤 했다. 그러면 교실은 문자 그대로 쥐 죽은 듯이 고요해지고 철학의 기운(?)이 교실의 공기를 엄숙하게 바꾸어 놓은 듯하였다. 다음 독일의 철학자 '니체'를 말할 때도 역시나, "니체가 말하기를 '신은 죽었다'…"라고 하고는 또 한 10분(?)간 천정을 쳐다보곤 하였다.

그런데 그때부터 그 독일 철학자가 '신은 죽었다.'라고 하는 이유가 무엇일까? 도대체 독일이란 나라가 어떠하기에 그런 철학(형이하학적?)이 나올까 하는 의문을 품고 있었다. 그런데 독일 현지에 와서 그 의문을 풀게(?) 되었다. 지리 지정학적 원인과 날씨가 그(들)를 그렇게 생각하게 한 것이라고.

독일 사람들을 그가 살았던 19세기 중~말엽 시대 독일은, 여전히 40여 개 공국이 뭉친 연방국가로 약소민족 국가여서 나폴레옹과 러시아의 전쟁을 겪으며 지배당한 데다 혁명 내란도 겹친 고난의 역사로 이어져 왔다. 말엽에 가서야 철혈재상 비스마르크와 대(大) 모르트케 장군에 의한 통일이 이루어지긴 하였으나, 여전히 사방으로 강대국에 포위되고 위협받는, 고난과 격동과 미래 불확실 시대요 국가였다. 그래서 '신은 죽었다.'라고 생각할 수도 있었으리라.

거기에다 독일(중부 유럽)은 예나 지금이나 4계절 내내 매일같이 흐리며 때때로 가랑비가 계속 내리며 음산하여 하루 햇빛 30분이면 그날은 날씨 좋은 날로,

특히 여자들은 톱리스로 밖에 나와 누워서 햇빛을 쬐는 자연환경 속에 살고 있었다. 계절적으로도 그들은 4월을 일컬어 '잔인한 4월'이라 부르는데, 봄은 봄이건만 피고 있는 꽃들이 얼음에 쌓이는 싸늘하고 찬바람 여전하고 실망적인 날씨 때문이다. (한국의 멋없는 정치적 헛소리 '잔인한 4월'이 아니다.)

그래서 그들은 그렇게 열심히 일하고 돈벌이하는 이유가 뭣이냐고 물으면, 특히 일반인들은 하나같이 "돈 벌어서 여름휴가 겨울휴가를, 그리고 시간이 나면, 햇빛 좋고 물 맑고 건강에 좋으며, 대우해 주는 이태리, 스페인, 아프리카 등지로 휴양 가려고."라고 말한다. 아마도 그곳 철학가와 일반인이나 정치가는 물론, 현지에 살고 있는 독일인이라면 누구나 현실과 현장을 탈출하고 싶은 생각을 가지고 있기에 역사에서 보아 오듯 독일은, 어느 때는 좌충우돌 몸부림치는 역사를 만들기도 하는 것이리라.

독일의 현장실습 위주 '실업'(實業) 교육제도

독일군 장교가 되려면 반드시 '아비투어(Abitur)'라는 독일식 수능시험 합격증(자격)을 가져야 하고, '핵심참모' 과정을 졸업하면 박사학위와 같은 자격과 대우가 부여되는 과정을 보고 이 나라의 교육제도에 대해 상식선에서 이해하려고 노력해 보았다.

유치원(Kindergarten, 2~3년, 5세) → 초등학교(Grundschule, 4년, 9세)를 졸업하면서 인생 조기에 인문계와 실업계를 구분해서 그 계열의 교육을 중등과정과 고등과정으로 진학하며 받는데, 실업계열(약 6~7년)은 그동안 현장실습 위주의 교육 겸 소득분배도 받는다. 이들은 이후 현장에 그대로 진출하여 최고기술자(Meister)- 인문계의 박사급 -의 길로 가게 된다.

한편 인문계열(Gymnasium/Gesamtschule, 8~9년) 과정 학생들은 졸업하면서 대학수능시험을 보아 자격(Abitur)을 얻는데, 약 35% 정도라고 한다. 이후 석사과정은 1~2년으로 전공 심화 과정으로 보면 되며, 석사과정 중 대략 5% 정도가 박사과정에 추천된다고 한다. 한마디로 말하면 독일의 교육개념은 실업, 과학, 인문, 군사 할 것 없이 모두가 아주 전문적이고 동시에 그러기에 희귀하다는 특색이 있다. 그런가 하면 그 결과 초기에는 세계 굴지의 전문요원들이 세계

보배들로 출현했으나, 날이 갈수록 특히 최근에 들어와서 평범하면서도 다중교육을 실시하는 미국에 상당한 우위– 예: 제약, AI 등 –가 이전되고 독일이 오히려 뒤따르는 실상이 되어, 1970년대부터 교육제도 전반에 걸쳐 반성하고 재검토하여 대책을 세우겠다고 하였는데, 지금까지 별다른 소식이 들리지 않고 있다.

독일 전쟁 과부의 전후 새 가정생활

어느 날 학교본부 참모(대령) 중 한 사람이 자기 집으로 초청해 가보았는데, 눈에 잘 들어오는 벽면에 그런대로 잘 보이는 크기의 사진이 있어서 들여다보았다. 지금 주인 정도 나이의 남자 사진이었는데, 상식 밖이라 물어보았다. 그 사진은 이 집 여주인의 전남편 사진으로, 현재 남편의 동의하에 붙여 놓은 것이라 한다. 지난 전쟁에서 수많은 사람이 희생되었던 독일은 전후에 살아남은 사람끼리 서로 새 짝을 이루어 새 삶을 살게 되었으나, 전쟁으로 희생되어간 첫사랑들을 잊을 수 없다는 인간적인 정서를 서로가 이해하고 있다는 모습이었다.

덴마크의 1969 '섹스 페스티벌'

덴마크는 서독 '지참대'로 유학 올 때 일본에서 출발한 SAS 항공기로 북극점을 돌아 유럽에 첫발을 내려놓을 때 공항이 바로 수도 코펜하겐 공항이었다. 그런데 공항 내 환승 공간에서 현지인에게서 듣고 느낀바 덴마크의 지방 공동체생활은 상당히 자유분방하다는 것이었다. 그런데 '지참대' 본 과정을 이수 중인 1969년 10월경에 서독 신문과 잡지 그리고 TV 뉴스 등에 한동안 '코펜하겐 1969 페스티벌'이라는 선전과 함께 '6과 9를 합친 69' 문자 풍자만화와 함께 흥을 돋구어 많은 서독인들과 유럽인들이 즐길 겸 관광에 나서는 것을 보았다.

덴마크 사람 하면 외국 사람들, 특히 우리에게는 '안데르센 동화'가 대표하는 바대로 온순하고 점잖으며 지극히 인간적이라고 만 알고 있었는데, 이렇듯 특히나 1969년 그해는 '69'라는 그림을 내걸고 열심히 '그것에 대한 관광 특수'를 노리기도 하는 것을 보고, 특히 덴마크를 비롯하여 유럽이라는 나라들은, 먹고 살기가 풍족한 데다 각자의 처신 또한 자유로우니 '그식이'에 대하여 관심이 많은 거로구나 하는 생각이 들었다.

일반인들의 일상(가정, 경제, 사회)생활

당시 서독경제는, 아직도 열심히 발전 중에 있었지만, 이미 상당한 수준으로 전후 회복이 되어 있었다. 미국 달러 대 서독 마르크는 1:4였고, 은행이자는 8%였다. 그러나 불과 몇 년 뒤에는 반대로 1마르크당 4달러가 되었다. 당시 독일의 경제형편은 계속 발전하여 경제지표는 가파르게 오르고 있었으며, 외국인 고용- 특히 남부 이태리인 -은 100만여 명에 이르러 2000년대 한국 수준에 이미 올라 있었다. 당시 우리는 여전히 인플레 시대라 은행 이자는 20% 내외였기에 기업들 대부분은 기업활동 이득보다 토지확보로 영업손실을 보충하고 있었다.

독일인들의 평상생활은 여전히 검소하였고 준비성이 강하였으며 사회 전체 통일적, 획일적(통제) 시스템도 여전하였다. 미국에 가면 지인들이 집으로 초청할 경우에는 통상 'Dinner Party, 만찬 초청'이었고 풍성하였다. 그런데 서독에서도 지인들이 초청을 하되, 주로 오후 시간에 하는데, 처음엔 '아하, 얘기 먼저하고 그리고 식사 대접 하는가 보다.' 하며 갔는데, 기대(?)와 달리 '차 한잔'으로 얘기하다가 저녁때면 헤어지는 초청이었다.

군부대 식당이나 일반 민간 집 식사 메뉴는 1주일 기준으로 거의 같다. 아침은 물론 간단한 빵(검은 보리빵)과 우유, 소시지가 주메뉴이고, 점심 또는 저녁 한 끼만 끓여서 먹고 저녁은 아침과 같이 식은 음식, 즉 만들어져 있는 음식이다. 하루 한 끼 더운 음식 주재료는 월요일 소고기, 화요일 양고기, 수요일 그동안 먹다 남은 것 잡탕밥(처리탕), 목요일은 생선, 금요일은 기타 육류, 토요일은 양과자, 주일은 주로 외식 등이었다.

군대 식당에서는 퇴근할 때 시커먼 보리빵을 포함 소시지 등으로 된 '도시락'을 받아 숙소에서 맥주 또는 우유와 함께 식사(혼밥)했다. 계란은 1주일에 3개뿐- 미군 장교식당에서는 매일 2개씩 즉석에서 취향대로 요리(삶은 것, 스크램블, 반숙 등)해 주었다. -독일에서는 밀 생산이 안 되기에 경제 여유가 있는 집에서는 불란서 수입 흰 빵을 먹기도 하는데 독일 장교식당에서도 아침 한 개의 바게트빵은 불란서 수입으로 공급되었다.

목요일 점심때 처음 받아 본 어른 주먹만 한 그냥 삶은 생선 한 덩이와 찍어 먹는 밋밋한 맛의 소스가 나와 먹어보니 싱겁고 비린내 나고 해서 먹기 힘들기에, 우리 한국 입맛대로 좀 구워 줄 수 없느냐 했더니, "호텔에서나 할 수 있는 일이다."라고 했다. 참고 먹기엔 도저히 안 되어 이후 못 먹고 남길 수밖에 없었다. 우리 앞 어느 기엔가 유학 온 선배 중에는 이 독일 식사가 입맛에 맞지 않아 중도 학업을 포기했다는 얘기도 들었다.

식당에서 식사법 중에 미국과 같은 것은 그 자리에서 마음 놓고 '헹~' 하며 전혀 절제되지 않은 큰 소리로 '코를 푸는 소리'였고- 아마도 동양 사람들에게는 질색하고 밥맛 떨어지는 소리와 모습 -다른 것은 미국인들은 주로 빵은 손으로 잘게 뜯어 먹는데, 독일인들은 반드시 나이프로 잘게 잘라서 먹는다. 양손은 손목 윗부분 만이 식탁 위에 움직여야 한다는 것 등이었다. 그럼에도 불구하고 밤에는 TV를 보며 '반드시'라 할 정도로 '와인' 또는 맥주를 마시며 즐긴다.

서양인들의 '더치페이'는 일상적이라는 것을 알고는 있었지만, 독일에서는 이런 경우도 있었다. 하루는 우리 반 학생 모두가 학교 근처에 있는 같은 반 독일군 소령집으로 낮에 초청받아 가서 마당에서 식사하고 담소하고 있었는데, 한 장교의 의자가 망가졌다. 이웃집 의자라 물어주어야 한다면서, 공동부담이니 당장 모두 얼마씩 내라 하였다. 더치페이 세상에서는 이치가 맞다, 그러나 우리는 아직도 인정- 당시 우리는 '더치페이'를 몰랐고 물론 익숙하지 않았다. -에 익숙해 있던 터라 이 모양이 좀 생소하였다.

하루는 시내 장터에 나가 보았는데, 한 여인이 이제 아장아장 걷는 '토들러' 아기에게 강아지 멜빵을 걸어서 가는데, 꼭 아기를 강아지처럼 걷게 하는 듯하였다. 물론 단 한 번 보았을 뿐이나, 설마 아기를 강아지 키우듯 하지는 않겠지만, 사람들 보기에 좀 심하게 보였으나 아무도 거들떠보지 않았다. 독일의 그런 모습도 보았다.

뮌헨의 겨울 페스티벌

당시 독일에 동서(독)도 있었고 남북도 있었다. 남북이란 독일영토를 대체로, 우리의 38선과 비슷한 정도에서 북은 기독교에 공업화 지역, 남은 가톨릭에 주로 농업지역으로 옛날부터 '바바리언(Barbereien, 야만인)' 지역으로 불리고 있었다. 정치적으로나 경제적으로 또 정서적으로도 상당히 분별이 있었다. 정치적으로 북은 기독교민주당, 남은 가톨릭 사회민주당으로 분파되어 있었다. 문화적(축제 등)으로도 남의 중심도시 '뮌헨'을 중심으로 하여 주로 농사와 관련된 페스티벌이 특징이었다.

우리에게 잘 알려진 대로 '뮌헨의 맥주 축제'가 유명한데, 사실은— 내가 보기에 —'뮌헨의 사육제(Fasching)'가 더 유명하다. 해마다 농민들의 농한기에 맞추어 1월 중순에서 2월 초순까지 대략 2주간 뮌헨 시내 중심으로 시민들이 모두 길거리와 광장에 나와— 물론 근처 모든 술집, 음식점, 춤집 등 전체적으로 —너나 불문하고 마시고 놀고 춤추고 어울리는 것 같았다.

우리 반원들도 때마침 그때— 1970년에는 1월 16일에서 2월 10일까지 —를 만나 하루 아주 즐겁게 너나 구분 없이 흥겹게 잘 지냈으나, 우리 동양 친구들은 처음 보는 광경들이라 처음은 멋쩍어하였다. 하지만 오후쯤에 가서는 활기 있게 군중 속을 누비고 다니기도 하였다. 그러나 같은 반 독일 장교들은 옆으로 귀띔해 주기를, 절대(?)로 여자 따라서 어디 들어가지 말라, 그러면 술 바가지 쓰게 되어 있다고 했다. 그런데 실제로 나중에 보니 한 남아메리카 국가 장교가 한 여자 꼬임에 빠져 갔다가 '잭트 술' 몇 잔과 춤 몇 번으로 수백 달러를 털리기도 했다고 실토하였는데, 정직과 성실, 실질을 대표하는 독일에도 인간적 약점(?)을 이용한 바가지 상술도 있다는 사실에 놀라기도 하였다.

연중 하루 '여자의 날' 축제

사실 해외 나가 알고 보면, 전 세계 선진 국가 중에서 우리나라 여자만큼 대우받는 나라도 드물다. 우리나라는 그 옛날부터 여자가 자기 성과 이름을 평생 그대로는 물론 영구히 사용하고 보존한다. 그러나 세계 대부분 소위 선진국으로 자처하는 나라들, 미국 영국 불란서 독일 일본 등도 결혼하면 부계 성으로 고쳐서 그 남자에게 종속된 걸로 낙인된다. 이혼하고 다른 사람하고 결혼해도 전에 사용하던 성과 이름에다 또 결혼한 남자의 성을 더 붙인다, '재클린 케네디 오나시스'가 그 대표적인 예다. 어디 그뿐인가? 여자에게 투표권이 주어진 것도 우리보다 훨씬 늦은 나라가 많은데 '스위스'도 1960년대에 허가되었을 정도였다.

전 세계에는 춘하추동 적절한 시기에 국가별, 민족별, 지방별로 '축제'가 열리고 있다. 그런데 독일은 원래가 200여 개 공국(公國)으로 생성되어 연방이 이루어진 나라답게 지역별, 계절별로 온갖 축제가 열려서 주민들이 위로도 받고 즐거운 한 때를 보내기도 한다. 그런데 국가와 민족 전체가 함께 즐기는 축제도 많은데, 독일에서는 '여자의 날'이라는 축제도 있다. 물론 당시 우리나라에는 없는 풍속이었다.

독일은 일찍부터 전원 고용상태가 지속되어 있어서 일과 중에는 모두가 열심히 일하기 때문에 휴일(토~일)이 되어서야 지방과 지역마다 공회당 등지에서 춤 파티를 열어, 온 주민들 남녀노소(특히 청년층)가 만나서 회포도 풀고 피로도 풀 겸 즐기고 있었다. 그러나 그때마다 남자가 여자를 능동적으로 청해서 리드하고 있는데, 1년 중 이날, '여자의 날' 하루만은 여자가 남자를 마음대로 택해서 춤출 수 있는 날로 정해져 있어서 남자들은 여자의 선택이 있기만을 기다리는 재밌는 날(?)이기도 하였다.

당시 한국 외교관의 한 모습

군대도 외교관의 사회도 국가, 국민을 위한 (희생) 봉사 기관이므로 나름의 전통과 역사 그리고 애국심을 가지고 전방이나 해외에서 열심히 근무하고 있다. 그러나 어느 때 어느 경우에는 평상을 이탈하는 경우도 있으리라. 독일에 온 지 얼마 안 되어 대사관에 볼일이 있어 갔던 날 우연히 목격한 사실인데, 한 유학생이 대사관 직원에게 물었다. "금번 정부(당시 군사정부)정책에서, '외국에서 학위 미이수자는 본국소환, 병역의무부과'라는데, 귀국해야 하나, 어떻게 하면 좋으냐?"라고 묻자, 담당 외교관은 "음, 전에도 그랬는데, 뭐 시간이 좀 지나면 또 흐지부지 될 테니 좀 기다려 봐."였다. 병역근무에 관한 얘기라 귀에 들어왔는데, 당시 외국근무 어느 외교관들의 근무자세가 이러하였다.

그런가 하면, 우리 군인같이 주재국 대사관에 무관이 있어서 신고가 되어 있어도 유학 기간 중 본국 소식은 물론 본국 잡지(군사) 한 권도 보내주지 않아서, 마치 이국만리 외딴 마을 어느 숙소에서 연고 없는(?) 외톨이가 된 신세로 느껴져, 그가 누구던 말을 걸어주거나 찾아오거나 소식이라도 전해주면, 그 사람에게 목마르던 인정을 느껴 그에게로 기울 수 있는 상태가 된다. 이런 상황에서 외국주재 대사관의 역할이 중요한데, 그만 타성으로 소홀하여 혹시나 '동베를린 간첩단 사건도 미리 막지 못하지 않았겠느냐?' 하는 생각이 들었다.

애국, 자존심과 향수병을 실감하다

유럽에 도착한 첫날 첫 시간에 만난 독일 사람이 묻기를, "중국 사람이냐? 일본 사람이냐?"라고 물었다. "한국 사람인데…" 했더니, 그제야 "아, 그 축구 잘하는 나라, 코리아."라고 말하면서 반가워했다. 당시 북한 축구팀이 막강 이태리팀을 이기고 8강까지 진출했던 기억을 살려낸 것이다. 당시 우리 한국과 한국 사람의 존재는 특히 유럽인들에게는 금시초문이라는 사람들이 많았다. 그나마 북한의 축구 실력으로 그 정도나마 알려지던 때였다.

어느 나라 국민이나 다 외국 나가면 애국자가 되지만, 특히 당시 우리 한국 사람들은 외국 나가면 대단한 애국자가 되었다. 어떤 이는 외국(서양) 나가기 전에 서울 덕수궁 대한문 앞에서 찍은 사진을 보이며, "이거 우리 집 대문이고 많은 한국 사람들이 이런 집에 산다."라고 하기도 하고 남자들은, "너희와 달리 우리는 집에서 왕이다, 여자에게 의자 빼준다든가 하는 일 없다."라고도 했다.

그런데 '향수병'이란 게 있다는 걸 그때 실감하였다. 한때 가족을 남기고 월남 전장에 서 있었을 때도 좀 느끼긴 했지만, 역시나 24시간 막중한 임무와 생명의 위협이 항상 함께하였기에 크게 느끼지는 못하였다. 그런데 독일에 와서 독일어학 학교생활 6개월과 알프스 산악부대 참모실습 생활시간에도 느끼지 못했으나, 막상 함부르크 '지참대' 'VOQ' 생활에서는 이상하게도 정서적으로 상당히 '향수(병)'를 느끼게 되었다.

지금 생각하면 여러 가지 이유가 생각나나 당시는 몰랐다. 아마도 그 이유는 첫째로, 뭐니 뭐니 해도 고국에 남겨둔 사랑하는 가족들에 대한 그리움인데, 특히나 같은 반 외국군 동료 가족들의 즐거운 모습을 가까이서 자주 대하다 보니 그러하였고, 둘째는 비록 어른이고 객지생활에 충분히 익숙한 군인이긴 하지만 그래도 음식과 잠자리 그리고 주변 생활환경이 낯설어 일상에 스트레스를 받기에 우리 한국생활이 그리워지고, 셋째로 일과 이후나 주말 휴일에 그 조용한 학교 숲 속의 숙소에서 별일 없이 혼자 남아 있자니, 또 휴일 학교식당에 가서 온 가족 함께 둘러앉아 식사하는 모습을 보다 보면 뭔가 그리움이 온몸을 휘감는 듯(?)하였던 것이다. 그래서 독일제 레코드 녹음 겸용 플레이어를 일찌감치 구입하여 특히 이미자 노래집을 틀고 또 반복 틀면서 많은 날의 마음을 달래었고, 그렇지 않아도 외국탐사를 원해 오던 바였기에, 여가만 나면 짧든 길든 외국탐방 여행으로 겸하여 마음을 달래며 향수(병)을 극복하였다.

∴ 집 생각 간절, 애들 장난감과 잔디깎이 등 보내다

5·16 혁명 군사정부의 노력으로 한국은 날로 발전하고 있었으나, 아직은 재정적 여유가 없어 완전 국비 외국유학은 여전히 어려웠다. 그러나 가능한 방법으로 외국 문물은 조속히 받아들여야 했기에 그 일환으로 독일 등 선진국─ 배워 올 만한 게 있는 국가 ─의 숙식비와 교육비 지원을 받는 방법으로 가능한 다방면의 유학은 계속 장려되었다. 그래서 군사학 부문 유학도 그런 수준에서 실시되었기에 유학생의 가족동반은 어쩔 수 없이 허용되지 못했다. 그래서 가족을 두고 혼자 이역만리 낯선 곳에 와보니 모든 환경조건은 만족하나 향수만은 달랠 길 없어 참고 지낼 수밖에 없었다.

여름이 가까워질 때 우리 아이들 생각이 나서, 당시 우리나라에는 없는─ 지금은 흔해서 별것도 아닌 것이지만 ─휴대용 어린이 풀장을 사 보냈더니 동네 아이들 5~6명이 그 풀 기구 속에 들어 앉아 물놀이를 하는 모습 사진을 받아보고 내가 더 즐거웠다. 서울 화곡동 국민주택 개척민이 된 우리 가족에게 '가정용 잔디깎이'를 보냈더니 사진이 왔는데 보니, 애 엄마가 그 기계로 새로 잘 가꾼 마당(건평 국민주택 15평에 마당 80여 평)의 잔디를 밀고 걸어가며 깎고 아이들은 그 뒤를 따라가는 푸른 잔디 위의 세 모자를 사진으로 보면서 아주 즐거웠다. 또 알프스 산악부대 참모참관 시에는 알프스 아이들의 바지(알프스 바지)를 보냈더니 또 그걸 입고 동네를 자랑스럽게 뛰어다니는 사진을 받아보고 즐거웠다. 다만 애들용으로 장난감 권총 2자루를 보냈더니 국제우체국에 가서 그것 찾기에 아주 어려웠다는 얘기를 듣고 고소를 금치 못한 적도 있었다. 지금(2022)은 우리나라 수준으로 그런 재미는 다 지나간 옛일이 되었다.

사랑하는 아내 '수연이'에게

좀 전에 한 육군 소위가 곱고도 예쁘고 우아한 한 여자 대학생 '수연이'를, 전방의 어느 고지에서 서울의 어느 빌딩에서, 그리고 미국에서 마음속 깊이, 정열 가득하게 그리고 밤새워 사랑하였다. 5년의 세월은 아름답게 흘러, 광주에서 오순도순, 그러나 셋방살이도 했다. 큰놈이 났을 땐 더더욱 보람 있었다. 하지만 나의 시련으로 고행도 있었지. 작은녀석이 났을 때는 화곡동 250호가 인연이었다. 그리고는 또 한 번 파월로 인한 고행.

마, 오늘도 사랑하는 연이는 참는 공부를 하고, 허나 세상 그 무엇을 다 비겨 '수연이', 그리고 그의 사랑만 한 것이 있을까? 나는 사랑 수연이에게 '행복'과 '보람'과 내일의 아름다움을 바치리. – 사랑의 7돌을 맞이하여 –

1969년 4월 22일, 서독에서 아빠.

∴ 서독 '지참대'가 있었던 '함부르그'

1970년대 당시 '함부르크' 시는 서독 제1도시요, 전체 독일의 최대 무역항구 도시로 경제 사회와 세계 최신문물의 최상 유행지였다. 그래서 전통적으로 '베를린'에 있던 '지참대'를 여기에 임시로 피난시켜 운영하였던 것이다. 사실 이 항구는 흥미롭게도 바닷가에 있지 않고 북해에 종착하는 '엘베' 큰 강의 종점 근처 내륙에 위치해 있다. 그래서 우리 한국군 동기생들은 때로는 조금 더 북쪽에 있는 '킬(Kiel)'이라고 하는 진짜 해변 도시에 가 모래사장에서 회포도 풀었으나, 이 함부르크 항구에는 자주 나가서 수변 카페에 앉아, 좁은 해로를 드나드는 외국 선박들과 항구 출입국관리소와의 상호 신호 인사하는 모습 등을 흥미롭게 보며 이 항구의 정서를 맛보기도 하였다.

시내는 자주 나가지 않았으나, 한번은 같은 반 동료 모두와 함께 독일군 동료의 안내로 함부르크 관광에 빠질 수 없는 곳, 즉 유명한 '레파반(Reeperbahn)'을 탐방 겸 관광한 적이 있었다. 그곳은 제법 큰 구역으로 댄스홀, 카지노, 특별한 레스토랑, 맥주 바, 재즈 무대, 포도주 시음장, 서커스, 영화관, 거시기 클럽, 거시기 카바레 등이 있는가 하면 양 길옆으로 길게 통판 쇼윈도 안에 나체 또는 반나체 여인들이 앉아 지나가는 손님들에게 아양을 떨고 있었는데 아마도 200여 미터 거리로 기억된다.

또한, 이어서 '에로센트룸'이란 곳이 있었는데, 사방이 3층 오피스텔 같은 건물로 둘러쌓인 곳에, 안뜰로 들어서면 건물 아래 바깥쪽에 베란다 지붕으로 덮인 전시장이 있는데, 거기에 수십 명의 아가씨가 옷 벗고 서 있으면서 바로 앞을 지나가는 고객(?)에게 윙크하며 자기를 고르라는 신호를 보내고 있었다.

이 동네에 들어서는 수많은 사람 중에는 실제로 볼일을 보러오는 사람들- 특히나 '마도로스(뱃사람, 제만, See Man)' -도 있거니와 대부분은 눈요기 겸 관광꾼들(보는 사람, 제만, See Man)이었다. 그런데 독일군 동료가 자유시간을 갖기 전에 단단히 주의를 주었다, 특히 나체쇼 클럽에 들어가면 테이블에서 술(보통 독일산 고급 '젝트'나 양주) 한잔 안 할 수 없는데 비싸거니와, 여자가 옆에 앉아 술 권해 한두 잔 더하면 그대로 바가지를 쓰게 되고, 항의했다간 덩치(깡패)들에게 창피만 당하게 되니, 볼일 있으면 자기들 독일군 동료들과 가능한 같이 가야만 한다고 충고했다. 이런 곳은 독일이라고 별다른 정직성이 있지 않다는 것이다.

∴ 1970년 '오사카 만국박람회(EXPO70)'와 일본

서독 '지참대' 한국군 동반생들은 앞 장에서 이미 소개한 바와 같이 해병대 임모 소령과 육군의 기갑병과 구 문모 중령이었다. 그런데 '구 중령'은 형제가 3명으로 두 형들은 일본 '오사카'에서 '오토파트' 생산·판매 사업자로 자신만만한 생활을 하고 있었고, 맞이 동생인 구 중령은 가문을 대표하여 한국 군인으로 '가문의 명예'를 쌓고 있었다.

당시 그 형들은 자동차의 차바퀴와 기타 회전 부분에 들어가는 '베아링(Bearing)'을 위탁 생산하여 세계 독보적 명차, 독일 벤츠 회사에 전량 납품하고 있었다. 그런데 이제 전후 복구과정에서 인정된 기술을 바탕으로 일본 전체분위기도 그러하였거니와 본인들의 의기(意氣)도 투합되어, 자기 이름으로 된 베어링을 벤츠 회사에 납품하려고 노력하여 드디어 초기 불이익을 감수하면서도 벤츠 회사와 막 '새 계약'을 맺은 상태였다. 정말 자랑스러운 재일 한국 사업가였다.

  * 물론 당시 한국도 5·16 혁명 이후 중화학공업화 정책으로 '한강의 기적'을 이루면서, 앞으로 15년 뒤면 '일본을 따라잡는다.'라고 하는 자부심으로 또 의기로 가득 차 있을 때였다.

  그래서 독일에 유학 중이던 동생이 영광스럽기도 하여, 우리 일행을 귀국 시에 일본으로 초청– 마침 일본 오사카 박람회(Expo 70)가 열리고 있었다. –해 주었다. 그리하여 독일에서 귀국 시에 우리는 즐거운 마음으로 함께 일본에 들르게 되었다. (1970. 8. 2.~1970. 8. 5.)

  8월 초 일본 오사카의 더위는 같은 해양성 지대인데도 불구하고 북위 35도 상의 부산과는 달리 아주 습하고 더워서 숨이 막힐 지경이었다. 다행히도 당시 일본은 막 개인 집까지도 에어컨이 발전되어 집안에서 겨우 몸을 식힐 수 있었다. 그 더운 날임에도 불구하고 구 중령의 형 두 분과 그 가족들은 우리를 위해 더움을 마다하고 정성껏 봉사(?)해 주었다. 하루는 근처에 있는 옛 도시(우리의 경주와 같은) '교토'와 '나라'를 관광하였는데, 나라 공원에 4마리의 사슴을 울타리 속에 방사하면서 자랑하였다. (2015년경 관광차 들렀을 때는 2,000여 마리도 더 되어 울타리 없이 방사하여 관광객이 귀찮아할 정도가 되고 있었다.)

  다음 날은 때마침 일본이 야심적으로 재활하는 일본의 국력을 과시하기 위해 개최한 '일본 만국박람회', 'EXPO 70'이 오사카에서 개최(1970. 5. 15.~1970. 9. 13.)되어 있어서 구경을 갔다. 더위가 심해서 주로 몇 군데 실내 관람하고 '나라'에 설치된 'Dream Land(미국 '디즈니랜드'를 본딴 축소판)'에 잠깐 들러서 구경도 하였다. 지금도 기억되는 것 중 하나는 가족과 아이들이 모두가 '서울 사람들(깨끗하고 잘사는 집 사람들)'같이 보였는데, '아 우리는 언제 이런 수준이 될까, 서둘러야지.' 하는 생각이 들었다.

  좀 시원해진 밤에 밖에 나가니 동네 사람들이 모두(?) 밖에 나와 집 앞 골목길에 '평상'을 내놓고 남자들은 훈도시– 일본 남자들이 긴 천으로 삼각팬티처럼 만들어 맨 야만인시대 전통 팬티 –바람으로 다수가 부인네들과도 함께 둘러앉아 부채를 부치며 웃고 담소하고 있는 모습이 우리네와 닮긴 했으나, 다만 우리가 '상놈 짓'이라고 얕보는 '훈도시' 모습들을 보며 '야만적 습관은 여전하구나.' 하는 생각도 들었다.

그다음 날은 '구 중령네' 형이 직접 운전하여 동경으로 가는 길에, 친절하고 극진하게 대접해준 가족들에게 고마운 인사를 하고, 떠나면서 사업장, 즉 '오토파트' 공장에 들렀다. 별로 크진 않았으나 마치 차돌을 보듯 아주 탄탄하고 뭔가 빛나는 모습을 볼 수 있었다. 물론 공장 운영 얘기도 들었지만, 특히 일본 사람들을 많이 쓴다고 하면서 '신용 있고 의리 있고 회사발전을 자기 일로 알고 일해 준다고 했다.'

오후에 도착하여 우리를 여기까지 데려다주고 그동안 지성으로 대우해 준 형들과 헤어져 호텔에 들어가 더위를 피하느라고 낮 시간을 보내고 밤이 되어 전철을 타고 가서 'Tokyo Tower'를 구경하였다. 이 타워는 일종의 전파탑으로 333미터 높이로 불란서 '에펠탑'보다 9미터 높다고 구구절절 선전하고 있었다. 이때 기억나는 것은 전철에 서서 보면 일본 노인들은 우리보다 훨씬 작은 키로, 그들 머리 너머 저 전철 끝까지 보이는데, 젊은이들은 우리 젊은이들보다 더 크기 시작한 느낌이 들었다. 어서어서 우리도 군사정권의 '밀어붙임'으로 부흥과 발전을 서둘러야겠다고 생각했다.

그리웠던 고국과 가족에게 돌아오다(1970. 8. 5)

김포 공항에 도착하여 마중 나온 내 사랑, 가족과 만나 새삼 내 가족과 사랑이 여기에 있음을 느꼈다. 약혼과 결혼 이후 장기 체류 외국에서 돌아와 만나는 경우가 미국 유학, 파월 귀국, 그리고 이번까지 세 번째나 그리웠고, 반갑기는 이 경우가 더욱 절실하였다.

6. 육군대학 교관, 게릴라전 연구와 관사생활

'외국유학 귀국자는 해당 교육기관 교관에 보임한다.'라는 규정에 따라 육군대학 교관 명을 받고, 가족 4명(나와 아내 그리고 두 아들)이 서울 화곡동 국민주택에서 진해에 있는 육군대학 관사로 결혼 후 3번째로 '가족 대이동(?)'을 실시하였다. 학교 구내 관사에서 70년 9월에서 72년 4월, 대대장 명을 받아 전방부대로 전출할 때까지, 낯설지만 당분간 가족 함께 안정된 가정생활을 할 수 있게 되었다.

∴ 한국 육군대학 역사와 교육과정

육군대학 약사

한국 육군대학은, 국방경비 사관학교 창립 시기였던 1947년에 '육군참모학교'로 출발하여, 미군 교관 지도하(미군 교재로)에 49년 1월에 제1기를 배출 후 6·25 발발로 잠정 중단하였다. 이후 정규 육군사관학교 개교(진해) 시기에 대구에서 '육군대학'으로 개교하였다. 1954년 육사가 서울 화랑대로 이사하자 그곳으로 이사하여 명실공히 '진해 육군대학' 시대를 열었다. 초대 교장은 국민과 역사에 '참군인'으로 이름난 '이종찬 장군'이었다.

그런데 이름은 대학(大學)이었으나, 실제는 문교부 인정 대학이 아닌, 그러나 대학인 사관학교보다는 위인 대학원(물론 그것도 문교부 인정 아닌 학원 Academy 로) 수준의, 육군의 상급 군사 기간으로 자리매김하였다. 그래서 당시 사회에 대학이나 대학 출신이 흔하지 않을 때라 '육군대학'은 그럴싸하였고, 후에 군 간부 출신으로 국회의원출마라던가 고위직에 오를 때 그 학력으로 이 '육군대학 졸업(陸大卒)'이 한몫하였다.

교육과정과 교과목

1970년 당시 '육대(陸大)'는 정규과정으로 장기복무 소령 전체교육과정과 이를 이수하지 못한 중령급 간부를 위한 단기과정이 실시되고 있었다. 예를 들어 우리 동기 육사 14기생은 1969~1971년에 소령으로 또는 중령으로 과정을 이수하고 있었다.

교과목은 주로 참모학, 전술학이었는데 참모학은 강의와 자습 위주였고, 전술학은 강의 50분 실습 10분(학생 질문 교관 응답)이었는데, 별도의 실습시간(방

어 공격 도하 등등)을 가지고 교반 활동도 활발하였다. 그 수준은 작전, 전략–
'작전(Operation)'에 대한 구분은 독일식이며 본인 나름이다. –으로 사단과 대
부대 즉 군단 수준이었다. 일반학에는 원자학, 전사학, 영어, 정치, 경제 등도 있
었다. 그러나 학생들은 점수가 달린 전술학에 매달려, 그래서는 안되지만, 일반
학은 인기가 없었다.

교육방법은 여전히 과목마다 교관이 있고, 매시간 교관이 강의하고 질의응답
하고 중점 강조하고 시험 치고 하는 등, 특히 일반학은 거의 주입식 교육방법으
로 교관 강의 일도변이었다. 그래서 시험 친 결과를 성적순으로 기록하여 진급
등 인사업무에 영향을 미치고 있었다. 그래서 경쟁이 치열한 결과 한 해에 피교
육자 한두 사람은 병원에 입원하거나 심지어 과로사하는 경우도 있었다. 특히
이제 막 독일 유학을 다녀온 나로서는 참으로 시급히 시정해야 할 안타까운 교
육제도, 교육 방법으로 생각되었다. [그 후 10년 뒤 육대 참모장과 교수부장으로
부임 후 독일식 교육방법을 시도하였으나, 단기간에 전보됨에 따라 일단 중단하
였는데, 후에 본인 바로 다음 기에 같은 유학과정을 다녀온 '홍성태 장군(동기생
으로 기갑병과)'에 의해 재시도되었다.]

∴ 교관 자격과 교관, 교육생활

교관 선발과 교관 자격 강의

육대 교관단에는 나름의 규정(SOP)이 있었다. 때마침 교관단 주류는 '69학년
도'를 이수한 우리 육사 동기생들이었는데, 그들은 졸업생 중에서 성적 우수하
고 교육자 자질을 갖춘 자 중에 병과별 균형을 유지하여 선발되었다. 그런데 영
광스럽고 장래에도 도움이 되는 교관경력인데도 개인적으로 자의 반 타의 반으
로 생각하는 경우도 있었다. 그러나 일단 교관생활에 들면 또 한 번 육사 출신다
운 학구열과 리더십을 발휘하고 있었다.

교관으로 남은 다음 날 교수부장에게 신고하고 담당 과목을 배정받은 뒤 1개
월여 교관 연구강의 준비 기간을 주고, 때가 되면 학과목 주임교수들의 입회하
에 '연구강의'를 실시하여 그 결과 평가를 받고, 교관 자격을 획득하게 된다. 그

때부터 정식 교관이 되어 과목교육계획을 세우고 교안을 작성하고 이를 제출하여 교수부장 승인을 받아서 실제 학생을 상대하여 교육을 실시하게 된다. 가끔 3회까지도 재강의를 실시하는 경우도 있다고 들었는데, 내가 있는 동안 실제로 그런 현상을 보기도 하였다.

내게 배정된 과목은 엉뚱하게도, 내가 돈과 공들여 받아온 기계화·기갑부대 전술과목 연구와는 달리 '게릴라 전술'이었다. 사실 당시까지 우리 군에는 군단에 1개 기갑연대, 사단에 1개 전차대대가 존재하여 기갑병과 전담분야였으나, 기갑사단이나 기계화사단 등이 존재하지 않아 내가 이수해온 공부는 사실 적용될 수 있는 시기가 아직은 아니었다. 그렇다고 해서 산악부대 또한 없었다.

그리고 내게는 '게릴라전' 유학 경력과 파월 맹호부대 전투 경력, 거기에 육군본부 특전감실 근무 경력이 있어 이 과목이 배정된 것으로 생각되었다. 그래서 주어진 기간, 과목을 새삼 연구하여 일단 관례에 의한 교관 자격강의를 통과-나는 보병학교 교관생활도 해 보았기에 —하고 강의 노트(요점 노트)를 작성한 뒤 즉시 교육에 임하였다.

교육과 교관생활

독일과는 달리 여전히 주입식이고 강의식이라, 본인의 과목은 '게릴라전'이기에 30~45분 강의에 길게는 20분에서 5분 정도에 이르기까지 피교육자로부터 질문을 받고 60분 교시를 마감하는데, 통상은 오전 또는 오후 교시를 계속할 수도 있었다. 학점제도도 아니어서 학교 교육계획에 따라 과목 교육시간을 배정받았는데, 아마 10시간 정도로 기억된다. 2~3개 과정에 강의하기 때문에 시간적으로 구애받은 적은 없으나, 과목 내용 자체를 한국전사와 세계전사를 통해 발전시키려 하다보니 연구시간이 필요하여 일과시간이 여유롭지는 않았다.

그동안 게릴라전 연구에서 주로 모택동이나 '체 게바라'의 남미 전례를 주제로 해 왔으나 이제 '한국 유격전', 특히 '6·25 남침 적란(赤亂)' 당시 서해 5도와 황해도 지역 일대에서 전개된 유격전에 관한 연구는 전임자가 남겨둔 자료를 비롯하여 광범위하게 본격적인 연구를 시도하였다.

캠퍼스 내 생활은 '다방' 하나뿐이어서- 그런 당시만 해도 '커피 한잔의 맛'은 여전히 모르고 있었다. —건조하였기에, 소주 한잔 걸치기라도 하려면 우선 당시만 해도 군인 봉급은 얄팍하였거니와, 저 아래 정문 밖으로 나가 시내로 들어가야 하기에 귀찮아서라도 자주는 못 하였다. 그래도 어쩌다 생각나면 동기 교관끼리 모여, 두꺼운 콘사이스 페이지를 열어 보인 숫자로 오늘의 내기— 오늘날의 '더치페이' 반대로 —당번을 정해 나가기도 하였다. 호랑이 담배 피우던 시절(?) 얘기다.

당시 대학총장(소장), 부총장(준장), 교수부장(준장)직은 한직이었고, 4~5명 학과장급 대령들은 드물게 소수만 진급하였다. 그런가 하면 중령급 교관들은 대환영 받으며 전방부대 대대장으로 최우선으로 불려가고 소령급 교관들은 중령진급이 보장되었다.

개인 팔목시계, 애국헌납 에피소드

그런데 이 고요한(?) 대학교에, 하루는 '시대적 애국 사건' 한 건이 발생하였다. 때는 바야흐로 '72년 7·4 남북공동선언'이 있기 바로 직전인 1971년 10월이었다. 당시 파월참전의 경험을 가진 많은 우리 군인들의 관심사였던 자유월남의 패망이 임박한 가운데, 중공이 중화민국을 축출하고 유엔 안전보장 5개 상임위원국가가 되고, 곧 한국주둔 미군의 전군 철수가 임박한 듯하였고 — 실제로 제7사단이 철수하였고 —, 경기도 문산에 무장간첩이 침투도발 사건이 계속되는 등 국내외 안보 정세가 긴장이 고조되고 있었다.

그러던 하루, 당시 '김익권 총장'— 본인 대위 때 전입해 갔던 전방 사단 사단장으로 애국심이 투철한 6·25 참전 장군— 이 교관과 피교육생 전원을 연병장에 집합시키고, 국내외 정세를 설명하고 북괴가 전면 남침준비완료를 선언했다며 "우리도 궐기하자!"라고 하면서 그 상징으로, 그 자리에서 지금 각자 소지하고 있는 시계, 값어치가 고하간에 무조건 풀어서 수거함에 담아 국가에 헌납하자고 결의하고 그 즉시 (반강제?) 시행하였다. 그런데 본인을 포함하여 교관 학생 전원이 그 취지는 백번 이해하나 지금까지 있어 보지 못한 이런 헌납상황을 경험해 보지 못한지라 모두가 아주 어리둥절한 가운데 일단 풀어 내놓았다.

그런데 이러한 현장 사실을 알게 된 육군 당국에서 총장을 설득하여 '애국심 발휘는 좋으나 좀 과하다.'라는 결론에 따라, 며칠 뒤 전원이 자기 시계를 돌려받게 된 애국 군대의 한 에피소드가 있었다.

신교리 전파 전 육군부대 순회강의

교수부에서는 해마다 발전되는 신교리를 전파하기 위해서 교리발전 해당 과목 교관 2명이 짝을 지어 1년에 1회 1개월 기간으로 전후방 부대(사단급)를 순회하며 강의한다. 부대마다 사정이 다르기는 하나 그래도 대부분 부대는 사단장 이하 전 간부가 참여하여 경청하며 관심을 보였다. 당시에 육대 교관과 교육내용은 상당히 존중되고 있었다. 부대방문 강의가 끝나면 함께 교관으로 근무했던 동기생이나 교리 발전에 관심을 가진 부대장들은 우리 순회교관들을 성의껏 대접해 주기도 하였다. 덕분에 우리 교관들은 국내 지방 곳곳을 잠자고 지나가며 지방 사정과 지리 그리고 풍습 등을 체험할 수 있었다.

∴ 가족과 함께 관사생활, 진해생활

학교 주변 지리환경

진해시 여좌동, 해발 600여 미터의 '장복산' 아래 진해 시내는 물론, 진해만을 내려다보며 한국 육군대학은 자리 한번 잘 잡고 있었다. 나로서는 1954년 봄, 육군사관학교 최종(2차) 선발시험(신체검사와 면접)을 보기 위해 갔던 추억으로 옛날 그 모습 그대로였으나, 앞으로는 가족과 함께 거주하며 교관생활을 한다고 생각하니 감개무량하였다.

지리적 환경을 보면, 학교본부에 서서 양편으로 벚꽃나무가 울창한 학교 중앙로를 따라 200여 미터 내려가면 학교 정문이 있고 바로 앞으로 동서로 연결되는 2번 국도(부산-목포)가 가로지르고, 그 너머로 진해선 기차길 건널목이 있으며, 그걸 건너면 진해(해군통제부가 있는) 시내에 들어가게 된다. 시내 중심 시장까지는 약 1.5킬로미터고 해군사관학교(진해만 해안가)까지는 약 2.5킬로미터 정도였다. 그 근처에 해군통제부가 있고, 거기서 '행암만' 맞은편에는 진해 해군 간이 비행장이 있고, 그 안에는 해군용 간이 골프장이 있었다. 특히 봄이 되면 통제부 내 벚꽃길이 볼만하였고, 3월 하순에 열리는 벚꽃장은 그때도 전국적으로 유명하였다.

가족 텃밭 재미와 시장보기 얘기

당시 한국가정 모습은, 남자는 밖에서 일(직장) 다녀서 돈 벌어오고, 여자는 집안에서 집 돌보고 애 키우고 남편 시중들고 하는 것이 정상이었다. 그래서 교관들 가족은 전부가 관사에 입주하여, 각 집 간격 좌우 5~6미터 앞뒤 길을 끼고 10미터 정도로 앞·뒤·옆집 모두가 울타리도 없으니 서로 훤히 들여다보며 살고 있었다. 거기에다 연령도 아주 비슷하여 아주 이상적인(?) 공동체생활이 이루어지고 있었다.

그런데, 학교 안에는 교수부 구역 내 다방 하나뿐 아무 복지시설도 없었다. 그래서 매일매일의 생활필수 식료품조차 시장에 가거나 그리고 각자 두어 평 되는 부엌 앞 뜰에 야채를 심어 심심풀이를 겸한 텃밭 재미를 보기도 하였다. 그래도 그 텃밭에는 상추를 비롯하여 고추, 오이, 심지어는 호박까지도 심었고, 부지런한 교관은 아예 관사 바로 뒤 언덕을 개간하여 제법 10평 정도에 본격(?)적으로 건강 단련 소일 재미까지 보는 사람도 있었다.

그래도 그것은 한정된 일부이고, 당시는 아직도 냉장고가 없던 때라 매일같이 시장에 나가 장을 보아야 했다. 그래서 하루 두어 번 시장 버스가 운영되었는데, 시간 맞추어서 주부들이 동행하여 시장에 나가 장도 보고 바깥 구경도 겸하였다.

그런데, 가난이 죄(?)인지라, 가난한 모습을 서로에게 보이지 않으려고 하다 보니 더러 아주 조그마한 과장 언행이 그 생활 속에서도 오가고 있었다. 누구는 시장 볼일 없어도 매회 시장 보러 나가면서 "우리는 매일 시장 봐다 먹어요." 하기도 하고, 누구는 고기 기름 덩이를 좀 사 와서 때마다 끓이며 "우리는 자주 고기를 사 먹어요." 하기도 하고, 누구는 어느 날 소고기 돼지고기를 좀 사 오며 "우리는 항상 이렇게 먹어요." 하기도 해서, 한때는 시장 버스가 민원(?)에 의해 운영 중단되기도 하였다. 이것이 모두가 다 당시 가난했던 장교생활의 한 에피소드로 추억된다.

그런데 여기 진해시장에서 소매되는 품목들, 특히 생선과 야채 등 식료품은 바로 현지(가 바로 옆 동네)산이라 싱싱하고 풍부한 데다 선심도 있어 좋았으나, 단 장사 아주머니들은 외지 손님(진해 외)이면 처음에는 누구나 한 번 고개를 흔들 만큼 무뚝뚝하였다. 마치 금방 말다툼이나 한 끝처럼 또는 당신에게는 안 판다는 것처럼. 나도 바로 근처 부산, 즉 경상도 사람이지만 (그렇게는 하지 않는데?) 그런데 그 후 두세 번 만나면 또 다른 모습으로 단골 고객을 대한다고 했다. 경상도 아낙네 겉으로 드세게 보이지만, 사실은 친절하게 정스럽기 짝이 없는 사람들이었다.

아이들 교육과 가족들 취미활동(수영·테니스 등)

교관들의 자녀들 또한 대부분이 유치원생이나, 초등학교 1~3학년 정도였다. 그래서 대한민국 군대에서는 드물게 학교 안에 공립유치원을 설치하여 운영하였다. 그런데 그때만 해도 국민 전체 수준으로 보아 유치원 또한 드물어서 이건 교관 가정에 주는 혜택이었다. 우리 둘째(성언)는 유치원생이라 근 1년 반 재밌게 그리고 유익하게 '육대유치원' 생활을 보낼 수 있었다.

첫째 아이(정언)는 서울 화곡동에서 유치원을 다녔기에 진해에서는 바로 후문 밖에 있는 '대야초등학교'에 다녔다. 물론 군인 가족 자녀교육은 크나큰 문제로 군인가정 발전에 영향을 미치고 있었다. 예를 들어 여기 초등학교에서 2년여 공부하다가 다시 다른 지역 부대로 전근하는 아빠를 따라가서 거기 학교에 또 한 2년 다니다가 또 낯선 곳으로 가게 되는, 군대생활 중 어느 한곳에 마음먹고 정착하지 (사실은 그러기 어렵다.) 못하고, 그때마다 아빠 따라 다닌다면 10번도 훨씬 넘게 이사와 전학을 반복해야 했다. 이 점에 아이들의 정서상, 학업 성적상, 그리고 학생 장래 학업 문제까지 참 희생 많은 군대 가정이었다.

우리 집 둘째는 유치원의 일과를 일찍 마치고 또래 친구들과 함께 한집에 모여 앉아 좀 어려운 책을 모두에게 읽어주거나- 아주 일찍부터 스스로 한글을 깨우쳤다. -학교 안을 마음대로 돌아다니며 놀다가 형이 돌아올 때쯤 되면 후문에 가 후문 보초(군인 아저씨)와 얘기를 나누며 형을 기다리다가, 후문을 열고 들어오면 형이 쥐고 오는 빵 등 간식을 받아먹으며 함께 집으로 왔다. 그러다가 둘은, 우리가 퇴근할 때면 교수부 가까운 길로 마중 나와 있다가 나와 함께 우리 관사로 돌아갔다.

　가족들 취미활동(운동)으로는 학교 내에 테니스 코트가 몇 개 있어서 생각이 있는 가정은 근무 기간 동안 상당한 수준의 실력을 쌓을 수 있었다. 동시에 당시는 진해는 물론 서울 지역에도 드문 공중(公衆) '수영 풀장'– 25미터 규격 풀장으로 지방 수영대회를 개최도 하였다. –이 학교 내에 설치되어 있어서 거의 전 가족(특히 주부들과 자녀들)과 주부들이 (처음 배우기도 하여) 여름 한 철 밤낮으로 아주 즐겁고 보람있게 지낼 수 있었다. 이때까지도 육군 장교 교관들은 '골프'는 엄두도 내지 못했으나, 그 후 1979년 내가 참모장 시기부터 우연한 기회로 교관들의 골프 여가선용이 시작될 수 있었다. 그 얘기는 다음 기회에 하겠다.

제7장 제102 기계화보병대대(1972. 10. 24.)와
수도기계화사단(1973. 3. 22.) 창설

(단기 4305~4308, 서기 1972~1975)

1. 제32사단 98연대 제1대대장(1972. 4.)

당시 전방대대장 자격으로는 육군대학 교관 출신이 최우선순위 - 전술이론 일가견을 가진 육대 출신이 귀해 사단장 등 지휘관의 선호순위 우선 -였다. 거기에 때마침 군 예비사단격인 제32사단이 기계화보병사단으로 개편될 계획이어서, 더구나 전차 또는 기계화군대로 유명했던 서독군 유학 출신이라면 1등 대대장감이었다. 그래서 사단장의 요청으로 제32사단 제1대대장으로 부임하게 되었다.

∴ 부대환경과 부대실정

부대환경과 사단장

한국군이 월남에 파병되면서 미국과의 합의로 파월조건부 국군 증강과 현대화가 약속되었다. 그 일환으로 2개 전방사단이 파월됨으로 전방전투력 유지 및 보완을 위해 2개 예비사단을 전투사단으로 증편하여 전방으로 이동 배치하였는데 그중 한 사단이 바로 충남에서 이곳 경기도 '현리'로 올라온 제32사단이었다. 사단장은 총명하여 '견문 장군'으로 이름난 '신현수 소장'이었다. '신 장군'은 우리 육사 11~14기가 생도 시절에 생도 훈육관을 담임한 교육훈련 전문가이고, 넓은 견문으로 박정희 정부 때 청와대 근무 중에 충남 아산 충렬사 환경정비를 담당한 바도 있는 문무겸비의 훌륭한 장군이자 지휘관이었다.

사단대항 군단 체육대회 승리, 현리 동네 경사 났다

사단 사령부는 경기도 포천군의 현리에 위치해 있었고, 연대와 대대들은 주로 일동과 이동의 47번(구 3번) 도로를 중심으로 주둔해 있었었다. 물론 임무는 군단 예비로 군단 후방 방어 및 반격작전이었다. 평상시에는 연간 임무형 교육훈련을 하면서 춘·추계(1개월여) 지역 진지 공사를 실시하였다. 그런가 하면 1년에 한 번 사단대항 군단 체육대회에 참가하여 혼신의 경쟁을 벌이기도 하였다. 물론 각종 육상경기도 있었지만, 주로 대대 단위 경쟁으로 '봉도전', '기마전' 등이 있었고 점수도 많아 사단장의 관심사이자 대대장들의 흥분과 울분의 대상이기도 했다.

1972년 체육대회에서는 우리 대대도 '기마전'에 최종 승리하고, 사단 전체도 우승하여 가평 군단에서 청평-현리로 들어오는 길에는 한때 개선군대의 행진과 우렁찬 함성이 요란하였고 덩달아 현리 주민들도 함께 승리를 만끽하였다. 부대 단위 경쟁에서는 그 부대 지휘관의 리더십과 관심 그리고 추진 열정에 따라 상황이 달라질 수가 있다. 그런데 한때는 경쟁이 과열하여 심판본부(군단장) 앞에서 한 대대장이 권총(빈 것이지만)을 들고 심판에 울분을 터트리기도 했다. 그리하여 드디어 몇 년 뒤에는 부대 간 경쟁이 과열된다며 이 단체경기조차 군대에서 사라졌다. 그 이전에, 1966년대까지도 있었던 '사단대항 전군 사격대회'도 이미 사라지고 없었다. 군부대 간 더러는 선의의 경쟁도 있어야 하건만 아쉬웠다.

대대 내무(주거 등)환경 및 훈련, 생활상황

우리 연대와 대대들은 '이동' 이북에 주둔해 있었다. 물론 이때도 가족들은 동반하지 않았는데, 아이들이 이미 서울에서 초등학교에 다니고 있었기도 하거니와 여전히 도저히 전방에 가족동반 생활은 곤란하고 불편하다고 생각되었기 때문이었다.

나는 군대생활 평생 이곳과 그리고 연계되어 있는 철원 즉 중부전선 '철의 삼각지대'에서 군대생활의 95%를 보냈다. 이때도 소대장과 중대장으로 근무했던 이 자리 이동에, 지금 다시 대대장이 되어 또 왔으니 경력으로나 체제 연수로나 지역 터줏대감으로 알아줄 만도 하였다.

부임 후 인접 대대장들(일반장교)이 찾아와 환영하며 말하기를, "우리 경쟁하지 맙시다."라고 하였다. 사람들 가운데는 흔히 모든 인생살이가 경쟁생활이라고 말하며 사는 사람들이 많다. 그렇게 생각하면 그럴 수도 있으리라. 그러나 나는 평생을 사는 동안 경쟁에 관한 의식은 거의 없이 살아온 것 같다. 초등학교, 중고등학교, 사관학교 입학하며 경쟁의식 없이 무난히 입학했고, 임관 후 지금까지는 운수도 포함하여 그런대로 경쟁이라는 걸 모르고 여기까지 왔는데, 갑자기 처음 인사를 그렇게 받고 보니 좀 어색하였으나, 그냥 넘기기로 하였다.

한국 군부대는 5·16 군사정부 이후 국가 전체 발전과 함께, 비록 아직은 미흡하지만, 선 경제, 후 군 현대화되어가고 있었다. 그중의 하나가 내무반, 즉 막사인데, 우리가 1959년 문산 제1연대 전투단 예비대대(월룡산 아래)의 시멘트 블록 막사를 건조한 이래 점차 전군으로 확대되어 이 시점에는 전군 전방 막사가 시멘트 블록으로 공사가 완료되고 있었다. 그래서 지금 각 부대는 작전, 훈련(야간 적응훈련)하면서도 내무반과 부대 주변 환경정비에 분주하였다.

그러나 여전한 것은 부대 간부용 관사문제였는데, 우선 전방대 대장 관사문제를 비롯하여 각급 참모들과 간부들의 관사(즉 아파트)문제가 제기 되었다. 당시 제5군단장 '유병현 장군'은 군단 가까이에 있는 (다 낡은) 내 관사로 국회 조사단을 안내해 와서 보이며, 내게 현황을 설명하게 하였다. 그 후 몇 년 뒤부터 개선되기 시작하였다.

인적 구성요소

인적 구성요소 또한 개선되기 시작하고 있었다. 장병 구성요소를 보면, 중대장 시절에는 대학 출신– 군번 앞에 ○○을 부쳐서 '빵빵 군번'이라 했다. – 이 귀해서 중대에 한두 명 있을까 말까 해서 병사들의 중대 최고 직위인 중대 '기재계(記載係, 인사 작전 군수 등 제반 사항 기록계)'를 시켰다. 그런데 대대장 당시는 중등교육 이수자 이상 의무병제였기에 상당수의 대학 출신 병사들이 있었고, 장교도 20여 명 중 ROTC 출신이 7명, 일반장교 13명 육사 출신은 중대장 1명 등으로 되어 있었다.

그래서 과거에는 흔히, 병사들에게 사단장과 같은 상급 지휘관이 뭘 무르면,

무조건 "시정하겠습니다."라고 시키기도 하였던, 이른바 '고문관 시대'가 있었는데 이제는 과거 역사가 되어 있었다. 다만 아직은 다행히도 이발사나 전문 요리사들이 군대 들어와 있어서 관사 당번이나 부대 주방병 수급은 큰 문제 없었던 시절이었다. 덕분에 대대장 시절 관사 당번은 중국집 만두 요리 전문가였기에 내게는 물론 대대 간부 사기앙양에 상당히 도움이 되었다.

다만 부대적응이 어려운 병사들— 지금같이 군의관 진단으로 판정되는 병사가 아니고, 사회 경범죄 군 강제 복무자들 —이 있었는데, 일차적으로는 타 부대로 전속시키기도 하나, 여전히 순화되지 못하면 '원주계획'이라 하여 군사령부를 경유, 다시 교도소로 돌려보내거나 면역을 시켜주기도 하였다. 그러나 그 어간에 병사들과 어울리지 못하는 병사를 대대장이 직접 관심을 가지고 대대 취사장에 근무시키는 등 직접 설득하면서 개과천선하도록 노력도 많이 해보기도 하였으나 워낙 다른 병사들이 함께하기를 꺼리는 경우에는 부득이 '원주계획'으로 처리하기도 하였다.

평시 대대 임무와 '둔전병' 형 영농

우리 대대의 평소 보급로 정비 및 보호 책임구역은 '이동(二東)' 마을에서 북으로 여우고개 입구, 그리고 이어서 꼬불꼬불 여우고갯길을 따라 산정호수까지였는데, 일반 국도(3번)는 주로 도로 보수와 겨울 눈 치우기(보급로 개설)였고 여우고갯길은 망치와 곡괭이로 계속 드러나는 암석을 제거하며 평탄작업을 하는 것이었다.

당시 대대 사무를 위한 판공비는 물론 없었고, 부대별로 영농을 하여 병사들의 영양을 보충하고, 제대병들에게 영농법 실습도 겸하라는 마치 그 옛날 '둔전병' 시대를 연상케 하는 정책이 시행되고 있었다. 그래서 우리 대대도 남는 잔반으로 돼지 5~6두, 오리 50여 마리를 키우고, 동시에 전통적으로 내려오던 대대 주보(주로 막걸리)를 운영해 보기도 하였으나, 그 아무것도 별 효과를 보지 못했다.

∴ 대대 Test와 특공소대 운영, 국망봉 진지 공사

군단 예비사단 대대장은 임기 중에 1회, 대대 야외전투훈련 결과를 시험받게 되어 있다. 우리 대대는 기계화대대 창설 직전에 보병대대 마지막으로 시험받게 되었다. 시험 내용은, 행군이동, 방어편성 및 실시, 역습, 공격(반격)이었다. 장소는 만세교와 일동 사이 지역 일대였다. 나는 소대장 시절, 여우고개에 있는 'Nightmare 연합훈련장'에서 실탄사격을 하며 시험을 받아 본 경험이 있고, 또한 타 대대 시험관으로 경험한 바 있어서 별문제없이 최우수성과를 거두었다.

특히 유격전과 특공전의 교관 출신이라 '특공소대'를 편성해 운영해 보았는데 성공적이었다. 대대 소대장 중 용감한 소대장을 '특공 소대장'으로 임명하고 소대원 30명을 선발 편성하여, 명찰과 표찰을 붉게 해서 붙여주고 임무를 부여했더니 예상외로 아주 사기충천한 모습과 긍지에 찬 모습으로 원기 왕성하게 임무(적진 침투, 정찰, 반격 시 선도 등)를 달성해 주었다.

소대장 심판 때 개탄해 마지않았던 '전시 식사보급문제', 즉 소대장 당시는 대대 본대 이동 후 그 뒤를 취사용 화목을 실은 차가 서너 대 (상황 외 조건으로) 따라갔다. 식사시간이 되면 대대 야외 취사장은 마치 시장같이 북적거렸다. 그리고 작전(시험) 중 식사시간에는 분대당 3~4명이 식사(밥과 국을 담은 개별 반합)를 운반하기 위해 방어진지를 이탈하지 않으면 안 되었다. 그런데 대대장 당시는 화목 대신 무연탄, 현지 흙 주방 대신 '주방 세트'로 대신 되었을 뿐 식사시간 혼잡은 여전하고 그 시간 전투력은 여전히 반감(정도)되었다.

2. 제102 기계화보병대대(육군 제1660부대) 창설(1972. 10. 24.)
– 수도사단 제1연대 제1대대 전통을 이어받다 –

∴ 장갑차 인수와 〈무지개 부대〉 창설준비

보병대대 시험을 마치자 바로 다음 날(1972년 10월 초)부터, 한국군 창군 이후 2번째 기계화보병대대를 창설(부대 개편)하기 위해 '이동'에서 현리 사단 사령부 인근으로 대대를 이동하였다. 그날부터 매일같이, 전군 사단 전차중대 소속 'APC 소대'를 'APC'와 함께 인수하였다. 방법은 우리 대대 인수요원이 그 부대 그 소대로 가서 검사하고 인수한 뒤 고유부대에서 우리 대대로 수십 또는 100여 킬로도 넘게 제 발(궤도차량)로 이동해 왔다.

그런데 당시, 사단이나 대대나 APC에 대해 아는 사람은— 나 또한 생도 때 병기공학 시간에 엔진분해결합은 해 보았어도, 소대장 때 작전이동을 위해 미군이 운용하던 APC에 1시간가량 전투 승차한 경험이 있을 뿐 —아무도 없었다. 그래서 이공계 대학 출신으로 자가용 운전경험자를 책임자로 하고, ROTC 장교 몇 명으로 'APC 인수검수반'을 편성하여 해당 사단별로 순차적으로 파견하였다. 파견에 앞서 내가 지시한 유일한 검사지침은 기갑장교의 조언에 따라 "'머플러'에서 흰 연기 나오고 엔진 소리가 '셍~셍~' 하는 것으로 선별하라."라는 것이었다. 그때는 모두가 그랬다. 실제는 선별하나 마나 부대가 그대로 이동해 들어왔다. '서파' 검문소 더 아래까지 내려가, 그래도 자기 능력으로 이동해 오고 있는 무리들을 보고 장하다, 고맙다를 몇 번이고 되뇌며 환영하였다.

그래서 800여 명의 대대 정원이 갑자기 1,026명이 되고, 160정원의 중대가 260명이 되어, 밤에 취침 시에는 서로 껴안고 자기도 하고, 답답증을 느낀 병사들은 일찌감치 관물대 위로 올라가, 마치 옛날 야간 완행열차의 수하물 칸에 올라가듯, 침상으로 생각하고 대용하기도 하는 등 대대는 당분간 대만원이 되어, 축차적으로 제대해 나갈 때까지 그 상황을 모두가 참고 견딜 수밖에 없었다. 우리 병사들은 이 실정을 알고 잘도 견디어 주었다.

∴ 보병대대에서 장갑보병부대로 전투력 증강, 재편성

한편 보병대대가 하루아침에 그 자리에서 그 시설 범위 내에서 보병연대급 수준의 무장과 장비를 보유하게 되었다. 당장 M113 보병장갑차 + M112 대대장 지휘용 장갑차 + 앰뷸런스 장갑차 도합 60대에 정비반장 중사와 정비대장 대위 1명, 차륜 차량은 행정용 + 전투용 + 통신차 등 소형, 중형, 대형 포함 20여 대에 정비반장 중사에 정비대장 상사 1명 등으로 증편되었고, 81밀리 박격포 대신 연대 무장인 장갑차화 4.2인치 박격포 포대(포대장은 여전히 보병 대위)가 편제되고, 통신소대가 중대가 되어 통신병과 대위가 편제되어 왔다.

그뿐만 아니라 육군 2번째 기계화보병대대, 즉 제102기보대로 시작했으나, 곧

바로 연대 단위 부대와 같은 행정 및 보급 자급부대인 '육군 제1660부대'로 명명
되었다. 자체가 행정명령을 하고 사단보급소를 넘어 보급창으로 직거래를 하게
되었다. 실로 중차대한 증편이었다. 대대장의 책임감이 무거워진 대신 긍지와 명
예 또한 충만하였다.

∴ 제102기계화보병대대(육군 제1660부대), '무지개부대' 창설 및 발전

그래서 일단 제반 사항을 점검하고 질서를 잡으면서 부대상징 마크를 '무지개'
로, 모든 장갑차 앞머리에 페인팅했으며, 그리고 <u>스스로 '무지개부대'로 호칭－
미국 맥아더 장군이 제1차 세계대전에 출전하면서 자기 사단을 '무지개 사단'이
라 호칭한 것을 참고하여 －하였다.</u> 그리하여 서둘러 신고하고, 이 기념일에는
휴무하며 기억하고 휴식할 수 있도록 생각하여, 당시 휴무일로 잘 알려져 있던
'U.N-day'인 10월 24일을 기해 '무지개부대', 즉 '육군 제1660부대' 창설식을 거
행하였다.

창설 이후 최우선 모토는 '장비 100% 가동'으로 하였다. 함께 온 부속품이나
장비정비 기술병－ 단 한 사람 유능한 중사가 있었는데 이는 개인이 자습으로 터
득한 기술자 －도 없었다. 그나마 우리 부대까지 쉬고 쉬면서 고치고 또 고치고
하면서 온 것만으로도 다행한 일이었으나, 지금부터 정비와 운용책임은 나와 우
리 부대에 있는 것이다.

그리하여 연대 창고를 인수해 차륜 차량 및 장갑차량 정비소로 정리하고, 계
속 제대해 나가는 특히 장갑차 조종병을 양성하기 위해 인근 야산에 주·야간
조종면허 훈련 및 시험장을 만들고 운영하였고, 동시에 인근 지역에 주차 및 대
피호를 조성하여 안전주차 및 집중경계가 가능하도록 조치하였다. 그리고 이어
서 내가 다녀온 서독의 작전훈련 교리를 상기하며 우리 현지 지형과 작전계획에
맞는 작전 교리 개발에 착수하였다. 그러나 이 문제는 쉽지 않았다.

3. 수도기계화 보병사단(首機師) 창설(1973. 3. 22.)

∴ 32보병사단에서 수도기계화보병사단으로

제32보병사단은 1972년 10월 이후 기계화사단으로 개편 명을 받고, 철수하는 미 제7사단의 장비 등을 인수하는 등, 제반 준비를 해오다가, 드디어 73년 초에 파월 국군의 중추였던 '맹호부대', 즉 수도사단이 본국으로 귀환함에 따라 <u>그 오래고도 영광된 전통과 역사, 즉 맹호부대 군기(사단, 연대, 대대 중대기까지)와 맹호 마크, 그리고 모든 사단 기록물 등을 그대로 물려받아 드디어 '수도기계화보병사단, 수기사'로 1973년 3월 22일에 창설되었다.</u> 창설식은 현리에 있는 사단 사령부 연병장에서 당시 국방 장관을 모시고 진행되었다. 그리하여 군기와 사단 칭호 명명과 동시에, 32사단의 군기와 역사와 부대 호칭은 다시 원고지인 충남으로 돌아갔다.

∴ 영광의 '수도사단 제1연대 제1대대'의 전통을 이어받다

<u>우리 대대는 영광스럽고 중차대하게도 대한민국 최초 창설 대대인 수도사단 제1연대 제1대대기를 수여받았다.</u> 그 천하 제1의 대대기를 받아 들 때 그 순간 참으로 일생일대 또 한순간의 감개무량함을 느낄 수 있었다. 대대기에 많은 전공 하사 수치— 대통령 하사 수치를 포함 —가 매여 있어 명실공히 대한민국 국군 최고 대대임을 과시하고도 남음이 있었다.

우리 수도기계화보병사단은 우리 대대가 소속한 전통과 영광의 역사를 자랑하는 제1기계화보병여단(구 수도사단 제1연대), 제1'기갑'기계보병화여단, 제26기계화보병여단, 포병여단, 그리고 새롭게 대령이 지휘하는 보급지원단으로 구성되었고, 기계화 보병여단은 1개 기계화보병대대, 1개 차량화보병대대, 1개 전차대대, 1개 포병대대로 구성된 참으로 막강한 전투부대가 되었다.

4. 대대 임무와 교육훈련 그리고 발전

∴ 왕거미 작전훈련

부대는 창설 직후 부대정비와 장비 100% 가동, 그리고 신교리 발전을 위해 바쁜 나날이었으나, 그런 가운데도 해마다 실시하는 대간첩작전훈련, 즉 '왕거미 작전훈련(1973. 4.)'에 참가하였다. 당시 이제 막 한국 군사정부가 보릿고개를 해결하고 북한보다 경제면에서 앞지르기 시작하면서도 매일 같은 북의 위협에 놓여 있었고, 실제로 무장간첩이 휴전선으로는 물론 삼면 바다를 통해 쉴새 없이 침투해 들어왔었다. 그래서 어떤 때는 무장간첩 소탕작전에 동원되기도 하지만, 그래도 항시 긴장 상태를 유지할 겸 대간첩작전훈련으로 '왕거미 작전훈련'을 실시하고 있었다.

우리 대대는 30여 대의 트럭으로 부대를 출발하여 대대장 지휘하에 '마석우리' 고개를 넘어 이동하여 남양주 '밤섬'을 중심으로 그 일대에 책임구역을 할당받아 배치하였다. 5박 6일간 완전히 야외, A급 비상사태와 방불한 상황에서 침투해 오는 또는 미리 침투해 와 있는 대항군 간첩을 색출하고 소탕하는 임무를 부여받았다.

그리하여 3일째가 되던 날 침투해 오는 모의 간첩을 끝까지 추격하여 생포하는 전과를 올리기도 하였다. 그러나 출동 당시 교통사고로 순직한 전우들에게 이 기회에 삼가 명복을 거듭 기원한다. 그와 함께 완벽한 작전을 위해 그동안 그렇게도 긴장하였다가 작전종료가 되니 긴장이 풀리면서 그 허탈한 기분 어떻게 표현할 수 없는 기분이 들기도 하였다.

∴ 1973년, 전국 산림녹화사업과 전방지역 사방공사

5.16 군사혁명 성공과 동시에 착수한 산림벌채와 화목채집을 금지하면서 가정용 무연탄(19공탄) 사용 등의 정책이 성공하자, 나아가 70년대에 들어서면서 본격적으로 국립공원지정, 그린벨트 확정 등 치산치수의 근본인 산야의 산림녹화사업이 개시되었다. 그리하여 국토 70%의 산 대부분이 '붉은 산'이었던 강산을 녹화하게 되었다.

그리하여 우리 군단은 예비사단인 우리 부대와 전방사단의 예비부대 등을 총동원하여 '군단장 유병현 장군'– 수도기계화사단이 되면서 그 자리에서 배속관계만 5군단 예하로 변경되었다. –소속 지휘하에, 각 부대 책임 지역과 공동지역 할당구역에 대한 산림녹화 작업을 시작하였다. 그 방법은 '줄때맥이 계단식 사방공사'였다. 완만한 경사지역은 그대로 식수를 하면 되나, 그 외 상당한 경사지역은 폭이 넓지 않은 계단을 돌과 흙으로 조성하여 거기에 때를 입히고, 좁기는 하나 계단 위 공간에 일정한 지정된 나무 종류를 식목하는 방법이었다.

대략 2개월여 작업 끝에 군단 지역 내 사방공사는 일단 완료되었다. 그 후 10년 뒤 그 지역 사단장이 되어 부임해 둘러보니 정말 천지개벽이란 말을 실감할 수 있었다. 그렇게 벌거벗었던 민둥산, 붉은 산들이 내 손으로 저렇게 푸르름을 자랑할 수 있게 할 수 있었던가? 생각하니 실로 감개무량하였고 정말 '할 수 있구나.' 하는 교훈 또한 새길 수가 있었다.

∴ 춘·추계 진지 보수공사

6·25 전쟁이 휴전되면서 남북이 현 전선 체제에 상호대치를 계속하여 더욱 든든한 방어진지를 구축하고 보완해 나갔다. 한국군은 전방 'FEBA-A'로부터 '부라보선', '찰리선' 그리고 끝으로 '한강선' 즉 '델타선'으로 축차 방어진지를 구축하고 있었는데, 우리 부대는 '부라보' 진지선을 춘·추계로 정비하는 작업을 부대 임무의 하나로 수행하고 있었다.

우리 대대는 1972년 9월에 1개월간, 진지 현장에 전원 출동하여 작업에 임하였다. 작전 시 대대관측 및 지휘소는 국망봉(1168고지) 벙커였고, 그 전방 전후 좌우로 진지가 구축되어 있어서 저 전방 광덕산에서 백운산을 거쳐 여기 국망봉으로 능선과 그 좌우 가파른 지대를 통해 접근하는 적을 방어하는 것이 '작계'상 임무였다.

거기에서 대대 지휘소 필수요원들이 나와 함께 위치하고 예하 중대들은 능선 좌우 및 전후 진지에 배치하여 야영하며 공사를 계속하였다. 특히 능선 지대 진지는 암석의 틈을 이용한 혹은 일부 암석을 파내기도 한 '학익진 지형'으로 축성되어 있었다.

저 아래 평지 생활과 달리 이 고지에서는 주로 구름 속에서 하루가 시작하고 곡괭이와 삽이 닳도록 땅과 암석과의 싸움으로 일과를 끝내며, 9월인데도 이곳은 늦가을 날씨라 밤에는 보온대책을 세우고 지켜야만 되었다. 그런데 역시나 가장 어려웠던 것은 끼니때가 되면 취사병들과 그 보조병들이 식수를 운반해 오는데 대단히 노고가 많은 것이었다. 가파른 국망봉으로 비무장으로 오르는 데도 3시간여 소요되는데 식수운반을 그것도 그때마다 하게 되니 수고가 많았다. 그런데 평화 시에 이러한데 전시에 만일에 이대로라면 또 한 번 '6·25의 지게 부대' 신세를 지게 될지도 모른다고 생각하면 이 식사보급 문제는 보통 일은 아닌 것으로 한시바삐 해결되어야 할 것으로 믿는다.

대대장 시절 '밥과 맛'에 관한 추억의 하나는, 대대장 당번(작전 시 연락병)이 중국집에서 근무하던 일류 만두 달인이었다. 그래서 종종 중대장과 대대 간부들 그리고 그 가족들과 함께 대대장 관사에서 만두 회식을 즐겼는데, 그 달인은 "대대장님 경제사정이 어려우니 그것이 몇천 원이든 주시면, 인원수대로 얼마든지 즐길 수 있도록 해 드리겠습니다."라고 했다. 그 후 그런 맛좋은 만두도 별로 먹어보지 못한 것 같아, 그 재주 좋고 좋은 맛을 내던 달인 당번이 지금쯤은 꽤 잘살고 있을 것으로 믿어진다.

∴ 전투검열과 결과에 대한 '一喜一悲'

수도기계화사단 창설 이후 6개월 정도 지나자 제1야전군의 '사단 단위 전투지휘검열'이 있었다. 우리 대대는 새롭게 증강 편성된 4.2인치 박격포에 대하여 그동안 특별한 관심을 가지고 훈련- 포 사격과 같은 방법이므로 포병부대에 요청하여 지도를 받는 등 -을 해 왔으나, 이번 전투검열을 기해서 100% 실탄사격 성과를 내기 위해 부득이 대대 전투 예비탄인 'BL탄'을 일단 사용하고 신형 교탄으로 교체 저장하기로 하였다. 내가 '한·미 권총사격대회'에서 경험한바, 신 탄약에 Lot 넘버가 같은 것들을 사용하면, 탄약 성격 파악에 용이하고 그걸로 훈련하면 정확도가 확실히 보장될 수 있었음을 상기하였던 것이다. 그리하여 '주야간 10발 사격'에 100% 명중하여 우수성과를 냄으로써 사단장의 즉석 호평을 받기도 하였다.

그런데, 이번에는 그 성과로 인하여(?) 중대 전원 소총 사격을 지명받아 사격한 결과 주간 40%, 야간 38%라는 그냥 듣기에는 황당한 정도(?)의 성적을 기록하여 이번에는 사단장으로부터 즉석 실망 평을 받음으로써 '아침에 만점을 오후에는 낙제점을 기록하게 된 에피소드를 남기게 되었다. 그러나 그것은 더구나 이제 막 재편성된 부대로서 지극히 정상적인 결과― 서독에서 일반 중대 소총사격 결과도 그 정도가 정상이었다. ―로 나는 평가하고자 했다.

당시 검열과정에서 타 부대 실정을 보면, 흔히 지명받은 중대는 연대 내 고참 사수들로 대체 보충하여, 시험사격장에서 심지어 90% 내외 성적을 얻기도 하였는데, 나는 그럴 수 없었다. 노력한 대로의 성과를 가지고 더욱 훈련하여 발전하려고 하는 곳에 실질 군사력이 있고, 그래야 적은 실질 강건한 아군을 두려워하고 국민은 군을 신뢰할 수 있는 것이 아니겠는가?

5. 유신헌법 국민투표 불간섭, 제1차 '하나회' 숙청 바람

∴ 유신헌법 투표에 불간섭

이미 소대장 시절에서 특별한 관심사로 말했던 '3·15 부정선거' 같은, 군의 중립성을 훼손하는 군 당국― 실제는 정권 ―의 부당한 정권편향 정치 행위는 두 번 다시 있어서는 안 된다고, 그때부터 가슴 깊이 다짐하고 있었다. 그런데 1972년 11월 21일에 '유신헌법 찬반 국민투표'가 영내에서 시행되었다. 옛날 '3·15 부정선거' 때와 같이 대대장급 이상 지휘관을 군단사령부에 불러 투표의 중요성을 강조받았다. 돌아온 나는 현 한국 안보여건, 즉 제반 부흥의 기운과 북의 계속되는 도발 등으로 '국가와 국민의 유신 적 결속'은 필요불가결하지만, 그래도 '투표행위만은 자유'를 보장해야만 한다고 재차 다짐하였다.

그래서 중대장들에게 당시 '군의 3·15부정선거 모습과 박정희 장군을 비롯한 우리 육사인들의 반대자세'에 대해 설명하고, '유신헌법의 중요성과 타당성'에 대해서는 널리 홍보하되 '헌법이 보장하는 자유, 평등, 비밀, 보통의 투표' 그것만은 보장하라고 강조하였다. 국민투표결과 국민 다수가 지지하게 되어 유신체제가 성립되었던 것이다.

∴ 제1차 '하나회' 숙청 바람

1973년 3월, 전방에서는 우리의 수도기계화사단이 창설되던 그 무렵, 수도 서울에서는 소위 '윤필용 사건'- 무자비한 정치적 군 숙청사건 -이 발생했다. 한국군의 특히 장군에 대한 임명과 보직권자는 군 통수권자인 대통령이다. 그 때문에 대통령과의 직, 간접적인 관계에 따라 대부분 장군의 진출이 결정된다. 예나 지금이나 대통령과 아주 가까운 관계를 가진 장군이 수경사령관을 하고 그것으로 장차 참모총장이나 국방 장관 등 장래가 훤하게 보여(?) 끗발 날리게 되어 있었다.

그런가 하면 한국군의 보안사령관은, 특히 정부수립 이후 군 내부 숙군으로부터 시작하여 특히 5·16 군사혁명 정권에서도 또한 그 못지않게 대통령과 아주 가까운 사이를 가진 장군이 담당하고, 야전 경험 부족인데도 참모총장과 국방 장관을 담당하기도 하였다. 그러기에 양자 단합이 되면 국운도 좌우할 수 있고, 그 반대가 되면 군대와 정권 상부가 시끄러울 수 있었다.

그래서 소위 '윤필용 사건'으로 조사를 진행 중이던 보안사령관(강창성 장군)과 담당관(정 대령, 육사 12기)- 하나회 조직과 반대의 육사인 그룹, 월남파+기호파, 동백회(?) 등과 유관하게 보였던 -이 이 기회에 '하나회' 조직을 제거하고자 사건을 확대하고 변질시켰으나, 오히려 대통령의 제지(?)로 무산되어 하나회 자체는 그대로 명맥을 유지할 수 있었다. 그러나 그런대로 활동이 돋보였던 회원들은 현직에서 쫓겨나 한때 오지, 변방(?)으로 유배되었다. 그중에는 당시 수기사 기갑수색대대장이던 '강자화 중령'- 육사 15기, 육본 인사처 근무경력, 당시는 대대장 동료로 함께 근무 중 -이 그로 인하여, 부임 일천함에도 불구, 내게 고별 후, 강원도 오지 부대 한직으로 유배되었다.

한편 평생 절친인 '박정기(당시 중령) 동기'는 윤필용 장군의 비서실에 근무했다 하여- 윤 장군을 파렴치범, 부정부패범으로 죄목을 씌워 -그 참모장이던 '손영길 장군(육사 11기)'과 함께 여타 비서관들까지도 무자비하게도 공범으로 규정하여 잔인하게 수사하고 전역시켜버리기까지 하였다. 이들은 상당한 수준의 엘리트들이었는데, 군대를 위해서도 개인에게도 더욱 안타까운 사건이고 불운이었다. 이 때문에 아마도 그 여파로 나도 '하나회' 회원이라는 이유만으로 요직(예, 작전계통) 기피인물이 되어(?) 사단 작전참모가 아닌, 그동안의 경력과 무관하고 내 의사와도 무관한 사단 군수참모로 보직된 게 아닌가 생각되었다.

이때 정말 안타까웠던 것은 절친 박정기 중령이 강제 전역되었는데, 정말 아까운 사실로, 그가 그대로 군대에 있었다면 승승장구하여 최소 육군참모총장은 되고도 남을 인물로 동기간에는 알려져 있었고, 당시 상급자들에게는 큰 신임을 받고 있었던 점은 확실하였다. 그는 참으로 억울하게 전역당한 후 군대를 잊지 못해 하다가 다른 길로 출세하면서 '한·미 군민친선협회'를 설립하여, 특히 미군과의 관계를 돈독히 하였으며, 동시에 이를 필생의 사업으로 생각하여 팔순이 넘은 지금도 초심대로 운영하고 있다.

6. 사단군수참모 근무, 제1차 유류파동과 영향

신현수 사단장으로부터 군수참모 임명을 받고 부임(1973. 10.)은 하였으나, 별로 원하지 않던 직책이라 초기는 불편했다. 일단은 정황을 이해하기로 하였다. 사단장은 그의 동생 신현배 중위(육사 후배)를 내게 보내어 함께 근무하게 하였는데, 신 중위는 시간이 갈수록 신뢰와 함께 우선 인정스러워 '김 대위'와 함께 업무 분위기는 만족스러웠다. [그는 후에 9사단장을 거쳐 군단장(중장)이 되었다.]

∴ 수기사 군수참모와 군수지원단장 업무관계

신편된 사단에는 지금까지 일반 보병사단에서 예를 찾아볼 수 없는 '군수지원단'이 편성되어 들어왔다. 아마도 외국의 기갑사단을 본따 독자적 (장거리 장시간) 기동작전을 예상하고 기획된 것 같았다. 그러나 내가 경험한 1년여만 해도, 국내작전일 경우에는 비생산적이고 불필요한 편제로 생각되어 언젠가는 재검토가 필요하리라고 생각되었다. 간단히 살펴보면, 단장 대령과 참모부(S-1, 2, 3, 4), 예하에 정비대대(장갑 및 차륜 차량)와 보급대대로 구성되었고, 단장은 '사단의 군수지원업무를 총괄하여 사단장을 보좌한다.'로 되어 있었다.

그러면 사단의 군수참모 고유업무 또한 "사단의 군수업무를 총괄하여 사단장을 보좌한다."로 되어 있다. 그러다 보니 군수단장과 군수참모의 업무가 당연히 중첩되었다. 그래서 군수참모는 사단의 군수기획, 계획을 총괄하고 작전과 훈련에 긴요한 유류(휘발유)의 획득, 보급 및 통제를 관장하도록 일단 업무규정을 준칙화하였다. 그리하여 군수참모는 기계화부대의 기동유지와 충분한 교육훈련지원 수준을 유지하기 위한 제반 신생 과업을, 김 대위(후배), 신 중위(후배), 선임하사와 병 2명의 요원과 함께 시행해 나갔다. 때가 되어 신현수 사단장은 육군본부 작전 참모부장으로 영전해 갔다.

∴ 제1차 세계 유류파동, 절약절제와 고난

신임 '김 사단장'은 안정되어가고 있는 기계화보병사단을 발전시키기 위해 부대 안정과 교육훈련에 노력하였다. 그런데 1973년 10월경(~1974. 2.)에, 'OPEC'이 제4차 중동 전쟁 시, 이스라엘 지원국들에 대한 보복으로 석유수출금지 조치를 단행함으로써 야기된 '급 감산'과 '석유가 급등'– 72년의 5배 –으로 세계 경제가 요동했으며, 한국도 그 영향을 크게 받았다. 이 석유파동은 그 후에도 2차 3차로 계속되어 한때 세계 경제는 물론, 한국경제가 큰 고난을 면치 못하였다.

따라서 국제 유류파동 속에 군대 유류 예산도 크게 삭감되었는데 우리는 총력으로 지키며 노력한 결과 전년대비 1/2 삭감으로, 그나마 다행(?)으로 생각하며 부대 내 절약과 절제, 그리고 통제로 고난을 극복할 수밖에 없었다. 그러나 교육훈련용은 전년 대비 큰 변동 없이 보장하고, 각종 기동장비는 비상대비 '만탱크'를 유지하면서, 선 동계 한랭 극복 엔진 시동용 유류확보, 후 행정소용을 책정하게 되었다. 특히 전차(당시 M48 계열)는 한번 시동에 3겔런(약 10리터)이 소모되는 기름 킬러였다. 그래서 예전 한때와 같이 다시 한 번 기름 가진 전차대대장의 인기가 상승하기도 했었다.

그런데 사단장은 유류 절약을 위해 사단 참모장과 참모들의 합동 통근차– 참모관사와 사단 사령부 연병장까지 약 3.5킬로미터 –조차도 중단함으로써 걸어서 출근하였다. 그 11월부터 다음 해 2월까지 한겨울의 현리계곡 겨울은 유난히도 추워서 영하 20~25도를 오르내리는 가운데, 두꺼운 내복 2벌에다 군복 상하의, 거기에 두꺼운 미제 야전 점퍼에, 울로 된 목도리까지 완전무장하고 빠른 걸음으로 숨을 좀 헐떡이면서 약 35분 정도 걸렸다. 도중 10분 정도쯤부터 속으로 땀이 나기 시작하여 연병장에 도착하면(7시 30분경) 속 상의 런닝은 거의 젖은 상태인데, 연병장에서는 상의 벗고 맨손체조를, 반드시 사령부 근무 전 장병이 함께 실시하였다. 끝난 뒤 옷 입고 사무실로 들어가면 바로 무연탄 난로를 껴안다시피 난로 앞에 바싹 다가앉아서 한동안 몸을 말리며, 데우기를 겸한다. 그래도 막 40대라 참아 낼 수는 있었으나, 체력손실과 업무능력 저하를 면할 수는 없었다.

∴ 근무 중 A형간염 통과

전방사단 모든 장병들의 모든 분야 근무가 참으로 힘들고 어렵지만, 유류파동 당시 수기사 군수업무는 절약·절제 일도변이라 더욱 어려웠다고 기억된다. 위에서 말한바, 군수지침 준수 점검을 위해 주 1회 이상 사단의 전 대대─ 전부가 차량화, 기계화, 전차였기에 ─를 현장 점검, 유류 탱크 뚜껑 열고 눈으로 확인하고 시동 걸어보기 등을 하다 보면 저녁 식사는 밤 10~11시에 하기 일쑤였다. 그 밥은 물론 아무것도 모르는 사무실 병사 한 명을 관사에 때때로 보내서─ 아이들 교육문제도 있고 하여 관사 가족 살림은 생각지도 못했고, 사단 참모는 관사에 당번(연락병)이 없다. ─시켜놓은 것이니 마땅할 리 없었다. 그렇게 해서 두어 달 지나자 지독한 몸살감기가 와서 꼼짝 못 하고 한 열흘 들어 누웠다. 한 1주일 지나자 사단장이 찾아와 머리맡에 앉아 위로해 주기도 하였다. 그 후 몇 달간 허약해져서 춘천 가도를 달리는 버스만 타도 어지러웠다. 대령이 되어 정밀 신체검사를 했을 때 비로소 A형 간염을 앓고 지나갔다고 했다. 참으로 힘들게도 일해 보았다.

∴ Defcon-3 발령, 전군전투준비태세완비 점검

전군전투준비태세완비 점검 (1973. 10.)

1972년 '남북 7·4 공동성명' 이후 월남이 패망해 가고, 파월 국군이 원복과 동시에 국군은 정비 기간에 들어갔는데, 북은 공동성명을 이행하지 않음과 동시에 남북 대화를 일방적으로 중단하고 오히려 사면으로 무장도발- 어청도 침투, 백령도 어선 공격, 연천 무장공비 침투, 전남 완도와 금난도에 무장간첩침투등 -을 자행하고 정치적 모략공세를 가열하였다. 이에 국방부는 73년 10월을 기하여 전군 전투준비태세를 강화하고 '전투준비태세완비'에 대한 전군 일제 점검을 실시하였다.

그 결과 평균 80%라는 결론을 도출하고 모든 분야에서 100%가 될 때까지 최대한의 노력을 경주하기로 하였다. 특히 중요한 화기 분야에서 BL탄이 1기수(基數. 통상 3일분)밖에 없는 무기도 있어서 시급한 조치가 필요한 경우도 있었다.

실 상황, 'Defcon-3' 발령

73년 3월 즈음에 잘못된 휴전조약으로 미군과 한국군이 월남에서 철수함에 따라 자유월남의 패망이 가속화되었고, '7·4 남북공동성명'이 발효 중임에도 불구하고 위에서 말한 바와 같이, 마치 월남과 같은 상황을 연출하고자 또는 전면전도 불사하겠다는 의도로 바다와 전선 전 지역을 통해 간첩을 대량으로 침투시키면서 다방면으로 도발해 왔다.

그러던 중 1974년 3월, 판문점 공동경비구역 내에서 북 괴뢰군 120명이 UN군에게 집단으로 행패(장교 1명 사망, 5명 부상, 세단차 4대 피해)를 가하며 도발하였다. 그로 인하여 전군에 'Defcon-3'가 발령되었다. 이는 전투개시(Defcon-1) 직전에 실탄을 분배받고 진지 투입(Defcon-2)하는 단계의 이전 단계로, 사실상 한반도 전선은 휴전상태라 평소 그 자체가 'Defcon -3'에 준하는 전투준비태세를 유지하며 생활하고 있었는데 이때 진짜 'Def-3'가 발령된 것이다.

그래서 작전예규(SOP)에 의한 절차- 전 장비 및 전투원 출동준비 및 무장대기, 전 병력 부대 복귀 -를 이행해 나갔으나 동요되지는 않았다. 다만 휴가 장병에 대한 즉각 귀대조치가 시행되야 하는데, 하루 이틀 실 상황으로 긴장된 가운데 상황 진전을 주시하며 판단을 미루다가 3일째 결심 시점에, 다행히도 상황이 종료되어 한시름 놓기도 하였다.

∴ 전방부대(대대장, 사단참모) 근무 중 이런 일, 저런 일

근무 중 사건, 사고와 유감(有感)

들건데 대대장으로 부임하기 얼마 전에 우리 사단의 타 부대 병사가 총기를 휴대하고 탈영하여 '이동'에 있는 '미미향' 근처 어느 밥집에 들어가 인질극을 벌였는데 다행히 인명피해 없이 자수로 끝났다고 들었다. 그런가 하면 대대장 근무 중 어느 날 바로 같은 연대 인접 대대의 한 소대가 사격장 청소 중 어느 분대가 총류탄 불발탄의 오발에 의해 살상되는 사고가 발생하여 한때 사단 전체가 암울하였다.

그런데 이번에는 우리 대대가 불행하게도 사고를 겪었다. 앞에서 잠깐 얘기했던 '왕거미 작전(훈련)'에 출동하면서였다. 출동하는 아침 조조에 식사를 마친후 출동준비를 완료하고 30여 대 트럭— 포병연대에서 지원 —에 분승하였다. 동시에 나는 운전병들을 불러 모아 작전 임무는 물론, 다시 한 번 춘천 가도의 꾸불꾸불 길 조건에 따른 안전운전을 강조하고 조수석, 즉 감독장교 및 하사관에게 각각 운전 중 입 운동용으로 껌 한 통씩 분배하고, 대대장이 앞에서 칸보이할 테니 잘 따라오라고 하면서 거듭 주의를 환기시키고, 남양주 작전훈련지역을 향해 출발하였다.

현리에서 청평으로 나와 꾸불꾸불 춘천 가도를 서울을 향해 시속 30킬로로 달려 내려왔다. 마지막 관문인 '마석우리' 언덕 고갯길 아래 멈추어 세우고 20여분 정도 휴식을 취한 뒤 다시 한 번 운전병들을 모아 주의를 환기시키고, 여전히 내가 선두에서 칸보이 하며 꼬부랑 고갯길을 넘었다. 내가 막 평지에 도달해가는 때 지나가던 등교 학생들이 나를 향해 무언가 비상사태를 알렸다. 세우고 돌아보니 차량 행렬 가운데쯤에서 트럭 한 대가 전복되는 것이 보여 급히 현장에 가보니 그 트럭의 앞바퀴가 길가 배수로에 빠져있고, 차는 옆으로 누워있고, 탑승 병사들은 튕겨나가 모두가 바닥에 뒹굴고 있었다.

급히 수습해 보니 중상자가 3명이 나왔다. 즉시 최단거리에 있는 '마석' 동네 의료원에 갔으나, 위급하니 급히 큰 병원으로 가야 한다고 했다. 지휘관으로서 사고 등도 예상하여 항시 최기 야전병원을 외우고 있었으나, 청평 야전(후송)병원보다 거리는 좀 있으나 위급한 상항이라, 대대 차륜차량 주임상사에게 명하여, 즉시 서울 시내 수도육군병원으로 후송하라고 출발시켰다. 그래서 그는 중상병사 3명을 트럭에 태우고 가능한 전속력으로 종로거리를 무정차로 달려가니 좀 놀라운 모습이었으리라. 신문 기자들의 감이 된 것은 당연지사였으리라. 그러나 나는 즉시 부대를 다시 칸보이하여 목적지로 이동하고 부대를 배치하고 작전준비에 임하였다.

몇 시간 뒤 후송된 중상병사의 사망소식과 함께 2면 4단 기사로 된 석간신문을 보게 되었다. 그러나 여하간에 작전 임무는 계속되었는데 이미 얘기한 바와 같이 소기의 성과를 거두고 (임무 완수) 철수 명령을 받았다. 그 순간 나는 생애 또 한 번의 허무, 허탈, 무기력증을 맛보았다. 원대복귀 후 듣건데, 신현수 사단장은 사건 전후의 대대장 '안전조치에 만전을 기했다.'라는 보고를 받고, 지휘관 책임문제는 일단락하였다고 들었다. 내가 완전하게 돌보지 못해 순직한 3명의 내 부하 병사들을 지금도 거듭 애도하고 영민을 기원한다.

사단장 신현수 장군은 육사훈육교관 시절부터 '견문 장교'로, 세심하고 까다로운 장교로 알려져 있었다. 그러나 그는 앞에서 본 바와 같이 지휘관으로서 '할 수 있었던 조치를 다 했음에도 일어난 사고에 대해서는 자기는 마음으로 인내하며 부하 지휘관을 관용하였다.' 내게는 다시 한 번의 기회가 주어졌거니와 지휘관의 합리적인 '리더십'에 대해 또 하나의 교훈을 갖게 되었다. 내가 소대장이었던 때 사단장이었던 '한신 장군'은 징계위원회와 군법회의를 하고도 행정처리 않고 책상 서랍에 넣어두었다는 설이 전해지고 있었는데, 그건 그것대로 의미가 있다고 생각되던 때였다.

대대 단위 김장김치 담그기와 어느 참모장의 과열

이후 사단장이 바뀌고 사단 참모장도 바뀌었다. 가을 김장 때가 되어서 신임 참모장은 부대운영비 조달을 위해 사단 감찰장교를 설득하여 '고춧가루'를 좀 싼 것, 즉 비규격품으로 납품받는 대가로 금전을 마련하게 되었다. 그러나 사단장이 부대 김장 상황을 돌아보던 중 상황을 파악하고 책임을 추궁하여 참모장은 즉시 파직되어 육군본부로 소환되어 간 일도 있었다. 그 외도 내 뜻에 없는 경험을 더함으로써 '군수업무'에 대해서는 더 이상 인연을 맺지 않도록 결심하였다.

군대에 김장김치가 실시된 것은 불과 얼마 전이었다. 우리가 소대장 할 때 그렇게도 조잡했던 군대식사(밥과 국, 그리고 반찬 1가지 정도)가 대대장 할 때도 크게 개선되었다고 볼 수는 없었다. 그러나 그래도 다행이었던 것은 그 시절 그렇게도 소원했던 '김치 반찬'이 겨울만이라도 해결될 수 있었던 것은 역시나 국가경제가 발전해 가고 있다는, 그래서 복지문제가 조금씩이나마 해결되어 가고 있음을 볼 때 다행스러웠다. 그래서 부대별(예비사단은 대대급)로 김치 탱크가 준비되고 가을이 되면 전 장병은 물론 대대 온 가족(전후방 거주 불문)들이 총동원되어 김치 김장을 하였다. 이때 김장은 장병들의 부대생활 중 즐거움을 느끼는 한가지 큰일이었고, 가족(민간)과 장병 간의 즐거운 소통의 한때를 갖는 보람의 한 모습이기도 했다.

일제 구형 차량 교체개시, 반가웠던 국산 군용차

군수참모 시절에도 차륜 차량은 주로 6·25 말기부터 보급된 일제 '닛산' 차량이었는데, 경유 차량으로 미제 '지엠시'차에 비하면 외모는 물론 성능은 1/2도 되지 못하였다. 요즈음 경유차는 휘발유차 성능을 능가하는 차도 있건만, 당시 일제 트럭은 웬만한 경사지에도 힘을 잘 내지 못해 미제차(GMC)에 익숙해 있던 한국군은 답답해하였고, 특히 겨울이 되면 전방에서는 주차장 내 차량에도 가마니를 몇 겹 덮어서 '엔진 동파'를 방지해야 했고― 실제로 겨울마다 엔진 동파로 처벌까지도 받는 경우도 있었다. ―시동이 잘 걸리지 않아 매일 자주 시동을 걸어 보기를 해야 했고, 특히 '인젝션 발브'가 잘 얼어서 겨울관리에 운전병들의 수고가 많았다.

그런 자동차도 이제 20년이 넘게 되어 수명이 다하고 있었다. 특히 지휘용 소형차― 미제 지프차 형 ―는 정비창에서 3차 이상 손을 본 엔진으로 달리고 있어 고장과 위험도가 점차 높아가고 있어 신형의 교체가 필수불가결 상황이 되어 가고 있었다.

그런데 때에 반갑게도 우리 국산 자동차가 개발되어 준비되는 동안 미군용 신형 차가 한국군에 보충·보급되기 시작하였다. 물론 우선 순위는 야포 견인차량과 통신차량 순이었다. 정말 휘발유차로 외모나 성능 면에서 소요에 완벽한 만족을 제공해 주었다. (그래도 일제 트럭은 후방부대에서는 1980년대까지도 사용되었다.)

전군 철조망 전수조사

사단이 '수기사'로 개편 직후 시점에 '전군(한·미 연합사령부) 철조망 전수조사'가 있었다. '알파 선'에는 휴전 전 전투 시에 이미 구성된 화망과 함께 철조망 등의 장애물로 장벽이 완비되어 있었고, '부라보 선'에는 유사시에 즉각 활용할 수 있도록 부대별 지형적 요소마다 필요한 철조망(윤형과 선형) 그리고 이를 설치할 수 있는 철주가 산더미처럼 야적되어 있었다. 전쟁 중에 준비된 것이라 어언 20년이 훨씬 넘었으나, 그대로 사용할 수 있도록 유지된 것은 물론 철저한 관리의 공도 있었지만, 원천적으로 전 자제에 콜탈을 입혀(부어서) 놓고 그 위에 전체를 덮을 수 있는 폭넓은 고무 커버가 씌워져 있었기 때문이었다.

이 저장소가 우리 사단에도 상당수 있었는데, 실물을 보며 헤아리니 아직도 완벽하게 쓸 수 있는 몇백만 롤이 저장되어 있음을 확인하여 보고되었다. 그리하여 전군 조사결과 여전히 사용 가능한 상태로 몇천만 롤이 한국군 전방 제2 전선지대에 야적되어 유사시 화망 구성보강을 비롯한 전방 방벽 구축에 사용할 수 있도록 준비가 되어 있었다. 과연, 거듭 확인하거니와 미국의 이 풍부한 전쟁 물자와 그것이 적시에 사용될 수 있도록 보급 수송되고 야적된 이 능력, 이승만 대통령은 휴전 당시 이 미국과 연합군의 압도적인 전투력을 보고 믿고 그대로 북진을 계속하자고 주장했던 것이다. 물론이다, 그랬다면 큰 피해 없이 이 압도적인 전투자산과 화력으로 능히 압록-두만강까지 다시 올라갈 수 있었을 것으로, 내가 가늠할 수 있는 판단으로 지금도 믿어 의심치 않는다.

전방 대대장과 가족생활

1958년에 임관하여 수도사단으로 갔을 때 사단 내 12기, 13기 선배 몇 사람이 우리 신임 7명을 환영하여, 이동(二東) 마을— 당시 100여 가구 —의 음식점 '을 밀대(乙密臺)'에서 식사와 함께 막걸리 대접을 해주었다. 그 후 65년에 대위로 5

사단 사령부로 갔을 때도 '이동' 마을은 전과같이 그대로였다. 72년에 대대장이 되어 가 보니 이때는 전과 다르게 약 2배 정도 인구가 늘어나고 주거인들과 제법 많은 이동인구로 상거래가 활발하였다.

그런데 이들의 반은 직업군인(영외거주 중, 소대장과 하사관)의 가족들이고 그 반은 이들에게 서비스를 제공하며 공생하는 원주민들이었다. 이곳은 바로 38선에 걸친 북한지역으로 진짜 원주민은 거의 없었고, 현재 형성된 마을은 1960년대 후반까지 사단 단위 부대 이동에 따라 옮겨(딸아) 온 '제3의 (민간 상인) 사단(?)'이라 불리는 사람들이었다.

내가 사단 작전과에 근무할 때(1965년) 만해도 대부분 대대장은 20~30호 초가집 마을의 한 집을 전세로 살았고, 중대장 이하는 민간 초가집의 한 칸에 월세로 들어가 살았었다. 어쩌다 어떤 중대장은 그 동네에 장기간 자리잡은 하사관 집의 한 칸을 전세살이로 얻어 살았던 웃지 못할 경우도 있었으며, 화장실은 별도로 없이 그저 창고 잿더미 쌓아놓은 한구석을 사용하여 남녀 노소불문하고 볼일 보고는 발로 잿더미를 밀어 덮는 그런 전방이요, 그런 때였다. 우리가 대대장이 된 시절에는 그나마 좀 나아져서 대대장 이상은 주로 영내에 관사(비록 10평도 채 안 되는)가 있어서 당번(연락병)을 두고 홀아비 생활을 2년여 계속할 수 있었다.

전방 대대장 및 참모 시절에도 '휴가'는 병들에게 있었지 간부들에게는 없었다. 다만 참모 시절에 2개월여에 한 번 정도 주말 외박 정도는 있었으나, 대대장 때는 그것조차 엄두를 내지 못하고 24시간을 부대와 함께 생활하였다. 그러하기에 가정생활은 또다시 3년 반 별거 생활의 연속이었다. 그러하였기에 물론 주부의 외로움과 고통은 말하기도 어렵거니와, 특히 교육문제가 어려움이 많았다. 이는 전체 군인 가족이 겪는 '사회생활, 가족생활의 어려움' 바로 그것이었다.

그래서 대대장 시절에는 가족이 3개월에 두어 번 정도 전방으로 면회를 왔다. 집은 화곡동에 있었는데, 이곳 '이동'으로 주말에 오려면, 우선 친척을 불러다 아이들을 며칠간 맡기고, 버스로 서울 시내로 나와서, 청량리 버스교외정거장으로 이동해 와서, 포천의 '서파'를 지나 '일동'행 버스(하루 서너 번 있는 것)를 기다렸다가, 비포장 길 따라 운 좋으면(고장 안 나면) 3시간 정도로 일동 버스정거장에서 내려, 다시 하루에 몇 번 없는 화천이나 금화 최전방 마을행 버스를 기다려서 타고 다시 '이동'으로 와서는, 혼자 시골길을 걸어서 부대 정문 초소로 와서 면회신고를 하였다. 그제야 대대장 관사로 안내됨으로써 하루 종일 면회길이 끝나는 형편이었다.

그 면회 같은 만남도 잠시, 집에 남겨둔 아이들 걱정에 다음 날이나 그 다음 날 왔던 길을 같은 방법으로 하루 종일 되돌아가야 했던 것이다. 아이들은 여름 휴가 때 한두 번 2~3일 정도로 와서는 아직도 초등학교 저학년생들이라, 대대 장병들의 귀여움을 받아 가며 자전거 타고 연병장을 돌아보았다가, 취사장에 가서 구운 '도루묵' 생선 한 마리 맛보고는 맛있다고, 다음에도 그것 먹으러 오겠다고 취사병과 약속하기도 하는 등, 그렇게도 먼 아빠 직장에 와서 재밌게 놀다 가기도 하였다.

가족과 함께 외식장소로는, 당시 '이동' 동네에 나가면, 근처 장병들의 유일한 오락물 구경 장소인 '군단극장'이 있었는데 바로 그 앞에 물김치가 맛있다고 소문난 그 동네 유일한 갈비집이 있었다. 정말 물김치를 곁들여 먹는 갈비 외식은 당시로는 전방에서 가족과 함께하는 제일 가는 위로였다. 그런데 그 뒤에 말 들어보니, 이 갈비집은 원래가 이동 바로 위 막걸리로 유명한 '도평리'에서 시작하여 이곳으로 와서 물김치와 도평리 막걸리를 곁들인 도평리 쇠갈비로 인기를 누리고 있었다. 그러다 포천 시내로 진출했다가, 다시 돌아와 갈비를 주로 하는, 특히 주말여행과 외식 좋아하는 서울 사람들에게 알려진 '이동갈비' 동네를 일구었다고 들었다.

제8장 대령 시절, 후방부대장과 참모, 교수, 대외시찰 및 군사협력조사단장

(단기 4308~4314, 서기 1975~1981)

1. 오랜만의 후방근무, 특전사 정보처장

∴ 특전사령부 정보처장

대령진급과 새 보직 추천

중령에서 대령진급은, 정규 육사 출신이라면 대부분 연차별로 가능하였다. 다만 다음 장군진출을 위해 조기 진급이 중요하였다. 통상의 경우 대령 진급 자격은, 전방부대로 예를 들면, 대대장을 마치고 사단급 이상 부대 참모를 역임하고 있거나 한 후에 가능하며, 기회는 몇 단계(연차)로 나누어 주어진다. 1차 진급자는 전적으로 진급 본위 경력관리를 하는 자에게 가능하다. 다음은 그런 자격에 충실하려고 노력하는 자— 표현이 좀 어폐가 있으나 —예를 들면, 1차 진급자는 주로 육군대학을 졸업과 동시에 즉시 대대장 경력을 이수하고 이어서 부대 참모를 이수하는 자들이고, 2차 진급자는 주로 육대를 우수하게 졸업함으로써 육대 필수 교관요원으로 발탁(강제?)됨으로, 1차 진급자보다 한 발짝 늦게 대대장을 마치고 참모경력을 갖게 되기 때문이다.

육대 교관 근무로 한발 늦었던 동기 3명(나병선, 홍성태, 그리고 나)은, 당시 전방의 같은 군단 예하 각각 다른 사단에서 비슷하게 대대장을 마치고 사단 참모로 근무 중, '류병현 군단장'— 당시는 전방부대 대령진급은 군단장의 추천(서열)에 의해 결정되었는데, 우리 셋은 함께 류 장군이 파월 맹호사단장이었을 때 대위로 사단작전처에 근무하였다. —에 의해 추천되어 동시에 대령으로, 즉 동기생 2차로 진급되었다. (1975. 1.)

진급과 동시 대령 보직으로 옮겨가야 하기에, 고심하고 있던 중, 당시 특전사 인사참모 '장기오 선배'로부터, 특전사 예하에 이제 막 창설된 제9여단 여단장 노태우 장군의 참모장으로 추천됐으니 일차 가 보라는 연락이 왔다. 역시나 군대 내 인연은 또 새 인연을 만들고 있었다. 이 기회에 후방으로 나갈 수도 있고- 아니면 그 자리에 남아 사단 참모장이나 군단 참모로 갈 수도 있었다. -더구나 특전부대는 내 특성을 살릴 수도 있을 기회이기에 대단히 반가웠다.

그러나 한편으로 나는 스스로 일찍부터 남을 직접 받들어야 하는 직책에는 소질이 없다고 단정하고 있었기에 일면 주저하기도 하였으나, 그러나 믿을 수 있고 존경하는 장기오 선배 추천이라 일단은 수락하였다. 그래서 하루는 노태우 장군- 실제로는 하나회 선배요, 훗날 대통령 -을 면담하고, 참모장실과 주변을 돌아본 뒤, '이것도 운이라.' 생각하고 귀대하여서 전보명령을 기다렸다.

그러나 오랫동안 명령이 나지 않아 문의 결과, 좀 이상하게도 현 사단장의- 직전 특전사 여단장 출신으로 노 여단장과 함께 근무했었다는데 -불허로, 특전사에서는 부득이 급히 15기 후배로 대치하였다고 들었다. 나는 섭섭하기보다 오히려 참모장이라는 경험해 보지 못한 고행길(?)에서 해방의 기분도 들어 한편으로는 후련하기도 하였다.

좀 뒤에 '장기오 선배'는 기어이 나를 특전사 정보참모로 추천해 왔기에, 이번 기회는 마음에도 들기에 사단 참모장 '정호근 대령'- 후에 대장으로 1군 사령관, 합참의장 -에게 항의 겸 호소하여 기어이 전보될 수 있었다.

특전사령부와 정보처

그리하여 한국특수전(特殊戰, Special Warfare) 사령부 정보처장에 보임되었고 검은 베레모를 쓰고 처음으로 자랑스러운 한국 특전요원이 되었다. 동시에 오랜만에 가족과 함께 생활하며 근무할 수 있는 후방부대에서 '서울 근무'를 할 수 있게 되었다.

한국 특전사령부는 이미 말한 바 있는 제1공수특전단을 모체로 동해안 경비사령부 예하 제1, 2 유격여단- 제3, 5 공수특전여단으로 개편 -을 통합하여 육군 특수작전부대를 통합 지휘하는 '육군 특전사령부'로 창설(1969. 8.)되었다. 그 후 계속 증편되었는데, 1974년에 7, 9 여단 창설 증편, 1977년에 11, 13여단 창설 증편, 1981년에 707 특수임무부대(대테러부대)도 창설되었다. 예하 각 부대의 임무는— 조금 뒤 7공수여단장 편에서 상세하게 기록하겠다. —간단히 말해서, '적지 게릴라전 준비', '반 게릴라전(예상 적 근거지 선점활동)', '도시 폭동진압작전', '훈련 시 정규전 부대 대항군 활동'에 있다.

특히 그동안 후방 운용 가능 유일한 실병력 부대— 1군 예하 전 부대(예비사단 포함)는 연합사령부 소속으로 연합사 승인 없이 후방 차출 불가 —로, 1968년에 울진삼척지구 대규모 침투 대간첩작전과 서귀포침투 대간첩작전 등을 실시하였고, 단위 부대로 월남전에 중대 규모로 각 사단에 배속 운용되기도 하였으며, 1976년에는 판문점 경비구역에서 북괴가 도발한 '도끼만행 사건'을 응징하기 위해 '미루나무 절단 및 북괴군 4개 초소 파괴 작전'에 투입되기도 하였다.

어디 그뿐이랴, '5·16 군사혁명' 때는 실 병력으로 한강을 도강하여 서울 중심부로 출격, 혁명의 선봉에 섰고, 도시 요소 점령 즉시 소위 '정치 깡패'와 '사회 깡패'들을 하루아침에 소탕하는데 크게 기여하였다. 그리하여 이때부터 특전부대는 고유의 임무 외에 후방 사회질서유지에 필수 불가결한 요소가 되어 군사는 물론 정치적으로도 중요시되어 계속 증편해 나감과 동시에 특히 수도 서울 치안유지에 큰 배경이 되었다. 그리하여 드디어는 '5·18 광주 폭동(민주화운동)' 진압에 주력으로 투입되기도 하였던 것이다.

정보처는 적 지역 휴전선 이북 도별 지역분석과 표적정보를 발췌하여 예하 부대에 제공하는 것이 중요임무이고, 그리고 병행해서 일반부대 정보참모 임무도 겸하고 있었다. 그래서 수시로 예하 부대 정보참모 업무를 감독하였고, 예하 부대 참모방문도 개별적으로 또는 전 참모가 동시에 실시하기도 했는데, 특히 예하 부대 천리행군일 경우 야간에 훈련상태를 분담하여 점검 및 감독도 나갔다. 그럴 때 7공수여단장이던— 후에 작전참모부장 근무 시 참모총장이었다. —'정호용 여단장'과도 잘 알게 되었다. 개인적으로는, 시간과 지식 그리고 견문을 활용하여 『특공전(特攻戰)』을 편집하여 출간도 하였다. 우리 부대는 게릴라전 부대이지만 때로는 부대 자체로도 돌격전을 감행해야 할 경우를 생각해서 그 개념을 전파해야 했다.

후방생활을 새로 시작한 나는 우선 오후 5시 '칼퇴근'에 정신적 육체적 적응시간이 오래 걸렸다. 퇴근하다가도 지금 전방 장병들은 '지금 한창 근무 중일 텐데…', 휴일이 되어도 '지금 전방은 무슨 공사 중일 텐데…', 오후 퇴근 시간에 처음으로 테니스 운동을 익히면서도 '지금 전방은 무슨 훈련 중일 텐데 미안해…' 등 생각이 들었다. 당시 우리는 처가에서 당첨하여 확보한 '반포아파트'— 당시 한국 최신형 서울 강남 아파트('한국주택공사' 사장은 퇴역 장군)의 최소형 22평 —를 원가로 지불하고 입주하였는데, 출퇴근하기에 안성맞춤이었다.

강남은 이제 막 개발 중이라 내가 다니던 출퇴근길은 여전히 밭과 논 강변 모래밭과 과수원(배)뿐이었다. 그래서 출근할 때는, 이제 막 강남개발이 시작할 때라, 강둑길(지금의 올림픽대로)을 따라와서 영동대교 남쪽 '버드나무 장어집'을 돌아 북쪽으로 건너가, 역시 강북 둑길(지금은 강변북로)을 따라 잠실로 가서 잠실대교를 남쪽으로 내려와, 당시는 모래밭과 배밭뿐인 벌판을 따라 내려오다가 송파 능선 맨 끝자리에서 남한산성 쪽으로 들어가면 사령부가 있었다.

퇴근할 때는 나와서 수서로 내려가 다시 올라와 테헤란로(당시 막 아스팔트 길)를 지나, 가끔 길가 빵집(태극당?)에 들르기도 하면서— 당시 빵집은 세도층으로 알려진 검사들의 부인들이 눈독을 들일 만큼 그 지역 큰 상권(?)이었기도 —반포로 들어왔었다. 집은 5층 아파트 맨 상층이었는데, 집은 책임 있게 잘 지었으나 관리는 (아직 경험 부족으로) 한겨울에 런닝만 입고 있어도 따뜻하였다, 그래서 50여 년이 지난 지금까지도 '주공아파트'의 신용은 여전한데, 바로 초창기 몇 대에 걸친 퇴역 장군들의 보국·봉사정신과 철저한 감독 덕분이었다.

∴ 연례 아세아 특전부대장 회의, 참모로 수행

제8차 연례 아세아 특전부대 지휘관 회의

미국이 월남전쟁에 본격적으로 개입(1963)하면서. 일찍이 케네디시대에 확립해둔 특수전(Special Warfare)이라는 개념의 전쟁으로 국제공산주의 세력의 침투를 막는 간접 전략 작전과 동시에 후방으로 침투하여 암암리에 모략작전을 통해 적 후방을 교란하고 무장세력으로 근거지를 확보하면서 게릴라전을 전개하였다. 그런 환경에 중공의 간접침략(한국은 북괴의 침략)에 직면한 아시아 제국에 대해서 '특수전' 전쟁을 위한 지원을 제공하려는 의도에서 미국의 특전센터 주관으로 연례 아시아 특전부대장 회의를 개최하고 있었다.

그래서 제8차 회의(1975. 11.)에는, 정병주 사령관(소장)을 정보참모였던 내가 수행하게 되었다. 1962년 봄에 'Counter Insurgency' 과정 유학으로 방문했던 바로 거기, 미국 '노스케롤라이나'주에 있는 'J. F. Kennedy Center'를 다시 방문하였는데 정말 감회가 깊었다. 그런데 그동안 미국은 거의 변하지 않고 있는 것처럼 보였다. 첫날은 환영행사와 저녁 만찬 파티가 있었고, 다음날에는 근처에 있는 전통과 승전의 역사에 기록되어 있는 유명한, 이른바 '미 공수부대의 원조'인 제82공수사단을 시찰하고 이어서 제7특전부대(?)의 한 팀의 작전시범을 보게 되었다. 인상 깊었던 것은 이 12명 한 팀의 실력과 능력이 완전하게 특전개념을 만족시키고 있었다는 것이다.

당시 특히 우리 팀과 비교되었던 것은, 군의관이었다. 2명의 완전한 외과 전문의로 어느 지역 어느 곳에 가더라도 장비만 가지면, 외과수술은 물론 웬만한 소규모 야전병원을 운영할 수 있는 실력을 보여주었다. 2명의 정보팀은 '폴란드'어로 기억되는데, 완벽하게 구사한다고 하였다. 당시는 우리 팀의 자격과 실력이 아직 거기까지는 미치지 못하고 북한 언어도 지방별로 구분해서 구사하지도 못하던 때였다. 돌아가면 정보부서의 할 일을 다시 한 번 검토하고 발전시키려고 마음 다짐하였다. 그리고 신형 (침투) 장비들이 전시되고 설명되었는데, 특히 수중침투장비가 인상적이었다.

정병주 사령관(소장)의 위세(?), 김재규와의 특별 관계(?)

당시 사령관은 '정병주 소장'이었다. 이미 고인이 된 선배 장군에 관한 평가를 하려는 것이 아니고, 다만 내가 직접 보고 경험한 '사실'과 느낌에 대하여만 기록하려고 한다. 지금 우리나라 역사 기록물 가운데 대부분이라 할 정도(심지어 '위키백과'까지도)로 '김재규 반란 사건'과 정병주 장군, 그리고 당시 수방사령관 등과의 관계를 잘 모르고, 그들을 정치군인 되기를 거부한 참 군인(들)이라고 하고 있다. 사실은 그 정반대임을 관심 있는 사람들은 알아야 할 것이다. 그럼에도 강조하는 것은 정 장군 개인은 아주 정감 있고 유하며 해박한 지식과 결단력을 가진 지휘관이어서, 여행 중에는 우리 수행원들과 같은 호텔에 같은 식사로 항시 동석하였다.

한국에서 출발하여 일본에서 숙박은 동경 시내 일류호텔(아마도 제국호텔?)이었고, 식사도 그 호텔 고급(?) 식사로 우대받으며 지냈다. 미국 'L.A'에서 도 고급호텔에 숙박하였는데, 당시 여배우로 유명했던 윤 아무개의 오빠, 유명했던 가수 윤 아무개가 나와서 식사를 비롯한 안내와 대접을 하였다. 지금도 알 수 없는 일이나 아마도 짐작건대 무슨 끼리끼리(정치적 이해?)의 관계가 있는 것같이 보였다.

특전 지휘관 회의를 마치고, 사령관은 우리를 대동하고 바로 미국 수송기 제작회사를 직접 방문하여 공장을 시찰하면서 상담하였는데, 물론 우리 특전부대용 수송기에 관한 것이었으며, 당시 공군보유 수송기는 이미 수명이 다하고 있었기에, 아마도 차세대 수송기에 관한 것이었다고 생각된다. 여하간에 실소요 부서의 장이기는 하나, 소용 부대장이 제작회사 현장에서 상담하는 것(아마도 문의 성격이었겠지만)은 이례적으로 보였다.

뉴욕방문에서 고등학교 절친 '이인길 사장'을 만나다

귀국 전 뉴욕으로도 행차했는데, 뜻밖에도 마중 나온 동래고등학교 절친 '이인길 사장'을 만났다. 아마도 그 형— 6·25 당시 우리 동래에 거주하며 미국 유학을 다녀와서 내게 '엠파이어스테이트 빌딩 모형'을 준 장교 —이 당시 특전사 부사령관이라, 형의 지시로 안내지시를 받은 것(?) 같았다. 우리끼리는 정말 반가웠다. 도중 도중을 이용하여 우리끼리 그간의 얘기를 나누면서 회포를 풀었다.

그는 이미 저 앞에서 얘기한 바대로 서울대 법대에 입학하고, 내가 육사에 들어갔을 때 종종 육사로 면회 오기도 하였고, 외출 시에 가끔 서울 시내에서 만나기도 했다. 그는 법대 졸업 후, 우리 동래고 동기생 서울법대 합격자 8명— 모두 전쟁 중이라 고등고시를 못 하고 사업가로 진출했다. —중 한 명으로, 당시 한국 최고 기업이며 막 성장 중이던 '럭키치약(후의 금성사, 지금의 LG 기업)'의 대외무역 담당으로 미국 뉴욕 파견원이었다가 독립을 위해 퇴사하여 뉴저지주에 정착하고 뉴욕에서 단독 무역상사를 운영하고 있었다. 그의 형 안부도 전하면서 그가 안내해 준 대로 1박 2일간 뉴욕 거리를 다시 한 번 구경 잘하였다. (그 이후 그를 또 만나지 못했다. 그러나 남은 인생 행운을 빈다.)

귀국하면서 보니 정 사령관의 귀국 봇짐이 무거워 보였다. 특히 김재규(KCIA, 한국중앙정보부장)와 그 가족과의 관계가 돈독한 관계로 보였는데, 거기에는 당시로는 일반인의 상식을 뛰어넘는 최고급 일용품도 포함되어 있었다.

2. 중립국 외교, 모로코 군사지원 조사단장(1976년 4월)

∴ 중립국 외교와 모로코의 군사원조요청

군사원조검토 당시 국내외 정세

1975년도에는 자유월남의 패망과 함께 도미노 현상으로 인도지나 반도 3개국이 공산화되고, 그 영향이 특히 동아시아 전체에 미치고 있었다. 한편 새로 취임한 미국 '카터' 대통령이 주한 미군철수를 공약하자 이에 더욱 고무된 북괴 김일성이 동유럽과 아프리카 동조국가들을 돌면서 전쟁지원을 부탁하고 돌아와서는 '7·4 남북공동선언'도 무시한 채 후방 간접침략과 전선 지역의 직접도발을 적극적으로 자행하면서 한반도 전쟁위기를 고조시켰다. 이후 북괴는 7월 '전쟁 임박' 성명 발표하고, 8월에 판문점 공동경비구역 내에서 도끼로 미군 장교 2명을 참살 만행함으로 'Defcon-3'가 발령되고, 어선과 유명인사 등을 납치하는 등 마치 전면전 직전 강도의 도발을 강행하였다.

그러나 그럼에도 불구하고 미국은 '킷신저'의 소위 '데탕테' 외교와 함께 미국 조야의 동향으로 판단하건대, 한국쯤이야 '미국국가이익'에 별무가관으로 판단되면 언제든지 포기할 수도 있을 것이라는 생각이, 박 대통령과 애국 시민들로 하여금 '자주국방의 길'과 '생존외교의 길'로 떠밀고 있었다.

그리하여 한국도 미국에만 의존 말고 당시 상당한 외교력을 구사하고 있는 '중립국', 즉 제3세력권 외교의 폭을 넓히는 의미에서, 그리고 김일성의 제3세력권 지도력에 대응하는 의미에서도 '중립국 외교'를 강화하게 되었는데, 특히 우선은 친서방 중립국, 북아프리카 '마그레브' 지역의 모로코, 알제리, 튀니지, 리비아 등에 외교를 치중하였다. 정부는 5·16 군사혁명 이후 일찍이 '중앙정보부'가 이들 국가에 태권도 등 왕실 경호요원들의 양성에 기여하는 등 왕실 중심으로 친선을 도모하면서 친선외교를 다지고 있었다.

모로코의 군사지원요청

75년에 스페인이 아프리카 '서부 사하라' 지역에서 철수하면서 3국(스페인+모로코+모리타니아)과 협상하였다. 이를 기회로 모로코는 이 '서부 사하라' 지역을 선점하고 합병을 선언하였다. 그러자 지역 민족(?)이 독립단체 '폴리사리오(Polisario)'를 결성하고 'Arab Sahara'라는 국가수립─ 국제 미승인 국가 ─을 선포하고, 모로코에 대항하여 '사막 게릴라전'을 통한 독립전쟁을 전개하였다. 이에 모로코는 대 게릴라전 부대 20개 대대 창설을 목표로, 일단 2개 특전 대대 창설상태에서 대게릴라전에 유능하다고 알려진 한국군에 군사지원(특히 대게릴라전 교육훈련을 위한 교관단)을 요청하게 된 것이다. 특히 이웃 '알제리'가 막혀버린 대서양 방면 출구를 확보하기 위해서라도, 친서방 모로코와 적대행위를 전개하며 이 '폴리사리오'를 적극적으로 지원하고 있었다.

그 당시 중립국 외교를 위해 순방 중이던 '김종필' 총리가 지원을 약속하였고, '심흥선' 장관이 유엔에서 모로코에게 한국지지를 요청할 때 모로코가 동의하면서 거듭 한국의 군사지원을 요청해 왔다. 그래서 그동안 이미, 그동안 개발된 한국산 전투복과 개인장비 등을 지원하고 있었다.

∴ 조사단의 임무와 구성

'4·24 조사단'의 구성

조사단 구성의 날을 기해서 그리고 비밀을 유지하기 위해서 '4·24 조사단'으로 명명하고, 조사단장은 특전사의 정보처장인 나를, 단원은 외교부의 '노영찬' 아중동국장─ 후에 외교부 장관 ─보좌관으로 '조남풍 중령(후에 대장으로 보안사령관)' 그리고 통역관(현지에서는 공사관 직원이 담당)으로 당시 육사 프랑스어 교수였던 '한필국 대령'으로 구성하였다.

신분은 '대우(大宇)회사 실업인(상인)'으로 위장하였고, 모든 비용과 일정은 외무부 즉 노영찬 국장이 준비하였다.

조사단의 임무

외무부 의견(박동진 외무장관 방문 시): 당시 북한의 '짐바브에' 군사지원 등으로 국제여론 악화 중이고-『뉴스위크』 주간지 보도 -반 모로코의 '알제리'를 또한 회유해야 하는 등으로 모로코 요구에 따른 적극적인 군사지원은 곤란하다. 따라서 모로코의 지원요청에 외교적 응대로 '일단 조사방문'하는 목적이기에, 일단 방문해서, 그들이 요청하는 '아군 교관 파견 요청'을 경청하되, 그들 교관 요원들이 한국에 와서 교육받게 하도록 유도해 달라, 이것이 (박정희) 대통령의 의향- 사실은 자기가 건의한 것? -이라고 하였다.

중앙정보부 의견(홍능 정보차장보 방문): 당시 '친서방 비동맹외교'와 '비동맹외교'의 선봉에서 각국 대사관에 공사(公使) 외교를 적극 전개 중- 왕이나 고위층에 안마사, 태권도 사범, 경호책임자 훈련 활동 등 -이던 터에, 특히 모로코가 한국에 '군사구매단'을 파견, 한국군 무기 및 장비(M16 소총, 군복 개인 장구 등)를 구입하면서 군사교관단 파견을 요청해 오고 있으므로 이 기회에 '교관단을 파견하여 모로코를 군사지원하고 비동맹 외교를 완성하여야겠다.'라고 강조하였다.

국방부 의견(합참본부장 유병현 장군 방문): "군은 국가정책 방향대로 행동하는 것이 옳다고 생각한다."라고 하였고, 정보국장은 '한국 교관 모로코 파견 교육 안'과 '모로코 교관 한국파견 교육 안'을 조사 후 건의함이 좋겠다고 권고하였다.

육군본부 의견(참모총장 이세호 장군): '우리 육군에서 파견 군사지원 실현되도록 노력할 것'을 강조하며 지시하였다.

임무종합판단 및 결심:

위와 같이 관계 당국들을 방문하여 의견을 청취하고 결론을 내리려고 하면서 생각난 것은- 비록 그 사건과 비교할만한 대사(大事)는 아니나, 그래도 -'임진왜란 전 파견된 조사단이 상충된 조사결과를 보고하게 된 경우가 이런 상황이었을 수도 있겠구나.' 하는 것이었다.

나는 결심하였다, '우리 한국군도 이제 교육훈련 등의 군사지원을 요청하는 국가 현지에 파견되어 이를 감당할 수 있는 수준에 이르러 있기에, 기회가 주어지면 이를 실행하면서, 월남전 참전과는 또 다른, 대외 진출을 시도하여야 한다.'라고. 그리하여 나는 '가능한 한 한국군 교관단을 모로코에 파견하는 것이 가하다.'라고 건의하리라고 일단 출국 전에 결심하였다. 그런데 출발 전부터 '노영찬 국장은 외교부 지령대로 임무를 수행할 것'으로 판단하였다.

∴ **모로코 현지 조사경과**

<u>브리핑 회의, 대사관 대책회의, '서부 사하라' 현장방문 등</u>

일행은 우선 '파리'로 가서 한국대사관에 들러 외교와 군사가 따로 협력하였다. 나는 당시 주불대사관 무관 '윤억섭 대령(육사 12기)'- 후에 주불 한국대사 -과 함께 '베르사유' 궁전 공원을 산책하면서, 목적과 방법, 그리고 연락사항 등 차후 대책을 상의하였다. 당시는 서유럽과 아시아 공관에 대한 통제와 연락사무 등 본국과의 중계기지역을 주불대사관에서 담당하고 있었다.

모로코에 도착해서는 수도 '라바트(Rabat)'에 있는 주 모로코 한국대사관에서 대사, 공사, 무관 등의 참여로 일단 최초 전략회의를 열었는데, 모두가 한결같이 반기며 우리 과업이 곧 대사관과업으로 인지하고 관계자 모두가 자기 일처럼 열의를 다하여 협조해 주려는 모습이었다. 그리하여 '주 모로코 한국대사관'이 현지 활동 거점이 되었다. 이 요원들의 얘기를 종합하면, 그동안 중립국 외교 중에서도 가장 친서방 중립국인 모로코를 거점으로 특히 '마그레브' 지역 중립국가들을 친한 국가로 리드하기 위해 여러 가지 수단, 특히 태권도와 안마, 그리고 경호 요원 교육 및 지원 등의 공작으로, 특히 사하라사막 남부 제국가에 침투한 북한의 영향력과 비교해서 상대적으로 상당한 영향력을 유지하고 있음을 알 수 있었다.

일단 한국대사관에서, 대사와 관계관과 우리 조사단 전원이 참여하는 '일일결산회의'를 하고 파리를 경유하여 일일보고를 외무부로 하기로 결정을 보았다.

다음 날 모로코 국방 장관과 차관을 차례로 예방하고, 이어서 이 군원사업 담당 부서인 통합사령부로 가서 '모로코군의 본 건에 대한 브리핑과 질의응답 등의 1차 회의'가 있었다. 그런데 이날 우리를 안내하고 상대한 모로코군 간부는, 바로 본인과 함께 독일군 '지휘참모대학'에서 함께 수학한 동문동기생이어서 반가웠는데, 이 문제를 담당하여 처음부터 끝에 비행장 환송장까지 우리를 안내하고 그들의 뜻을 전해왔었다. 이날 국장장관 초대로 'Red Labster tail 오찬'이 있었는데, 장관은 수시로 사탕 과자와 갈색 설탕물을 즐겨 마시기도 했는데, 이곳이 바로 사막 지대 근접지역이라 주민들의 생존형 생활습관(?)으로 보였다.

다음 날 저녁에는 통합사령부 요원들의 초대로 '구운 통 양고기' 파티에 참가하였다. 귀한 손님에게 베푸는 최고의 대접이라 하였다. 그들 3명 우리 4명 도합 7인데, 주식만 보더라도, 통째로 구운 큼직하고 통통한 양 한 마리와 각자 통닭 한 마리와 그 달걀 여러 개가 차려져 있었다. 우선 통닭으로 시작하여 계란을 먹고, 그리고 통 양으로 이어갔다. 통닭만 먹어도 배가 찼는데, 그 위에 거대한 양이라, 머뭇거리는데, 그들은 맨손으로 고기를 덥석 집어 입에 넣어주기까지 하였는데, 이것이 친구에 대한 대접이라고 하면서. 흥미도 있어 먹어보니 고기는 연하고, 옛날 우리네 보신탕 맛 이상이었다. 이렇게 하루 저녁 대접을 성의껏 잘 받기도 하였다.

다만 독일 '지참대' 동기는, 자기 집에 초대 못 하는 것을 미안해하는 눈치였다. 아랍권의 여자들은 처녀 때는 그렇게도 날씬하고 예쁘나, 일단 결혼하고 나면 몸이 나고 조로한다고 한다. 그녀들은 결혼하면서 남편 허가 없이 밖에 나가지 못하고– 남편은 출근 시에 심지어 대문을 자물쇠를 잠가 두기도 한다는데 설마 –집 안에서만 지내는 것이 풍습이라 하였다.

다음 날은 모로코 육사를 방문하고 생도들의 사열과 분열을 받아보면서, 이 나라에서 우리에게 거는 기대가 대단한 것임을 새삼 느끼기도 하였다. 다음 날은 회의와 회의 사이의 시간·공간대에, '라바트' 바로 아래 '휴양도시'로 세계에 유명한 '카사블랑카'와 라바트 내 구시가지를 관광도 하였다. '카사블랑카'에서는 때마침 세계적 미국 외교가 '킷신저'가 로비에 와 있어서 우리 노영찬 국장이 다가가 다정하게 대화를 나누었는데, 인생도 외교도 '우연한 기회'라는 것이 있다는 사실을 알게 되었다.

다음 날은 지금 사막 작전지대 내에서 창설 중이라는 특공대대와 신설기지, 그리고 작전지역 현장을 시찰하였다. 우선, 병합전 '모로코' 국가의 남단에 위치한 '이프니, Sidi-ifni'의 신설 훈련기지를 방문 시찰하면서 환경은 물론 교육훈련 실정도 파악하였고, 그 다음 날은 새롭게 점령한 '서부 사하라'의 작전기지 '엘아이운, El Aiun'과 주변을 시찰하고, 말하자면 적진 속에서 경계병에 호위를 받으며 거기서 하룻밤을 지났는데, 밤새 잠깐 밖에서 총성이 들렸다. 아침에 들으니 게릴라 침투 징후지점에 예방 사격을 실시했다고 한다. 여하간에 모로코군과 이곳 서부 사하라 지역에서 '폴리사리오' 게릴라와의 전투 분위기가 고조되고 있음은 확실하였다. 라바트로 돌아올 때는 서부 사하라 국경지대 내 '사하라사막' 위를 비행하였는데, 대서양 가까운 지대라 그러한지 전적으로 모래밭은 아니었으나, 그래도 삭막하기 그지없었다. 과연 이런 곳에서도 영토쟁탈전이 전개될 수 있을까 하는 생각도 들었다.

모로코 군 당국의 열의, 조사단의 최종결론

조사를 매듭지으려 할 때 모로코 측에서 한국 교관단에 대한 대우와 교육대 위치 피교육 준비사항 등에 대해 협의하자고 하였으나, 우선 과제는 일단 귀국해서 조사결과를 보고하는 것이라면서 피했다. 그리하여 한국대사관에서 모두— 대사, 공사(중정대표), 무관 그리고 우리 조사단 전원 —모여 결론을 도출하는 회의, 사실은 (CIA) 공사와 무관 측의 요구는 한국 교관단이 모로코로 파견 와 주는 것이고, 대사는 외교부 지령대로 모로코 교관단을 한국으로 파견해 가는 것이었다. 물론 노영찬 국장은 지령받은 사실에 대한 변심이 있을 것 같지 않았다.

그런데 모로코가 좀 강력하게, 비용이 들더라도, 한국 교관단의 초빙을 원하는 이유 중 하나가, 알려진 바로는, 자국군 엘리트 장교단이 외국 다녀오면 흔히 '쿠데타' 위험성이 높아지고, 또는 외국에서 귀국하지 않은 경우도 있고 하여, 자국군의 대외파견을 꺼린다는 것이었다.

그래서 그 모든 정황을 고려하여, 다음 날 모로코 국방부 최종회의에서, 나는 우리 조사단을 대표하여, 말하였다. "그동안 베풀어 준 환대를 고맙게 생각한다. 모로코의 안보환경에 대한 이해는 물론 요청사항에 대하여도 잘 이해하였고, 만일에 교관단이 오게 되는 경우 물심양면의 준비상태도 잘 확인하였다. 더구나 위험을 무릅쓰고 조사에 필요한 모든 편의를 도모해 주어서 만족한 조사가 될 수 있었다." 이제 돌아가서 이 모든 사실을, 특히 모로코군 당국이, 자국 교관단의 한국파견보다 한국 교관단의 모로코 파견을 강력히 요청하고 있다는 사실을 상세하게 보고드리고 "가까운 시일 내에 결과를 알려드리도록 하겠다. 그간의 협조에 거듭 감사드린다."라고 하고, 최종회의를 결정적 결론을 주지 못한 채, 그들에게는 초조한 기대만을 남긴 채 조사단의 현지 조사를 마무리하였다.

∴ 귀국보고, 결과

귀국 비행기 내에서 거듭 생각하며 보고서 초안을 작성하였다. 그 모든 사실을 확인하고 인지한 가운데, 그래도 나는 '우리 군사지원 교관단을 모로코로 파견하는 것이 최선'이라고 건의안을 완성하였다.

그리하여 귀국 즉시 국방부와 육군참모총장에게 직접 대면 보고를 하였는데, 국방부는 '알겠다, 수고했다.'였고, 육군참모총장은 내 보고서를 지지하였다.

그러나 외교부 장관에게 보고하자 장관은, '수고했다, 그러나 대통령께는 자기가 직접 보고하겠다.'라고 했다.

'결과'는— 이미 장관과 대통령이 인식하고 있었던 대로 —일단 모로코에 성의는 베풀었고, 중립국 외교에 모난 것은 없을 것 같고, 북한의 아프리카 군사지원에 대한 국제적 비난도 피할 수 있고, 그래서 모로코가 원한다면 '모로코 교관단의 한국초청을 언제든지 환영한다'로 '4·24 조사단'의 과업에 결론을 내렸다. 그 이후 듣기로는, '77년도'에 모로코 교관단이 초청되어 왔다는 사실을 소문으로 들은 바 있다.

3. 국대원 수학– 핵무장 여론, 미국시찰, 졸업논문

∴ 국방대학원 수학과정

　한국군의 전략, 전술학 최고과정은 합동참모대학이 담당하고 있고, 국대원은 국방부가 설립하여 운영하는 한국 국가안보 최고교육기관으로, 매년 1개기, 즉 10개월 과정의 '안보과정'이 있고, 부설기관으로 '안보연구소'가 있다. '안보과정'에는 군(육해공군 대령급 이상), 관(치안감급 경찰과 검찰, 그리고 국장급 공무원), 민(신문기자 등)에서 선발된 자가 입학하는데, 제도는 좀 어설픈 점이 있으나, 수업 내용은 국가 고급요인에게는 필수적인 것으로, 국가기관 간 안보 협조 면에서 특히 중요하고, 국가기관 간 개인적 발전 및 소통 관계 면에서도 중요한 값을 가지고 있다. 거기에다 80년도부터는 국가 정규 '군사학 석사과정'을 개설하여 운영하고 있다.

　다만 아쉬웠던 것은, 군인에게는 장군이 되기 위한 필수과정으로, 공무원에게는 1급 또는 정무관(장관 포함)급이 되기 위한 필수과정으로 운영되는 것이 바람직하였으나, 그러지 못하고, 공무원이나 군인에게 한때의 한직을 경과하는 정도의 인식이 지배하고 있었음을 유감스럽게 생각하였다. 그러나 뜻이 있는 많은 대령급 군인들은 스펙과 실제 학문 충일을 위해, 자원해서 수학하는 경우가 흔하였다.

∴ 졸업 여행, 미국(인권문제토의)과 캐나다

　이미 말한 바와 같이 내 어릴 때 귀중한 소원은 '서울 가서 공부하는 것'과 '미국 유학 가는 것'이었다. 그렇게 마음먹었던 소원 즉 꿈은, 하나님의 말씀 '구하라 그러면 주실 것이다.' 하고 일치하여 이때도 미국 시찰을 가게 되는 행운을 갖게 되었다. 이번으로 3번째 도미인 것이다. 대위 때 미 특수전학교 유학, 작년에 제8차 아세아 태평양 특전지휘관회의 수행 그리고 이번의 기회이다.

　이번에는 안보과정 졸업 여행– 영어시험 성적순으로 졸업생 1/3은 미국, 유럽, 아세아 중동으로, 2/3는 국내 전국순회 군부대 및 지방관청 방문 –으로, 우리 팀은 미국과 캐나다의 안보관계 연구소와 기관, 그리고 의회 등을 방문하게 되었던 것이다. 그래서 먼저 미국 국회의사당과 국방부를 방문하였다. 과거 워싱턴을 방문할 때마다 그저 멀리서 소개받고만 말았는데 이번 미국 국회의원 안내로 여기저기 둘러보기도 하였다. 역시나 신천지 미국 것이라 영국 의사당의 규모와 내부시설과는 비교할 바가 못 되었다.

특히 기억나는 것은, 'Rand', 'Brookings' 연구소 방문 시 그쪽에서 한국의 현 인권상황에 대한 지적을 자주 듣게 되었는데, 귀에 거슬려(?) 나는, 다른 이들 만류에도 기어이, 한국 실정과 현 정권의 정책 불가피성을 좀 강한 항의 톤으로 주장하기도 하였다. 사실상 그만큼 당시에 그들 외국인 안중에는 '그저 한국 인권이 우선적 논의과제'로 정해져 있었던 것이다.

캐나다에 가서는 국방부 주최로 만찬 파티에 '리셉션' 등에도 초청되었는데 특히 기억되는 것은 '벤쿠버'를 방문하여 아름다운 해변 도시가 마음에 들어 다음에 다시 한 번 방문하기로 마음을 두었었다. 그런데 그 소원은 은퇴 후 몇몇 동기생 내외가 캐나다 여행의 기회를 가졌을 때 이루어졌거니와 그 이후 우리 가족들, 손자 며느리, 아들과 우리 내외가 '알레스카 크루즈' 갈 때 다시 한 번 그곳에 들러 아름다운 풍경은 물론 옛날을 돌이키며 감개무량하기도 하였다.

∴ 졸업 논문, '환태평양 집단안보, 한·미·일 삼각안보'

1977년도를 전후하여 한국 정부, 즉 박정희 대통령은 북의 적화 남침 위협의 고조와 세계적 정치 경향이던 미국의 국익 우선 전략정책— 80년도까지 주한미군 철수는 이미 선언되어 있고, 그래서 세 불리하면 한국도 포기할 수 있다는 등—에 대응하여 소신대로 핵무기를 포함하는 모든 무기의 국산화, 그리하여 자주 국방론의 깃발을 높이 들어 올리고 강행군을 주도하고 있었다. 그런 한국적 국가안보정세에서 국가안보전략을 수학하였던 우리는 졸업논문을 남기게 되었는데, 나는 '아세아·태평양 집단안보체제구상'을 논제로, 제1장에서 국내외 안보정세분석을, 제2장에서 한국 안보체제분석을, 제3장에서는 문제점 및 대책을 논하고 결론하였다.

결론으로는, "1980년대까지, 즉 북괴보다 우위가 명확히 입증될 때까지 '한·미·일 3각 안보 체제'를 확고히 하고 주변국과 쌍무 또는 집단안보체제를 구축하여 전쟁을 억제하고 평화를 쟁취하여 오늘을 극복하고 내일의 성공통일을 기약하며 나아가서는 머지 않은 장래에 북방세력, 즉 대륙세력과 해양세력을 밀어제치고 민족중흥의 창업을 이룩하여야 한다."라고 맺었다.

∴ 1977년 박 대통령의 핵무장결의와 국대원 학생 여론

고위공무원 친목, 대통령 포함 귀빈강연 등, 학교는 서울 중앙에서 그리 멀지 않았기 때문에 그리고 또 최고의 국가안보기관 중의 하나였기에 통상 국방 장관을 비롯한 장관들과 주요 국가기관장들이 그때마다 주요 이슈를 초청강의 해 왔다. 그뿐만 아니라 방문 중인 외국 귀빈들도 초청되어 강연시간을 갖기도 했다. 특히 박정희 대통령 시절에는 학생 졸업식 때마다 한 해도 빠지지 않고 임석하였다. 그런가 하면, 좌경 정권 시절에는 이상하게도 대통령들이 참석을 기피하였는데, 이를 두고 학생들, 즉 국가 간부될(된) 인재들은 '역시나 좌경정권은 안보에 의문을 품게 하는구나.'라고 이구동성으로 성토하기도 하였다.

학생들, 즉 군관민 구성원들은 대체로 1주일에 한 번 이상 조별로 또는 반별로 작든 크든 회식하면서 친목을 도모하였다. 그때마다 느끼는 것은 '주량이나 주법(?)에서 우리 군인은 결코 이들 관민에게 따라갈 수 없다.'- 특히 경찰 공무원? -라는 것을 절감하며 웃을 수밖에 없었다. 그래서 그 이후 공직생활하면서 공사 간에 상호 교류와 도움을 주고받는 일도 흔히 볼 수 있었다. 전 동기 모임도 은퇴 후까지 상당히 오랫동안 지속되기도 하였다.

특히 잊을 수 없는 기억은, 박 대통령은 북괴의 침략성에 대하여 철저히 대비한다는 관점에서 또 미국의 안보신뢰 불충분성에서 '자주국방'을 추진하였다. 그 중 종결편이 '핵무장'이었다. 물론 미국이 자국 이익우선의 전략으로 주한미군을 철수해 간다고 선언했기에 더욱 굳게 결심하려 하였다. 그래서 우리 학생에게 질문, 즉 여론조사를 하였다. '핵무장을 할 것인가, 말 것인가, 그 장단점은?'이었다. 학생들은 전원- 확인은 못 했다. 짐작하건대 -이 핵무장을 찬성한다고 답하였다. 그 이후 역사는 타 기록에서 찾아보기 바란다.

그런데 토의시간에 유신 문제가 거론 되었는데, 당시 나는, 당연한 사실을 왜 유신이라 명명하며 굳이 강조를 하여야 하나? 정도의 의문을 가졌을 뿐 많은 사람들과 함께 당연히 찬성이었다. 그런데 충청도 '선거관리위원회'에서 온 고위직 간부는 상당한 자세로 반대와 동시에 박 대통령의 '유신'에 대한 생각을 비난하였다. 당시 나는 그 생각과 자세가 이해하기 어려웠다.

∴ 여담

서울변방에 있었던 국대원

한강 강북도로 행주산성 지점에서 서울 시계 지점을 향해 차행을 하다 보면 왼편으로 2개의 봉우리가 전개되는데, 이름하여 난지도 골프장이다. 지금도 그 근방을 지나면 약간의 냄새가 차 안으로 들어오고 있다. 그것은 아마도 그중의 한 봉우리에서 나는 것으로 짐작되는데, 사실은 1977년 당시만 해도 그곳을 서울 시내 인분 처리장으로 사용 중이었기에 인근에 위치했던 대학원과 그 동네 사람들은 참으로 오랫동안 그 냄새와 파리로 인한 생활상의 고난을 잘 참아 왔었다. 특히 대학원 식당에 근무요원들은 음식 서비스보다 파리 잡기에 시간을 많이 소비하였을 것으로 생각된다.

외국의 공식 파티는 고단하다

여담으로, 졸업 외국시찰 여행은 예산관계로 1/3을 영어시험 성적순으로 선발하고, 2/3는 국내 전후방부대 및 주요 안보부서와 주요행정관서를 방문하도록 되어 있었다. 그런데 해외여행에 선발되지 못한— 사전에 원장에게 부탁하였음에도 —국회 사무처 출신이 탈락하자 국방위 소속 국회의원이 나서서, 다음 해 국대원 예산을 삭감하겠다고 겁박(?)한 경우도 있었다. 그런 공무원에 그런 국회의원도 있었다.

사실 국대원 졸업생이 해외 시찰 가면 상당한 VIP 대접을 받는다는 사실은 이미 앞에서 얘기한 바와 같다. 그런데 그 때문에 한국식 좌석문화(앉아서 받는 식사와 술대접 등)에 젖어 있는 한국대표(졸업생)들은 서양식으로 몇 시간이건 서서 하는 환담파티는 익숙지 않았다. 그래서 드디어는, 캐나다 국방부 방문 후

저녁파티(리셉션)에서 2~3시간 끝없이(?) 서서 돌아가며 대화하는 과정에서, 잘 못 하는 영어 실력에, 매일 꽉 찬 일정으로 고단함이 더하여 그만 화장실에 피난 가서(?) 뚜껑 닫고 좀 앉았다가 다시 나오는 등 실례(?)를 범하는 경우가 있기도 하였다. 지금에 생각하니 그저 웃음만 나올 뿐이다.

4. 논산훈련소 연대장(1977. 8.~1979. 5.)

∴ 군계일학(群鷄一鶴)의 각오

졸업이 가까워지면서 차후 보직에 대해 관심을 갖게 되었다. 당시 졸업자 중 연대장 후보 졸업자는 5명이었고, 인사참모부 연대장급 가용 보직은, 정상적 순위 보직으로 전방 사단의 연대장, 소위 후 순위 직위로 후방 예비사단 연대장, 동원사단 연대장, 후방 모 경비부대 연대장, 그리고 논산훈련소 연대장직이 있었다. 상식적으로 보아서 국대원 졸업자는 국군 최고의 교육을 필한 인재인데도 그런 인사상 고려에 따른 차후 보직 준비도 없이, 물론 적재적소의 보직 원칙도 없이 그저 임시방편 보직을 여사로 하고 있었다.

그래서 이런 바람직 하지 못한 인사관행─ 엘리트 교육과 적재적소가 연계된 보직운용으로 강군육성을 지향해야 함에도 불구하고, 국대원 안보과정이 장군 필수과정이 아니었기에 과소평가됐다. ─으로, 부득이 상기 보직 중 어느 하나를 받아 가야 하는데, 그조차 원칙 없이 자유경쟁/각자도생(?)으로 방임(조장?)되었다. 그리하여 최선임이었던 내가 가장 후 순인 논산훈련소 연대장─ 바로 이 시점부터 급하게 소위 통제직위(고과표상 공식 연대장직)로 조정되었다. ─으로 가게 되었다.

부임하기에 앞서 유병현 장군(당시 합참의장)께 인사차 방문하였는데, 그는 그 자리에서 바로 이세호 육군참모총장에게 전화하였다, "수도기계화사단 출신은 그 부대로 보직하여야 한다고 강조하였는데 왜 약속을 안 지키느냐?"라고 항의성 문의를 하였으나, 변명만 하는 것으로 들렸다. 다음엔 이세직 장군─ 부산 사범 선배로 후에 서울시장과 88올림픽 위원장 ─을 방문하고 인사하였는데, 크게 실망하는 모습으로, "일단 연대장 마칠 때 보자."라고 위로해 주었다. 이렇듯 주변의 관심 있는 상급자들의 한결같은 실망스러운 표정들로 보아 장래가 어려운 보직으로 평가받고 있음을 다시 한 번 확인할 수 있었다.

그러나 나는 실망하지 않았다. 전에 읽었던 『19 Stars』에 미국 '마샬 원수'가 대령 때 어느 학교 부교장으로 한직 근무도 했다는 얘기가 상기되기도 하면서, 나는 생각하기를, 대한민국 국군 어느 부대에 일(임무)없는 군대가 어디 있겠는가? 후 순위 부대일수록 찾아 할 일은 많을 것이고, 부대 요원들은 협조적일 테니, 심기일전하여 심신의 노력을 다하여 '군계일학(群鷄一鶴)'이 되겠다고 결심하였다. 그래서 논산훈련소 제26연대장으로 보임되어 갔다.

논산훈련소는 그동안 세간에 알려진 바와 같이 '돈산훈련소'로 알려져 있었으나, 1960년경 육사 출신 1~2기생(5.16 후 11~12기로 개칭됨)- 그 후 대통령이 된 전두환 중위도 포함 -이 대량으로 훈련소 중대장으로 보임되어 가서, 그야말로 천지개벽시켜 놓았고, 그 위에 최근(1976년경)에 미국식 P.X 제도가 도입되어 있어서, 1978년경에는 경제, 인사문제를 비롯하여 훈련제도 등이 거의 정상화 되어 있었다. 또한, 부대 시설들도 이제 막 현대화되어가고 있었으나, 물론 모든 면에서 완성되었다고는 평가할 수 없었다.

연대는 본부에 연대장 외 부연대장(중령)과 연대 참모로 인사(소령), 교육 겸 작전(대위), 군수(중위), 군의관, 그리고 예하 12개 중대(중대장 대위)로 구성되어 있었다.

∴ 신병훈련과 부대생활 이모저모

훈련소 각 연대는 대략 분기에, 1개기 1개월 2,000명의 보병 신병 훈련을 담당하였다. 연대는 신병의 내무생활과 군기 그리고 훈련장으로 인솔 및 귀대 그리고 입소 및 퇴소식을 담당하였고, 과목 훈련과 교육은 훈련소 교도대가 담당하였다. 훈련 시 1개 중대는 180명 이상으로 12개 중대 2,000여 명이 동시에 기상하여 화장실과 세수, 그리고 식사 등을 동시에 실시하니 그 가운데 무리한 일도 우스운 일도 어려운 일도 따르게 마련이었다.

순직 훈련병

내무생활을 위한 연대와 교육훈련장 거리는 2킬로미터 이상 되는 곳도 있었다. 그럴 때 학과출장은 영내에서 서두르기도 하지만, 일단 학과 시작 전에 도착해야 하기에 통상 훈련을 겸하여 구보로 이동한다. 당시 우리나라 도로사정은 물론 비포장도로여서 2,000명이 전체 도로를 차지하여 뛰어갈 때는 구름과 같이 일어나는 황사 먼지 속을 극복해 갈 수밖에 없는 경우도 있었다. 그래도 젊은 한때는 그런 것도 문제가 없이 수십 년을 그대로 지나왔으나, 78년 어느 기에는 불행하게도 그런 환경으로 인해 급성폐렴 환자가 발생하였다. 그 병사는 신병 훈련도 다하지 못한 채 입소한 지 불과 며칠 만에 순직한 사례가 발생하였다. 지금도 그 순직병사를 생각하며 명복을 기원한다. 그 이후 비록 먼 거리이지만 요소요소 마다 살수하고, 어떤 지점은 완보 이동하는 조치를 하기도 하였다.

탈영병 찾아가 데려온다

연대에 신병이 들어오게 되면 웃지도 울지도 못할 사건을 통과의례(?)로 치르는 경우가 있다. 입소해서 한 일주일 지날 때쯤에 신병이 훈련장에서 사라져 버리는 사건, 즉 탈영병이 통상 2~3건 발생한다. 거의 훈련 주기마다 발생하는 일이고 부대 근무 중 탈영이 아니라 갑자기 전혀 새로운 환경에 맞닥뜨려 발생 가능한 사건으로 생각하면서 동시에 관계법을 잘 모르는 가운데 인생 초범일 수 있기에 부득이 연고지로 중대 선임하사를 보내 '찾아서 데리고 온다'. 그래서 왜냐고 물으면 10중 9명은, "애인이 변절소식 혹은 도망갈까 걱정되어서."라고 한다. 그래서 개별 군법교육은 물론, '남자'의 가치, 기백(?)과 부모의 걱정(사랑)에 대해 설득하고, 마음이 돌아선 것으로 보이면 동기생 훈련과정에 그대로 복귀시켜 주었다. 법 이전에 아직도 어리고 장래가 창창하지 않은가?

2년 연속 '선봉연대, 先鋒연대'

공한기(훈련병 미 입소 시기)에는 훈련소에도 연대 대항 (훈련)소 전술 실기대회가 있다. 각 중대 조교가 내무반에서 훈련병에게 직접 교육해야 하는 과목들, 소총 분해결합, 사격술, 제식훈련 등인데 중점은 역시 10킬로미터 단독군장 구보-전방부대는 통상 무장 구보 -였다. 연대 내 조교 30여 명이 장교 인솔하에 훈련소에서 출발하여 논산역 근방까지 돌아오는 코스였다. 각 연대의 환경조건은 동일한데도 승부는 성립되었다. 지휘관, 즉 연대장의 관심과 성의(사기앙양)에 달렸다고 해도 과언이 아니었다. 훈련소 연대가 물질적으로 풍부하지 못한 것은 말할 필요도 없으나, 가진 것으로 성의를 다하면 되었다. 무엇보다 첫째는 연대장의 관심, 즉 정신적 동기부여로 "야 우리가 말이야, 남자가 말이야, 한 번 해보자!"라고 위로, 격려하면서 준비 기간 중 매일 훈련 시간에 함께 지내고, 밤에는 자기 전에 그들을 돌아보고 위로 격려해 주었고, 무엇이든지 우리 범위 내애서 줄 수 있는 건 구해와서 주었다. 보급건빵 2배 정도(모으기도 얻기도 하여)는 물론 주보의 빵 과자- 해 보았자 간식거리도 못 됐지만, 연대장이 사다 준 맛과 성의로 -도 주고, 휴식 때 "수고한다."라고 격려하면서도, 연습은 엄격하게 최고 성적을 목표로 하여 달성할 때까지 연습하고 또 연습하였다.

그리고 시합 당일은 전장 교가 시험장에 가서 전 종목 현장에 지켜서서 직간접적으로 응원하고 후원함으로써, 그때마다 과목 실력 성적은 물론, 심판관들의 마음까지도 얻어서 8개 연대 중 최우수 성적으로 '선봉연대'가 되었고, 이 명예를 2년 연속으로 달성하였다.

∴ 훗날 그때 인연 모임

그런 이유도 있고 해서 당시 함께 근무했던 장병들이 모임을 만들어 찾아왔으나, 어쩐지 모임이란 것에 대해 생각이 별로였기에, 고맙게만 생각하였는데, 은퇴 후에 당시 사무실 당번들이 출세하면서 당시 중대장들과 간부들이 함께 모임을 가지고 찾아와 서너 번 함께 모여 회포를 풀기도 하였다.

처음 사무실 당번이었던 총명하고 친절하고 정스럽던 '장동준 병장'과 그를 이은 '임창균 병장'들은, 그 후 사회에서 출세하여 지도적인 인물이 되었는데, 그동안에는 거의 해마다, 팔순도 많이 지난 지금도 뜸하게나마, 찾아와 만나고 있다. 모두가 고맙고 그들의 여생이 행복하기를 바란다.

부대 배치 부탁 건

옛날 특히 정규 육사 출신 장교들이 배치되기 직전(1960년경)까지도 '돈산훈련소'로 불렸을 만큼 인사와 복지에 문제가 있었는데, 특히 인사, 즉 수료 후 부대 배치 문제로 소위 '각종 찬스'가 위세 있었던 시절도 있었다. 그러나 1978년 당시는 이미 모든 면에서 부대 정상화가 이루어져 있었다. 예를 들어 공무원 국장급 이상, 군대 대령급 이상 등의 자녀들은 반드시 전방 연대급 이하 부대로 보내고, 그때마다 훈련소장(소장)이 책임지고 인사참모와 단둘이서 무작위로 매뉴얼(원칙)대로 배치작업을 하고 있었다. 그래서 누가 훈련소 고위간부에게 부탁하면 곤란한 입장이 되는 것은 물론, 부탁이 통하지 않게 되어 있었다. 그러했기에 점차 일반에게 알려져 가고 있기는 하였으나, 그래도 잘 모르고 부탁하는 사람에게는 힘든 설명이나 불친절의 오해를 받을 수도 있었다.

야외 노천 변소 시대와 신식 수세식 화장실 시대

부임 당시는 신식막사(내무반)와 연병장만 건축되었을 뿐 주변 정리 정돈은 우리 몫이었다. 그러다 보니 야외 노천 변소가 이제 막 제거되고 있었고, 드디어는 역사적으로(?) 1, 2층 내무반 한쪽에 단체 수세식 화장실— 당시는 쪼그려 앉아식이었지만 —을 사용하는 시대로 전환하는 중이었다. 노천변소를 일컬어 '야전 변소'라 하였고, 이것에 얽힌 에피소드가 막 역사 속으로 사라지려 하고 있었다. 그 시간에 모두가 쪼그려 앉아 급히 볼일 보는 동안, 한 병사가 밤새 잃어버린(도둑맞은?) 모자를 보충(?)하려고 손을 옆으로 뻗어 남의 모자를 얼른 낚아채 일어나 가버리면, 당한 친구 또한 그 수법으로 채우게 되는데, 그러다 보면 금방 수십 명이 모자 탈취사건의 공범이 되는 웃지 못할 추억들(?).

그런가 하면 신식시대의 시작이라 이 또한 시행착오에 의한 '고행의 에피소드'를 낳고 있었다. 2,000여 명의 청년들이 불과 아침 시간 20~30분 사이에 볼일을 다 보아야 하니 신식 내무반에 화장대가 백여 개가 설치되어도 모자라는 형편인데, 불과 몇 10개로는 가당치 않았다. 거기에다 그 짧은 시간 내에 청년들의 그것들을, 아무리 기능 좋은 변기라도 당해낼 수가 없어서 말하기 우습지만(?) 일주일만 되면 화장실 사용을 금지하고 다시 야전 변소를 이용하게 하면서, 한편으로는 훈련조교들이 화장실 대청소 병이 되어 방독면을 쓰고 판초를 덮어쓰고 화장실 아래 탱크로 들어가, 위를 쳐다보면서 한꺼번에 계속되어 미처 흘러내리지 못해 멈추어버린, 각 변기에 막혀 있는 변을 긁어내고 뚫어서 정상으로 소통되게 하는 고난의 작업(?)을 해야만 했다. 이때는 이 조교들의 희생정신이 갸륵하여 상이라도 추천해야 했으나 상장에 쓰일 제목이 이상할 것 같아 참기도(?) 하였다. 그때는 군대하고도 훈련소에 그런 일도 있었다.

분실물 찾아 채우기 운동(?)도 옛말

그동안 우리 군대에는 수많은 에피소드 같은 실화가 무성하였다. 쉽게 말하면 '무에서 유를 창조해 내던 시절'이었기 때문이었다. 신식건물에 옮겨와서도 그 버릇들은 구조적으로 물자가 귀하던 시절– 특히 미국 원조물자로 살던 시절 –이라 없을 수 없었다. 그러나 이제 그것도 마지막 풍경(추억)이 되고 있었다. 신식 내무반 실내화용으로 고무신을 지급해 주었다. 이건 밖으로 떡하고 바꾸어 먹기 이전– 신식건물에서는 구조적으로 떡 사 먹을 여건은 없었거니와 그때는 이미 고무신 시대가 지나 떡 바꾸어줄 장사도 없었다. –에는 없어질 수가 없었다. 그럼에도 짓궂은 어떤 훈련병이 한 켤레를 훔쳐 숨겨 놓으면 그것이 발각되기까지 또 한바탕 이 내무반 저 내무반에서 내 신발 채우기 소동이 벌어지는 것이었다. 그러면 옛날과 같이 찾을 때까지 밤새운다는 시대는 지나고 있었다. 그래서 중대장이나 누구 간부가 밖에서 한 켤레 사다가 보충해 놓으면 간단히 해결될 수 있었던 그런 과도기(?) 시대였다.

마로니에 기념식수, 플라타너스 이식, 봄꽃 여름꽃 만발

우리 26연대 연병장은 이제 막 조성 중이라, 사방에 '플라타너스' 나무를 심게 되었는데, 한여름이었는데도 최소 20년생으로 가지 없는 몸통만 심고 계속 물 주고 막걸리 주고 하여 살려내어서 다음 해 여름에는 큰 그늘을 얻게 되어 훈련 병들의 여름훈련 휴식처가 마련되었다. 한편 막사 앞 도로변 100미터 정도 부대 앞 도로변 100미터 정도 길이에 폭 1미터 정도의 꽃밭을 만들었는데, 겨울에 비닐하우스를 만들어 봄 여름꽃 '팬지'와 '페츄니아' 꽃 종자를 배양하였고, 이를 이른봄에 모종을 옮겨 심었다. 그랬더니, 아 그야말로 기분 좋은 거리가 되어 훈련병들의 고되고 외로워진 마음을 달래주었고 동시에 부대 장병들의 마음 또한 즐겁게 해 주었다.

동시에 불란서 탐방 여행에서 본 '마로니에' 나무의 무성함과 옛 서울대 문리대 상징이었던 추억 등도 살려서, 마침 다재다능했던 군의관이 수원 서울농대 시험장에 가서 구해 온 7년생 7그루를 연대 본부 주변에 기념으로 심었다. 그때 77년으로부터 근 45년이 지난 지금, 그중에 몇 그루가 잘 자라 훈련소 기념물이 되었다고 전해 들었다.

밥통과 국통 2층으로 쉽게 올리기

역시나 예산상 필수건물만 우선하여 세우다 보니 식당이 없었다. 2,000여 명이 하루 2~3끼니를 밥통과 국통으로 받아서 내무반으로 운반하여 식사하였다. 2,000여 명이 20~30분 만에 식사하고 씻고 청소하고 학과출장 하려면 바쁘게 움직여야 하는 것은 일종의 신병 훈련일 수도 있으나, 몇십 명분의 국통과 밥통을 2층으로 올라가려면 장정들의 힘도 들었지만, 특히 국통은 기울어지기 쉬워 까다롭기도 했다. 그것은 신병훈련과 무관한 편의성 문제였기에 기계 기구의 힘을 빌리기로 하고 연대 자체가 개발하여 사용해 보았는데, 역시나 효율적인 아이디어여서 훈련병들의 교육 훈련의 편의성에 도움이 되기도 하였다.

∴ 훈련소 근무 중 가장 어려웠던 일

독일에서 보고 경험한 초급장교 고과표 공개제도는 아직 우리 군에는 없었다. 우리 연대에는 대위 중대장이 12명이 있었는데 당시 진급 후보자는 5명이었고 그중에는 육사 동기생이 3명이 있었다. 훈련소 전체 진급후보자는 25명이었고, 관례상 진급자는 5명 정도여서 이를 풀이하면 연대당 1명- 8개 연대여서 그렇게 될 수도 있고 안될 수도 있었다. -의 가능성이 있었다. 따라서 연대 추천서열 1번이면 강력한 추천방법으로 진급은 보장될 수 있었다.

연대 5명 후보 서열을 정하기는 정말 어려웠다. 특히 그중에서도 육사 동기생 3명의 서열 정하기는 더욱 어려웠다. 객관적인 근거는 거의 없고 주관적으로 특히 업무 열성도로 결정할 수밖에 없었다. 그리하여 결과적으로, 육사 출신 한 사람이 소령으로 진급하게 되었는데, 나머지 동기생 두 사람 중 한 사람은 보안부대로 가고─ 후에 소장 진출 ─한 사람은 곧 전역하여 공무원으로 전출하였다. 아주 후에 이들을 어쩌다 만났을 때 크게 반가워하지 않는 모습들이었다.

∴ 다시 경력과 진출에 대한 혼미

연대장의 보직 기간은 24개월이었다. 그러나 행동이 빠른(?) 이들은 대체로 1년이 지나면 타 보직으로 이동해 갔다. 나는 그동안 군계일학의 목적 추구에 몰두하며 20개월이 다 되어서야 추후 보직 생각이 났다. 그래서 후방의 2군사령부, 전방 야전군 사령부 등에 가 보았으나, 요구되는 보직에는 이미 예약초과였다. 여기 논산훈련소 연대장 직위에서 군계일학의 뜻을 이루고 부여된 임무에 대한 책임은 완수하였으나, 육군본부의 인사정책(적재적소, 인사심의)의 혼미로 다시 한 번 좌절의 맛을 보았다. 그래서 그래도 희망을 가지고 또 취향도 살릴 겸 국방대학원 군인 교수를 지망하게 되었다.

5. 국대원 관리교수부장, 사우디 군협 조사단장, 국대원 석사과정 창립

∴ 국대원 안보 교수부 제2처(경제, 관리)장, 국대원 석사과정 창립

그리하여 때마침 동고(東高) 동기생으로 미국 콜롬비아 대학 박사학위로 국방대학원에 와있던 '권문술' 교수와 미국 예일대 박사인 15기 후배 '이한종' 교수가 추천해 주고 또 그들이 소개해 준 미국 모 대학 출신의 안보연구소장 김종휘 교수─ 후에 청와대 외교 안보 특보 ─를 만나 추천받아서 국대원 군인 교수로 보임하게 되었고, 자동으로 안보 교수부 2처(경제, 관리처 후에 관리 교수부)장이 되었으며, 이후 이들과 친하게 지내면서 부여된 과업을 협조적으로 무난히 수행해 낼 수 있었다.

당시 관리과정 교수부에는 미국 '인디아나주'에 있는 유명한 '퍼듀 대학'에 유학하여 '컴퓨터' 과정 석사학위를 이수한 육사 11기 선배 교수가 재직해 있었는데, 물론 그 당시 미국도 막 컴퓨터를 시작 중이었지만, 우리는 소위 '486' 이전 시대로, 손으로 쓰던 월급봉투를 컴퓨터로 인쇄해 내고 월급계산을 주판 대신 컴퓨터로 해서 기록해 내는 정도였는데, 그래도 미국 수준 정도는 가려고 컴퓨터 활용에 관한 미래설계와 학생교육계획을 세우고 있었다.

그동안 매사에 열정적이었던 조문환 대학원장(중장)은 대학원에 '안보 석사과정' 설립을 위해 문교부 장관을 초청한다든지 국회에 협조를 구하는 등, 노력 끝에 12월 28일에 드디어 '국대원 설립법 개정(석사과정 설치)'을 통해 결실을 맺고 1981년 2월 교육개시를 목표로 모든 준비를 하게 되었다.

내가 '석사과정 교육 준비위원회 위원장'이 되어 기성 교수들과 숙의 및 논의하면서 일단 전공 과정을 '국제문제', '국방관리', '군사전략 전공' 과정으로 정하였다. 그리고 이어서 세부사항으로 각 교수의 전공교수 과목과 시간 및 학점배당 등에 대해서 심의하면서 타협시키면서 희망에 찬 한때를 보내었다. 바로 지금 국방대학교가 자랑하는 '석사과정'의 기반이 그렇게 자리를 잡았던 것이다.

이와는 별도로 내 개인적으로는, 독일 유학 시절 마지막 단계에서 실시했던 '종합훈련'을 참고하여 안보과정(정치, 군사, 외교, 경제) 마감 시, 과정 종합훈련, 즉 '국가통합안보전략의 종합작성'과정을 한 1주일간 기간으로 실습 위주로 실행에 옮겨보기도 하였다. 물론 그때는 미국 레이건 대통령 때부터 정의된 '국가안보전략'과 이를 기반으로 대통령 임기 중 두 번 정도로 미국국회에 보고를 겸해 발행하는 『The National Strategy of U.S.A』도 아직 발행 이전이었다.

∴ 10·26 사태와 직결된 12·12 사태

10·26 대통령 시해사태

북한의 극렬한 '베트남식 도전'을 '자주국방' 정책으로 극복하기 위해 72년의 유신체제를 출범시키면서, 박정희 대통령은 여전히 민주화라는 국내 정치 욕구를 억지하며 오로지 중화학 공업화에 박차를 가하였다. 그러나 1978년 말의 제1차 국제 유가파동 등 내외적 요인으로 18%가 넘어서는 국내 인플레가 조성되어 경제가 악화되고, 점증하는 좌익운동을 민주화운동으로만 착각한- 좌익운동과 민주화운동은 크게 보아 둘이 아니고 하나였음에도 -미국 카터의 노골적인 압박(주한미군 철수) 등으로, 1979년도의 한국은 정치 경제적으로 위기를 맞이하고 있었다. 이 와중에 부산과 경남도에서 소위 '부마항쟁'이 일어나 그 일대에 비상계엄령이 선포되고 위수령이 발표되면서 군(해병대와 공수부대)에 의한 진압작전도 실시됨으로써 사회적 긴장과 위기감이 고조되었다.

그리하여 대통령의 막역한 친구로 가장 신임을 받고 있던 중앙정보부장 김재규는 자의건 타의건 간에 이런 상황에 대한 대응책- 국가위기를 구한다는 명분으로 -에 대해 자천 타천(미국 측 포함?)의 방책으로 '배은망덕하고 반역적인 거사'를 미리부터 준비하고 있었던 것으로 보였다. 그는 소위 '3단계 혁명계획'-1. 육참총장 정승화를 사건 현장에 입회시켜 공범화하고, 2. 대통령 시해 후 정승화로 하여금 계엄령을 선포하고 제반 조치를 실행하고, 3. 군 주도로 혁명위원회를 구성하여 국가를 통치한다. -을 가지고 있었다. 이를 위해 사전에 3군 사령관, 최기 군단장, 최기 사단장, 특전사령관, 수경사령관 등을 친 세력- 예를 들면 특전사령관에 '정 장군' -으로 대비해 두었던 것(?)이다. 이와 같은 치밀한 사전계획을 가지고 서둘러 '10·26 국가반역 사태'를 야기하였던 것이다.

그리하여 때마침 사단장에서 국군 보안사령관으로 보직되어 있던 전두환 장군이 법에 의해 자동으로 계엄사령부 '합동수사본부장'이 되어 국가 전 수사기관을 총괄 지휘하여 사건을 수사하였는데, 사건 다음 다음 날 28일에 일차적으로 발표하기를, '김재규 일당과 비서실장 김계원이 주범이고, 배후는 없다, 미 CIA 등 관련 조직은 전혀 없다고 강조하여 발표함으로써 '대통령 시해사건' 자체 내용은 군대식으로 간단하게(?) 마무리된 것으로 보였다.

12·12 정승화 참모총장 연행사태

그러나 김재규 반역사건의 법적 처리를 위해 수사는 계속되었다. 주범들에 대한 조사에 따라, 당시 일국의 참모총장이 KCIA 김재규의 지시를 받아, 대통령의 술자리 바로 문밖 50미터 지근거리에서 수십 발의 총성을 들어가며 김재규의 차후 지령을 대기하다가, 피투성이로 뛰어나온 김재규와 함께 차에 동승하여 한때나마 김재규의 명령대로 실행하였다는 사실이 확인되었다. 바로 공범으로 의심되고도 남는 사실이었다. 정말 있을 수 없는 군 통수권자에 대한 반역과 군에 대한 배반이며 적에 대한 이적 행위였다.

그런데, 발표된 계엄령에 의하여 계엄사령관이 된 정승화는 김재규의 범행을 옹호하면서 서둘러 11월에, 만일(연행 조사 등)에 대비해, (군 내부) 기존 김재규 세력에 자기 추종세력을 추가하여 군의 주요 직 인사이동─ 장군 진급심사 포함─을 단행하였다. 그뿐만 아니라 당시 자기 입장을 옹호(변명)하는 한편, 문자 그대로 누가 봐도 의심되는 자기를 수사하려는 전두환 합수부장을 '적반하장'으로 오히려 제거─ 보직 이동(해임)부터 시작하여 ─하려 하였다. 이에 '합수부'는 요령을 다해, 희생을 무릅쓰고, 당시 군의 최고 실세요 상사인 계엄사령관이기는 하나, 엄연히 '대통령 시해사건'의 피의자요, 증거인멸을 기도하고 있음이 확실한 정승화를, 부득이 연행하게 되었는데, 이를 두고 세간에서는 소위 '12·12 사건'이라고 한다.

∴ '유류파동' 대책, '사우디 군사협력조사단장'

유류파동과 '사우디 군사협력조사단장'

인륜과 도덕 가치를 중요시하는 한국 사회에서 있을 수 없는 '10·26 대통령 시해사태'가 발생하자, 즉시 최규하 대통령이 수반이 된 위기관리정부가 성립되었다. 그래서 그동안 정치활동에 통제를 받아왔던 정치꾼들의 대표 격인 소위 '3김 씨 시대'가 되었으나 사회가 혼돈의 소용돌이에 말려드는 한편, 국외로부터는 제2의 석유파동이 밀려와, 그러지 않아도 어려워진 경제에 기름을 부어 인플레가 천정부지로 솟아올라 한국경제사상 최악의 위기가 도래하고 있었다.

이에 절호의 기회를 맞이한 북의 김일성은 전후방 간첩침투를 통한 대남적화 공작을 강화하는 한편 10월 27일에 '전군 전투태세 강화(폭풍 5호)'를 하달하면서 제2의 남한 '4·19 정국'을 기대하며 예의 주시하였다. [그리하여 곧이어 '5·18 광주폭동사태(민주화)'가 발발하였다.]

이제 전두환 합수부장과 그 기구는 김재규에 대한 조사와 법적 조치를 취하는 과정에서 국가 안보에 대해서도 자동으로 최규하 대통령을 보좌하게 되었다. 그리하여 그중에서도 당장 국가 경제에 사활이 달린 유류파동 문제를 극복하기 위해— 외교부와 산자부가 사우디 '야마니 석유장관'과 면접 일정조차 정하지 못하는 가운데 —대통령이 직접 방문해서 해결해 보고자 하는 계획, 즉 '무궁화계획'을 세우고, 이를 위해 사전에 현지 조사단을 비밀리에 파견하여 '야마니' 석유상을 직접 접촉해 보려 하였다.

＊ 무궁화계획: 제2차 유류파동 돌파(극복)방책으로 전두환의 보안사가 주도하여 '대통령이 직접 방문하여, 사우디가 요구해온 군사지원 문제와 유류의 안정적인 공급문제를 담판하려는 계획이었다.

사우디 '군사협력조사단장'

당시 상당수(60여 개) 건설회사가 소위 '중동 붐'을 타고, 특히 '사우디아라비아'를 비롯하여 열사의 중동에 진출, 건설물건을 경쟁적으로 수주하면서 '달러벌이'는 물론, 국제적 건설기술과 설계경험을 쌓아가고 있었다. 그중에서도 '韓逸開發(아리카타 한일) 사우디 본부'가 중견 회사가 되어 있었는데, 일찍부터 진출하여 사우디 왕가의 신용을 바탕으로 성장 중에 있었다. 당시 이 회사는 막 사우디 실권왕자(Turkey, 가명)로부터 '특수전 훈련시설'을 수주하여 비밀리에 공사 중이었다. 특수전에 정통한 전두환 장군이 이런 상황을 포착하고 현 시국 돌파에 호기로 활용해 보려고 결심하였던 것이다.

그리하여 국대원 교수이던 나를— 아마도 전두환 장군은 제1공수여단장, 나는 사령부 정보처장으로 함께 근무 중 '모로코 군사지원조사단장'의 경험을 가진 나를 기억했는지는 모르지만 —'사우디 군사협력방책조사단 단장'으로 기용하여 사우디로 파견하였는데, 이때도 '아리카타 한일(한일개발) 직원'으로 위장하여 '사우디'에 비밀리에 침투(?)해 들어가게 되었다. (1980. 3.) 목적은 '사우디 군사협력방안 도출보고'였다.

그리하여 전두환 합수부장(동시에 보안사 사령관, 동시에 당시는 중앙정보부장 겸무)에게 신고하기 전에 우선 보안사 정보처장(당시 권정달, 육사 15기 후배)으로부터 사전설명을 들었다.

요지: 그동안 사우디가 외교통로를 통해 우리에게, 1. 남 예멘 폭격을 위한 조종사 교육교관 및 정비요원, 2. 병원 간호원, 3. Turnkey base Hospital과 간호원 등을 요청해 왔으나 거절해 왔는데, 지금 상황은 긴박하다. 그래서 이런 요구 조건이 지금도 유효한 것인지(들어 줄 수도 있다는 뉘앙스)를 확인이 필요하다.

그리고 '한일개발' 사장 '조중훈'과 인연이 있다는 실권왕자(Turkey, 가명)로부터 수주한 '터키 베이스'의 '특수전 훈련시설' 공사에 대해 '지원 가능한지'를 확인하고 필요하다면 지원을 위한 조사도 요망한다는 내용이었다.

그리고 전두환 합수부장에게 신고하였다. 그는 원래가 자상하고 긍정적이고 적극적이라, 더 상세하게 현재 상황과 그의 의도를 설명해 주었다. 특히 그는 자기가 열정적으로 지휘하며 근무했던 한국 특전부대와 대통령 경호실 요원들에 대한 특수교육훈련을 사우디 왕실 경호부대에도 지원할 수 있기를 열망하였다. 이미 권영달 처장이 설명한 바 있는 현 상황 인식을 기저로 그는,

1. 사우디 왕실/일반 특전학교 설립을 위해 어떤 종류의 전문교관이 요구되는지?
2. 교관 파견 여부를 결심하기 위한 필요정보(교육내용, 지원문제 등)
* 특히 현 안보 측면(안정적 유류확보)을 고려 지원 가능 여부를 검토할 수 있도록
3. 필요·요구 시는 당국 책임자- 사우디는 실권 왕자도, 야마니 석유상도 좋고 -간 상호 초청 상호협조문제 조사 등

추가한다면, 현 사우디체제를 지지, 그리고 지원용의 등을 표명하라고. 그리고 강조하기를 그들보다 나은 수준의 우리가 군사적, 보안적, 안보적으로 지원할 수 있고 용의도 있음을 설득하는 것도 임무에 포함된다 하였다.

교섭 및 공작 경위

그리하여 다음 날 우리는- 단장에 본인, 단원에 특전사 정보처장 '장 대령', 또 한 사람 보안사 정보처 근무 '오일랑 중령' 계 3명이 -'한일 개발 섭외요원'으로 위장하여 출국하여, 같은 날 사우디 제2 도시인 '젯다(Jeddah)'로 입국하여

그 도시에 위치해 있던 '한일개발 사우디 본부'로 가서 마중 나온 '조중식' 부사장과 만나고 그 회사 숙소를 활동 거점으로 정하였다.

그날 저녁에 조중식 부사장과 앞으로 과업수행에 대해 논의를 하였는데, 첫날부터 듣고 왔던 정보와 현장 상황에 큰 차이가 발생하여 첫 애로 사항에 직면하였다. 즉, 조 부사장이 친숙하다던 왕자— 사우디 왕국에는 왕자만 해도 30여 명이 되었는데, 그들을 먹여 살리는 건 주로 석유대금으로 국가건설사업 한 건씩 배당받아 그것을 입찰하는 과정에서 발생하는 '리베이트/커미션'을 받아 억만장자로 살게 된다. 그중 한 명으로 'Turky, 가명'—는 얼마 전에 부정부패로 권력에서 탈락하고 인연이 끊겨 버린 상황에 있었는데, 조 부사장이 알리지 않고 있었던 사실을 알게 되었다. 알려진바 당시 '한일개발'이 공사 중인 것도 '일반 특수전 부대/학교용 시설이 아니고 왕실 경호 요원 훈련용으로 이미 비밀리에 공사 중이었다. 개입의 여지가 없었다.

그러기에 정권 핵심수준 요원과 속전속결식 교섭(담판)을 상정하고 온 계획이 처음부터 장애에 부딪치게 되었던 것이다. 부득이 비밀 임무를 수행 방법상 일부를 해제하고, 나는 주 사우디 한국 대사관 무관 '황 대령'— 동복유격학부 후배 교관으로 평소 친하게 알고 지냈으며, 그는 이미 북한과의 협상교섭 경험과 노하우를 가지고 있었다. —과 타개책을 상의하기로 하였다.

한편 '조 부사장'은 그제사 또 다른 친숙 사우디 정보처 요원, 'Col. Atabi(가명)'와 약속이 되었는데, 가서 타진해 보자고 제의하였다. 나는 좀 의구심도 들었거니와 다음 정식 교섭대표 일원으로 올 것이라고 생각하니 지금 얼굴을 드러내는 것이 안 좋을 것이라고 판단하고 두 명만 '조 부사장'에 동행하게 하였다. 다녀와서는 '우리 측의 의향'을 전했고, 그는 '알겠다, 전하겠다.'라고 말했다고 하였다.

그러나 일단은 실낱 같은 희망으로 보이기도 하였다. 다음 날 '황 무관'과 논의하여 일단 정치수도 '라바트'로 가서 가능한 정보를 수집하여 임무에 대한 결론을 도출해 보고자 했다. 그래서 다음 날 '사우디 수도 '라바트'로 날아가서 현지 분위기를 파악해 보았다. 때마침 그곳에는 나의 절친한 동기생, 그러나 불행하게도 불의의 고위 장성들 간의 '정치모의 모략사건'으로 덩달아 누명을 쓰고 전역하여 여기 열사의 땅 사우디와 중동에 와서 사업 중인 박정기 동기생이 있었기에, 찾아가 만나 서로 안부— 한국의 현 정국정세와 전두환 장군 등의 소식도 겸해서 전하는 등 −를 전하고, 현지 분위기를 점검도 해보았다. 그리고 그 부인이 손수 준비해 준 만찬 등 위로는커녕 오히려 대접만 잘 받고 오게 되었다.

그날 사업차 출장 갔던 독일에서 급히 돌아오는 절친 박정기를 만나기 위해 '라바트' 호텔에 가 보았다. 당시 한국의 산자부 양 장관이 야마니 면회 약속 후 하회를 기다리느라 1주일도 넘게 그곳에서 소일했다고 누군가가 얘기하는 것을 들었다.

결론 및 보고(건의)

그리하여 조사단은 결론을 내고 귀국하여 전두환 합수부장에게 다음과 같이 직접 대면 보고하였다(3월 25일). 그는 과중한 업무로 피곤함을 무릅쓰고 졸림을 참으면서 끝까지 장시간(1시간 이상) 들었으며, 위로 격려는 물론 "그대로 반영하도록 하겠다."라고 약속하였다.

* '사우디 군사협력방책 건의', 보고내용 요약
 1. 군 병원 운용 의료팀(군의관, 간호장교) 지원
 2. 사우디 자체 대외원조용 군 장비(북예멘, 아프카니스탄) 지원
 3. 군 정보학교신설(예정) 교육(계획요원, 교관 요원 등) 지원
 4. 2개 Airborne 대대의 SWF(Special Warfare Forces)화 권유 및 지원
 5. Special Security School의 규모증가에 따른 교육지원
 6. 사우디 자체 대외지원용 전투기와 수송기 조종사 교관요원 및 정비요원 등 지원

나는 보고를 마치고 나오면서 비서실장이던 허화평 후배− 이미 생도 시절 2중대 본부에서 함께 근무해서 친숙하고 월남 갈 때 편의를 도모해 준 바 있으며, 하나회 아우이기도 한 −에게 말했다, "이미 국가정책에 깊이 개입되었다, 이대로 가야 할 것 같다."라고 했다. 그러자 즉시 비서실장 허화평이 "이미 뺀 칼, 일없이 다시 집어 넣을 수는 없지 않습니까?"라고 했다. 때는 이미 군심(軍心)이 국정 참여에 깊이 들어가고 있었던 상황이었다.

결과 실행

직접 대면 보고 이후 이 건의사항은 4월 중순까지 순차적으로 계엄사령관-국방 장관 -최 대통령까지 보고되고, 실천을 위한 논의가 정부 차관회의에서 논의되었고, 이에 실천 계획 자체는 '방산차관보(군, 관계 책임자)' 책임으로 규정되자, 나는 다시 한 번 차관보에게 상세한 내용을 '브리핑'하였는데, 그는 "건의사항 100% 실행하겠다."라고 하였다. 그러나 내게는 더 이상 임무가 주어지지 않았다.

그 후 역사는, 5월 중순에 최 대통령이 사우디에 가서 담판하여 어느 정도 안정된 유류공급을 보장받았으나 그것으로 부족하였는데, 때마침 인도네시아가 'LNG 가스'전을 개발하여 한국에 보급해 줌으로써, 이후 한국 유류정책은 새로운 방향으로 전환해 가며 발전해 갔다. 이 역사적 사실 또한 잘 알려져 있지 않은 전두환 장군의 업적 중 하나였다.

사우디 여담

불과 며칠 사우디에 있었지만 보고 듣고 체험한 것 몇 가지를 생각나는 대로 소개하겠다. 당시 중동에 나가 있던 한국건설사들은 대, 중, 소규모 도합 63개로 과당 진출하여 피나는 생존경쟁 중에 있었다. 그렇게 많았던 이유는 그만한 리스크에도 잘하면 행운을 가질 수 있었기 때문이었다. 한 건 수주하면, 예를 들어 4억 달러라면, 그중 10%(4천만 달러) 이상을 왕자 커미션(리베이트)으로 아예 내놓고, 그리고 노임 자재비 제외해도, 즉 Net Income 10~20%(당시 280억여 원)를 수입 잡을 수 있었다. 한진과 현대 등은 대형 사업을 연 2~3건 수주하고 있었는데, 어쩌다 세상에 공개되기도 하나 워낙 왕자들의 사업이라 시간이 약으로 묻히기도 하였다.

여하간에 이런 면 저런 면에서 사우디는 한국 사람들에게 정말 무미건조한 곳이었는데, 다만 경제적 기술적 경험 이익뿐(?)으로 열사의 그곳에서 버티고 있었다. 낮엔 월남보다 더 더워 나갈 수가 없으나, 그래도 어떤가, 나가 보았더니, '젯다'를 벗어나 문자 그대로 사막 가운데 오아시스 한 곳을 가 보았더니, 연못 같은 오아시스를 중심으로 성인 키만 한 관목들이 듬성듬성 있는 그곳 그 나무 아래

쪼그려 앉아 따가운 햇빛을 피할 수밖에 다른 도리가 없었다. 그래도 사막인들은 아파트 주고 빵 주고 살게 해 준대도 도시에 들어오지 않으려 한다고 했다.

당시 우리의 해외사업 수준은, 설계는 어림도 없었고- 비행장이든 병원이든 고층 빌딩이든 -그저 토목 하청 일감을 받아 공사해 낼 뿐이었다. 예를 들어 비행장 내 각종 시설 공사를 4억 달러로 수주하였는데, 물론 설계기술은 제외하더라도, 그 외 공군 조종사 숙소와 클럽시설 공사 후 실내 '인테리어' 시설과 가구 등의 설비비용이 더 실속이 있을 것 같았는데, 유감스럽게도 당시는 모두 이태리에서 수입한 것들을 그저 방에 들여놓기만 해주는 정도였다. 물론 40년이 지난 지금은 설계로부터 시작하여 그 모든 것을 우리 기술과 우리 물자로 사용하고 있으니 참 격세지감을 느끼지 않을 수 없다.

그런데 귀국 비행기에서 우리 공군 대령을 옆자리에서 만나게 되었는데, 그는 자주국방의 하나로 우선 외제 무기수입을 담당하고 있었다. 당시 북괴의 저공 특공대 침투, 청와대 습격 등을 방어하기 위해 시급히- 미국 모르게? -스위스로부터 대공 자동화기 '에리콘'을 수입하고 그 탄약도 수입하는데 관련하고 있었다. 그는 말하기를, 그래서 스위스에서 에리콘과 탄약을 불란서 파리로 옮기고, 거기서 우리 KAL 비행기 동체 하부에 분해해서 적재하고 실탄 또한 그런 방법으로 도입해서 지금 귀국하는 중이라고 했다. 물론 내가 무엇 하는 사람이라고 말함으로써 서로 현역으로 국가와 국군에 리스크를 무릅쓰고 임무를 수행 중이라는 사실에 공감하여 우리끼리 얘기했던 것인데, 이제 40년도 지났으니 그저 회고할 뿐이다.

나중에 누군가로부터 들었는데, 우리가 사우디에게 경호 요원 교육/지원 얘기를 하니까 사우디 당국자가 "한국 대통령 경호도 안전 확보 못 하면서."라고 뼈 있는 농담도 했다고 들었다. 그럼에도 그들은 한반도의 반 토막 국가에서 그것도 북으로부터 전쟁위협을 받아 가면서 이토록 발전하고 있는 사실에 대해서는 존경해 마지않는다고 했다고 들었다.

∴ 최창윤 교수와 유럽시찰단 인솔, 남 교수 발견(4. 19.~5. 3. 15일간)

불과 몇 년 전에 피교육자로 외국 시찰 여행을 다녀왔는데, 이번에는 교수로 그들을 인솔하여 유럽 주력국가 안보 상황을 시찰하게 되어, 특히나 독일 유학 시절이 떠올라 감개가 남달랐다. 함께 가는 교수는 '최창윤' 교수로 육사 19기 후배인데— 후에 문화관광부 장관 —전 일정의 진행을 책임지고 있었다.

먼저 불란서 파리로부터 시작하여 서독의 베를린 그리고 영국의 런던에 갔으며, 돌아올 때는 일본을 경유(방문지가 아니고)해서 귀국하였다. 일과는 주로 각국의 국방부, 국방대학원, 군수산업현장, 안보문제연구소 등을 방문하여 현황을 소개받고 현안 문제를 토의하면서 상호 교류하고, 그리고 견문을 넓히는 것이었다.

불란서 파리에서는 공항에서부터 국방부에 이르기까지 그리고 그 후에도 일정 내내 경찰 사이카 2대의 에스코트를 받으며 파리 시내를 관통하며 안내받았다. 그 이유는 당시 우리나라에 원자로 9 및 10호기의 수주에 불란서가 응찰하고 적극적으로 어필하고 있는 중이었기 때문이기도 하였다. 특히 안내된 'Paris Lido Show'는 다이나믹한 연예가 일품이었고, 더구나 관중석 중앙위치에서 저녁 식사를 즐겨가며 구경했던 모습이 지금도 생각나고 있다.

독일 베를린에서는 옛날 유학 때 갔던 바로 그 자리 '브란덴브르크' 문앞에 다시 서보니 그야말로 감개가 무량하였으나, 긴장 상황은 여전하였다. '자유아시아 재단'에서 베풀어 준 만찬을 마치고 유명한 'Berlin Opera 좌'에 가서 오페라 연극을 관람하였는데 옛날에는 전부 정장 모습이었고, 휴식시간에는 극장 내 실외 입장공간에서 열을 따라 걸으며 휴식을 취하는 모습이었는데, 지금은 복장도 휴식 규율(?)도 모든 것이 자유로운 관람 풍경이었다.

영국 런던에서는 특히 'IISS'를 방문하고 미리 계획된 대로 한국 관련 Seminar 및 특별토의를 하는 등 아주 의미 있는 나날을 보내기도 하였는데, 특히 큰 수확으로 여기는 것은 '남주홍 교수'– 후에 장관 후보에 오르다. –의 발굴이었다. 우리가 타고 다니던 차에서는 물론 여기저기 안내하면서도 해박한 지식으로 성의를 다하여 안내하고 설명하는 모습에서 나는 신뢰를 가지게 되었다. 그래서 물었다, 누구냐고. 그랬더니 대답하는데, "런던대학 전략학 과정 이수 중이고 특히 핵 문제를 연구하고 있다."라고 했다. 연구 과목 그 자체도 우리 대학원에 안성맞춤이었다. 그리고 당시 세계 대학에서 '전략학'이라는 학과를 두고 연구한다는 것이 신기하게 느껴졌는데, 우리 한국에서는 아직 군사학 개념조차도 정의되지 않고 있던 때였다. 그래서 그에게 얘기했다. 학위를 취득한 후 생각이 있으면 우리 국방대학으로 오라고 해 주었고 그도 그러겠다고 했다.

그 후 꾸준히 연락이 왔고, 학교에서도 '안보연구실' 실장 '김종휘' 교수— 후에 노태우 정부에서 안보외교수석 —와 상의하여 채용하기로 합의하였다. 그 후 어느 땐가 국대원 교수로 오게 되었다고 연락이 왔다. 지금은 군사외교안보문제에 대한 한국 굴지의 권위자가 되어 있다.

대학원에 복귀하여 며칠 뒤인 5월 18일에 광주에서 '5·18 광주폭동사태(민주화)'가 일어났다. 라디오방송과 신문 그리고 소문(유언비어)에 따라 아주 긴장된 1주간을 보내게 되었다. 특히 21일경에는 대학원 구성원 중 광주 출신 군인들— 내 동기생도 대령 두 사람 —을 휴가 주어서 광주에 가 시민 안정과업을 수행하게 하였으나 돌아온 동기생들조차 "사태가 심각하다."라고만 말할 뿐이었다. 상세한 내용은 물론 당장 알 수 없었으나 생각하건대, 예비군 무기고를 습격하여 무장하고 계엄령하에 진압군에 무력저항하는 모습은, 분명 무장 폭동임에 틀림없다고 모두들 단정하고 하루속히 진압될 것이라고 믿었다. 결과적으로 이 '5·18 광주폭동(민주화)사태'는 또다시 국군의 정치개입을 초래하였고, 그리하여 제5공화국의 시대를 낳게 하였던 것이다.

6. 육대 참모장과 교수부장, 장군이 되다(1980. 7.~1981. 11.), 장군이 되다(1981. 1. 1.)

∴ 육군대학 참모장

'5·18 광주사태'의 수습을 겸하여 국가비상사태수습을 위한 기구로 '국가보위비상대책위원회'를 구성(5. 31.)하고, 전두환 장군의 신군부세력과 이에 동조하는 친군 정치세력이 일대 국정쇄신의 길로 정진하였다. 그리하여 과감하게 부정부패를 척결하고, 과외를 금지하고, 사회 불량배를 소탕하여 군부대에서 순화교육, 즉 '삼청교육'을 실시하는 등 '구세대개혁'과 '파사현정(破邪顯正)'이 이루어지는 역사를 창조해 나갔다.

이런 상황에서 '국보위 상임위원장', 즉 전두환 장군의 명령을 위임받은 보안사 동기생 '정도영 대령의 연락으로, 육군대학 참모장으로 즉시 가서 정상임무와 함께 별도의 임무도 수행하라.'라는 것이었다. 육군대학이 비록 진해에 위치해 있긴 하였으나, 그래도 엘리트 장교집단에 속하는바, 특히 당시는 정승화(전 참모총장)계 장교들— 육대 참모장 육사 15기 신대진 대령(정승화 처남)을 위요한 다수의 핵심 멤버와 그 주변 교관들 —에 의한 불의의 사태를 예방하고자, 본인(육대 重鎮?)을 보내어 육대 교관들의 분위기를 안정시키는 과업을 수행하라는 뜻이었다. 당시 대학 총장은 군사교육의 전문가로 알려진 '성종호 소장'이었다.

당시 정국의 한 편에서는 김재규를 (브르타크 같은) 영웅시하고 '12·12 사태'를 '하극상 사태'라며, 정승화를 두둔하는 잘못된 시국관이 번지면서 시국을 흔들려 하고 있었다. 김재규는, 박 대통령이 가장 믿고 정을 주며 정보부장을 시켰는데, 우선 이를 배반하고 그냥 1미터도 넘지 않을 면전에서 권총으로 머리에 맞대고 쏘았다는 것은, 그 어떠한 명분으로도 인륜과 천륜을 배반한 죄과를 면치 못할 것이다. 동시에 소위 한국의 육군참모총장이 그래 중앙정보부장이 오란다고 해서 대통령이 술 한잔하는 문밖에서 초조히 무엇을 기다리고 있었단 말인가? 그것도 모자라 대통령 술 좌석에서 권총 소리가 나고 주변에서 수십 발의 총소리와 함께 난리가 났는데, 그리고 피투성이가 된 김재규가 허겁지겁 차 타고 같이 가잔다고 해서 어찌 함께 갈 수 있었단 말인가?

이런 반역자들을 국법에 의해 다스린다는 것은 너무나도 당연한 일임에도 불구하고 이에 또 반역을 시도하는 무리들이 있기에 이들 또한 '파사현정'의 정신으로 그리고 인간의 도리로도 진압되어야 하는 것이 '至高, 至善'책이라고 나는 생각하였다. 나는 간부와 학생들에게 학교의 분위기 안정과 유지를 강조하며 노력한 결과 별문제 없이 단기간 내에 정상을 되찾을 수 있었다. 그동안 노태우 보안사령관이 진해에 한 번 다녀가기도 하였다.

가끔 해군 통제부— 왜정시대부터 사용하던 명칭, 해군 후방사령부, 즉 군수기지 —내 장교클럽에 들리기도 하였는데, 주로 미군 해군 장교들이 이용하는 휴게소 및 만남의 장소로 이용되는 곳이었는데, 그곳에서 하루는 미국 CIA 요원이 내게 접근하여, '신대진 장군과 관련 교관들의 행방을 문의'하였다. 그 기회에 당시 한국과 당국의 입장에 내 생각까지 그런대로 장시간에 걸쳐 성의껏 설명해 주었는데 아마도 잘 이해하였을 것으로 믿는다.

∴ 장군이 되어(1981. 1. 1.) 전장의 장수(將帥)와 영웅 되기를 바라다

육군사관학교 졸업과 동시 육군소위로 임관하면서 '나는 장군이 되어야겠다.' 라고 마음먹거나 선언하는 사람은 없다. 그러나 군대 간부로 멸사봉공하며 상위 계급으로 진출할수록 장군 지향적인 생각이 짙어간다. 그러나 구조적으로, 유감스럽게도, 같은 자격을 가졌음에도 동기생 모두가 장군이 될 수는 없고, 대략 30여 명이 장군(준장)으로 진출하게 된다. 그러니 전시가 아닌 평화 시에는, 이를 두고 '운 5+기 5의 행운'이라고 밖에 달리 말할 수가 없다.

가장 먼저 생각나는 것은 부모님께 신고하고 이 내 장군의 모습을 보여드려야겠는데, 유감스럽게도 저승에 가신 지 오래되고 묘소도 없어 부득이 크게 크게 마음속으로만 자랑해 보여드리고 베풀어주신 부모님 은혜에 새삼 감사드렸다. 특히 4월 초파일 바로 앞날 밤에 나를 낳으실 때 "벼슬도 큰 장닭이 우리 집 지붕 위에 올라가 크게 소리쳐 울었다."라며 꿈을 꾸셨다는 우리 어머니 말씀을 생각하며, 그동안 이에 보답하고자 일생을 노력해 왔다. 그리고 동시에 이 기쁨과 영광을 내 생의 영원한 동반자요 내조자인 아내에게 돌려 마땅하다고 생각했다. 앞으로 남은 인생 부모님과 어머니의 그 꿈을 생각하며, 그리고 내 사랑하는 아내와 가족을 위해 또다시 최선을 다해 살아갈 것이다.

1981년 1월 1일, 그해 그날은 유난히 눈이 많이 왔다. 신고를 마치고 현충원으로 향해 가는 길이 대설로 덮여 느렸으나, 세상은 밝고도 밝아 첫해 첫날의 상서로운 눈과 함께 우리를 그리고 우리 국군의 앞날을 함께 축복해 주는 광경이어서 감개무량하였다. 저녁에는 그 어려웠던 세월을 참고 넘기며 함께 살아왔던 사랑하는 아내와 함께 육군회관에서, 군과 국가에서 베풀어 준 축하연에 참가하여 그동안의 고되었던 '나라에 바친 삶'의 회포를 잠시나마 풀어보기도 하였다.

장군이 되면 흔히 30여 가지의 대우가 바뀐다고 한다. 당장 장군의 깃발을 수여받고 승용차(군용차)에 별판을 달게 된다. 그러나 그 모든 것보다 앞서 장군이 되면 내 뜻을 펼 수가 있다. 그것이 참모부서든 부대 지휘관이던 내 뜻이 반영될 수 있는 규모와 수준의 직위에서 근무할 수 있게 되는 것이다. 예부터 역사에는 전쟁이 있었고, 거기에는 그 전쟁에서 승리로 이끈 '장수(將帥)'의 얘기가 있어 왔다. 을지문덕과 강감찬, 그리고 이순신을 우리는 장군 또는 장수라고 하며 받든다. 그렇다, 이제 앞으로 전쟁이 나면 이름을 남길 수 있는 장수, 곧 전쟁 영웅이 되기 위해 위국헌신과 파사현정의 정신으로 정진하고 또 정진할 것이다.

∴ 육대 교수부장, 교육제도 쇄신의 기회

독일식 교육제도 쇄신 시도

5월이 되자 육대 교수부장으로 보직명을 받았다. 실로 원하는 바였다. 드디어 장군이 뜻을 펼 수 있는 기회, 즉 한국 육군대학 교육쇄신의 기회가 왔다고 생각했다. 그래서 바로 재직교관 중 독일, 영국, 불란서 육대(지참대) 유학출신자들로 '교육발전위원회'를 구성하여, 1단계 6개월 기한으로 자료수집과 기본조사, 2단계 3개월 예정으로 신 커리큘럼(Curriculum) 작성하기로 정하고 추진하였다.

* 그러나 유감스럽게도 그 끝을 보지 못하고 일선 부대로 전출하였으나, 그 뒤에 다행하게도 내 뒤를 이어 독일 '지참대'를 다녀온 친한 동기생 '홍성태 장군'이 교수부장이 되어, 그때 나는 작전참모부장이 되어 뜻을 같이하여 결실을 맺을 수 있었다.

전방 작전계획실습 인솔

해마다 하는 행사로 정규과정 학생들과 함께 교수부장은 전방부대(사단)로 가서 그 부대작전계획을 가지고 실습한다. 1981년에도 7월 중에 10일간, 정규 29기생을 인솔하여 중동부 전선의 화천에 있는 제7사단과 사창리에 있는 제15사단으로 학습 출장하였다. 학습 내용은, 먼저 사단 사령부 현지에 도착하여 사단 현황에 대한 '브리핑'을 청취하고, 과업(숙제)을 수령한 뒤에, 조별 편성단위로 연대 이하 전방(GOP-COP-FEBA) 부대와 지역을 정찰한 뒤에 학교에서 익힌 야전교범원리와 현장 현지지형과 부대 임무에 따라 자체 작전계획을 수립한다. 그동안 2박 3일간 전방지역에서 조별로 자유시간(원하는 지역, 상황 파악하며)을 가지면서 작전 구상을 한 뒤에 사령부로 돌아와 학생단의 종합안을 완성한다.

그리하여 그 결과를 실습부대 사단장과 예하 지휘관 및 참모 배석하에 발표함으로써 기존 사단계획과 비교가 됨으로써 학생은 현지 실습의 성과를 이루고 현지부대는 자체 작전계획을 육대 학생들이 검토해주는 바 되어 서로 작전계획 발전의 계기가 되었다.

여담으로, 화천에는 '파로호(破虜湖)'가 있고 그 호수의 물을 이용해서 발전을 하는 '구만리(九萬里)' 발전소도 있다. 그 호수 지역에서 6·25 전쟁 당시 100여 명의 우리 특공부대가 중공군 12,000여 명을 격파하였는데 그 공을 기려, 이승만 대통령이, 오랑캐를 크게 대파하였다는 의미로 '파로호(破虜湖)'라고 명명하였던 것이다. 여름 장마철이 되면 호수 수량수위조절을 위해 수문을 개방하는데, 그때는 춘천호 근방 북한강까지 와서 서식하던 '쏘가리'가 거세게 넘쳐 흘러 내리는 물을 거슬러 올라 파로호 수문으로까지 올라오는데, 도중에 많은 양이 잡히고 남은, 그래서 가장 힘 좋은 것들이 파로호 수문 및 웅덩이에 모여 마지막으로 거세게 흘러내리는 물을 역으로 뚫고 열린 수문을 통해 파로호로 기어이 올라가기도 한다.

성공확률은 모르겠으나 그런 힘을 내는 '쏘가리'를 작살 등으로 잡아 보면 성인 팔뚝을 훨씬 넘는 대어들이다. 화천 시내 여름 '쏘가리' 전문식당에서는 그것을 푹 고아서 내놓는데 고기보다 진한 국물이 바로 화천의 여름 보양식이다. 그곳에 가 본 덕에 맛볼 수 있는 행운도 한 번 가져보기도 했다.

장군단 '무궁화 교육'

특히 '5·16 군사혁명' 이후 정부는 각계 부문별로— 국민 전체는 반상회를 통해서 —집단적인 정책이해 교육 또는 홍보 모임을 흔하게 가졌다. 우리 군대도 우선 장군들에게 그런 기회가 있었다. 그중 한 번은 육군대학에서 실시했던 '무궁화교육'이었다. 목적은, 자주국방을 부르짖던 시대요구에 맞게 '통일전략'이라는 주제와 함께 국가 경제 및 안보 전반에 대한 설명과 토의를 하면서, 부부동반으로 4박 5일간 진해(통제부 관사이용)에서 휴양도 겸함으로써 정부와 국가전략 정책에 대한 이해는 물론 장군의 사기를 고취하고 단결도 도모하는 것이었다.

'통일전략'은, 당시 미국이 반격하여 청천강까지만 올라가겠다는 때였기 때문에, 우리는 청천강을 넘어 우리 단독으로 압록강 두만강까지 가서 기어이 통일을 완성하겠다는 전략계획의 설명이었다. 이 시간에 부인들은 진해 시내를 관광하였다. 전두환 정부 시절에는 이렇게 장군들에게 수시로 국가정책을 인식시키면서 동시에 사기를 고양하여 단결을 도모해 나가기도 하였다.

chapter. 2

청년장교시절

1958~71

영관시절전후방근무

1972~80

2-1 1959년 임진강 전선
소대장(중위) 시절

2-1-1 1960년 한미군 합동
권총사격대회 신사수 속사 1등

2-1-1-1 종합 5위 입상 메달

2-2 1962년 약혼, 미국 유학, 당시 군민합동 김포 비행장

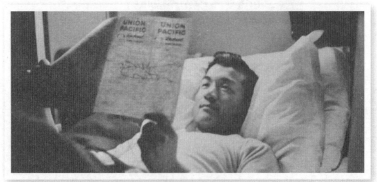

2-3 1962년 1월, 미대륙북부횡단 풀맨카 침대에서

2-4 1962. 4. 미국 케네디센터 특수전학교 유학 졸업사진

2-5 1962. 4. 미국 유학 후 미해병 동기와 미남부대륙횡단 자동차 여행

2-6 1962년 유학 귀국길, 산타바바라, 이한림 장군 방문

1966. 11. 3 ~ 67. 10. 23.
주월맹호부대 작전처 戰史課長.

2-7 1966. 11. 주월맹호부대 작전처 전사과장으로 작전 중인 사단 TCP에서

2-8 1966. 11. 주월맹호부대 작전처 전사과장으로 작전 중인 사단 TCP에서

2-9 1966. 11. 맹호부대 미군 연락장교와 함께 사단 TCP에서

2-10 1966. 11. 작전에서 노획한 적회기 및 장비

2-11 1966 미군 지원 몽타냐 산악 부족 동네 방문

2-12 1967. 1. 맹호 8호 작전개시 직전 남북 교류시장, '꾸몽고개' 시장 광경

2-13 1967. 1. 맹호 8호 작전으로 탈환한 '손카우' 촌락

2-14 1967년 9월 1일, 월남에서 소령으로 진급

2-15 1969년 1월, 서독 지휘참모대학 유학, 오이스키르헨 어학학교 생활, 한국군과 터키군 동기

2-16 1969년 서독 어학학교에서 박흥환 생도(경기고, 후에 군단장), 김관진 생도(서울고, 후에 청와대 안보실장)와 한식 즐기기

2-17 1969년 7월, 서독 알프스 산악부대 참모 견학, 바드 라이헨할, 찾아온 송 대위와 함께

2-18 1969. 8. 서독 산악부대 알프스 작전 대대용 노새

2-18-1 1969년 8월, 서독군 참모들과 송 후배와 알프스 등반

2-19 1969년 9월, 함부르크 '지휘참모대학' 연합군반 입학,
강 좌장에 의한 한국군 장교 소개

2-20 1969년 9월, 서독 '지참대' 연합군반 일동,
19명 피교육생+서독군 대령 강 좌장

2-21 서독군 '참모여행', 통신학교 등 주요 기관 및 시설 방문, 견학

2-22 1969년 초겨울, 전술핵전술학습후 투발 미사일 부대견학

2-23 참모 여행 시 통신학교 가족 가면무도회 참석, 남녀노소 상대 즐기다

2-24 1970년 2월, 후방부대 전방이동 투입 후 부대 배치 및 작전 계획 현지 검토

2-25 1970년 1월경, 스페인 여행, 마드리드 '알칼라' 개선문에서

2-26 1970년 4월경 파리 여행, 개선문에 서다

2-27 1970년 서독 '지참대' 졸업여행 베를린 초청 방문. 베를린 장벽의 상징 '브란덴브르크 문' 앞에서 연합군반 가족 일동

2-28 1970년 7월, 서독 유학 마지막 제5기 갑사단참모견학실습. 사단장과 인사참모와 대화

3-1 1971년 진해 육군대학 교관 시절,
제황산 공원에서 우리 가족이 바라보는 장복산 아래 육대 전경

3-2 1972년 이동 백운산 배경부대 대대장 이취임식

3-3 1972년 백운산 배경 일동의 대대장 관사. 오랜만에 찾아온 우리 가족

3-4 1972. 10. 24. 유엔의날에 육군 제1660부대(제2기계화보병대대) 창설식

3-5 1972. 10. 24. 유엔의날에 육군 제1660부대(제2기계화보병대대) 창설식-1

3-6 1972. 10. 24. 유엔의날에 육군 제2기계화보병대대 창설 대대 참모들과 창설 기념패

3-7 1973년 3월에 수도기계화사단 창설식 참여, 중대장과 함께 현장 기념사진

3-8 1973년, 사단참모로 일직사령 근무 시 위문 공연, 최희준, 정훈희와 함께

3-8-1 1973년 수도기계화사단 창설 사령부 야외 회식, 신현수 사단장과 사단 참모 일동

3-9 1975년, 특전사령부 정보참모 근무 때 정 사령관,
이 부사령관, 전두환, 노태우, 정호용 여단장들과 참모 일동

3-10 1975년, 정 사령관 7여단 순시 수행. 정호용 여단장 안내로 전주 마이산 방문

3-11 1975년, 9여단 기념회. 노태우 여단장과 사령부 정보 작전 교리참모 일동

3-12 1975년, 제8차 태평양특전사령
관회의 정 사령관 수행, 기념물

3-13 1976년, 모로코 군사사절단 일행, 사하라 사막
폴리사리오 현지 비행 직전

3-14 1976년, 모로코 군사사절단, 모로코 국방당국(장관) 만찬 참석

3-15 1977년, 국방대학원생, 미국 시찰, 국회의사당 방문 후 휴식

3-15-1 1977년 국대원 학생 때 미국 방문팀(교수, 학생) 일행. 후에
문교부 장관 김영수. 후에 외교안보실장 김종휘 함께

3-16 1978년, 논산훈련소 연대장, 군계일학의 각오로 분투

3-17 1978년, 논산훈련소 연대장, 훈련병 수료식 때 공로상 수여식

3-18 훈련소 선봉 연대 2년 연속 선발. 공로 병사에게 막걸리 선물하다

3-19 국대원 관리교수부장, 교수부장과 동료 교수 및 지권들과 함께

3-20 1979년, 국대원생 인솔 졸업 유럽여행, 영국의사당 배경,
후에 정통부 장관 된 송언종 동서 함께

3-21 1979년, 국대원생 인솔 유럽 졸업여행, 후에 문화부 장관 된 최창윤 후배 인솔 교수, 후에 정통부 장관 된 송언종 동서도 함께

3-22 1980년, 사우디 군사협력조사단 일행과 한일 개발 사우디 본부 조중식 사장과 함께

3-23 진해 육군대학 참모장, 10·26, 12·12 사태 등 안정을 위한 임무포함

3-24 1980년, 좀 늦은 장군 진급, 그러나 영광

3-25 1980년 1월 1일, 영광의 장군 진급, 별을 달아 주는 아내, 함께하는 영광과 기쁨 순간

△

제 三 부

장수(將帥), 영웅(英雄)의 꿈 Ⅱ

제9장 육군 상급부대 지휘관, 육군본부 작전참모부장

(단기 4314~4321, 서기 1981~1988)

제9장 육군 상급부대 지휘관, 육본 작전참모부장

(단기 4314~4321, 서기 1981~1988)

1. 제7공수여단장(1981. 11.~1983. 1.)

∴ 부대 임무와 구성, 능력

한국 공수특전사령부 예하 공수특전여단은 모두가 같은 임무와 구성 그리고 능력을 가지고 있다. 부대편성, 즉 구성은 '4개 대대+본부대+낙하산정비대'로 약 2,000여 실병력이고, 대대는 '4개 지역대+본부중대'로 대대장은 중령이고 약 300명 실병력이고, 지역대는 '5개 중대(팀)+본부대'로 지역대장은 소령이고 약 70명 실병력이고, 중대(팀)는, '중대장 대위 1+부중대장 중위 1+의무특기 2명 +폭파특기 2명+통신 특기 2명+정작특기 2명+병기 특기 2명, 계 12명'으로 구성되어 있다. 특기병들은 주로 장기복무하사관과 중고졸업자 중 지원자— 주로 지방출장으로 모병 —들인데 때로는 신병훈련소에서 선발도 하였다.

여단의 본 임무는, 적 후방에 (육해공) 침투하여 토착 반정권주민을 훈련시키고 필요한 요구를 지원하여 게릴라전을 실시하는 것이다. 거기에는 암살, 유괴, 음모 등도 포함되며, 때로는 특공전, 정보전, 아군 유도전 등도 포함된다.

위와 같은 임무 수행을 준비하면서 현재 평상시 임무는 다음과 같다.

반(反) 게릴라전(Counter Guerrilla OP): 적의 게릴라전 거부작전, 즉 예상 거점
(예, 운장산, 지리산 등) 선점 또는 소탕작전(대대별 연 3주)
반 폭동작전(Counter Incergency OP): 국가 후방 가용부대로
기타작전(평상시 대민 안정작전): 대민봉사, 대민재해지원, 대항군 활동지원

그런데 부대 능력, 즉 전투력은 1개 여단이 약 2,000여 명으로 후방 유일의 실병력 단위 부대이고, 막강한 실력을 가진 후방 전투역량부대이다.

∴ **국정 현실과 여단의 실정, 추가된 임무**

당시 국정 현실과 여단 실정

1979년의 '10·26 대통령 시해사건' 이후 한국은 그동안 억눌렸던 정치 욕구의 폭발 등으로 급속도로 사회질서가 무너지기 시작하였다. 그리하여 1980년 5월의 소위 '5·18 폭동(민주화)사태'를 만났고 제2유류파동과 외환위기 등으로 80년 말 경제성장률은 GNP 추계 시작 후 27년래 최저기록인 −5.79%를 기록하였고, 물가는 21%로 급등하는 악성 인플레상황에 직면하였고, 한편 북한공작의 영향을 받은 노동운동은 격렬해지고, 사회폭력과 정치폭력, 그리고 과외 부담 등으로 민심은 동요되고 있었다.

또한, 김일성의 대남정치공작은 가열되면서, 소위 김일성 주체사상에 탐닉된 대학생들의 운동권 세력(특히 NL파)이 날로 확장되어 갔다. 그러나 다른 한편으로 1981년 조조에 미국에서는 '레이건 대통령'이 취임하여, "소련은 현재 국제간에 행해지고 있는 모든 죄악과 거짓과 속임수에 연관된 '악마의 제국이다.'라고 선언하여 동서냉전에서 선제를 장악하고, 동시에 소련과 한판 승부를 결의한 듯 소련에 '무한군비경쟁'을 유도하였다.

이러한 시기에 81년 3월에 제12대 대통령으로 취임하고 제5공화국을 선포한 전두환 대통령은 일찍부터 88서울올림픽 개최를 확정하고, 특히 북의 후방 무장공비침투 및 전방부대 총격 도발 등의 남북긴장 가운데서도, 국가 군사, 외교, 경제, 사회 전반에 걸친 안전을 보장하고, 특히 경제 부흥 발전에 주안점을 두면서 '사회정의 구현'을 추구해 나갔다.

1981년 말기의 여단 실정

'5·18 광주폭동(민주화)' 진압작전에 주력부대로 출동하여 임무를 마치고 복귀한 후 심신 양면의 피로를 풀면서 정비 중인 제7공수여단을 인수하여 지휘하라고 명령을 받았다. 송별식도 제대로 못 한 것은 물론 야심 차게 추진해 오던 '육대 교육방법개혁'을 완성 못 한 채 떠나온 것이 아쉬웠다. 육군본부에 가서 신고하였을 때 참모차장 '정호용 장군'― 초대 제7공수여단장 ―이 축하해 주면서

'교육훈련제일'을 당부하였다. 고마웠다. 내 생각과 같았다.

제7공수여단은 내가 특전사 정보처장 부임 직전에 창설된(1974. 10.) 부대로 전라북도 금마(왕궁 인근)에 위치해 있었다. 막사는 옛날 논산훈련소 제26연대가 사용했던 그대로 구식이었으며, 시급히 개선의 필요가 있는 형편이었다. 그러나 그동안 3대에 걸친 훌륭한 전임 부대장들의 지휘와 훈련으로 부대원은 기존 어느 여단 장병보다 훈련 정도나 사기 면에서 우월하게 보였다. 다만 내가 부임했던 당시의 분위기는, 좀 음울하게 느껴졌다. 장병 모두가 '5·18 폭동(민주화)사태와 진압상황'에 대해서는 말을 아끼고 있었다. 한 여단 작전장교는 한마디로 말하기를, "최강의 특전부대가 폭동 시위대에게 밀리고 패하다니 어이가 없다."라고 하면서 부대가 허탈 상태라고 하였다. 그래서 나 또한 그 이상 알려고도 하지 않았으나, 오로지 분위기 일전을 위해 정상적인 훈련에 박차를 가하였다.

전라남북도 사회 분위기 또한 진압작전에 참가한 우리 특전부대에 대해 암묵적인 거부감을 가지고 있는 듯 보였으나, 시민사회나 기관들이나 유지들 모두가 표면적으로 내색하는 현상은 보지 못했다. 내 판단으로는 우리 부대의 전통적 기여도나 실 존재 자체를 보아서도 어제의 일들을 한시바삐 잊고 하루속히 과거와 같이 상호 친선과 신뢰관계로 돌아가야겠다고 생각하고 있는 것같이 보였다.

1981년도 말, 상부 지시사항

그런 가운데 우리 부대에도 '상부 지시사항'이 하달되었다. (1981. 12.)

1. 장차전은 약 1주간의 속전속결전이 된다. '3~5일 전쟁'으로 정의, 남북 상호 단독전일 수도 있다. 후방의 동원사단은 한강 이북으로 전진배치 하였고, 화학전에 대비하여 부대교육은 물론, 국민교육과 당장 시급히 필요한 부면의 장비도 준비하였고, 심지어는 '3일 반격론'도 거론되었다.
2. 그런고로 특히 야간훈련에 치중할 것
3. 경제교육 필수: 특히 '3불(不), 물가 오름세, 부패, 무질서' 심리 배척교육 등 범국민 경제 교육으로 실시

동시에 범국민적 의식개혁이 필요하다, 그 실행 요건은 다음과 같다.

1. 자신과 가족

2. 주변 및 사회선도

3. 주인의식 함양

4. 제 부조리 완전 척결(1983년 내)이라고 되어 있었다.

나는, 시대적으로 이 지시에 전적으로 동감이었는데, 특히 '사회정의구현'을 이후 본인의 소명으로 생각하고 부대 내외 생활에서 중심과제로 삼았다.

∴ 부대 교육훈련 및 작전

반(反) 게릴라 작전과 천리행군

부대원들은 장사병 불문하고 일단 특전사 교육대에서 공중낙하(점프) 훈련- 3주간 지상훈련, 1주간 실제 주간점프 4회 야간점프 1회 계 5회로 기본 윙 자격획득 -과 특기훈련과 특전기본훈련을 수련한 병사들을 전입 받아 각 팀으로 바로 배치한다. 부대원은 의무적으로 3개월 마다 1회 이상 공중낙하하여 자격을 유지하며, 낙하수당으로 훈련 중 못 쓰게 되는 런닝이나 팬티 보충 정도 값을 받는다.

대체로 봄과 가을에는 작전 겸 훈련으로, 대대 단위로 적 침투 및 활동 근거지로 예상되는 산악지역- 우리 부대 책임 지역은 태백산, 운장산, 지리산의 요지 요부 -을 선점하여 3주간에 걸친 두더지와 유사한 순 땅굴 속의 야전 활동을 적 점령 거부작전 겸 적 지역 작전활동을 겸한 훈련을 실시한다.

작전훈련 후 귀대 시에는 악명 높은(?) '천리행군'을 실시하는데, 이는 '도피 및 도망' 또는 적 지역 신속 탈출훈련의 하나로, 밤에만, 그리고 기성 도로를 피해서, 감독관이 부여하는 각종 상황처리를 수행해 가며, 7일 만에 귀대하는 문자 그대로 고강도 훈련이다. 특히 이 훈련에서 '참기 힘든 수면 문제'를 극복하면서, 그리고 발가락과 발바닥의 물집을 참고 극복해 가며- 출발 전 발바닥 발가락에 바늘 실을 넣어 두었다가 물집이 생길 때마다 실을 뽑아 터트리면서, 그리고 미리 구두 바닥에 솔잎도 넣어보고 비누도 약도 발라보고 하면서 -하루 행군 70여 킬로미터를 완전무장으로 '전술 강행군'해서 임무를 수행해 가며 귀대한다.

이는 위국헌신의 정신무장 아니면 할 수 없는 오로지 우리 특전부대 용사만이 해낼 수 있는 훈련임을 자부한다.

특수 침투수단훈련

여름이 되면 여단 전체가 하계 수영 훈련을 실시하는데, 우리는 '부안 벽산 해변가'에서 1개월간 야영하며 단독군장 및 완전군장 전투 수영 훈련을 실시한다. 이 훈련도 고강도 훈련이라 때로는 안타깝게도 훈련 중 순직용사가 발생하기도 한다. 해마다 더욱 조심하면서도 이 훈련은 계속됨으로써 점차 세련되고 있다.

겨울이 되면 동계훈련으로 특정 지역대 또는 순환으로 '설한지 특별훈련', 즉 스키 전술훈련을 실시한다. 전에는 설악산에서 실시하였으나, 지금 우리 부대는 무주구천동 스키 훈련장이 새로 조성되어 그곳을 이용하고 있다. 실제 우리나라 기후와 자연환경에서 스키 작전기술은 실용성이 낮으나, 그래도 모든 상황에 대비해야 하는 특수부대로서는 준비가 필요하다.

하계 적지 해상침투훈련 또한 중요훈련과목이다. 해군과 협조하여 해군 함정/잠수함 등으로 우리 특전 적지침투요원을 적 지역 연안 3킬로미터 근접해역에 침투 보트와 함께 하선시켜주면 거기서부터 적 해안까지 보트와 수중침투(수영) 기술로 침투해 가는 훈련이다. 미군 특수부대는 이미 수중침투 장비로 큰 고통이나 애로 없이 침투하는 훈련을 하나, 그때까지 우리는 오로지 수영기술을 이용하였는데, 아마도 지금쯤은 크게 개선되었을 것으로 생각한다.

무등산에서 을지 포커스(乙支-, Focus) 훈련, 기타 훈련

매년 정부와 군, 그리고 연합사와 함께 실시하는 '을지-Focus 훈련'에 여단 본부가 FTX 밑 CPX로 참가한다. 그해 늦여름에 우리 여단 본부는 무등산 산정 북단에 위치하여 첫째는, 예하 부대가 북한지역에서 게릴라전을 수행하고 있음을 가상하여 통신지휘가 가능한지를 특히 점검하고 둘째는, 대통령 훈령 제28호, 후방지역 적 게릴라 소탕작전 지휘, 셋째는 전군 독수리 훈련(대 게릴라전)에 대한 대항군 운용훈련 등도 겸하여 약 1주일 이상의 야전 지휘소를 운영하면서 작전요소를 점검하였다. 참으로 좋은 유익한 경험이었다.

다음 해 늦여름에는 지리산에서 시작하여 섬진강에서 뗏목 작전을 구상하여 실시하던 중, 한 대대장이 도중에 뗏목에서 내려 건너편 하동지역 가상 적진을 향해 급속 강습도하(완전무장) 작전훈련을 시도하다가 예상외의 섬진강 수중온도(18도)로 세 사람의 순직자가 발생하였다. 이들에게 거듭 위국헌신의 넋을 위로하며 명복을 빌어마지않는다.

∴ 대민지원과 후방생활 여담

이리역 대형 폭발사고와 부대기여

1977년 11월에 이리역에서 근래에 보기 드문 대형폭파사고─ 사망 59, 부상 1,200여, 1,700여 세대 이재민 발생 ─가 발생하였을 때, 당시 때마침 지역을 순찰 중이던 여단장(2대 김신배 장군, 육사 12기)이 현장 부근에서 목격하고 바로 부대로 돌아와 우리 7공수여단 장병을 출동시켜 현장사태를 수습함과 동시 경찰과 협력하면서 지역 질서를 유지하였다. 그럼으로써 불량배들에 의한 소란이나 상가습격 등을 예방/방지하여 재난지역 질서유지의 큰 공을 세웠다. 그뿐만 아니라 당시는 국가가 가난하여 힘을 쓸 수 있는 건 군대뿐이라 할 정도였는데, 육군참모총장 지휘로 여단은 재난지역 이재민을 위한 군용천막을 가설하고 질서유지는 물론 모든 편의를 제공하였다.

전라도 지역은 유난히도 홍수와 가뭄 등 기후재난도 많아 그때마다 지역 실병력을 보유하여 막강한 능력을 가진 우리 부대가 무엇이던 마다않고 출동하여 대민지원을 해 왔다. 모심기(모내기)와 벼 베기 일손돕기는 매년의 일상이고, 특히 해남지역에 가뭄 때나 홍수 때는 부대를 비우다시피 하면서도 재난지원을 마다하지 않았다. 내가 있던 그해도 남원 일대에 가뭄이 들어 우리 부대가 출동하여 남원 저수지를 파헤쳐 물을 내는 등, 지역 재난 극복에 기여하였다.

이런 우스개 아닌 사실도 있었는데, 이리 지역이 당시는 호남선의 주요 교통요지라 이동인구가 많았고 떠돌이도 많았다. 그래서 타 지역보다 사회질서가 좀 어지러웠기에, 한때─ 삼청교육대를 이용하기 이전 ─는 우리 부대 요원들이 경찰을 도와주는 일이 흔하였다. 그런데 어느 때는 경찰 정보가 미리 세어나가 우리 여단의 대민봉사노력을 헛되게 하는 일도 종종 있었다고 한다. 내가 부임했을 때는 이미 호랑이 담배 피우던 시절 얘기가 되어 있었다.

후방부대생활, 지방민(유지)과의 친선

오랜 전방부대생활, 즉 민간인이 드문 열악한 환경 속에서 24시간을 무한 위국헌신 영내·외 생활을 해 오다, 보직이 바뀌어 서울을 비롯한 후방부대에서 출퇴근 생활을 하다 보면 한때는, '내가 이렇게 생활해도 되는 건가?' 하면서 전방부대 요원들에게 참으로 미안한 생각이 들기까지 한다. 특전사령부 생활과 또 좀 다르긴 하지만 국방대학원 생활, 그리고 또 좀 다르긴 하지만 논산훈련소 생활 등이 그러하였다.

그런데 진짜 후방생활이라 말할 수 있는 곳이 바로 후방부대 여단장 이상 부대, 즉 공수 특전여단이나 후방사단 등에서다. 내가 경험한 전라북도 내 7공수 여단장 의 후방생활이 그러하다고 생각된다. 여단장으로 부임하면 타 지방유지, 즉 기관장이 부임해 인사 오듯이 여단장도 으레 도지사, 지방법원장, 지방 검찰청장, 중정 전주본부장, 예비사단장을 방문하고 수인사하는 것이 관례다.

나는 그런 후방생활 경험이 없어 물론 몰랐거니와 알아서도— 물론 31사단장에게는 예방하였고, 사열과 분열식으로 환영해 주었다. 그러나 —군인이 민간인한테 무슨 인사를 하러 가랴?'라는 생각이었다. 그런데 점차 있어 보니 (이) 취임식에 지방 유지 모두가 참여해 축하해 주었고, 이어서 매월 1~2번씩 '지방유지모임'이 있어 이들— 도지사(당시 '정 지사'), 31사단장, 지방법원장, 지방검찰청장, 중정 본부장 등 —이 정기적으로 만나 공식 비공식적인 정보와 친한 정을 나눈다. 그러다가 확대되어 전라남도지사(당시 김 지사, 후에 건설부 장관)와 북도 지사가 개최하는 양도 친선 골프대회 같은 모임이 있게 된다. 그럴 때마다 대면하게 되니 얼마 안 가서 서로 친해질 수밖에 없게 된다.

친해지다 보면 전라남북도만 해도 최고 공직자(유지)들이라 해도 시골 사람 인정이 물씬거린다. 그래서 스스럼없이 어느 때는 저녁 모임— 주로 도지사가 주최한다. —에 술상도 들어온다. 그러면 기생— 그러나 춤 도우미 아닌 전라북도 전주의 독특한 소리꾼 −과 장구꾼이 함께 들어와 한판 분위기 돋우기 위해 한 타령한다. 시작은 "진실로~ 축하합니다~."로 시작한다. 우리 전주의 문화재이다. 그런가 하면 명절이 되면 도지사 주최로 역시나 같은 유지 부부들이 초청되어 도지사 관사에서 윷놀이 한판 하고 이런저런 얘기로 정말 격의 없이 친목을 도모한다.

어느 땐가 모여서 얘기하는 중에 마음씨 좋고 인정 많은 법원장이, 우스개 삼아, 얘기하기를, 어느 추석날 저녁식사 후 다른 요원 몇 명과 함께 간단히 '화투치기'를 하고 있는데, 그만 경찰 단속반에 걸려서, 이러지도 저러지도 못하고 사실대로 밝히고, 그 경찰로부터 용서를 받았다고 했다. 사람 사는 후방생활의 한 장면을 느낄 수 있었다.

5·18 직후라 지방 민심안정과 부대원 안정이 필요한 시점이라, '원광대학교' 및 '전북대학교'와 친선교류를 하면서 학위 희망 장교들은 전북대학 야간학부에 취학하여 석사과정을 이수하기도 하였다. 그러면서 자연스럽게 전북지역 내 대학생들과 그들을 둘러싼 가족 친지 일반인과의 관계는 점차 안정되어갔다. 또한, 지역 내 일반 유지들, 특히 종교계와 예술계− 전북은 예술인들의 고향 −학계 대표들을 부대에 초청하여 부대 소개와 실정을 견학하게 하고, 더불어 각종 시범 등을 통해 부대위력 과시는 물론 친선을 도모하고, 유사시 지방지원부대임을 인식시켜주기도 하였다.

∴ 임무형 부대발전 창조적 노력

특전기술향상을 위한 국가기술자격(증) 취득 노력

말하기 어려우나, 당시는 국방예산이 어려웠고, 의무병제도가 만사형통 사상이 팽배했기에 군대 내 전문 기술요원의 존재나 양성제도에 큰 관심이 없었다. 예를 들어 육군병원의 군의관은 다수가 이제 막 레지던트를 마친 인력으로 그나마 3년 의무복무를 마치면 남는 군의관은 행정 요원뿐이었다. 그래서 중환자 수술은 서울에 있는 국군 통합병원쯤 되어야 서울 5대 대학병원과 맺은 협정에 따라 필요의사를 초청하여 진행하였다. 미국과 같은 대통령도 이용하는 '월트리드

육군병원'은 꿈도 꾸지 못했다.

그래서 우리 특전여단 예하 특전팀(중대) 12명 중 2명이 군의관으로 편성표에 있으나, 실제는 하사관 중에 소질 있는 자를 한약 침 과정을 이수시켜 배치시켜 놓았다. 그래서 그들의 능력은 동료들 발이 삐었을 때와 배가 좀 아프다 할 때 침 좀 놓아주는 실력이 모두였다. - 그래서 한때는 한국 한약/침술협회와 상호 교류가 활발하였으나, 그 이상 발전이 없었다. -이들이 과연 북 게릴라전투 지역에 들어가 야전병원을 설치 응급수술 등 의무조치를 할 수 없음은 명약관화한 실정이었다.

어디 그뿐이랴? 통신분야에서도 기재는 미군용이라 괜찮으나(1,000킬로미터 통신) 운용자가 최소한도 국가통신 기본자격은 보유한 자라야 하나 그러지 못한 데다 몇 년 경험으로나마 좀 숙달된 때는 제대해 나가기 일쑤였다. 폭파병의 수준은 다이너마이트 낱개에 도화선을 넣어 수류탄으로 사용한다거나, 다이너마이트 뭉치를 교각 또는 건축물 기둥에 대칭형으로 장치하여 폭파하는 정도의 경험기술이 모두였고, 적지에서 화공약품을 탈취 또는 수거하여 적재적소의 강력하고도 적절한 폭파물을 제조해 낸다는 '신의 기술'은 기대할 수 없는 실력이었다.

이런 환경에서 우선 내가 할 수 있었던 일은, 그래도 당시에 유행하던 국가 자격증 정도라도 일단 취득하면 그 실력을 기초로 앞으로 발전해 나갈 수 있을 것으로 믿었다. 그래서 특기병(특전사 특기병 교육대 출신, 그래도 국가 자격증 미달)들에게, 통신, 화학 및 폭파 분야, 전주지역 내 국가 자격증 교육기관으로, 여단 자체 사비로, 20여 명을 파견하였다. 그리하여 본인들의 의욕도 대단하여 기한 내 모두가 취득해 돌아왔다. 그런데 실질적으로 쌓아진 이론과 실력으로 그들의 눈빛과 태도가 아주 달라졌다.

여단대항 특전사 전술 전기대회 우승

그해 특전사령부 주체 각 여단 특전술 및 기술대회가 개최되었는데, 그 정도의 우리 여단 기술로도 단연코 1위 우승을 거두었다. 그런데 그 과정에서 에피소드가 있었다. 예를 들어 심판관이 1, 2위를 놓고 어물거릴 때면 우리 여단 선수가 "교관님 저는 국가공인 자격증을 가지고 있습니다, 다른 사람은 자격증 안 가졌습니다!"라고 하면서 당당히 주장해, 교관조차 인정해 주었다고 한다.

7개 여단 대항시합에서, 이 전라도 시골에 있는 7여단이 우승할 수 있었던 것은 물론 부지런히 노력하여 갖게 된 연마된 기술과 실력이었지만, 보다도 우리 선수들이 가졌던 그 자신감과 자부심, 남이 안 가진 그것, '나 자격증 가진 사람이야'였다. 그래서 그 깃발 들고 책임 장교와 함께 그 팀 20여 명, 모두 대전 유성온천에 있는 계룡호텔로 위로 휴양을 보내기도 하였다. 지금 생각해도 그것은 투자할 가치가 있는 과업이었다. 그런데 웃을 수도 웃지도 못할 부작용(?)− 사실은 예상도 했으나 −이 생겼다. 아, 이 국가공인기술 자격증을 취득하고 경연대회 등에서 입선하면서 기술에 자신이 생기자, 어서 사회로 돌아가고 싶은 생각을 하게 되었다는 것이다. 나는, 그 얼마나 좋은 일인가, 개인이건 사회 일이건 우리 부대서 당당한 한 사람의 일꾼이 배출되어 나간다는 데 대해서 기쁨이고 자랑일 수 있기 때문에, 부대 능력 손실은 다시 양성하면 되는 일이기에, 물론 개의치 않고 허락해 줄 용의가 있었으나, 차마 내가 있는 동안에는 소문만 돌았다.

야전 식량 발전 노력

또 하나 나의 군대생활 내내 관심사였던 야전식사문제다. 물론 보병부대에서도 그러하였지만, 특전사에서는 더욱 그러하였다. 앞서 말한 바와 같이 당장 우리 부대는 연 3개월 이상 야외 비상 전투작전훈련+천리행군(도피 및 도망작전 훈련)을 실시하고 대항군 작전도 실시하고 실제 후방침투 대간첩작전도 실시한다. 그때마다 우리 부대는 본대를 떠나 대대 단위 또는 지역대 단위로 독립 행동을 실시함으로써 야외식사가 큰 문제였다.

그래서 일단 경험을 통해 연구해 보기로 하고, 야외 훈련과 야외 이동식사는 가능한 휴대 가능한 음식으로, 대간첩작전 시 은거 진지에서 또는 이동하며 식사를 해야 하는 경우는 빵과 캔 음식을 제공해 보았다. 물론 그 비용은 그때마다 현금으로 나왔고, 필요시는 대대 단위까지 현금으로 지급되었다. 다만 캔 음식은 육군 군수참모부 승인을 받아 캔 음식 공장을, 당시는 아주 열악하였으나 그래도 대구 등, 찾으면 있었다.

그래서 시행착오도 있었다. 아침 식사 한 끼는 빵과 우유 소시지— 예산 가능 범위 —로 하려고 지방 제과점에서 납품받았으나, 빵을 처음 대하는 병사들이 많아, 물렁거리는 빵을 한 손으로 꽉 쥐어 먹으니 맛도 없고 배도 차지 않고, 하는 등 애로가 여러 가지 있었다. 그래서 임기 중에 완성하지는 못하였다. 그러나 장군이기에 부하복지 발전을 위해, 전투준비 발전을 위해 내 뜻을 그렇게 펴보려고 애를 써보기도 한 것이었다.

주둔지와 막사 현대화

우리 부대는 옛날 논산훈련소 예하 26교육연대가 주둔해 있던 그 자리와 그 건물(내무반) 그대로 구식이었다. 위치는 전라북도 금마면의 왕궁터 인근이었으며 낙하훈련장(헬기 출동 시에도 이용)은 인접 민간인 땅콩 작물 밭이었다. 이미 서울 주둔 부대들은 현대화 작업이 끝나 있었고, 지방부대 현대화 사업이 진행 중이었다. 그래서 우리의 친선 학교인 원광대학 건축학부 교수에게 의뢰하여 우리 부대와 주둔지의 전면 혁신적 현대화 모습을 그려 조감도 및 평면설계도를 받았다. 그런데 2개 대대를 한 평면건물로, 한 개 연병장을 사용하도록 하여 전면 남향으로 배치하고, 그 중앙에 여단 전원이 집합할 수 있는 충분한 공간을 가진 연병장을 확보하고, 본부 건너편으로는 여단본부대대를 위치시키려 하였고, 이를 내려다보는 여단본부를 위치시키려고 했다. 그런데 그러자니 본부 방향이 서향이라 고심하다가, 여하간에 건물 자체는 중앙에 놓고 보자, 그리고 가능하면 지방에 흔한 석재를 이용하여 여단본부는 석조 건물로 하고 싶었다.

그리고 영내에 각 대대 연병장과 여단본부 중앙연병장에는 1개 대대가 동시에 출동할 수 있게 헬기 이착륙이 가능하도록 하고, 중앙도로에는 '세스나' 경항공기가 이·착륙 가능하도록 건설하려 하였다. 그리하여 육군본부 공병감실(설계부서)과 협조하여 육군 기본안보다 우리의 설계도를 설명하고 관철시켰다. 그리하여 재임 중 4개 대대 막사와 그 연병장과 헬기장은 건축할 수 있게 되었다. 그래서 여단 구 막사를 완전히 제거하고 설계도에 의해 신 연병장과 헬기장 경비행기이착륙장 등을 위한 토목공사를 시작하였다.

2군사령부로 가서 사령관을 만나 호소하고 30여 대의 구형(일제) 츄릭 30여대를 3개월간 빌려왔고, 전북 도지사에게 부탁하여 5톤 트럭 5대를 또한 빌리고 지방 도로 포장회사에 부탁하여 영내 포장을 할 수 있도록 하였다. 공사 중 그 누구도 민간건설회사에 그 어떠한 폐를 끼치는 자도 군법으로 다스린다고 광고하여 실천하였다. 결과 업자들이 만족하고 무엇이든 덤으로 보상(?)하겠다기에 그럼 우리 장사병 목욕탕 좀 보수해 달라 해서 완성하고는, 어느 요일을 택해 군인 가족들 목욕─ 대중목욕탕이 이리 시내에 있어 아주 불편하였다. ─을 할 수 있도록 해 보았다. 그 이후도 육군 예산 사정에 따라 비록 축차적이었지만 완전히 면모를 일신하는 현대화가 완성되었음을 볼 수 있었다. 2군사령부와 전북도청 그리고 지방 민간업자 등 군관민에 감사드리며, 특히 원광대학 건축학부 교수께 거듭 감사드린다.

2. 육군 보병 제8사단장(1983. 1. ~ 1984. 7.)

∴ 육군 제8사단의 임무와 사단장의 권위

사단장의 권위와 책임

사단 참모 근무 당시 사단장이 군단에 다녀와서 하는 언행으로 보아 사단장의 권위는 연대장의 권위와는 큰 차이가 있음을 감지할 수 있었다. 실제로 사단장은 문자 그대로 중책이었다. 우선 3권(지휘, 행정, 사법), 즉 지휘통솔에 필요한 3권 전권을 독립적으로 행사한다. 지휘 즉 작전에서도 배속 또는 예속된 상급부대(군단)의 지시를 받아 작전하나 독자적인 독립작전을 할 수 있도록 전투부대와 화력지원 포병부대, 그리고 군수지원부대를 아예 편제 부대로 가지고 있다. 그래서 필요시는 해외파견도 가능한 적절한 단위 부대이다.

따라서 사단장은 전권을 행사하는 최고단위부대장으로서 실제로는 군단장보다 권위가 있을 수 있다. 그래서 흔히들 '사단장은 군인, 군대생활의 꽃'이라고도 말해지고 있다. 이는 군단장을 거치면서 알게 된 사실이다. 그러기 때문에 사실상 그 책임은 어느 단위부대장보다 크고 무겁다.

제8사단의 임무와 사단장 복무신조

앞에서부터 말해 오고 있지만 나는 그동안, 임관 이후 지금까지, 주로 중부전선(휴전선 지대) 철원지역에서 근무해 왔는데 이제 다시 중부전선 요충지대에 있는 제8보병사단을 지휘·통솔하게 되어 참으로 기쁘고 영광스러웠으며 감회가 남달랐다. 소대장에서 대대장 사단 참모에 이르기까지 우로는 이동−국만봉−일동−가평, 좌로는 철원의 동송리 일대−문혜리−지경리−신철원(지포리), 그리고 중앙으로, 군단사령부가 위치한 영평천과 38선(북위 38도선) 북단 지역, 즉 노곡리와 우남(雩南, 이승만 대통령 아호) 도로−산정호수와 명성산−훈련장 '나이트메어'와 여우고개−백운계곡과 광덕고개(일명 김일성 도로) 일대에서 근무하였기 때문이다. 사단 사령부는 군단 바로 옆 누곡리에 위치하였고 연대는 일동, 이동, 기산리에 위치하였다.

사단의 임무는, 수도기계화사단과 함께(당시) 군단 예비사단으로, 작전 계획상의 주 임무는 철원 문혜리 일대 적 포위 섬멸 후(전술핵 등 사용) 주력으로 반격하는 것이었다. 평상시는 훈련을 주 일과로 하는 사단, 육군 또는 군 범위 시범사단, 군단 예비진지/후방진지 공사사단, 군단 후반 대간첩작전사단, 그리고 후방(정권)안보 비상대비사단 등이었다. 그래서 병사들은 전방에서 제일 훈련이 강한 사단이라 배치를 꺼려 하는(?) 부대로 소문나 있었다.

나는 사단장 부임과 동시 복무신조로, '절대 책임완수', '초전 3일 돌격 결전', '의식개혁'을 내 걸고 강조하고 또 강조하였다. 내가 지금까지 군대생활에서 개인이든 부대든 군대는 임무를 완수해야 하고, 그러려면 각 장병 개개인은 부여된 임무를 절대(희생 불사)로 책임지고 완수해야 한다는 것이었다. 당시 북괴가 강조하는 '초전 3일 전쟁'을, 개전 이후 최고 최악의 상황에서 (가능한 한 현장에서) 방어에 성공하는 즉시 반격− 당시 미군의 1주일여 예상을 앞당겨서 −하겠다는 당시 박정희 대통령과 전두환 대통령의 비장한 전투지침에 따라 시행하면서, 방어 성공을 '돌격 정신'으로 완수하고, 나아가 즉시 돌격 정신으로 반격해 나가자는 작전, 전술사상과 각오를 의미하였다. 그리고 당시 국내외정세에 따라 전 국민− 우리는 장병과 가족 및 근무 지역 내 주민도 −에게 필요불가결한 '의식 개혁' 문제, 특히 인플레이션과 마이너스 성장과 연관된 경제재건을 위한 의식개혁과 정의구현을 위한 의식개혁운동이 중요하다고 강조하였다.

∴ 부대 야외기동훈련 및 시범: 1984 T/S 演習과 1983 T/S(CP, FTX) 참여 등

200킬로미터 24시간 강행군 훈련

사단장으로 부임하여 당장 느끼는 것은, 부대가 이전에 지휘했던 특전부대와 확연히 낮은 수준의 군기와 군인다운 자세들이다. 그런가 하면 판공비는 전혀 없다. 부대원 사기를 올리는 방법은 교육훈련밖에 아무 수단이 없었다. 대대가 행군훈련을 할 때라도 사단장은 그들에게 껌 한 통 돌릴 여유가 없었다. 그런데 그럼에도 불구하고 바람직한 전투역량을 구비하기 위해서는 교육훈련의 강도를 상향 조정해 나갈 수밖에 없었다.

작전참모가 200킬로미터(500리) 연속 강행군 훈련을 제안하였는데, 특전부대의 천리행군에 비하면 별로 대단한 것이 아니지만, 일반 보병부대로서는 일단 상향된 훈련이라 생각되어 실시해 보았다. 대대 단위로 대대장 지휘하에 24시간 내 야지 강행군을 하되 속도를 줄일 수 있다면 더욱 바람직한 성과로 규정하였다. 그러나 시간당 8.3여 킬로미터를 24시간 내내 잠자지 않고 강행군- 군대 규정 행군 속도는 일반속도 시간당 4킬로미터이고, 속보는 시간당 5킬로미터 -해야만 이룰 수 있다.

야간에 행군 중인 대대를 나가서 살펴보았다. 천리행군 중인 장병들의 모습과는 달리 다리 부분에 대한 장애는 크게 부각되지 않았으나 잠을 극복하는 문제는 결코 쉽게 보이지 않았다. 여하간에 그때까지 실시한 모든 대대는 23~25시간의 기록을 수립하면서 그래도 분발하고 또 분발하는 모습이 역력하였다. 사단장이 격려할 수 있었던 것은 사단장이 현장에 있어 보아주고, 그리고 모두에게 5개들이 껌 한 통씩 주는 것밖에는 없어서 속으로 이들 장병에게 박수만 보내기도 하였다.

1983 Team Spirit-CP, FTX 演習 참여 (1983. 11.)

나는 육군대위 시절에 제5사단 작전참모부 작전장교(대간첩작전장교)로 근무하였는데, 당시 3박 4일의 CPX 훈련이 있어서 그대로 밤새워가며 훈련에 임하였다. 그런데 (작전) 상황처리는 작전장교(대위)가 혼자서, 사단장도 참모도 필요 없이 그

때그때 기계적으로 자동적으로 종이 한 장에 '예, 처리하였음.'으로 기간 중 모든 상황조치를 끝낼 수 있었고, 그렇게 지나가는 것이 'CPX'로 인식되었다. 그래서 그 이후 상급부대 지휘관이 되어서도 'CPX'에는 별로 흥미도 없었기에 관심도 두지 않았다. 다만 'FTX' 'Team Spirit' 야외 기동연습은 흥미 있었으나, 이 또한 시나리오를 따라 자동적으로 기계적으로 움직이는 연습이었으므로 크게 열의를 다하지는 않았다. 다만 야전에서 작전변화와 환경변화에 대한 적응문제에 관심을 가지고 경험을 쌓아 나갔다.

그런데 1983년 11월에, 내년도 봄에 실시할 정식 야외기동연습(演習) 'T/S 1984 훈련' 참가를 위한 예비훈련으로, 사단 사령부 요원만 7군단 배속부대로 야외 'FTX(지휘소 기동훈련)'를 실시하였다. 한국군(미군 포함) 유일한 대부대 춘계 야외기동연습 훈련장인 '안성-이천-(도하)-지평리-횡성 지역 간'에서 시나리오에 의해 실제로 이동하며 시행되었다. 특히 사단 'Tac-CP(전술 지휘소)' 운용에 대한 경험을 얻어 차후 훈련에 크게 도움이 되었다.

사단 동계 '작계 5027 훈련'과 '초전 3일 돌격 결전훈련', (1984. 1.~, 4박 5일간)

당시 우리 사단은 육군 제3야전군 예하 한미야전군단(의정부)에 속해 있어서 매년 겨울이면 연례적인 '동계 작계 5027 훈련'을 실시(참가)한다. 원래 우리 부대는 군단 예비부대이기에 통상의 경우 유사시에도 진지점령은 하지 않고 대기하다가 의명 반격이나 부대 교대에 투입되게끔 교범에 규정되어 있다. 그러나 당시는 문혜리 신철원 지역 작전형태는 전술핵 상황을 고려한 작전 계획이었으므로 FEBA의 안쪽 끝이 운천직북방선으로 U자형으로 내려와 있었다. 그래서 우리 부대는 유사시 군단 최후저지선인 U자의 아랫부분을 일부 부대가 일단 점령하게 되어 있었다. 그러기에 그 선에 교통호를 구축하고 겨울에는 취침호와 같은 지하 공간에서 방어태세를 유지하도록 되어 있었다.

그래서 이번 훈련은 2개 단계화하여 1단계는 기계획훈련으로 군단명에 의거 1개 연대를 군단 좌일선 돌파 지역에 급파하여 적 공격을 저지하는 훈련을 하였고, 2단계는 연례동계훈련상황은 종결된 가운데, 그 연장선에서 사단 자체 훈련계획으로, 운천 직북방 동계 진지 방어와 반격 훈련을 실시하였다. 당시 날씨는 맑았으나, 통상의 경우 대한이 지나면 기온이 하강함에도 그해는 더욱 올라 야간엔 영하 21도의 악천후가 계속되었다. 그럼에도 불구하고 나는 덮개를 벗긴 지프차로 지휘하며 주·야간 훈련을 강행하였다.

밤에는 교통호에서 극한지 극복훈련을 겸하고, 다음 날 주간에는 지포리 신철원 방향으로 반격전, 즉 (초전 3일 돌격전)을 실시하였다. 이때 당시 한·미 야전군 사령관이었던 'Menetry 장군'도 와서 참관하였다. 옛날 소대장 시절 문산지역에서 소한 대한 때 야외 기동훈련하던 때를 생각해 가며 이 극한상황훈련을 지휘해 나갈 수가 있었다.

육군시범, '제대별 책임제 교육제도(1984. 2.)'

특히 군대에서는 시범을 효과 있게 활용하고 있다. 군의 어떤 방침이나 지침을 시범을 통해 신속하게 전파하고, 지휘관의 뜻을 동시에 일제히 시행하게 한다거나 통일을 강조하기 위해서 실시한다. 통상 전군시범은 드물게, 육군시범과 야전군 시범은 연 1회 정도, 그리고 군단 이하 각급 부대 시범은 필요에 따라 자주 실시하고 있다.

우리 8사단은 전후방에서 접근하기 좋은 지도상 중부지역에 위치해 있고, 군단 예비사단이라 언제라도 추가적인 임무 수행이 가능한 부대라, 어느 때 어느 종류의 시범이라도 소화해 오고 있었다. 이번에는 육군시범으로 '제대별 책임제 교육제도'에 대한 시범을 하게 되었다. 당시 각급 부대는 해마다 되풀이하다시피하는 육군본부 교육방침에 따라 연초부터 시작해서 연말까지 소부대서 대부대로 교육단위와 종합 통합으로 발전시키면서 숙달해 나갔다. 그러나 일반부대는 부대 병력운용상- 보충과 제대 되풀이 -부대 전술적응 능력은 어느 경향과 수준에서 그리고 일반적이고 공통적인 내용으로 유지되고 있었다.

그러기에 이번 기회에 육군은 과감하게 각급 부대별로 교육 재량을 가지고 각급 제대별- 소대에서 대부대에 이르기까지 -로 자기가 가진바 특히 작전계획(5027 등)에 따른 임무와 추가 임무 등을 위주로 각급 지휘관의 '자유재량'으로 교육 훈련할 것을 강조하는 방침의 해설과 강조시범을 하는데 의미가 있었다. 특히 '대대 시험'이나 '연대전투단(RCT) 시험'을 하는 경우, 가능한 한 일정 훈련장 지역보다 부대 '5027 작계' 지역에서 실시하도록 강조되었다. 이 시범을 담당한 우리 제10연대 연대장은 이 훈련취지와 내용을 잘 이해하고 창작적으로 시범을 실시하여 참모총장으로부터 표창을 받기도 하였다.

나는 그동안의 군대생활에서 특히 3월 26일– 이승만 대통령 생일 퍼레이드 경험을 통해 흐린 날씨가 아침 9시 지나면서 갠다는 것 –의 날씨와 전방에서 자주 시범을 참관하고 실제로 실시해 본 경험을 통해, 2월 22일 전까지 얼었다 녹았다 되풀이하면서 풀리다가 바로 이날 하루는 조용하고 온화한 날이 되나 곧이어 바람 불고 거친 날이 된다는, 날씨 예보를 자신 있게 할 수 있는 능력(?)을 가지게 되었다.

1984 T/S 演習 참여, 대통령과 미육군참모총장 참관

전년의 예비적인 사단 '1983 T/S, CP-FTX' 훈련에 이어 이 해(1984. 3.)는 '1984 T/S, Team Spirit 演習'에 사단 사령부와 1개 연대가 연대전투단을 구성하여 참가하였다. 연초에 명령을 하달받고, 사전 현지 지형정찰과 협조, 그리고 훈련계획을 수립(3. 1.~3. 9.)하였고, 실제 참가 도보 부대는 14일에, 차량 및 지휘부는 15일에 현지로 이동하였다.

사령부는 일찍부터 야전 장비 및 도구를 준비하고– 아직도 제식화된 야전 사무용 보급세트가 없어서 –연병장에서 출동을 위한 무기 장비 점검과 제반 준비 사항을 최종 점검하고, 군목의 '성공적인 책임·임무 완수와 안전귀환'을 위한 기도를 마치고, 사령부 앞 '삼팔교(三八橋)' 교차지점에서 사단 군악대의 사단가 연주를 들으며 사기를 올리면서, 참가부대는 모두 동시에 출진하였다. 도보 부대는 전곡(30킬로미터)으로 가서 기차를 이용하여 안성 훈련장으로 이동하였고, 사단 지휘부와 차량부대는 바로 방어 전선인 안성 첫 기지로 직접 이동하여 전개하였다.

날씨는 이제 막 봄기운이 도는 3월 하순의 시작 시점이고 첫 주둔지역은 강원도 아닌 경기도 지대요, 때마침 봄갈이가 아직 시작되지 않은 시점이라 논밭을 보병도 차량도 이용할 수 있는, 즉 야외가동훈련에 적절한 시기요 장소였다. 사단은 도착 즉시 이제 막 편성된 한국군 '제7기계화군단'에 배속되었다.

연습(演習, 야외대부대기동훈련)은 3월 20일에 개시되었는데, 일단 남한강 선에서 방어하다가 작전상 안성방면으로 후퇴 이동(예하 부대와 지휘부)하였 다가, 23일에 반격작전을 개시하였다. 여주–이천을 거쳐, 남한강을 임시교량 을 이용해 도강하고, 남원주 문막으로 진격하고, 최종 목표 횡성비행장 탈환 을 위해 도보 부대와 헬기강습작전으로 적을 포위 섬멸전을 완수(3. 26.)하였 다. 그리고 다음 날 27일에 현지 강평(겸 종료파티)을 마지막으로 연습훈련은 종료하였다.

마지막 단계에서 우리 사단은 미 제1군단에 배속되어 횡성비행장을 육로와 헬 기강습으로 포위 공격하게 되었는데, 미 제1군단장이 내게 물었다, "3. 26. 날씨 가 좋아야 할 텐데?" 내가 자신 있게 말하기를 "그날은 '이승만 대통령의 날'로 분명히 좋아진다. 내기해도 좋다."라고 옛 얘기를 곁들여 설명하고 확인해 주었 다. 아니나 다를까, 정말 신기하게도 포격과 헬기 출동 시점에 비도 구름도 걷히 고 작전계획이 무난히 실행될 수가 있었다.

훈련 기간 중에 전두환 대통령이 7군단과 (가상) 적 군단도 방문(22일)하여 한 미연합 연습장병들을 위로해 주었다. 전두환 대통령은 재임 중 빠짐없이 해마다 참관하고 위로 격려 행사를 잊지 않았다. 다음 날에 '정호용 참모총장'과 '미 육 군참모총장 워커 장군', 그리고 연합사 사령관 세네월드 장군이 우리 사단 전방 지휘소(TCP)를 방문하였기에 내가 상황도와 함께 현 지형과 상황을 간단하게 브리핑하였는데, 만족해 하였으며 노고를 치하해 주었다.

한국에 온 미 제1군단은 미국 북서부 '워싱턴 주'에 주둔해 있는 예비군단으로 유사시 한국전 참전을 위해 예비역 장병을 소집하여 완편되는 군단으로 기간 중 군단장과 참모(예비역)들과 교류하였으며, 훈련 종료 즉시 군단을 친선방문하여 한국훈련참여와 노고, 그리고 친선에 감사하고, '먹는 배'와 특별히 주문한 '도자 기 그릇'을 참모들에게 증정하기도 하였다.

훈련 후 몇 주 지난 뒤 연합사에서 연합사령관 주재하에 우리 국방 장관과 훈 련참가 사단장들의 참가로 강평회의가 개최되었다. 물론 으레 강평회의는 뜻깊 고 친선적으로 진행되어 여러 가지 전훈(戰訓)을 얻을 수 있어 참 유익하였다. 그 러나 한편으로는 이런 회의가 한국군 주관하에, 우리 국방 장관 주재로 개최된 다면 금상첨화일 텐데 하는 생각과 함께 '자주국방'이라는 과업이 조속히 이루어지기를 바라는 소원을 더 많이 마음에 담았다.

한국군과 미군의 전술여건 차이

부대가 일선 전개를 준비 중에 미군 병사 3명— 2명의 남군과 1명의 여군 —이 사단 사령부에 파견되어 왔다. 위성통신지원이 그들의 임무였다. 귀한 작전요원이라 생각하면서 특히 여군 병사에게 우리 장교 숙소 한편을 준비해 주기로 하였는데, 그 여군은 사양하면서 밤에는 'A tent(보병 3인용 야영 텐트)'에서 남군 2명 사이에서 취침한다고 했다. 물론 미국 여군은 이미 'Woman's Corps' 소속이 아니고 그냥 부대원의 1명으로 부대에서나 전선에서 남녀가 함께 뒹굴며 생활해 가고 있다는 사실을 알고 있긴 하였으나, 이제 바로 실감하게 되었다.

그런가 하면 사단 TCP를 구성하여 위치하자마자 미군 인접사단과 상급부대에서 데이터베이스에 입력할 자료들을 요청하였는데, 당시 우리 군에서는 미처 준비하고 있지 않은 자료여서 제공해 주지 못한 채 작전에 들어갔는데 한국군으로서는 별 지장 없이 어려움 없이 임무를 수행하였으나, 미군은 이미 컴퓨터를 사용하고 데이터화하고 시뮬레이션하고 워게임 하는 것이 군작전 분야에도 이미 일상사가 되고 있었던 같이 보였다.

그런데 이렇게 상호협조해야 하는 분야에서 또 선진기술을 지원해 주겠다고 요원을 파견해 주는데도 불구하고, 내용이 뭔지도 잘 이해하지 못하였기에 그들의 기술을 전혀 이용해 보지 못하였는데, 한국군의 당시 과학화 수준이 그러하였다.

∴ 그 시대 지휘통솔 여담

아웅산 폭파테러 귀국 대통령 위문 군단훈련

1983년 10월 8일, 전두환 대통령은 장관과 합참의장 등 수행원 22명과 함께 동남아시아와 오세아니아 순방길에 올라 첫 순방국인 미얀마에 도착하였다. 다음날 먼저 미얀마 독립운동가 '아웅산'의 묘지에서 참배행사를 준비 중에 북한

테러단의 폭탄 테러로 아까운 우리 인재들— 장관들과 기자 등 —거의 모두, 17명이 순간에 폭사하고 수십 명이 부상하는 참사가 발생하였다. 때마침 교통 지체로 현장에 미처 도착하지 못해, 이 천인공노할 테러를 모면한 전 대통령은 모든 일정을 취소하고 귀국하였다. 대통령으로서 그 참담한 심경 어떠하였으랴?

평소 매사에 발 빠른 우리 '오자복 군단장'은 이러한 대통령의 심경을 조금이라도 위로해 드리고자 군단 CPX를 실시하면서, 평소에 군부대 방문을 즐겨 하는 대통령을 군단 벙커에 모시고 상황보고도 하고 위로의 말씀도 하고 사단장들을 포함한 간부들과 대면케 미음의 위로를 받을 수 있도록 배려도 하였다. 그리하여 참 어려운 당시 대통령의 심경에 우리들의 이 노력이 조금이나마 위로가 될 수 있었으리라고 생각하였다.

이동-가평 간 산간도로공사와 오뚜기령(고개) 명명

그해 여름 광덕산-국망봉-강씨봉을 잇는 산맥 좌우 지역(일동-가평) 일대에서 1주간 대간첩작전 훈련을 실시하였는데, 새삼 이 지역을 오르내리며 대간첩작전도 하고 국망봉에 겨울 땔감도 하러 올라가기도 하였고, 또 사단 대간첩작전 장교 때는 찝차를 이용하여 내 집 드나들 듯 오르내리던 곳이라 참으로 감개무량하였다. 특히 일동에서 가평으로 (스리쿼터/지프차 등) 차량으로 넘어 다니던 생각이 회상되었던 것은 말할 것도 없거니와, 실제로 우리 연대에서 야간에 대간첩작전 매복을 나가면서 몇 교대를 해야 하는데, 몇 시간이 걸리는 길을 도보로 왕복해야 하는 애로사항도 있고, 또 유사시 신속한 부대출동— 주간엔 헬기로 이용할 수도 있었으나 —을 위해서, 또 그 부대 후속 보급을 위해서도 옛 전술도로가 복구되어야겠다고 판단하였다.

그래서 훈련 종료 후 1개 보병대대와 공병대대 장비를 투입시켜 약 1개월간 옛 (6·25 전쟁 시 미군이 개척) 보급로, 즉 일동에서 오뚜기 고개-가평천 따라-논남기-적목리 삼거리까지, 대간첩작전 지휘로를 (임간 도로를 겸하여) 복구하고, '오뚜기 고개 조성 기념비'도 세웠으며, 국가 지도상에 '오뚜기 고개(령)'로 명명하여 등재(1983. 7.)하였는데, 듣기로는 오늘날 등산애호가들의 좋은 길잡이가 되어 있다고 한다.

이 오뚜기 고개(정상)에는 상당히 넓은 공간을 조성해 헬기 몇 대가 동시에 이착륙할 수 있게 하였고, 행여나 뜻이 있는 사람은 그 자리에 전망대를 겸한 쉬어가는 집을 운영할 수도 있을 것으로 생각하였다. 기념비가 있는 바로 아래 넓은 터는 '5·16 군사혁명'까지 있었던, 아주 맑고 풍족한 우물을 갖춘 화전민촌락이 있었다.

오뚜기식품과 자매결연

우리 8사단의 별칭은 '오뚜기 부대'인데, 우리 부대 출신임을 자부하는 '오뚜기 식품' 사장이, 일찍부터 우리 부대와 자매결연을 맺고, 해마다 회사 직원들 야유회 여행 때마다 부대를 찾아왔다. 그때마다 우리 부대는 태권도 시범과 '돌격부대 체력단련시범'도 보여주면서 연병장을 직원들 휴식장으로 제공하기도 하였다. 오뚜기 회사는 연말이나 기타 기회마다 위문품을 들고 찾아와 장병들의 사기를 북돋우어 주었다. 그해는 수십 대의 TV와 수십 대의 자전거를 기증해 주어서 우리 장병 복지와 사기양양에 큰 보탬이 되기도 하였다.

∴ 사건 사고와 신상필벌에 대한 유감

애증의 갈등, 구타치사 사건

군대는 항상 위기상황을 상정하여 그와 같은 조건(여건)에서 교육 훈련함으로, 특히 한국군은 휴전 중인 적과 전면으로 대치하여 작전 활동하면서 교육훈련의 생활을 지속함으로 대소부대 불문하고 항시 사건 사고의 위험은 상존하고 있다. 그런데 본인 스스로는, 소대장과 중대장의 경우, 부대원과 최선의 '정'을 나누며 '나를 따르게' 하는 동안에는 사건 사고가 없었다. 그러나 대대장 이상 지휘관의 직책에서는 여러 마음을 가진 중대장과 소대장 등의 간부를 거느리게됨으로써 본인의 마음이 직접 부하 개개인에게 닿지 못하게 되어 본인 생각과 같이 부대의 사건 사고를 전적으로 통제할 수는 없게 된다. 그래서 대대장 이상 지휘관은 간혹 자기 뜻과 자기의 노력과는 달리 부대 사건/사고를 당하기도 한다.

나도 소대장과 중대장 시절에는 사고가 전무하였으나, 대대장 때는 사격 후 내무반에서 총기손질 때 오발사고가 있었고, 차량 이동 중 전복사고가 있었고, 연대장 때는 훈련인솔 중 한 명의 폐렴 사고가 있었고, 여단장 때는 수영훈련 중, 그리고 도강 작전훈련 중 사고가 있었다. 그런데 이제 사단장이 되어서는 평소에 일만 명이 넘는 장병으로 구성된 각급 부대– 소대에서 연대에 이르기까지 –와 여러 가지 환경 속에서 지휘통솔하게 되어 사건 사고를 내 지시와 명령, 신상필벌과 그리고 내 마음만으로 전적으로 억제할 수는 없었다.

그 하나는, 철원지역 예비진지 구축 작업장 현장에서, 소대장이 분대장을 사망하게 한 사건이다. 소대장은 평소에 그 분대장을 믿고 온 정을 다하여 함께 소대를 이끌면서 연대 모범소대 소대장이었다. 작업장에서는 특히 인접 타 부대원들과 시비가 흔함으로 사전에 엄격히 이를 금지하고 있었다. 그런데 그날 갑자기 그 분대장이 분대원들과 함께 인접 분대원과 격투를 벌이고 있어서 그 소대장이 일단 제지시키고 그리고 그 분대장을 따로 불러 꿇어앉히고, "내가 그렇게도 너를 믿고 특별히 주의를 주어서 그 자리에 보냈는데, 내 말을 안 듣고 그러다니, 응!", 하면서 한 발로 한 번 타격하였는데, 그만 불행하게도 그 모범 분대장이 사망하게 되었던 것이다. 그 소대장은 그 자리에서 분대장을 붙들고 한없이 울었다고 한다.

사단 보통군법회의 결과 장기징역으로 판결되고, 마지막으로 설치장관(將官)인 나의 재가 단계가 되었다. 나는 장시간 사단 법무장교와 심판관(타 연대 대대장) 그리고 그 소대 소속 중대장과 대대장을 불러 다시 한 번 사건의 진상과 소대장과 분대장 관계, 그리고 평소 그들의 근무 공적을 확인하였다. 그날 그 분대장은 자기 소대와 분대를 위해 인접 부대원의 잘못을 따지고 있었고, 평소에 그 분대장 '아낌'이 보통이 아니었던 그 소대장은, 군율을 지키기 위한 책임감과 동시에 믿었던바, 문자 그대로 골육지정으로 통하고 있었던 그 분대장이 '이 소대장의 명령을 어기는' 상황 현장에서, 순간 '명령 불복종'과 '완전히 믿은 부하'라는 인간적 '애증의 갈등'으로 그런 사건이 발생한 것이었다.

나는 특히 그 소대장과 그 분대장이 평소에 절친한 상하관계로 부대 책임완수에 모범적으로 충실하였기에, 순간의 '인간적 애증 갈등'에 의한 우발사건이었고, 사건 이후 그의 통절한 반성 태도 또한 참고의 여지가 있었기에, '형은 그대로 두되, 그러나 형 집행정지'를 결정하였다. 아마도 그 소대장은 바로 전역 후 평생을 그 사건을 계기로 하는 새로운 '인간애의 생, 희생봉사의 생'으로 살아가고 있을 것으로 믿거니와, 참으로 애석하게도 순직한 그 병사에게는 이 기회에 거듭 명복을 기원한다.

그리고 몇 달 뒤 국회에서 '민원에 의한 질문'이 있었고, 이에 따른 국방부 질문이 사단에 있었고, 사단 법무 참모는, 당시 사건 진상과 사단장의 결심사항을 증거해 통보했던바, 더 이상 질문이 없었다.

무장탈영병, 군목 설득 자수

내가 대대장으로 부임 직전, 수도기계화사단으로 개편 직전, '신현수 사단장' 시절에 무장탈영 사건이 발생했으나, 그 장소에서 무사히 체포되었다는 얘기를 전해 듣고 더 이상 확대되지 않아 다행으로 생각하면서 내심 통솔 제일 주의요소로 유의하고 있었다. 그런데 내가 지휘하는 사단에서, 추계 진지 공사를 앞둔 시점에 모 연대에서 무장탈영병이 발생하였다. 탈영병은 몇 시간 뒤 부대에서 12여 킬로미터 남쪽에 위치한 '서파 검문소'에 나타나 근무 헌병을 인질로 '무장 인질 사건'을 야기하였다. 그나마 불행 중 다행으로 연대 군목이 달려가서 설득하여 무사히 동반 귀대하였다.

그 즉시 보고차 군목이 왔기에 자초지종을 확인하고, 군목의 수고를 치하하였는데, 그 군목이 그 병사를 용서해 달라고 간청하였다. 그가 각오하고 어렵게 접근하여 '모든 것을 용서해 줄 테니 자수하라.'라고 약속하였고, 그 병사는 목사의 약속을 믿고 귀대자수하였기에 관용해 주면 자기가 책임지고 재발 방지는 물론 선도하겠다고 하였다. 결과적으로 무사했고, 병사 또한 재생 가능하고, 더구나 목사의 약속을 웬만하면 지켜주는 것이 도리일 수도 있다고 생각했으나, 그보다 중요한 것은 군기 문란의 중요 요소인 '무장탈영 사건'이면서, 그리고 용서했을 때 우리 부대는 물론 군 전체의 군율에 미치는 영향을 고려하지 않을 수 없었다. 다만 평소에 모범적인 근무는 물론, 사단장 지시에 따라 사고예방에 성의를 다한 대대장과 연대장에게는 군목의 뜻도 있었기에 더 이상의 책임을 묻지 않았다. 그러나 지금도 그때를 생각하면 그 군목에 대한 미안함이 절절하다.

훈련 중 순직사고

부대훈련 중에는 10킬로미터 무장(단독군장) 부대 단위 구보훈련이 있다. 후방 사단이기에 임기 말이면 군에서 부대훈련태세 점검이 실시된다. 그러기에 사단은 그 준비의 일환으로 자체 점검을 실시한다. 그런데 그 날은 6월 중순이라 특히 조조 훈련(10시 이전)에는 별문제 없는 날씨가 계속되었고, 또 그날도 그렇게 예보되었다. 사단 교육과 요원들이 점검관이 되어 8시부터 추천된 소대 단위별로 점검하고 있었는데, 마지막 소대가 종점 500여 미터를 앞두고— 10시경 —소대장과 선두 열 2명이 갑자기 주저앉았으나 일어나지 못했다. 그래서 대기하던 앰뷸런스로 일동에 있는 야전병원으로 후송하였는데, 소대장은 소생— 그러나 후유증으로 장기 입원 —하고, 안타깝게도 2명은 순직하고 말았다. 그 몇 해 전에 모 사단에서 행군 중 여러 명의 순직자가 발생하여 군에서도 상당한 주의를 하고 있었으나, 이렇듯 사고가 발생하여 면목이 없었다. 그러나 날씨를 살피고 환경 조건을 살피고 훈련 시간을 조조로 조정하는 등 사전에 예방 노력을 다하였으나 그럼에도 돌발적인 사고가 발생하고 말았던 것이다. 지금도 생각하면서 거듭 순직자의 명복을 빈다.

3. 육군 작전참모부장(1984. 7.~1986. 7.)

∴ 작전참모부장의 임무와 책임 및 권한

임무, 책임 및 권한

한국 육군의 작전참모부장(副長, Deputy Chief of Staff, G-3)이란, 육군 장군이라면 누구라도 선망하는 직책이다. 그만큼 중요하면서 영광된 자리이기에, 많은 유자격자 가운데서 내가 선발되었다는 것을 생각하면, 영광인 동시에 중차대한 책임감을 느끼지 않을 수 없었다.

일반적으로, 지휘관이나 참모생활을 수행해야 하는 군인에게는, 주어진 임무를 책임지고 완수할 수 있도록 일정한 권한이 부여되는데, 특히 육군 최상위 참모요 핵심참모인 작전참모에게도 통상의 권한이 부여됨은 물론, 그 권한의 재량권 범위 내에서 어느 때는 독단 전횡도 불사할 수가 있다.

한국 육군 작전참모부장의 임무 및 책임은, 육군참모총장을 보좌하면서 부여받은 권한으로, 전쟁과 평시에 육군의 교육, 훈련을 '기획·계획'하고 실시하며 장비와 무기를 발전시켜 무장해 나가면서, 평시 국내 비상시 작전을 실시하는 것이다. 다만 전시 작전지휘권한은 한·미 연합사에게 주어져 '합동참모본부'를 통해 행사되게 됨으로 유감스러우며, 가능한 한 조속한 시일 내에 '진정한 의미의 자주국방'— 한미동맹 강화적 발전 —이 이루어지기를 바란다.

조직편성 및 과업

한 사람의 부장(소장)— 사단장을 필한 —밑에 3개 처(교육, 편제, 학군 學軍, 처장은 준장), 육군상황실(실장은 대령) 그리고 교리과제 연구실(실장은 문관)이 있고, 화학감실(監室)과 통신감실(감은 준장)을 구처(區處, management)하였다. 다만, 교리연구와 그 실행은 '육군 교육사령부, 중장'에게 위임되어 있었고 대전에 있었다.

일과는 8시에 육군 상황실에서 참모총장과 일반참모 및 관계관과 함께 일일 상황을 브리핑받으면서 시작하고, 이어서 총장실에서 일반참모회의(1시간 내외)를 하였다. 나와서는 그 순간부터 10분 여유 없이 하루 업무가 계속된다. 3개 처 및 구처 감들과 그 직속담당관들의 과제 해결 보고가 계속되면서 도중 도중에 새로운 과업들이 하달되거나 생성되어 나간다. 육군본부를 방문하는 주요인물들에 대한 의장대 사열 분열행사에 참여하며 각 참모부 간 협조 사항에 관한 최종결심도 한다.

특히 시간이 소요되는 주요업무는 역시나 상부 지시과제에 대한 연구보고와 자체 도출과제에 대한 토의와 결론 도출이다. 그리고 월에 한 번 정도 전방부대 또는 야전군 사령부 참모 방문을 실시한다. 그러기에 한마디로 특히 외부 방문자는 그가 누구든 작전참모를 붙들고 10분 정도라도 얘기할 수 있다면 그는 그날의 행운아(?)라고 생각할 정도로 바쁜 일과시간을 보낸다. 그러나 그래도 부장은 18시가 되면 퇴근을 해야 부원들의 일과가 정리된다. 조금 뒤에 다시 말하겠지만 1984년 가을부터는 아예 영내(바로 위 국방부 영내) 15평 독신관사에 기거하기도 하였다.

* 이제부터는 업무별 시대순으로 기록한다.

∴ 육군전략 · 작전 대비

전략정책, 기획/계획

* 상무대 신 종합교육군사기지로 이동

전두환 대통령은 특히 안보와 군 발전에 대해 특별한 관심을 가진 데다 외국 견문이 깊어 박정희 대통령에 버금가는 아이디어를 내놓을 때가 많았다. 예를 들면, 3군 참모본부를 통합하여 대전 계룡대에 위치하고 각종 과학 연구소를 대덕단지로 집결시키기도 하였다는 사실은 실효적이고도 유명한 실적이었다.

그와 같이 또 하나 바로 5개 전투병과학교를 통합한, 명실공히 육군종합 교육기지— 상무대와 지방 교육훈련장을 통합한 전체 범위 —를 건설하라고 지시하였다. 즉 미국의 각종 군사기지, 예를 들면, 미국 특수전 및 공수부대의 통합기지인 'Ft. Bragg'이나 전통과 역사를 자랑하는 보병학교가 있는 'Ft. Benning' 등이 있는데, 충청북도만큼이나 크게 자리 잡아 군사 기관들은 물론 훈련장에다 관계 민간기구에 군인 가족과 그 거주를 위한 온갖 시설들을 모두 갖춘 군사교육 통합기지를 건설하라는 지시였다. 대통령 임기 중 큰 포부로 건설한 업적 가운데도 이 창의는 정말 거시적 구상이었다.

그래서 교육사령부가 일단 책임지고 정찰과 임시계획을 세워 오기로 하였다. 그리하여 중간중간에 일단 나와 함께 토의와 검토를 계속하였다. 예를 들어 남원지역에 사령부를, 담양호수를 포함하는 훈련지역 포함 범위 등까지도 임기 중에 검토가 진행되었다.

작전대비-1: 해안포 배치

당장 점차 위협이 증강하고 있는 해안(연안)의 수제선 방어개념을 충족시키면서 이를 강화하기 위해, 그리고 폐기되는 구형전차 M47, M48를 해안에 진지를 구축하여 고정 해안포로 활용하기로 하였다. 그리고 때마침 이태리에서 상당수 폐기 전차의 90밀리 전차포를 또한 고정 해안포를 활용하기로 검토하고 교섭에 나서기로 하였다.

전략작전대비-2: 'Binary' 준비

특히 북의 소위 '3.5(7) 전략작전'- 당시는 생물 및 화학전을 포함한 기습적 전면전 개시, 3일에 수원/오산, 5~7일 만에 전국점령 작전계획 -에 대비하여 육군은 이미 80년부터 후방 각도에 있던 동원사단(몇몇)을 한수 이북으로 이동시켜 전개하였고, ABC 전(력) 중에 상대적인 화학전에 대비하여 수차에 걸친 '워게임'을 실시한 결론은, 화학전 방어(특히 경고 시)는 비치명적이긴 하나, 유사시 대응을 위해서는, 미국 본토 저장고에서 긴급 수송해 와야 하는 문제 (2~3일 소요)가 있으므로, 자체개발(Binary)로 대치해야겠다는 결론이었고, 생물학전에 대비하기 위해서는 조속히 공격 및 방어전에 관한 연구를 실시하도록 결론 내었다.

전략작전대비-3: 육군 항공사령부 신기지 조성

'88 서울올림픽' 대비도 포함하여 성남 미군용 비행장- 미군과 한국군의 공군과 육군 헬기부대 주둔 -을 한국공군이 인수하여 공군전용비행장으로, 그리고 국가 VIP를 위한 '서울공항'으로 이용하기 위해 한국 육군 헬기부대를 이전하게 되었다. 그래서 항공감에게, 기왕 신설기지는 공군이나 해군과 같이 기지 내에 '골프장'과 '클럽' 등 모든 기간 장병 휴게시설을 겸비하도록 하되, 서울 주변 지역에 후회 없이 넉넉하게 자리 잡으라고 권고하였다. 그리하여 지금 천호동 근처에 그런대로 현대화된 육군 항공사령부 기지를 갖게 되었다. 그 후 어느 땐가 항공감이 그동안의 자기들을 편들어(?) 주었다고 얘기를 하며 고맙다고 하였다.

전략작전대비-4: '효무(效武) 미사일' 실전화

6.25 전쟁 이후 이때까지 남쪽 기지에 주둔하여 180킬로미터 사정의 고

고도 중고도 '지대공 미사일'로 우리의 영공을 지켜준 '나이키 허큘리스, SAM-N-25'가 퇴역하게 되었다. 이에 조속한 시일 내 자체 개발을 서두르는 한편 미군 미사일부대인 'Lants 대대'의 한국 전개를 요청하였고, 'Pershing I'의 한국전개를 교섭하려고 고려하였다. 그러는 가운데 다행히도, 이 상황을 일단 모면할 수 있는 동종의 한국군 미사일, '현무, 玄武'가 개발 완료되고 이를 실전에 배치하기 위해 주둔지를 모색하였다.

일단은 지대지용으로 하되 평양을 타격할 수 있는 위치를 선정하기로 하였다. 여러 가지 검토 끝에 최대 사거리와 은밀한 장소로 용문산 아래를 선정하고 토지 매수를 서둘렀는데, 토지 주인(군과도 관계가 있었으나)이 반대함으로 은밀성을 유지하기 위해 포기하고, 남한강 바로 남쪽 어느 계곡 고지를 선정하고 진지를 구축하였다. 그리하여 드디어 200미터 직경 산탄과 HEAT 탄을 장비하여 유사시 평양에 포격할 수 있게 되었다.

그러나 그동안에도 과학자들은 현무를 발전시켜 240킬로미터 순항미사일도 개발했으니 한시바삐 '미국의 제한'이 풀리도록— 미국은 그동안 한국의 이승만 대통령 이래 '北進 주장'을 경계하여 제한했으며, 이제 2021년에 완전히 풀림 — 건의를 해왔으나, 당시는 방법이 없었다. 그동안 이웃 대만과 북한이 우리를 앞서 미사일 기술을 발전시켰고, 특히 북한은 우리를 위협하였는데, 이제(2021)는 한국이 곧, 몇 달(?) 뒤면 그 'Gap'을 넘어서 북을 리드할 것으로 예상되고 있다.

전략작전대비-5: 포상 유개화 작업소요 판단

그동안 자제가 조달되는 대로 전방포대부터 우선하여 포상 유개 진지화를 진행하고 있었으나, 최근의 위급상황, 즉 적의 기습 포격전에 대비하여 전방 각종 포진지, 즉 군단 포병에 이르기까지 그리고 주 진지와 예비 진지, 그리고 보조 진지까지 전수 유개 포상화를 실시하기 위해 일단 소요와 작업판단을 한 바 있었다.

전략작전대비-6: 철조망 비무장지대 내 추진

당시 비무장지대에는 임진강 어구에서 동해안까지 이은 240킬로미터— 흔히

155마일로 표기한다. -남북 4킬로미터 한가운데로 1,292개의 휴전선 표시 말뚝(標識木)이 이어져 있고, 북은 바로 그 말뚝에 근접하여 일찍부터 전기 철조망을 가설해 외부침입 또는 남으로의 도망을 막고 있다. 아군은 그동안 남방 한계선을 연하여 적의 기습공격이나 무장정찰병 남침 방지를 위해 일반 철조망을 가설하여 운용하고 있었다.

그러다가 육군은, 이 북괴의 '3.5(7) 작전'에 대비하기 위한 전략작전의 대비책의 하나로, 북괴의 현재 상황과 같이 우리도 휴전선 가까이에 상당히 강성의 철조망을 설치하여 적의 기습공격(보전포 합동)을 일차적으로 방어 또는 조기경보용으로 활용하기로 결정하였다. 그래서 전방 모사단- 사단장은 후에 국방 장관, 중앙정보부장 -에서 일단 가설 및 목적 시범을 보이고 전방 전 전선에 연결 가설하도록 조치하였다. 그 작업은 축차적으로 진행되어서, 내가 군단장으로 부임했을 때 우리 군단 전방은 이제 가설에 착수하고 있었다. 이렇게 또 한 겹의 장벽을 쌓아 북괴의 기습공격을 예방하려 하였다.

전략작전대비-7: 초병 발포권한 게시

이 당시는 정치적으로도 고삐가 풀리고 북괴의 대남적화공작 또한 우심하여 특히 주체사상파 대학생들의 소위 민주화운동(실제는 사회주의운동 간주)으로 서울 시내는 하루 쉴 날 없이 시위가 점차 가열되어 가고 있었다. 심지어는 한남동에 있는 정부요인 공관들까지도 위협을 받는 지경에 이르렀다. 당시 그 지역 경비를 군대가 맡고 있었는데, 초소와 초병까지 위협받을 상황에 놓이게 되었다. 그래서 초병의 책임과 권한을 명시하는 게시물을 초소에 부착하여 초병과 위협시위자에게 다 같이 경고하였다. '시위자가 초병을 위협하거나 가해 시, 초병이 생명의 위협을 받거나 병기 피탈의 위험에 처할 시, 초병은 상대를 퇴각시키기 위한 위협사격을 할 수 있고, 나아가 위급 시는 상대 하퇴부 이하를 향해 발사할 수도 있다.'라고 하였다. 그나마 다행히도 재임 기간 중 그 정도 불상사는 일어나지 않았다.

전략작전대비-8: 후방 대침투작전계획 및 훈련

특히 80년대에 우심했던 북괴의 대남도발에 대응하여, 전방 침투나 전면전쟁에 대한 대비를 강화하는 한편으로, 후방에 대한 적의 공수부대 침투작전 또는 해상을 통한 해안 침투작전에 대비하여서도, '3·25 작계(후방 대침투작전계획)'를 후방 군관민 관계기관에 이미 선포(1983)해 두었다. 이제 더욱이 '86 아시안게임', '88 서울올림픽'을 앞두고 북괴의 방해작전까지도 대비하여, '적 침투 후방 대응훈련'을 전두환 대통령 임석하에 충청남도 호남고속도로 변 중심지역에서 실시하였다.

물론 유사시 군경이 출동하겠지만, 후방지역에서는 적 출현 신고 즉시 일차적으로 지역 주민이 낫이나 곡괭이 등으로 이들에 대응하고, 출동한 군경과 함께 이들을 진압한다는 시나리오에 따른 것이었다. 이러한 시범훈련은, 실제로 그런 경우 지방민들도 분연히 일어나 신속하게, 침투한 북괴군에 맞서야 하겠다는 각오를 할 수 있게 강조하는 의미가 포함되었다. 그 후 후방사단은 이 계획을 '정규작전계획'에 포함시키게 되었다.

전략작전대비-9: 적 도발 시 즉각 응징보복

그동안에 전방에서 적이 도발할 때는 즉각 대응하여 가차 없이 보복하기로 되어 있었다. 그러나 그런 사태가 드문 경우라 전방부대와 지휘관들은 가끔 대응 매뉴얼에 대해 문의하는 경우가 있었다. 그리고 정세의 흐름 등에 비추어 과잉 대응할까 염려(?)하는 연합사와 절충해서 새로 수정한 'SOP'를 하달하였다. 이제부터는, 그동안 지켜왔던 적의 도발 종류와 범위 불문하고 일단 즉각 실시했던(하려 했던) '적진대응보복(습격) 계획'— 소대 단위로 적 원점 진지 침투 습격파괴 —은 일단 보류(소멸?)하고, 즉각 응징보복사격은 1~2배로 하기로 결정하여 시행하도록 하였다.

∴ 육군 교육훈련 및 편제 발전

편제 발전-1: 공수특전부대 개편안 연구

개인적인 착안과 연구로 현재 특전사령부와 예하 부대를 개편하는 안, 즉 '현재와 같은 3개 내외의 여단을 특전부대로 유지하고, 나머지 부대로 1개 공수여단, 그리고 공중강습타격여단'으로 개편하고 이를 통합 지휘하는 명실공히 '공수특전사령부'로 개편하는 것이었다. 그러나 당시는 현실적으로 특전사령부와 예하 부대들이 그 위치와 그 실력이 절실히 필요하던 때라 진전이 없었는데, 만일에 내가 특전사령관이 되었더라면 그렇게 실행해 보았을 것이다.

교육훈련 발전-2: 육군대학 교육제도 개선

육대 교수부장으로 소원을 풀지 못했던 그 교육제도— 독일식 토론교육과 Core Course 과정 등 —개선을, 드디어 실행할 수 있게 되었다. 나를 이어서 서독 '지참대'를 나오고 지금 육대 교수부장이 된 '홍성태 장군'— 후에 '한국전략문제연구소장' —과 바로 상의하였는데, 내 뜻이 바로 홍 장군의 뜻이 되어 구상은 곧 실천으로 옮겨졌다. 대단히 반갑고 고마웠다.

교육훈련발전-3: 전군 '3不 경제교육'

박정희 대통령이 지도한 '군사정부'는 78년도에 드디어 국민 GNP 1,000달러를 달성하여 막 선진국을 향해 달려나가려 하였으나, 79년에 있었던 '국제 오일쇼크'와 '10·26 사태'로 다시 회오리바람을 만나 소비자물가 21%로 폭등하는 극심한 악성 인플레 상황과 이를 악용하는 북괴지령 등에 영향을 받은 '기업도산 노동운동'과 북의 대남공작에 영향을 받는 소위 '주체사상파' 등의 (사회주의성) '민주화운동' 등으로, 대내외적으로 국가 최악의 위기상황에 직면하고 있었다. 그래서 전두환 대통령과 제5공화국은 이미 한국 현대사에 기록되어 있는 바와 같이 현명하고도 결연한 각오로 '국가재건운동'을 선도하여 이 국난을 극복해 나가고 있었다.

그리하여 그는 '경제위기가 곧 국가안보위기'임을 인식하고 우선 국민들의 '3대 부정심리' 타파— 물가 오름세, 부정부패, 무질서 —를 위해 매일 아침 소위

'땡! 전두환 뉴스'를 통하여 직접 국민교육에 나서는 한편, 당시 국민에 대한 군대의 위상과 역할을 고려하여 군대에서도 이 경제교육과 함께 특히 이 '3불 심리'를 지속해서 교육하여 국민들에게 널리 전파되도록 하였다. 이에 따라 육군은 지속적으로 강조하며 이 교육을 육군 교육목표의 하나로 삼아 일반 교육 전에, 그리고 각종 회의 전에 실시하도록 하였다.

운동권(친공) 대학생 전방입소훈련(체험) 반대 시위

이 당시 소위 학생 주사파 운동권은 소멸 직전 국제공산주의(북한도) 운동의 단말마적 선동선전에 놀아나, 1986년경부터 반미를 운동권 키워드로 정하고, '반전 반핵 양키 고홈'을 부르짖으며, 소위 '민주화운동'이라는 미명하에 사회주의(공산주의)운동을, 제5공화국 정통성의 약점을 이용하여, 격렬하게 전개하였다.

당시 고등학교와 대학에는 '학도호국단'이 조직되어 북한 괴뢰군에 의한 만일의 사태 등에 대비한 개인의 호신과 신속한 국가 예비전력 확보노력을 하고 있었다. 그래서 고등학교에서 제식훈련 등 기본 군사훈련을 실시하고(여학생은 구급훈련 등), 대학생은 1학년에게 연 1회 1주간 '文武臺(학생병영훈련소)'에 입소하여 내무반교육과 사격훈련, 2학년 때는 일주일 전방입소훈련, 즉 단체로 전방부대에 가서 대치하고 있는 북괴군의 실정과 군사분계선 및 휴전현장의 분위기, 그리고 국군의 노고 등을 직접 체험함으로써 한국의 현 실정을 바로 인식하여 국가 질서유지에도 도움되도록 하였다.

그런데 이들 주사파 (주로) 운동권을 포함하여 '전방입소 전면거부 및 한반도 미제 군사기지화 결사저지'를 위한 '전방입소거부특위'를 결성, 시위를 시작하였는데, 마치 패망하게 한 월남 종교지도자들의 분신작전을 본떠 「벗이여 해방이 온다」라는 추모곡으로 자신들과 일반 시민들을 자극하기도 하였다. 이 당시 우리 참모부는 특히 대학생들의 전방 입소 때마다 거칠게 항의 시위하는 학생들을 설득 또는 제치고 입소자들을 무사히 출발시키는 업무가 그렇게도 중대한 일로 부담이 되고 있었다. 내가 보기에는, 당시 제3, 5, 6공화국 정부는 비교적으로 학생들에게 관대하게 대함으로써 '민주화운동' 아닌 사회주의(공산주의) 운동(권)이 자라고 또

자라서 오늘날(2021년) 대한민국을 누란의 위기로 몰아넣고 있음을 본다.

교육훈련발전-4: 3군 통합대학 창설 건의

현재 한국 각 군의 고급교육기관은 각 군에 설치·운영 중인 '대학'이다. 그리고
그 위의 국방대학원까지의 사이에 '합동참모대학'이 있다. 이 합동참모대학의 성
격은 국방부나 합동참모본부요원 양성 또는 보조교육기관으로, 진정한 의미의
3군 통합 또는 3군 합동작전을 위한 교육기관은 아니었다. 이제 통합전략작전-
연합작전은 물론 -시대를 맞이하여 3군의 시스템적 통합은 물론 요원들 간의
평소 교류를 통해서도 유사시에는, 배가된 협력이나 통합효과를 발휘할 수 있을
것이고, 인적 물적 절약과 효율적 예산집행에도 기여할 수 있으리라 생각되었다.
그 당시 당장은 성사되지 못했으나, 오래되지 않은 최근에 3군 대학이 통합되어
대전에 자리잡았다.

교육훈련발전-5: 학생중앙군사학교 창설(1985. 11.)

그동안 전국 학군단(ROTC)의 하계군사훈련을 지방별로 실시함으로써 수준
의 차이라든지 통일성 문제가 있어 왔는데 이를 해소하기 위해 대통령의 지시사
항- 규모가 국방예산을 초과하는 등으로 국방부로는 고려하기 어려웠던 문제
-으로, 하계군사훈련을 전담할 수 있는 '학생중앙군사학교'를 창설하게 되었다.
우리 참모부 학교 교육 담당 부서에서 연구를 시작하여 육군참모총장(정호용
대장)의 결재에 이르기까지 상당 기간 토론과 검토를 거쳐 계획을 완성하였다.
그리하여 담당 학교장은 학군단 출신 장군으로 보임하고, 위치는 남한산성 밑
군 행정교육기관의 통합지역 일부를 할애해 시설을 구비하고 창설식(1985. 11.)
을 가졌다. 그리하여 전국 학군단 후보생들을 하계훈련기간에 전원 합숙하여
통제된 교육훈련을 실시함으로써, 일반적인 군 내무생활을 경험도 하면서, 학군
단 출신 장교들의 통일되고 일치된 소부대 지휘자 자질을 구비하는 성과를 거둘
수 있었다.

교육훈련발전-5: 여자 대학생 군사훈련

주체사상파 학생들이 주류였던 소위 학생 '민주화운동'이 격렬한 가운데에서도 이제 '학생중앙군사학교'를 통해서 집체교육까지도 가능하여 ROTC(대학생 예비장교 군사훈련단) 훈련은 순조롭게 진행되었다. 그래서 생각한 것이 여대생에게도 실시할 수 있겠는가에 대한 검토가 있었으나, 1986년도에 그 안건은 불리한 시점이라는 이유로 폐기되고 말았다. 이제 시대는 바야흐로 여군단 소속 여군 아닌 그냥 '남군, 여군'으로의 여군에 대한 생각이 나고 있었던 시절이었다.

∴ 육군 장비, 무기 발전

장비, 무기 발전-1: K-1 155밀리 자주포

1980년대에는 박정희 대통령의 자주국방 노력으로 소총으로부터 야포에 이르기까지 역설계를 통해서 또는 조건부 원 설계도면 인수 등을 통해서 국산화를 착착 진행 중에 있었다. 그중에서도 오늘날의 K-9 자주포의 원조가 되는 K-55 자주포는 1980년 초반에 '삼성항공'에서 미제 M109A2 자주포를 라이센스 생산하여 전군에 보급하기로 하였다. 그런데 바로 그 과정을 내가 지켜보게 되었다.

삼성은 이 자주포를 라이센스 생산하기로 하고 도입하면서 자체 포탄 운반차(궤도 장갑차)를 한 세트로 도입하여 같이 생산하려 하였다. 이 당시 막 각종 군용 장갑차를 개발 중이던 대우중공업이 개입하여 이 탄약 운반차조차 독점(?)하려 하였다. 나는 애초 육군의 ROC대로 삼성이 생산하도록 해 주었다. 그 뒷일은 잘 모르겠으나, 당시의 에피소드는 바로 뒤의 여담에서 마무리하겠다.

무기 발전-2: MD-500의 정비실패와 원인불명

전방에서 사용 중인 MD-500은 조종사 1명과 이용자 1명용인 최소형 군용 헬기이다. 그런데 정기정비를 위해 후방 정비창에서 들어갔다가 나와서 전방 소속부대로 복귀할 때마다(본인 근무 이전 2회) 도중에 추락하여 그때마다 인명과 장비 손실이 발생하기에 본인 근무 유의사항 중 하나였는데, 역시나 듣던 대

로 또 같은 사고가 발생하였다. 그래서 즉각 전군의 동 기종 헬기 비행을 금지－
작전 비행은 작전참모부 책임 －시키고 정비창의 기술점검 및 사고 원인을 조사
지시하였다. 당시 기술 담당은 교육 파견되어 온 미국인 기술자와 한국정비 및
도입 및 개발(미래) 기업인 '대한항공'이 책임이었는데, 2개월여가 되어도 원인을
찾지 못하고 있다는 보고만 있을 뿐이었다. 무엇을 숨기는 것일까?

물론 정비책임은 군수계통이기에 직접 책임추궁이나 독려할 수 없는 동안 실
무 비행부대에서는 더 이상 비행지체는 작전상 불리함으로 비행 재개를 건의해
왔기에 부득이 군수계통에 '반드시 원인을 찾아내어 안전이 보장되어야 한다.'
라는 조건부로 허락한 바 있었다. 그와 같이 기술자와 돈벌이 기업, 그리고 사업
승인자들의 참으로 무책임한 일이 무고한 조종사의 희생과 장비 및 국고의 낭비
를 초래하는 일이 있기도 하였다.

무기 발전-3: 수도권(북방) 저고도(AN-2 등)탐지 레이더

북괴는 항시 AN-2기를 비롯한 저고도 저소음 수송기를 이용한 남침 특공전
을 훈련해 오고 있었으므로 군에서는 이에 대비하여 그동안 저고도 탐지용 '레
이더' 설치 운용을 검토하고 있었다. 그런데 이제 '88 올림픽' 대비도 겸해서 뭣인
가를 결정하기로 하였는데, 여전히 소용에 맞는 장비가 없어 예부터(10년 전) 고
려해 오던 '네덜란드' 제품인 'Reporter?'를 결정하고 '88 서울올림픽' 이전에 설
치 완료하도록 하였다.

무기 발전-4: 미래형(ECCM) 통신장비 도입검토

통신감실에서 장차전, 특히 전자전을 대비해 전투부대 통신장비를 미래형 장비
(ECCM, Electronic-Counter-Counter-Measures)로 발전시키려고 노력하
던 중, 미국에서 발명된 신제품(16번 재밍 돌파 가능)을 도입하기로 생각하고 실
무자 간 협상을 진행하면서 수요자 시험을 실시하였다. 그런데 당시 한국 통신기
술 수준은 이제 막 상승하고는 있었으나, 선진국 수준에는 아직 미달하였다. 그
래서 미래형 통신장비 도입을 위해 일단 미국이 개발한 최신형 통신기의 선전내

용을 보면서 'ROC(Required Operational Capability, 작전요구성능)'를 작성하고 바로 그 통신장비를 가지고 요구 성능을 시험하였는데, 미안하게도 최신 통신 용어도 잘 몰라 상대 미국 기술자에게 묻고 물어서 시험을 진행하였다. 결과적으로 지나친 가격 요구로, 비교해볼 타의 방법이 없어 무산되고 말았다.

무기 발전-5: 한국 최초 K-1 전차와 155밀리 견인포 개발 및 양산화

한국 최초 국산화 전차가, 85년 최초 양산 부대 배치 직전, 몸체 주철이 포탑(미국형 새 발명 복합철강제)을 적재하고 주행하자 금이 갔다. 그 때문에 긴급 외제 몸체를 도입하여 수요와 전개 계획을 겨우 충족시킨 일이 있었다. 당시만 해도 의욕적으로 발돋움하고 있었으나, 능력은 그 정도여서 첫해는 역시 외국산이 되고 말았다. 그러나 다음 해부터는 주철시험과 시험 끝에 국산화에 성공하였다.

그런데 155밀리 견인포 국산화도 서둘러서 완성하였으나, 역시나 시험 중에 몇 번이고 포신이 파열하고 발사속도가 충족되지 못하는 경위를 겪었으나, 그래도 끝내 외제 말고 국산으로 연구개발에 성공한 바 있었다.

무기 장비 발전 결심 사항: 미군 사용 무기 도입이 최선

한국군이 그 수 많은 장비와 무기를 국산화하려고 노력하여 오늘날 대부분은 그 뜻을 이루게 되어 감히 자주국방을 앞당길 수 있게 되었다. 그러나 무기 장비는 과학발전에 따라 계속해서 개선시켜 나가거나 새롭게 발명해 나가야 한다. 그러기에 경우에 따라서는 그 시점의 소요에 따라 외국제품을 도입해 사용할 수도 있고, 일단 도입한 그 제품을 참고로 우리 제품을 개발해 낼 수도 있다. 그런 이유 등으로 외국제 무기 장비 도입 협상은 계속되고 있다.

그런데 한국은 두말할 나위 없이 미국과 군사동맹국으로 미국과 합동 및 연합작전을 실시해야 하기에 무기체계가 동일한 것이 가장 바람직하다. 한 예를 들면, 레이더 망에서 유사 항공기를 식별하였으나 피아 구별을 못 하면 안 되는데, 만일에 어느 타국의 항공기를 구입해서 동시에 작전에 투입되었을 때 순간 식별 불가면 작전에 지장을 초래한다.

그럼에도 개발조건이나 가격조건 등이 맞지 않으면 가끔 기타 외국제에 관심을 가지고 흥정을 하게 되는데, 그래도 가능한 한 그러지 않기를 바란다. 나의 장기간 군사 경험에 의하면, 오늘까지도 세계에서 제일 가는 무기 장비는 물론 미국제품이고, 그중에서도 미국군대에 의해 채택되고 사용 중인 것, 즉 요구성능이 완전히 증명된 것으로 도입하는 것이 최상의 방책이라고 믿는다.

∴ 잊지 못할 여담

대통령의 육본 기습 방문: 영내 관사생활 등

전두환 대통령은 밤낮의 활동을 뒷받침하는 남다른 체력을 가진 데다 '95%의 직접 확인'이라는 지휘통치관(술)로 기관과 요원들을 장악해 나갔다. 아마도 대통령 재임 중에 밤에 가장 많이 일반인과 접촉한 대통령이었음이 틀림이 없다. 그러하기에 군부대 또한 야간에 기습방문을 흔하게 하였다. 특히 내가 근무한 육군본부와 제1군단에 대해서 그러하였다.

하루는 내일 모래 대통령에게 직접 보고할 내용을 작성하고 검토하느라 육본 참모부장 사무실에서 부서원들과 함께 밤을 새우고 있는데, 그날 기습적인 대통령 행차가 있었다. 물론 종종 있는 일이긴 하나 그래도 반갑기도 하여 현관에 나가 마중하였고, 뒤이어 당직사령(처장급, 장군)이 나와 상황실로 안내하였다. 그때는 이미 내부 SOP대로, "북한산에 종이 울렸다."라는 일제히 전화 통발이 갔고, 참모총장을 비롯해 참모부장급 간부들은 서둘러 육군본부로 소집되어 속속 도착하였다. 그리고 간단한 상황 브리핑 후 일반적 업무 문답을 마치고 대통령은 청와대로 돌아갔다.

'86, 88 올림픽' 준비와 함께 국내외정세가 긴장을 더해가자 이 같은 대통령의 급습행차 또한 빈번해졌다. 그러자 신임 '박 참모총장'은 아예, 육군 작전참모부장과 정보참모부장을 국방부 공지에 15평짜리 컨테이너 박스 관사를 지어서 각각 독신으로 거주하며 근무하게 하였다. 내가 군단장으로 나오기 전까지 아마 10개월여 그런 생활을 하였다고 생각된다. 그때는 그만큼 긴장되던 시대라 그런 서울 후방 홀아비 생활도 잘 지켜나갈 수 있었다.

해마다 8월이면 실시되었던 '乙支- Focus' 훈련 때가 되면 3군 지휘부 및 참모부와 정부 5개 안보관계부서가 '정부 지하벙커'에 들어와 한미연합사 지휘부와 함께 '작전계획 5027'과 정부의 '충무계획'을 'CPX'로 실시하며 검토 보충해 나간다. 전 대통령은 그때마다 야간에 벙커에 들어와 3일 이상 숙식하며 이 훈련을 참관은 물론 직접 지도하기도 한다. 이럴 때면 각부 장관들이 지명을 받아 상황 설명도 하고 질의응답도 함으로써 상당한 경험을 하게 된다. 이를 재임 기간 10여 년 한 번도 빠진 적이 없다. [노태우 대통령은 한 번도 벙커에서 숙식을 한 적이 없다고 그 통치관심(술)의 차이를 기억하고 있다.]

전 대통령은 이때 여러 해에 걸쳐 거듭하여 저녁에 서울 남산에 올라 서울 시내 시민 방공훈련을 직접 지도하기도 하였다. 방공 경보하에 서울 시내 소등 현황을 점검하면서 기어이 100% 일제 소등을 강조하기도 하였다. 그때가 되면 지적당하지 않으려고 시장은 물론 각 구청장이 골목골목을 뛰어다니며 '소등 소등!'을 외치고 다니기도 하였다.

여하간에 이같이 전두환 대통령은 적극적이고 95% 확인 정신에 충일하여 국민 앞에 서서 모범을 보이며 나라를 이끌어 나갔다고 평가되고 있다.

난처하고 어려웠던 일들-1: K-1 자주포용 장갑차 독점경쟁

재임 기간 중 삼성중공업은 방위산업 증진의 일환으로, 미국에서 155밀리 자주포를 도입하여 일단은 K-1 자주포로 라이센스 생산을 개시하려 하였다. 그런데 대우그룹이 이 자주포에 함께 도입되는 탄약 장갑차를 기어이 국내생산하겠다고 하면서 고위층에 교섭하여 암묵적 동의를 받았다면서 작전참모부의 ROC 변경과 대우 자체 개발 및 생산을 끈질기게 요구해 왔다. 우리 참모부는 그때마다 거듭 검토하고, 부당하다는 이유를 합리적으로 설명해 주었다.

그런데 평소에 존경해 마지않던, 그리고 본인과 무관한 정치 바람으로 군을 떠나 대우에 몸담아 있던 정규 육사 1기 선배이기도 한 분이 사무실로 찾아왔기에 아주 반갑게 인사하였다. 그런데, "대우 당사자들 말로는 지금 대통령도 국방부도 다 동의하였는데, 다만 작전참모 너만 허락하면 된다는데… 내 입장도 있고… 부탁하자."라는 것이었다. 정말 죄송하였다. 선배님의 입장을 웬만하면 봐드려야 하는데, 이것만은 그럴 수 없었다. 그래서 미제 탄약 장갑차와 대우 개발 장갑차와 우리가 요구하는 ROC의 차이를 상세하게 설명해 드렸다. 일어서 나가는 뒷모습에 나는 참으로 죄스러움을 느꼈으며, 기어이 군대를 위한 ROC는 지켰으나 이후 인연과 인정은 멀어질 수밖에 없었다.

난처하고 어려웠던 일들-2: 서초동 고층아파트 건축 불허

당시만 해도 서초동은 헌인능 고지에서 북을 향해 전개되어 있는 유사시 전장 터였다. 그래서 유사시 방어사격에 장애물을 고려하여 군 방침상 15층 이상 건물을 허락하지 않고 있었다. 그런데 육군참모총장을 지내고 정부 감사원장을 책임지신 분이, 그 직원들의 복지를 위해서 고층 아파트를 지을 테니 허락해 달라는 것이었다. 물론 알고 있는 바와 같은 이유로 정중히 거절하였다.

아 그런데, 감사원에서 정식으로 공문이 왔다. 그 건이라 전제하지 않았지만, 갑자기 정부(국군)수립 후 전무후무한 '육군본부 작전참모부 감사'- 즉 군대 감사 -를 실시하겠다는 통보였다. 두말할 것 없이 군대는 특히 그런 면- 사법 인사 군수 등 -에서 독립기관으로 헌법에 보장되어 있다. 군대를 가장 잘 아는 분이 그러면 안 된다고, 속으로 이해하려고 노력하면서, 이후 몇 번 더 공문이 왔으나, 아예 대응하지 않았더니 내가 근무하는 동안에는 더 이상 별일 없었다.

난처하고 어려웠던 일들-3: 무기 오파상과 미군사고문단장의 로비

위에서 말한 바 있듯이 '86 아시안, 88올림픽' 준비를 겸하여 그동안 군이 미루어 왔던 저고도 비행 포착용 레이더 설치를 서두르기 위해 ROC를 공개하였다. 그러자 방공포 출신으로 전역 후 '오퍼상'을 하던 동기생이 한 상품을 제시하였다.

미국의 한 전자업체가 개발한 최신 지대공 레이더였다. 설명서상으로는 최신 고성능으로 보였다. 더구나 검토단을 미국 자기 회사로 초청하여 보여주고 설명을 충분히 하겠다고 하기에, 일단은 그 방문으로 손해 날 일 없을 것- 최종적으로 내 결심이 있기에 -같아, 관계관 몇 명으로 검토단을 구성해 파견하였다. 잘 대접받고 충분한 시간으로 다녀온 그들과 내용을 검토한 결과, 현재 우리 형편에는 부적격이었다.

첫째는 너무나 고성능이라, 이번에는 우리가 필요로 하지 않는 장거리와 고고도 물체 및 형상까지도 잡을 수 있으니 목적 초과품이고, 그러기 때문에 값이 비싸― 최신 유일 상품이라 부르는 게 값일 정도로 생각 ―우리가 가진 현재 예산으로는 불가하고, 더구나 이제 막 개발하여 자체 시험만 성공하였으므로, 아직 어떤 수요자도 공개되지 않아 상품을 믿을 수 없고, 더구나 일단은 민수용으로 나온 것이라 군용화에 대한 의문이 있었고, 또 우리는 지금 곧 금년 또는 늦어도 내년 안으로 필요한 것에 예산을 집행해야 하는데, 이 상품은 앞으로 상품화하여 납품하기에는 몇 년 더 걸린다. ― 특히 군용 실험 ―는 판단 등등으로 일단 거절하게 되었다.

그러자 이와 관련이 있다면서 이상하게도 '주한 미군사고문단장― 준장'이 내 사무실로 직접 찾아왔다. 한미연합사가 창립되기 전까지만 해도 한국군에 상당한 영향력을 미치던, 한국군에 대한 미군 당국과 미국 당국의 '지원업무의 대표자'격이었다. 그는 이 무기 구입을 권하러 왔다며 혹시나 (국방부 등 상급기관과의) 애로사항이 있다면 해결해 줄 수도 있다는 정도의 자세와 말투로 말했다.

갑자기 이상한 생각이 들었다. 여태껏 우리 한국군에게 그렇게도 권위 있게 보이던 군사고문단장이, 일개 민간 개발상품 판촉에 직접 개입하다니. 그럼에도 나는 입장 관계상 정중히 그러나 단호하고도 자세하게 위에서 (우리) 내가 판단한 내용을 직접 설명하고 거절의 입장을 명백히 밝혔다. 그러자 잘 이해하겠는데, 그래도 혹시나 예산문제라던가 무기장비도입 중장기계획과 관계되는 부분에 대해서는 국방부와 상의할 수도 있다고 하기에, 문제는 그런 것들에만 있지 않고 핵심은 우리 육군의 ROC에 있다는 것을 다시 한번 강조하고 보냈다.

돌아간 지 며칠 후에 직접 전화로 "하신 말씀이 옳았다는 것이 확인되었습니다, 대단히 미안했습니다, 앞으로 좋은 관계 이어 가기를 바랍니다."라고 승복해 왔다. 나나 우리 군이 결코 미군이나 미국과 뜻이나 생각을 달리할 이유는 없으나, 다만 '미군사고문단'이 옛날 같지 않음을 느끼면서 한·미군관계가 이런 정도로 흐르고 있음을 실감하였다.

군인이 국회의원을 잘못 대접한 사건

1986년 3월 어느 날의 도하 신문들을 보면, 일제히 '군인이 국회의원을 폭행하였네'라는 대문짝만한 기사를 발견할 것이다. 당시 국방 장관은 후배(자기를 이은) 육군참모총장에게, 국회 국방부 국정감사를 앞두고, 육군본부 참모들(소장급 이상)이 국회 국방위원회소속 여야 국회의원들을 '술대접' 좀 해달라는 부탁을 했다. 당시- 아마도 지금도 마찬가지로 생각하지만, 정부 각 부서가 같은 형편으로, 같은 풍습으로 -는 한국 정치판이 그러하였는데 장단점이 있었다. 좋게 생각하면 정치와 군사가 협력을 다져 나간다는 데 의미가 있었다.

그래서 서울 시내 중심가에 있는 요정 '회림'에 국회의원들을 초청하여 한국식 파티, 즉 주연을 베풀었다. 야당에서는 '김동영 원내총무'와 남장 여인 '김옥순 의원'을 포함한 전원과 여당에서 '김 아무개 원내총무'와 '남 아무개 중진의원' 등 거의 전원이 참석하였고, 분위기는 처음부터 좋았는데, 그런데 역시 군인이 대접하는 자리라 여자들은 없었고 그저 마주 앉아 술과 말을 주거니 받거니한 자리였다. 그래도 국회의원들은 평소에 딱딱하고 무서운(?) 군인이라 생각했으나(?) 점차 화기애애하게, 어떤 이(김동영 야당 원내총무)는 어느 후배 참모부장과 나이가 같기도 하여 술기운이 돌면서 서로 반말하며 정답게 분위기를 이어갔다.

군인들이 웬만큼 술을 권하며 대접한지라 한두 시간 지나면서 개별적으로 국회의원들은 거나하게 취해서 귀가해 갔는데, 나갈 때는 취한 이들을 우리들(참모부장)이 어깨동무로 부축해서 차까지 배웅해 주었다. 그런데 끝까지 여당의 '김 총무'와 '남 중진' 의원 둘이 남아 술을 계속하며 '뭐라 중얼거리는데 좀 듣기 어색한 듯한 말인 듯하였다.' 그러자 우리 중 열성 참모 한둘이 그들을 나무랐다. 그리고는 역시 제대로 몸을 가누지 못하는 두 사람을 부축해서 자가용까지 배웅하였다.

이튿날 조간에 '회림 회식 사건'이라며, '어젯밤 군인들이 국회의원들을 회식장에 불러 술대접하며 폭행하고 한 사람씩 끌어다가 차에 태웠다.'라고 하고는, '심지어 김동영은 오늘 출근도 못 했다.'라고 하여 시민들의 관심을, 군사정권의 횡포의 하나로 과대포장 하려 하였다. 즉시 당사자가 해명한바, '김동영 의원'은 그날 아침 일어나 화장실에서 미끄러져 다쳤기에 출근 못 했다고 했으나, '오비이락(烏飛梨落)'이라, 사이비 언론들은 이후 며칠간 판매 부수를 엄청 불릴 수 있었던 사건 아닌 사건이 있었다.

막중한 책임을 가진 육군본부 참모들

육군참모본부 부장들은 모두가 위에서 들은 예– 불과 몇 가지 안 되는 경우들이지만 –에서 본 바와 같이 육군 군사정책과 각 분야 전략문제에 대해 전적으로 책임을 지고 검토하고 판단하여 총장이 결심할 수 있도록 건의하고 보좌하며 때로는 참모책임 전횡으로 결단을 내리게 되는 경우도 흔하다. 정말 육군 최고의 참모본부 참모다운 막중한 업무로, 일과 중 10분의 여유 내기가 어려운 나날을 보낼 수밖에 없었다.

당시 동기생이었던 보안사령관 이종구 장군이, 때때로 참모총장 방문 시 내 사무실로 들리는데, 임기 2년이 다 되어 가던 어느 날도 지나가면서, 곧 군단장 소식 있을 거라 귀띔해 주었다.

4. 한국 육군 제1군단장(1986. 7.~1988. 1.)

군단장 명령을 받고 청와대에 들어가 전두환 대통령께 신고하고, 내 가문의 가보 1호가 되는 영광의 '삼정도(三精刀)'에 군단장 '수 띠'를 증정받았다. 전 대통령은 내게 그리고 모두에게 굳은 신뢰의 마음을 눈빛으로 보이며 행사를 진행했고, 말씀도 하였다. 나는 그의 신뢰와 기대에 책임완수로 부응하리라고 마음으로 다짐하였다. 돌아오는 차 속에서 정호용 참모총장은 내게 "특전사령관으로 추천하려했는데…"라고 짧게 한마디로 말하며 거듭 축하해 주었다. 정말 믿고 일할 수 있는 전두환 대통령과 정호용 참모총장 두 분이었다. 그런데 그때 만일에 '특전사령관이 되었다면' 그 후는…. 이런 걸 두고 '운명'이라고 하는 것이지.

∴ 제1군단의 역사와 군단장의 당면임무

'6·25 남침 적란' 1군단 전사(戰史)

1950년 6월, 북한이 남한을 기습 침략한 '6·25 남침 적란(南侵赤亂)'이 발발하자, 불과 3일 만에 서울은 점령당하고 서부전선 한국군 전 부대는 한강선 이남으로 후퇴하였다. 중부 춘천의 6사단과 동부 강원도 8사단은 건재를 유지하며 후퇴작전 중이었다. 그러자 서부 한강선을 일단 방어하기 위해 시흥에 '김홍일 장군'이 지휘하는 '시흥지구 전투사령부'를 창설(6. 28.)하고, 혼란에 빠진 부대들을 급히 수습 재편성하여 한강선 방어를 담당하였다.

그동안 각 부대(사단)가 원상을 되찾음으로써 수도사단 1사단 그리고 2사단을 아예 예속부대로 시흥사령부를 '제1군단'으로 개편(7. 5.)하였다. 그동안 미군이 참전(7월)하여 서부지대를 담당함으로써 한국군 제1군단은 중부(충북)지역을 담당하여 지연전을 계속하다가 낙동강 전선이 형성되자 자동으로 한국군 주류부대를 지휘하여 중, 동부전선을 방어하였다.

반격 당시는 한국군 제2군단(6사단, 8사단 예속)이 편성되어 중동부 전선을 담당하였고, 1군단은 3사단과 수도사단을 예하 부대로 태백산맥 동부에서 동해안까지의 동부전선을 담당하여 이승만 대통령의 명령으로 10월 1일– 이후 '국군의 날'로 국경일이 되었다. –정오에 38선을 돌파 북진을 개시하였다. 그리하여 북한의 길주와 한만 국경 혜산진까지 진격 후 다시 후퇴하였는데, 이후 재반격하여 현 휴전선– 최북단 고성 간성에 까지 진출 –으로 고착하였다. 이후 가평(1960년~1970년대 초)에 잠시 주둔했다가 1972년에 현 위치(고양 벽제)로 미 제1군단과 교대하여 주둔하게 되었다.

그래서 육군 제1군단은 한국군 제1의 가장 오랜 전통과 6·25 전사에 빛나는 공훈 군단으로, 현재도 '정예 제1군단'으로 그 위명(偉名)을 드날리고 있다.

부대 작전환경(지리·환경적, 인적)과 범위

그런데 부대 전략작전환경은 결코 만만찮은 특징을 가지고 있었다. 군단 작전 종심은 통상 60여 킬로미터이나 여기는 휴전선에서 서울까지 40여 킬로미터로 부대 배치, 즉 지면편성이 비좁게 되어 충분한 완충 경계지대가 편성될 수 없었다. 그러기에 방어에 불리한 여건이다. 그러나 다만 피아간 작전 장애물인 임진강이 있어서 공격에는 불리하나 방어에는 도움이 될 수 있었다.

한편 방어 정면은 통상 30~40여 킬로미터(장단반도~고랑포 동북방)나 평상시 대간첩작전이나 후방 지역 대침투작전 지대로 30여 킬로미터(통일전망대~행주산성)가 추가되어 있었다. 그래서 1개 여단이 증강되어 한강 내선방어를 담당하고 있었다. 또한, 정상적인 군단이 갖는 27킬로미터 정도의 민간출입통제구역도 갖지 못하면서 COP(전투전초)나 GOP(일반전초) 편성이 어려워, 적 기습작전대비에 상당한 주의를 요하였다.

그러다 보니, 예를 들어, 주저항선(당시 FEBA선과 전투지대)을 연한 최후 저지 사격선상의 철조망과 이를 통합한 화망 구성을 각종 장애물 시설들이 민간 사용물에 혼합(논밭)되어 평소 관리가 곤란하여 상당한 주의가 필요하기에 주민과의 적극적인 협조가 또한 필요한 실정이었다.

군단은 북한이 전면남침해 내려올 때 접근로로 이용하게 되는 3개의 큰 축선(의정부→서울, 춘천→서울, 문산/고랑포→서울) 중에서도 가장 단거리인 동시에 시시각각 그 작전 영향력이 지대한 접근로 방어책임을 부여받고 있었다.

그러기에 일단 유사시 상황이 전개되면, (CPX)를 통해서 아는 바와 같이, 상당수의 포병군과 동원사단, 그리고 새로 배속되는 전투사단과 여단 등을 도합하며 최소 30만 이상의 대군― 현 야전군보다 더한 세력 ―이 이 군단작전 공간 지대에 집결하여 군단장 본인 책임(명령)으로 방어전을 전개하게 되어 있었다.

군단(장)의 전시, 평상시, 그리고 당면임무

위와 같은 전략작전환경에서 군단(장)은, 전시에는 '작전계획 5027'에 의한 방어전과 반격전을 주로 대간첩작전과 전선 경계 임무를 실행해야 한다. 동시에 당면과제로는 '86 아시안게임'과 '88 서울올림픽'을 지원하면서 '시국안정(자유민주주의 가치 확립, 멸공통일사상 확립, 경제안정문제에 대한 국민계도교관화 등)'에 대한 노력이 기본임무에 추가되었다고 판단하였다. 그리고 지역 내(고양, 문산, 파주) 예비군에 대한 훈련도 담당하였다.

한편 당시의 한국군의 대간첩작전에서 동해안과 한강연안 대침투작전이 중요시되었는데, 특히나 한강 하류 작전에서는, 현 '통일전망대'에서 행주산성 유수

지까지 30여 킬로미터에 걸쳐, 강남은 수도군단에서 강북은 우리 군단 책임이었는데, 무장 간첩들은 거의 대부분이 임진강 하류에서 수로를 이용, 물 흐름대로 주로 한강 북변으로 침투하여, 그 즉시 서울시민 속에 사라지는 전술을 사용하였다. 그래서 한강변에는 지금까지도 민간인 통제 경계용 철조망이 설치되어 있고, 주야불문 철저하게 간첩침투를 경계하고 있다.

그리고 잘 알려진 대로 '1·21 사태(김신조 사건, 1968. 1. 21.)' 또한 적지에서 청와대가 근접해 있기에 가능하였는데, 이를 사전에 차단하고 유사시는 지체 없이 소탕해야 하는 작전이 군단의 또 하나 평상시 임무에 추가되어 있었다.

군단(장) 예하 사단(장)과의 관계는 4개 전투사단 중, 1, 25사단은 전방에 배치되어 있고, 9, 30사단은 예비사단인데 이 2개 사단은 '12·12 사태' 이후 평상시 '충정작전'을 위해서는 군단장의 사전 승인이나 심지어는 통보 없이도 출동해 나갈 수 있도록 전통화(?)되어 있었다. 그래서 이 사단장들은 군단장 경유 없이 청와대로부터 명령을 바로 수령하는 경우가 종종 있었다. 그러나 사후보고는 준수되고 있었다. 다만 '충정작전' 외 대통령 암행 (예하 부대) 방문 시는 불편한 점이 있었다.

지역 내 주둔 미군 부대와의 관계는, 당시 미군 부대들은 후방으로 신 집단주둔지역으로 이동준비 관계상 이미 아군과의 특별한 작전관계는 없었으나, 막강한 미 포병여단이 철수하면서 공백 문제를 논의한 적은 있었다. 그리고 군단 내 관민과의 관계는, 서울시장은 말할 것도 없거니와 경기도 지사와도 별 관계가 없었으나 다만, 군단이 '팀스피릿 훈련' 시 경기도지사가 찾아와 위문해 주었으며, 연말에도 경기지사가 찾아와 위문해 주는 정도였다.

군단 전 지역의 1차적인 대민관계나 접촉은 사단(장)과의 관계였고, 군단(장)은 군단 사령부 지역 반상회에 친선 차 방문한 바 있었다. 다만 1사단 관할 지역이긴 하지만 '광탄' 지역 주민이 식수가 부족하다는 민원에 따라, 때마침 육군 공병부에서 전방 땅굴시추작업을 일단 완료하고 철수하는 공병시추부대를 잔류시켜 관정을 3군대 시추해 성공하여 크게 도움을 준 적이 있었다. 행정적으로는 주로 문산시와 파주시가 해당되어 가끔 민관군 회의 시 시장들과 만나 당면 정부과제를 논의하고 강조한 바 있었다.

∴ 나의 군단 지휘통솔방침과 실행

지휘통솔방침

나는 32대 군단장으로 취임함과 동시에 군단장 '지휘통솔방침'을 하달하였다. 그것은, '절대책임완수', '승리를 믿는 자, 승리한다', '국가시책옹호'였다. 그동안 소대장에서부터 오늘에 이르기까지 대소부대 부대장과 참모생활의 원칙과 체험을 통하여, 특히 부대 구성원의 한 군인으로서 가장 중요하고도 근본적인 덕목은 '개인에게 부여된 임무를 절대로 책임지고 완수해야 한다.'라는 것이고, 그것이야말로 '승리'의 핵심요소이라고 믿기 때문이다.

그리고 예하 지휘관은 물론 장병 개개인 모두는 각자 나름의 '이 전투에서 이긴다, 이겨야 한다는 승리에 대한 확신'을 승리할 때까지 가지고 전투에 임함으로써 그 전투에서 '승리할 수 있다.'라는 신념을 강조하였다. 그리고 당시는 군대가 애국에 대해서 국가 및 국민에 시범적 존재였으므로, 전 장병에게 '국가시책에 대한 이해와 실천'을 강조하였다.

최전방 및 '김신조 루트' 순시/정찰

소대장 시절이었던 1959년도에 파주 성동리 임진강 변 최전선 1,500여 미터를 책임지고 경계 및 방어 임무를 수행했고, 월룡산 밑에서 1연대 전투단의 예비대대로 주둔해 있으면서 금촌역까지 외출외박을 위해 길을 따라 드나든 적이 있었다. 그해 정월 소한 때 미 제1군단 기동훈련(FTX)에 참가하여, 일산에서부터 곡릉천을 도하하여 월룡산을 남에서 북으로 공격해 올라갔고, 계속해서 오금리 임진강을 향해 우군 전차 위에 올라 돌격해 갔다. 유난히도 춥게 느껴졌던 그 겨울의, 미군에 의한 야외 비상훈련과 야외 기동훈련은 정말 내 인생 최고의 (예비) 전장 경험이었다. 그리고 한국군 최초 미 군사원조 시멘트 내무반 건축을 위해 문산천에서 1포당 23장의 시멘트 벽돌을 생산하기도 하였다.

그때까지 내가 아는 서부전선에 관한 인연과 지식은 이것이 모두였기에, 이제 군단장으로서, 30킬로미터 여의 전방 전선과 40여 킬로미터 넘는 종심, 그리고 그 평방 내 지형지물에 대한 조속한 숙지를 위해 우선 취임식 다음 날부터 1주일여 기간, 최전방 일선을 순시하며, 소대장과 중대장을 상대로 방어 임무 및 현황 보고를 받고 현 실정을 파악하였다.

우선 시작은 101보병여단 담당 경계구역의 시작인 '통일전망대'부터였는데, 소대장 시절 여기에는 중대 화기소대장과 대대관측소 요원이 미군이 축성해 놓은 벙커초소에서 근무하였고, 그 아래로는 대대 화기중대의 훈련장이던 곳이었다. 순시를 시작한 바로 그 지역은 당시까지만 해도 아직 자유로나 통일 동산 또는 '헤일리 문화촌' 등이 조성되기 이전라, 소대장 당시 자연환경 그대로— 다만 임진강 수제선을 연하여 경계용 철조망이 가설되어 있어서 경계나 일차적 기습방어에 도움이 되고 있었다. —여기서 바로 그 성동리의 옛 내 소대 지역, 꽈리 튼 뱀이 자리 잡고 있던 그 소대장 순찰로와 그 교통호를 통해 중대 담당 지역을 지나가려니, 이제 이 지역을 책임진 군단장으로 와서 다시 보게 되니, 정말 감개무량하였다.

계속해서 일선 소대장(과 중대장)의 현지 보고를 받아가며 순찰하는 동안, 임진강을 건너 북으로 장단반도에 들어갔는데, 일단은 임진각의 '자유의 다리'를 통해서 우회하였다. 다시 임진강에서 북으로 난 '사천강'을 따리 휴전선은 판문점으로 북상하였다. 따라서 지금까지는 임진강 중앙을 어림잡아 휴전선으로 되어 있었으나, 여기서부터는 내륙으로 휴전선이 확정되면서 경계구역도 방법도 또 경계부대도 달라졌다.

임진강을 건너 휴전선을 따라가자면, 1사단 전투지대이고 남북 4킬로미터의 비무장지대가 형성되어 있다. 거기엔 우리 군단 특성상 일반전초와 전투전초, 그리고 휴전조약에 의한 규정상의 '페트롤(이동경계순찰)'조 기지를 겸한 'GP(지피, 경계초소, 소대 단위)'를 설치·운용 중이었다.

내가 중대장(철원 동송리 삼자매 고지)이었던 때는 정상적 전술교리에 의한 전투전초(COP, 소초 그리고 그 전방에 분초)를 남방한계선상에 편성 운용하였으나, 아직 경계철조망— 막 나무울타리를 칠 생각 중이었다. —은 없었고 다만 비무장지대 내 '지피'는 설치되어 있었다. 그러나 물론 지금같이 그렇게 요새화되어 있지는 않았다. 그런데 1986년 당시 비무장지대에는, 특히 서부전선에는 이미 (박정희 대통령의 지시) 남방한계선에 따라 시멘트 '대전차방호벽(대전차 콘크리트 구조물)'— 44.6킬로미터, 총 110억 예산, 높이 7.5미터, 상단 5미터 하단 16.3

미터(북괴전차 특성고려) ―과 철조망 선이 설치되어 있어서 비무장지대를 명확하게 구분해 볼 수 있었다.

그리고 비무장지대 안으로 전 '지피' 전면을 연하여, 일차적으로 적의 기습공격을 예방 또는 예고 받을 수 있고, 겸하여 '지피' 보호를 목적으로 하는 '추진철조망'은 그때 막 설치작업 중이었고, 새로운 경계체제도 정립 중에 있었다. 그래서 비무장지대 안으로는 비록 부대 지휘관이라 하더라도 여러 가지 이유로 함부로 드나들지 않게 되어 있었으나, 초도 순시이기에 나는 중요 '지피'는 반드시 경유하며 실상과 작전적 가치와 전평 시 운용요령을 생각하였다.

1사단이 운영하고 있는, 민간 출입이 허용되어 '안보관광' 명소가 되어 있는 '도라산 전망대'와 그 앞의 제3땅굴이 관심사가 되었다. 전망대 아래층에는 일반 전초부대 관측소와 전투지휘소가 있었는데, 그곳에서 개성으로부터 남을 향한 접근로가 아주 명확하게 관측될 수 있었고, 개성 '송악산'까지(약 12킬로미터) 지대 내 주간 군사동향은 육안으로도 관측 가능할 정도였다. 제3땅굴은― 74년, 귀순자 제보로 시추공을 설치, 1978년에 발견하였는데, 지하 73미터에 위치하고, 길이 1,635미터(분계선 북 1,200, 남 435미터), 높이와 폭 각 2미터의 아치형으로, 시간당 완전군장 장병 3만 명이 침투 이동 가능하고, 그 길로 차량을 이용 급행한다면 서울에 45분이면 도달할 수 있다고 판단되었다. 실체 확인을 위해 일단 300미터 도보 하강 후, 땅굴을 만나 북으로 분계선(시멘트 차단벽 설치해 놓았음)까지 진입하였는데, 땅굴 경사도는 북으로 3도 경사되어 지하수를 북으로 흘러나가게 되어 있었다.

그런가 하면 전두환 대통령이 사단장이었던 시절, 그는 당시 적 전차 성능과 특성을 고려하여 1킬로미터 이상 길이― 폭 20미터 깊이 10미터 ―의 대전차호구(壕溝)를 '장단' 지역에 구축하여 적 전차의 급습을 저지할 수 있는 장애물로 활용하고 있었다. 아주 좋은 착안이었다. 그런데 이 장단반도 지역은 이미 민간인들이 남방한계선에서 임진강까지 점유하여 거주함으로써 민간관광에는 유리하나, 군사작전을 위해서는 애로사항이 많게 보였다.

북으로 더 나아간 곳에 바로 휴전회담 장소이기도 하고 현재도 휴전통제 및 관리를 담당하는 피아간의 '공동경비구역(JSA)'가 위치하고 있는데, 군단 지역 내 있기는 하나 군단 관할이 아니기에 일단은 통과― 물론 일차 순시 후 빠른 시간 내 방문하기로 하고 −하고, 25사단 지역으로 넘어갔다. 'JSA'를 지나면 휴전선은 우로(동향) 일단 90도로 꺾었다가 다시 60도 정도로 북진해 간다. 휴전선이 산맥의 능선을 따라 그어졌기에 피아간 경계부대와 초소를 정착시키기에 고충이 많았을 것으로 생각될 만큼 'GP'들이 오르막 내리막 그리고 계곡 등에도, 마치 서로 마주 보는 요소 위주로 설치된 듯하였다. 이제 25사단 지역은 여하간에 GOP 편성이 가능하여 전투전초와 일반전초를 운용하고 있었다.

그 이후 어느 날을 잡아 인접 6군단장 동기생 '나병선 중장'과 상호연접 전투전초 초소에서 만나고 협조 사항을 확인한 뒤 경계선상의 마을 적성면의 '철주식당'에서 참모들과 함께 점심을 하며 거듭 '상호지원 화망 구성 및 협조' 사항 등을 재확인하였다.

한강 변 대간첩 경계작전

1주일간의 최전선(남방한계선, 주 저항선, GP) 순시 후 이어서 제2전선인 한강 변 대간첩침투작전지역 현황파악을 시작하였다. 통일 동산 동편 아래에서 행주산성 '창릉천' 중계펌프장(수문)− 서울 경기 경계선은 가양대교까지 −대략 55킬로미터로 군단방어 정면의 2배 길이, 즉 군단의 좌종심 선단 그대로가 바로 한강 하류 대간첩작전경계선이었다. 물론 임진강의 대간첩침투작전 외에 또 겹친 임무이다.

이미 수차례 언급한 바와 같이 1959년, 중부전선에 있던 수도사단 제1연대는 제1연대 전투단(RCT)을 편성하여 이 지역을 한국군 해병 제1여단으로부터 인수하여 방어 임무를 수행하였다. 당시 나는 통일동산 좌일선 소대장이 되었고, 동기생 이승주 소위는 통일동산 좌일선 소대장이 되었다. 그런데 이 소위 소대는 그해 가을 입수된 정보에 의거, 공릉천 최하류에 매복하였다가 배구공 튜브를 끌어안고 조류길 따라 침투해 온 무장 간첩 3명을 사살하고 무공훈장을 받았다. 그 후도 끊임없이 한강하구에서 행주산성에 이르기까지 한강 북변, 즉 서울로 간첩 및 무장공비가 알게 모르게 침투해 왔다.

특히 잘 알려진 바와 같이 대통령 시해와 '5·18 폭동(민주화)'를 계기로 80년도에 들어와 북괴는 최후발악형태로 전방은 물론 동서남해로 간첩과 무장공비를 침투시켜 국가와 사회질서를 좀먹었다. 그중에서 특기된 사건 중 하나가 1980년 3월 3인조 무장공비가 조류를 이용해 잠수복 등 고도의 침투 장비 및 무장을 구비해 한강 어귀에 침투해 온 것을 9사단의 한강 변 경계담당 연대(이필섭 대령, 후에 합참의장) 매복조가 사살하였다. 그 후 전 해안선과 한강 남북변에 경계철조망이 부설되고 군의 경계작전이 강화되었는데, 지금(2021년)에 와서 그런 위협이 상존하는데도 이 (주로 NL파) 운동권 정권이 이를 무시하고 철조망 등 경계수단을 제거하고 있다.

당시 순찰을 위해 '통일 동산' 관측소에서 출발하여 그 역사적 사건들이 생생한 공릉천 입구— 어디 그뿐이랴, 1959년 한겨울의 미제 1군단 야전기동훈련(FTX)에 소대장으로 참가하여 이 공릉천을 공병 연막으로 차단 후 빙판 위로 돌격하여 월룡산 와지선에 도달 후 즉시 250고지, 지도상은 250고지나 실제는 위장진지 공사로 5미터 이상 절삭됨 —로 공격(돌격)해 올라갔던, 참으로 기억도 새롭고 감개무량한 지역을 통과하였다.

그리하여 한강 북편 강둑— 일반적으로 위는 소달구지 1대 지날 만큼의 넓이, 높이는 14미터 전후로 홍수 때는 종종 넘치며, 두께는 가끔 대홍수로 일부 뚝이 무너져 일산이 물바다가 되기도 하였다. —을 따라 행주산성방향으로 이동하면서 요소요소에서 중·소대장의 보고와 현 상황을 확인하였다. 특히 '장항' 근처(지금의 일산대교와 장항 인터체인지 어간과 그 아래 '신평'배수펌프장 근처에는 대형 갈대숲이 우거져 있고 지반도 단단하여 궤도형 장갑차로 한강 중심부까지 순찰하기도 하였는데, 지도나 현지에서도 밖에서 보는 것과 달리, 드넓고 깊으며 무성한 갈대밭은 북괴 무장공비나 간첩의 서울침투 루트가 되고도 남을 것이라고 판단되었다.

신평동의 '신평배수펌프장' 둑에 올라서 보면 저 건너편 김포 방향에 '신곡 양수장'이 보였다. 그런데 그곳에는 뚝 북쪽 신평 마을에서 둑을 넘어 강변으로 내려오는 트럭의 길— 강변 생산 농산물 수송용 —이 있었다. 때마침 한강 개발사업에 '신곡수중보' 공사가 포함되었기에, 건너편 군단장(17기 김 중장, 육사 후배)과 상의하여, 1. 수중보 윗면에 최소 폭 7미터 이상의 수중 차량도로를 만들고, 2. 도로 하류 쪽 끝단을 둥글게 하여 간첩들이 손을 얹으면 미끄러지도록 굴곡지게 하여 보 위로 올라오지 못하게 할 것, 3. 이 지역, 즉 한강 수면부터 이남은 반대편(남쪽)에 있는 수도군단 경계책임지역이라 권하건데, 촘촘히 수상경계초소를 세워 간첩침투를 감시하자고 제의하여 그렇게 하였는데, 수중도로는— 유사시 지연작전의 일환으로 준비 —그 후 한 번도 시험해보지 못했고, (완벽하게 차단되어) 여기를 통한 간첩침투사건은 듣지를 못했다.

행주대교를 지나 행주산성에 이르면, 바로 강가에 강둑 겸 도로가 있고 이어 민간 가옥이 죽 전개되어 있고, 그 끝으로는 다시 남한산성 와지선이 한강 물에 닿아 있었으며, 그 끝은 바로 '창릉천' 중계펌프장인데, 군단 책임지역은 여기까지였다. 9사단의 엄중한 후방경계임무 중의 하나였다.

∴ '86 아세안게임' 지원과 '88 서울올림픽' 준비

10여 일간 전선 현황을 우선 파악하기 위한 전선 순찰을 일단 마치고, 군단 사령부로 돌아와 계속해서 참모보고와 사무실 순시를 통해서 사령부 자체 업무를 파악함과 동시에 나아가 예하 부대 순시를 통해 그 부대의 임무와 전투준비태세를 파악 및 평가하였다. 아마도 2주 이상 소요되었을 것으로 생각된다. 일단 이 정도의 기반 위에 군단장의 업무 일과를 시작하였으나, 이후에도 질문 없이 업무구상이 가능했던 것은 최소 3개월 이후쯤이었던 것으로 기억된다.

취임 후 군단에 부여된 첫 국가적 임무는 '86 아시안 게임(9. 20.~10. 5. 15일간)'에 대한 대비였다. 첫째는 이 기간을 전후한 북괴의 군사적 도발에 대한 대응이고, 둘째는 기간 중 대회방해를 목적으로 한 북괴의 작란이나 기 침투요원에 의한 게임 현장 훼방 방지책이고, 다음이 지역 내 게임 전체에 대한 완전한 경계대책(군관민 합작)이었다.

한국 육군의 전방부대는 유사시 전쟁에 임하는 '작계 5027'에 대한 임무와 평상시 북괴군(대소불문)의 도발과 침투를 방지하기 위한 최전선 경계 임무가 있다. 이 경계 임무는 대체로 A, B, C형으로 구분하여 실시하는데, A형은 전원 전초소 점령 경계이고 B형은 그 절반, C형은 3교대 근무형태를 의미한다. 합참 작전기획국에서 게임 기간 중은 주로 A 형태 근무계획을 세우려 하였으나, 당시 육군작전참모부장이던 나는 즉시 항의(토론회의)하여 A형은 하루 이상 지속해서는 안 되게 한 바 있었다. 2~3일 이상 지속될 수 없는 시스템을 알면서 강요하면, 그것은 곧 거짓 군대를 만들어 갈 소지가 다분해지는 것이리라. 군대 행동은 항상 정직해야 유사시 올바른 작전지휘가 가능하리라고 믿기 때문이었다.

군단 책임지역 내 아시안 게임의 현장- 골프 한양컨트리클럽(고양시), 사이클(통일로 일대), 승마(원당 종합마술경기장) -지원작전으로는, 게임 준비 기간과 실시 기간 중 군단 전 요원을 총동원하여, 게임 지역을 중점으로 하는 전 지역 완벽한 수색 작전을 실시하고 유지하며, 지속적으로 확보된 상태를 유지하도록 하였다. 게임 실시 중인 전 지역과 지대에는 사전 정찰 후 현장을 확보하고 감시하면서, 준비 시간대부터 행사 종료 시까지 주로 영외 거주 간부들을 최대한 편의대(便衣隊)로 활용하였다.

특히 게임 실시지역은 여전히 시골이라 예를 들어, 경주 자전거가 지나가는 통일로에 행여나 간첩이나 제5열에 의한 직접 도발 행패 또는 모래를 뿌리는 등의 방해행위를 예방하고, 승마경기장 근처에는 '닭 울음소리와 닭의 돌출 및 비상(飛上)' 등을 예방하고 방지하기 위해 철저하게 닭, 개 등 동물들의 접근과 돌발 상황 등의 감시를 실시하였다. 그 결과 지역 내 모든 게임은 무사하게 성공적으로 끝나게 되었고, 따라서 우리의 노력과 정성은 행사 성공에 크게 기여하였음을 크게 자랑할 수 있게 되었다. 그리고 이 경험은 곧 2년 뒤에 시행될 진짜 '88 서울올림픽' 준비에 큰 도움이 될 것으로 믿었다.

∴ 군단 전술토의와 '초전 3일 섬멸전' 지침

전방부대(사단이나 군단)에서 전술토의는 흔히 과제를 안고 있는 현지에서 지휘관들과 관계참모들을 소집하여 부대 지휘관 주재하에 실시한다. 주로 지휘관의 의도를 강조하거나 새로운 지침변화에 대한 통일된 이해를 돕기 위해 실시된다. 전후방 순시와 현장파악을 끝낼 무렵 제1차 군단전술토의를 개최하였다. 비무장지대 남단 야외 유개 교육장에서 바로 앞 비무장지대 내 GP를 바라보며 실시하였다. 토의 요지는, 'GP의 전술적 운용문제로 고수방어냐, 적 공격 경고 후 즉시 철수냐.'였다.

특히 바로 앞에 보이는 GP는 인공보다 자연동굴형태로 조성되어 있어 그러한지, 관할 지휘관이나 참모들은 대부분은 포위되어도 고수방어를 논하였는데,

분위기를 보니 대부분이 찬성하는 듯하였다. 열띤 토의 후 나는 강평 겸 군단장 전술지침으로 강조하였다. "GP는 전투전초와 같이 적 발견 경고 후 적과 접촉을 유지하며 아군의 지원사격 엄호를 받으면서 신속히 철수해야 한다. 그래야 초전에 병력절약은 물론 초전 필승의 사기진작에 기여한다."라고 하였다.

다음은 25사단의 전술토의에 참여하였는데, '고랑포 임진강 장애물의 수제선 방어냐, 적을 안으로 유인하여 감악산을 핵심거점으로 적을 포위 섬멸할 것이냐.'였는데, 후자가 지금까지의 사단방어지침이었다고 했다. 나는 권고했다, "임진강 장애물을 중시하여 일단 수제선 방어에 충실하였다가, 유인 섬멸전은 다음 단계로 고려하는 방법이 유리하다고 판단된다."라고 하였다.

여하간에 임진강하구에서 고랑포에 이르기까지 '임진강'이라는 대 자연장애물을 완벽하게 활용하는 방안에, '초전 3일 섬멸전'의 핵심을 두고, 임진강선을 넘는 적은 그때마다 반격에 반격 즉 '돌격'과 '돌격'으로 섬멸하는 방어계획이 군단 최선의 방어지침(방책)이라 판단하고 실행하려 하였다.

∴ 전선 수시 순시와 대적 즉각 대응사격

군단장 근무 중 내내, 일 주간 일과의 반 이상을 전방 순시로 이어나갔다. 하루는, 101여단의 대동리 임진강 변 경계선을 지나가며, 발밑으로는 적 땅굴발견을 위한 시추구멍을 살피고 고개를 들어서는 임진강 바로 넘어 (750미터~2.5킬로) 북쪽으로 보이는 북괴군(인)의 개별 동작과 집단 움직임을 눈으로 보아가며 지나가는데, 북측 강변에서 얼른 보기에도 3명의 병사가 1개 분대가량의 추격군에게 쫓기며 강으로 뛰어들고 있었다. 그러자 추격분대가 도망자들을 향해 소총을 난사하였다, 바로 소리가 들리면서 그 사격 정면이 우리가 위치한 방향으로 판단되었다.

그러자 우리 병사들이 지체 없이 뛰어와 바로 앞에 북을 향해 항상 거치되어 있던 '케리버 50' 중기관총(최대 사거리 6킬로미터에 유효사거리 2킬로미터 가량)좌대에 올라 즉시 사격준비를 하고, 평상시 SOP대로 강북 목표물을 향해 방아쇠를 당겼다. '쿵쿵쿵', 아마도 10여 발은 더 되었다. 그래도 북에서는 소총을 사격하며 물속에 들어가 이쪽(남쪽)을 향해 헤엄쳐(오는) 도망하는 자들을 계속

난사하며 일부는 물속으로 뛰어들어 도망병을 추격하였다. 나는 우리 사수에게 다시 한번 일격(10여 발)을 명하였다. 분명히 실탄은 그 방향으로 날았으나 그들을 살상하기 위한 목적이 아닌 위협 사격이기에 그들도 알고 있는 듯, 급히 도망병 3명을 수중에서 체포해 끌고 들어감으로써 상황은 일단 끝났다. 그러나 생각해 보면, 북의 3명 도망병은 분명 남을 향한 임진강 도하를 시도하였는데, 불행하게도 조기에 발각되어 탈북의 뜻을 이루지 못하고 오히려 잔인한 보복을 받을 것이라 생각하면 참으로 안타까웠다. 반면에 군단장이 직접 면전에서 목격한 대로, 우리 부대와 병사들은 즉각 대응사격준비가 되어 있었고, SOP대로 작전은 시행되고 있음을 확인할 수 있음으로써, '책임완수'를 강조하는 본인의 지휘통솔 방침을 스스로 든든하게 생각하였다.

∴ 김일성의 사망 오보 사건

1986년 11월 16일과 17일 어간에, 비무장지대 내 우리 측 '대성동 자유의 마을'을 상대하여 조성한 북측의 비무장지대 내 '기정리 평화마을'에 있는 인공기가 반기(半旗)로 계양되었고, 개성 시내에 있는 김일성 동상이 흰 천으로 가려져 있다는 군단 관측보고가 상부에 보고되자 북한정세에 민감한 군과 정부 당국이 예의 주시하는 가운데, 전 전선 북괴 대남선전방송에서 '장송곡'과 함께 '김일성 총격 사망' 방송을 잇달아 청취하고 상부에 보고되었다.

그런 가운데 미8군 정보보고서– 북한 김일성 신변 변고 추정 정보 –가 군단까지도 배포되었다. 그러자 국방부(장관)도 이 정보를 믿고 국회 대정부질문 답변에서 김 국방 장관이 김일성 사망설을 답변하기도 하였다. 그런데 그다음 날인 18일에 김일성이 평양 비행장에 나타남으로써 한국민의 기대가 그만 무산되고 말았다. 그동안 진행된 사실은 분명하기에 북괴군의 기대적 과잉행위였는지 또는 고의적인 대남 음모였는지 지금도 밝혀지지 않고 있다.

∴ '1987 TeamSpirit 演習', 미 제1군단과 어깨를 나란히 하다

나는 군인으로서 영광스럽게도 한미연합군 야전기동훈련인 '팀 스피릿 연습'을 1983년에는 8사단장으로, 이 해(1987. 3. 28.~1987. 4. 10.)는 군단장으로 미 제1군단- 군단장은 후에 이라크 침공군 지휘관으로 승리의 영웅이 된 Swartzkopf 중장 -과 어깨를 나란히 하여 한미연합군(급) 야외 기동연습에 참가하였다. 예하 주력 배속부대는 수도기계화사단+제8사단+미 제25사단(동원)이었다.

'팀 스피릿 연습'의 목적, 역사, 훈련내용 그리고 정치, 군사적 의미는 이미 널리 알려져 있기에 생략하고, 당시에 있었던 한두 가지 잊지 못할 얘기를 적어보기로 한다. 내가 지휘하는 한국군 제1군단과 옆으로 나란히 지연전, 방어, 반격전을 협조하며 연습을 함께한 미 제1군단은 미국 서부 '워싱턴 주'에 주둔해 있으며, 한반도 유사시 예비군을 소집하여 가장 먼저 한국 전선으로 투입되는 부대이기에 해마다 이 훈련에 참여하고 있다. 이 해에도 참여한 이 군단의 지휘관은 '엘리트 과정'을 밟은 '슈발츠코프' 장군이었다.

연합군사령부 작전회의에서 만난 그는 내게 말하기를, '자기는 귀국하면 육군본부 작전참모- 한국은 작전참모 후 군단장 -로 보임될 예정이고 그 후는 세계 어느 전구(Theater) 사령관(대장)을 희망하고 있다.'라고 했다. 그는 내 나이보다 한 살 위이고 미국 육군사관학교는 2년 앞서 졸업하며 임관하였다. 그의 아버지도 장군이라 특히 중동 전장에서 함께 전전하였기에 외모로 보나 그간의 활동 모습으로 보아 아주 유능하며 능동적이고 적극적인 장군으로 보였다. 아니나 다를까, 1990년에 있었던 '걸프전쟁'의 '사막의 방패 작전'에서부터 미군 사령관, 즉 다국적군 총사령관이 되어 '사막의 폭풍작전'에서 이라크 침략군을 반격하여 불과 100여 시간 만에 대승하여 명실공히 '사막의 영웅'이 되었다. 흔히 "시대가 영웅을 낳고, 그 영웅이 시대를 낳는다."는 말을 이때 실감하면서, 그러나 아무에게나 그런 기회가 주어지는 것이 아닌 것은 유감스러웠다.

∴ '6·29 선언'의 군사적 배경

소련이 아프카니스탄에서 패배해 철수하고, 헝가리에서 대소 저항시위가 가열되는 등 국제공산세력이 점차 쇠퇴하는 가운데 한반도는 '88 서울올림픽'을 놓고 북한이 온갖 시비와 방해행위를 계속하고 있는 동안 남한 정국은, 정치적 봄- 전두환 대통령의 12월 대선 약속과 구속정치인들 등 사면복권 등 -을 맞이하였으나, '체육관 대선'을 거부하는 헌법개정 문제로 정치판은 대통령선거 헤게모니 쟁탈전에 열을 올리고 있는 틈에, 주로 종북 주사파 학생 단체들은 최근에는 '도산운동 사회단체'들과도 함께 더 이상 방치할 수 없는 전국대학생 시위로 확대되어 가고 있었다.

이에 강경시위 진압으로 정국안정을 시도할 것인가, 아니면 헌법개정 등 정치적 요구사항을 수용하는 정국돌파를 시도할 것인가 기로에 놓였을 때였다. 그 결정적인 날 '6·29 선언'을 앞둔 시기(6. 16.~6. 25.)에 군대는 그 한편인, '일단 강경 진압으로 정국안정'을 위해 출동을 준비하고 대기하고 있었다.

6월 16일: 청와대에서 국방 장관과 각군 참모총장 회합, 출동대책합의(지시)

6월 17일: 전국 대학생데모확산, 경찰 등 대응하며 정치적 해결 모색, 만일 대비 군사출동준비태세

6월 19일: 육군참모총장실(?), '육군비상지휘관회의', 군단장급 이상 지휘관 및 충정(忠正) 사단장(9, 30, 20, 26): 현 시국 상황 청취, 토의 후 충정작전 결의, 육본작명 '87-4호' 수령, 1987년 6월 19일 15시

* 작명 요지: 6월 20일 병력출동, 제9사단은 대전, 26사단은 부산, 20사와 30사는 서울 시내

추가설명: 6월 19일 '야간비상각의' 결정 후 구두 명령 하달예정, 그때(24:00)까지 비밀유지요, 이는 국가비상조치로써 계엄령보다 강력한 실제 조치임을 강조.

* 즉시 군단으로 귀대하여 출동부대 지원사항 조치 중

17:20경: 육본에서 24시간 유보지시

18:00경: '작명 87-4' 취소통보

6월 20일 08:30: 출동준비태세 유지지시

6월 22일: '대통령과 야당대표 회담 후 군사행동 결정 예정

6월 24일 16:00: 청와대에서 사단장급 이상 군 지휘관회의(軍忠誠決意)

* 대통령 말씀: 오늘까지의 국가발전에 군이 최대기여, 군은 한국발전의 원천, 국군은 구국의 원천, 한국 장래 낙관, 단 군의 치안출동상황 불부인, 만약 출동 시는 '완전작전'이어야 함.

* 이러한 군사적 상황경과 후, '6·29 선언'으로 귀결되었다.

∴ 군단장 시절, 지휘통솔 여담

작전 중 사고와 신상필벌

여름 장마철 비 오는 날에 1사단 전방 일반전초(GOP) 부대 교대가 있었다. 전방부대 경계시설이 일부 파괴되고 유실되는 피해를 입은 교대 바로 다음 날 신교대부대 7명 1개 조 정찰팀은 아직도 익숙하지 못한 인수지역 경계지대를 정찰 겸 순찰하였는데, 도중 홍수 피해로 토사 사태 지역을 점검하며 지나가는데 그곳이 바로 지뢰표지가 흘러 내려가 알 수 없었던 '지뢰밭'이었다. 정찰조 전원, 지휘자를 포함한 3명이 순직하고 나머지 4명도 부상을 당한 사건이 발생하였다.

보고를 받은 나는 상세한 경위를 위와 같이 파악하고 순직자에 대한 최대한의 예우조치를 취하게 하고 드문 일이기는 하나 철저하게 조사하여 전훈(교훈)을 도출하고 재발 방지를 위한 조치와 노력을 강조하였다. 그런데 군사령부(사령관)에서 사단장과 군단장이 함께 군사령관에게 출두하여 직접 사고 경위와 사후처리문제(지휘관 처벌포함)를 보고하라는 지시가 왔다. 나는 그런 조치는 바람직하지 않다고 믿지만, 당시 한국군 고위층은 여전히 이런 방식으로 예하 지휘관을 장악하려 하였다. 그래서 함께 다녀왔다. 역시나 처벌하라는 지시 조의 권고가 있었다.

물론 처벌의 권한(군법 회의, 징계 등)은 사단장에게 있다. 나는 돌아오면서 사단장에게 말했다. 어제 그런 위험지역을 포함하여 위중한 경계책임을 인수하고 밤새 퍼부은 장마가 왔기에, 다음 날 날이 밝자마자 정찰 겸 경계 시작 겸 피해확인을 나서서 생소한 지역 피해 지역을 확인하며 지나다가 지뢰밭에 들어서게 되어 치명적 희생, 즉 작전 중 불가피한 실수로 사고를 당하였는데, 이는 분명 작전 중 피치 못할 사고인데, 대대장을 비롯한 지휘책임은 재고하는 게 좋겠다고 권고해 주었다.

그동안 국내외 군대 경험과 견문에서 얻어놓은 나의 '신상필벌관'은 확실하다. 사고의 원인에 직접관계자 그러고도 그의 평소 예방조치노력과 사고 당시 피치 못할 사정 여하 등 철저한 심사 후에 판단하여 조치할 것이며 가능한 한 지휘책임은 삼가해야 한다는 원칙을 가지고 있다. 흔히들 사고가 나면 자기를 생각해서(?) 아래 지휘관들을 문책하려는 경향이 아직도 있음을 유감스럽게 생각한다. 걸프 지역에서 초계근무를 하던 함장이 위법비행을 하는 이란 여객기를 격추하였다. 국내외 여론이 비등하였으나, 미국 국방부는 함장의 행위를 정당시하고 결코 문제 삼지 않았다. 애매한 '지휘 책임'으로 아까운 엘리트들은 물론 억울한 인생 낙마를 당하는 경우가 관례라고 치부해서는 안 될 것이다.

대통령의 군단 기습(?)방문-1

전두환 대통령은 훌륭한 리더십을 가진 분으로 그는 대통령이 되어서도 '5% 지시, 95% 확인'이라는 지휘통솔원칙을 준수하였다. 그래서 육군본부도 야간에 흔하게 기습 방문했다는 얘기는 이미 한 바와 같다. 그런데 드나들기 좋은 위치에 있고 자기가 1사단을 지휘하여 숙지되어 있는 1군단 지역을 가끔 야간에 기습(?)─ 이라기에는 좀 어폐가 있으나 ─방문하였다.

나는 소문을 들은 바 있고, 전 대통령의 리더십을 족히 알고 있는지라, 그러하지 않아도 전방사단장과 군단장들은 항상 옷과 장구, 그리고 전화통을 머리맡에 두고 발을 다 뻗지 못한 채 자는데, 그가 언제 기습으로 방문할지 몰라 항상 대기상태에 있었다. 아니나 다를까, '86 아시안게임'이 성공적으로 끝나고 군단장으로 부임한 지 3개월여 된 가을 어느 날 밤 23시경, 옆방에서 기거하는 전속부관이 전화로 "각하께서 청와대를 떠나 이리로 오고 계십니다."였다.

그래서 근무복을 갖추고 준비된 지휘 지프차를 타고 군단을 나와 통일로상 벽제 삼거리에 도착하였는데, 체 5분도 안되어 대통령 행차가 나타났고, 대통령 전용차에, 바로 옆 자리에 합승하였다. 전방 GOP 연대로 가니 안내하라고 한다. 한 나라의 대통령이 한밤중에 임진강을 건너 있는 1사단 최전방연대─ 본부는 남방 한계선에서 불과 1킬로미터도 안되는 지점에 위치 ─를 방문하는 거다. 물론 알고 보면 불과 몇년 전에 자기가 지휘할 때 주야불문 그렇게도 많이 드나들던 곳이라 와보고 싶은 생각이 항상 있었으리라.

가면서 나란히 옆자리에 앉은 전 대통령은 내게 최근 그가 한국경제 부양책의 하나로 제시한 '고속도로 시멘트화'에 대해 열심히 설명하였다. (실제로 서울올림 픽유치를 기념하여 건설된 대구-광주 간 '88 올림픽고속도로'는 국내 처음으로 시멘트 콘크리트로 포장되었다.)

그런데 연대에 도착하니 벌써 비상소집이 되어 완전군장으로 출동대기 태세였다. 연대장실에서 현황보고를 받고 훈시한 뒤, 근처 내무반과 준비태세인 병사들을 돌아보고 위로 격려한 뒤 만족스러운 표정으로 부대를 떠나 청와대로 돌아갔다. 사실대로 말하면 이건 군 통수권자로서 대통령의 직권남용이다. 엄연한 지휘계통─ 지휘원칙 ─을 통하지 않고 예하 부대와 직통하는 것은 비상사태 외는 업무위반이다. 그럼에도 전 대통령의 진심을 잘 알기에 이런 일은 충분히 이해할 수 있었다.

대통령의 군단 기습방문-2

해가 바뀌어 1987년이 되고 군단이 '1987 Team Spirit 연습'에서 복귀하여 정비를 마치고 본격적으로 작전훈련을 준비 계획하고 있던 때, 물론 시국은 '봄의 정국'에서 점차 '호헌'이냐, '개헌'이냐로 어지러워져 가고 있을 때인 5월 어느 날 한밤중(23시경)에 청와대에서 '대통령 방문'을 암시해 왔다가 곧 취소하면서 앞으로 불시에 군단 사령부를 방문할지도 모르겠다고 통보 아닌 암시(?)를 해 왔다. 그래서 일단 간단한 'A4 브리핑'─ 전지 브리핑 시대는 끝나고 'A4용지' 크기 차트 브리핑 유행 ─을 준비하고 며칠을 기다렸으나, 소식이 없었다.

그래서 나는 부임 후 처음으로 휴가를 나갔다. 그런데 휴가 나간 것을 경호실은 알면서도(?) 대통령은 한밤중에 군단 사령부를 기습(?) 방문하였다. 휴가 나와 있으면서도 있을 수 있는 방문에 대비도 할 겸 집에서 쉬고 있는데, 역시나 군단에서 '대통령 방문'을 긴급 연락해 왔다. 나는 전시와 같은 긴급상황이라 가정하고 '무전 지휘용 지프차'를 보내라 하였다. 당시 교통이 그렇게 좋은 형편이 아니라 군단에서 숙소인 자양동까지는 1시간 정도 소요되었다.

그동안 가족은 '택시를 타고 급히 가야 하지 않겠는가?' 하며 걱정하였으나, 나는 아니지, '긴급사태라면 군단장은 최우선으로 지휘계통, 즉 지휘통신을 확보해야 한다. 만일 택시를 이용했다가 피난민이나 사고 등으로 지체되면 그 이상 작전상 실책은 없는 것이다. 그래서 한 시간여─ 대통령이 나를 기다리는 한이 있더라도 —를 기다려 무전 지휘차로 군단과 연락하며 또 한 시간가량 걸려서 도착하고, 사무실 책상에 그대로 앉아 기다리는 대통령께 죄송하다는 말씀드리면서 준비된 군단 현황을 간단히 보고 드렸다.

참으로 훌륭한 분이라 전혀 내색하지 않고 한밤중 피곤한 내색 전혀 없이 다만 냉랭한 표정으로 보고를 다 듣고 즉시 전방으로 향하였다. 1사단 전방 자기가 사단장일 때 야심 차게 축성한 '對戰車壕構'에 도달하여 사전에— 이번에도 군단 통보 없이 —준비시킨 대로 사단장에 의한 그간의 발전을 청취하고 스스로, 긴급히 소집되어 수행한 국방 장관 육군참모총장 3군 사령관에게 이 시설의 중요성과 필요성을 설명하고 강조하며 순시하였다. 그러니까 오늘도 대통령은 국가 안보를 위해 개인의 안위를 희생한 채 밤을 새우고 이른 아침식사를 임진각 식당에서 일행과 함께하고 장병들을 격려하고 청와대로 돌아갔다. 이런 상황에 대해 스스로는 조금도 불경이라 생각지 않았으나, 다만 내게 대한 그의 냉랭한 표정을 읽을 수는 있었다.

'1987 팀스피릿 연습장', 대통령에게 점수를 잃다?

그런 일이 있기 조금 전인 '1987 Team Spirit 연습장(1987. 4.)'에서도 그런 일(?)이 있었다. 전두환 대통령은 해마다 빠짐없이 이 대규모 '한·미연합 야외기동연습장'에, 연합사령부와 그리고 서로 상대하고 있는 청, 홍 양개 한국군 군단 사령부를 방문하여 장병들을 위로 격려해 주었다. 이때도 우선 청군 군단인 우리 군단 방문을 통보받고 참가 연합군 사령관과 심판장, 그리고 아군 양개 군단장(슈워주코프 미 1군단장 포함)과 예하 사단장들이 헬기장 앞에 도열하여 도착을 기다리고 있었다. 나는 안내자인 동시에 소개자가 되어 맨 앞에 서서 대기하였다.

시간이 되자 대통령이 헬기에서 내려 이리로 오시는데, 그 50미터 앞으로 경호실 차장 '오일랑 소장'— '사우디 군사지원 조사단'으로 함께 다녀온 이후 친하게 지나는데, 그 이후 전 대통령 경호실 근무 —이 내게 가까이 와 지나가면서, "위장 때문에 점수를 잃었습니다."라고 귀띔하였다. 대통령을 만나 인사하고 안내하고 브리핑해 드리고 위로 말씀 듣고 기념사진 찍고 다음 '홍 군단'으로 떠나는 동안 그저 담담한 표정으로 일관하였다. 아마도 '그 점수(?)를 잃었는가 보다.'라고 짐작할 수밖에 없었다.

몇 번이고 되풀이 말하지만, 지도자 가운데 이분 이상 대범하고 상식적인 데다 적극적이고 인간적인 사람은 보지 못했다. 그런 데다 또 세심하기 이를 데 없었다. 한국 전장에서 괴뢰군과 대치한 경우, 그들의 게릴라공격을 피하기 위해서 특히 고위 지휘부(CP)는 완전한 은폐, 엄폐 위장을 하여야 한다는 것이 그의 지론이었다. 월남 전장에서 대대장으로서 그는 '언제나 철모 군장'을 강조한 바 있었다.

그래서 이전 '팀 스피릿' 참가 한국 군단 지휘부는 이 지론을 충실이 이행하여, 예를 들면 군단 '전술 지휘소, TCP'조차 사무실 등을 땅굴을 파고 사무실을 설치 엄폐하고 보리짚 등으로 온통 위장하여 은폐하고, 대통령 방문 시에 이 상태를 보여드려 대통령을 만족하게 하였다.

나는 생각하였다. 물론이다 상황(특히 고착 또는 진지 방어전)과 시간이 허용하면, 그렇게 완전무결하게 은폐 엄폐 차폐해야 한다. 그러나 지금 부여된 상황- 후퇴 및 지연전술 후 드디어 반격의 기회 -에서는 모두 털고 일어나, 즉 방어상태에서 공격전투준비상태로 전환해 있는 상태, 더구나 군단 사령부는 걸어서 다니는 단위가 아닌, 더구나 반격을 앞둔 '군단 전방 지휘소'는 기동화되어 있었다.

그래서 나는, 저 인접 미군의 야전 위장술과도 같이, 위는 자연은폐 가능한 산림 속에 큰 기둥(철제로 제작 가능)을 세우고 위장망으로 덮어씌웠고, 그 아래 공간으로 차량화된 상황실과 무전실, 그리고 최소한의 참모부를 두고 지상으로 신속하게 활동할 수 있도록 하였다. 이는 결코 대통령의 의견을 반대해서가 아니고 현재 상황에 맞는 그대로의 지휘관 조치일 뿐이었다. 그런데, 허허, '점수를 잃었다?'

∴ 군사가 정치에 통상적(일상적) 종속은 안 된다

생도 때 '클라우제비츠'의 『전쟁론』에 몰입하였던 때가 있었다. 그는 말하기를, 전쟁은 정치의 도구이다. 그래서 전쟁은 정치적 성격을 띠며, 군사적 관점을 정치적 관점으로 종속시킨다. 그러기에 군 지도자는 시국 정치를 알아야 하고 적어도 당대 몇 정치가의 이름 성격 신념 정치 성향을 알아야 한다고 했다. 그러나 나는 감히 그의 '정치와 군사' 관계 이론과 군사 철학을 수정하면서 이해하려 하였다.

그는 주로 구중궁궐에서 왕자를 지도하면서 『전쟁론』을 연구하였다. 다시 말하면, 그는 정치 분위기 속에서 군사학(또는 이론)을 지도하며 그 속에서 추가로 생성된 군사 철학은 아무래도 정치에 치우쳤을 것으로 추리하였다. 그래서 '정치인은 군사를 알아야 하고, 군 지도자 또한 정치를 알아야 하나, 군사는 반드시 정치에 종속되는 것이라고 당연시하는 것은 나는 잘못이라 생각하였고, 지금도 그 생각은 변함없다.

즉, 때로는 군사가 정치에 종속될 수도 있는가 하면, 또한 때로는 군사적 승리를 위해 정치가 군사에 속할 수도 있다고 생각한다. 최근의 역사 즉 '6·25 남침 적란' 시, 유엔군 총사령관 '맥아더 장군'이 트루만 대통령에게 전쟁과 연관된 만주 내 시설 일부를 폭격해야 한다고 건의하고 주장하였다. 트루만 대통령은 중공과의 정치적인 고려로 이를 허락지 않고 오히려 '맥아더 장군'을 파직하였다. 결과적으로 중공은 만주를 근거지로 대규모로 전쟁에 투입되었고, 그로 인하여 연합군은 후퇴하고 자유민주주의 통일전략은 물거품이 되고 말았던 것이다. 이런 경우는 정치가 군사적 승리를 위해 군사에 종속되어야 함에도 불구하고 '군사가 정치의 도구'만을 내세워 정치가들이 실수함으로써 한국역사에 천추의 한을 남기게 되었던 것이다.

더구나 군단장 당시 한국 정치와 군사관계는 아예 군사가 정치와 사회를 지배하고 있었던 반면 군사 또한 정치(정치군인)에 의해 지배되고 있었다. 따라서 나는 군사를 지배하는 정치군인을 지지하고 싶지 않았다. 실제로는, 노태우(후에 대통령) 민정당 대표 일행의 지역 내 '모내기행사', 지역 내 '골프장 행사', 권 민정당 대표의 권 씨 가문이 주관하는 '행주산성 권율 장군제 행사' 등에 의도적으로 멀리하고, 그리고 민관식 씨에 대한 '테니스 초청'과 지역 국회의원 '모임 초청' 등에 불응하는 등이 모두 그 같은 생각에서였다. 물론이다 결과적으로는 직간접적으로 이익보다는 손해(?)가 돌아온 것은 사실이었다.

chapter. 3

여단장사단장

1981~84

작전참모군단장

1984~88

4-1 1981년 제7공수특전여단장 이취임식, 아내와 함께

4-2 1981년 7특전여단장 취임, 교육훈련 중심,
5·18 원복 정비 및 안정, 민관군 협력 생활

4-3 1982년, 동해안 야외 훈련장(적침투 거점) 정찰

4-4 1982년, 원광대학 김삼룡 부총장 방문 등 교류하다

4-5 1982년, 천리행군 귀대 대대, 정문에서 참모들과 함께 환영 및 위로

4-6 1982년, 부대 야외 훈련장에서 특전용사들과 위로 겸 점심을 함께하다

4-7 1982년 섬진강에서 지리산을 배경으로 뗏목도하 훈련 참관

4-8 1982년 여름, 서해안 침투 훈련 순시, 침투 지원 해군함정 방문

4-9 1982년 여단대항 특전사전술전기 종합대회 우리 여단 우승,
우승팀 유성군인휴양호텔에 위로 휴양 보내고 방문 위로

4-10 1982년, 그동안 특별히 수고해준 '신정' 참모장, 부대 환송

4-11 1982년 독수리훈련에 무등산 정상에 설치된 7특전여단 TCP로 특전사령관 방문

4-12 1982. 10. 여단종합막사 신축(3.5대대), 전북대 건축학과 교수 도안 협조

4-13 1983년 1월, 제8사단장 취임, 역사와 전통에 빛나는 오뚜기 사단기 인수

4-14 1983년 1월, 제8사단장 이취임식 아내와 함께

4-15 1983. 2. 도평리 장벽고 순시

4-16 1983. 2. 오자복군단장 주최 8사단 실시, 전군 시범, '경제적인 부대 운영'

4-17 1983년, 참모장 업무 인수인계, 신임 참모장 임수원 대령 부임

4-18 1983년 여름, 절친 박정기 한전 사장 내외 부대 방문, 환영 겸 친선 운동

4-19 1983년 전역병 신고식. 전역 축하와 동시 '건강하고 대성공하길 바란다.'

4-20 1983년 여름. 사단 무기장비 지휘검열

4-21 1983년 여름. 제16연대 전술토의 참석. 16연대 진지 공사 순시

4-22 1983년 여름 국만봉 진지 공사와 함께 오뚜기령 전술 도로 재개통

4-23 1983년 여름, 오뚜기령 지도에 올린 뒤 10연대장, 공병대대장, 보안대장과 함께 오른 후

4-24 1983. 10. 오뚜기 용사의 탑 제막식, 8각석 8층 위에 오뚜기상, 그 위에 독수리상

4-25 1983. 9. 전 사단 장병 벼 베기 대민 지원

4-26 1983. 10. 새로 제작된 삼정도를 정호용 참모총장으로부터 받다,
가보 제1호 자리매김

4-27 1983. 12. '제대별 교육훈련' 전 육군 시범, 10연대에서 실시

4-28 1984년 3월, '팀스피릿 84', 38교에서 부대출동 사열 겸, 훈련장 사단 TCP 브리핑, 한국 군단장 정호근 중장 순시

4-29 1984년 3월, '팀스피릿 84' 개시 전 인접 미1군장과 24사단장과 상호 인사 및 협조 방문

4-30 1984. 3. 23. 도하작전(남한강) 성공, 군단 역공격 성공, 사단 작전회의, 정 군단장 순시

4-31 1984. 3. 25. 한미연합 사령관, 사단 TCP 방문, 브리핑 및 환담

4-32 1984. 3. 26. 우 군인 미1군단장과 24사단장(본토 워싱턴 주둔,
소집부대)과 최종 작전회의 겸 환담

4-33 1986. 3. 26. 미육군 사령관 방문 브리핑 및 작전지역 안내

4-34 1984. 3. 26. '팀스피릿 84' 사단 TCP, 정호용 참모총장 방문,
위로 및 격려 감사

4-35 1984년도 '팀스피릿 84' 성공리에 상황 끝, 사단 장병들과 승리,
임무완수 자축

5-1 1985년, 육군작전참모부장,
서울 용산 육군본부,
방문객 10분 면담 시간이면 최고 행운

5-2 영국 참모총장 등 외빈 방문 시 참모부장들 영접

5-3 때로는 참모총장 주요 부대 야간 순시 수행

5-4 예하 주요 부대 작전참모 정기 회의

5-5 작전 참모 부 후반기 사기 진작 체육대회와 회식

5-6 참모총장 안흥 현무시험장 방문 수행, '나이키' 대체용 지대지탄도유도탄 시험 발사 성공

5-7 1986. 6. 육군 제1군단장 취임. 중차대한 책임 맡다

5-8 부임과 동시 행주 산성 협조점에서
한강–임진강–도라산–판문점–고랑포까지 전선 파악 순시

5-9 1986. 7. 예하 부대 야간 내무생활 점검 순시

5-10 전방에서 북한산까지 '김신조 루트' 답사 겸 오지부대 순시

5-11 군단 책임지역 내 판문점, 정전 위원회 접견 시 부군단장 박동원 소장 동기생, 유엔사참모장 이창욱 소장 동기생, 참모장 안병길

5-12 휴전선 남방한계선 방벽 축조 후 추가로 휴전선을 연한 철책선 설치 작업 현장 순시

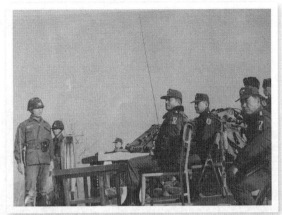

5-13 1986. 12. 제1사단 전투지역 전단선 순시, 대대장 현황 보고

5-14 1987. 1. 포커스 클리어 CPX 군단 자체 강평

5-15 1987. 6. 군단 휴양소에 8각정자와 소규모 풀장 증설, 당시 드물게
김백일 장군 기념 '백일정' 명명

5-16 25사단 내 '감악산' 전술 요점 순시 및 신라 진흥왕순수비 방문

5-17 1987년 3월, '팀스피릿 87' 참가, 청군 우리 1군단 예하부대 참가 기념패, 돌격 결전 구호

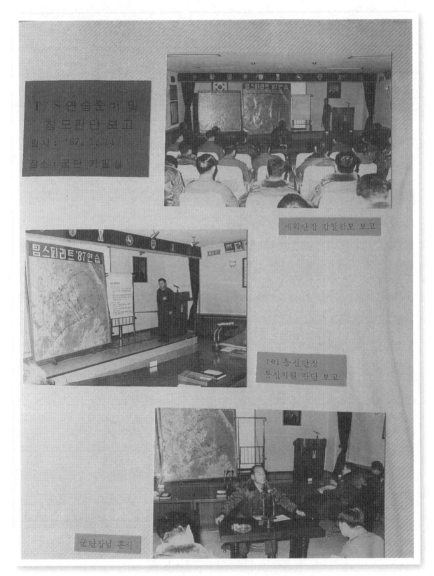

5-18 '팀스피릿 87' 훈련 참가 군단 준비 과정

熱氣 더하는 87팀·스피리트 韓·美연합훈련

美25·2사단 황·청군에 배속신고

육군오봉산부대 동원예비군 비상소집 작전 돌입

하와이에서 공수된 「열
대의 번개」 미보병 제25사
단이 지난29일 한국군 황
군부대장에게 배속신고 해
옴으로써 실질적인 작전훈
련 내세에 돌입하게 됐다.

한국군 군악대의 광파르
가 울려퍼지는 가운데 중
부전선 ○○기지에서 실시
된 이날 배속신고에는 황군
부대장인 육군 2127부대장
을 비롯, 미25사단장등 많
은 한·미장병들이 참석하여
양국의 두터운 걸축을 다
짐했다.

이날 황군부대장은 미25
사단장의 배속신고를 받고
지휘봉을 수여함에 따라 87
팀스피리트훈련기간중 미
25사단은 황군부대장의 작

전통세를 받게됐다.

이자리에서 황군부대장
은 환영인사를 통해 「평화
를 수호하기 위해 멀리 이
곳까지 찾아온 미군장병이
러분을 한국군 전장병과 더
불어 진심으로 환영한다」
고 치하하고 「쌍방간의 긴
밀한 협조를 통해 훈련의
성과를 더욱 드높여줄것」
을 당부했다.

또한 「개인적으로 한국
에 있는 시간을보다 증집
고 유익하게 지낼수있게
되길 바란다」면서 「하와이
에 올라춤이 유명하듯 한국
에는 홍금한 부세춤이 있
나」고 문화예술을 소개하
기도 했다.

같은날 중동부전선 지역

에서도 미보병 제2사단이
한국군 청군부대장에게 배
속신고를 함으로써 청군부
대와 합류했다.

한편 수도권지역에서 비
상소집된 동원예비군 들도
이날 전원의 응소율을 보
이며 집결지인 육군오봉산
부대로 속속들이 출동했다.

잠재동력의 극대화로 인
한합동작전의 능력을 매양
하기 위해 동원됨이 이날 예

미군들은 약간의 황사날씨
진지집임와 훔치움을 보이
며 개인화기를 비롯한 각
종장비를 지급받고 속업지
에 바로 들어갔다.

이날 훈련에 투입된 동
인예비군들은 4박5일간에
걸쳐 탄장및 도하훈련등 실
전적인 작전에 들어간다.

한편 이날 지역주민들은
부임되는 예비군들에게 뜨
거운 박수로 환영함으로써
실질적인 팀스피리트 훈련
이 되길 기원했다. [87팀
스피리트 특별취재반]

◆87팀스피리트훈련의 황군부대장은 지난29일 미보병 제25시단장의 배속신고를
받고 지휘봉을 수여했다.

5-19 'TS 87', 미군본토동원사단 참가,
25사장 배속신고 받고 지휘봉 줌

5-20 한미야전군사령부 방문 환담. 후에 이라크전 영웅
'슈워즈코프(당시 미1군단장)'도 동석

5-21 전두환 대통령 방문 대비 연습 현황보고 준비

5-22 1987. 4. '팀스피릿 87' 연습 도중 전두환 대통령 순시, 연습 현황 보고, 위로 격려 말씀

5-23 1987. 4. '팀스피릿 87' 도중 군단 지휘관 부인들,
참가병사 위문 방문(밥퍼 배식 서비스 등)

5-24 1987. 8. '을지포커스 CPX 87'을 마치고 강평회의 겸 지휘관 회의,
의정부 한미야전군 사령부

5-25 1987년 가을, 군단 간부 가족들과 함께 오봉산 등산

5-26 1987년 가을, 30사단 작전훈련 순시,
구파발 대전차낙석장애물 야음 순시

5-27 1987년 11월, 1사단 동계 야간작전
시범 참관, 장비 및 현장 순시

△

제 四 부

노병은 끝까지 국가에 봉사한다

제10장 '전장의 장수·영웅의 꿈'을 접고 노병으로 용퇴하다

제11장 영원한 이 군인 할아버지, 국가 안보에 전념하며 나라에 봉사하다

제10장 '전장의 장수, 영웅의 꿈'을 접고 노병으로 용퇴하다

(단기 4321년 10월, 서기 1988년 10월)

1. 제13대 대통령선거, 군의 중립과 자유투표권 고수

∴ '3·15 부정선거' 회고

다시 한 번 옛일을 상기해 보았다. 1960년 3월 15일 제4대 대통령 선거(투표)일을 앞두고 군에서도 일찍부터 '이승만 대통령'과 런닝메이트 부통령 후보 '이기붕'을 당선시키려고 지휘계통을 통해서 선전하고, 군기관에서는 본격적으로 투표과정까지 통제하려 하였다. 그러나 당시 군사혁명을 마음에 두었던 박정희 장군을 비롯한 일부 간부들, 더구나 이제 막 육사를 나온 우리 정규육사 출신 1기(중대장또는 전속부관), 2기(중대장), 3기(대대참모), 4기(소대장), 5기(소대장) 장교들은그가 어디에서 근무하던 전원일치 이 부정선거(시도)에 반대하였다. 그것은 곧 '파사현정'이며, '정의의 구현'이고 '군의 중립'이라는 헌법을 지키는 일로 생각하였기때문이다.

그 당시 투표일 1개월 전쯤에 제1연대전투단 일부 설득(?)이 필요한 소대장들 –중대장들은 별도 교육 – 이 금촌에 있었던 기관 사무실로 불려가서 소대원 '선거관리요령', 즉 '소대원 분류관리방법'을 교육(?)받았다. 소대원들을 A–적극찬성,B–찬성, C–반대, D–적극 반대, E–모름 등으로 분류하여 관리하면서 전원 책임지고 100% 찬성표 찍도록 하라는 내용(지시?)이었다. 문자 그대로 나와 골육지정(骨肉之情)으로 24시간을 한 지붕밑 한솥밥을 먹고 지내는 내 소대원 전우를 불신의 덩어리처럼 분류하여 관리하라는 말에 분노가 치밀었거니와 그 후 우리연대 지휘관(및 일반장교)들의 무언 무저항의 모습들을 보면서 동정은 하나 참군인으로서 군인이 부정한 정치에 종속된다는 것을 의미하는 행위에 대해서는 이해할 수없었다.

나는 소대원에게 이승만 대통령에 대해서는 존경하며 위대함을 얘기했으나,

다만 교육받은 바와 반대로 소대원에게 헌법 제67조 1항에 '투표는 보통, 평등, 직접, 비밀 하게 행사한다'는 사실을 교육하고 주장하였다. 투표 당일 소대원들은 단체로 투표소로 갔고, 나는 인접 소대장 '임승해'(육사 후배 5기)와 함께 금촌 연대본부 내 투표소 옆 어느 참모부 사무실 난로 앞에 앉아 투표 전 마지막 결심을 하였다. 임소위는 그 자리에서 투표권을 난로에 넣어 불태웠고, – 다른 동문 장교들은 자의 반 타의 반으로 휴가 갔고 – 나는 역사적 증인이 되기 위해, 현장확인차 투표장으로 갔었다.

완장찬 민간인들이 많이 보이는 가운데 삼엄한 분위기 속에 기표소에 들어가니, 황당하게도 우리 중대장이 하사관 모자를 쓰고 서서 들어오는 병사들의 표를 받아 무조건 찬성 찍어 내보내고 있었다. 나는 그러기를 거부하고 그대로 나와 (백지)로 투표함에 넣으려는데 참관인이 보자고 하는 것을 거절하고 그냥 투표함에 넣고 돌아섰다. 이는 전에도 한 번 했던 얘기이나 이런 기억은 지금도 아주 생생하다. 앞으로 그런 경우에는 반드시 '부정선거'로 간주하고 거부하는 것이 참군인의 나아갈 길이라 확신하였다. 그런 각오와 동시에 한편으로는 내 생애에 그런 일이 다시 없기를 바라며 근무했으나, 대대장 때 그와 유사했던 '유신 국민투표'가 있었고, 그리고는 이 시점 군단장(지휘관)으로서, 특히 나로서는 불행한 상황을 맞이하였던 것이다.

∴ 전두환 대통령의 호출, 청와대 독대

11월 중순, 전두환 대통령께서 단독으로 들어오라는 청와대 전달이 왔다. 대통령이 된 이후 단독 면담은 드물었기에, 더구나 청와대에서 대통령을 단독으로 만난다는 것은 영광으로 생각되었다. 그러면서 내심, 공직을 마치면서 요직에 있는 부하들에게 '수고했다.'라는 위로와 격려인사를 해주려고 부르는 줄 알았다. 그래서 가벼운 마음으로 들어갔는데, 반갑게 예의 정스러운 마음의 웃음으로 맞이해 주었다. 그래서 가까이 옆으로 마주 앉았다.

그러자 수고했다는 덕담과 함께 봉투를 들면서 물었다. "선거 준비는 어때 잘 되어 가는가? 어떻게 준비하고 있지?" 나는 순간 당황하였고 참으로 난감하였다. "아, 예 그것이…." 하고 말을 흐렸다. 거짓말은 말할 것도 없거니와 참말도 하기가 지난하였다. 사실은 '그런 준비'는 전혀 하지 않았고, 오히려 군단 내 전 대대장들을 군단 휴양소로 불러, 군대의 정치적 중립과 개인적인 헌법이 보증하는 4대 투표의 자유권을 역설하고, 본인의 소대장 때 부정선거반대의 역사를 자세히 교육도 하였던 터였다.

그러자 이미 보고를 받고 다 알고 있는 듯(?), "아, 알았다, 그런데 이번 선거는 참 중요하다. 철저하게 준비 잘해주기 바란다. 이건 '금일봉'인데 개인용으로도 좀 써도 좋고, 그런 준비를 위한 부대 운용 비용에 보태쓰도록 하라." 하면서 내게 그 봉투를 건네주고는, 더 이상 선거 얘기는 없었다. 그래서 나는, 평소 마음에 두었던 생각대로 "앞으로 10여 년 뒤면 공산당의 의회 정당 활동도 예상됩니다. 그러나 지금 시점에는 이들 주사파를 일단 다스려 주시기 바랍니다."라고 진언했다. "응, 음…." 하면서도 약간의 침묵이 흐른 뒤, 대통령은 긍정도 부정도 아닌 다만 약간은 덜 정스러운(?) 표정으로 나를 배웅했다.

∴ 군의 중립과 개인의 투표자유권을 보장하는 것(헌법 5조2항, 67조 1항)이 참 군인의 도리요 의무라 믿는다

청와대에서 나와 돌아오는 길에 생각나기를, 내 생각과 내 행위를 이미 알고 있다고 보이기에, 나의 선거관, 투표관, 정치와 군사관, 그리고 참된 군인관에 대해 설명 드리지 못해 유감스러웠다. 돌아와 군단장실에서 참모장에게 봉투의 취지를 말하고, 내 기밀비 조금을 제하고 주면서, 우선 기관장에게 취지를 말하고 상당수를 주고 나머지를 참모부 운용비로 사용하도록 하였다. 그러나 이후에도 내 뜻은 굽히지 않았고 '선거 대책'보다 각급 지휘관과 참모들에게 '투표만은 불간섭'을 거듭 강조하였다.

또한, 군사 훈련은 군사전술 능력배양에도 중요하지만, 장병의 애국심 고양과 사기앙양에도 일역을 담당한다고 나는 평소에 믿고 있었다. 그래서 훈련 상황과 시간 등을 고려하여 오랜만에 군단 소규모 야외기동훈련 및 CPX를 겸한 훈련을 투표 전에 실시하여 내 숙원인 군단 야외훈련을 성사시키고 동시에 선거와 투표에 좋은 영향을 미칠 것으로 생각하고 계획하였다. 그래서 계획대로 실시하려고 준비하였다.

그런데 이번에는 상급부대에서 투표 전 며칠간은 병사들을 영내 휴무를 시키라고 지시가 있었다. 아니 그건 안 되지 않는가? 군인이 정치적 투표 때문에 쉬다니 안 된다고 하면서 강행하려 하였다. 3번 정도 연이어 군사령관 지시라며 중지와 휴무를 종용해 왔으나, 내가 옳다고 생각하고 버티다가 하도 다급한 얘기들을 하기에 할 수 없이 투표 이틀 전에 연기를 지시하였다. 상급부대에서는 우려했을지도 모르나, 나는 계획된 훈련 그것도 애국심을 고양하여 선거에 기여할 수도 있을 텐데, 하는 마음으로 투표일을 보내고 다음 날 훈련을 시작하려 하였으나, 오히려 여러 가지 생각으로 마음이 내키지 않았다. 스스로 훈련을 취소하고 말았다.

1987년 12월 16일에 선거 투표가 있었다. 나는 군단 본부대로 가서 일반병사와 함께 줄 서서 기다렸다가 차례가 왔을 때 한 표를 행사하였다. 그리고 그 자리에서 병사들에게 강조하였다. "투표는 보장되어 있다. 자기 뜻대로 투표하라."라고.

전국적 선거 결과는 근소한 차이로 노태우 대통령이 당선되었다. 결과적으로 보아 사실상 군인의 한 표가 그렇게도 중요함이 여실하였다. 그러하였기에 그 세밀하고 완벽한 마음씨의 전두환 대통령이 직접 나서서 군대투표를 그렇게도 중요하게 생각하여 필요 요인들에게 종용하였던 것이리라.

2. '장수·영웅의 뜻'을 접고, 노병으로 용퇴하다

∴ 군단장 해임, 강원도 원주로 유배(?)

선거결과 발표 이후 불과 열흘 뒤인 12월 27일에, 상식 밖으로(?), 곧 취임하는 노태우 대통령 당선자 아닌, 곧 퇴임하게 될 전두환 대통령이 연말 군 고위직 인사 이동을 단행하였다. 이는 보기에 따라서는 주로, 선거 논공행상으로 보였고, 그리고 자신의 앞으로, '원로대통령 자문회의 의장'직을 위해 실시한 것으로 보였다.

그 발표에 의하여 나는 현직(제1군단장)에서 해임되어 강원도 원주에 있는, 아무 권한도 없는 한직의 제1 야전군 부사령관으로 유배(?)되었다. 크게 말하면 정치가 군사를 종속시킨 것이요, 적게 말해도 정치적 중립의 헌법을 지키고 부정선거를 거부하려는 정의로운 (참) 군인을 정치적으로 해임한 것이다.

그 이후 위와 같은 정치적 논란을 감안하여, 노태우 정부는 발족 이후 즉시 선거법을 개정하여, 군 영내 투표를 영외 민간투표소에서 실시하도록 하였다. 그러나 내가 보기에 문제의 본질은 선거(투표) 당시 '대통령의 결심'에 있는 것이지 형식적인 투표소 민간화에 있는 것이 아닌 것이 확실하다고 믿는다. 이 때문에 정치가요 동시에 국군통수권자인 대통령은, 앞으로는 부디 군대의 정치적 중립을 보장하기 위해, 군대의 한 표를 더 이상 위법 강요하지 말고 준법정신에 맡겨 주기를 간곡히 당부해 두고자 한다. 그래야 국군의 각급 지휘관이 거짓 없는 올바른 지휘권위를 보존할 수 있을 것이라고 믿는다.

∴ "나는, 나의 임무를 다하였다."

나는 소싯적부터 역사 공부가 특별히 재밌었다. 그래서 어릴 적부터 이조 시대 9명의 '충무공' 중 한 무장이던 '남이장군'을 흠모했는데, 그가 일찍부터 무과급제하고 국경 지대에서 적국을 정벌하며 위국헌신의 영웅으로 읊었다는 북정가(北征歌)— 백두산석마도지석(白頭山石磨刀盡) 두만강수음마무(豆滿江水飮馬無) 남아이십미평국(南兒二十未平國) 후세수칭대장부(後世誰稱大丈夫) —를 특별히 좋아하며 그 의기를 평생 마음에 새겨두고 있었다.

또한, 한국의 영원한 영웅 이순신 장수와 영국 트라파르갈 승전(해전)의 영국 영웅 '넬슨 제독'의 "나는 나의 임무를 다하였다!"라는 마지막 대사(臺詞)를 항상 마음에 두고 있어서 때가 되면 나도 그렇게 독백하려 하였다.

또한, 제2차 세계대전의 미국 전쟁 영웅 중 한 장군인 '패튼 장군'은 미군을 지휘하여 북아프리카에서 독일의 유명한 '롬멜 군단'을 격파하고 이태리 '시실리' 섬에 상륙하여 북상, 프랑스와 독일— 특히 '발지 전투' —에서 혁혁한 전공을 세운 전쟁 영웅이기에 나도 그런 기회에 그런 승전 장군, 즉 전쟁의 영웅이 되고 싶었다. 또한, 특히 태평양전쟁과 한국전쟁의 영웅인 '맥아더 장군'의 그 신념, '군사적 승리를 위해 군사에 대한 정치적 종속'까지도 주장하였으나 끝내 "노병은 죽지 않고 다만 사라져 갈 뿐이다."라고 한 의기(義氣)를 담고 군인 생활을 다했다.

자, 이제 '시대가 영웅을 만들고 영웅이 시대를 만든다'라는 역사적 시대 운명을 만나지 못한 노병은 미련 없이 사라져 가는 것, 이 또한 (참) 군인의 도리 아니겠는가?

더 이상 '전장의 장수와 전쟁 영웅의 꿈'을 이룰 기회는 올 것 같지 않았다. 용퇴하기로 결심하였다. 전장에서 장수의 깃발을 날리는 꿈, 전쟁으로 승전의 영웅이 되는 꿈을 잊고 이제 이 노병은 한국군에서 사라져 간다.

군단장 이취임식에서 나는 간단하게 말했다. "나는 나의 임무를 다하였다."라고. 그리하여 '나는 나의 임무를 다하였다.'라고 마음속으로 거듭 외치면서 더는 말없이 군단을 떠나갔다.

그래서 잠시나마 제1야전군사령부 부사령관(1987. 12.~1988. 6.)으로 재임하였는데, 사령관 '정호건 장군' 부부는 우리 부부를 극진히 대해 주었다. 고마웠다. 그는 지난 한 해 동안 나와 대통령과의 관계를 알지 못하기에, 그동안의 여러 가지 인과관계로 보아, 잠시나마 자기를 이을 자로, 미리 여기에 오게 된 것이라고 생각하였던 것으로 보았다. 그도 나도 한때 수도기계화사단에서, 진정을 서로 느낄 기회, 즉 사단 참모와 연대장, 참모장과 사단 참모로 고락을 공유한 때가 있었기도 하였다.

∴ 현충문을 나오면서 국군이여 안녕! 군대여 안녕!

용퇴신고를 마치고 그 길로 바로 동작동 국군묘지로 가서, 특히 그동안 나와 함께 위국헌신하다가 운명을 달리한 나의 옛 전우들에게 거듭 명복을 빌었다. 그리하여 이 노병은 전장에서 죽지 않고 말없이 군문을 나와 사라져 갔다. 국군이여 안녕! 군대여 안녕!

제11장 노병, 국가 안보에 전념하며 봉사하다

(단기 4321~4331, 서기 1988~1998)

1. 국가안전보장회의 겸 비상기획위원회 부위원장
(1988. 10.~1993. 3.)

∴ 나라에서 이 노병을 다시 부르다

바로 다음 날부터, 집(성북구 자양동)에서 가까운 육사 도서관에 가서 그동안 생각해 왔던 '안보학(安保學)' 연구의 일환으로, 또 당시 미소 간의 냉전 시대 마지막 고비를 넘기 위한 '군비관리·군비축소회담'의 연장선상에서 '한국의 군비관리(통제) 군비 축소'에 관한 연구와 저술에 몰두하였다. 마침 육군사관학교 교장에는 후배 절친이요 하나회 아우인 '민병돈 장군'이 있었는데, 잠시 신세를 지면서도 가급적 폐가 안 되도록 유의하였다. 당시 민 장군은 특히 노태우 대통령이 전두환 전 대통령에 대한 비정한 예우(?)와 불안한 시국처리에 대한 불편함을, 나와 공감하고 있었다. (그 이후 이미 알려진 바와 같이 그해 생도 졸업 및 임관식장에서 불편한 모습을 보여, 그 직에서 해임되고 예편되는 안타까운 일이 있었다.)

'88 서울올림픽'이 대 성공리에 끝난 10월 초순 어느 날, 나는 '김종휘' 청와대 외교안보수석으로부터, "내게 관한 좋은 소식을 전할 테니 신라호텔 로비에서 만나자."라고 연락이 왔다. 그래서 가 만났더니, "며칠 내로 사진 몇십 장 준비하고 기다리면, 신문에 비기위 차관 명령 광고 나올 것이다."라고 하였다. 직접 만나 얘기를 듣고 나는 생각하고 결심하였다, '국가안전보장회의'라면 곧 국방, 즉 군사를 한 축으로 경제 외교 등의 분야를 통합하는 국가안보전략 최고봉의 국가기관 아닌가?

이제 군문을 나와 사라져 가던 노병이 다시 국가안보기관에 봉사할 수 있는 기회를 갖게 된다는 것은 또 한 번의 기회요, 영광의 길이 될 것으로 생각하고 부름에 쾌히 응하기로 하였다. 그래서 기다리는 동안 진짜 몇몇 신문에서 사진과 자기소개를 보내달라고 요청을 받았는데, 그렇게 요란한 인사는 아니라 생각되어 일체 거절하였더니 신문에 내 사진만 빠진 차관급 발령 광고가 나왔다. 다음 날 '강영훈' 국무총리에게 신고하고 '과천'으로 출퇴근하며 업무를 시작하였다.

'김종휘' 외교안보수석은 내가 국방대학원 관리교수부장으로 갈 때 적극 추천해 주었고, 근무 중 친하게 지냈으며, 그동안의 내 사정도 이해하고 있었던 거로 짐작이 되며, 이번 일도 그의 추천으로 되었다고 믿어진다. 다만 임명권자인 노태우 대통령은 어떤 입장을 보였는지 알 수 없으나, 김 수석의 제의는 나로서 잊을 수 없는 친절이었다.

∴ 우리 위원회의 역사, 임무, 구성

'국가안전보장회의 겸 비상기획위원회'라는 긴 간판 명칭을 가졌으나, 정부 조직법상의 부처가 아니고 국무총리 직속 위원회였다. 그래도 엄연히 위원장은 '장관급'이고 부위원장인 나는 '차관급'으로 국무회의와 차관회의에 정식 멤버로 매주 참석하여 정부 전 부처 차관들과, 때로는 위원장을 대리하여 전 국무위원들과 국책을 최종적으로 논하고 심의하는데 참석하였다. 그러나 서열은 법제처 차관 다음으로 차관 말석이었다.

위원회 역사를 보면, 그동안 국가 안보에 대한 관민의 인식이 파란만장하였음을 엿볼 수 있다. 미국에서도 '국가 안보 또는 안보전략'이라는 논리가 명확하게 성립되기 전인 1962년, 제3공화국 헌법에 '국가안전보장회의' 설치를 규정하여 63년에 '안보회의'가 설치되었다. 1968년의 '김신조 사태'로 정부는 대오각성하여 '비상기획위원회'를 그 소속으로 추가 설치하였다. 이때 야당의 반대로 그 작명에 상처를 입기도 하였으나, 내가 근무할 당시까지 우여곡절을 겪으며 유지되어 왔다. <u>위원회의 기능 즉 임무로는, '안전보장회의'를 준비(주관)하고, 매년 실시하는 '乙支-FOCUS 연습'의 정부연습(을지)을 주관하고 감독하며 발전시킨다. 그래서 이에 따르는 정부 '전쟁지도 벙커의 상황실'을 관리유지, 운용하며, 유사시 전시 통제하게 되는 필수 국가기관과 동원 유관 민간기업에 설치된 '비상계획관'의 인사, 운영, 관리를 담당하고 있다.</u>

위원회 구성은, 위원장—부위원장, 그 아래로 기획통제실, 동원기획실, 조사연구실로 구성되어 있다. 기획과 동원실장은 군 예비역 장군이고, 조사실장은 주로 서울대 출신 1급/정무급이었고, 약 100여 명의 직원으로 구성되었다. 부위원장은 중장급 장군 출신으로, 일반 정부 차관의 임무(역할)와 같이, 그러나 군부의 '부'(副) 지휘관과는 다르게, 실제 부서 부책임자로서 결제선상에 있고, 하부부처의 업무조정은 물론 그 부를 대표하여 '차관회의'에 참석 책임을 진다. 이 때문에 마치 한 부대의 참모장과 같은 역할도 담당한다. 다만 우리 위원회에서는 '국가비상기획위원회'에만 부위원장의 임무를 당당하게 되어 있다.

그냥 보기에는, 미국의 '연방비상관리처(FEMA, Federal Emergency Management Agency)'와 닮았으나, 미국에는 평상시 '국가재해대책'까지도 포함하고 있으나 한국은 오로지 전시 동원업무에 국한하고 있었다.

∴ 당시의 '국가안전보장회의'를 주관

한국과 같이 국가 안보와 국가안보전략의 중요성을 인식할 수밖에 없는 나라들은 '국가안전보장회의(NSC, National Security Council)'라는 정부기구를 대통령 가까이에 두고 운용한다. 그동안 우리나라도 안보문제 논의와 심의의 중요성이 점증하는 가운데, 변화와 수정을 거쳐 비정기적으로 국가적 이슈가 있을 때 우리 위원회가 준비하고 대통령이 주관하여 국가안보회의를 개최해 왔다.

그런데 이상하게도 직계상 차관인 부위원장은 이 업무 밖에 있도록 되어 있었다. 그래서 중차대한 국가안보문제를 생각하면 반드시 관여─ 발언과 제도발전 등─하고 싶었으나, 법률상 월권이 될 수 있으므로 안타깝지만 직접 관여하지 못했다. 그러나 보아 오건대, 청와대 외교안보실에서 개최준비 통보가 오면, 참석 부처에 통보하여 준비시키고, 사전에 그 준비물을 모아 청와대에 제출하고, 회의장소를 준비하는, 즉 행정 사무처 역할을 담당하고 있었다. 자체 정책이나 전략개발 또는 국내외 책임 안보담당(비서)관이 없었다. 즉 진짜 국가안보문제를 담당하고 있지를 않았고, 말로만(?) '국가안전보장회의'였으며 실제는 청와대 외교안보실이 역할을 하고, 그 사무를 담당하는 사무국? 정도 역할이었다.

∴ 충무계획(忠武計劃)의 유지, 집행, 발전

위원회의 핵심 업무로, 전시 또는 국가 비상시 준비된 '충무계획'을 발동하여 정부기관 및 국가 기간업체를 통제하면서, 국가(총)동원을 집행하는데, 평상시 이를 위한 준비와 연 1회 국가적 연습훈련(乙支鍊習)- '을지-포커스 연습' 중 정부 분야 연습 -을 담당하여 실시한다.

'데프콘-3(DEFCON, Defense Condition)'가 발령(국방부)됨과 동시 위원회는 전 정부기관에 일제히 경보를 발령한다. 그러면 위원회는 '국가전쟁지휘소 벙커'를, 전 부처는 현지 지하벙커 개소를 준비하며 전 부처 상황실을 연결- 당시는 비상전화망 -한다. 이어서 '데프콘-2'가 발령되면, 위원회는 즉시 '국가 전쟁지휘소 벙커'로 이동하고, 5개 안보관계 부처 지휘부는 벙커로 들어오고 잔여 모든 부처는 의명 서울에서 지방으로 이동을 대기한다. '데프콘-1'이 발령되면 대통령과 지휘부가 한강 이남 벙커에 정좌하고, 남은 부처들은 상황에 따라 대처하며, 전국 동원령, 즉 충무계획이 집행된다. 이와 같은 절차훈련을 매년 1회, 8월에 실시하는데, 그 주관 부서가 바로 우리 위원회이다.

∴ '비상계획관'의 인사, 관리, 운용

'김신조 사태' 이후 정부는 대오각성하여 군비를 증강하면서 '자주국방'에 심혈을 기울이는 한편, 민방위 문제와 국가동원문제에도 역량을 집중하였다. 그래서 1969년도부터는 정부 각급 기관(투자 기관 포함)과 주요 동원업체에 '비상계획관'을 임명하고, 전시정부의 제 기능을 유지하고 국민 생활의 안정을 도모하는 '전시대비계획'을 수립하여 유지 보완하고, 기업체의 전시전환계획, 즉 동원계획을 평시부터 수립하여 유지·보완하도록 하였다.

정부 각급 기관(각 시도 밑 투자 기관 포함)에는 예비역 대령을, 주요(대형) 기업체에도 예비역 대령을, 단 기관과 업체의 규모에 예비역 중령과 소령도 선발하여 배치하고 운용하였다.

∴ 박정희 대통령의 '서울고수 전략작전계획' 유지

지금은 모든 것이 시대변화에 따라 발전하였겠지만, 당시는 박정희 대통령이 수립하였던 '서울고수 전략작전계획'이, 변화가 필요하였음에도 여전히 유효하였다. 그래서 북괴가 전면 재남침 시 서울 결사 고수방어로 고립되었을 때 서울과 주민의 생활을 안정적으로 유지하기 위해 몇 가지 대책이 준비되어 있었다.

예를 들면, 서울 시내 비상용 전기수요를 16만 킬로와트로 상정하고 비상 발전기를 시내에 준비하였고, 시내 아파트단지는 그 규모에 맞게 우물(물)을 준비하였고, 주요 건물마다 자체 비상 발전기를 준비하였고, 서울시민 비상용은 물론 겸해서 전국민용(군사용 포함) 국가비상물자비축— 식량 최대 3년분, 유류(서울, 거제도 등), 의약품(약효 초과품 수시교체) 등 —을 엄수하였다. 이 때문에 위원회가 특히 '을지훈련' 시 직접 점검하는 업무감독이 필수 사항이었다.

∴ 차관회의와 국무회의

매주 1회 차관회의는 목요일, 장관회의는 금요일로 기억한다. 회의가 있는 날은 평소보다 약간 일찍이 과천청사로 출근해서 아침 업무를 마무리하고, 서울 시내 교통사정을 고려하여 늦지 않기 위해 일찍 출발한다. 어느 때 2~30분 여유가 생기면 또는 어느 때 일부러 일찍이 출발하여 여유 시간에 삼청공원에 들러서 입구 안쪽에서 산책 겸 머리를 식혔다. 군인 출신 차관으로는 국방 차관, 통일부 차관, 그리고 위원회 차관인 내가 있었다. 위원회 차관은 평소 여타 차관들과 업무협조관계가 거의 없어 언제나 그들과 만나면 생소하였다. 다만 내가 4년 이상 오래 근무하다 보니 고참이 되어 낯이 익어지면서 그냥 동료로 친하게 지나게 되었다.

차관회의는 주로 선임차관 주재하에 개최되는데, 장관회의 회부에 앞선 정책사항을 최종 협조하고 조율하는 기회이다. 그런데 대부분은 일반정책사항이라 발언할 기회나 경우가 없으나, 평균 1개월에 2~3건 정도가 안보와 비상 기획업무에 능동적으로 관계됨으로 발언을 하고 주장도 하였다. 위원장이 휴가나 어떤 사정으로 불참 시 대리하여, 주로 국무총리가 주재하는 '국무회의'에 참석하였는데, 거의 참석에 의의(?)를 두는 정도였다.

청와대 초청 연회에 차관급까지 참석하는 경우는 연 2~3회 정도였는데, 주로 연말 또는 어떤 경축행사에 부부간에 초대되어 갔다. 그러나 대통령 부부와의 직접 접촉과 담화 기회는 거의 없었던 거로 생각된다. 오히려 전두환 대통령 당시 군 장성으로 청와대 연회나 회의에 초대되어 참석하던 경우가 더 생각나고 있다.

∴ 한국의 군축, 군비통제 제의

근무하는 동안(1988~1993) 시대가 바뀌어서 국제공산주의는 패망하고 소련도 망하여 러시아가 되었는데, 그래도 핵무기를 비롯한 화학무기 생물학무기, 그리고 지뢰 문제 등 국제간의 '군비통제 및 군축문제'는 여전히 협상 대상이 되고 있었다. 특히 우리 한반도정세는, 노태우 정권의 '북방정책'에 따라 특히 죽어가는 북한을 살려내게 된 '남북합의서' 등 국내외 '정—반—합'의 역사적 터닝포인트를 지나가고 있었다.

그래서 남북 간의 '군비통제와 군축문제'가 이슈가 될 수 있을 것 같아서 나는 열심히 연구하고 그 결과를 부내 '한국안전보장론총'에도 기고하고, 특히 홍성태 소장이 운영하는 '한국전략문제연구소' 세미나에 발제인으로도 참석하여 '한반도 군비통제와 군축' 문제를 제시하고 토론하였다. 요지는, 현 휴전선에서 전무장병력을 인접국과의 국경선으로 이동 배치하고, 상호 적대 무력을 통제 또는 감축하자는 내용이었다. 홍 장군의 배려(?)로 그날 석간에 크게 보도되기도 하였다. 그러나 그 후 북한의 보이콧으로 만사가 정지되고 말았다.

∴ 근무 여담

○ 비핵화 선언 시, 열핵순환문제 주장

아마도 1992년 1월경, '남북합의서'가 발표될 무렵 어느 날, 차관회의에서 외무부 차관이, 남북합의하에 우리 정부가 '한반도 비핵화 선언'을 하기로 하였다는 것이다. 물론 그것이 남북 간 지켜질 수 있는 약속이라면 한반도의 '비핵지대화' 아닌 '비핵화'는 바람직하였다. 그러나 만일을 위해 조건은 필요하였다. 나는 질문하였다. "만일 지켜지지 않을 때까지도 고려하였는가? 핵연료 제조과정인

열핵순환과정, 즉 연료 주기에서 '핵연료재 처리과정'까지는 포기하지 말고 조건 부가 어떠하겠는가?"라고 했더니 "그럴 의향이다."라고 하면서 "그러나 어디까지나 선언이니 필요시 재고 가능하다."라고 하였다. 그 이후 북은 문제의식 없이 핵무기개발을 가속화하였으나, 우리는 그대로 묶여 있음으로써 노태우 정부는 북에 속고 말았던 역사가 되었다.

○ '국군의 날', 공휴일에서 삭제반대, 결과 유감

1948년 8월 15일에 대한민국 정부가 수립(건국)되고 국가적인 경축일을 '국민과 함께 기념'하기 위해 법으로 '국경일'을 정하였다. 3·1절, 제헌절, 광복절, 개천절, 한글날, UN의 날, 국군의 날이었고, 다만 제헌절과 한글날은 공휴일은 아니었다. 이후 설날, 석가탄신일, 어린이날, 성탄절, 현충일, 중추절, 각종 선거 투표일 등이 공휴일로 정해졌다.

노태우 정부가 성립된 그다음 해 어느 날, 정부에서는 연중 공휴일이 22~23개로 많아졌으니 부지런히 일해야 하는 발전도상국으로서는 공휴일을 줄여야 하겠다고 생각하고 논의를 시작하였다. 그 결과를 가지고 차관회의에서 결론을 내려 하였다. 어느 날도 다 이유 있고 사회적 역사적 배경이 있는지라 제거하기 어려운 가운데, 끝으로 국군의 날(10. 1.)과 개천절(10. 3.), 그리고 한글날(10. 9.)이 나란히 10월 초부터 휴무가 될 수 있으므로 그 가운데 어느 한 날을 손보기(?)로 집약되었다.

그런데 관계 부처 특히 문교부가 개천절과 한글날을 손보면 자기들은 관계기관으로부터 얻어맞는다(?)고 고수함으로, 남은 한 날, 국군의 날이 도마 위에 올랐다. 그러나 그 어느 차관도 감히 '국군의 날'에 대해 언급하려 하지 않았다. 물론 절대 반대의 선봉에는 국방부 아닌 내가— 언론들은 예비역들이라 하였다. — 있었다.

그래서 최소 그 논의가 3~4회 이상 차관회의에서 있었으나, 언론과 내 주장에 따라 불가 결론으로 기우는데, 어느 날 전혀 예상외로 국방부(차관)가 동의한다는 것이었다. 당시 차관은 육사 동기생이었다. 나는 크게 분노하여 회의 중에 그에게 따지고 나무라면서 내 주장을 고수하였다. 그러나 그다음 회의에서 당사자인 국방부가 동의— 당시 국방 장관과 차관이 대통령의 뜻에 (아부?) 따르느라고 —함으로 '국군의 날' 공휴일은 휴무에서 **빼기**로 결정을 봄으로써, 국군과 국민의 안보 관심을 흐리게 만든 개탄하여 마지않는 결과를 낳고 말았다.

오늘날 포퓰리즘의 이 정권이 수 없는 날을 공휴일로 지정하면서도— 내가 혼자 신문고를 두들겨 보았어도, 국방부가 무관심한 가운데 —복원할 생각조차 하지 않아 유감스럽기 짝이 없다. 그러나 나는 끝까지 투쟁(?)해서 '국군의 날'을 국경일인 동시에 공휴일로 복원할 수 있도록 노력할 것이다.

○ 정부 부패척결 운동

노태우 정부는 초기에 대북 문제나 사회정의 문제, 그리고 부정부패 척결문제 등에 단호하고 결정적인 의지를 보이지 않고 '물태우'라는 표현을 즐기면서(?)까지 해이하였다. 마치 '이제는 풀어줄 때가 되었다.'라고 생각한 것처럼. 이런 경향을 일컬어 군사독재시대에서 민주화 시대— 이름 좋아 민주화 시대 —로 적절하게 이전하였다고 하는 언론들의 평가에 나는 불만이 있는 것이다.

노태우 안보정책도 뒤늦게(중기쯤) 깨달은 듯, 제동을 위한 조치를 취하려고 노력해 보았다. 특히 대북정책이 그러하였는데, 이미 쏟아진 물을 되 담기는 어려웠다. 그 외에도 일반적인 사회정책들 또한 그러하였다. 한 예로, '부정부패 척결운동'이다. 차관회의에서 논의되었다. 예를 들어, '우리, 즉 정부관청이 모범을 보이자.'라고 하면서, 관혼상제 또는 어떤 경사에 꽃다발 안 주고 안 받기, 기념식이나 경축일 등에 호텔 등 큰 곳에서 연회 열지 말기, 설 추석에 선물 주고받지 말기' 등을 실천하는 과제를 논의하였다.

그러나 특히 지방 도지사나 시장했던 차관들은, '외국인 접대는 예외로 하자, 설 추석 등에 지방 기업인들과의 주고받기는 오래된 관례이니 예외로 하자.'라고도 하였다. 나를— 속으로 —빼고는 모두가 묵묵히 동의하는 분위기였다. 물론 이 정도는 전두환 정부 시절의 '가정의례준칙'에 비하면 근처에도 가지 못할 정도였으나, 그래도 일단은 실천되는 듯하였는데, 얼마 안 가 그나마 흐지부지되고 말았다. 나는 친척 관혼상제는 물론 개업 시에도 이름이 든 화분조차도 보내지 않았더니, 관계자들로부터 탐탁지 않은 반응이었다. 나는 한때 섭섭하고 만다는 각오가 더욱 필요하였다.

○ 벙커 상황실 전자화 착안과 국가예산투쟁

정부 전쟁지도 벙커에는 정부상황실이 있고 군사용, 즉 합참 상황실이 있었다. 정부상황실에는 벽면 주변으로 현황판이 있고, 그 밑에 각 부처 연락관이 연락용 전화기로 업무연락을 하고 있었다. 물론 정부도 이제 막 컴퓨터화하고 디지털화하고 있었기에 이런 모습은 아직은 보통이었다. 그러나 작전참모 당시 미군 전시지휘소에 갔을 때 본 것은 이미 모든 시스템이 전산·전자화되어 있었다. 그래서 나는 이를 착안하고 위원회 행정실에 사업제목을 설명하고 예산을 신청하라 하였다.

그런데 행정 요원들의 반응은 그것이 아니었다. '안 된다'는 것이었다. 그 이유는 우리 위원회 같은 상부상조 값어치(?)가 없는 부처는 예산 획득이 하늘의 별과 같다고 한다. 들어보면 그럴 것도 같았다. 사실 어느 부처가 연초에 야심 찬 사업을 대통령에게 보고하고 승인을 받았는데도 예산처가 '안 된다'고 하는 경우가 다반사라는 것이다. 물론 그럴 수도 있을 것이다. 그런데 그러면 국가 예산은 누가 사용하며 해마다 증액되는 예산은 누가 사용하는 것이란 말이냐?

나는 육군본부 작전참모부장으로 근무할 때 육군예산을 심의할 때마다 교육훈련비용, 예를 들면 '하사관 학교 전문대학과정 도입비' 등을 고집해서 시기에 맞게 획득해서 사용한 바도 있다. 다시 말하면 국가 예산은 언제나 수요자가 넘친다. 이 때문에 절실한 예산이라면 그만큼의 획득노력이 필요하다, 때로는 실무자끼리 밥도 사주어 가며ー 물론 바람직하지는 않으나ー, 즉 국가 예산은 절실히 필요한자가 수단과 방법을 가리지 말고, 국가를 위해 하는 일이기에, 노력하여 획득하고 요긴하게 사용하는 것이다.

나는 행정실에 예산을 반영하고 획득 준비하는데, 일단은 차관인 내가 앞설 테니 따라오라고 했다. 당시 차관회의에는 경제기획원 차관(경제기획원, 부총리급)이 의장으로 회의를 주재하였는데, 오랫동안 안면이 있다 보니 잘 알게 되었다. 그래서 요청했다. 오랜만에 드물게 부탁하는 것이니 가능한 대로 해 주겠다고 언약하였다. 그래서 우선 비용으로 8억 원을 신청하였다. 결과 1/10인 8천만 원이 나왔다.

나는 약속을 어긴 처사라 생각하고 반납하자고 했더니 그게 아니란다, 원래 사업이란 건 다소 불문 일단 예산에 걸어 놓으면 다음 해, 그다음 해로 연속 요구할 수 있고 계속 진행이 가능하다. 그러기에 일단 그 액수로 착수하고, 그리고 완성될 때까지 그걸 근거로 점점 키워 나간다는 것이다. 그래서 사업에 착수하게 되었다.

그 후에도 그동안 위원회가 존재감이 없어(?) 소외되었던 외국시찰 여비 예산도 획득하여 해마다 다른 부처 못지않게 연 4개 조로 동남아와 구미주를 해마다 시찰 여행할 수 있게 되었고, 영국의 IISS에도 가입하여 해마다 차관 등이 참석할 수 있게 되었다.

육군본부 작전참모부장 근무 때도 그랬지만, 무슨 일이건 내 책임과 임무에 관한 한 국가 예산 획득에 복지부동해서는 안 되고 계속 한계를 넘어서라도(?) 고집으로 어필함으로써 획득할 수 있고, 그래야만 부처 사업이 발전하고 곧 나라가 발전하는 것이다.

∴ 자유로 건설 찬동

육사 출신 대통령인 노태우 정부에서도 '88 서울올림픽' 개최부터 시작하여 국제 국교 확장 외교와 남북 합의서 등 외교안보문제는 물론, 간접자본 투자사업인 국책사업으로 전임자 정부 못지않게 굵직굵직한 국가사업이 과감하게 제안되고 시행되었다. 예를 들면 100만 호 1기 신도시 사업, KTX 사업, 정부기관 전자화 사업, 인천공항 사업 그리고 '자유로' 건설사업 등등이었다.

어느 날 건설부 차관에 의해 '자유로 건설'에 대해 논의하게 되었다. 물론 반대는 없었으나, 느끼기에 회의적인 분위기가 되려 하였다. 그래서 내가, 솔직히 본 위원회 소관은 아니지만, 간접적으로 관계되고 개인 경험이 많이 관계되었으므로, 좀 더 적극적으로 건설사업의 의미를 강조함으로써 다수찬동의 분위기로 전환시킬 수 있었다. 발언 요지는 다음과 같다.

1. 서울에서 임진각(자유의 다리)까지의 도로는 정부에서는 북한과의 왕래 시 폭 좁고 복잡한 덜 발전한 지역 통일로보다 새롭게 시원하게 뚫린 도로가 생각

난 것이다. 그런데 사실은 특히 군사전략전술상 대단히 중요하다. 만일에 전쟁이 발생하면 일차 주저항선은 임진강선이고 여기에 인적 물적 지원이 계속되어야 하는데, 현용 통일로외 새로운 고속화도로가 필요한 것이다.

2. 현 대통령이 그 지역 9사단장을 하고 내가 그 지역 군단장을 하였기에 잘 아는 일인바, 현재 한강 북변 뚝, 특히 일산지역 둑은 홍수대비 높이 14미터 보다 낮아 홍수 때마다 불완전하고 한때는 일산에 홍수피해를 주기도 하였다. 그래서 일산 신도시를 건축함과 동시에 완전하고도 든든한 새 둑이 필요하다는 등, 역설하였다. 이후 더 이상 논의 없이 그대로 건설이 되어 지금과 같은 참 역사에 남는 사업으로 널리 활용되고 있다.

○ 공무원의 복지부동

일반 공무원과 각 부처에 대한 업무와 회계감사는 정기적으로는 2년에 한 번, 필요시는 물론 수시로 나오는 것을 보았다. 그런데 통상은 주로 과장급을 상대로 잘잘못을 추구한다. 결과 시말서 요구도 주로 이 정도 계층에게서 받아간다. 징계 요구 등도 주로 이 계층에게 해당되는 것으로 보였다. 다시 말하면 공무원이 법규에 의해서만 일하는 것이 원칙이지만, 수시로 새로운 과제가 부여된다. 통상은 새로 부임한 의욕적인 장·차관에서 또는 외부 정치적인 압력 등으로 국장급에서도 나온다.

그런가 하면 그것들 가운데는 무리한 요구가 흔하여, 집행하려면 기존의 예산을 전용하거나 자칫 오용할 수도 있다. 시행할 때는 압력 또는 이런저런 이유로 하였으나 장·차관 당사자나 국장 등이 전보되거나 퇴직되었을 경우 웬만한 큰 사건 아니고는 현직, 즉 과장급 전후의 책임으로 전가된다. 그래서 흔히 공무원들은 법규에 의한 일상업무 외에는 나서지 않기 때문에 보기에는 복지부동으로 보이게 된다. 경우에 따라서는 상사로부터 받은 지시도 리스크가 느껴지면 서랍 속으로 넣어 낮잠을 재우게 되는 것이 일반직 공무원의 관례(?)이다.

∴ 우리 자식들의 출세와 현재

우리에게는 일찍이 복 받은 두 아들이 있었다. 큰애는 이름이 정언(廷彥)이고 둘째는 성언(盛彥)이다. 정언이는 경희대학교 ROTC에서 졸업과 동시 장교로 임관하여 한강 하류 김포 최전선에서 소대장으로 근무하였고, 둘째는 중앙대학교 ROTC를 졸업하고 장교로 임관하여 동부 최전선 사단의 고성군 통일전망대 인접에서 소대장으로 근무하였다.

큰아이는 출신학교 추천에 따라 제대와 동시 미국 '인디아나주'에 있는 BALL 주립대학교 대학원에서 '체육교육학' 석사학위를 받았다. 그동안 그곳 같은 학교에서 수업 중에 양갓집 여학생 '장영미'하고 사귀어서, 양가 부모의 허락을 받아 한국에 나와서 결혼하고 다시 복교하여 학업을 계속하였다. 우리 복된 며느리도 같은 학교에서 같은 해 '아동교육학' 석사학위를 마치고 둘이 함께 '인디아나주' 안에 있는 'Purdue' 주립대학교 대학원으로 가서, 조교생활을 하는 등 학비를 보태가며 노력해서 둘 다 같은 해에, 아들은 'Biomechanics', 며느리는 '아동교육학' 전공으로 박사학위를 취득하였다.

그러자 때마침 모교 'BALL 주립대학교'에서 기회가 주어져 둘 다 거의 같은 시기에 각각의 전공으로 교수로 취직되었다. 그런데 그동안 학업 때문에 미루어 오던— 우리 내외가 많이 기다리던 —아기, 정말로 반갑고 귀엽고 든든하고 고마운 손자 '준호'를 낳았다. 이때 사부인이 6개월여, 우리 내외가 6개월여 가서 손자를 봐 주었으나, 며느리는 일단 학교를 쉬면서 수고를 많이 했다.

우리 며느리는 어려운 가운데도 교육열이 대단하여 아이가 조금 자라자, 앞으로 아이의 교육발전을 위해 시골 'MUNCIE'를 떠나 이웃 '오하이오주'의 교육도시— 우리식의 8학군 동네 —'New Albany'로 이주해 가서, 동시에 'OHIO DOMINICAN UNIVERSITY'에 교수로 초빙받아 그곳에 영주하게 되었다. 아범은 Ball State University에서 '멀티미디어'그룹 리더, 화상강의 스페셜리스터로, 또 동대학교 Faculty로 활동하고 있다. 그런데 이들은 주말부부— 미국에서는 흔하기는 하다만 —가 되어 보기에 딱하나 그들은 아주 행복하게 잘 지내고 있는데, 다만 거의 혼자서 손자를 데리고 교수생활을 해내는 수고 많은 어멈이 참으로 기특하나 안쓰럽기도 하고 걱정되기도 하다.

큰아들 정언이가 경희대학교에 다니는 동안 정부에서는 군대가 민간인과 친선을 도모하는 정책을 추진하였다. 거기에다 경희대학이, 전통 깊은 데다 한글과정까지도 둔 미국 인디아나주의 주립 'BALL 대학'과 '상호지원관계'를 맺음에 따라 그곳 미국 학생단의 한국방문 시 내가 개인적으로 스폰서가 되기도 하였다. 그곳 대학 총장 방문 시에도 개인적으로 63빌딩에 초청하여 얘기를 나눈 바도 있었다. 이런저런 인연으로 경희대 총장과는 친하게 되었다.

내가 국가비상기획위원회 부위원장으로 근무 중에, 정언이가 그 학교에서 한 좋은 여학생과 친하여 결혼 의사를 전해 왔기에, 하루는 총장을 만나 그 여학생의 아버지 '장주호 박사'가 누구냐고 알아보았다. 체육계에서 유명하고 현재 '88 서울올림픽위원회' 조직부장으로 사회 공익을 위해 상당한 역할을 담당하는 위인이라 소개해 주었다. 그래서 하루는 세 사람이 식사하며 함께 만나 보니, 본인도 훌륭하고 그 가정도 다복한지라 인연을 맺기로 하였던 것이다.

그리하여 그들은 미국서 공부하며 가정을 이루고, 동시에 교수로 학생수업을 지도하면서도 아주 스마트한 손자를 잘 키우고 있어 우리에게는 정말 복 받은 며느리로 되어 있다.

2. 미국 'BALL 주립대학교' 군사학(ROTC) 방문교수
(1994. 5.~1996. 8.)

∴ '천재와 바보는 종이 한 장 차이'

그런데, 둘째인 성언이는 어릴 때부터 천재성을 나타내었는데 특히 소리(음악)에 밝았다. 물론 대중매체에서 보여주는 그런 천재성은 아니고, 그저 가족들이 신기해하고 놀랄 정도, 한동안 함께 집에서 지내던 (수재형) 외삼촌 형제들― 서울로 유학 온 학생들 ―이 아주 귀여워하고 놀라워했다. 세상에는 '천재와 바보는 종이 한 장 차이'라는 말이 있다. 바로 생각의 차이이다. 천재로 보이는 사람들도 '천재같이 생각하면 천재가 되고 바보같이 생각하면 바보가 된다.'라고.

우리 집 둘째는, 겨우 일어나 앉을 지음에 혼자서 한글을 깨우쳐 티비 자막을 읽었고, 초등학교 가기 전 또래들을 모아놓고 동화와 만화책을 읽어주었다. 그런데 한편으로는, 방안에서 무얼 나무라서 우는 걸 멈추라 하면, 방문 밖에 나가 앉아서 "나는 여기서 울래." 하며 운다. 커가며 무엇이든 깊이 생각하고 많이 생각하는 듯 흔히 일반 상식과는 대조적인 말을 하기도, 예를 들면, '대붕은 높이 떠 멀리 본다.'라면, '작은 새는 낮게 떠서 더 확실하게 본다.'라든가, '일찍 일어나는 새가 벌레를 잡는다.' 하면 '일찍 일어난 벌레 잡아먹힌다.'라고 하였다.

가까운 친척 특히 외삼촌들의 기대와 사랑을 받으며 성장하였는데, 별로 원하지는 않았으나, 그래도 순순히 ROTC 과정을 마치고 대한민국 강원도 고성의 최북단 최전선에서 소대장으로 소대원과 잘 어울리고 존경받으며 근무하고 전역하였다. 전역과 동시 직업의 안전성과 장래성, 그리고 전역장교 집단 취업 등의 매력에 끌려 주력은행에 취업하였으며, 근무 중 은행 자체 엘리트 과정도 수습하였다. 그러나 시간이 가면서 그는 'IT' 분야에 깊은 관심을 가지고 여유 시간과 금전을 투자하며 나날을 보내다 보니 직장과 직장 일에 점차 염증을 느끼게 되었다.

그러나 당시- 1990년대 초, 즉 이제 막 컴퓨터와 전자분야에 눈을 떠가던 486 시대 -그가 가고 싶은 곳을 발견하지 못하자, 그는 점차 직장이 싫어지고 장래 희망이 보이지 않는 데다 이 아비조차 그런 줄도 모르고 '근면·자립·자조'만 강조하다 보니, 세상살이에 실망하였다고 보인다. 그래서 '천재와 바보는 종이 한 장 차이'로, 아마도, 그가 가 보고 싶은 세상이 문밖 어디에 있을 것으로 생각하고, 어느 날 그리로 떠나고 말았다. 나이 26세…. 더 이상 이 애비가 무슨 말을 할 수 있겠느냐? 오로지 세상 고민 없는 하나님의 나라에서 편히 그리고 마음에 맞는 일을 하며 지내기를 기도하고 또 기도한다.

∴ 인디아나 주립 'BALL 대학' 방문 교수로 가다

1993년 봄, 노태우 정권이 김영삼 정권으로 교체됨에 따라 자동으로 부위원장직을 떠나게 되면서 정부 공직에서 국가 안보에 대한 봉사는 일단 끝을 맺게 되었다. 돌이켜 보니 육사 생도생활과 월남전쟁 기간의 가산을 포함하여 군대생활은 37년, 정부 공무원생활은 4년 반, 그래서 만 41년 이상을 국가공무원으로 공직생활을 한 것이다. – 물론 그 이후 다시 2년을 더 공직생활을 하였다. –이미 군대생활을 마치면서 더 없는 감회를 느낀 바 있었기에 별도의 감상은 없었으나, 그래도 국가에 대한 직접적인 봉사를 이제 더 할 수 없게 되었다고 생각하니 한 인생 다 간 것 같은 허전함이 앞섰다.

　* 때마침 홍성태 장군이 전역과 동시에 절친 동기생 박정기 한전사장– 동시에 '한·미 친선협회' 회장 –의 도움을 받아, 군인 출신으로는 처음으로 '한국전략문제연구소'를 창시하여 열심히 운영하며 발전 중에 있었다. 그는 육사 전사학 교수로 있을 때부터의 포부, 즉 한국안보전략문제와 군사 전략에 관한 연구와 후진 양성을 겸한 연구소를 소원해 왔는데 이를 성취하게 되었던 것이다. 그의 포부는 앞으로 영국의 'IISS'와 같이 발전해 나가는 것이었다. 그동안 나도 그를 정신적으로 열심히 도와주기도 하였다.

　그런데, 그대로 은퇴하기에는 나이도 경력도 주변 환경도 이르다는 생각도 들었거니와 군대생활을 하면서 생각해 두었던 '나의 소명', 즉 '군사학'의 국가공인 학문화와 개인적으로는 '국가안보전략(사상)'에 대한 연구를 내 마음대로 본격적으로 시작해 보기로 결심하였다. 그래서 잠깐이나마 수색에 있는 국방대학원의 예비역 장군 지원실과 도서관을 드나들면서 10여 개 미국 유수 대학교 대학원에 요구서(Requirement)를 보내 보았다. 그랬더니 역시나 세계 최강국이요 민주주의를 주도하는 선진 국가답게 즉시– 편지 보낸 대학 하나도 빠짐없이 – 회답이 왔다. '예일대학'의 유명 역사학 교수 'Paul Kennedy' 교수로부터는, '역사에 관심이 있다니 환영한다, 숙소를 제공할 테니 오시라.'였고, '스텐포드 대학'에서는 '금년은 이미 늦었으니 내년에는 준비해 드리겠다.'였고, '하버드대학의 케네디 행정학부'에서는 '언제든지 환영한다.'라고 하였다. 그래서 한동안 미국 '국가안보전략' 연구에 적절한, 그리고 내 환경 조건에 맞는 대학교를 선택하려고 검토 중에 있었다.

　그런데 갑자기 세상이 어두워지고 삶에 힘이 빠지는 가정 통사를 만나게 되었던 것이다. 우리 내외, 특히 지 어미의 정신적 안정이 무엇보다 절실하였다. 그래서 생각 끝에 당분간, 미국에서 공부하고 있는 아들네 가까이 가 보기로 하였다. 물론 아들네 학업에 지장이 없는 조건에서였다. 때마침 아들의 장인 '장주호 박사'의 주선과 현지 'BALL 대학교' 교수인 '박성재 교수'의 친절한 도움을 받게 되었다. 그래서 그 대학의 'Military Science Department', 즉 ROTC의 방문 교수(Visiting Scholar)로 초대되었고, 가서는 미국 '인디아나' 주의 전통 깊은 주립 '볼 대학'이 있는 인구 8만 명 정도의 소도시 'Muncie'의 대학 동네 한 아파트에 자리 잡았다. (2 bath, 2 bed에 월 350달러)

∴ 학교 내외 초청·방문 및 연구저술 활동, 단 조심생활

○ 대학교 군사학부(ROTC)에서 강의 및 연구생활

대학에서는 고맙게도 총장 관사에서 학교 간부들과 함께 만찬하며 환영해 주었고, 월 700여 달러의 의료보험을 넣어주고, '군사학부(ROTC)에 소속- 현역 중령이 부장, 현역 여자 대위가 교관, 중사 한 명이 조교, 민간 여자 행정 사무원, 소형 도서실과 각자 사무실 보유 -으로 해 주었다.

군사학부에서는 내게 환경 좋은 방을 개인사무실로 제공해 주고 10시간 이상의 '북핵 문제'에 대한 강의 겸 토론을 할 수 있도록 배려해 주었다. 거기에다 마침 한국 ROTC 여학생이 있어서 통역까지도 배려해 주었다. 미국으로 가기 전에 '북핵문제'- 1993년도라 6자회담에서 소위 '1994년 경수로 합의'가 도출되어 가던 시점 -에 대해 강의 및 토의준비를 하고 이 원고를 번역해 갔었다. 그래서 우선 학생(후보생 30여 명)들에게 통역을 통해 강의하고 토론도 하였다.

○ 국가안보전략(사상사)에 흥미, 연구와 저술활동

그 뒤부터는 사무실과 도서관- 한 방을 신청하여 정식으로 빌려서 -을 왕래하며 연구하면서 '미국 역사와 함께 미국 국가 안보전략 사상사'를 연구하며 저술에 열중하였다. 미국 현지에서 관찰되는 것은, 불과 몇 년 전에 '공산주의에 마지막 일격을 가하여 승리한' '레이건' 대통령에 의해 미국 안보 역사상 처음으로 '1987년도 미국국가안보전략' 문서가 발간되어 국방과 안보관계 인사들에게 큰 관심이 되어 있었던 가운데, '걸프전쟁'에 승리한 부시 대통령은 '신세계질서'를 정의하는 '미국국가안보전략, 1991'을 발표하였다.

이제 지구상에는 큰 전쟁이 없을 것으로 기대되는, 초강대국 미국의 시대가 되었을 때 클린턴 대통령은 '미국가안보전략, 1994'을 발표하였다. 그는 대외정책면에서 세계적 역사가 '토인비'가 말한바, '도전과 응전 그리고 융합', 'Engagement(合 융합, 포용)'를 표방하여, 크게는 'Win-Win 전략'을 표방하고, 일종의 '전후복원 戰後復員' 형식으로, 국가안보전략면에서, 소위 버텀 앞 (BUR, Bottom Up Review 1993) 정책– 군사전략의 전환과 함께 군사력 복원 및 적응 검토 –을 추구하고 있었다. 특히 북핵 문제에 대해서는 공화당과 상당수 국민들의 반대여론에도 불구하고 '1994년 미북제네바합의'를 앞두고 있었다.

그래서 대폭 축소되는 군대는 나름대로 적응하기 위해 간부 위주 조직개편과 동시에 '군사혁명, Military Affairs', 심지어는 이를 '군사혁명, Military Revolution'이라고도 칭하면서 그로부터 20~30년 후의 '극초현대화'를 시도하고 있었다. 이는 '로봇 전쟁'도 지나 '레이저 전쟁' 또는 '인마살상 아닌 무력화 (無力化) 전쟁' 시대로 직행해 가는 이른바 '판도라의 상자'를 열려고 시도(?)하고 있었다.

○ 학교 외부 활동 및 체면생활

미국 인디아나주의 정치 정당적 흐름은 공화당이 주류였다. 마치 그것을 대표라도 하듯이, 당시에는 '알 고어'– 부통령 출신, 대통령 후보출마 –가 지도하는 공화당 싱크탱크로 알려지고 유명한 '허드슨 연구소'가, 즉 미래학자 허만 칸에 의해 설립되고 반 클린턴이요 보수적이며 범세계적 안보문제 등 각 분야 연구를 수행 중이었는데, 마침 인디아나주에 있어서 그곳 여론을 주도하는 것처럼 보였다.

하루는 현지 '박성재 교수'의 권고로 허드슨 연구소 초청 단독 인터뷰 겸 토론에 참석하였다. 주제는 '북핵 문제'였고, 한국안보환경 및 대북전략에 대해서였는데, 아주 일반적인 내용으로 가볍게 애기하였다. 끝으로 한국 해군방산업관계에 대한 논의가 있었으나, 내가 애기해야 할 범위는 넘지 않았다. 그런데 거기에 의외로 한국 기획재정부 공무원 한 사람이 동석했는데, 해외연수 공무원으로,

공무원으로 통하는 바 있어서 얘기를 나누어보기도 하였다.

또 하루는 역시나 인디아나주에 있는 공군전략연구소— 공군용 미사일 연구소
—에서 초청을 받아, 가서 예의 '북핵 문제'를 강연(통역 대동)하였는데, 상당히 흥
미롭게 듣고 질문도 많이 하였다. 역시나 현(당시) 클린턴 정부의 '북핵 문제 해결'
에 대한 상당한 의문과 반대의견이 나타나 보였다. 그러나 나는 그런 지역 정서를
알면서도 또 실제로 그런 문제가 있음을 알면서도 한국 장군 출신으로서 정치적
발언을 삼갈 수밖에 없어서 그들의 주장을 청취만 하였다. 강연 후 그들이 현재 생
산 중인 로켓에 대한 제법 구체적인 설명을 하고, 이어서 현지 공정 전 과정을 안내
하며 열심히 무언가 설득(?)하는 듯한 자세였는데, 여하간에 아주 친절하게 예우
해 주었다.

다음으로는 먼시 동네 노인네들— 아마도 은퇴한 식자 노인들 —의 초청으로
가서 강연을 하였는데 아니나 다를까, 클린턴 대 북핵정책을 비판하는 정서 일
색이었다. 물론 영어를 뜻대로 구사할 실력도 아니었지만, 그들의 의견이나 질문
에 친절히 응대하면서도 정치적 어떤 실수로 방문 교수 활동의 한계, 특히 미국
국내 정치 현장에는 조심스러운 자세가 필요하리라고 생각했다.

더구나, 행여나 퇴역 장군이니까 한국 방산 관계, 즉 한미 간 미국 무기 거래에
관심을 가졌을 것으로 생각하고 접근하려는 사람 또는 기관— 바로 앞의 공군전
략연구소 등 —에 대해서 조심하도록 하였다. 실제로 한국 저명한 학자와 친척
되는 아무개가 골프 초청을 하면서 접근하려는 것을 피한 적이 있기도 하였다.
한국의 예비역 장성으로서 위상을 함부로 할 수는 없는 일이었다.

○ 한인교회가 한인사회와 유학생들의 안식처

여기 '먼시'라는 소도시는 1800년대 초기 '볼 대학'이 창립됨으로써 대학 도시
로 태어났다. 그래서 특히 지역 커뮤니티 광범위하게 '볼 대학'의 영향력이 미치
고 있었다. 그중 하나가 볼 대학이 운영하는 '방송국'이 있다. 이 방송국은 학교
와 그 지역 사회가 필요로 하는 학교 교육방송국인 동시에 지역 방송국이다. '볼
대학', 즉 '교육재단'은 이뿐만 아니라 상당히 아름답고 유서 깊은 (장로교계) 교
회를 가지고 있어서 이 또한 지역 종교생활의 중심역할을 하고 있었다.

그런데 이 교회 본 건물의 한편, 처음 시작했던 교회당과 그 부속방 몇 개를 우리 열렬한 한국 유학생 교인들에게 제공해서 '한인교회'로 운영되고 있었다. 얘기를 듣고 반가워서 가 보니 정말 훌륭한 시설이요, 훌륭한 학생들의 교회요, 안식처요 집회소였다. 이 학교 한국 유학생은 30여 명, 그중 대부분이 이 교회－김 아무개 유학생 신도가 인도하는 주일 예배 －에 나오고 있었고, 아직도 한국 교포가 '먼시'에는 3~4집 정도인데 그래도 모두 나와 주도적인 일을 하며 이들을 돕고 있었다.

우리 부부가 주일에 나가자 좀 먼 거리의 '카운티, County'에 살고 있는 한인들이 두셋에서 나중에는 10여 명 정도로 교인이 늘어났다. 애초에는 유학생 스스로 모여 주말에 점심 한 끼 해결하면서 한두 가지 한국교회에서 하는 교회 활동을 시작해서 서로 위로하고 돕다가, 조금씩 학생과 지역 한인들이－ 주말 예배에 30~40명 －늘어나자 젊지만 많이 알고 의욕에 찬 목사까지 더 모시게 되었다. 그런데 이 목사는 많지는 않지만 미국인 본교회－ 한국인 교회 활동을 지원해 주는 일환으로 －에서 매월 생활 및 활동비를 보장해 주었다.

우리도 이 교회의 내력과 목사, 그리고 학생을 비롯한 구성인들의 교인다운 마음씨에 끌려 미국에 있는 동안 내내 일상의 한 주요 부분이 되었다. 좀 먼 동네(1시간 정도 이상)에서도 왔는데, 5·16 때 이민 왔다는 '닥터 김' 부부, 그 이웃에 한국 택사스촌에서 미군과 결혼해 와서 미국 부모들의 마음을 거슬려도 지금도 함께 살고 있는 부인, 그러나 같은 경우이면서도 이미 헤어진 부인 등, 언제나 한인사회가 그리운 사람들이었다.

우리는 가을에는 인디아나 주립대학이 있는 'Bloomington' 공원에 가서 거대한 단풍숲 속에서 '바베큐 잔치'를 벌리기도 하였고, 크리스마스 때는 '닥터 김' 동네에 가서 거리의 크리스마스트리에 푹 빠지고, '닥터 김'네 집으로 와서는 푸짐한 한식 뷔페를 먹으며 담소하는 등 미국 소도시 한인사회의 행복을 함께 누려보기도 하였다. － 지금은 그 목사와 가족이 영주하고 있다고 들었다. －'먼시' 도시의 한인사회와 유학생, 그리고 교회와 그 목사에게 하늘의 가호가 있기를 기원한다.

∴ 한국학 연구용 장려금 획득에 일조

'볼 대학'에 근무하는 동안 이 학교가 한국 '경희대학'과 경북의 '영남대학'과 상호 학생 및 교수 교류협정을 맺고 활발하게 교류하고 있는 것을 보고 알게 되었다. 그래서 한국학의 해외전파계획을 가진 한국 정부에 의해서 이 대학에 '한국학 장려' 사업으로 지원하게 되면 소정의 성과를 거둘 수 있을 것으로 생각되었다. 그래서 한국대학과의 관계 및 교류를 담당하고 있는 (한국인 교수) 박성재 교수와 상의한 결과 대 찬성하기에 한번 한국 당국에 신청해 보기로 하였다.

그러자 최창윤 교수가 생각났다. 이미 말한 바와 같이 최창윤 후배(육사 18기)는 국방대학원 교수 시절 함께 근무하며 학생 유럽시찰 때 함께 인솔해 가기도 하는 등 한때 친숙한 바 있었는데, 그 후 그는 청와대 비서실 근무를 거쳐 문체부장관, 그리고 지금은 국제교류 이사장이 되어 있었다. 그래서 이 대학과 이 대학의 한국학 장래성에 관해서 설명하고, 소정의 약식을 통해 신청한 결과 '일만 달러'의 지원을 받게 되었다. 사람이 살아가며 잘 맺은 인연은 이렇게도 작동하였다. 고마웠다.

그런데 막상 대학에서는 적극적으로 한국학부를 설치하고 운영을 시도해 보니 '일만 달러'- 당시 우리 돈 일천 3백만 원 정도 -로는 태부족임을 알게 되어, 앞으로 '10만 달러'로 증액해 준다면 미국 중부 지역의 한국학 거점학교로 발전할 수 있을 것이라고 야심 찬 계획을 세워, 다시 한 번 한국 국제교류 당국과 교섭해 보기로 하였다. 내 생각으로는 갑자기 10배의 수준으로 증액을 부탁하는 것은 무리일 것 같았으나, 통상 심사를 거치는 과정에서 조정될 수 있을 것임으로 그대로 최 장관과 국제교류이사회에 어필해 보기로 하였다. 준비를 다 마치고 이 학교로서는 큰 기대와 희망을 가지고 서류를 보내려고 준비하고 있었는데, 불여의하게도 그만 최 장관의 부고가 날라왔다. 그래도 서류를 보내 신청하였으나, 회답을 받지 못했다고 들었다.

∴ 두 조카의 미국 초등학교생활, 미국에 감사

당시 미국에서는 초등교육 적령이 되면 그가 비록 불법 체류자녀라 할지라도 인종 국가 불문하고 공립초등학교 교육을 의무적으로 무료로 받게 되어 있었다. 정말 미국이라는 민주주의 국가의, 그리고 부자나라 미국의 실제 내용이 그러하기에 가히 세계를 지도하는 선진 초강대국이라 자타가 인정할 수밖에 없는 것이 사실이었다. 마침 우리 내외와 함께 조기유학을 목적으로 따라와 있던 막내 처제의 두 조카가 있었는데, 개학이 되자 그 혜택을 받아 집 근처 공립 초등학교에 입학이 허락되었다.

그들 자매는 한국에서 약간 영어를 배운 적이 있었으나, 미국 현지에서 소용이 없을 정도였기에 입학을 앞두고 현지 어학 도우미를 청해 새로 영어공부를 시작하였다. 그리고 학교에서는 같은 학년에 각각 반을 달리하여 공부하면서 다른 담임선생 지도로 열심히 공부하였는데 원래가 한국에서 우등생이었기에 다른 학과는 아무런 문제 없었으나, 다만 영어만 그것도 초기에 좀 문제가 있었을 뿐 시간이 갈수록 진도 빠르게 배우면서 미국 친구들과 적응이 되어갔다.

그런데 학년 초 6개월가량은 매일같이 영어단어 10개씩 받아쓰기를 하고 숙제도 있었는데, 동생은 1개월 정도에서 쉽게, 집에 와 예습 복습 없이 전전하고, 언니는 그래도 더 아주 열심히, 집에서도 노력하여 드디어 6개월 정도가 지나서는 반 또래 아이들을 리드하기 시작할 정도가 되었다. 그리하여 여름 캠프에 가서는 완전히 미국 아이들을 속에서 조금도 거리낌 없는 리더가 되어 생활하는 것을 보았는데 정말 장하였다.

두 학기 1년 동안 담임과 면담은 3번, 학부형 모임은 거의 매월 있었다. 그런데 처음 애들을 데리고 학교에 갔을 때 교장이 맞이하였는데, 학교 교시(?)를 보여주면서 설명하였다. "우리 학교는 학생들에게 서로 다르다는 것을 이해시키는 것과, 서로의 의견이 다르다는 것을 알게하는 것과, 서로 이해하며 양보하며 함께 공동체생활을 할 수 있도록 교육하는 것이다."라고 하였다. 그 말을 듣고 내가 그동안의 우리 교육기관에서는 별로 들어보지 못했던 말들로, 새삼 민주주의 교육을 실감하였다.

담임 학부형 면담에서는 학생의 공부 현황을 설명 듣고 어떻게 했으면 좋겠다는 의견을 들었는데, 지금 아주 열심히 잘하고 친구들과 잘 어울리고 있는데, 다만 처음 2~3개월 내 조기 언어장벽을 돌파하기 위해 현지 과외 영어 도우미를 활용하면 좋을 것 같다고 했다. 그래서 입학 후에도 초기 2~3개월간 현지 대학생 과외지도를 받기도 하였다. 학교나 선생에 대한 후원제도 그런 건 전혀 없었다. 다만 학교마다 학부형 모임에서, 학교 급식계통 식료품을 수시로 개별 가정용으로 구입해 주는 것을 독려하는 경우는 여러 번 있었다. 담임선생 면담 갈 때 2~3달러짜리 주먹화분을 가져가면서도 행여나 내칠까 어려웠다.

이들 조카 자매들은 한국에 돌아와서도 잘 자라서, 더 커서는 함께 미국 조지아 주에 있는 유수한 'Emory 대학'을 졸업하고, 언니는 '로우스쿨' 과정을 거쳐 지금(2022년)은 미국 유수 '로펌'에 취직하여 두 아이의 엄마가 되어서도 미국 법조계에서 활발하게 활동 중이고, 동생은 국내에서 세계 굴지의 기업체에서 대우받으며 마음 편하게 근무하며 생활하고 있다. 미국이란 나라, 특히 그 나라 교육제도는 한마디로 훌륭하다고 평가할 수 있고, 뜻이 있는 자는 미국 유학이 일생에 도움이 될 것이라 믿는다. 한 가지 추가한다면, "노력하는 자가 머리 좋기만 하는 사람보다 앞설 수 있다."라는 것이다.

∴ 미국서 새삼 많은 장점을 발견하다

나는 소싯적 일찍부터 미국 유학을 꿈꾸었고, 사관학교도 유학할 수 있다는 말에 끌리기도 하여 지원하였다. 직업군인으로 성장하면서 미군과의 접촉과 실제 미국 유학을 통해 미국을 겉핥기로 견문하면서도 생각보다 아주 다른 신세계 신천지임을 실감한 바였다. 이제 실제 공동체 일원으로- 비록 짧은 2년여였지만 -살며 경험하며 견문해 보니, 민주주의 국가로서 인류의 이상향을 지향하는 나라, 자체 자원이 풍부하여 명실공히 부강한 나라임을 확인하게 되었다. 물론 인류사회의 근본 악과 미국 자본주의사회 자체의 단점도 있기는 하나, 오히려 그 시절(1990년대) 내가 느꼈던 더 많은 미국의 장점, 배울 점을 몇 가지만이라도 기억해 보고자 한다.

○ 부지런(Protestant diligent)함과 절약 정신

나는 일찍부터 '국민성이 틀린다.'라는 말을 부정하며 주장하였다. 어느 국가·국민이건 경제·사회적으로 발전하고 문명화하면 선진국 국민들과 같은 성격, 즉 국민성을 가질 수 있을 것으로 생각하였다. 예를 들어 독일 국민성은 '밤에 누가 보지 않아도 빨간불이면 멈춰 서 있다.'라든지, '미국 가면 어제 본 시계가 오늘도 그 자리에 있다.'라든지 하며, 미국과 독일의 국민성이라 하였다. 그런데 몇십 년이 지나자 우리 국민도 그렇게 되었다. 따라서 국민성이 따로 있는 것이 아니고 그 나라가 발전함에 따르는 것이다. 그런 뜻에서도 미국이 우리 앞서가고 있음을, 다시 말하면 우리도 발전하면 언젠가는 그렇게 될 수 있다는 걸 알게 되었다.

미국 아파트– 단층 연립주택도 월세인 경우는 그렇게 부른다. –는 앞 주인이 떠나면 짐 다 가져가든지 넘기든지 하고, 일단 싹 비워서 내부청소와 보수와 페인팅 등 전체정비를 하고 새 주인에게 내준다. 미국은 뜨내기들(새로 온 이주자, 직업을 바꾸면서 옮겨 온 이들) 천국이라 그게 편리하고, 거기에 맞추어 사회가 돌아가고 있다. 그래서 새 세입자는 자기 가구를 가져오던지 들여놓아야 한다.

특히 외국에서 맨손으로 들어온 가족은 새로 장만해야 하는데 자기 격에 또는 필요에 맞게 비품들을 구입할 수 있다. 겉으로 보기에 미국사회는 호화 사치스럽게 보이나, 알고 보면 미국사회 이상 검소하고 절약적이고 부지런하고 건전한 사회는 보기 드물 것이다. 미국에는 물론 신 상품과 사치품을 파는 백화점도 전문점도 있고 생필품을 파는 마트도 다 있다.

그런가 하면 이러한 실수요자를 위해 또 부지런하고 절약 정신에 가득 찬 사람들을 위해 동네 한 단위에 Flea market(도떼기, 고물, 벼룩시장– 실내 상시시장)도 있고, Free Market(정기적, 노천, 난전)도 있고, Antique(?)라는, 남이 쓰던 헌 물건을 기부받아 정비해서 내놓은 아주 싸게 파는 사회봉사 상점, 일종의 자선사업 점포도 있다. 호기심이 있어 가 보았더니, 많은 사람들이 이용하고 있었는데, 비록 헌 것이지만 사용 가능한 손질을 다 해 둔 것들로 침대 침구, 바로 입을 수 있는 새 옷과 헌 옷, 헌책, 문구, 카세트 등 온갖 것이 멀지 않은 곳에 진열되어 있었다.

그런가 하면 지역별로 다른 날을 잡아 매주 1회 개인 집집이 Garage Sale이라 하여, 문자 그대로 집 자동차 차고 등에 자기 집에서 쓰다가 버리는 것을 전시해 놓고, 거저 주다시피 그러나 공짜는 안 된다는 개념으로 판매한다. 생각해 보시라. 오늘날 우리 동네 아파트 물건 버리는 모양새가 어떠한지? 배워서 남 주지 않을 것이라 생각된다.

그리고 '기회 잡화상(?)'이라고 할, 백화점과 도매상의 중간 점포로 잡화 잡동

사니 상점(도매+소매)도 있는데, 일반 주민들에게 인기였다. 주로 새 상품 중에 손님은 잘 모르나, 어딘가 아주 조금 하자가 있는 것, 또는 약간 유행이 지난 것들 그러나 멀쩡한 신품들을 시세보다 싸게 파는데, 많은 사람들이 구경도 하고 사 가기도 한다.

살아가며 의자가 더 필요했는데, 마침 '볼 대학' 창고에서 사용 후 물건들을 경매도 하고 그냥 팔기도 한다기에 가 보았다. 아니나 다를까, 학교 창고에서 실제로 좀 닳은 카펫을 경매로 내놓았고, 아직 쓸만한 의자도, 찌그러진 의자도— 아마도 고쳐서 쓸 수 있다고 판단한 듯 —있었는데, 나도 두어 개 샀지만 여러 사람들도 구경하고 사가기도 하였다. 아니, 동네 부자 대학에서 닳은 카펫이나 찌그러진 의자도 버리지 않고 돈 받고 팔고 있다니, '야, 신기(?)하다.'라는 느낌 마저 들었다.

그런가 하면 어느 날 여학생 기숙사 앞에도 장이 열렸는데, 허허, 여대생이 쓰다 내놓은 '브레지어'도 나와 있었는데, 누가 사갈까 하는데 그래도 누군가가 사 간다는 것이다. 그들 사회에는 이런 말이 있었다. "일찍 일어난 새는 지렁이를 먹을 수 있다", 즉 부지런한 새는 양질의 음식을 먹을 수 있다는 금언이다. 사실인 즉, 일찍 일어나 '가라지 세일' 등을 돌아다 보면 상당히 값지고 귀중한 물건을 발견할 수도 있다는 얘기다. 사실이었다.

한편 우습지만은 않은 사회질서 얘기도 있다. 1960년대에 '미국의 꿈'을 안고 한국 사람들도 미국에 많이 이민을 갔다. 그 부모들 노인네들도 따라갔다. 어떤 노인네는 하도 동네 미국 아이들이 예쁘고 좋게 생겼기에, 당시 한국풍습 식으로, 아이 자지를 만지거나 머리를 스다듬며 "야, 잘생겼다."라고 했는데, 금방 경찰이 와서 격노하기에 도저히 미국을 이해할 수 없었다고 했다. 그런가 하면 미국 길거리 동전 넣는 주차장에 차를 세우고 시간이 지나도 돈을 더 넣지 않아 경찰에 적발되어 벌금을 6달러 내게 되었는데, '그까짓 것' 하다가 곱으로 오르자 가서 사정하였는데 안 들어주자 또 좀 미루었더니 제곱으로 올라 혼나고, 그때부터 미국 사회질서가 어떻다는 걸 그래서 유지된다는 걸 실감했다는 것이다.

○ 진심으로 친절하고 남을 돕고 동정하는 인심

청년 장교 때 미국 유학 가서 동기 요르단 장교와 '미국 사람 뭐 주고도 뺨 맞는다.'라면서 이심전심 불평도 하였으나, 그것은 긴급 구호 원조 정책- 단기적 생필품만 원조 -에 대한 것이었다. 그러나 미국 와서 깊이 속을 들여다보면, 수정자본주의 개념이 확실한 미국식 민주주의를 체험으로 감지하게 된다.

남 돕기, 이웃돕기는 사회습관화되어 있는데 사회적 약자, 특히 초입 외국인에 친절하여, 길거리에서 조금만 두리번거려도 남녀노소 가리지 않고 다가와서는 "May I help you?" 한다. 마켓 또는 몰에서 물건을 가지고 계산대 오면 계산해 주고는 물건이 많아 보이면 계산원이 얼른 친절하게 장바구니 넣기를 도와준다. 미국에서 세일 종류도 많으니까 모르고 가도, 계산원이 친절하게 알려주며, 마치 손님을 위해 일하는 사람처럼 할인 티켓도 주어가며 손님에게 유리하게 계산해 준다. 알고 보면 그것이 바로 그 점포의 장기 이익을 위한 상도인 것임에도 손님이 느끼기에는 '친절'이 바로 그것으로 기분 좋게 해준다고 느끼게 된다. 그렇다고 해서 일본에서 느껴지는 '로봇의 친절'과는 달리, 특히 시골에서는 그런 친절이 진정으로 보였다.

○ 지방민의 사교와 골프운동

지방, 즉 시골은 부자나라의 시골답게 나름대로 즐겁게 살게 되어 있었다. 예를 들면 지방민 전부가 남녀노소 할 것 없이 골프회원이 되어 값싸게 신체단련-시골에는 케디라는 도우미는 물론 없고, 자기 운동기구 혼자서 끌거나 메고 다니고, 혼자도 좋고 함께도 좋고, 사전 예약 없이 어느 때든 가서 운동할 수 있을 만큼 적절한 골프장이 준비되어 있고, 값은 7달러에서 비싼 곳이 10~15달러 정도라 -하면서도 운동을 즐기고, 그리고 끝나면 샤워만 간단히 하고, 그때마다 클럽에서 간단한 식사(참으로 간단하게)나 차 한잔하면서 즐긴다. 물론 시골이라도 공식모임이나 큰 모임은 교회도 공회당도 있어서 그건 그것대로 모이고 즐겁게 지날 수 있게 되어 있었다. 물론 도회지 변두리에는 우리와 같은 '멤버십 골프장'도 있어서 그건 그것대로 그런 멤버들의 편리를 위해 존재하였다.

3. 한국 국대원 초빙교수, 한국국가안보전략사상사(학) 연구회 설립

∴ 전문경력인사 국대원 초빙교수(제1기)

약속된 비자 기간이 끝나 우리 부부는 공부하는 아들과 며느리를 두고, 그리고 그동안 고마웠고 신세 진 미국 현지 한국 사람들, 특히 먼시 대학의 한국인 교수 박성제 교수 내외와 교회를 함께 관리했던 이웃 카운티의 닥터 김 내외분, 그리고 교회 목사 내외, 또한 같은 아파트 구내에서 친했던 이웃 한국 사람과 미국 사람들, 그리고 특히 군사학부 ROTC 단장 이하 요원들에게 고맙다고 인사하고 헤어져 우리나라로 돌아왔다.

들어올 때, 둘째 처제 윤정이네(박진희)의 청에 따라, 둘째 처남 집에 의탁하고 있는 장모님을 모시고 세 집이 서로 가까운 거리에서 함께 살기로 하고, 자양동 집을 처분하여, 경기도 고양시의 신일산 마두동으로 이사해 왔다. (1996년 6월경) 그리하여 지금 이날까지(2022년) 26여 년간 은퇴생활을 별다른 변화 없이 계속 중이다.

돌아오자마자 여기서 가까운 수색 국방대학원 도서관으로 매일 출퇴근하다시피 다니면서, 미국에서 가져온 숙제, '미국국가안보전략사상사'에 대한 연구와 집필을 계속하였다.

그런데 좀 지나자 문체부 산하 '한국과학재단'에서 '전문경력인사 초빙활용지원사업'으로 '전문경력인사 대학초빙교수제도'가 생겼다. 그 목적으로는, 우리 같은 인사— 공무원 정무직과 1급 이상, 군인은 장관 경력소지자 —들이 가능한 한 출신 고향의 대학이나 수도권 외 대학에 가서 전문경험과 지식을 후진들에게 전함으로써, 고위 인적자원의 활용과 함께 지방과의 학문적이나 기타 격차와 소외 문제 해소를 목적으로 하는 것이었다. 기간은 도심지는 2~3년, 고향 지역은 3~5년 기한이고 전액(월 250만 원) 국고지원이었다. 그래서 지원했더니 제1기는 거의 우리 함께 근무했던 차관들과 일부 장관들도 포함되었었다.

국대원에 출근해서 우선 안보 교수부에 소속하고, 무엇을 교육해 볼 것인가를 교수들과 상의해 보았으나, 신통한 과목이 나오지를 않았다. 교수들은 그렇지 않아도 최근에 구조조정, 즉 학과목 축소와 교수조정단계에 들어가려는 때라 어떤 과목도 어떤 시간도 여유를 내어 줄 수 있는 입장이 아니었다. 이제 처음으로 이런 제도를 도입하는 것이라 교수들 모두가 긴장(?)하고 있었다. 그래서 나는, 교수들에게 내 경험이 필요할 때 언제든지 초청하라 하고, 일단은 '국가비상기획'과 관련된 과제를 가지고 제공되는 시간- 학점이 없는 여가 시간 -에 한해서 그것도 전원 강당에서 한두 교시를 사용하도록 배정받아 활용해 보았다.

그리고 주로 석사과정 학생들을 상대로 '한미전략의 실제', '한국안전보장회의와 전쟁지휘의 실제', '국가안보전략사상사(미국편)', '한국군비통제의 실제'라는 과목으로 준비되는 대로 실전 경험을 토대로 연구한 이론을 강의해 보기도 했다. 물론 시험이 없으니 눈에 보이는 성과는 알 수 없었으나, 소기의 성과는 거두었으리라 생각된다.

그런데 이제 막 은퇴한 장군이- 중·대령 정도의 전문교관이 아닌, 야전군 출신의 -피교육자를 상대로 특별 강연 등이 아닌, 정식 교과목 교육을 한다는 것은 역시나 번지수가 좀 다른 것 같았다. 그래서 시간이 흐름에 따라 나는 미국서 가져온 숙제로, 나의 취미요 해야만 할 일, '미국의 국가안보전략사상사'를 집필하는 데 전념하였다.

그리고 1년이 지나자 이제 막 2군사령관을 지내고 전역한 '조성태 대장(육사20기)'이 2기 초빙교수로 왔다. 조 장군은 소싯적 유명한 '한신 장군'의 전속부관도 할 만큼 영리한 사람이라 그동안의 내 얘기를 듣고 그는 '국방업무'에 대해 연구하고, 교육과목을 만들어, 안보과정 교육의 일익을 담당하였는데, 이렇게 후배가 옴으로써 이 교육제도는 조금씩 발전해 나갔다. 다행이었다.

* 조성태 장군은 이후 국방 장관이 되어 연평해전에서 승리하였고, 내가 펴낸 『미국의 국가안보전략사상사』를 상당수 구입해서 국방부에 배포하기도 하였다. 이후 1군단장 초청 모임에서 몇 번 보면서 친교하였다. 그런데 작년(2021)에, 육사 20기생인데, 애석하게도 이 세상을 떠나 다시 볼 수 없게 되었다.

∴ 『미국의 국가안보전략사상사』 발간

이전에는 잡지나 언론에 발표할 내용은 원고지 또는 A4용지에 직접 글을 써서 송고했었다. 그러나 94년 이후부터는 미제 'GATEWAY(14인치)' 노트북에 직접 타자하고 보관하였다가 탈고가 되면 그걸 그대로 출판사에 보내주면, 출판사에서 정리 보정하여 인쇄, 즉 출판해 주었다. 그래서 1999년에 『미국의 국가안보 전략사상사』라는 이름의 책을, 육사 후배 그것도 잠깐이나마 육사 학교대표 럭비부에서 잠깐이나마 함께 뛰었던 18기 후배 '방용남 사장'– 당시 유수한 출판사요 을지로 입구 큰 책방이었던 '을지서적'을 운영 –에게 부탁해 양질의 책으로 500권 출판하였다. 후배 방용남 사장에게 거듭 감사한다. 이 책은 특히 국방대학원 도서관에 다수 비치되어, 어느 때는 전권(10여 권)이 동시에 대출되는 등 빛을 발하기도 하였다.

이 책을 발간한 동기와 의미, 그리고 개요에 대해, 책 머리말을 인용하여 대신하고자 한다.

1960년대 초, 필자는 단기간이나마 수학을 위해 미국을 방문한 적이 있다. 기간 중 워싱턴시(DC) 소재 '워싱턴 기념 첨탑'과 '링컨 기념관' 그리고 '알링턴 국립묘지'를 찾았다. 필자는 그곳에서 '미국 형성의 역사', 즉 13개 주로부터 시작한 미국이 300여 년 만에 50개 주로 팽창되는 과정의 역사기록을 보았고, 노예해방의 역사적 사건은 물론 '시민(국민)' 자신에 의한 '자치 사상(Civilian Control)'을 체득할 수 있었으며, 그 후 1990년대 후반에 미국 '전쟁사학회(戰爭史學會)' 모임차 워싱턴을 재차 방문한 적이 있다. 주최측의 안내로 미 의회, 화이트 하우스, CIA 본부 등을 둘러볼 수 있었다. 이때는 미국이 동서냉전에서 최종 승리하고, 걸프전에서도 환상의 승리를 달성한 직후라 미국의 안보전략 결심권자들은 '신세계질서를 미국주도'로 정의하고 있었으며, 21세기 미래전망을 '팍스 아메리카나(Pax-Americana)'로 확신하고 있었다.

오늘날 미국은 세계 유일 초강대국으로 존재하고 있다. 또한 그들의 국가안보 전략사상은 곧 세계안보전략사상이 되고 있다. 세계화 경제시대에 들어서고 있는 현실에서 한국의 국가이익이 미국과의 경제·군사적 안보관계 유지발전에 있음을 상기한다면 우리는 그들의 국가안보전략사상사를 심도 있게 연구해야 할 것이다. 이 책은 이러한 목적에 기여했으면 하는 바람에서 쓰였다. 이 책이 완성되기까지 도움을 주신 분들께 감사의 뜻을 전하고자 한다.

우선 이 책을 쓰기 위해 미국에 가야 했을 때 제반 절차와 편의를 제공해 준 '볼 대학'의 박정재 교수님, 아울러 동 대학의 총장이신 Dr. John E. Worthen 과 관계교수님들께 감사드린다. 특히 미국 ROTC 후보생들에게 강의할 수 있는 기회를 준 군사학부(Department of Military Science)의 책임자 Col. Foley 와 직원 일동에게도 감사드린다. 끝으로 이 책이 미국의 국가안보전략사상사를 이해하고, 한국의 국가안보전략사상의 발전에 조금이나마 도움이 된다면 큰 보람으로 생각하겠다.

∴ '한국국가안보전략사상사(학) 연구회(사이버)' 설립

○ 국가안보전략에 관한 연구

미국의 '국가안보전략'에 대해 관심을 가지고 연구하고 책을 써내면서 자연히 우리 '한국의 국가안보전략'에 관심을 갖게 되었다. 이미 말한 바와 같이, 미국 최초로 발간된 「The National Security Strategy of U.S.A. 1987」이라는 문서는 미국 의회의 요구에 따라, 레이건 대통령 정부에 의해 발간되었는데, '소련과 공산권에 대한 최후의 일격'을 가하려는 결심을 나타낸 것이었다. 그동안 미국은 국가 안보에 관해 주로 'National Deffence, 국방'이라는 개념을 사용해 오다가 이때부터 '국가안보전략'이라는 개념을 정립하고 용어를 사용하기 시작하였다.

이후 한국에서도 '전략문제연구소' 등이 여러 곳 생겨나 그동안 '국방문제'라는 과제에서 '세계화한 전략문제'를 연구하기 시작하였다. 이때부터, 이미 말한 바 있는, 내가 친하게 지내 온 '홍성태 장군'이 '한국전략문제연구소'를 설립하여 국내 전략문제연구를 선도해 나갔다.

○ '한국국가안보전략사상사(학)'에 관한 연구회 설립

나는 생각했다. 아직도 취약한 '한국의 국가안보전략'을 발전 격상시키기 위해서는 한국다운 국가안보전략이 확립되어야겠고, 그러려면 전통 있는 '한국적 국가안보전략사상'이 토대가 되어야 한다고 생각했다. 그러려면 역대 정부, 특히 그를 지도한 역대 대통령과 왕들의 국각안보전략사상연구와 이를 역사와 함께 연계된 '국가안보전략사상사' 연구가 필수적이며 바른길이라고 믿게 되었다. 그러면서도 야심 차게 이를 학문화하려는— 한국에는 30여 종류의 사상사가 있고, 여성사상사도 있다. —시도로 '한국국가안보전략사상사(학) 연구회'를 설립하여 당분간은 'Cyber' 공간에서 개인적으로 운영하기로 하였다.

그 공식 명칭은 'The Institute of Korea National Security Strategy Thought History', IKONSSTORY라 하고, 앱은, www.ikonsstory.com로 정하였다. 동시에 동기생 홈페이지에 한자리 잡아 한국의 국가안보전략발전에 기여할 수 있도록 노력하였다. 그래서 미국서 가져온 자료와 각종 기초 자료들을 'e-book'으로 제작하여 열거해 두기도 하였다. 그러나 자본이 없어 대외 활동은 처음부터 제한되었으나 그래도 육군대학에는 몇 번 초빙되어 가서 강의도 하였다.

그러다가 2010년대에 들어와 동기생의 동기회 활동도 문을 닫고 사이버 활동도 위축되기에 나의 욕망도 여기에서 반은 접고— 대외 활동 자연 소멸 —내 개인적인 연구활동은 더 활발하게 계속하고 있다. 곧 2023년경에는 『한국국가안보전략사상사』의 '하권'을 출판할 예정으로 지금도 연구에 연구를 충실하게 노력하고 있다. 그래서 내가 남길 비명에 "여기 '국가안보전략사상사(학)'을 창시한 사람이 누워 있노라."라고 새겨넣으라고 유언할 생각이다.

마무리 말 '우리 손자 준호와 그 후손들에게'

∴ 1. 우리 사랑하는 손자 '준호'가 태어나다

아들(문정언, 廷彦)과 며느리(장영미, 英美)가 미국 인디아나 주립대학 'Purdue'에서 함께 한날한시에 성공적으로 각각의 '박사학위'를 취득하고 일단 석사학위의 모교인 '먼시' 동네로 돌아와 교편을 잡으면서 정착하였다. 그들이 원해서, 또 당시는 그것이 그들의 삶에 좋을 것 같아서 미국 정착을 허락하였다.

그리하여 그들은 교수생활을 하면서 단기 4331년(서기 1998년) 5월 27일 1800에, 미국 'Indiana 주' 'Muncie'에서, 드디어 우리가 기다리고 기다리던 손자가 태어났다. 무게 3.3kg, 당당하고 씩씩한 '고추 달린 녀석'이었다. 경사스럽게도 지 아버지하고 같은 5월달 같은 날에 태어났다. 우리 가족 5명 중 이 할아버지와 같이, 아범 그리고 손자가 5월생이 되었다.

우리는 우리 손자에게 기대와 미래 행복을 기원하며 이름을 지어주었다.

한글: 문준호
영어: MOON JUN HO
한문: 文俊浩
띠: 호랑이 띠(Tiger Year)

* 사람이 뛰어나고, 물이 넓고 깊게 흐르듯 큰마음 큰 뜻을 가지고, 만인을 이롭게 하는 큰 인물이 되리라.

∴ 2. 한국의 5,000년 역사와 전통 그리고 미국과의 관계

이미 나의 군대와 군인 생활을 통해서 내 시대 한국과 미국과의 관계를 잘 이해할 수 있었겠지만, 그래도 내 깊은 뜻을 이해하는 데 도움이 되도록, 너희들 할아버지의 조국인 한국의 5,000년 역사와 전통, 그리고 미국과의 관계를 간단히 개관해 두고자 한다.

역사연구를 즐겨 했던 내가 연구(종합)한 우리나라는 5,000년의 뿌리 깊은 역사와 전통을 자랑하는바, 흔히 '한국(韓國)'이라고도 한다. 이는 '대한민국'을 줄인 말이기도 하나, 원래는 전체 역사에서 통하는 우리나라 고유의 이름이기도 하다.

우리의 옛 나라는 5,000여 년 전 '단군왕검'이 개천(開天, 건국)하여 '단군왕검 시대'를 열었고, 우리 민족이 살았던 지역은, 지금의 중국 화남 화중 회북과 동북성, 그리고 한반도와 일본열도, 그리고 사람이 살 수 있었던 당시 황해(지금은 바다)에 걸친, 마치 '바람 풍 자(風)' 모양의 평지 평원지대였다. 이때부터 공동체의 지도이념으로 '홍익인간사상(弘益人間사상)', 즉 인간 상호 간에 '상부상조(相扶相助)하고 유무상통(有無相通)'하면서 '널리 인간세계를 이롭게 한다.'라는 사상을 표방하였다. 이는 오늘날 미국이 주도하며 인류가 지향해 가고 있는 바로 그 민주주의 사상과 뜻을 같이한다.

일찍부터 우리 종족은 '하늘과 사람과 땅'이라는 인류의 3대 기본사상을 정의함으로써, 오늘날의 민주주의 기본정신 즉, 자연과 사람을 기본으로 하여 우리한국을 개천(開天, 건국)하였던 것이다. 그 표현으로 '3'이라는 숫자는 한국인의기본사상이 되어서, 고대로부터, 그 상징으로 우리의 (특히) 각종 제기(祭器)는 '삼각(三脚, Tripod)' 받침으로 만들어 사용해 왔다.

단군왕검의 자손들(부여계)에 의해 나라가 발전되어 오다가, BC 1000년경에이르러 단군 왕조가 잠시 열국화하였다가, BC 200년경에 북방에서 강력한 '고구려'가 탄생하고, AD 직전에 중 남부에서 신라와 백제가 나타나 고대 한국은삼국시대가 되었다. 이후 AD 500년경에 신라가 통일전쟁을 일으켜 삼국통일을이루었으나, 신라와 연합을 이루었던 '지나(支那), China'의 '당나라'의 역습으로 '나-당전쟁'이 되고, 그 결과 신라는 현재의 중국 대륙 영토를 잃고 한반도로 축소되어 들어오게 되었다.

이후 천 년의 왕조를 누렸던 '신라' 또한, 10세기경에 한반도에 정착하려는 '고려(高麗), Korea'에게 패망하였는데, 이때부터 고려 역사가는 고려의 정통성을부각하기 위해 한국역사를 한반도역사로 축소 변질시켰다. 그러나 그래도 현재차이나 땅이 우리 고유의 땅임을 잊지 않으려고, 한반도 지명들을 옛 고토(현차이나)의 지명으로 변조시켜 한국의 지리과 역사를 차이나 옛땅 환경으로 고착시키게 되었다.

14세기경에 고려 장군이었던 '이성계'가 군민 쿠데타에 성공하여 완전하게 한반도에 축소된 '이 씨 조선'을 세우고, 한양(서울)에 정도하여 600여 년을 한반도 통일국가로 유지하여 왔다. 이 역사를 통하여 우리나라 우리민족은 동아시아의 반만년 역사를 자랑하는 '평지평원지대 원주종족'의 종주민족으로서, '차이나'(支那)' 역사가 곧 우리 민족사의 일부요- 중원(中原)이 곧 우리의 옛 땅이요 -일본사는 곧 우리 아우 형제(열도로 이주한 동족)의 역사로써 이 또한 우리 한국사의 일부임을 잘 알 수 있는 것이다.

이후 이 씨 조선의 말년에 이르러 제국주의 서세동점(西勢東占)과 일제(日帝)의망동으로 '고종'의 '이 씨 조선'은 망국 지경에 이르렀다. 이 시대 미국이 '셔먼호사건(1866)'을 계기로 '이 조선'에 '포함 외교'를 강요하였으나, '신미양요(辛未洋擾, 1871)'를 계기로 오히려 한-미가 소통하게 되었다. 그래서 1882년에 '조미수호통상조약'을 체결하고 '미식 사관학교'-'연무공원(鍊武公院)'을 창설(1888)하여 미군 교관단이 도착하였으나, 일제의 압력으로 폐교되었다. 1904년, 일제가 '러-일전쟁'을 일으키고, 서울로 들어와 고종황제와 제 각료를 협박하여 '한일의정서'를 강제로 체결하고 '이 조선의 주권'을 강탈하였다.

이에 고종은 '이승만'을 미국에 급파하여 미국 대통령 '루즈벨트'를 만나 지원을 요청하였으나, '이미 늦었다.'라는 대답만 들었다. 이후 이승만은 미국에 남아 공부하고, 한국 독립운동을 지도하였는데 미국의 배려 덕이었다. 특히 이승만을 수제자로 두었던 미국 '조지워싱턴대학교' 총장이던 '윌슨 대통령'이, 미국이 참전하여 세계 제1차 제국주의전쟁에서 승리하고, 전후 신질서, 즉 제국주의 식민지주의를 타파할 목적으로 '민족자결의 원칙'을 선포하자 우리 한국민족 전체는 이에 용기를 얻어 망명정부를 세우고 국내외적으로 '3.1 만세운동'과 함께 '광복운동'을 본격적으로 전개하였다.

그런 가운데 한국은 1945년 미국이 주력이던 연합군의 제2차 세계대전 승리로 광복은 되었으나, 무일푼이 된 한국을 미국은 한때, 전적으로 먹여 살려주고 구호해 주면서 새 삶의 길을 열어주었다. 1950년의 '6.25 남침 적란(赤亂)' 시에 미국은 즉각 개입하여, 국제공산주의세력을 제압하고 동시에 '한미방위조약' 체결과 '한미연합사' 창설로 오늘에 이르기까지, 대한민국 군사적 방어와 전방위적 민주주의 발전에 크게 기여하고 있다. 그리하여 미국은 미래에도 우리의 동맹국이요 최선의 우방국으로 우리와 함께 세계와 인류의 민주주의화의 길로 매진해 갈 것이라고 믿는다.

∴ 3. 사랑하는 우리 손자 '준호'와 그 후손들에게 당부한다

너희들이 일생을 살아가는 동안 직업이 무엇이건 또 어느 때든 간에 한국과의 상부상조관계를 항시 염두에 두고, 너희 미국 것과 한국 것 간의 가교역할을 꼭 다해주기 바란다.

그리고 너희 한국 조상, 나와 할머니의 나라를 잊지 말기를 바라며, 동시에 이 나의 자서전에 스며 있는 대로, 너희들에 대한 간절한 사랑 또한 잊지 말기를 바란다. 그래서 말인데, 가능한 한 대대(代代)로 우리 한글을 익혀서 알도록 하고,

한국을 의미하는 밥과 김치, 치마저고리와 노리개를 잊지 말고, 그리고 설날과 추석에는 가족 모두 한자리에 모여 조상을 기리며 즐거운 한때 지내는 인정이 넘쳐나는 한국풍속도 잊지 말기를 바란다.

행여나 군인 되는 후손 있다면, 특히나 내가 바라는 바지만, 가능한 주한 미군 부대로 와서 우리 한국군과 함께 한국과 미국 최전선을 지킴과 동시에 아름다운 금수강산을 두루 다니며 구경하고, 한국과 나, 할머니와 그리고 한국 조상들의 정취를 느껴 보기 바란다.

나아가서 운이 닿는다면, 이 할아버지가 못다 한 그것, 정의의 깃발 아래 승전의 영웅이 되어주기를 바란다. 그것이 이루어지면 반드시 내게 와서 "할아버지 소망도 이루었습니다."라고 고해야 하느니라. 그러면 우리는 기뻐할 것이며 축복해 주리라.

나와 할머니가 하나님을 모시고 항상 너희들의 행운을 반드시 지켜줄 것이다. 준호와 그 후손들, 곧 나의 자손들이여, 만대(萬代)로 영원히 번창할지어다.

2022년 정월, 한국의 군인 할아버지와 할머니로부터

chapter. 4

우리 가족

6-1 1962년 1월, 약혼 후 미국특전학교 유학,
당시 한미 공용 김포공항

6-2 1962년 4월 22일, 양가 어른 친척 모시고
소공동 외교회관에서 결혼식, 어머니 오시고

6-3 결혼식 그날에 와준 양측 친구들,
특히 절친 이용우의 형님과 민병돈후배 참석 감사

6-3-1 이화여대 영문과 졸업날
1961년 3월 장인어른, 미국인교수, 영, 장모님

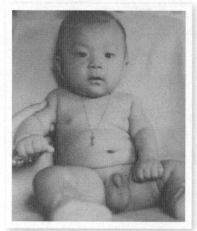

6-4 1963년 5월, 큰아들 '정언'이 태어나다

6-5 1967년 11월에 둘째 성언이 태어나다, 저 얼굴 외삼촌들 귀여움 독차지하다

6-6 1965년, 연세대학 ROTC 교관 시절, 낙하산 흉장과 올빼미교육대 흉장이 자랑이다

6-7 1965년, 우리 첫 집, 화곡동 국민주택, 잔디 심고 가꾸다

6-8 우리 첫 집 화곡동 국민주택 대지 98평에 그 동네 처음으로 잔디 가꾸다

6-9 1970년, 진해육대교관 관사 분수대에서 형제 자랑

6-10 1972년, 이동 주둔 대대장 시절 관사에 찾아와 즐거워하는 아이들과 그 엄마

6-11 1972년, 현리 주둔 수도기계화사단
제1기계화대대장 시절 찾아온 가족들과

6-12 1975년, 특전사정보참모 시절, 사령부 앞
(현 위례 신도시) 낙하 훈련장에서 가족과 함께,
보이스카우트 수련 중인 아들들

6-13 1980년 1월 장군 진급한 날
가족과 함께 집에서

6-13-1 1980년 장군 진급의 그날
반포 우리 집에서 아내의 모습

6-13-2 1980년경, 진해육대 교수부장 시절,
통영 한산섬, 이순신 장군 통제부 관광 겸 견학

6-13-3 1983년, 8사단장 공관에서 잠깐

6-13-4 1983년경, 사단장 시절, 임관 후 처음으로 정식 휴가, 화진포 해수욕장에서 망중한

6-13-5 1984년 사단장 시절, 2번째 정식 휴가로 제주도 한라산 등정

6-14 1986년경, 대학생 아들들과 가족사진

6-14-1 1986년 7월, 제1군단장 취임, 아내와 함께 군사령관 축하받다

6-15 1987년경, 김포반도 전방초소에서 박격포
소대장으로 근무 중인 큰아들, ROTC 출신

6-16 1987년경 김포빈도 전방전투지원중대
박격포 소대장으로 근무 중인 큰아들

6-17 1987년경, 작은아들 ROTC 장교로 임관, 제 엄마와 형이 임관식 참석 축하

6-18 1987년경, 22사단 최전방, 휴전선 최동부 통일전망대 인접
전투지원 중대 소대장으로 근무

6-19 1988년, 휴전선 최동단 통일전망대 인접 소대장 근무, 뒤로 소금강이 배경

6-20 1991년에 삼각지 육군회관에서 아들 결혼식 거행, 아들네 가정이 생기다, 축복한다

6-21 아들네 제주도 신혼여행,
하나님의 축복으로 행복하리라

6-22 1991년, 양가 아들딸 결혼식 후 사돈네 장주호 박사 내외와 함께

6-22-1 1995년, 미국 '볼 대학' 방문교수로 ROTC 학생 및 일부 시민 상대 '북핵 문제' 강의

6-22-2 1996년, 미국 '볼 대학' ROTC 방문 교수,
학학교 총장 참석하 학훈단장 '팔리 중령'의 인사

6-22-3 1996년에 미국 대학에서 함께 생활하던 때 아들과 며느리와 우리

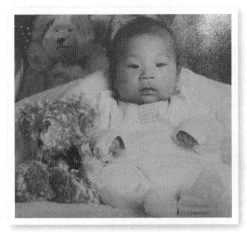

6-23 1998년 5월 27일에
우리 손자 문준호
미국 먼시에서 태어나다

6-24 1999. 5. 미국 인디아나 주
'미샤와카'에서 반 년간 준호를 돌보다

6-25 2000년, 우리 손자 준호 귀염둥이로
쑥쑥 자라다

6-26 2002년, 우리 손자 준호
사랑스런 개구쟁이로 자라다

6-27 2003년, 우리 손자 준호, 아빠 엄마의 사랑과 함께 자라다

6-28 2010년경, 한국 일산의 할아버지 할머니 집에 찾아오다

6-29 2000년 이후 우리 며느리 '장영미 박사'가 미국 오하이오주 사립대학에서
교수생활하고 있다

6-30 1995년 미국 '볼 대학' 방문 교수 때, 우리 부부, '카리비안 크루즈' 여행

6-31 1995년 우리 부부 '카리비안 크루즈' 여행 때 중미 '아이티'의 미국 개인 휴양지에서 망중한

6-32 1996년, 미국 방문교수 생활에서 귀국하면서 하와이 관광, 와이키키 해변에서

6-33 2016년경, 우리 손자 문준호의 고등학교 뮤지컬 팀 리더 모습

6-33-1 2016년 5월, 우리 손자 준호, 고등학교 졸업식에 미국 가서 참석하다

6-34 2016년 6월, 준호 고등학교 졸업, 미국 동네에서는 저렇게 축하하더라고

6-35 손자 고등학교 졸업 기념으로 우리 가족 모두 함께 '알라스카 크루즈' 여행하다

6-36 '알라스카 크루즈'의 대미로 금광 체험, 2달러 벌었다

6-37 알라스카 크루즈 대미, 금광 체험장에서 우리 부부

6-38 2016년 6월, '알라스카 크루즈' 여행 중 '뱅쿠바' 시내 관광 중 온 가족 즐거운 점심 시간

6-39 2017년 5월 9일, 내 아내, 우리 할멈 8순 축복

6-40 2017. 5. 9. 할멈의 팔순에 처남 처제 동서들 축하 모임

6-41 2019. 5. 우리 가족 3대 도쿄, 하코내 여행. 요코하마에서 인증 사진

6-42 2019. 5. 우리 가족 3대 도쿄 하코네 여행. 하코네 공원의 '장군의 손자' 앞에서 우리 부부

6-43 2019. 5. 우리 가족 3대 도쿄 여행. 하코내 공원
'장군의 손자' 앞에 진짜 장군의 손자 서다

6-43-1 2020년 5월, 우리 손자 문준호,
오하이오주립 '마이애미 대학교'를 졸업하고
'JP 모건 체이스에서 경제에 도전하다